El sabor
de la tentación

Amor y Aventura

EL SABOR
DE LA TENTACIÓN

Stephanie Laurens

Traducción de María José Losada Rey
y Rufina Moreno Ceballos

VERGARA
GRUPO ZETA

Barcelona • Bogotá • Buenos Aires • Caracas • Madrid • México D.F. • Montevideo • Quito • Santiago de Chile

Título original: *Temptation and Surrender*

Traducción: María José Losada Rey y Rufina Moreno Ceballos

1.ª edición: enero 2011

© 2009 by Savdek Management Proprietory Ltd.
© Ediciones B, S. A., 2011
    para el sello Vergara
    Consell de Cent 425-427 - 08009 Barcelona (España)
    www.edicionesb.com
Publicado por acuerdo con Avon, un sello de HarperCollins Publishers

Printed in Spain
ISBN: 978-84-666-4311-5
Depósito legal: B. 40.950-2010

Impreso por LIBERDÚPLEX, S.L.U.
Ctra. BV 2249 Km 7,4 Polígono Torrentfondo
08791 - Sant Llorenç d'Hortons (Barcelona)

JUN 2 0 2012

Árbol genealógico de la Quinta de los Cynster

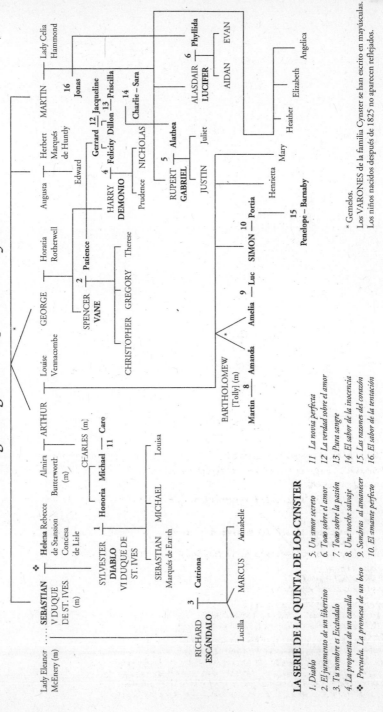

LA SERIE DE LA QUINTA DE LOS CYNSTER

1. Diablo
2. El juramento de un libertino
3. Tu nombre es Escándalo
4. La propuesta de un canalla
❖ Precuela. La promesa de un beso
5. Un amor secreto
6. Todo sobre el amor
7. Todo sobre la pasión
8. Una noche salvaje
9. Sombras al amanecer
10. El amante perfecto
11. La novia perfecta
12. La verdad sobre el amor
13. Pura sangre
14. El sabor de la inocencia
15. Las razones del corazón
16. El sabor de la tentación

* Gemelos.
Los VARONES de la familia Cynster se han escrito en mayúsculas.
Los niños nacidos después de 1825 no aparecen reflejados.

1

Colyton, Devon
Octubre de 1825

—Siento como si me arrancaran el pelo, y eso no es bueno.

El oscuro pelo en cuestión cayó en elegantes mechones rebeldes sobre la frente del apuesto Jonas Tallent. Sus ojos castaños estaban llenos de irritación e indignación cuando se hundió contra el respaldo del sillón tras el escritorio en la biblioteca de Grange, la casa paterna que heredaría algún día, un hecho que explicaba de muchas maneras su actual frustración y mal humor.

Sentado en una silla al otro lado del escritorio, Lucifer Cynster, el cuñado de Jonas, sonreía con sardónica conmiseración.

—Sin intención de añadir más carga sobre tus hombros, tengo que mencionar que las expectativas no harán más que aumentar con el paso del tiempo.

Jonas gruñó.

—No me sorprende la muerte de Juggs. No es una pérdida para nadie, Red Bells se merece algo mejor. Cuando Edgar encontró a ese viejo borracho muerto sobre un charco de cerveza, estoy seguro de que todo el pueblo suspiró de alivio y se puso a especular de inmediato cómo serían las cosas si la posada Red Bells estuviera dirigida por un posadero competente.

Juggs, el posadero de Red Bells durante casi una década, había sido encontrado muerto por el encargado de la taberna, Edgar Hills, hacía dos meses.

Jonas se acomodó en la silla.

—Tengo que admitir que fui el primero en hacer especulaciones, pero eso fue antes de que tío Martin expirara por el exceso de trabajo y mi padre se hiciera cargo de tía Eliza y su prole, dejando en mis manos la elección del nuevo posadero de Red Bells.

A decir verdad, agradecía la oportunidad de volver de Londres y asumir por completo la administración de la hacienda. Había sido entrenado para aquella tarea durante toda su juventud, y aunque su padre gozaba de buena salud, ya no poseía la misma energía de antaño. Su inesperada y más que probable larga ausencia había sido la oportunidad perfecta para que Jonas regresara y asumiera las riendas.

Sin embargo, no había sido ésa la razón principal para que hubiese accedido de buen grado a sacudirse el polvo de Londres de los talones.

Durante los últimos meses la vida en la ciudad ya no le interesaba del mismo modo que antes. Clubes, teatros, cenas y bailes, veladas y reuniones selectas, los dandis y aristócratas o las arrogantes matronas felices de dar la bienvenida en sus camas a un caballero atractivo, rico y bien educado, ya no captaban su interés.

Cuando había comenzado a salir de juerga, poco después de que Phyllida, su hermana gemela, se hubiera casado con Lucifer, aquel tipo de vida había sido su único objetivo. Con los ancestrales e innatos atributos que poseía y la nueva relación familiar con Lucifer, miembro de la familia Cynster, no le había resultado demasiado difícil conseguir todo aquello que deseaba. Sin embargo, tras lograr su objetivo y codearse con los aristócratas durante varios años, había descubierto que en esa etapa dorada de su vida se sentía extrañamente vacío.

Insatisfecho. Frustrado.

Un hombre sin ningún tipo de compromiso.

Había estado más que dispuesto a regresar a su casa en Devon y asumir el control de Grange y la hacienda mientras su padre partía apresuradamente hacia Norfolk para ayudar a Eliza que pasaba por momentos difíciles.

Se había preguntado si la vida en Devon también le resultaría vacía y carente de objetivos. En el fondo de su mente le rondaba la pregunta de si aquel profundo hastío se debía a su vida social o, más preocupante aún, si era el síntoma de un profundo malestar interior.

A los pocos días de regresar a Grange, había logrado, por lo menos, resolver esa duda en cuestión. De repente, su vida estaba llena de propósitos. No había tenido ni un momento libre. Siempre había un desafío o cualquier otra cosa reclamando su atención, exigiendo que se pusiera en acción. Desde que regresó a casa y se despidió de su padre, apenas tuvo tiempo para pensar.

La inquietante sensación de desarraigo y vacío se evaporó, dando paso a una nueva inquietud.

Ya no se sentía inútil —evidentemente la vida de un caballero rural, la vida para la que había nacido y sido educado, era su verdadera vocación—, pero aun así seguía faltando algo en su vida.

Sin embargo, en ese momento, la posada Red Bells era su mayor fuente de preocupación. Reemplazar al no llorado Juggs estaba resultando una tarea más difícil de lo esperado.

Sacudió la cabeza con irritada incredulidad.

—¿Quién iba a imaginar que encontrar un posadero decente resultaría tan condenadamente difícil?

—¿Dónde has puesto anuncios?

—A lo largo de todo el condado y más allá, incluso en Plymouth, Bristol y Southampton. —Hizo una mueca—. Podría recurrir a una agencia de Londres, pero la última vez que lo hicimos, nos enviaron a Juggs. Si fuera posible, me gustaría contratar a alguien de la zona, o al menos de Westcountryman. —La determinación le endureció el rostro y se incorporó—. Pero de no ser así, como mínimo quiero entrevistar a los aspirantes antes de ofrecerles el trabajo. Si hubiéramos hablado con Juggs antes de que le contratara la agencia, jamás le habríamos ofrecido el trabajo.

Lucifer estiró las piernas ante sí. Todavía había mucho en él del hermoso demonio de cabello oscuro que años antes había hecho desmayarse a las damiselas de la sociedad.

—Me parece extraño que no hayas tenido más aspirantes —dijo, frunciendo el ceño.

Jonas suspiró.

—El hecho de que se trate de un pueblo tan pequeño ahuyenta a los solicitantes, a pesar de que añadiendo las haciendas y las casas circundantes, la comunidad adquiere un tamaño más que decente y que no existe ninguna otra posada u hostería que pueda hacer la competencia. Sin embargo, esto no parece ser suficiente frente a la ausencia de tiendas y la escasa población. —Golpeó con el dedo un montón de documentos—. En cuanto conocen Colyton, desaparecen todos los aspirantes decentes.

Hizo una mueca y sostuvo la profunda mirada azul de Lucifer.

—Los candidatos decentes aspiran a algo más y piensan que Colyton no tiene demasiado que ofrecer.

Lucifer le respondió con otra mueca.

—Parece que deberás encontrar a alguien sin demasiadas expectativas. Alguien capaz de dirigir una posada modesta y que quiera vivir en un lugar tan apartado como Colyton.

Jonas le lanzó una mirada especulativa.

—Tú ya vives en este lugar, ¿no te apetecería probar a dirigir una posada?

Lucifer sonrió ampliamente.

—Gracias, pero no. Me basta con dirigir mi hacienda, igual que a ti.

—Por no decir que ni tú ni yo sabemos nada sobre dirigir una posada.

Lucifer asintió con la cabeza.

—En efecto.

—Ándate con cuidado, es probable que Phyllida sepa manejar una posada con los ojos cerrados.

—Pero también está muy ocupada.

—Gracias a ti.

Jonas lanzó una mirada burlona y reprobadora a su cuñado. Lucifer y Phyllida ya tenían dos hijos, Aidan y Evan, dos niños muy activos. Y Phyllida había anunciado hacía poco que esperaban a su tercer vástago. A pesar de contar con ayuda, Phyllida siempre se las arreglaba para estar ocupada.

Lucifer sonrió ampliamente sin pizca de remordimiento.

—Dado lo mucho que te gusta ser tío, deberías dejar de dirigirme esas miradas de fingida reprobación.

Jonas curvó los labios en una sonrisa abatida y bajó la mirada al montoncito de solicitudes que habían llegado en respuesta a los anuncios que había ordenado poner por todo el condado.

—Yo diría que la situación no puede ser peor cuando el mejor aspirante es un ex presidiario de Newgate.

Lucifer soltó una carcajada. Se levantó, se estiró y le brindó una sonrisa a su cuñado.

—Ya verás como al final aparece alguien.

—Eso espero —respondió Jonas—. Pero ¿cuándo? Como bien has señalado, las expectativas no harán más que aumentar. Como propietario de la posada y, por consiguiente, la persona que todos consideran responsable para cumplir con dichas expectativas, el tiempo corre en mi contra.

La sonrisa de Lucifer fue comprensiva pero de poca ayuda.

—Tengo que dejarte. Prometí que volvería a casa a tiempo de jugar a los piratas con mis hijos.

Jonas observó que, como siempre, Lucifer sentía un especial deleite al pronunciar la palabra «hijos», como si estuviera probando y saboreando todo lo que significaba.

Despidiéndose alegremente de él, su cuñado se marchó, dejándolo con los ojos clavados en el montón de tristes solicitudes para el puesto de posadero de Red Bells.

Deseó poder irse también a jugar a los piratas.

Aquel vívido pensamiento le recordó lo que sabía que estaría esperando a Lucifer al final del corto trayecto por el sendero del bosque que unía la parte trasera de Grange con la de Colyton Manor, la casa que Lucifer había heredado y donde vivía con Phyllida, Aidan y Evan y un reducido número de sirvientes. La mansión siempre estaba llena de calidez y vida, una energía casi tangible que provenía de la satisfacción y felicidad compartidas y que llenaba el alma de sus dueños.

Anclándolos allí.

Aunque Jonas se encontraba totalmente a gusto en Grange —le gustaban tanto la casa como el excelente personal que llevaba allí toda su vida—, era consciente, y más después de sus recientes vivencias en el seno de la alta sociedad, de que deseaba una calidez y un halo de satisfacción y felicidad similares para su propio hogar, algo que pudiera echar raíces en Grange y en él.

Que le colmara el alma y le anclara a ese lugar.

Durante un buen rato se quedó mirando ensimismado el otro lado de la estancia; luego se recriminó mentalmente y volvió a bajar la vista al montón de inservibles solicitudes.

Los habitantes de Colyton se merecían una buena posada.

Soltó un profundo suspiro y, volviendo a colocar las solicitudes encima del papel secante, se obligó a revisarlas minuciosamente una última vez.

Emily Ann Beauregard Colyton se detuvo justo en la última curva del sinuoso camino que conducía a Grange, en el límite sur del pueblo de Colyton, y clavó la mirada en la casa que se asentaba sólida y confortablemente a unos cincuenta metros.

Era de ladrillo rojo envejecido. Tranquila y serena, parecía estar profundamente arraigada en la tierra fértil donde estaba asentada. Poseía cierto encanto sutil. Desde el tejado de pizarra hasta las ventanas del ático que coronaban los dos pisos amplios y pintados de blanco. Había unas escaleras que conducían al porche delantero. Desde donde estaba, Em sólo podía ver la puerta principal, que se erguía en medio de las majestuosas sombras.

Los jardines, pulcramente cuidados, se extendían a ambos lados de la fachada principal. Más allá de la extensión de césped a su izquierda, la joven divisó una cálida y exuberante rosaleda con brillantes salpicaduras de color, que se mecían contra el follaje más oscuro.

Se sintió impulsada a mirar de nuevo el papel que tenía en la mano, una copia del anuncio que había visto en el tablero de una posada de Axminster, donde se ofrecía un puesto de posadero en la posada de Red Bells en Colyton. En cuanto vio aquel anuncio, Emily supo que aquélla era la respuesta a sus plegarias.

Sus hermanos y ella estaban esperando la carreta del comerciante que había aceptado llevarlos hasta Colyton, cuando regresara allí después de finalizar el reparto. Una semana y media antes, Emily cumplió veinticinco años y por fin pudo asumir la tutela de su hermano y sus tres hermanas, algo que según estaba estipulado en la última voluntad de su padre, sucedería en cuanto ella cumpliera esa edad. Entonces, sus hermanos y ella se trasladaron desde la casa de su tío en Leicestershire, cerca de Londres, a Axminster, desde donde llegaron, en la carreta del comerciante, a Colyton.

El coste del viaje fue mayor de lo que ella había esperado, haciendo menguar sus escasos ahorros y casi todos los fondos —la parte que le correspondía de la hacienda de su padre— que el abogado de la familia, el señor Cunningham, había dispuesto que recibiera. Sólo él sabía que sus hermanos y ella habían recogido sus pertenencias y se habían dirigido al pequeño pueblo de Colyton, en lo más profundo del Devon rural.

Su tío, y todos los que podrían ser persuadidos a su favor —gente que deberían meter las narices en sus propios asuntos—, no fueron informados de su destino.

Lo que quería decir que una vez más ellos debían valerse por sí mismos. O, para ser más exactos, que el bienestar de Isobel, Henry y las gemelas, Gertrude y Beatrice, recaía sobre los firmes hombros de Em.

No es que a ella le importara en lo más mínimo. Había asumido la tutela de sus hermanos de manera voluntaria. Continuar siquiera un día más de los absolutamente necesarios en casa de su tío era algo impensable. Sólo la promesa de que al final podrían marcharse de allí había hecho que los cinco Colyton aguantaran vivir bajo el yugo de Harold Potheridge tanto tiempo. Pero hasta que Em cumplió veinticinco años, la custodia de los Colyton había recaído conjuntamente en su tío, el hermano menor de su madre y el señor Cunningham.

El día que Em cumplió veinticinco años, había reemplazado legalmente a su tío. Ese día, sus hermanos y ella tomaron sus escasas pertenencias, que habían recogido días antes, y abandonaron la casa solariega de su tío. Em estaba preparada para enfrentarse a su tío y explicarle su decisión, pero por azares del destino, Harold se marchó ese mismo día a una carrera de caballos y no estuvo allí para presenciar la partida de sus sobrinos.

Todo salió bien, pero Emily sabía que su tío iría a por ellos y que no se rendiría hasta encontrarlos. Eran muy valiosos para él, pues los hacía trabajar como criados sin pagarles ni un solo penique. Cruzar Londres con rapidez era vital, y para ello necesitaban un carruaje con cochero y cuatro caballos, lo que resultaba muy caro, como Em no tardó en descubrir.

Así que atravesaron Londres en un vehículo de alquiler y permanecieron un par de noches en una posada decente, una que les había parecido lo suficientemente segura para dormir en ella. Aunque luego Emily ahorró todo lo posible y viajaron en un coche correo, si bien cinco días de viaje junto con las comidas y las noches en varias posadas hicieron que sus exiguos fondos menguaran de manera alarmante.

Para cuando llegaron a Axminster, Emily ya se había dado cuenta de que ella, y quizá su hermana Issy, de veintitrés años, tendrían que buscar trabajo. Aunque no sabía qué tipo de trabajo podían encontrar unas jóvenes de clase acomodada como ellas.

Hasta que vio el anuncio en el tablero.

Volvió a mirar el papel otra vez mientras practicaba, como había hecho durante horas, las frases correctas para convencer al dueño de la posada de que ella, Emily Beauregard —por ahora no era necesario que nadie supiera que su apellido era Colyton—, era la persona indicada para encargarse de la posada Red Bells.

Cuando les enseñó el anuncio a sus hermanos y les informó sobre su intención de solicitar el empleo, ellos le habían dado su bendición como siempre, mostrándose entusiasmados con el plan. Ahora llevaba en el bolsito tres inmejorables referencias sobre Emily Beauregard, escritas por falsos propietarios de otras tantas posadas, las mismas en las que se habían hospedado durante el viaje. Ella había escrito una, Issy otra y Henry, de quince años y dolorosamente dispuesto a ayudar, escribió la tercera. Todo ello mientras esperaban al comerciante y su carreta.

El comerciante les dejó justo delante de la posada Red Bells. Para gran alivio de Emily, había un letrero en la pared, al lado de la puerta, donde ponía «Se busca posadero» en letras negras. El puesto aún seguía vacante. Había llevado a sus hermanos a una esquina del salón y les había dado suficientes monedas para que se tomaran una limonada. Durante todo el rato, ella se dedicó a estudiar la posada, evaluando todo lo que estaba a la vista, fijándose en que las contraventanas necesitaban una mano de pintura, y que el interior parecía tristemente polvoriento y mugriento, pero nada que no se pudiera resolver con un poco de determinación y una buena limpieza.

Había visto a un hombre con una expresión algo severa detrás del mostrador del bar. Aunque servía cerveza de barril, su conducta sugería que se dedicaba a otras cosas que le entusiasmaban mucho menos. En el anuncio había una dirección para enviar las solicitudes, no la de la posada sino la de Grange, Colyton. Sin duda alguna esperaban recibir las solicitudes del trabajo por correo. Armándose de valor y con las tres «referencias» a buen recaudo en el bolsito, Emily había dado el primer paso, acercándose al bar y pidiéndole al hombre que atendía la barra la dirección de Grange.

Y eso era lo que le había ocurrido hasta llegar a donde se encontraba en ese momento, vacilando en medio del camino. Se dijo a sí misma que sólo estaba siendo precavida al intentar adivinar qué tipo de hombre era el dueño de la posada examinando su casa.

Mayor, pensó, y asentado. Había algo en aquella casa que sugería comodidad. Quizá fuera un hombre que llevaba muchos años casado, tal vez un viudo, o al menos alguien con una esposa tan mayor y asentada como él. Por supuesto, pertenecería a la clase acomodada, probablemente de los que se consideraba un pilar del condado. Alguien paternalista —estaba absolutamente segura de ello—, lo que sin duda le resultaría muy útil. Tenía que acordarse de recurrir a esa emoción si necesitaba presionarle para que le diera el trabajo.

Deseó haber sido capaz de preguntarle al encargado de la taberna sobre el dueño de la posada, pero dado que tenía intención de solicitar el puesto de posadera y que el patrón del tabernero podía acabar siendo también el suyo aquello podría resultar incómodo, y de ninguna manera quería llamar la atención sobre sí misma.

Lo cierto era que necesitaba el empleo. Lo necesitaba desesperadamente. No sólo por el dinero, sino porque sus hermanos y ella necesitaban quedarse en algún lugar. Había dado por hecho que habría varios tipos de alojamientos disponibles en el pueblo para descubrir que el único lugar de Colyton capaz de albergarlos a los cinco era la posada. Y ya no podían permitirse el lujo de hospedarse en un lugar como ése más de una noche.

Lo malo era que, por falta de posadero, en la posada no se admitían clientes. Sólo estaba abierta la taberna. Ni siquiera había servicio de comidas. Así que mientras no contrataran a un posadero, el Red Bells no podía considerarse una posada.

Su gran plan, el objetivo que la había impulsado a seguir adelante durante los últimos ocho años, era regresar a Colyton, al hogar de sus antepasados, para encontrar el tesoro de la familia. Las leyendas familiares sostenían que el tesoro, oculto para paliar las necesidades de las generaciones futuras, estaba escondido allí, en el lugar que indicaba una enigmática rima que se transmitía de padres a hijos.

Su abuela había creído en la leyenda a pies juntillas, y les había enseñado a Em y a Issy la rima en cuestión.

Su padre y su abuelo se habían reído de ella, pues ninguno de los dos creía nada de aquello.

Pero la abuela siempre sostuvo contra viento y marea que aquella leyenda era cierta. A ella y a Issy, y luego también a Henry y las gemelas, la promesa del tesoro les mantuvo unidos y con la moral alta durante los últimos ocho años.

El tesoro estaba allí. Emily no podía ni quería creer otra cosa.

Ella jamás había dirigido una posada en su vida, pero habiéndose encargado de la casa de su tío desde el sótano al ático durante ocho

17

años, incluidas las numerosas semanas que los amigos solteros de su tío se alojaron allí para las cacerías, se sentía lo bastante segura de sí misma como para encargarse de una pequeña posada en un pueblecito tranquilo como Colyton.

No podría ser tan difícil, ¿verdad?

Se encontraría, sin lugar a dudas, con muchos desafíos pero, con la ayuda de Issy y Henry, podría superarlos. Incluso las gemelas, de sólo diez años y muy traviesas, podrían echar una mano.

Ya había perdido demasiado tiempo. Tenía que moverse, acercarse resueltamente a la puerta principal, llamar y convencer al viejo caballero que residía en Grange de que debía contratarla como la nueva posadera de Red Bells.

Em y sus hermanos, la última generación de Colyton, habían logrado llegar al pueblo. Ahora tenía que ganar tiempo y conseguir los medios necesarios para buscar y encontrar el tesoro.

Para poder afrontar el futuro con seguridad.

Respiró hondo y contuvo el aliento y, poniendo resueltamente un pie delante del otro, recorrió el resto del camino.

Subió los escalones de entrada y sin concederse ni un solo segundo para pensárselo mejor, levantó la mano y dio varios golpecitos a la puerta principal pintada de blanco.

Al bajar la mano, vio la cadena de una campanilla. Por un momento se preguntó si debía utilizarla o no, pero luego escuchó el sonido de pasos acercándose a la puerta y esperó.

La abrió un mayordomo, uno de los más imponentes que Emily había visto en su vida. Habiéndose movido entre la alta sociedad de York antes de morir su padre, reconoció la especie. Tenía la espalda tan rígida como un palo. Al principio, el hombre miró por encima de su cabeza, pero luego bajó la vista.

La consideró con una mirada tranquila.

—¿Sí, señorita?

Em se armó de valor ante el semblante afable del hombre.

—Quisiera hablar con el propietario de la posada Red Bells. Estoy aquí para solicitar el empleo de posadera.

La sorpresa atravesó los rasgos del mayordomo, que frunció el ceño ligeramente. Vaciló, mirándola, antes de preguntar:

—¿Es una broma, señorita?

Ella apretó los labios y entrecerró los ojos.

—No. No es ninguna broma. —Apretó los dientes y se dispuso a coger el toro por los cuernos—. Sí, sé que puede parecerlo. —El suave pelo castaño y rizado de Emily y un rostro que todos consideraban muy dulce, combinados con su figura delgada y su pequeña estatura no hacían justicia a su enérgico carácter, ese que se necesitaba para regentar una posada—. Pero tengo bastante experiencia en este tipo de trabajo y por lo que sé el puesto aún sigue vacante.

El mayordomo pareció sorprendido por su enérgica respuesta. La estudió durante un buen rato, fijándose en el vestido de color aceituna con el cuello alto, que se había puesto en Axminster, antes de preguntarle:

—¿Está segura?

Ella frunció el ceño.

—Bueno, por supuesto que estoy segura. Estoy aquí, ¿verdad?

Él lo reconoció con una leve inclinación de cabeza, pero siguió titubeando.

Ella levantó la barbilla.

—Tengo referencias, tres referencias para ser más exactos. —Golpeó ligeramente el bolsito. Mientras lo hacía, recordó la posada, y los bordes gastados de los anuncios. Clavó la mirada en la cara del mayordomo y se arriesgó a hacer una deducción—. Está claro que su patrón tiene dificultades para cubrir el puesto. Estoy segura de que quiere que la posada vuelva a estar a pleno rendimiento. Y aquí estoy yo, una aspirante perfectamente digna. ¿Está seguro de que quiere que me dé la vuelta y me marche en vez de informarle a su amo de que estoy aquí y deseo hablar con él?

El mayordomo la evaluó con ojo crítico; ella se preguntó si el destello que logró ver en sus ojos había sido de respeto.

Al final, él asintió con la cabeza.

—Informaré al señor Tallent de que está aquí, señorita. ¿A quién debo anunciar?

—A la señorita Emily Beauregard.

—¿Cómo dices? —Levantando la mirada del deprimente montón de solicitudes, Jonas clavó los ojos en Mortimer—. ¿Una joven?

—Bueno... es una mujer joven, señor. —Resultaba evidente que Mortimer no sabía cómo catalogar a la señorita Emily Beauregard, lo que de por sí era sorprendente. Llevaba décadas ocupando el puesto de mayordomo y sabía muy bien a qué estrato social pertenecía cada una de las personas que se presentaban en la puerta del magistrado local—. Parecía... muy segura de querer ocupar el puesto y he pensado que tal vez sería mejor que la recibiera.

Jonas se recostó en la silla y estudió a Mortimer, preguntándose qué habría visto el mayordomo en la joven. Resultaba evidente que la señorita Emily Beauregard lo había dejado impresionado, lo suficiente para que Mortimer se hubiera adherido a su causa. Pero la idea de que fuera una mujer la que se encargara de la posada Red Bells... Aunque por otra parte, no hacía ni media hora que él mismo había reconocido que Phyllida podría dirigir la posada casi con los ojos cerrados.

El trabajo era, después de todo, para un gerente-posadero, y había muchas mujeres con la suficiente habilidad para realizarlo satisfactoriamente.

Se enderezó en la silla.

—De acuerdo. Hazla pasar. —No podía ser peor que el aspirante que había estado preso en Newgate.

—Ahora mismo, señor. —Mortimer se volvió hacia la puerta—. La mujer me ha dicho que trae referencias, tres para ser exactos.

Jonas arqueó las cejas. Al parecer la señorita Beauregard había llegado bien preparada.

Volvió a mirar el montón de solicitudes sobre el escritorio y lo apartó a un lado. No es que tuviera muchas esperanzas de que la señorita Beauregard fuera la respuesta a sus plegarias, pero ya estaba harto de esperar que llegara el aspirante perfecto, y más teniendo en cuenta el deprimente resultado de sus recientes esfuerzos.

El sonido de pasos en el umbral de la puerta le hizo levantar la mirada.

Vio que una señorita entraba en la habitación, seguida de Mortimer.

La arraigada educación de Jonas, le hizo ponerse en pie.

Lo primero que Em pensó al clavar los ojos en el caballero que estaba detrás del escritorio en la bien surtida biblioteca fue que era demasiado joven.

Demasiado joven para adoptar una actitud paternalista hacia ella.

O para mostrarse paternalista con cualquiera.

Un inesperado pánico sin precedentes la embargó. Aquel hombre

—de unos treinta años y tan guapo como el pecado— no era, ni mucho menos, el tipo de hombre con el que había esperado tener que tratar.

Pero no había nadie más en la biblioteca, y había visto al mayordomo salir de aquella estancia cuando la había ido a buscar. Así que estaba claro que era con él con quien debía entrevistarse.

El caballero, ahora de pie, tenía los ojos clavados en ella. Em respiró hondo para tranquilizarse mientras pensaba que aquélla era la oportunidad perfecta para estudiarle.

Era alto y delgado. Medía más de uno ochenta y cinco y tenía largas piernas. La chaqueta entallada cubría unos hombros anchos. El pelo, castaño oscuro, caía elegantemente en despeinados mechones sobre una cabeza bien formada. Poseía los rasgos aguileños tan comunes entre la aristocracia, lo que reforzaba la creciente certeza de Emily de que el dueño de Grange pertenecía a una clase social más elevada que la de mero terrateniente rural.

Tenía un rostro fascinante. Ojos de color castaño oscuro, más vivaces que conmovedores, bajo unas cejas oscuras que captaron su atención de inmediato a pesar de que él no la estaba mirando a los ojos. De hecho, la estaba recorriendo con la mirada de los pies a la cabeza. Cuando Emily se dio cuenta de que el hombre estaba observando su cuerpo, tuvo que contener un inesperado temblor.

Respiró hondo y contuvo el aliento absorta en lo que implicaba aquella frente ancha, la nariz firme y la mandíbula, todavía más fuerte y cuadrada. Todo aquello sugería un carácter fuerte, firme y resuelto.

Los labios eran completamente tentadores. Delgados pero firmes, sus líneas sugerían una expresividad que debería suavizar los ángulos casi severos de la cara.

Em apartó la mirada de la cara y se fijó en su elegante indumentaria. Vestía ropa hecha a medida. Ya había visto antes a algunos petimetres londinenses y, aunque él no iba demasiado arreglado, las prendas eran de una calidad excelente y la corbata estaba hábilmente anudada con un nudo engañosamente sencillo.

Debajo de la fina tela de la camisa blanca, se percibía un pecho musculoso, pero de líneas puras y enjutas. Cuando él se movió y rodeó el escritorio lentamente, le recordó a un depredador salvaje, uno que poseía una gracia peligrosa y atlética.

Em parpadeó.

—¿Es usted el dueño de la posada Red Bells? —No pudo evitar preguntar.

Él se detuvo ante la esquina delantera del escritorio y finalmente la miró a los ojos.

Em sintió como si la hubiera atravesado una llama ardiente, dejándola casi sin aliento.

—Soy el señor Tallent, el señor Jonas Tallent. —Tenía una voz profunda pero clara, con el acento refinado de la clase alta—. Sir Jasper Tallent, mi padre, es el dueño de la posada. En este momento se encuentra ausente y soy yo quien se encarga de dirigir sus propiedades durante su ausencia. Tome asiento, por favor.

Jonas señaló la silla frente al escritorio. Tuvo que contener el deseo de acercarse y sujetársela mientras ella se sentaba.

Si aquella joven hubiera sido un hombre, él no lo habría invitado a sentarse. Pero no lo era; era, definitivamente, una mujer. La idea de que se quedara de pie ante él mientras Jonas se sentaba, leía las referencias que ella había traído y la interrogaba sobre su experiencia laboral era, sencillamente, inaceptable.

Ella se recogió las faldas color verde aceituna con una mano y tomó asiento. Por encima de la cabeza de la joven, Jonas miró a Mortimer. Ahora comprendía la renuencia del mayordomo al calificar a la señorita Beauregard como «una joven». Fuera como fuese, no cabía ninguna duda de que la señorita Emily Beauregard era una dama.

Las pruebas estaban allí mismo, en cada línea de su menudo cuerpo, en cada elegante movimiento que realizaba de manera inconsciente. Tenía huesos pequeños y casi delicados, y su rostro en forma de corazón poseía un cutis de porcelana con un leve rubor en las mejillas. Sus rasgos podrían describirse —si él tuviera alma de poeta— como esculpidos por un maestro.

Los labios eran exuberantes y de un pálido color rosado. Estaban perfectamente moldeados, aunque en ese momento formaban una línea inflexible, una que él se sentía impulsado a suavizar hasta conseguir que se curvara en una sonrisa. La nariz era pequeña y recta, las pestañas largas y espesas, y rodeaban unos enormes ojos de color avellana, los más vivaces que él hubiera visto nunca. Sobre aquellos ojos tan llamativos se perfilaban unas discretas cejas castañas ligeramente arqueadas. Y sobre la frente caían unos suaves rizos castaño claro. Resultaba evidente que ella había intentado recogerse el pelo en la nuca, pero los brillantes rizos tenían ideas propias y se habían escapado de su confinamiento para enmarcarle deliciosamente la cara.

La barbilla, suavemente redondeada, era el único elemento de aquel rostro que parecía mostrar indicios de tensión.

Mientras regresaba a su asiento, en la mente de Jonas sólo había un pensamiento: «¿Por qué demonios una dama como ésa solicitaba el puesto de gerente en una posada?»

Despidió a Mortimer con un gesto de cabeza y se sentó. Cuando la puerta se cerró suavemente, clavó la mirada en la mujer que tenía delante.

—Señorita Beauregard...

—Tengo tres cartas de referencia que, estoy segura, querrá leer. —La joven rebuscó en el bolsito y sacó tres hojas dobladas. Se inclinó hacia delante y se las tendió.

Él no tuvo más remedio que cogerlas.

—Señorita Beauregard...

—Si las leyera... —Cruzó las manos sobre el bolsito en el regazo y le señaló las referencias con un gesto de cabeza—, se daría cuenta de que tengo sobrada experiencia en este tipo de trabajo y que estoy más que cualificada para cubrir el puesto de posadera en Red Bells. —La joven no le dio tiempo a responder, sino que clavó sus vívidos ojos en él y declaró con calma—: Creo que el puesto lleva vacante algún tiempo.

Bajo aquella perspicaz y directa mirada color avellana, él se dio cuenta de que sus suposiciones sobre la señorita Emily Beauregard variaban sutilmente.

—En efecto.

Ella le sostuvo la mirada con serenidad. Resultaba evidente que no era una mujer dócil.

La joven esperó un tenso momento mientras bajaba la vista a las referencias en las manos de Jonas para luego volver a mirarle a la cara.

—¿Le importaría leerlas?

Él se reprendió mentalmente. Apretando los labios, bajó la vista y obedientemente desdobló la primera hoja.

Mientras leía las tres referencias pulcramente escritas e idénticamente dobladas, ella se dedicó a llenarle los oídos con una letanía de sus virtudes y experiencia como gerente en distintas posadas. Pensó en lo agradable y tranquilizadora que era la voz de la joven. Levantó la mirada de vez en cuando, sorprendido por un leve cambio en la cadencia de su tono. Mientras terminaba de leer la tercera referencia, Jonas se dio cuenta de que los cambios de voz ocurrían cuando ella intentaba recordar algún acontecimiento en concreto.

De todo lo que estaba oyendo, sólo una cosa era cierta: que la joven tenía experiencia en llevar la dirección de una casa y organizar fiestas.

En cuanto a su experiencia en regentar posadas...

—En lo que respecta a Three Feathers en Hampstead, yo...

Él bajó la mirada y volvió a leer las referencias sobre el tiempo que había trabajado en Three Feathers. Ella sólo se limitó a reflejar lo que estaba allí escrito, sin añadir nada más.

Volvió a mirarla, observando aquel rostro casi angelical, mientras barajaba la idea de decirle que sabía que las referencias eran falsas. Aunque estaban escritas por tres manos diferentes, él juraría que dos eran femeninas —por lo que era más que improbable que fueran, como ella le había indicado, de los dueños de las posadas— y la tercera estaba escrita por un varón, aunque, a juzgar por la letra, era un hombre joven cuya caligrafía todavía no estaba bien definida.

Sin embargo, lo más significativo de todo era que las tres referencias —supuestamente de tres posadas distantes geográficamente y con un lapso de cinco años entre sí—, estaban escritas con las mismas palabras, con la misma tinta y la misma pluma, una que tenía una mella en la punta.

Por no mencionar que, a pesar del tiempo transcurrido entre una referencia y otra, el papel era nuevo, y la tinta, fresca.

Volvió a mirar a la señorita Emily Beauregard por encima del escritorio mientras se preguntaba a sí mismo por qué no se limitaba a llamar a Mortimer para que acompañara a la joven a la puerta. Sabía que debería hacerlo, pero no lo hizo.

No podía dejarla marchar sin antes conocer la respuesta a la pregunta inicial: «¿Por qué demonios una dama como ésa solicitaba el puesto de gerente en una posada?»

Por fin, ella terminó de recitar sus méritos y lo miró, arqueando las cejas inquisitivamente con un aire un tanto arrogante.

Jonas lanzó las tres referencias sobre el papel secante y miró a la señorita Beauregard directamente a los ojos.

—Para serle sincero, señorita Beauregard, no había considerado ofrecerle el puesto a una mujer, y mucho menos a una tan joven como usted.

Por un momento, ella simplemente se lo quedó mirando, luego respiró hondo y alzó la cabeza un poco más. Con la barbilla en alto, le sostuvo la mirada con firmeza.

—Pues para serle sincera, señor Tallent, le eché un vistazo a la posada de camino hacia aquí y observé que las contraventanas necesitan una mano de pintura, y el interior parece no haber sido limpiado adecuadamente al menos en los últimos cinco años. Ninguna mujer que se precie se sentaría en ese salón, pero es la única área pública que hay. No hay servicio de cocina y no se ofrece alojamiento. En resumen, en estos momentos, la posada no es más que una taberna. Si de verdad se encarga de la hacienda de su padre, tendrá que reconocer que, como inversión, Red Bells no produce en la actualidad los beneficios que debería.

Lo dijo con voz agradable y en un tono perfectamente modulado. Pero, al igual que su rostro, las palabras ocultaban una fuerza subyacente, un filo cortante.

Ella ladeó la cabeza sin apartar la mirada de la de él.

—¿Me equivoco al suponer que la posada lleva sin gerente algunos meses?

Él apretó los labios y le dio la razón.

—En realidad, varios meses.

Muchos meses.

—Supongo que le gustaría que todo volviera a funcionar perfectamente tan pronto como sea posible. En especial cuando no hay otra taberna ni lugar de reunión en el pueblo. Los lugareños también deben de estar deseosos de que la posada vuelva a funcionar a pleno rendimiento.

¿Por qué Jonas se sentía como si fuera una oveja directa al matadero?

Había llegado el momento de recuperar el control de la entrevista y averiguar lo que quería saber.

—¿Podría decirme, señorita Beauregard, qué es lo que la ha traído a Colyton?

—Vi una copia de su anuncio en la posada de Axminster.

—¿Y qué la llevó a Axminster?

Ella se encogió de hombros ligeramente.

—Fui a... —Hizo una pausa como si estuviera considerando la respuesta, luego se corrigió—. Nosotros, mis hermanos y yo, sólo estábamos de paso. —Su mirada vaciló y bajó la vista a las manos con las que apretaba suavemente el bolsito—. Hemos estado viajando durante el verano, pero ya es hora de que nos establezcamos.

Jonas juraría, sin temor a equivocarse, que aquello era mentira. No habían estado viajando durante el verano pero, si la juzgaba bien, sí era cierto que tenía a varios hermanos a su cargo. Ella sabía que él descubriría la existencia de su familia si obtenía el trabajo, así que había sido sincera en ese punto.

La razón por la que ella quería el trabajo de posadera irrumpió en la mente de Jonas, confirmando sus sospechas a medida que evaluaba con rapidez el vestido —sencillo, pero de buena calidad— usado.

—¿Hermanos menores?

Ella levantó la cabeza, mirándole con atención.

—En efecto —repuso; luego vaciló antes de preguntar—: ¿Es un problema? Nunca lo fue. No son bebés. Las más jóvenes tienen... doce años.

El último titubeo fue tan leve que él sólo lo percibió porque la estaba escuchando con atención mientras la observaba. No tenían doce, sino algo menos, tal vez diez.

—¿Y sus padres?

—Hace muchos años que murieron.

Aquello también era verdad. Cada vez tenía más claro por qué Emily Beauregard quería el puesto de posadera. Pero...

Jonas suspiró y se inclinó hacia delante. Apoyó ambos antebrazos en el escritorio y entrelazó las manos.

—Señorita Beauregard...

—Señor Tallent.

Sorprendido por el tono tajante, él se interrumpió y alzó la vista a la brillante mirada color avellana.

Una vez que captó toda su atención, ella continuó:

—Creo que estamos perdiendo demasiado tiempo andándonos con rodeos. Lo cierto es que usted necesita un posadero con urgencia, y aquí estoy yo, más que dispuesta a aceptar el trabajo. ¿De verdad me va a rechazar porque soy una mujer y tengo hermanos pequeños a mi cargo? Mi hermana tiene veintitrés años, y me ayudará en todo lo que pueda. Lo mismo hará mi hermano de quince años, quien al margen del tiempo que dedicará a los estudios, también nos echará una mano. Mis hermanas pequeñas son gemelas y, aunque son las menores, también nos ayudarán. Si me contrata a mí, también los contrata a ellos.

—¿Insinúa que usted y su familia son una ganga?

—No lo dude, trabajaremos duro. Y a cambio de un salario igual a una sexta parte de la recaudación o a una décima parte de las ganancias mensuales, además de comida y alojamiento en la posada. —Ella continuó hablando sin apenas detenerse a tomar aliento—. Supongo que quiere que el posadero viva allí. Si no me equivoco las habitaciones del ático están desocupadas, y creo que nos servirán perfectamente a mí y a mis hermanos. Como ya estoy aquí, podría ocupar el puesto de inmediato y...

—Señorita Beauregard. —En esta ocasión, Jonas infundió un tono acerado a su voz con la finalidad de que ella se interrumpiera y le dejara hablar. Él le sostuvo la mirada—. Aún no he aceptado darle el trabajo.

La mirada de la joven no vaciló. Puede que hubiera un escritorio entre ellos, pero parecía como si estuvieran nariz contra nariz. Cuando por fin abrió la boca para hablar, la voz de Em fue tensa y apremiante.

—Usted está desesperado por tener a alguien que se encargue de la posada. Yo quiero el trabajo. ¿De verdad va a rechazarme?

La pregunta flotó entre ellos, casi escrita en el aire. Él apretó los labios y le sostuvo la mirada con igual firmeza. Era verdad que estaba desesperado y que necesitaba contratar a un posadero capaz —algo que afirmaba ser la señorita Beauregard—, y además la joven estaba allí, ofreciéndose para el puesto.

Y si la rechazaba, ¿qué haría ella? Ella y su familia, a quien mantenía y protegía.

No había que ser muy listo para saber que ella no llevaba enaguas, lo que quería decir que su hermana tampoco las llevaría. ¿Qué ocurriría si él la rechazaba y ella —ellas— se veían obligadas en algún momento a...?

¡No! Ese tipo de riesgos estaba fuera de toda consideración. Jonas no podría vivir con tal posibilidad sobre su conciencia. Incluso aunque nunca lo supiera con certeza, sólo pensar en esa posibilidad, le volvería loco.

La miró con los ojos entrecerrados. No le gustaba que le presiona-

27

ran para contratarla, y ella lo había hecho con suma eficacia. A pesar de todo...

Interrumpiendo el contacto visual, Jonas cogió una hoja en blanco y la puso sobre el escritorio. Ni siquiera la miró mientras cogía una pluma, revisaba la punta y abría el tintero, sumergiéndola en la tinta y poniéndose a garabatear con rapidez.

No importaba que las referencias fueran falsas. No había nadie mejor que ella y además quería el trabajo. Bien sabía Dios que era una mujer con el suficiente arrojo para conseguirlo. Él se limitaría a no apartar la mirada de ella para asegurarse de que le entregaba la recaudación correcta y de que no hacía nada indebido. Dudaba que se bebiera todo el vino de la bodega como había hecho Juggs.

Terminó de escribir la concisa nota, secó la tinta y dobló el papel. Sólo entonces miró a la joven que tenía los ojos abiertos como platos por la curiosidad.

—Esto —le dijo, tendiéndole el papel doblado— es una nota para Edgar Hills, el encargado de la taberna, donde indico que usted es la nueva posadera. John Ostler y él son, por el momento, el único personal.

Ella cerró los dedos en torno a la nota y suavizó la expresión. No sólo el gesto de los labios, pues se iluminó toda su cara. Jonas recordó que eso era lo que él había querido que ocurriera, que se había preguntado cómo se curvarían sus labios —que ahora lo atraían irresistiblemente— y a qué sabrían.

Ella tiró de la nota con suavidad, pero él la retuvo.

—Le haré un contrato de tres meses a prueba. —Tuvo que aclararse la garganta antes de continuar—: Después, si el resultado es satisfactorio, firmaremos un contrato permanente.

Jonas soltó la nota. Ella la guardó en el bolsito, luego levantó la cabeza, le miró y... sonrió.

Y así, sin más, ella le nubló el sentido.

Eso fue lo que él sintió mientras ella sonreía y se ponía en pie. Él también se levantó, aunque sólo lo hizo por instinto, dado que ninguna de sus facultades funcionaba en ese momento.

—Gracias —repuso ella con sinceridad. Sus ojos, de un profundo y brillante color avellana, no se apartaron de los de él—. Le prometo que no se arrepentirá. Transformaré Red Bells en la posada que Colyton se merece.

Con una educada inclinación de cabeza, ella se dio la vuelta y se dirigió a la puerta.

Aunque Jonas no recordó haberlo hecho, debió de tirar del cordón de la campanilla porque Mortimer se presentó para acompañarla hasta la puerta.

Ella salió con la cabeza bien alta y apretando el paso, pero no miró atrás.

Durante un buen rato, después de que ella hubiera desaparecido, Jonas permaneció de pie con los ojos clavados en el umbral vacío mientras volvía a recuperar el sentido poco a poco.

El primer pensamiento coherente que le vino a la mente fue un vehemente agradecimiento porque ella no le hubiera sonreído cuando entró.

2

Em regresó caminando a paso vivo por el sendero que conducía de vuelta a Colyton.

Apenas lograba contenerse para no dar saltos de alegría. Había conseguido el trabajo. Había convencido al señor Jonas Tallent de que le diera el puesto de posadera a pesar del peculiar y desconcertante efecto que él había tenido durante todo el rato sobre sus, normalmente, confiables sentidos.

Sólo de pensar en él, de decir mentalmente su nombre, evocaba el recuerdo de aquella mirada tranquila que la había dejado sin aliento, de lo aturdida que se había sentido cuando se había quedado mirando aquellos insondables ojos castaños, no tan conmovedores como ella había esperado en un principio, sino vivaces, intensos y profundamente oscuros, poseedores de una tentadora profundidad que, en su fuero interno, ella había querido, inesperadamente, explorar.

Fue una suerte que él no se hubiera ofrecido a estrecharle la mano. No sabía cómo habría reaccionado si su contacto le hubiera afectado de una manera similar a su mirada. Podría haber hecho algo realmente vergonzoso y espantoso, como estremecerse de manera reveladora, o temblar y cerrar los ojos.

Por fortuna, no se había visto sometida a esa prueba.

Así que todo estaba bien —estupendamente bien— en su mundo.

No podía dejar de sonreír ampliamente. Se permitió el gusto de dar un pequeño saltito, una expresión de puro entusiasmo, antes de que aparecieran ante su vista las primeras casas del pueblo, que bordeaban la carretera que atravesaba de norte a sur el centro del Colyton.

No era un pueblo grande, pero era el hogar de sus antepasados, y eso ya decía mucho en su favor. Para ella tenía el tamaño correcto.

Y se quedaría allí con sus hermanos.

Al menos hasta que encontraran el tesoro.

Era lunes y estaba atardeciendo y, salvo ella misma, la carretera estaba desierta. Miró a su alrededor mientras caminaba hacia la posada, observando que había una herrería un poco más adelante, a la izquierda, y que algo más allá había un cementerio al lado de una iglesia, justo en el borde de la cordillera que constituía el límite occidental del pueblo. Un poco antes de la iglesia, el camino bordeaba un estanque de patos. Justo enfrente, se encontraba la posada Red Bells en todo su decadente esplendor.

Al llegar a un cruce de caminos, se detuvo para estudiar su nuevo lugar de trabajo. Exceptuando las contraventanas, que necesitaban una buena mano de pintura, el resto de la fachada delantera era aceptable, al menos por el momento. Había algunas mesas y bancos en el exterior, cubiertos por un montón de maleza, pero que aun así podrían ser útiles. También había tres jardineras vacías, algo que se podría rectificar con facilidad, y que quedarían muy bien en cuanto se les aplicara una capa de pintura. Había que limpiar los cristales de las ventanas y barrer el porche pero, por lo demás, la parte delantera podía pasar.

Observó las ventanas del ático. Al menos aquellas habitaciones tenían un montón de luz, o la tendrían en cuanto se limpiaran las ventanas. Se preguntó en qué condiciones se encontrarían el resto de las habitaciones, en especial las habitaciones de huéspedes que estaban en el primer piso.

Desplazó la mirada por el camino que se extendía ante ella, barriendo con la vista las pequeñas casas de campo que se encontraban enfrente hasta la casa de mayor tamaño, al final del sendero, la primera si uno entraba en el pueblo desde el norte.

Sospechaba que esa casa era Colyton Manor, la casa solariega de su familia. Su bisabuelo había sido el último Colyton que residió allí, hacía ya muchos años. Dudaba que quedara nadie con vida que pudiera recordarlo.

Tras un momento, sacudió la cabeza para librarse de esos tristes pensamientos y volvió a mirar la posada. Esbozó una sonrisa. Había llegado el momento de aliviar la preocupación de sus hermanos. Con una sonrisa más amplia y radiante, se dirigió a la puerta de la posada.

Estaban en la misma esquina donde ella los había dejado, con los baúles y las maletas amontonados cerca de ellos. No tuvo que decirles nada. Con sólo una mirada a su cara, las gemelas, de pelo rubio y angelicales ojos azules, comenzaron a soltar gritos de alegría impropios de una dama antes de correr hacia ella para rodearla con sus brazos.

—¡Lo has conseguido! ¡Lo has conseguido! —Corearon al unísono, sin dejar de revolotear a su alrededor.

—Sí, pero ahora estaros calladitas. —Las abrazó brevemente y las soltó para acercarse a sus otros dos hermanos. Buscó los ojos azules de Issy con una expresión de sereno triunfo; luego, con una sonrisa más profunda, miró a Henry, que permanecía serio y taciturno.

—¿Qué tal ha ido todo? —preguntó él.

Henry tenía quince años que parecían cuarenta, y sentía el peso de cada uno de ellos. Aunque era más alto que Em, y también más alto que Issy, tenía el mismo color de pelo que su hermana mayor, aunque sus ojos eran dorados, no de color avellana como los de ella. Y sus facciones eran más fuertes que los delicados rasgos de sus hermanas.

Emily no necesitaba que él se lo dijera para saber que su hermano había estado preocupado por que alguien en Grange hubiera intentado aprovecharse de ella.

—Ha sido todo muy civilizado. —Ella sonrió de manera tranquilizadora mientras dejaba el bolsito en la mesa alrededor de la cual se habían reunido—. No había de qué preocuparse. Resulta que el señor Tallent, el hijo, no el padre, es quien se encuentra ahora a cargo de la posada. Y debo decir que el señor Jonas Tallent se comportó como un perfecto caballero. —En vista de que la noticia no había aliviado la preocupación de Henry, sino todo lo contrario, añadió suavemente—: No es joven. Diría que tiene algo más de treinta años.

Lo más exacto sería decir que rondaba la treintena, pero sólo con mencionar esa cifra, que para Henry de quince años era una edad inimaginable, logró hacer desaparecer la preocupación de su hermano.

Esperaba que para cuando conociera a Jonas Tallent, Henry se hubiera dado cuenta de que su patrón no planteaba ningún tipo de amenaza ni para ella ni para Issy. Y que, en realidad, Jonas Tallent no tenía nada que ver con los amigos de su tío.

Dejando a un lado el efecto que aquel hombre tenía sobre ella, algo de lo que él no tenía la culpa, dado que era producto de una sensibilidad sin precedentes por su parte, estaba totalmente segura de que

Jonas Tallent era el tipo de caballero que se regía por las reglas sociales y que, en lo que a las damas concernía, las seguía a rajatabla. Había algo en él, a pesar de lo nerviosa que había estado durante toda la entrevista, que la había hecho sentir completamente a salvo..., como si él fuera a protegerla de cualquier daño o amenaza.

Puede que le resultara un poco desconcertante, pero aun así lo consideraba un hombre honorable.

Sacó la nota doblada de Tallent del bolsito y la blandió para atraer la atención de sus hermanos.

—Tengo que entregarle esto al encargado de la taberna. Se llama Edgar Hills. La otra persona que trabaja en la posada aparte de él es el mozo de cuadra, John Ostler. Ahora... —Lanzó una mirada penetrante a las gemelas— espero que os comportéis bien mientras arreglo las cosas.

Las gemelas se sentaron obedientemente en un banco al lado de Issy, que le lanzó una sonrisa irónica. Henry se sentó también en silencio y observó cómo, con el bolso en la mano, Em se dirigía al mostrador del bar.

Edgar Hills levantó la mirada cuando ella se acercó, con una leve expresión de curiosidad en la cara. Había oído las exclamaciones y los gritos de alegría de las gemelas, pero no había podido escuchar nada más. La saludó cortésmente con la cabeza cuando ella se detuvo ante la barra.

—Señorita.

Em sonrió.

—Soy la señorita Beauregard. —Le tendió el mensaje de Tallent por encima de la barra—. Estoy aquí para hacerme cargo de la posada.

Em no se sorprendió demasiado cuando él recibió las noticias con una mezcla de alegría y alivio. A su manera, suave y tranquila, le dio la bienvenida a ella y a sus hermanos a la posada, sonriendo ante el entusiasmo de las gemelas. Luego les enseñó el edificio antes de ofrecerse a subir los baúles y las maletas al ático.

Las siguientes horas estuvieron cargadas de alegría y buen humor, un final, a fin de cuentas, mucho más radiante y feliz de lo que Em jamás habría soñado. Las habitaciones del ático eran perfectas para sus hermanos. Issy, Henry y las gemelas se las repartieron de manera equitativa y con una sorprendente buena disposición. Parecía el lugar ideal para todos.

En medio del aturdimiento general, Em se encontró instalada en unas habitaciones privadas. Edgar la condujo con timidez hasta una puerta estrecha en lo alto de las escaleras que partían de una de las salitas privadas hasta el primer piso. A la izquierda del rellano, había un amplio pasillo que recorría toda la longitud de la posada con habitaciones para huéspedes a ambos lados, con vistas a la parte delantera y trasera de la edificación. La puerta que Edgar abrió se encontraba a la derecha, al fondo del pasillo. Eran los dominios del posadero, una amplia salita que conducía a un dormitorio de buen tamaño, con un cuarto de baño y un vestidor al fondo. Esta última estancia estaba conectada por medio de una escalera muy estrecha al pasillo que conducía a la cocina.

Después de enseñarle todas las habitaciones, Edgar murmuró que iba a buscar el equipaje y la dejó.

Sola.

Em estaba sola, totalmente sola, algo que no solía ocurrir muy a menudo y, a pesar del profundo amor que sentía por sus hermanos, saboreaba esos momentos de soledad cada vez que surgían. Se acercó a la ventana de la salita y miró afuera.

La ventana daba a la parte delantera de la posada. Al otro lado de la carretera, las sombras púrpuras cubrían el campo. Más allá, en lo alto de la colina, la iglesia se recortaba contra el cielo todavía iluminado por el sol.

Em abrió la ventana de bisagras y aspiró el aire fresco y vigorizante con olor a pastos verdes y cultivos. La brisa de la noche trajo hasta ella el graznido seco y distante de un pato y el profundo croar de una rana

Issy ya se había hecho cargo de la cocina. Era ella quien cocinaba en la casa de su tío. Era mucho mejor cocinera que Em, y disfrutaba de los retos que suponía la preparación de un nuevo plato. En contra de lo que Emily esperaba, Issy le informó de que tanto el almacén como las despensas de la posada contenían algunos víveres, y que disponía de una variada colección de ingredientes para cocinar. En ese momento su hermana se encontraba en la cocina, preparando la cena.

Apoyando la cadera en el ancho alféizar, Em se reclinó contra el marco de la ventana. Tenía que encargarse de reabastecer por completo las despensas de la posada, pero sería al día siguiente cuando averiguaría dónde conseguir los suministros.

Edgar no residía allí, sino que se desplazaba todos los días desde la granja de su hermano en las afueras del pueblo. Le había preguntado sobre sus tareas; además de ayudarla en todo lo que pudiera, se mostraba encantado de continuar atendiendo el bar de la posada. Habían llegado fácilmente a un acuerdo. Ella se encargaría de los suministros, la organización y todo lo relacionado con el alojamiento y el servicio de comedor, mientras que él se haría cargo del bar y de reponer los licores, aunque sería ella quien se encargaría de conseguirlos.

Em le había pedido a Edgar que le presentara a John Ostler, que vivía en una habitación encima de los establos. Las cuadras estaban limpias; era evidente que allí no se había alojado ningún caballo durante mucho tiempo. John vivía para los caballos. Era un hombre tímido y reservado que parecía rondar la treintena. Debido a la escasez de huéspedes equinos en la posada, se había dedicado a echar una mano con los caballos en Colyton Manor.

Por él, Em se había enterado de que la mansión era, de hecho, la casa más grande del pueblo, y que actualmente era el hogar de una familia llamada Cynster. La señora Cynster era la hermana gemela de Jonas Tallent.

Lanzando una mirada a las profundas sombras, Em tomó nota mental de sus nuevos dominios. La posada sólo tenía una estancia pública, un salón que ocupaba toda la planta baja. La puerta principal se encontraba justo en el centro. La larga barra del bar se extendía más hacia la derecha, dejando un buen espacio a la izquierda, frente a la puerta de la cocina. Al lado de ésta, en ese extremo de la estancia, había unas escaleras. En el centro de las paredes laterales había unas grandes chimeneas con repisas de piedra.

En el salón público de la posada había, según sus cálculos, unos cuarenta asientos o más. Además de muchas mesas con bancos y sillas, incluido confortables sillones de orejas dispuestos en semicírculo alrededor de las chimeneas. Por otra parte, había un área a la derecha de la puerta principal algo más informal, con mesas redondas con bancos y sillas de madera a lo largo de las paredes. En la zona a la izquierda de la puerta, había, en cambio, bancos acolchados y sillas almohadilladas, y más sillones de orejas alrededor de mesas bajas. Un poco más allá, entre la chimenea y la puerta de la cocina, había mesas rectangulares con bancos; resultaba evidente que se trataba de la zona del comedor.

El polvo que cubría los asientos más cómodos y las mesitas bajas hacía sospechar a Em que esa área en particular —destinada probablemente a mujeres y gente de más edad— no había sido demasiado usada en los últimos años.

Esperaba que ese hecho cambiara ahora. Una posada como Red Bells debería ser el centro de vida del pueblo, y eso incluía a la mitad de la población femenina y a la gente de más edad.

Además, el hecho de tener tanto a mujeres como ancianos en la posada, ayudaría a mejorar el comportamiento de los hombres. Tomó nota mental de establecer algunas normas y hallar la manera de hacerlas cumplir.

Edgar ya le había dicho, en tono de queja, que la clientela de la posada había disminuido debido a la dejadez de su predecesor, un hombre llamado Juggs. Incluso los viajeros que solían parar regularmente en la posada, habían buscado, con el paso del tiempo, otros lugares donde alojarse.

Em tenía un arduo trabajo por delante para conseguir que la posada volviera a recuperar su antiguo esplendor. Para su sorpresa, tal desafío suponía todo un estímulo, algo que no se había esperado al llegar allí.

—Oooh, qué lugar más bonito —dijo Gertrude, Gert para la familia, entrando en la habitación con Beatrice, Bea, pisándole los talones, con una mirada igual de observadora que su gemela.

Henry apareció detrás de las gemelas, seguido de Issy, con un delantal y un paño entre las manos.

—La cena estará lista en media hora —anunció Issy con cierto orgullo. Miró a Em—. La cocina, una vez desenterradas las cazuelas y las sartenes, ha resultado ser una maravilla. Al parecer alguien había guardado los utensilios en el sótano. —Ladeó la cabeza—. ¿Has pensado en contratar personal para la cocina?

Levantándose del alféizar de la ventana, Em asintió con la cabeza.

—Edgar me ha contado que antes solían trabajar aquí una cocinera y varios ayudantes. Todos viven en el pueblo y es muy posible que todavía estén disponibles si queremos contratarles de nuevo. Le he respondido que sí. —Le lanzó a Issy una mirada firme—. Me gustaría que me echaras una mano con los menús y los pedidos, pero, una vez que todo esté en orden, no quiero que cocines a menos que se trate de una emergencia. —Issy abrió la boca para protestar, pero Em levantó una mano para silenciarla—. Sí, ya sé que no te importa, pero no te he sacado de la cocina de tío Harold para meterte en otra.

Desplazó la mirada por las caras de sus hermanos.

—Todos sabemos por qué estamos aquí.

—¡Para encontrar el tesoro! —exclamó Bea con voz aguda.

Em se volvió, cogió la manilla de la ventana y la cerró. Las voces chillonas de las gemelas se oían desde muy lejos, y no quería que nadie más conociera la razón por la que estaban en Colyton.

—Sí —dijo ella, asintiendo con decisión—. Vamos a encontrar el tesoro, pero además vamos a vivir una vida normal.

Miró a las gemelas, que no parecían afectadas por su tono. Em las conocía muy bien.

—Ya hemos hablado de esto antes, pero por desgracia Susan descuidó vuestra educación. Puede que también seáis hijas de papá, pero hemos descuidado las bases de vuestra educación como señoritas. Issy, Henry y yo tuvimos institutrices que nos enseñaron. Y aunque por el momento no podréis tenerlas, Issy y yo misma nos encargaremos de que recibáis vuestras lecciones.

Las gemelas intercambiaron una mirada —lo que no era buena señal— antes de mirar a Em y asentir dócilmente con la cabeza.

—Está bien —dijeron al unísono—, probaremos a ver cómo nos va.

No había nada que probar, pero Em decidió dejar esa batalla para más adelante. Issy, con quien había estado hablando durante largas horas sobre la falta de educación de las gemelas, asintió en silencio con determinación.

Aunque todos eran Colyton, hijos del mismo padre, las gemelas eran producto del segundo matrimonio de Reginald Colyton. Si bien Susan, la madre de las gemelas, había sido una persona encantadora, una a la que Em, Issy y Henry habían tomado cariño, no había tenido la misma educación que ellos. Aquello no había importado mientras vivió su padre, pero después de que muriera, cuando las gemelas tenían sólo dos años, la familia se había separado. Harold Pothcridge había sido nombrado tutor de Em, Issy y Henry, y se los había llevado a su casa, Runcorn Manor en Leicestershire, mientras que las gemelas, como era natural, se habían quedado con Susan en York.

Aunque Em e Issy habían mantenido correspondencia con Susan de manera regular, y las cartas que recibían de su madrastra siempre habían sido alegres. Después de que ésta muriera, las gemelas, huérfanas a los nueve años de edad, se habían presentado sin avisar en la puerta de Harold. Fue entonces cuando las dos hermanas mayores se habían dado cuenta de que las cosas no habían resultado tan alegres y dicharacheras como Susan les había hecho creer.

Al parecer, la boda de la que les había hablado no había tenido lugar.

Y las gemelas no habían recibido ninguna educación.

Em estaba resuelta a rectificar esto último y, por fortuna, las gemelas eran Colyton, que eran personas de gran ingenio a las que no les costaba trabajo aprender cuando se aplicaban a ello.

Por desgracia, también eran auténticas Colyton en el sentido de que les gustaba explorar todo lo que veían, por lo que conseguir que se concentraran en las lecciones no era tarea fácil.

Em miró a Henry. A él no le costaba aprender. De hecho le encantaba; su manera de explorar el mundo iba mucho más allá de lo puramente físico.

—Preguntaremos en los alrededores y encontraremos un tutor para ti. No podemos consentir que te quedes sin recibir tus lecciones.

Con la seriedad que le caracterizaba, Henry asintió con la cabeza.

—Aun así, yo también ayudaré en la posada. Me parece lo más justo.

Em asintió con la cabeza, pero intercambió otra mirada con Issy. Las dos se asegurarían de que los estudios de Henry tuvieran prioridad sobre todo lo demás. Parte del acuerdo al que Em llegó con Harold hacía ya tiempo —un acuerdo del que Henry nunca había estado al tanto—, era que, a cambio de que su hermana y ella se ocuparan de la casa, Harold se encargaría de que Henry recibiera clases del vicario local, que había estudiado en Oxford y era un gran estudioso,

Era un acuerdo que Harold se apresuró a cumplir, pues de ese modo se aseguraba el mantener a Em y a Issy donde quería: ocupándose de la casa y de todas sus comodidades de manera gratuita. Así que Henry estaba camino de convertirse en el estudioso que siempre había querido ser. Pero necesitaba prepararse para entrar en la universidad, aunque todavía faltaran algunos años.

—Háblanos del tesoro otra vez —dijo Gert, saltando sobre uno de los sillones y levantando una nube de polvo.

Bea hizo lo mismo en el otro sillón, con idéntico resultado.

—Sólo si os quedáis quietas —dijo Em con rapidez. Como la historia del tesoro familiar era una que ninguno de sus hermanos se cansaba de escuchar, las gemelas se detuvieron de inmediato y clavaron los ojos en ella. Em le lanzó una mirada inquisitiva a Issy.

Su hermana le indicó con la mano que siguiera adelante.

—Tenemos mucho tiempo. La comida que he metido en el horno tardará un rato en estar lista.

Issy y Henry se sentaron en el sofá. Tomando nota mental de sacudirlo y desempolvarlo antes de irse a dormir, Em lanzó una larga mirada a sus hermanos, antes de comenzar a hablar.

—Hace mucho tiempo... en la época de sir Walter Raleigh y los conquistadores españoles, uno de los Colyton, que era bucanero y poseía su propio barco, capturó un galeón español repleto de oro.

Continuó describiendo al capitán, a la tripulación, el viaje y la batalla, concluyendo la historia con la emocionante victoria de su ancestro.

—Como parte del botín, llevó a su hogar un cofre repleto de oro y joyas. Su esposa, que se había quedado en casa aquí en Colyton, le dijo que la familia ya era lo suficientemente rica; además sabía que si su marido y sus cuñados, todos ellos aventureros como lo son todos los Colyton, ponían las manos sobre el tesoro, lo malgastarían en más barcos que satisficieran su afán de aventuras. Así que sugirió que escondieran el cofre del tesoro en un lugar donde sólo los Colyton pudieran encontrarlo, para que las futuras generaciones pudieran recurrir a él en el caso de que se encontraran en grandes dificultades. La intención era mantener vivo el nombre de Colyton y la seguridad financiera de la familia, y todos se mostraron de acuerdo con ella.

Hizo una pausa y sonrió a las cuatro caras arrobadas que tenía delante.

—Así que ocultaron el tesoro aquí, en el pueblo, y el lugar donde está escondido se transmitió de generación en generación a través de una rima infantil.

—¡Hasta llegar a nosotros! —exclamó Gert con una sonrisa radiante.

Em asintió con la cabeza.

—Sí, a nosotros. Somos los últimos Colyton y necesitamos el tesoro. Por eso hemos venido aquí, al pueblo de Colyton.

—El tesoro de los Colyton está oculto en Colyton —entonó Henry, comenzando a recitar la rima que todos conocían de sobra.

—En la casa más alta, en la casa de las alturas, en el piso más bajo —continuó Issy.

—Escondido en una caja que sólo un Colyton abriría —terminó Em para deleite de las gemelas.

—Y ahora que estamos aquí —indicó Bea—, vamos a encontrar el tesoro.

—Eso es. —Em se puso en pie—. Pero primero vamos a cenar y mañana pensaremos la manera de que Henry pueda continuar con sus estudios, y vosotras dos comenzaréis a estudiar con Issy mientras yo pongo la posada en orden. —Cogiendo a cada gemela de la mano, hizo que se levantaran de las sillas y las condujo hacia la puerta—. Ahora que estamos aquí y tenemos un lugar donde quedarnos, uno en el que estaremos perfectamente bien durante meses, todos tendremos cosas que hacer, así que será mejor que mantengamos nuestra búsqueda en secreto y que nos dediquemos a ella sólo en nuestro tiempo libre. Ahora que estamos aquí, no tenemos por qué apresurarnos.

—Mantendremos el tesoro en secreto —dijo Gert.

—Y mientras hacemos otras cosas, buscaremos el tesoro discretamente. —Em detuvo a sus hermanas menores en la puerta y miró fijamente los pequeños ojos brillantes—. Quiero que me prometáis que no os pondréis a buscar el tesoro, ni siquiera discretamente, sin decírmelo antes.

Esperó, sabiendo que sería inútil decirles que le dejaran toda la búsqueda a ella.

Gert y Bea esbozaron idénticas sonrisas.

—Te lo prometemos —corearon al unísono.

—Bien. —Em las soltó. Las gemelas bajaron las escaleras con estrépito mientras Em se volvía hacia Issy—. Ahora lo único que falta es darles la cena y meterlas en la cama.

A las ocho de la tarde, Em, satisfecha de que las gemelas, Henry e Issy estuvieran instalados en sus habitaciones y de haber limpiado todo el polvo que pudo de la suya, hizo la cama con sábanas limpias.

Luego abandonó la estancia. Le había dicho a Edgar que quería estudiar a los posibles clientes de la posada, aprendiendo de esa manera la clase de clientela que atendían y decidir en concordancia la comida más adecuada.

Bajó en silencio las escaleras principales, deteniéndose en el último descansillo, utilizando la ventajosa posición para escudriñar con rapidez el salón, observando a los hombres apoyados en la barra y a las dos parejas de ancianos sentados en las mesas cerca de la chimenea apagada.

No hacía frío, pero pensó que un fuego cálido haría más agradable el ambiente. Continuó bajando las escaleras y añadió mentalmente leña a la lista de suministros.

Tras descender el último escalón fue consciente de las miradas furtivas que le lanzaban los clientes, aunque todos apartaron la atención de ella cuando echó un vistazo alrededor. Sin duda, debían de saber que ella era la nueva posadera. Sintiendo el interés y la expectación que despertaba, Em se ajustó el chal sobre los hombros, se dio la vuelta y entró en la cocina.

Atravesó la cocina vacía y salió al pequeño vestíbulo que había entre el fondo del bar de Edgar y el diminuto despacho del posadero. Ya había examinado aquel lugar antes; aparte de un montón de recibos viejos, no había encontrado ningún tipo de registro, factura o libro de cuentas..., nada que identificara a los proveedores con los que tenía que haber tratado Juggs.

Era un absoluto misterio cómo aquel hombre había dirigido la posada en el pasado, pero intentar desvelar aquel misterio era algo que no pensaba hacer hasta el día siguiente. Ahora se contentaría con aprender algo sobre los clientes de la posada.

Se detuvo ante la puerta del despacho, oculta entre las profundas sombras del vestíbulo, y volvió a mirar a los bebedores, creando una lista mental de las comidas por las que aquellos hombres estarían dispuestos a pagar y pensando en la mejor manera de tentar a sus mujeres para que frecuentaran una posada limpia y bien atendida.

Mentalmente, añadió a la lista un enorme frasco de cera de abejas, preferentemente con olor a limón o lavanda.

Estaba estudiando a una de las parejas de ancianos sentados a una de las mesas, cuando sintió una abrumadora presencia a su espalda a la vez que le bajaba un escalofrío por la columna.

—Hector Crabbe. Vive en una pequeña casa al sur del pueblo.

Em reconoció aquella profunda voz al instante, a pesar de que no era nada más que un susurro en su oído. Fue el orgullo lo que la hizo cruzar los brazos bajo los pechos para no ceder al impulso de darse la vuelta. Se obligó a hablar con normalidad.

—¿Quién es Crabbe?

Hubo un momento de silencio, sin duda mientras él esperaba que ella reconociera su presencia más apropiadamente. Como Em no movió ni un solo músculo, él respondió:

—El que lleva barba.

—¿Está casado?

—Creo que sí. —Em casi pudo oír sus pensamientos antes de que se decidiera a preguntar—: ¿Por qué quiere saberlo?

—Porque —dijo ella, que cedió finalmente a su primer impulso y lo miró por encima del hombro— me preguntaba si podría tentar a la señora Crabbe y a otras como ella para que vinieran a la posada de vez en cuando y utilizaran el salón como un lugar de reunión.

Em se volvió, casi sin aliento, hacia el salón, luchando contra la repentina aceleración de su pulso. Los seductores ojos masculinos estaban tan cerca que, incluso en la oscuridad, se había sentido atraída hacia ellos.

—¿Sabe por casualidad dónde se reúnen las mujeres del pueblo?

Cuando él respondió, Em percibió un deje de interés en su voz.

—No sé si lo hacen.

Ella sonrió, y volvió a mirarle por encima del hombro.

—Mucho mejor para nosotros.

Jonas la miró a los ojos, sintiendo de nuevo el poder de aquella devastadora sonrisa.

No estuvo seguro de si se sintió decepcionado o aliviado cuando, después de sostenerle la mirada brevemente, ella se volvió hacia el salón.

—¿Quién es el hombre con el que habla Crabbe?

Se lo dijo. Ella fue preguntándole sobre los clientes, pidiéndole que le dijera los nombres, las direcciones y el estado civil de cada uno. A Jonas le sorprendió y le desconcertó que ella pudiera ignorar con total facilidad la atracción que parecía existir entre ellos. Incluso habría dudado de que la joven la hubiera notado siquiera si no fuera porque la oyó contener el aliento al mirarlo por primera vez y la vio agarrarse los codos con firmeza, como si estuviera buscando algo en lo que apoyarse.

Jonas podía comprenderla. Estar tan cerca de ella, entre las oscuras sombras, inspirar el olor que emitía su piel y su pelo brillante, le hacía sentirse ligeramente mareado.

Lo que era muy inusual. Jamás había conocido a una mujer, ni mucho menos a una dama, que atrajera su atención de una manera tan intensa casi sin ningún esfuerzo.

Aunque sin ningún esfuerzo era la definición más adecuada. Jonas era plenamente consciente de que ella no había intentado, al menos por ahora, atraerlo de esa manera.

Alentarlo.

El cielo sabía que ella estaba haciendo todo lo posible para no alentarlo en absoluto.

Era una pena que él fuera todavía más terco de lo que intuía que era ella.

En cuanto le dijo los nombres de todos los clientes, ella se dio la vuelta y le lanzó una rápida mirada a la cara.

—He examinado el despacho, pero no he podido encontrar ningún libro de cuentas de la posada. De hecho, no he encontrado ningún tipo de registro. ¿Están en su poder?

Jonas no respondió de inmediato, pues su cerebro tenía problemas para asimilar la pregunta ya que estaba demasiado ocupado considerando las brillantes posibilidades de la posición en la que se encontraban. El vestíbulo era pequeño y estrecho, y estaba relativamente oscuro. Se había detenido justo detrás de la joven y, ahora que ella se había dado la vuelta, la parte superior de su cabeza apenas le llegaba a la clavícula. Para mirarle a la cara, ella tenía que echar la cabeza hacia atrás y levantar la vista, por lo que quedaban tan cerca el uno del otro que si él respiraba hondo, las solapas de su chaqueta le rozarían los pechos.

Jonas la miró directamente a los ojos. Incluso en la oscuridad podía percibir la batalla que ella libraba consigo misma para poner distancia entre ellos, aunque permaneció inmóvil.

El silencio se extendió, incrementando la tensión entre ellos, hasta que Jonas se rindió, dio un paso atrás y señaló la puerta del despacho.

Ella pasó con rapidez junto a él y cruzó la diminuta estancia hasta situarse detrás del escritorio, dejando que la gastada mesa se interpusiera entre ellos. No se sentó, pero observó cómo él llenaba el umbral.

Jonas no dijo nada, se quedó allí de pie, observando a la joven que lo miraba con el ceño fruncido.

Entonces recordó la pregunta y apoyó un hombro contra el marco de la puerta antes de responderle.

—No existen libros de cuentas ni registros, al menos de la última década. Juggs no creía que fuera necesario dejar constancia de nada por escrito.

El ceño de la joven se hizo más profundo.

—Entonces ¿cómo sabía cuáles eran las ganancias?

—No lo sabía. El acuerdo que tenía con mi padre era pagarle una renta fija al mes, disponiendo del resto de las ganancias para sí mismo. —Vaciló y admitió—: Mirándolo retrospectivamente, no fue, desde luego, el acuerdo más inteligente. A Juggs no le importaba si la posada tenía éxito o no, así que trabajaba lo suficiente para pagar el alquiler y nada más. —Sonrió—. El trato que hemos hecho nosotros es mucho mejor.

Ella carraspeó levemente y se dignó a sentarse, hundiéndose en la desvencijada silla que había detrás del escritorio. Parecía un tanto abstraída.

Jonas la observó fingir que le ignoraba, aunque la señorita Beauregard sabía de sobra que él estaba allí.

—Los suministros —dijo ella finalmente, alzando la mirada hacia él—. ¿Hay algún lugar donde la posada tenga una cuenta?

—Hay un comerciante en Seaton que se encarga de suministrar todo lo necesario a la hacienda. Debería hablar con él y decirle que anote los gastos de la posada a la cuenta de Grange.

Ella asintió con la cabeza, entonces abrió un cajón del escritorio y sacó una hoja en blanco y un lápiz. Dejó el papel sobre el escritorio y sostuvo el lápiz entre los dedos.

—Tengo intención de hacer una amplia oferta culinaria en la posada. Cuando la gente sepa que servimos comidas, vendrán y se convertirán en clientes regulares. —Tomó algunas notas antes de hacer una pausa para repasar lo que había escrito—. Creo —dijo ella sin levantar la mirada— que podemos conseguir que la posada se convierta en el centro de reuniones del pueblo. Que no sólo vengan aquellos que quieren tomarse una cerveza al terminar la jornada laboral, sino que sea frecuentada durante todo el día. Un sitio donde las mujeres puedan charlar mientras toman una taza de té, y las parejas puedan venir a comer. Todo eso, mejorará en gran medida los ingresos de la posada, y de ese modo se incrementarán las ganancias. En cuanto al alojamiento, pienso ocuparme de mejorar las habitaciones y hacerlas más confortables. Quiero que todos los huéspedes sepan que aquí ofrecemos algo más que un sitio donde beber cerveza.

Ella había estado escribiendo sin parar, haciendo una larga lista mientras hablaba, pero ahora levantó la mirada hacia él con un reto definitivo en los ojos.

—¿Aprueba mis ideas, señor Tallent?

Quiso decirle que le llamara Jonas. Se quedó mirando aquellos ojos brillantes, sabiendo que ella tenía en mente un desafío más amplio del que suponía la posada.

No le había pasado desapercibido que ella le había incluido en su monólogo. No sabía si había sido aposta o no, pero que hablara en plural le recordó que la necesitaba allí, como posadera de Red Bells. Y que si quería que se quedara allí, que se encargara de la posada, algo que estaba cada vez más seguro que ella era capaz de hacer, entonces no podía permitirse el lujo de ponerla nerviosa, empujándola a marcharse.

Aunque la señorita Beauregard estaba más a la defensiva que nerviosa, con todas las defensas alzadas y se negaba a admitir la atracción que existía entre ellos.

Jonas podía atravesar esas defensas con facilidad; todo lo que tenía que hacer era entrar en el despacho, cerrar la puerta y... Pero no era el momento de arriesgarse a hacer tal movimiento. Además, seguía sin saber qué era lo que la había llevado hasta allí, qué era lo que la había conducido a ser su posadera. Y hasta que lo supiera...

Jonas se apartó de la jamba de la puerta y ladeó la cabeza.

—Sí, señorita Beauregard. Sus ideas me parecen buenas. —Curvó los labios en una sonrisa—. La dejaré trabajar en paz. Buenas noches, señorita Beauregard.

Ella se despidió con un regio gesto de cabeza.

—Buenas noches, señor Tallent.

Él se dio la vuelta y abandonó el despacho sin mirar atrás.

Era más de medianoche cuando Em subió las escaleras para dirigirse a su habitación. En la cocina había encontrado una vela, una que duraría toda la noche. No es que le diera miedo la oscuridad, pero si podía remediarlo, prefería disponer de luz.

La oscuridad le recordaba la noche en la que murió su madre. No sabía por qué exactamente, pero si permanecía mucho rato a oscuras, tenía la impresión de que un peso, un peso creciente, le aplastaba el pecho, haciendo que le costara trabajo respirar, hasta que era presa del pánico y tenía que encender una vela.

Al entrar en sus aposentos, vio que la luz de la luna se reflejaba en la alfombra. Había dejado las cortinas abiertas, por lo que apenas necesitaba más luz. Dejó la vela en el tocador y se acercó a la ventana. Se detuvo delante y dejó que sus ojos se acostumbraran a la oscuridad exterior.

La plateada luz de la luna se derramaba sobre el paisaje, iluminando los árboles y los arbustos, haciendo que el campo pareciera un mar embravecido. En contraste, la superficie del estanque de patos parecía un trozo de negra, pulida y brillante obsidiana, cuyas sombras cambiaban por la leve brisa, rizadas por la luz de la luna. En lo alto de la colina, como un vigilante centinela, la iglesia se erguía sólida y majestuosa, recortada contra el cielo nocturno.

Em respiró hondo. Permaneció inmóvil ante la ventana, permitiendo que la invadiera una insólita paz.

Se negó a pensar en Jonas Tallent, ni en el desafío en el que se había convertido la posada. Se negó incluso a pensar en la búsqueda del tesoro de la familia.

En medio de la oscuridad de la noche, sintió cómo la calma, la serenidad y algo más profundo, más fuerte y duradero, la inundaba.

Tranquilizándola.

Cuando finalmente se dio la vuelta, cogió la vela y se dirigió a su nueva cama, sintiendo como si por fin hubiera vuelto a casa.

A las diez de la mañana del día siguiente, Em salió por la puerta principal de Red Bells. Acompañada de Henry, que caminaba a su lado, subió con paso enérgico el camino que conducía a la iglesia, con el campo a la izquierda y las casitas a la derecha.

Se había puesto su sombrerito dominical, lo que era de rigor cuando se visitaba la rectoría. Esa misma mañana, Edgar le había sugerido que hablara con el párroco, el señor Filing, sobre los estudios de Henry.

La cocina de la posada había resultado sorprendentemente acogedora cuando se habían reunido allí para desayunar. Issy había hecho tortitas, y el té que encontraron en una de las despensas había resultado ser muy bueno.

Edgar apareció a las ocho para abrir la puerta y barrer la taberna. Cuando Em le había comentado en tono de decepción que le extrañaba la ausencia de clientes a esas horas, él le informó que rara vez se presentaba alguien antes del mediodía.

Y eso era algo que tenía que cambiar.

A las nueve, Em había hablado y contratado a Hilda, la mujer que antes se había encargado de la cocina y que no tardó en intercambiar recetas con Issy, lo que había sido una buena señal. Y también había contratado a dos chicas, sobrinas de Hilda, para que la ayudaran en la cocina. Además había empleado a las robustas hijas de un primo de Hilda, Bertha y May, que, desde ese mismo día, se encargarían de la limpieza.

Como le había dicho a Jonas Tallent, ofrecer buenas comidas encabezaba su lista de prioridades. En cuanto resolviera el tema de los estudios de Henry, se encargaría de la imperativa tarea de reabastecer las despensas de la posada.

Hacía un buen día. Una brisa ligera agitaba los extremos de las cintas de su sombrerito y los lazos de la chaquetilla verde que se había puesto encima del vestido de paseo de color verde pálido.

Acababan de dejar atrás el estanque de patos cuando escuchó unas fuertes pisadas a su espalda.

—Buenos días, señorita Beauregard.

Ella se detuvo, tomó aliento para sosegar sus sentidos y se dio la vuelta.

—Buenos días, señor Tallent.

Cuando sus miradas se encontraron, Em se dio cuenta de que tomar aliento no había servido de nada. Sus sentidos se negaban a calmarse y seguía conteniendo el aliento. Él llevaba una chaqueta de montar y unos pantalones de ante que se ajustaban a sus muslos antes de desaparecer en el interior de las brillantes botas de montar.

Después de un rato, Jonas miró a Henry.

Quien lo estudiaba atentamente y estaba a punto de salir en defensa de su hermana.

—Permítame presentarle a mi hermano Henry. —Se volvió hacia Henry y dijo—: Éste es el señor Tallent, el dueño de la posada.

Em esperaba que su hermano no se olvidara de la educación recibida y recordara la necesidad de ser cortés con su patrón.

Jonas se encontró mirando una versión más joven y masculina de su posadera. Tenía la misma mirada clara que la joven aunque los ojos no eran exactamente del mismo color. El muchacho era alto, casi le llevaba una cabeza a su diminuta hermana, y era larguirucho, aunque no cabía duda de que eso cambiaría muy pronto. Aun así, era imposible no percibir la relación familiar, lo que explicaba —por lo menos para Jonas, que tenía una hermana— la expresión casi furiosa en los ojos de Henry Beauregard.

Jonas le tendió la mano y le saludó con un gesto de cabeza.

—Henry.

El jovencito parpadeó, pero estrechó la mano que le tendía, saludándole también con la cabeza.

—Señor Tallent.

Jonas le soltó y miró a su hermana.

—¿Han salido a tomar el aire o tienen algún destino en mente?

Era evidente que se trataba de eso último. Ella estaba caminando con el paso brioso de alguien que tuviera un destino en mente. La señorita Beauregard vaciló un segundo antes de responder.

—Nos dirigimos a la rectoría.

Em se volvió y reanudó la marcha. Él no tardó en ajustar su paso al de la joven, mientras que Henry se situaba al otro lado de ella.

—Si van a ver a Filing, deben saber que la carretera es el camino más largo. —Señaló un sendero que cruzaba los campos en dirección a la rectoría—. Por ahí es más rápido.

Ella inclinó la cabeza, agradeciéndole la información, y se desvió hacia el sendero que le indicaba. Cuando puso un pie en el camino de tierra, él alargó el brazo para tomarla del codo.

Él sintió el escalofrío que la recorrió y su calidez en las puntas de los dedos.

«Cuando se sienta segura», se dijo a sí mismo, recordando la decisión de no ponerla nerviosa —al menos por el momento—, y la soltó a regañadientes.

Ella se detuvo y le miró, el camino ascendente hacía que sus ojos quedaran al mismo nivel. Apretando los labios, la joven asintió con la cabeza.

—Gracias. Desde aquí podremos encontrar el camino solos, no es necesario que se moleste más por nosotros.

Él sonrió, mostrándole los dientes.

—No es ninguna molestia. Yo también voy a ver a Filing.

—¿De veras? —Una firme sospecha brillaba en los ojos de la señorita Beauregard.

—Tenemos que resolver unos negocios —le informó sin dejar de sonreír. Le hizo señas para que siguiera andando.

Frunciendo el ceño, ella se dio la vuelta y reanudó la marcha cuesta arriba.

Él la siguió y, consciente de que Henry le estaba observando, clavó la vista en el camino. El muchacho se mostraba muy protector hacia su hermana. Resultaba evidente que no se fiaba de él, aunque había más curiosidad que recelo en sus ojos.

Em también era consciente de que Henry evaluaba a Jonas Tallent, y en ese sentido, se encontró, inesperadamente, sin saber qué hacer. Aunque no tenía intención de alentar a Tallent para que se preocupara por ella o por su familia, era dolorosamente consciente de que durante los últimos ocho años Henry había carecido de un mentor masculino. Su tío, desde luego, no había ejercido el papel de su padre. Henry necesitaba una guía masculina —un hombre al que pudiera admirar— y, aunque Filing podía impartirle lecciones, dudaba que un párroco pudiera llenar ese otro vacío, menos tangible, pero no menos importante.

Sin embargo, Jonas Tallent, sí podría hacerlo.

Dejando a un lado el inquietante efecto que él tenía sobre sus estúpidos sentidos, no había observado nada en él que pudiera ofenderla. De hecho, su estatus, social y financiero, era equivalente al de su hermano. O, mejor dicho, al que su hermano tendría algún día.

Tallent sería un buen modelo a imitar para Henry.

Suponiendo, claro está, que ella no descubriera puntos negativos en su contra.

El sendero que atravesaba los campos tenía una cuesta pronunciada, y estaba bordeado por vallas y rocas. La ascensión fue lenta, pero Em no tenía ningún motivo para darse prisa.

—¿Es costumbre —le preguntó finalmente— que los párrocos se involucren en los negocios?

Había un tono divertido en la voz de Tallent cuando respondió.

—No es lo habitual, pero en Colyton comienza a ser una costumbre.

El comentario no tenía mucho sentido, por lo menos para ella. Lo miró con el ceño fruncido.

—¿Qué quiere decir?

—Filing lleva las cuentas de la Compañía Importadora de Colyton —Jonas decidió que ella no tenía por qué saber que la compañía tenía sus orígenes en el contrabando—. Fue creada por mi hermana gemela, Phyllida, hace algunos años. Después de que ella se casara, yo asumí el papel de supervisor, pero es Filing el que lleva al día los registros de las importaciones de la compañía, y quien arregla los pagos con la oficina de recaudación en Exmouth.

—¿Qué bienes importa la compañía?

—En estos momentos importamos vinos y coñac franceses. —Igual que durante los últimos años—. El coñac y los vinos que se sirven en la posada son suministrados por dicha compañía.

Ella permaneció en silencio durante un buen rato antes de hablar.

—Me parece un negocio extraño para un pueblo tan pequeño.

Jonas no pudo evitar salir en defensa de su gemela.

—Es la solución que Phyllida encontró para poner fin a las revueltas que provocaba el contrabando, por lo menos aquí —le explicó—. Además, cuando las familias perdieron los ingresos que generaba el comercio ilegal, Phyllida convirtió la misma tarea en una empresa legítima. Poco a poco, con el paso de los años, se ha convertido en algo más tradicional. Ahora se descarga la mercancía en los muelles y los bienes se guardan en los almacenes que la compañía construyó en Axmouth para tal fin. Desde allí se distribuyen los toneles y barricas hasta las tabernas y posadas más cercanas.

Em arqueó las cejas sin apartar la vista del camino. A él no le sorprendió cuando ella hizo hincapié en el meollo de la cuestión.

—Crear esa compañía fue la manera de conseguir el equilibrio, pero se ha convertido en mucho más.

Era una declaración, no una pregunta. La señorita Beauregard parecía asumir el concepto... y aprobarlo.

Tanto mejor. Ante ellos apareció el portón de la rectoría. Jonas lo abrió y dio un paso atrás, indicándoles a Emily y a Henry que siguieran el camino antes de atravesar él mismo la puerta y volver a poner el pasador.

Em observó la rectoría que estaba a unos metros de ellos.

—¿Cómo es el señor Filing? ¿Qué edad tiene?

—Es algo mayor que yo, de unos treinta y pocos. Es un hombre sensato con una educación excelente. Nos sentimos afortunados de tenerlo aquí. Más o menos heredó el puesto. Descubrió que le gustaba el pueblo y se quedó.

Tallent dirigió su respuesta más para Henry que para ella. El muchacho asintió con la cabeza, agradeciendo la información. Tallent miró al chico con curiosidad, sin duda haciendo conjeturas sobre qué tema tenían que hablar con el párroco, pero no hizo ningún comentario ni preguntó nada al respecto.

Por supuesto, dado que subía los escalones del porche de la rectoría detrás de ellos, lo sabría enseguida.

Ante un gesto de Em, Henry tiró del cordón de la campanilla.

La puerta se abrió con rapidez, dejando claro que el hombre que los recibió les había visto subir.

Em se encontró mirando unos bondadosos ojos azules que destacaban en una cara agradable, pálida y bien conformada. Filing —Em supuso que debía de ser él— era un poco más alto que la media, aunque no tanto como Tallent, y también era un poco menos fornido que éste. Tenía el pelo castaño y, tanto el cabello como la ropa —una chaqueta gris y un chaleco claro sobre unos pantalones color café—, estaban escrupulosamente limpios, al más puro estilo conservador de cualquier clérigo.

Tallent había dicho que lo consideraba un hombre sensato; Em no veía ninguna razón para cuestionar dicha afirmación.

La joven le saludó cortésmente con la cabeza.

—Buenos días; el señor Filing, supongo. —Cuando él asintió con la cabeza, mirándola con aire expectante, Em continuó—: Soy la señorita Beauregard. —Agitó una mano vagamente por encima del hombro, abarcando tanto a Tallent como la posada que ahora quedaba abajo—. He aceptado el puesto de posadera en Red Bells, y me preguntaba si podría hablar con usted para que le diera clases a mi hermano Henry. —Con otro gesto, señaló a su hermano que estaba al lado de ella.

Filing sonrió.

—Señorita Beauregard. —Miró a Henry y le tendió la mano—. Henry.

Después de estrechársela, Filing volvió a mirar a Em.

—Es un placer conocerla, señorita Beauregard. Por favor, entre y hablemos del tema con más tranquilidad.

Dio un paso atrás para dejarles pasar. Em se movió hasta lo que parecía ser la sala de la parroquia, mientras que Filing miraba al caballero que estaba detrás de ella.

—Jonas. Gracias por venir.

—Joshua. —Tras estrechar la mano de Filing, Tallent cruzó el umbral.

Cuando Em se dio la vuelta, él la estaba mirando.

Jonas le brindó una sonrisa, pero le habló a Filing.

—No tengo prisa, así que no me importa que hables primero con la señorita Beauregard. Sé que tiene cosas que hacer.

Era algo que ella no podía negar, en especial a él. Em miró con los ojos entrecerrados la bien parecida cara de Tallent, pero resolver el tema de las clases de Henry no era un asunto confidencial, y su patrón ya sabía para qué estaban allí.

Ella inclinó la cabeza en un gesto glacial.

—Gracias, señor Tallent —dijo, luego centró la atención en Filing, describiéndole los estudios que Henry había realizado hasta la fecha y lo que esperaba lograr en los años siguientes.

La opinión que le merecía Filing subió algunos puntos cuando, después de escuchar todo lo que ella le contó, se volvió hacia Henry y le preguntó directamente sobre sus gustos, aficiones y aspiraciones.

Henry, que solía ser un joven muy reservado, perdió la timidez con rapidez. Em los observó en silencio, escuchando las acertadas preguntas de Filing y las respuestas de su hermano sobre diversos temas; el intercambio de opiniones y experiencias hizo que la joven asintiera para sus adentros. Filing sería un buen mentor.

Henry y él convinieron que Henry regresaría esa misma tarde a las dos en punto con todos sus libros, y que Filing y él idearían un plan cuyo objetivo, como Em había reiterado, sería conseguir entrar en Pembroke, la universidad a la que su padre había asistido en Oxford.

—Allí tenemos nuestros contactos, por supuesto —dijo ella, girándose hacia la puerta—. Sabemos que si Henry obtiene las calificaciones requeridas, habrá un lugar allí para él.

—Excelente.

Filing la acompañó hasta la puerta. Henry se despidió de Tallent con un gesto de cabeza y luego la siguió.

Em se detuvo en la puerta y se volvió hacia Filing.

—Deberíamos hablar sobre sus honorarios.

Filing la miró con una expresión que era una mezcla de dicha y bondad.

—Si no le importa, le sugiero que dejemos el tema para más tarde, una vez que Henry y yo decidamos definitivamente las clases que deberá tomar. —Filing miró a su hermano—. Henry está muy adelantado, y puede que sólo necesite un poco de guía en vez de una enseñanza activa, algo que estaré encantado de proporcionarle.

Em asintió con la cabeza.

—De acuerdo, resolveremos este asunto más adelante.

Consciente de la presencia de Tallent junto a la ventana —como si sus nervios fueran a permitirle lo contrario—, la joven se giró hacia él y se despidió con una inclinación de cabeza.

—Buenos días, señor Tallent.

Él curvó los labios e inclinó la cabeza cortésmente.

—Señorita Beauregard.

Em alzó la cabeza y salió por la puerta de la rectoría.

Filing los acompañó al porche.

Después, el párroco regresó al interior y cerró la puerta. Se reunió con Jonas delante de la ventana. En amigable silencio, observaron cómo Emily Beauregard y su hermano tomaban el sendero que atravesaba el campo.

—Qué curioso —murmuró Filing, cuando los perdieron de vista.

Jonas soltó un bufido.

—Una posadera cuyo padre asistió a Pembroke, y que está empeñada en que su hermano siga sus pasos. Definitivamente, no es una posadera común y corriente.

—Como mínimo provienen de una familia acomodada, ¿no crees?

Él asintió con la cabeza.

—Eso como mínimo. Y antes de que me lo preguntes, no tengo ni idea de qué están haciendo aquí, pero la señorita Emily Beauregard es, ciertamente, la nueva posadera de Red Bells.

—No puede hacerlo peor que Juggs.

—Eso es precisamente lo que pienso yo.

Filing negó con la cabeza y se apartó de la ventana.

—Es una familia fascinante... ese muchacho es muy perspicaz.

—Igual que su hermana.

—¿Son sólo ellos dos? —Filing se dirigió al comedor, en cuyo gabinete guardaba los últimos registros de la Compañía Importadora de Colyton.

—No, hay más. —Jonas hizo memoria—. Hay otra hermana de veintitrés años, así como unas gemelas, que tal vez tengan doce años, aunque creo que son algo más jóvenes.

Cuando Filing arqueó las cejas inquisitivamente, Jonas negó con la cabeza.

—Es una larga historia sin importancia. —Señaló los documentos que Filing había cogido—. ¿Son ésas las licencias?

—Sí. Son tres.

Se sentaron a la mesa y durante un rato permanecieron enfrascados en las últimas formalidades requeridas para mantener la compañía en orden legalmente.

Cuando terminaron con el papeleo, Filing apiló los documentos y los dejó a un lado.

—El próximo barco debería atracar en el puerto de Axmouth la semana que viene.

Jonas se levantó y asintió con la cabeza.

—Hablaré con Oscar y me aseguraré de que esté al tanto.

Filing le acompañó a la puerta y salió con él al porche. Los dos se detuvieron y observaron, hombro con hombro, la posada.

Filing se movió como si se dispusiera a volver adentro.

—Henry estará conmigo toda la tarde. Te informaré de cualquier cosa que descubra sobre la familia.

Jonas asintió con la cabeza y comenzó a bajar los escalones del porche.

—Mientras está contigo, pienso interrogar yo mismo a la preciosa señorita Beauregard... Ya te contaré si descubro algo interesante.

A punto de girarse hacia la puerta, Filing se detuvo.

—Está en guardia contigo.

—Lo sé. —Jonas sonrió mientras bajaba los escalones—. Pero creo que conozco la manera de conseguir que baje la guardia.

3

—Buenas tardes, señorita Beauregard.

Em levantó la mirada del montón de listas que estaba estudiando, para descubrir a Jonas Tallent bloqueando la puerta de su pequeño despacho. Se las arregló para no sonreír, aunque le costó un gran esfuerzo. Él llevaba un largo abrigo de capa que le llegaba hasta el borde de las brillantes botas Hessians. Se había cambiado la chaqueta de montar por un abrigo más formal y un chaleco. Parecía recién salido de las páginas del *Gentlemen's Gazette*.

Luchando por someter sus revoltosos sentidos, ella asintió con la cabeza.

—Señor Tallent. —Cuando él no dijo nada más, y sólo se quedó mirándola, Em se sintió obligada a preguntar—: ¿Puedo ayudarle en algo?

—En realidad, estoy aquí para ayudarla a usted.

Aquellas palabras, dichas con una profunda y suave voz, envolvieron a la joven. Su instinto se puso en guardia de inmediato.

Como si él lo supiera, esbozó una amplia sonrisa.

—Se me ha ocurrido que debería presentarle a Finch, nuestro proveedor en Seaton, y que eche un vistazo a sus mercancías de primera mano. Ahora mismo me dirijo allí en el cabriolé, y me preguntaba si le gustaría acompañarme.

Conocer a su principal proveedor, ir a su almacén, con su patrón —el que controlaba la cuenta de gastos que ella manejaría—, acompañándola...

Se había jurado a sí misma que nada la obligaría a estar cerca de

Jonas Tallent de no ser absolutamente necesario, pero aun así dejó el lápiz sobre la mesa dispuesta a ir con él.

—¿Cuánto tiempo nos llevará?

—Dos horas como máximo, ida y vuelta, más el tiempo que estemos hablando con Finch. —Señaló con la cabeza el montón de papeles bajo la mano de Em—. Traiga sus listas, así podrá hacerle el primer pedido.

Era una oportunidad demasiado buena para dejarla pasar por alto, y no tenía ninguna duda de que Tallent lo sabía.

Lo que él no sabía era que ella era perfectamente capaz de mantenerlo en su lugar, sin importar lo que él pensara o intentara hacer al respecto. Era algo que aprendió durante los años que vivió en casa de su tío. Se había convertido en una auténtica experta en el no muy sutil arte de mantener a los caballeros a raya.

Echó la silla hacia atrás y se levantó.

—De acuerdo. ¿Le importa esperar un momento mientras voy a buscar mi sombrero?

—Por supuesto que no. —Dio un paso atrás para dejarla pasar. Cuando ella ya se dirigía al salón, añadió—: Coja también el abrigo, el viento siempre sopla más fuerte cerca de la costa.

Ella sonrió para sus adentros mientras se encaminaba hacia las escaleras. Cualquier caballero que instintivamente pensaba en la comodidad de una mujer, no podía plantear una seria amenaza para ésta.

Em comenzó a subir las escaleras.

Él se detuvo al pie de éstas.

—Mis caballos son muy briosos. La esperaré fuera.

Ella aceptó con un gesto de la mano y se dirigió a sus aposentos.

Cinco minutos después se reunió con él en el exterior de la posada, y se vio obligada a corregir su definición de «amenaza». Los alazanes pardos de Tallent se encabritaban como auténticos demonios entre las varas del cabriolé.

Él notó su vacilación y le brindó una sonrisa.

—No se preocupe. Puedo manejarlos.

Ella levantó la mirada hacia sus ojos.

—No es la primera vez que oigo a un caballero decir esas mismas palabras justo antes de volcar su carruaje.

Él se rio. El sonido de su risa provocó un perturbador hormigueo en las entrañas de Em.

Jonas cogió las riendas con una mano y se llevó la otra al corazón.

—Le juro por mi honor que no acabaremos en una zanja.

Ella carraspeó. Se recogió las faldas y se dirigió hacia el lateral del cabriolé.

Él le tendió una mano enguantada para ayudarla a subir. Em la aceptó sin pensar y puso los dedos sobre los de él. Cuando el hombre cerró la mano firmemente sobre la de ella, Em sintió que el mundo se tambaleaba a su alrededor.

Se estremeció.

Él la alzó, y Em aterrizó en el asiento a su lado, luchando por respirar.

¡Santo Dios! ¿Cuándo sus traicioneros sentidos dejarían de reaccionar de esa manera?

¿Cuándo lo superaría?

Él no le sostuvo la mano más de lo necesario. Los dos llevaban guantes y, aun así, la sensación de los dedos de Tallent reteniendo los suyos permaneció mucho tiempo, dejándola sin aliento y estremeciéndole el corazón.

Por fortuna, los caballos, que se movían nerviosamente, no tardaron en reclamar la atención de Tallent. Sin mirarla más que una vez para asegurarse de que se había acomodado bien, él soltó el freno y agitó las riendas. Los corceles se pusieron en movimiento de inmediato y salieron traqueteando del patio delantero de la posada.

Él los dirigió hacia el sur.

—Seaton está en línea recta hacia el sur, casi en la costa, y la carretera conduce directamente allí.

Ella asintió con la cabeza porque todavía no confiaba en su voz. Esperó a que él empezara a interrogarla; estaba segura de que ésa era su intención. Pero él sólo la miró una vez antes de que el vehículo cogiera velocidad. Luego centró la atención en los caballos, sin que al parecer sintiera ninguna necesidad de conversar.

El cabriolé avanzó suave y rápidamente por el camino, impulsado sin ningún esfuerzo por los poderosos caballos. Ella también observó con atención el par de castaños. Sabía lo suficiente para reconocer un caballo de raza cuando lo veía. Si Henry pudiera verla en ese momento, se pondría verde de envidia.

Por su parte, Jonas Tallent parecía dominar el látigo con habilidad —sin alarde ni ostentación—, sabía cuándo debía presionar, cuándo tirar de las riendas y frenar, y cuándo dar alas al nervioso par de caballos.

—¿Hace mucho tiempo que los tiene? —Em no había tenido intención de iniciar una conversación, ni de mostrar interés, pero las palabras salieron de su boca antes de que pudiera contenerlas.

—Desde potrillos —respondió Tallent sin apartar la mirada de la carretera, pero tras una breve pausa añadió—: Mi cuñado, Lucifer Cynster, tiene un primo, Demonio Cynster, que es uno de los mejores criadores de caballos de carreras de Inglaterra. Estos dos son de su caballeriza. Se queda con los que considera mejores para competir en las carreras, pero el resto se los da a la familia. Por suerte para mí me incluye entre sus parientes a pesar de no ser un Cynster.

¿Lucifer? ¿Demonio? Em estuvo a punto de preguntar, pero en el último momento decidió que realmente no necesitaba saberlo. Así que encauzó la conversación por otros derroteros.

—¿Su cuñado es el que vive en Colyton Manor?

—Sí. Heredó la propiedad del dueño anterior, Horatio Welham. Horatio era un coleccionista, y así fue como los dos se conocieron. Horatio consideraba a Lucifer el hijo que nunca tuvo, así que cuando Horatio murió, Lucifer se convirtió en el nuevo dueño de Colyton Manor.

—Y entonces se casó con su gemela.

Tallent asintió con la cabeza mientras le lanzaba una breve mirada de reojo.

—No tengo dudas de que conocerá a Phyllida muy pronto. A estas alturas ya debe de saber que usted ha aceptado el puesto de posadera, y estoy seguro de que irá a la posada a presentarse en cuanto su prole le deje un minuto libre.

—¿Su prole?

—Lucifer y ella tienen dos hijos. Dos duendecillos bulliciosos y revoltosos que absorben gran cantidad del tiempo de Phyllida. Y todavía será peor, porque espera otro hijo.

Em no permitió que le afectara el tono cariñoso con el que habló de su hermana y sus sobrinos.

—¿Sólo tiene esa hermana? —preguntó finalmente.

Él le dirigió una mirada traviesa.

—Nuestros padres siempre dijeron que con dos era más que suficiente.

—¿Usted no opina lo mismo? —le preguntó impulsada por la curiosidad.

Tallent no respondió de inmediato. Em llegó a preguntarse si iba a hacerlo o no cuando finalmente él dijo:

—No todos tenemos la suerte de pertenecer a una familia numerosa.

La joven miró hacia delante, pensando en su propia familia, y no vio ninguna razón para discutir sobre aquella concisa declaración.

Ahora que por fin se había roto el hielo, ella esperó a que él comenzara a interrogarla, pero en vez de eso continuaron viajando en esa tarde otoñal sumidos en un extraño y agradable silencio. Los pájaros trinaban y levantaban el vuelo a su paso; el olor salobre de la brisa marina se hizo más pronunciado a medida que alcanzaban la cima de la última cuesta, que luego descendía suavemente hasta el borde de un acantilado.

A pesar de las últimas distracciones, la búsqueda del tesoro que la había llevado a Colyton jamás abandonaba la mente de Em por completo. Cuando Tallent puso los caballos al trote para bajar la cuesta, ella le miró a los ojos.

—Hábleme sobre el pueblo. He oído hablar sobre Colyton Manor y Grange, pero ¿hay más propiedades importantes en los alrededores? ¿Casas donde resida gente que podría llegar a convertirse en cliente de la posada?

Él asintió con la cabeza.

—De hecho, hay bastantes casas importantes. Ballyclose Manor es la más grande. Está en la carretera que lleva a la iglesia. Es propiedad de sir Cedric Fortemain. Además, tenemos Highgate, propiedad de sir Basil Smollet, situada un poco más allá de la rectoría. Supongo que también deberíamos agregar Dottswood Farm a la lista. Aunque no es una mansión como las otras, es el hogar de una familia muy numerosa.

Jonas la miró a los ojos.

—Ésas son las que hay dentro de los límites del pueblo. Si nos alejamos un poco más, encontramos más propiedades importantes, pero las tres que he mencionado son, por así decirlo, parte de la vida del pueblo. Todas esas haciendas consideran Colyton como su pueblo.

Ella asintió con la cabeza.

—A eso me refería. Ésa es la gente a la que debemos atraer en primer lugar. —Y una de esas propiedades sería probablemente «la casa más alta, la casa de las alturas» donde se ocultaba el tesoro Colyton.

Ballyclose Manor parecía el lugar más apropiado en el que iniciar su búsqueda. Estaba tentada a pedirle más datos sobre la propiedad o que le confirmara que la familia Fortemain, o quienquiera que viviese en Ballyclose, había sido el alma de las tertulias del pueblo hacía tiempo, pero justo en ese momento aparecieron ante sus ojos los primeros tejados de las casas que se alineaban a ambos lados de la carretera.

—Seaton. —Mientras refrenaba a los caballos, Jonas se felicitó mentalmente por haber logrado permanecer sentado junto a la esbelta señorita Emily Beauregard durante casi media hora sin provocar ninguna reacción helada por su parte y, aún mejor, por haber conseguido que ella comenzara a bajar las defensas que había erigido contra él.

Seguían allí, pero no tan fortificadas como al principio. Aún le quedaba un buen reto por delante.

Pero su estrategia para «interrogarla» parecía funcionar. Jonas no se había equivocado al pensar que con simplemente dejar caer alguna que otra cosa aquí y allá —como Cynster y caballos—, sería ella la que comenzaría a hacer preguntas.

Era posible que el interés de la señorita Beauregard por las mansiones más importantes del pueblo fuera realmente con miras a expandir la clientela de la posada, pero él no creía que fuera ése el caso. Aquélla había sido una ocurrencia tardía, una excusa para sus preguntas.

Resultaba evidente que ella estaba interesada en esas casas —por lo menos en una de ellas— por alguna razón. Si lograba contenerse durante el resto de la tarde, ¡quién sabe qué podría llegar a averiguar!

Condujo el cabriolé hasta el almacén de Finch. Detuvo los caballos en el patio ante unas enormes puertas y le pasó las riendas al joven mozo que se acercó corriendo, antes de bajar de un salto al suelo.

Los caballos estaban más tranquilos después de haber desfogado parte de su energía. Podría dejarlos descansar durante un rato.

Rodeó el carruaje y observó que su pasajera estaba a punto de saltar al suelo.

—No. Espere.

Balanceándose sobre el borde del cabriolé con las manos enguantadas agarradas al armazón del asiento, Em levantó la mirada.

Jonas la cogió por la cintura y la bajó al mismo tiempo que la joven intentaba saltar como había hecho él, haciéndole perder el equilibrio.

Em cayó sobre él, pecho contra pecho. Su peso no era, ni mucho menos, suficiente para hacerle caer al suelo, pero Jonas se tambaleó y dio un paso atrás antes de recuperar el equilibrio.

Con la señorita Emily Beauregard entre los brazos.

Pegada a él.

Durante un momento eterno, el tiempo se detuvo.

A Jonas se le quedó la mente en blanco, y le dio un vuelco el corazón antes de detenerse por completo.

Y ella tampoco respiraba.

Levantó la mirada hacia él y Jonas se perdió en sus ojos.

Luego recuperó de golpe todos los sentidos y sintió que ardía, cómo su corazón volvía a la vida y comenzaba a latir de manera desenfrenada.

Seguía agarrándola por la cintura con los dedos flexionados.

Cuando ella tomó aliento, sus pechos se apretaron contra su torso.

Fue entonces cuando él se percató de que al tener aquellas cálidas y suaves curvas apretadas tentadoramente contra su cuerpo había ocurrido lo inevitable.

Pero luego se recordó que no quería ponerla nerviosa ni que se escabullera de él.

Apretando los dientes, se obligó a dejar caer los brazos y a dar un paso atrás, poniendo distancia entre ellos.

Ella inspiró temblorosamente.

—Lo siento.

«Yo no.» Pero se mordió la lengua antes de lograr gruñir:

—No importa. —Los modales acudieron en su auxilio—. ¿Se encuentra bien?

«¡No!» Sus sentidos estaban revueltos y se le había quedado la mente en blanco. Sin embargo, Em asintió con la cabeza con las mejillas encendidas. No quería pensar en qué debía parecer. Todavía sentía el calor del cuerpo del señor Tallent contra el suyo, en cada uno de los puntos en los que se habían tocado, y era una sensación profundamente inquietante.

Se sentía desconcertada. Respiró hondo, intentando que la cabeza dejara de darle vueltas. Se giró y observó el almacén del que salía un hombre mayor justo en ese momento.

—Ése es Finch.

Em se tensó, esperando sentir los dedos de Tallent en el codo. Pero él sólo la miró de reojo y luego hizo un gesto con la mano, indicándole que avanzara y colocándose a su lado mientras ella se acercaba al hombre.

El alivio de la joven desapareció cuando le lanzó una rápida mirada. Él sabía que la afectaba, lo que no era de ninguna manera reconfortante.

Él se aclaró la garganta y le presentó a Finch.

Em obligó a su mente a concentrarse en Finch y en la razón por la que ella había ido allí —poner en orden parte de su agenda del día—, para lograr sobrevivir a la siguiente hora en un estado razonable.

Sin embargo, después de una larga visita al almacén seguida por discusiones sobre entregas y pedidos, llegó finalmente el momento de regresar a Colyton. Lo que quería decir que tenía que volver a subirse al cabriolé de Jonas Tallent.

Algo que ella no lograría hacer, y menos delante de caballeros, sin ayuda.

Pero el mero pensamiento de tener que volver a tomarle de la mano, de sentir sus dedos entre los suyos, hacía que un ardiente hormigueo de ansiedad le subiera por los brazos.

Finch los acompañó a la puerta del almacén, feliz por los pedidos realizados. Em se había esforzado en encandilar al hombre y sabía que había tenido éxito. El comerciante le sonreía encantado mientras le estrechaba la mano.

Ella le devolvió la sonrisa.

—Señor Finch, si no es mucha molestia, ¿podría ayudarme a subir al cabriolé? No puedo hacerlo sola. —Miró al patio y vio que el chico se esforzaba por sujetar a los revividos e impacientes caballos, por lo que añadió suavemente—: Los alazanes del señor Tallent son muy inquietos y necesitan que alguien los sujete.

—Por supuesto, por supuesto, mi querida señorita Beauregard. —Finch le cogió la mano—. Por aquí, tenga cuidado, hay algunos agujeros en el suelo.

Ella caminó con precaución al lado del comerciante. Una vez que la hubo ayudado a subir al pescante, Em lanzó una breve mirada en dirección a Tallent.

Y se encontró con una mirada sombría. Él tenía los labios apretados en una línea tensa y los ojos entrecerrados.

Pero no dijo nada mientras cogía las riendas de las manos del mozo, subía al cabriolé y se sentaba a su lado.

Em volvió a sonreírle al señor Finch, su involuntario salvador.

—Gracias, señor. Espero recibir mañana esos suministros.

—¡A primera hora! —le aseguró Finch—. Enviaré al mozo con la carreta en cuanto despunte el día.

Tallent saludó a Finch con el látigo. El comerciante inclinó la cabeza mientras el cabriolé se ponía en marcha y traqueteaba por el patio. Tallent abandonó el recinto con habilidad. Los caballos adoptaron con rapidez su paso habitual.

Em se recostó en el asiento, observando pasar las casas de Seaton e ignorando a propósito la tensión que crepitaba en el aire y que provenía del caballero sentado a su lado.

Deseó que él dijera algo, pero no sabía qué.

Él esperó a dejar atrás las casas de Seaton y avanzar a más velocidad antes de hablar.

—Aún no conozco a sus hermanas.

No era una pregunta, pero dada la tensión que flotaba en el aire, ella agradeció que sacara el tema y respondió:

—Tengo tres. Isobel, Issy para la familia, es la mayor. Creo que ya le he mencionado que tiene veintitrés años. Las otras dos son gemelas, Gertrude y Beatrice, Gert y Bea para la familia. —Em hizo una pausa para tomar aliento, pero aquella inquietante tensión seguía allí y continuó hablando—: Las tres, Issy, Gert y Bea, son rubias y tienen los ojos azules, no como Henry y yo. Las gemelas tienen un aspecto angelical que dista mucho de la realidad. La gente tiende a creer que son angelitos, pero me temo que están un tanto descontroladas. Su madre, la madrastra de Issy, Henry y mía, no se las arregló muy bien después de que muriese mi padre y no las educó como es debido. Issy y yo nos percatamos de ello cuando, después de su muerte, las gemelas vinieron a vivir con nosotros. Actualmente, Issy trata de inculcar algunos atributos femeninos en esas mentes no demasiado receptivas.

Hizo una pausa y lo miró.

Él asintió con la cabeza todavía con el ceño fruncido, pero ella no supo si era por el esfuerzo de controlar a los caballos o por algo que ella había dicho o hecho.

Tras un momento, Em miró al frente. Observar el duro e inflexible perfil del señor Tallent no era lo más acertado si quería apaciguar sus hiperactivos nervios.

—Somos naturales de York. Como he mencionado en algún momento, hemos viajado mucho. Permanecimos en Leicestershire durante algún tiempo antes de aceptar los puestos de trabajo que usted vio en las referencias.

Había un cierto reto, una extraña emoción, en sortear con éxito la verdad.

—La taberna de Wylands era preciosa. —Ella continuó hablando de su supuesto trabajo, inventando todo lo que se le ocurría para pasar el tiempo.

Jonas dejó de escucharla. Sabía que las referencias eran falsas, así que los recuerdos que le relataban eran ficticios también, puras fantasías. Pero ella le había revelado más de lo que él esperaba.

Recordó sus conversaciones y observó que ella no había reaccionado cuando mencionó a los Cynster. La señorita Beauregard no los conocía, lo que sugería que jamás se había movido en la alta sociedad. Además, estaba el hecho de que su padre había asistido a Pembroke College, lo que le daba una clara idea de a qué estrato social pertenecía la joven. Y acababa de decirle que procedían de York. Pensó que eso sí era cierto.

Y si ella no había estado presente en la crianza de las gemelas, significaba que su padre había muerto cuando las niñas eran muy pequeñas, entre siete y diez años antes. Y desde entonces, ella había sido la cabeza de familia. Eso resultaba evidente por la manera en que hablaba de sus hermanos, y en la actitud que había tenido con Henry, y éste con ella.

La miró de reojo. Todavía seguía hablando sobre la posada de Wylands. Al volver la mirada al frente, se preguntó sobre la edad de la joven. Debía de tener unos veinticuatro o veinticinco años. Como mucho veintiséis, dado que la otra hermana tenía veintitrés. Pero mostraba una madurez, que la hacía parecer mayor, adquirida sin duda por haber tenido que cuidar de sus hermanos desde muy temprana edad. Eso y... que definitivamente tenía experiencia en mantener a los caballeros a raya.

Las defensas que había erigido contra él eran fruto de la práctica. Estaba demasiado en guardia, demasiado consciente de lo que podía ocurrir en cualquier momento.

Le molestó que ella sintiera la necesidad de mostrarse tan cautelosa, tan recelosa con los caballeros, en especial con él. Olía a pérdida de inocencia, no en el sentido bíblico, sino en un sentido práctico y cotidiano, lo que consideraba algo lamentable.

¿Cómo, dónde y por qué había sido sometida a atenciones no deseadas? No lo sabía, pero por alguna razón que no podía comprender, se sentía impulsado a conocer las respuestas.

Se sentía impulsado a ¿qué? ¿A defenderla?

Para su gran sorpresa, no pudo ni quiso descartar esa idea ni, mucho menos, el sentimiento que la acompañaba.

Algo que, al igual que ella, le hacía mostrarse sumamente cauteloso.

Siguió mirando el camino, con la voz agradable y casi musical de la señorita Beauregard llenándole los oídos, preguntándose qué era lo que debía hacer a continuación.

Preguntándose qué era lo que deseaba de verdad.

Preguntándose cómo conseguirlo.

Para cuando aparecieron ante ellos las primeras casas de Colyton, Jonas había tomado una decisión.

Tenía que averiguar mucho más sobre la señorita Beauregard. Tenía que obtener respuestas. Tenía que conocer sus secretos.

Ella, por supuesto, se resistiría a revelarlos.

Pero Jonas sabía que podía inquietarla y ponerla nerviosa si se aprovechaba de la atracción física que había entre ellos.

Además, no quería que dejara de ser su posadera. Dada la firmeza de sus defensas y la fuerza de voluntad que percibía en ella, sabía que si la presionaba demasiado, ella no dudaría en hacer las maletas y marcharse.

Y que abandonara Colyton era algo que, definitivamente, él no quería.

Condujo el cabriolé al patio de Red Bells y detuvo los caballos. Se bajó del vehículo de un salto y clavó una mirada en la joven, desafiándola a que intentara bajar de nuevo sin su ayuda.

Ella esperó, no demasiado feliz. Resultó evidente que se estaba preparando para soportar su contacto sin reaccionar ante él.

Se levantó cuando él se acercó. Jonas extendió los brazos hacia ella, la agarró de la cintura y la bajó.

Pero no la soltó.

Al menos no de inmediato.

No pudo resistirse, a pesar de sus buenas intenciones, a tomarse un momento para mirar aquellos ojos brillantes, para ver su respuesta y sentir cómo ella contenía el aliento.

Y saber que ella no era más inmune que él al momento, a la cercanía, a la repentina calidez.

Inspirando profundamente, Jonas se obligó a soltarla y a dar un paso atrás.

Con los ojos todavía clavados en los de ella, inclinó la cabeza cortésmente.

—Espero que haya disfrutado del paseo. Buenas tardes, señorita Beauregard.

Ella intentó decir algo, pero tuvo que aclararse la garganta. Inclinó la cabeza también.

—Sí, gracias... ha sido un grato paseo. Buenas tardes, señor Tallent.

Volvió a inclinar la cabeza, se dio la vuelta y caminó hacia la puerta de la posada.

Jonas la observó hasta que su figura desapareció en la oscuridad interior; luego se volvió, rodeó los caballos y subió de un salto al pescante del cabriolé.

Hizo que los caballos dieran la vuelta y los puso al trote en dirección a Grange.

Ya que no podía arriesgarse a presionar demasiado a la señorita Emily Beauregard para que respondiera a sus numerosas preguntas, tendría que mostrarse sutil y no sobrepasar la línea que ella había establecido.

Pero aunque aquélla era una excelente resolución, antes tenía que descubrir dónde estaba la línea a partir de la cual ella se echaría atrás y alzaría el vuelo.

Con ese propósito en mente y esperando obtener más revelaciones involuntarias de la joven, Jonas se dirigió a Red Bells a última hora de la tarde.

Al entrar por la puerta principal, le sorprendió la multitud de gente que había en el lugar y se detuvo para evaluar la situación.

Que hubiera gente en la posada no era una sorpresa en sí, pero tal multitud desbordaba sus expectativas. El ruido reinante lo envolvió como una oleada. Se oían risas por todas partes, pero eso no era lo único diferente.

El lugar parecía diferente, aunque Jonas no vio nada —ni muebles ni decoración— que no hubiera estado allí antes. La diferencia más notable parecía deberse principalmente a una limpieza a fondo —¿Era lavanda lo que estaba oliendo?— combinada con una mejor distribución de mesas y asientos junto con la reaparición de paños y mantelitos de adorno que hacía mucho tiempo que no veía.

Volvió a mirar a su alrededor, haciendo memoria. Decidió que la transformación ya había empezado cuando él fue a buscar a Emily esa misma tarde, pero estaba tan distraído que no había prestado atención. Y sospechaba que el cambio no había sido tan patente y deslumbrante a la luz del día como lo era ahora, con el lugar iluminado por las lámparas recién limpiadas y abrillantadas.

Al escudriñar la habitación, no le sorprendió ver que los clientes habituales estaban allí; entre otros, Thompson, el herrero, y su hermano, Oscar, y de Colyton Manor estaban allí Covey y Dodswell, el mozo de Lucifer. Pero además había una nutrida representación de los trabajadores de las haciendas: campesinos, jardineros y personal doméstico, algunos de los cuales procedían de mansiones distintas a las que él le había mencionado a su nueva posadera unas horas antes.

También estaban presentes los dueños de dichas mansiones. Jonas vio a Henry Grisby y a Cedric Fortemain charlando animadamente. Un poco más allá Basil Smollet bebía una cerveza mientras hablaba con Pommeroy Fortemain, el hermano menor de Cedric.

De las casas del pueblo habían venido Silas Coombe, la señora Weatherspoon y otros hombres de edad avanzada. Lo más destacable era que había muchas mujeres acompañando a sus esposos; mujeres que no pisaban la posada desde que ésta cayó en las manos del no llorado Juggs.

Pero más destacable aún era la multitud, en su mayor parte femenina, que se apiñaba a la izquierda de la puerta. Todas las sillas más confortables estaban ocupadas. La señorita Sweet, la vieja institutriz de Phyllida, estaba allí junto con la señorita Hellebore, que, a pesar de estar medio inválida, no había podido reprimir la curiosidad. Las dos le habían visto entrar y le estaban observando con manifiesto interés, pero él estaba acostumbrado a ser el centro de atención de sus brillantes y sagaces ojos.

Las dueñas de Highgate y de Dottswood Farm se encontraban también allí, charlando como cotorras.

Jonas echó otro vistazo a su alrededor, pero no vio a Phyllida entre la multitud. Era la hora de la cena de Aidan y Evan, así que no era de extrañar que no estuviera allí. Sin embargo, estaba seguro de que su gemela habría asomado la nariz por allí durante la tarde, pero como la señorita Beauregard había estado con él, lo más probable es que Phyllida aún no la conociera.

Huelga decir que todos habían ido a la posada para ver y conversar —al menos en el caso de las mujeres— con la nueva posadera. En ese mismo momento lady Fortemain, la madre de Cedric, estaba hablando con ella. Había acaparado a Emily Beauregard y Jonas sabía de sobra que la dama no estaría dispuesta a dejarla marchar.

Emily levantó la mirada y lo vio, pero lady Fortemain alargó la mano y apresó la muñeca de la joven, reclamando su atención.

Decidiendo que su nueva posadera podía necesitar ayuda para liberarse, Jonas se dirigió hacia ellas.

Em supo sin tener que mirar que Tallent se estaba acercando, y le irritó el estremecimiento nervioso que esa certeza provocó en su interior. Una parte de su mente —¿o eran sus instintos?— la impulsaba a interrumpir la conversación con lady Fortemain —de Ballyclose Manor, nada menos— y buscar refugio en su despacho o, mejor aún, en el ambiente completamente femenino de la cocina.

Otra parte de su mente —por fortuna la mejor parte—, se negaba en redondo a mostrar ningún signo de debilidad. Debía mantenerse firme, y no ponerse nerviosa ni reaccionar en modo alguno a la presencia de Jonas Tallent, al menos exteriormente. Pero lo más importante de todo era que debía escuchar con total atención lo que le decía lady Fortemain. Por lo que había oído esa noche, Ballyclose Manor ocupaba el primer puesto en la lista de «la casa más alta».

Pero con el elegante caballero acercándose a ella con gracia letal, centrar la atención en la dama en cuestión no era nada fácil.

Lady Fortemain, que todavía le aferraba la muñeca con aquella mano parecida a la garra de un pájaro, clavó la mirada en su cara.

—Querida, ya sé que la aviso con poca antelación, pero me encantaría que usted y su hermana, creo que alguien ha mencionado que tiene veintitrés años, asistieran a la merienda de la diócesis mañana por la tarde en Ballyclose.

Lady Fortemain soltó a Em y le sonrió de modo alentador.

—Siempre ha sido el deber de Ballyclose ofrecer las meriendas de la diócesis. Es mi nuera, como actual señora de la mansión, quien debería ejercer de anfitriona, pero como está muy ocupada con su floreciente familia, le echo una mano en todo lo que puedo. —Había un indicio de determinación en los ojos de la dama cuando sostuvieron la mirada de Em—. En realidad, consideraría un favor personal que ambas asistieran.

Em mantuvo una expresión educada y ambigua mientras pensaba a toda velocidad. Sospechaba que asistir a meriendas —incluso aunque fueran las de la diócesis— no era algo que las posaderas hicieran habitualmente. De hecho, había esperado que su presencia en los alrededores fuera, si no un secreto, sí algo ordinario, pero al parecer ser la posadera local no era compatible con pasar inadvertida.

Y no se hacía falsas ilusiones sobre la razón por la que las habían invitado a ella y a Issy a la merienda, pues sabía que serían la principal atracción del pueblo hasta que se saciara la curiosidad de los vecinos. Por otro lado había un hecho innegable que no era otro que, por lo que había podido averiguar tanto de Tallent como de otros clientes, Ballyclose Manor era con toda probabilidad el escondite del tesoro Colyton.

Tenía que determinar si existían sótanos en la mansión —aunque estaba segura de que los habría—, y luego buscar el momento adecuado para inspeccionarlos.

Una merienda informal sería la oportunidad perfecta para dar el siguiente y necesario paso en la búsqueda del tesoro.

Con una expresión clara y sincera, respondió a la sonrisa de lady Fortemain.

—Gracias, milady. Tanto mi hermana Isobel como yo estaremos encantadas de asistir a dicho acontecimiento.

—¡Excelente! —Lady Fortemain se reclinó contra el asiento con una expresión resplandeciente—. Será a las tres. Cualquier persona del pueblo podrá indicarles el camino. —La mirada de la dama se desplazó a la izquierda—. ¡Jonas, muchacho! —Le tendió la mano—. Querido, mañana ofreceré la merienda de la diócesis. Sé que es inútil pedirles a los caballeros que vengan, pero si le apetece estaremos encantadas de darle la bienvenida.

Brindándole una sonrisa absolutamente ambigua, Jonas se inclinó sobre la dama y le besó los dedos.

—Lo pensaré, milady.

En especial si, como parecía, su posadera estaría allí.

—¿Me disculpan? —Con una educada inclinación de cabeza hacia lady Fortemain y otra más breve hacia él, la posadera se alejó.

Después de intercambiar unas palabras animadas con la dama, Jonas la siguió.

Por supuesto, ella intentó desalentarle moviéndose sin cesar de un grupo a otro entre las mujeres. Con el pelo castaño, los ojos color avellana y el vestido marrón que llevaba puesto, la joven le recordaba a un gorrión..., por lo que suponía que él debía de ser un halcón.

Sonriendo para sí, Jonas siguió a la posadera por la estancia. Dado que la posada era de su propiedad, ella no podía librarse de él, pero si pensaba que iba a cogerle por sorpresa o que se movería con torpeza por ese ambiente, iba a tener que pensarlo mejor. Ése era su pueblo, donde había nacido y pasado la mayor parte de su vida. Cada una de las mujeres allí presentes le conocían y los años que había pasado en Londres sólo habían servido para hacerlo más interesante para las damas. Todas querían hablar con él mientras circulaba por el lugar.

Entre el cauteloso comportamiento que estaba teniendo y la multitud de gente que lo rodeaba, Jonas dudaba que fuera evidente su interés por Emily, incluso ante los observadores y sagaces ojos de Sweetie y la señorita Hellebore. Había demasiadas conversaciones, demasiadas distracciones y demasiado bullicio como para que alguien se molestara en observarlos a ellos ni siquiera un minuto.

A las nueve, algunos clientes habían abandonado el lugar pero habían llegado otros. El salón de la posada, para absoluta satisfacción de Em, estaba completamente lleno.

Su némesis había dejado de seguirla y deambulaba por un lateral de la estancia. Se movía entre la gente como si fuera el dueño del lugar, algo que, por supuesto, era. Con una mezcla de alivio e indudable decepción, pues al parecer sus emociones eran independientes de su razón, Em aprovechó la oportunidad para escabullirse a la cocina y comprobar con Issy y Henry que todo iba bien y que las gemelas estaban a buen recaudo en la cama. Luego se deslizó en silencio hasta el pequeño vestíbulo que conducía a su despacho y observó desde allí con ojo crítico a la gente del salón.

Cuando regresó de Seaton, Issy le informó del éxito que había tenido la posada por la tarde. Hilda y ella habían decidido cocinar unos bollos para venderlos en la merienda. Habían hecho bollos sencillos —con nata cuajada y con frambuesas— y bollos de pasas, y los habían puesto a la venta a las dos.

A las cuatro ya los habían vendido todos. Una mujer que iba camino de la rectoría entró y compró media docena de bollos de pasas para el señor Filing y una docena para su propia familia. El olor de los dulces llegó también a las personas que pasaban por la calle, que se animaron a entrar y comprar más. La doncella de la señorita Hellebore llegó corriendo para comprar unos cuantos para la merienda de su ama. Al parecer el delicioso olor que inundaba el aire había flotado desde la cocina de la posada hasta la casa de la señorita Hellebore, haciendo que se le hiciera la boca agua.

—Pasteles —había declarado Em en cuanto se lo contaron— para el almuerzo.

Era una conclusión obvia a la que también habían llegado Hilda e Issy.

Em observó a los hombres que, sentados o de pie, tomaban una cerveza junto a la barra del bar. La cocinera y sus ayudantes habían hecho para los bebedores nocturnos deliciosos sándwiches y pequeños y exquisitos pasteles, pero era difícil saber cuál de las dos cosas había tenido más éxito pues todo había desaparecido hacía un buen rato.

A pesar del pequeño tamaño del pueblo, la posada podía ofrecer menús completos.

Estaba considerando qué platos sería más apropiado servir mientras observaba distraída a la gente, cuando se dio cuenta de que había una cabeza que no veía. Volvió a escudriñar la estancia. Luego, confiando en la protección de las sombras, se puso de puntillas, pero aun así no le vio por ninguna parte.

Debía de haberse ido.

Sintió una profunda decepción. No quería que él le prestara especial atención, pero al menos podía haberle hecho algún comentario elogioso sobre los notables cambios en la posada, o sobre el aumento de los beneficios, que tanto Edgar como John Ostler le habían informado de que era considerable.

Pero al parecer, Tallent no lo había considerado necesario.

—¿Regodeándose en privado de su triunfo?

Aquellas palabras fueron susurradas a su oído y una cálida sensación le atravesó la nuca, provocándole un estremecimiento interior.

Se volvió con rapidez. Él estaba en la puerta del despacho, con el hombro apoyado contra el marco de la puerta.

A treinta centímetros de ella.

Le fulminó con la mirada.

Él le lanzó una mirada perezosa en medio de la penumbra.

—Debo felicitarla, señorita Beauregard. —Desplazó la mirada hacia el salón abarrotado de gente—. La posada no ha visto una multitud como ésta en más de una década.

Volvió a mirarla a la cara. La sinceridad de su expresión dejó sin palabras a Em, que no pudo articular ninguna respuesta inteligente.

«Gracias. No me olvidaré de comunicárselo al personal», eso era lo que ella tenía que haber dicho. Pero sus ojos se trabaron en los de él, y de algún modo se vio envuelta en aquella cálida y vivaz mirada, y las palabras que él había murmurado se convirtieron en algo demasiado personal, demasiado íntimo, para ser respondidas con una frase formal.

Pasó un momento antes de que Em se diera cuenta de que no podía respirar. Antes de que notara que estaban juntos, apenas separados por unos centímetros en medio de la oscuridad y que, a pesar de la gente que había cerca de ellos, estaban solos a todos los efectos. Nadie podía observarlos. Pasaban totalmente desapercibidos.

Por lo que la atención de él estaba centrada sólo en ella.

Y los sentidos de Em sólo lo abarcaban a él.

Ella sintió los labios cálidos, casi palpitantes.

Él entrecerró los ojos y bajó la mirada a su boca.

En respuesta, los labios de Em, palpitaron todavía más.

Podía sentir esas mismas palpitaciones en la yema de los dedos, como si algo despertara en su interior...

Le oyó emitir un suave suspiro casi inaudible, antes de enderezarse lentamente, haciendo que ella alzara la mirada a sus ojos.

Tallent curvó los labios en una suave sonrisa pesarosa.

—Buenas noches, señorita Beauregard.

La profunda voz sonó ligeramente ronca.

Él dio un paso atrás, alejándose de la puerta en dirección a la cocina.

La oscuridad le envolvió.

—Dulces sueños.

4

—Bueno. —Em se detuvo y contempló la fachada principal de Ballyclose Manor—. Ésta bien podría ser nuestra «casa más alta».

La mansión era básicamente un edificio anodino de edad indeterminada, pero aun así poseía cierto aire de bien cuidada elegancia, como el grupo de mujeres que, junto con algún que otro hombre, llegaba a pie o en carruaje. Iban ataviados con sus mejores galas de domingo a pesar de que sólo era miércoles por la tarde. Todo aquello sugería que Ballyclose podía considerarse sin ningún tipo de duda como la casa de más rango de la zona.

A su lado, observando la mansión con el mismo aire crítico que ella, Issy asintió con la cabeza.

—Tendremos que buscar en los sótanos.

—Primero tendremos que confirmar que realmente tiene sótanos, y luego averiguar dónde están. —Llena de determinación, Em echó a andar hacia la puerta principal con la grava crujiendo bajo sus zapatos—. Si logramos descubrir todo eso hoy, me daré por satisfecha. —Miró a Issy mientras subían los escalones—. Aunque estoy tan ansiosa como las gemelas por encontrar el tesoro, ahora que estamos cómodamente instalados en la posada, no tenemos por qué apresurarnos ni arriesgarnos de manera innecesaria.

Issy asintió con la cabeza.

En cuanto llegaron al porche, se unieron decorosamente a la fila de personas que entraban en la casa. Em se había puesto un vestido de color verde manzana con un ribete en el escote y en el dobladillo y una chaqueta corta a juego abrochada con cintas de raso para protegerla del frío de octubre. En contraste, Issy iba vestida de azul, con un traje sencillo que se adaptaba perfectamente a su esbelta figura. Con el pelo rubio y los ojos azules, Issy, que poseía un carácter más suave que Em, era la hermana que más llamaba la atención, algo con lo que ella contaba para disfrutar de un poco más de libertad.

Un arrogante e imponente mayordomo estaba esperando junto a las puertas principales para conducir a los recién llegados a la salita, que se encontraba a un lado de la casa.

Em e Issy entraron en la sala enlazadas del brazo, justo detrás de la vieja señorita Hellebore. La anciana era incapaz de avanzar más rápido, pero aún tenía la mente ágil y los ojos y los oídos muy agudos. Em aprovechó el momento mientras la señorita Hellebore intercambiaba saludos con el señor Filing y lady Fortemain para examinar a las acompañantes de la anciana.

La señorita Sweet, una mujer tierna y suave con un alma y una sonrisa que hacían honor a su nombre, estaba de pie junto a la anciana, sirviéndole de apoyo. Las acompañaba una dama de pelo castaño oscuro, que poseía una palpable seguridad en sí misma y unos rasgos francos y muy familiares. A Em no la sorprendió oír que lady Fortemain se dirigía a la dama con un «querida Phyllida».

La hermana gemela de Jonas Tallent estrechó la mano de lady Fortemain, después acompañó a las señoritas Hellebore y Sweet hasta una *chaise* en el centro de la enorme sala. Las esposas de los campesinos y otros trabajadores de la zona estaban reunidos en pequeños grupos esparcidos por la estancia, charlando animadamente mientras degustaban el té en las tazas de fina porcelana china que distribuía un pequeño ejército de lacayos.

Em esbozó una sonrisa y dio un paso al frente extendiendo la mano.

—Señor Filing...

Con una suave sonrisa de aprobación, Filing le estrechó la mano.

—Señorita Beauregard, me alegra verla aquí. Debo felicitarla por la diligencia de su hermano. Es un estudiante brillante. Será todo un placer guiarle en sus estudios.

—Gracias, señor. Por mi parte, me alegra muchísimo que Henry haya encontrado un maestro tan interesado en él con el que seguir avanzando en sus estudios. —Con una gentil inclinación de cabeza, Em se volvió hacia lady Fortemain e hizo una reverencia—. Señora, gracias por la invitación. —Se volvió hacia Issy y añadió—: Permítame presentarle a mi hermana, Isobel.

Issy, que ya se había presentado a Filing y le estrechaba la mano, se sonrojó un poco antes de soltarle. Miró a la anfitriona, sonrió e hizo una reverencia.

—Lady Fortemain, es un placer estar aquí.

Lady Fortemain abrió mucho los ojos al mirar la cara de Issy. Después esbozó una sonrisa radiante.

—Queridas, estamos encantados de darles la bienvenida a ambas al pueblo. —Hizo un gesto con la mano para que pasaran—. Por favor, entren. El señor Filing o yo nos encargaremos de presentarles al resto de los invitados, aunque me figuro que la mayoría de ellos saben ya quiénes son. Como irán observando, no nos andamos con ceremonias en este tipo de reuniones.

Después de darle las gracias con una sonrisa, Em e Issy entraron en la sala. Issy no miró atrás, pero Em, que sí lo hizo, pudo observar cómo lady Fortemain le daba un codazo al señor Filing para que dejara de mirar a Issy y le diera la bienvenida al siguiente parroquiano.

Volviendo la mirada al frente, Em echó un vistazo al perfil de su hermana, observando que el leve sonrojo todavía no había desaparecido. Y pensó que Filing, que estaba en la treintena, era demasiado viejo para un amor juvenil, algo por lo que en ocasiones suspiraba Issy. Aun así, conocía lo suficiente a su hermana para no hacer ningún comentario. Era evidente que Issy se había percatado del interés de Filing y que reaccionaba a él. A pesar de su apariencia gentil, por debajo era una Colyton de pies a cabeza y, por consiguiente, capaz de ser tan testaruda como una mula.

No obstante, Em no recordaba que su hermana se hubiera sonrojado de esa manera con ningún otro caballero.

Había conocido a muchos de los asistentes en la posada la noche anterior, así que no le resultó difícil moverse por la estancia, charlando y siendo presentada a otros, memorizando los nombres de las personas y ubicándolas donde correspondía dentro de la comunidad.

La reunión abarcaba una amplia gama de clases sociales, desde la señora de la mansión a las esposas de los campesinos, así que incluir a la posadera y a su hermana entre los invitados no era tampoco tan extraño. Aunque en su papel como posadera Em no había esperado asistir a acontecimientos de esa índole, su inicial vacilación al aceptar la invitación no se había debido a que Issy y ella se encontraran fuera de lugar, sino más bien a que se verían envueltas en un ambiente en el que no podrían pasar desapercibidas. Las dos podían moverse por la sala, tomar el té y charlar con la suficiente confianza en sí mismas, pues era algo que corría por su sangre, y ninguna de ellas era especialmente hábil fingiendo ser lo que no eran.

Em había aceptado hacía tiempo que no podía ser nada más que ella misma. Y esperaba que hubiera alguien lo suficientemente observador —estaba segura de que Phyllida Cynster lo sería— como para concluir que Issy y ella provenían de una familia de clase acomodada que había caído en desgracia.

Lo que era verdad, al menos por ahora.

Issy y ella habían decidido que ceñirse a dicha historia era lo mejor que podían hacer por el momento. La mayoría de la gente era demasiado educada para hacer demasiadas preguntas al respecto.

Sin embargo, en una comunidad tan pequeña, la educación era la educación, sin importar cuáles fueran sus circunstancias.

Y ésa pareció ser, ciertamente, la actitud de Pommeroy Fortemain cuando apareció al lado de Em.

—Mi querida señorita Beauregard, permítame presentarme. Pommeroy Fortemain a su servicio. —Remató su discurso con una florida reverencia.

Aunque no era demasiado mayor —quizá la misma edad que Tallent—, Pommeroy Fortemain iba camino de ser corpulento. Su inclinación por chalecos a rayas y vistosos botones no hacía nada para encubrir su prominente barriga. Compartía pocos de los rasgos que caracterizaban a su hermano mayor, Cedric. Em esperó a que Pommeroy se enderezara, luego inclinó la cabeza y le dio la mano.

—Señor.

Se había separado de Issy y acababa de apartarse de un grupo de esposas de campesinos con las que había estado charlando. Se preguntó qué información podría obtener del hijo de su anfitriona, y liberó la mano del entusiasta apretón del hombre.

—Dígame, señor, ¿tengo razón al pensar que su hermano es el dueño de la mansión?

—Sí..., así es. Cedric es el dueño.

Ella había conocido brevemente a Cedric la noche anterior.

—Es bastante mayor que yo —la informó Pommeroy—. No asistirá a la merienda esta tarde. Está encerrado en su estudio, sin duda ocupado en los asuntos de la hacienda. —El tono de Pommeroy sugería que él estaba más que dispuesto a dejarle todo el trabajo a su hermano—. Yo me encargo de ayudar a mi madre en este tipo de acontecimientos. —Lanzó una mirada a su alrededor—. Aunque lo cierto es que no hay mucho que pueda hacer por aquí.

Em no supo si echarse a reír o mostrarse ofendida. Al final no hizo nada. Resultó evidente que él no había tenido intención de insultar.

—¿Creció usted aquí..., en el condado?

—Sí, en esta casa. Los Fortemain han vivido en Ballyclose desde... —se quedó pensando un momento y luego pareció algo sorprendido—, lo cierto es que no sé desde cuándo.

—¿De veras? —Em no tuvo que fingir interés. Cada vez estaba más segura de que Ballyclose Manor era la casa que buscaban. Miró a su alrededor como si estuviera estudiando la amplia estancia—. ¿Es una casa muy grande?

Pommeroy se encogió de hombros.

—Puede decirse que sí. Aunque no tan grande como otras.

—¿Es la más grande de la zona?

Él adoptó una expresión pensativa, luego asintió con la cabeza.

—Es probable que sea la más grande. —La miró fijamente a los ojos—. Pero ya está bien de hablar de este viejo montón de ladrillos. ¿Qué les ha traído a su familia y a usted a Colyton?

Ella esbozó una tensa sonrisa.

—Hemos venido a hacernos cargo de la posada. Vimos el anuncio en Axminster.

—¿Así que proceden de allí?

—Sólo estábamos de paso. —La joven no quiso decir nada más, no vio ninguna razón para alimentar la ávida curiosidad que percibía en los ojos de Pommeroy. Tenía la firme sospecha de que era uno de esos hombres a los que les gustaba chismorrear. Desde luego a su madre le gustaba, y él se parecía muchísimo a ella.

Para sorpresa de Em, él se acercó más sin dejar de mirarla a los ojos.

—¿Le gustaría dar un paseo conmigo en carruaje por la zona? Para mostrarle la vistas del pueblo y ese tipo de cosas.

Ella trató de parecer contrita.

—Lo lamento, pero soy la posadera y tengo que dirigir la posada. —Retrocedió un paso, dispuesta a seguir su ronda.

—Pero en realidad, usted se limita a gestionar la posada. No es quien hace el trabajo, sino que les dice a otros lo que tienen que hacer.

Él tenía bastante razón en eso, pero ella no estaba dispuesta a entablar una discusión sobre sus deberes, no con él. Estaba buscando las palabras adecuadas para convencerle de que ella no podía perder el tiempo con él cuando se fijó en que alguien se acercaba a ellos.

Y no era cualquiera, sino su patrón.

Le recorrió un revelador escalofrío por la columna.

Conteniendo la respiración, se giró para enfrentarse a él.

—Señorita Beauregard. —Jonas sonrió clavando la mirada en esos ojos color avellana antes de inclinar cortésmente la cabeza. Su posadera estaba muy atractiva..., no se parecía a ningún posadero que él conociera—. Permítame presentarle a mi hermana, Phyllida Cynster.

Phyllida le soltó el brazo y dio un paso adelante, atrayendo la brillante mirada de Emily mientras le tendía la mano. La joven se la estrechó con timidez.

—Es un placer conocerla, señorita Beauregard. Debo decirle que tenemos muchas esperanzas de que bajo su dirección la posada vuelva a ser un lugar de reunión en el pueblo.

Jonas observó cómo la posadera se ponía a la altura de las circunstancias, inclinando la cabeza graciosamente.

—Gracias, señora Cynster. Ésa es, en efecto, mi intención. Espero que las damas de la localidad me ayuden a definir qué está bien o qué está mal en mi labor.

Phyllida sonrió ampliamente.

—Por lo que he oído, ya ha empezado con buen pie. La idea de los bollos estuvo genial.

Emily sonrió.

—La comida correcta en el momento adecuado.

—En efecto. —Phyllida asintió con la cabeza enérgicamente—. Siga así, y no le faltará la clientela. Lamento no haberla podido conocer ayer por la tarde. Me pasé por la posada, pero tengo entendido que... —Miró a su hermano—, que Jonas la llevó a Seaton para presentarle a Finch.

Jonas encogió los hombros.

—Me pareció que era lo menos que podía hacer, la señorita Beauregard necesitaba hacer un pedido a Finch.

Sintiendo que había una nota de censura en sus palabras —aunque no podía entender por qué—, Em se apresuró a decir:

—Le estoy muy agradecida al señor Tallent por dedicar su tiempo a llevarme hasta Seaton para conocer al comerciante en persona. Me ha ahorrado un montón de problemas innecesarios.

Phyllida la estudió con unos ojos castaños igual de insondables que los de su gemelo antes de reconocer:

—Con Finch es lo más probable. Se muestra muy desconfiado cuando no conoce al cliente, pero es totalmente distinto cuando tiene un trato directo. —Volvió a mirar a su hermano—: Me alegra mucho ver que te tomas tus responsabilidades tan en serio, hermanito.

Jonas hizo una mueca, pero antes de que pudiera responder, se les unió otra pareja.

Em sonrió cuando la presentaron, forzándose a poner su mente en funcionamiento, a enfocar los sentidos y a no dejarse distraer por el caballero que tenía al lado. Se había olvidado por completo de Pommeroy Fortemain, que aún seguía a su lado, pero sus estúpidos sentidos, plenamente conscientes de Jonas Tallent, lo encontraban totalmente fascinante.

Lo que era irritante y un tanto desconcertante. Aquella continua y creciente obsesión por Jonas Tallent —pues tenía que reconocer que aquella obsesión existía— comenzaba a inquietarla.

Por sí misma, no por él.

Lo que era una nueva experiencia para ella.

Después de que casi se besaran, porque eso era lo que había estado a punto de ocurrir la noche anterior en el oscuro vestíbulo de la posada, no sabía qué pasaría a continuación. No sabía qué podría llegar a hacer si él provocaba de nuevo sus sentidos.

Cuando otras tres personas se unieron a su círculo, distrayéndolos a todos, ella aprovechó el momento para disculparse y alejarse del grupo. Nadie la oyó, nadie advirtió que se escabullía salvo Jonas, que giró la cabeza en su dirección. Pareció que iba a seguirla, pero en ese instante su hermana le hizo una pregunta y él no tuvo más remedio que volverse hacia ella.

Em se esfumó, perdiéndose entre los distintos grupos de gente que abarrotaban la sala y poniendo la mayor distancia posible entre ella y su patrón.

Había habido algo parecido a un brillo de determinación en aquella última mirada de Jonas que la hizo querer huir. Recordó que lady Fortemain no esperaba que Jonas asistiera, así que ¿por qué lo habría hecho? ¿Sólo para perseguirla?

—Tonterías —masculló Em. Se dirigió a un lado de la sala y, con un gran esfuerzo, apartó a Jonas Tallent de su mente y se concentró en el propósito que la había llevado allí: encontrar el tesoro que su familia había ocultado hacía tantos años.

El paso siguiente sería averiguar si Ballyclose Manor poseía el sótano que mencionaba la rima.

Miró a su alrededor. La multitud no era tan densa y localizar a Issy no fue difícil. El problema era que el señor Filing estaba con ella.

Además, según observó Em, su hermana, a pesar de sus sonrojos, estaba concentrada por completo en el señor Filing. Estaba hablando con él no sólo conversando educadamente. Estaban parados en medio de la estancia y parecía que sólo tenían ojos el uno para el otro.

En ese mismo momento, Em observó que una matrona de la localidad se apartaba de un grupo cercano, echaba una mirada a su alrededor hasta localizar a Filing y a Issy y se acercaba a ellos con la clara intención de unirse a su conversación.

Pero, entonces, la mujer se detuvo de golpe, les lanzó una mirada astuta y arqueó las cejas de manera imperceptible, esbozando una sonrisa antes de cambiar de rumbo y dirigirse hacia otro grupo.

Dejando que Issy y Filing siguieran hablando a solas.

Interesante. Incluso alentador. Pero...

Em echó un vistazo a su alrededor. El plan consistía en que Issy y ella buscarían el sótano juntas, y que su hermana vigilaría por si alguien se acercaba. Pero con Filing acaparando la atención de Issy, Em creía que acercarse a su hermana y escabullirse las dos para explorar la casa no sería un plan inteligente. Sospechaba que Filing seguiría observando a Issy aunque ésta estuviera hablando con otra persona.

Pero ya estaban dentro de Ballyclose Manor, y no estaba dispuesta a dejar escapar la oportunidad de buscar el tesoro. ¿Quién sabía cuándo surgiría otra ocasión?

Pero no había ninguna razón para que no buscara el sótano sola..., no con el flujo constante de lacayos que pululaban por la sala con platos llenos de pastelitos y pesadas bandejas con teteras.

Lo más probable era que la puerta del sótano estuviera cerca de la cocina.

Cuando vio salir a un lacayo con una bandeja vacía por una puerta cercana, ella le siguió.

La puerta conducía a un pasillo estrecho. El ruido de pasos quedaba amortiguado por una gruesa alfombra, y Em se apresuró para no perder de vista al lacayo. El hombre no regresó al vestíbulo principal, sino que se dirigió a una puerta verde que había al fondo y avanzó por una serie de corredores cada vez más estrechos, adentrándose en el interior de la casa.

Siguió a su objetivo a toda prisa, consciente de que otro lacayo o criada podría venir detrás de ella o aparecer delante, yendo en dirección opuesta. Si eso ocurría, diría que se había perdido y que, al ver al lacayo, decidió seguirlo, imaginando que la conduciría de vuelta a la sala.

Por suerte, su habilidad para la interpretación no se vio puesta a prueba. Con la bandeja vacía en la mano, el lacayo dobló la última esquina. Ella lo siguió y se detuvo ante unas escaleras de piedra, que bajaban hasta un descansillo antes de girar a la izquierda y desaparecer de la vista.

Había una puerta en el descansillo, enfrente del tramo de escaleras, y estaba abierta, mostrando el interior de una despensa. Por la cacofonía que se oía en las escaleras, éstas daban directamente a la cocina.

—¡No seas imbécil! Limpia la bandeja con un paño antes de subirla. La señora pedirá mi cabeza si la llevas así, manchada de crema...

La única respuesta fue un sordo gruñido. Em no esperó a oír más. Se apartó de la escalera y avanzó por el corredor hasta el final. Allí encontró una puertaventana estrecha que daba a un patio interior. Tenía que situar la cocina en la distribución general de la casa, y así sabría con facilidad en qué lado se encontraba.

Al llegar a la puertaventana, miró afuera pero apenas vio nada. El patio era muy estrecho y limitaba su vista. Asió la manilla de la puerta y la giró..., y fue recompensada con un clic. Abrió la puerta y salió afuera. Después de echar una ojeada para asegurarse de que el patio estaba desierto, cerró la puerta con cuidado.

El patio, con el suelo de losas de piedra gris, era rectangular y estaba tapiado por tres lados. Cada muro estaba bordeado por varias enredaderas que llegaban hasta el suelo. El fondo del patio estaba a la izquierda de la puerta. Una mirada rápida en esa dirección hizo que esbozara una sonrisa y caminara hacia allí con rapidez.

Se detuvo en el borde del pavimento, a la sombra del muro que se encontraba en una esquina del patio. Justo debajo de ella había un huerto, con sus pulcras hileras de verduras y hierbas que se desparramaban entre los caminos de tierra.

Había una escalera de piedra que conducía allí abajo. Bajó el primer escalón y se asomó por la esquina del edificio, viendo lo que parecía ser un lavadero en la parte trasera de la casa. También vio un porche estrecho con una puerta, probablemente la que daba acceso a la entrada trasera de la cocina, que estaría situada en esa misma pared a poca distancia. Pero lo que realmente captó su atención fueron el par de puertas situadas a medio camino entre el patio y la puerta trasera.

Tenían que ser las puertas del sótano.

Las estudió y luego recorrió con la mirada la larga fachada trasera. Luego se volvió para observar los huertos circundantes, fijándose en los árboles para situar su posición.

Finalmente, volvió a mirar las puertas del sótano. Eran sólidas y tenían un grueso vidrio de pequeño tamaño en el centro. Desde donde estaba, no podía ver a través de él.

Estaba sopesando la idea de acercarse y echar un vistazo para confirmar si las puertas daban acceso realmente al sótano, arriesgándose a que la viera alguien que saliera de la cocina, cuando un peculiar e inquietante hormigueo le recorrió la espalda.

Se dio media vuelta bruscamente, subió el escalón que había bajado para regresar al patio y... casi se tropezó con un muro.

Un muro musculoso y masculino que no era otra cosa que el pecho de Jonas Tallent.

El corazón de Em no sólo dio un vuelco, sino que se descarriló por completo. Respiró hondo, pero el aliento se le quedó atascado en el pecho, haciéndola jadear.

Con los ojos muy abiertos, se hizo a un lado con rapidez.

—¿Qué está haciendo aquí? —Em dijo las palabras casi como un chirrido.

Tragó saliva e intentó sosegar su desbocado corazón, intentando no percibir la atrayente calidez que parecía querer envolverla.

¿Cómo se había acercado tanto a ella sin que se diera cuenta? Había tardado demasiado en percatarse de su presencia. ¿Por qué sus estúpidos sentidos no se habían dado cuenta antes, advirtiéndola de que él estaba allí, cuando siempre lo percibían en todos lados? ¿Por qué...?

Dejó de balbucear mentalmente, respiró hondo, contuvo el aliento y se forzó a fruncir el ceño.

Recordó demasiado tarde que no era prudente mirarle directamente a los ojos y se hundió en las fascinantes e insondables profundidades que apresaron su mirada.

Él arqueó lentamente una ceja.

—Estaba a punto de hacerle la misma pregunta.

Ella parpadeó. ¿Qué pregunta? Jonas estaba a menos de medio metro y se cernía sobre ella de tal manera que Em apenas podía recordar su nombre.

Él curvó los labios.

—¿Qué está haciendo aquí? —dijo él con cierto toque acerado en la voz que despertó el instinto de conservación de Em. La joven luchó por liberarse del hechizo y lo miró con los ojos entrecerrados.

—¿Me ha seguido? —El tono empleado convirtió la pregunta en una acusación.

Jonas arqueó las cejas en respuesta.

—Sí.

Se sostuvieron la mirada, luego él alargó la mano y, con un dedo, le apartó un rizo oscuro de la frente. Las sensaciones atravesaron su cuerpo antes de que pudiera luchar contra ellas, provocando una intensa reacción en su interior.

Jonas no apartó sus ojos de los de ella, verdes con motas doradas.

—¿Va a decirme qué está buscando?

Aquellos preciosos ojos comenzaron a arder de furia.

—¡No! —Apretó los labios en una fina y tensa línea y luego, sin apartar los ojos de los de él, añadió—: No voy a decirle nada.

Jonas suspiró para sus adentros. Había intentado ser sutil, pero no le había servido de nada. Había probado a contenerse; alejarse de ella la noche anterior le costó más determinación de la que pensaba que poseía. Después, como era de esperar, ella había poblado sus sueños, perturbando su descanso.

Y allí estaba ella, aún manteniéndose firme contra él.

Incluso con temblorosa conciencia.

Una conciencia que a su vez le afectaba a él. Quizá...

Con un profundo suspiro de irritación, alargó las manos hacia ella. La agarró por la parte superior de los brazos y la atrajo con fuerza hacia él. Emily emitió un gritito ahogado cuando la soltó para deslizar las manos alrededor de su cintura y entrelazar los dedos sobre el hueco de la espalda, aprisionándola entre sus brazos sin ponerle las manos encima.

Sin estrecharla contra él como le impulsaba a hacer su instinto más posesivo.

En lugar de luchar o forcejear contra él, de intentar resistirse, ella se quedó paralizada y contuvo el aliento.

Con las manos firmemente entrelazadas en la parte de atrás de la cintura de Em, él sonrió ante aquellos ojos abiertos de par en par por la sorpresa.

—No voy a soltarla hasta que me lo cuente todo. Hasta que confiese qué es lo que la ha traído a Colyton..., donde sospecho que está buscando algo. —Arqueó las cejas—. ¿Me equivoco?

Ella le miró directamente a los ojos. Había subido las manos por instinto, pero no sabía qué hacer con ellas; revoloteaban en el aire entre ellos, ante el pecho de Jonas. Mientras la observaba, la mirada de Em cayó sobre los labios masculinos.

Él inspiró lentamente, consciente del efecto debilitante provocado no sólo por la reveladora fascinación que sus labios ejercían sobre ella, sino por la impactante sensación de tenerla tan cerca como para inspirar el sutil olor que emanaba de su pelo, lo que lo dejaba sin control.

Jonas se quedó quieto, apretando los dientes mentalmente. Y esperó.

Rogando para sus adentros que ella respondiera pronto y los salvara a ambos.

Pero no pudo guardar silencio, y murmuró con voz ronca y profunda:

—Emily, cuéntemelo todo y la dejaré marchar.

Em le escuchó, pero le resultó imposible concentrarse. Fijar la atención en sus palabras y no en el movimiento fascinante de sus labios cuando habló.

Lo observó apretar los labios antes de suavizarlos cuando volvió a pronunciar su nombre en un tono casi de súplica..., y, entonces, de repente, Em supo qué hacer.

Los dos podían jugar el mismo juego, un juego que él había iniciado, el mismo juego que Jonas había jugado la noche anterior en la posada.

Una parte de la mente de Em insistía en que debería forcejear contra él, plantarle las manos en el pecho y empujar.

Pero había otra parte, la mayor parte en realidad, que opinaba todo lo contrario.

Em levantó las manos y las plantó en sus hombros, apoyándose en ellos cuando se puso de puntillas y apretó sus labios contra los de él.

Lo besó. Sólo un beso, una simple caricia... suficiente como para distraerle e impedir que siguiera preguntando qué estaba haciendo allí.

Sólo un beso rápido... Porque Emily sabía ahora que él estaba tan afectado por ella como ella por él... y porque jamás se había sentido tan tentada en su vida.

Nunca le había interesado, jamás había querido saber ni comprender por qué la deseaba un hombre. Pero Jonas Tallent era diferente. Con él, tenía que saber.

Distraerle de su búsqueda era una excusa, pues como les sucedía a todos los Colyton, quería explorar y descubrir, dejarse llevar por lo desconocido con un temerario abandono... Ésos eran sus verdaderos motivos.

Explorar y descubrir le interesaba más que cualquier otra cosa. Los labios de Jonas estaban fríos; eran firmes pero menos suaves que los de ella. La sorpresa le había dejado paralizado, con los labios inmóviles y sumisos bajo los de ella. Em los probó. Brevemente.

Sabía que tenía que retirarse. De mala gana comenzó a bajar los talones.

Él movió las manos a su espalda. La sujetó con firmeza y luego extendió los dedos sobre la cintura, acercándola más y apretando las palmas contra los costados de la joven para inmovilizarla.

Y asumió el control del beso.

Inclinó la cabeza y amoldó su boca a la de ella, probando sus labios como ella había probado los de él.

Pero el resultado fue muy diferente. Las sensaciones, cálidas y excitantes, atravesaron a Emily. Una nueva y extraña emoción erizó sus terminaciones nerviosas. Se filtró a su cerebro plantando allí una sugerencia, un pensamiento, una necesidad.

Un deseo.

De saber más..., de descubrir más.

La presión de los labios de Jonas en los de ella se incrementó, tentándola sutilmente. Movió la boca sobre la de Em, seduciéndola suavemente.

Jonas separó los labios un poco y luego le acarició el labio inferior con la punta de la lengua, tentándola poco a poco, y saboreándola.

Y ella se dejó seducir. Por primera vez en su vida quiso saber, sentir, experimentar un beso, todo lo que un beso podría ser.

Ella abrió la boca y le dejó entrar.

Jonas se estremeció, sintiéndose ridículamente mareado cuando aceptó la invitación, sintiéndose inmensamente honrado de haberla ganado. La boca de Em era todo dulzura, deliciosa y tentadora. Él la tomó, presionando más, reclamándola con ternura.

Y le fue enseñando poco a poco.

La inocencia de la joven era transparente, al menos para él: fresca y adictiva. No era una inocencia ignorante, ni tímida ni pasiva, sino viva y ansiosa y básicamente intacta.

La habían besado antes, pero no voluntariamente. Él era el primer hombre al que ella daba la bienvenida. Aquél era un hecho innegable para Jonas y llevaba consigo una responsabilidad de la que era plenamente consciente, mientras seguía frotando y acariciando suavemente la lengua de Emily con la suya.

No había esperado que ella le besara, ni siquiera había imaginado que lo haría, no había pensado en ello, no estaba preparado ni tenía ningún plan con el que poder afrontar tal eventualidad. Había querido besarla desde la primera vez que la vio, pero no hubiera imaginado que ocurriría ese día. Pero ahora...

Ahora que ella le había besado, que le había ofrecido su boca, que estaba allí de pie ante él, mientras la sostenía entre sus brazos y se comunicaban de aquella manera tan primitiva y elemental, en ese momento infinito, él no podía pensar más que en su dulzura.

La sencilla y adictiva dulzura de Emily.

Y no tenía suficiente de ella.

Tenía que tener más.

Cautivada, Em dejó que él la explorara como deseaba, algo aturdida, sorprendida y encantada al ser ella el objeto de tal exploración en vez del explorador. Aquel concepto se abrió paso en su mente, haciendo que se estremeciera.

Él lo sintió e, inclinando aún más la cabeza, profundizó el beso. Le llenó la boca con la lengua y ella, fascinada, se lo permitió. Deleitándose en la calidez de su caricia, en la sutil tensión de su cuerpo, en la sensación de sentirse suave y vulnerable entre sus brazos.

Emily se envaró ante ese pensamiento. Comprendió, casi presa del pánico, que estaba ciertamente indefensa..., voluntariamente entregada, o al menos así lo había estado.

Pero no tuvo que luchar para liberarse, ni siquiera tuvo tiempo para aunar fuerzas y forcejear contra él, porque Jonas supo, leyó su reacción, y lenta pero definitivamente puso fin al beso de una manera renuente.

Emily no necesitaba pensar para saber por qué él se mostraba renuente. El hecho estaba grabado en cada movimiento lento y deliberado y en la contenida presión de las manos masculinas en sus costados. Pero también ese control, el hecho de que él se hubiera detenido de inmediato cuando ella había querido, la había dejado inmensamente tranquila.

Volvía a confirmarle que, como ella había pensado, él era, de hecho, un hombre honesto.

Y que estaba segura con él. O, al menos, de él.

En lo que a Jonas Tallent concernía, el peligro provenía de ella misma.

Sus labios se separaron lentamente. Él levantó la cabeza y dio un paso atrás. Sólo entonces abrió los párpados y la miró a los ojos.

La calidez de la mirada de él era imposible de confundir.

La dejó sin aliento, haciéndola estremecer interiormente.

Jonas le sostuvo la mirada con los ojos entrecerrados pero agudamente ardientes.

Ella intentó apartarse. Él tuvo que obligar a sus manos a soltarla, lo que finalmente hizo.

Jonas se incorporó, con los ojos todavía clavados en los de ella. Sus facciones parecían más duras ahora, con ángulos afilados y rudos planos.

—Si con esto pretendía que perdiera el interés en usted y en sus actividades... permítame informarle de que, lamentablemente, ha calculado mal.

El tono ronco y grave de sus palabras, cargado de pura posesión masculina, hizo que Emily entrecerrara los ojos.

—Yo y mis actividades —le informó con sequedad—, no somos asunto suyo.

Jonas le sostuvo la mirada con firmeza.

—Antes, es posible. ¿Ahora? —Curvó los labios con una intención puramente depredadora—, sin duda.

Ella entrecerró más los ojos y le lanzó una mirada fulminante, luego se dio la vuelta y se dirigió con paso airado hacia la puerta.

Girando la cabeza, Jonas la observó marcharse.

—Sin duda, Emily Beauregard, sin duda alguna —repitió quedamente para sí mismo.

Y la siguió de vuelta a la casa.

5

Si Emily Beauregard pensaba que podía besarle así, que podía mirarle con estrellas en los ojos aunque estuviera a plena luz del día y esperar que la dejara en paz, estaba muy, pero que muy equivocada. Estaba...

—¡Loca! —Andando a zancadas por el sendero del bosque que conducía a la mansión, Jonas dio un puntapié a una rama caída para apartarla de su camino—. Está absoluta e incomprensiblemente loca.

A pesar de todo, conociendo las extrañas ideas que se les metían a las mujeres en la cabeza, estaba seguro de que ella continuaría intentando rechazarle.

¡Pues que lo intentara!

Después de ese beso, él no era capaz de pensar en otra cosa salvo en volver a besarla.

Y mientras tanto, tenía intención de averiguar qué era lo que les había llevado, a ella y a su familia, a Colyton. Estaba resuelto a saber qué estaban buscando. Estaba claro que lo que fuera que ella buscaba, pensaba que podría estar en Ballyclose, aunque Jonas no sabía exactamente dónde. El huerto parecía un lugar extraño para buscar algo. Si ella le decía qué era lo que buscaba, él podría preguntarle a Cedric, y así tendrían alguna idea de dónde podría estar.

Jonas no sabía por qué Emily necesitaba mantener aquella búsqueda y el objetivo de la misma en secreto, pero ya había considerado y descartado la idea de que pudiera ser algo ilegal.

La idea de que la señorita Emily Beauregard pudiera estar involucrada en algún asunto turbio o vil, era sencillamente inaceptable. Totalmente ridícula. No sabía por qué estaba tan seguro de eso, pero lo estaba. Ella era el tipo de persona que de encontrar un chelín en el camino, insistiría en revolver el pueblo entero, por no decir las granjas más remotas, hasta dar con el propietario de la moneda.

No. El motivo por el que Emily mantenía en secreto sus auténticos intereses en Colyton era una cuestión de confianza.

En cuanto confiara en él, se lo contaría todo.

Pero hasta que eso sucediera, Jonas tenía que vigilarla de cerca para asegurarse de que no se metía en serios problemas mientras se dedicaba a aquella búsqueda secreta.

Tampoco sabía por qué se sentía responsable de su seguridad, y más teniendo en cuenta aquella declaración de la joven de «ni yo ni mis actividades somos asunto suyo», pero por el momento no pensaba perder el tiempo intentando buscar una explicación lógica. Por más irracional que fuera, se sentía impulsado a velar por ella, y eso era todo.

No había que darle más vueltas al asunto.

La mansión apareció delante de él, con su tejado de pizarra gris, brillando trémulamente entre los árboles. Hacía un rato que había pasado por el camino lateral que conducía a la parte trasera de la posada. Redujo la marcha, preguntándose si debía... No, mejor no. Apretó el paso y continuó adelante. Emily, Em, estaba a salvo por el momento. Y además había otra persona que quería ver.

Necesitaba reclutar a alguien para su causa.

El camino conducía a los establos de Colyton Manor y, desde allí, a la puerta trasera de la mansión. La ruta más corta entre Grange y Manor era el sendero que atravesaba el bosque; los habitantes de ambas casas lo usaban con frecuencia, sobre todo desde que Phyllida había abandonado el hogar familiar en Grange para vivir con Lucifer en el Manor. Por lo que a nadie le sorprendió que Jonas apareciera en la cocina de la mansión. Saludó a la señora Hemmings, el ama de llaves de Phyllida, y a la cocinera que, con las manos metidas en la masa, le devolvió el saludo alegremente mientras él se acercaba a la despensa donde estaba el mayordomo.

Lo encontró allí sacando brillo a la vajilla de plata.

—Buenos días, Bristleford. ¿Sabes por casualidad dónde se encuentra mi hermana?

—Buenos días, señor. Creo que encontrará a la señora en el salón.

Jonas frunció el ceño.

—¿En el salón? —Phyllida rara vez utilizaba el salón, prefería la comodidad de la salita.

—En efecto, señor, está reunida con la dama de la posada. La señorita Beauregard.

—Ah. —Arqueó las cejas e inclinó la cabeza para agradecer la información, consciente de la manera en la que Bristleford había descrito a Emily. Al igual que Mortimer, Bristleford rara vez se equivocaba con el estatus social de alguien.

Jonas atravesó la casa en dirección a la puerta que comunicaba las dependencias traseras con el vestíbulo, luego se dirigió a paso vivo al salón que se encontraba a la derecha.

Se detuvo en el umbral, encontrándose con los dos pares de ojos que, alertados por el ruido de sus pasos, se volvieron hacia allí.

Unos ojos, del mismo color castaño oscuro que los suyos, mostraban un leve interés. Los otros, de brillante color avellana, estaban abiertos de par en par, aunque la sorpresa fue reemplazada rápidamente por cautela.

Jonas sonrió.

—Buenos días, señoras. —Se acercó a la *chaise* donde estaban sentadas una junto a otra, se inclinó y besó la mejilla que Phyllida le ofrecía, luego saludó a Emily con un gesto de cabeza—. Señorita Beauregard. —Miró los tres libros que ésta sostenía en el regazo—. ¿Me equivoco al suponer que es usted una ávida lectora?

Phyllida se recostó en el asiento, escudriñando su cara.

—La señorita Beauregard tiene interés en conocer la historia del pueblo. Como es natural, Edgar la envió aquí. —Miró a Emily—. Lucifer ha ido a Axminster, así que estoy ayudando a la señorita Beauregard en lo que puedo. —Phyllida volvió a mirar a su hermano—. Pero no estoy segura de que éstos sean los únicos libros que existen sobre la historia del pueblo. ¿Tú qué crees?

Jonas había estado observando la cara de Emily durante todo el rato, y vio con claridad la desazón que se ocultaba tras su expresión educada. Sonriendo con facilidad, le tendió una mano.

—Déjeme ver qué le ha dejado mi hermana.

Ella le dio los libros. Él revisó los lomos, ignorando la especulación que asomaba en los ojos de Phyllida.

Siendo su hermana —su gemela— era muy sensible a sus estados de ánimo, y muy menudo podía leerle el pensamiento, demasiado a menudo para su propio bien. A pesar de que ni él ni Emily habían hecho o dicho nada que indicara a Phyllida por dónde iban los tiros, ella ya había notado las corrientes subyacentes que había entre ellos, y ahora los observaba con gran interés.

—Hay más libros sobre el pueblo. —Le devolvió los volúmenes a Emily, mirándola directamente a los ojos—. ¿Está interesada en algún aspecto en especial?

Em negó con la cabeza.

—No... sólo en la historia general. —Miró a Phyllida—. Como le he mencionado a la señora Cynster, espero que la posada vuelva a ser el centro de la vida del pueblo, y he pensado que me vendría bien conocer algunas antiguas tradiciones locales. —Levantó la cabeza, sonriéndole a Jonas—. Además de que, por supuesto, estoy interesada en el pueblo que ahora es mi hogar.

Jonas sabía que no le estaba diciendo toda la verdad. Emily podía verlo en la expresión cínica de sus ojos. Percibió que él vacilaba, buscando la manera de presionarla un poco más, pero Em se forzó a no revelarle nada.

Oyeron que alguien bajaba ruidosamente la escalera, luego oyeron los mismos pasos estrepitosos en el vestíbulo delantero, y todos levantaron la mirada hacia la puerta abierta.

La señorita Sweet apareció bruscamente agitando las manos como loca.

—Oh, aquí estás, querida Phyllida. —La señorita Sweet parecía algo afligida—. Me temo que se han vuelto a escapar y andan sueltos por ahí.

A Phyllida se le pusieron los ojos como platos. Se levantó justo cuando se oyó un agudo chillido por encima de sus cabezas.

Todos levantaron la mirada al techo. Phyllida suspiró y negó con la cabeza, curvando los labios en una sonrisa.

—Si me disculpa, señorita Beauregard, me temo que tendré que ir a averiguar a qué se debe tanto alboroto. —Miró a Jonas—. Pero sin duda, mi hermano podrá ayudarla en todo lo que necesite.

Em se levantó con los tres libros en las manos.

—Sí, por supuesto. Gracias por su tiempo. —Levantó los volúmenes—. ¿Está segura de que quiere prestármelos?

—Claro que sí. —Phyllida ya se encaminaba a paso vivo a la

puerta—. Los libros existen para ser leídos, y en especial los de historia. —Se detuvo en la puerta y miró a Jonas.

Él le sonrió.

—Buscaré algunos libros más para la señorita Beauregard y luego subiré a rescatarte.

Phyllida se rio, se despidió con una inclinación de cabeza y se marchó. La señorita Sweet ya revoloteaba delante de ella.

Cuando se desvaneció el sonido de pasos, Em miró a Jonas —al señor Tallent— sólo para descubrir que él la observaba fijamente. Inquisitivamente, en realidad. Era la primera vez que estaban juntos y a solas desde aquel imprudente beso de la tarde anterior. Ella esperaba sentirse torpe e incluso avergonzada —a fin de cuentas había sido ella quien le había besado, invitándole a que siguiera haciéndolo—, pero dado que él tenía intención de averiguar qué era lo que ella estaba buscando, no tenía tiempo para andarse con susceptibilidades. Levantó los tres libros.

—Lo más probable es que sean suficientes, al menos para empezar. —Se dirigió hacia la puerta.

Él arqueó las cejas, y la siguió.

—Tenemos más libros aquí... Los que lleva consigo son demasiado generales. —Como ella se limitó a inclinar la cabeza y seguir caminando, Jonas añadió—: Pensé que estaba interesada en cosas más específicas..., como algunas casas. —Ella lo miró, y él le sostuvo la mirada—. Por ejemplo, Ballyclose Manor.

Ella se detuvo bruscamente.

—Cualquiera que venga al pueblo se interesaría por la historia de una mansión como Ballyclose Manor. —Sosteniéndole la mirada, ella continuó—: Como posadera es esencial para mí saber todo lo que pueda sobre las casas de los alrededores, aquellas que disponen de personal y que consideren el pueblo como suyo.

—¿Quiere decir que su interés por las propiedades circundantes se debe sólo a su deber como posadera?

Ella vaciló antes de asentir con la cabeza de manera enérgica. Convincente.

—Ni más ni menos.

Él suspiró. Y dio un paso hacia ella.

Con los ojos llameantes, Emily dio un paso atrás.

Él repitió el movimiento tres veces más hasta que la arrinconó en la esquina de una pared entre dos estanterías de libros sin que pudiera escapar. Ella se dio cuenta y se detuvo. Entonces, se puso rígida, alzó la barbilla y le miró enfadada.

—Señor Tallent.

Él se acercó un poco más y alzó una mano para retirarle un rizo suelto en la mejilla. La miró a los ojos.

—Jonas —dijo él.

Emily intentó respirar hondo, pero tenía los pulmones comprimidos. Un simple toque, la caricia más suave, y la había distraído. Aquella certeza provocó una oleada de inesperada lujuria en él, distrayéndole de la misma manera eficaz.

Ella había bajado los párpados, pero entre las largas pestañas había clavado los ojos en sus labios.

Él dejó de pensar y actuó.

Levantó lentamente la mano y le cogió la delicada barbilla, alzándole la cara al tiempo que bajaba los labios hacia los de ella.

Se los cubrió con suave lentitud, dándole tiempo de sobra para que opusiera resistencia.

Ella no lo hizo, sólo emitió un suave suspiro cuando le cubrió la boca con la suya.

Él se acercó todavía más y le dio a Em lo que deseaba..., tomando lo que él quería. Otro beso.

Muy diferente del primero.

Fue como si sus labios, sus bocas, se conocieran de siempre y reconocieran el roce, el sabor, la textura. Y desearan mucho más.

Ella sostenía los tres libros contra el pecho, una sólida barrera que mantenía separados sus cuerpos, dejando que ambos se centraran sólo en el beso, en la unión de sus bocas, en la creciente calidez de sus labios y lenguas, en la comunicación táctil.

Él se sintió ávido, hambriento, apremiado.

Em parecía sentir igual o incluso más que él. Se dejaba guiar en vez de tomar el mando, pero cuando el beso se volvió más caliente y profundo, lo acompañó en cada paso del camino.

Se movió contra él y Jonas sintió que perdía el control.

Aquel suceso sin precedentes fue suficiente para que recuperara un poco de cordura.

A ciegas, él apoyó las manos en las estanterías a ambos lados de ella, aprisionándola una vez más. Era mucho más seguro que tomarla entre sus brazos, que era lo que le exigía su yo más primitivo.

Él interrumpió el beso lo justo para preguntarle:

—¿Qué está buscando?

Em alzó una mano a su mejilla para volver a guiar sus labios a los de ella.

—Nada. —Sus labios se volvieron a encontrar, y ella suspiró—. Nada.

La besó otra vez y Em le devolvió el beso y, por un momento, no importó nada más.

Pero él sabía que no podía seguir besándola sin saber antes la verdad.

Jonas se echó hacia atrás, rompiendo el contacto, aunque sin dejar de aprisionarla entre sus brazos. Esperó a que Emily cogiera aire y lo mirara a los ojos antes de hablar.

—Dígame qué está buscando.

Ella le sostuvo la mirada durante un momento eterno.

—No. Como ya le dije antes, no es asunto suyo.

—Se equivoca. Sí que lo es.

Em alzó la barbilla y apretó los labios.

—Señor Tallent.

—Jonas. —La miró a la boca, instándola a decir su nombre.

Pero los tentadores labios siguieron apretados en una línea sombría. Usando los libros como escudo, Emily le empujó el pecho.

—¿Me permite...?

Él volvió a mirarla a los ojos. Luego, lentamente, apartó las manos de las estanterías, se enderezó y dio un paso atrás.

—Es posible que pueda localizar más libros sobre el pueblo.

Ella le rozó al pasar junto a él.

—Gracias, pero no. —Em se dirigió a paso vivo hacia la puerta—. Con éstos será suficiente por el momento.

Él la siguió a través de la puerta y del vestíbulo principal. Em se detuvo ante la puerta principal. Jonas la siguió, agarró el picaporte antes que ella, lo giró y luego se detuvo. La miró a los ojos.

—Por el momento.

Los ojos de Em brillaron de furia y entendimiento, al comprender que él no estaba hablando de los libros.

Jonas abrió la puerta y ella se apresuró a pasar junto a él.

—Buenos días, señor Tallent.

Apoyando el hombro contra el marco de la puerta, Jonas la observó recorrer el camino que conducía al portón. Lo abrió y lo atravesó. Emily no le miró mientras se giraba para volver a poner el pasador, pero supo que él estaba allí, observando.

No la escuchó inhalar por la nariz, pero sospechó que eso fue lo que hizo antes de darse la vuelta y echar a andar por el sendero.

Cada instinto de Jonas le impulsaba a seguirla y continuar el debate que habían comenzado en el salón de su hermana.

Aquella conversación distaba mucho de haber terminado, pero se enderezó, dio un paso atrás y cerró la puerta.

Emily Beauregard iba a la posada, que era de su propiedad. Dejarla escapar, o permitir que pensara que lo estaba haciendo... no era una mala decisión. De esa manera podría sorprenderla más tarde.

Entretanto..., se dio la vuelta y se dirigió a las escaleras. Aún no había cumplido el propósito que le había llevado a Grange. Subió al primer piso y se dispuso a buscar a Phyllida.

Por conseguir el apoyo de su gemela bien valía la pena dejar escapar a Emily Beauregard... durante media hora más o menos.

Em se dirigió a Red Bells presa de una agitación inusitada en ella que, por supuesto, no podía permitir que se notara. Se obligó a ir más despacio y a sonreír a los clientes que seguían el mismo camino, atraídos por los apetitosos olores que flotaban en el aire desde la posada.

Resultaba evidente que los pasteles eran todo un éxito. Una cosa menos por la que preocuparse.

De hecho, poco a poco, elemento a elemento, la posada se transformaba progresivamente bajo su guía. Ahora, Em confiaba por completo en que convertiría Red Bells en el establecimiento que había imaginado, en la institución que pensaba que debería ser.

El propietario era el único inconveniente.

Sentirse atraída por él ya era suficientemente malo y problemático, pero que él se sintiera atraído por ella era incluso peor. Podía controlar lo primero, pero lo último parecía estar fuera de su control.

Se acercó a su despacho, puso los tres libros sobre el escritorio y los observó fijamente, sin ver realmente sus lomos y cubiertas.

Ya no cabía ninguna duda de que su patrón estaba interesado en ella. Que sentía el mismo interés que ella por él. Lo que le preocupaba era adónde creía él que les conduciría aquello. Ella, perteneciera o no a una clase acomodada, era su posadera. Entre ellos sólo podía haber una relación ilícita..., y por lo poco que sabía de los caballeros de su clase, que era la de ella también, lo más probable es que aquella relación se limitara a una breve aventura.

Y ése era el quid de la cuestión. Las damas de su posición, fueran posaderas o no, no podían permitirse tener relaciones, ni mucho menos *affaires*. Al menos no antes de haberse casado y establecido y de haberle dado un heredero a su marido.

Puede que se estuviera haciendo pasar por posadera, pero no podía evitar ser ella misma.

Como Jonas —el señor Tallent— no podía tener otra cosa en mente más que un *affaire*, estaba fuera de toda duda que no debía mantener ninguna relación con él. Así que, mientras pudiera, debía evitar al señor Tallent a toda costa, y de no ser posible, hacerle entender de una vez por todas que su presencia no la afectaba.

Que no la hacía anhelar nada en absoluto.

—¡Eso es! —Apretando los labios, apiló los libros con resolución—. Decisión tomada. —Rodeó el escritorio y dejó caer el bolsito en el cajón inferior, lo cerró, se enderezó y se alisó las faldas.

Tomó aire, levantó la cabeza y, componiendo una sonrisa, se dirigió a la cocina.

Se pasó la media hora siguiente con Hilda, apuntando los ingredientes necesarios para los distintos tipos de pasteles que harían esa semana. Luego llegó Issy con las gemelas a remolque. Al ver a Em, las dos niñas comenzaron a quejarse de inmediato por tener que practicar todas las mañanas en el viejo piano del salón.

—Y además —indicó Bea—, Issy nos ha obligado a salir y subir esa enorme colina.

Issy puso los ojos en blanco.

—Si es sólo la colina de la iglesia.

—¡Hacía viento! —Gert se sentó a la mesa—. Pero Issy nos dijo que teníamos que subir para *insprarnos*.

—Inspirarnos —la corrigió Issy pacientemente. Buscó la mirada de Em—. Para dibujar por la tarde.

Em asintió con la cabeza y miró a las gemelas.

—Espero que ambas tengáis un paisaje en mente. Subiré y echaré un vistazo a vuestros dibujos cuando terminéis.

Se habrían quejado, pero Hilda eligió ese momento para poner los pasteles recién sacados del horno ante ellas, y saciar el apetito tenía prioridad sobre todo lo demás.

Em intercambió una cariñosa mirada con Issy.

Hilda le ofreció a Issy un pastel, pero ésta lo rechazó con un gesto de la mano.

—Ya me comeré uno más tarde. Ahora quiero ver cómo se hacen.

Como había sido Issy la que había ayudado a Hilda a diseñar los diversos rellenos, Em accedió. Mientras las contribuciones culinarias de Issy se limitaran a crear recetas, Em estaba contenta.

También ella fue al salón cuando llevaron los pasteles a la barra y los colocaron ante los ansiosos clientes. Em observó las caras y las miradas de la gente que masticaba con evidente placer, preocupándose sólo de devorar los dulces.

Su mirada se cruzó con la de Issy al otro lado de la estancia, y las dos sonrieron. Los pasteles se acabaron en menos de una hora.

Em cruzó la estancia hasta la puerta de la cocina y se detuvo al lado de Issy e Hilda, que habían salido a mirar.

—Creo que mañana tendremos que duplicar la cantidad.

—Eso parece. —Hilda asintió con la cabeza mientras una amplia y radiante sonrisa le iluminaba la cara—. Mañana haré el doble y ya veremos qué pasa.

Em volvió a dar otra vuelta por el salón con la idea de dirigirse luego a su despacho. La vieja señora Smollet, que estaba sentada cerca de la puerta, le hizo señas para que se acercara, felicitándola por el pastel de carne de cordero.

—Gracias... le comunicaré a la cocinera sus amables palabras. —Em se dio la vuelta y se detuvo un momento bajo el rayo de luz que entraba por la puerta abierta de la posada. Luego dio un paso atrás para examinar mejor sus dominios, y se sintió más que satisfecha. La cantidad de gente que había en pleno día, ya superaba la que solía haber por las noches antes de su llegada.

Estaba pensando que su patrón debería sentirse complacido cuando el rayo de luz se desvaneció.

Incluso sin darse la vuelta, supo que él había llegado, como si hubiera sido conjurado por sus pensamientos, bloqueando la luz de la puerta.

Su primer impulso fue echar a correr al santuario de su despacho, pero no creía que allí pudiera estar a salvo de él. De hecho, parecía que el lugar más seguro era donde se encontraba ahora, a la vista de una buena parte del pueblo.

Así que afianzó las piernas, plena y dolorosamente consciente de que él estaba a su espalda, a menos de treinta centímetros de ella.

—Debería felicitarla, señorita Beauregard. El negocio prospera bajo su guía.

Las palabras fueron pronunciadas con tono ronco en su oído, por lo que aquella voz profunda convirtió la frase educada en algo parecido a una caricia.

Sin darse la vuelta, ella asintió con la cabeza rígidamente.

—Gracias. Le comunicaré su satisfacción al personal.

—Hágalo.

Ella oyó la diversión en su voz y supo que Jonas acabaría por provocarla de alguna manera si no se apartaba pronto de él.

Y mientras buscaba algo que decirle, la salvación apareció justo a su lado. Le señaló con la mano los platos que una de las sobrinas de Hilda llevaba a una mesa.

—¿Ha almorzado? Se han acabado los pasteles de cordero, pero le recomiendo que pruebe el pastel de carne.

Ella esperó una respuesta, percibiendo una pausa a su espalda, pero luego él habló con el mismo tono que antes.

—Ojalá pudiera satisfacer mi apetito con eso.

Ella no pudo evitar darse la vuelta con las mejillas encendidas.

La imagen de Jonas parado en la puerta, con el hombro apoyado despreocupadamente contra el marco —toda aquella deliciosa masculinidad tan cerca de ella—, no ayudó. Em tuvo que obligarse a levantar los ojos a su cara.

Él le sostuvo la mirada y arqueó una ceja.

Ella lo observó con los ojos entrecerrados.

—Si no podemos tentarle con eso, entonces lamento decirle que no tenemos nada más que ofrecerle.

Él curvó los labios.

—Quizá por ahora no, pero ¿quién sabe el delicioso menú que podría ofrecerme algún día?

Ella entendió perfectamente lo que insinuaba, y se le enrojecieron aún más las mejillas, pero estaba resuelta a fingir inocencia.

—Pues precisamente hace una hora discutía con la cocinera si añadir pasteles de pollo y de puerro al menú.

—¿De veras? —Su mirada oscura sostuvo la de ella—. Aun así, creo que esperaré a algo un poco más satisfactorio.

Hubo un destello en aquellos profundos ojos marrones, pecaminosamente pícaros. Los labios de Jonas se curvaron en una sugestiva sonrisa. En ese momento, Emily recordó con claridad el beso que le había dado.

La joven se aclaró la garganta.

—Me cuesta imaginar que exista algo que pueda considerarse más satisfactorio que un pastel de carne.

La sonrisa de Jonas se hizo más profunda.

—Lo hay, pero es un secreto.

El secreto de Em.

—Dudo que aparezca ningún secreto en el menú.

—Ya veremos. Y luego, por supuesto... —Bajó la mirada a los ojos de Em—, hay algo muy dulce que me apetece probar muchísimo más.

Ella contuvo el aliento, intentando con todas sus fuerzas lanzarle una mirada airada, algo muy difícil cuando uno notaba que la cabeza le daba vueltas.

—Definitivamente, no hay cosas tan dulces en nuestro menú.

—Todavía no, pero ya veremos.

Él se movió y, enderezándose, alargó la mano y la tomó del codo, apartándola a un lado, para que los hermanos Thompson pudieran pasar.

Los dos hermanos, tan gigantescos como imponentes, intercambiaron educadas inclinaciones de cabeza con el señor Jonas Tallent, que él respondió con elegante facilidad.

Luego volvió a centrar su atención en ella, pero Em ya había recuperado la capacidad de pensar. Se irguió y se despidió con un gesto de cabeza.

—Si me disculpa, debo ocuparme de la posada.

Él lo consideró por un momento y luego asintió con la cabeza.

—Como usted quiera. Pero regresaré, señorita Beauregard, regresaré todas las veces que haga falta hasta que me quede satisfecho.

Ella no podía soportar dejarle decir la última palabra, en especial cuando lo último que él había dicho estaba tan cargado de insinuaciones.

—Creo que muy pronto descubrirá, señor, que se esforzará en vano.

Em había tenido intención de irse en ese momento, pero los dedos de Jonas se tensaron a modo de advertencia en su codo.

En ese momento, él inclinó la cabeza.

Ella se quedó paralizada mientras el pánico la invadía. Sin duda alguna no sería capaz de besarla en el salón ante una docena de clientes interesados, ¿verdad?

La respuesta fue no. Para su inmenso alivio, él sólo se inclinó más cerca para que nadie más pudiera oírlo, salvo ella.

Pero bajó la voz de tal modo que resonó y reverberó a través de Em. Los ojos de Jonas atraparon los suyos; tan cerca, tenían un efecto hipnotizador en ella.

—Hay algo que debe saber, Emily Beauregard —susurró él con calma, pero remarcando cada una de las palabras—. Tengo intención de conocer todos sus secretos, y tengo intención de tenerla, y soy un hombre muy paciente y muy decidido.

Sin poder evitarlo, los ojos de Em buscaron los de él, como si quisiera confirmar que él decía en serio cada una de esas palabras. La cabeza le dio vueltas. La joven intentó coger aliento. ¿Qué podía responder a una declaración tan descarada?

Cuando finalmente logró respirar hondo, Em decidió que la discreción era su mejor arma en ese momento. Liberó el codo de su agarre, se dio la vuelta y se encaminó a su despacho.

Pero cuando había dado unos pasos, se detuvo, irguió la cabeza y se giró hacia él. Buscó la mirada masculina con los ojos llameantes.

—¡Eso está por ver!

Nadie salvo él podía interpretar la frase.

Con una leve inclinación de cabeza, Em se dio la vuelta y retomó el camino que conducía a la seguridad de la cocina.

Tres días después, mientras permanecía sentada en la iglesia, escuchando el sermón del señor Filing, Em todavía se felicitaba por haber logrado dar esquinazo a Jonas Tallent.

Desde aquella tensa conversación en la puerta de la posada, le había visto sólo a distancia, desde el otro lado de la barra o en la calle. Él no había intentado llamar su atención ni hablar con ella, pero Em había sentido su oscura y firme mirada sobre ella cada vez que estaba cerca de él.

Lo que había ocurrido muy a menudo. Emily había esperado que dada su actitud desdeñosa y desalentadora, Jonas se aburriría y acabaría por perder el interés, pero no había dado muestras de ello. De hecho, parecía que cada vez que Em se daba la vuelta, él estaba allí, con los ojos clavados en ella.

La intensidad de la mirada de Jonas era inquietante, pero si se limitaba a mirarla fijamente, se daría por satisfecha.

Él también estaba en la iglesia, pero la familia Tallent tenía un banco reservado para ella en la parte delantera, así que Em no había tenido que soportar el peso de su mirada durante todo el servicio. Jonas no se había girado ni la había mirado por encima del hombro ni una sola vez, razón por la cual, desde luego, Em estaba muy agradecida.

Cuando concluyó el sermón, todos se levantaron para entonar un himno. Con reconfortante inexorabilidad, fueron transcurriendo todas las acostumbradas etapas del servicio hasta que el señor Filing dio la bendición final y salió de la iglesia. Levantándose del banco que había ocupado, Em y su familia se unieron al éxodo que avanzaba lentamente por la nave central, situándose justo detrás de las familias que ocupaban los primeros bancos, quienes, siguiendo la costumbre, salían en primer lugar.

Al organizar a las gemelas, instándolas a caminar delante de ella y de Issy, Em perdió de vista la oscura cabeza de Tallent. Como no sintió el peso de su mirada a su espalda, supuso que estaba delante de ella. Con suerte, habría salido acompañado de su hermana y su cuñado, y no perdería demasiado tiempo charlando en el cementerio de la iglesia.

Al pasar junto al señor Filing, Em le estrechó la mano y le felicitó por el excelente sermón —lo que significaba que para ella había sido corto y acertado—, y luego siguió avanzando para que Issy y él pudieran hablar.

Em se detuvo en el último escalón y miró a su alrededor, descubriendo que era el objeto de multitud de miradas curiosas. Al principio, se quedó un poco perpleja pues los habitantes de Colyton habían tenido toda la semana para acostumbrarse a ella, pero cuando bajó al camino y llamó a las gemelas, se dio cuenta de que eran ellas, al igual que Henry, que iba detrás de Issy, quienes eran el verdadero centro de atención.

Cuando la señora Weatherspoon, sustentándose en la prerrogativa que da la experiencia, pues tenía más hijos de los que se podían contar, la llamó con señas, Em les dijo a las gemelas que no se movieran de su lado y se portaran bien, y se acercó para que la mujer las conociera.

Por fortuna, las gemelas resultaron adorables. Como tenían un aspecto angelical, la mayoría de la gente no les hacía más que cumplidos cariñosos, lo que hizo que las dos niñas siguieran portándose bien y se mostraran inusualmente dóciles cuando Em las guió entre los numerosos feligreses. La gente se había desplazado desde las granjas más distantes para asistir a los servicios dominicales. Y muchos de ellos la habían detenido para felicitarla por el éxito de la posada.

Al final, su familia y ella estuvieron media hora charlando animadamente bajo el sol. Cuando Em reparó en que el señor Filing e Issy habían vuelto a entablar una profunda conversación, se retiró bajo la sombra de un árbol en el límite del cementerio con Henry y las gemelas para esperar a su hermana.

—¿No podemos avisarla y marcharnos? —preguntó Gert—. Han hecho un capón delicioso para el almuerzo y podría estar enfriándose.

—O recociéndose —añadió Bea con los ojos clavados en Issy.

—Vamos a darle unos minutos más. —Em deslizó la mirada por la pareja que charlaba ante los escalones de la iglesia y pensó que parecían encantadores. Issy tenía la cabeza baja y Filing le hablaba quedamente—. Issy ha trabajado mucho durante toda la semana y ha dedicado todo su tiempo a vuestras lecciones, así que si quiere pasar unos minutos charlando con el señor Filing, me parece justo que la esperemos.

Su sugerencia sólo obtuvo el silencio como respuesta. Em se dio cuenta de que las gemelas miraban fijamente a Issy y al señor Filing.

Así que no se sorprendió demasiado cuando Gert preguntó finalmente:

—¿Issy está enamorada del señor Filing?

—Y lo que es más importante aún —añadió Bea, demostrando una gran perspicacia acerca de los matices de la vida—. ¿Está el señor Filing enamorado de ella?

Durante un breve instante, Em se preguntó qué debería contestar a eso, decidiendo que lo mejor sería responder la verdad.

—Creo que ambas cosas son muy probables, ¿y vosotras?

Las gemelas menearon las cabezas al unísono, indicando que no estaban muy seguras de eso, pero que, de cualquier modo, pensaban esperar a su hermana sin protestar más.

Em, feliz de estar bajo la sombra del árbol, dejó vagar sus pensamientos.

Cuando Jonas Tallent se materializó junto a ella, tardó un momento en darse cuenta de que él realmente estaba allí y que las sensaciones que provocaba en ella no eran producto de una memoria hiperactiva.

Se volvió hacia él.

—Señor Tallent, hace una mañana preciosa, ¿no le parece?

—En efecto, señorita Beauregard. —Buscó sus ojos con una mirada inquisitiva—. Parece absorta en sus pensamientos. ¿Ideando nuevos menús, tal vez?

En respuesta, entrecerró los ojos y le fulminó con la mirada —eso le pasaba por mostrarse cortés, olvidar su resolución de evitarle a toda costa y bajar la guardia—, pero él ya había apartado la vista de ella y ahora prestaba atención a las gemelas.

Al observar a sus hermanas, se dio cuenta de que estaban fascinadas con Jonas. No era de extrañar, considerando que el señor Jonas Tallent era el hombre más guapo de los alrededores. No era sólo el corte de sus ropas londinenses lo que lo distinguía de los demás caballeros, sino esa especie de aura que poseía..., como si estuviera a salvo de todo, aunque no fuera necesariamente cierto.

Supuso que él también las estaba estudiando a ellas cuando le comentó:

—Así que éstas son sus angelitos diabólicos, ¿no?

—En efecto. —Em se apresuró a hacer las presentaciones, sin estar segura del todo de cómo responderían las gemelas a ese comentario.

Pero después de hacer una correcta reverencia, fue Bea quien tomó la palabra.

—Por el momento somos muy buenas.

Gert asintió solemnemente con la cabeza.

—Unos angelitos. —Clavó sus ojos azules en la cara de Jonas—. Usted es quien llevó a Em de paseo en coche a algún sitio... con aquellos caballos preciosos.

—Unos castaños que no dejaban de brincar —añadió Bea. Sin apartar la mirada, se acercó y le tendió una mano mucho más pequeña que la de él—. El carruaje también era precioso.

Sabiendo demasiado bien adónde querían llegar sus adorables hermanas, Em estaba a punto de interrumpirlas cuando se le ocurrió una idea. Muy pocos caballeros podían hacer frente a dos atrevidas niñas de diez años.

Con descaro, arqueó las cejas y se volvió hacia Henry.

—¿Qué es eso?

Su hermano le lanzó una mirada desconcertada, pero no dijo nada cuando ella se lo llevó consigo, dejando a Jonas Tallent a la tierna merced de sus hermanitas.

Jonas supo muy bien lo que ella tramaba, pero aunque la perspectiva de tratar con las rubias gemelas le hizo estremecerse por dentro, no era de los que se amilanaban con facilidad.

Colocó a Bea al lado de Gert y les lanzó una mirada directa a las dos.

—Sí, tengo unos caballos increíbles y un carruaje precioso, que por cierto se llama cabriolé, y si las dos sois buenas y os comportáis bien mientras estéis conmigo, os llevaré a dar un paseo muy pronto. Quizá dentro de tres semanas.

Por experiencia con sus sobrinos, Jonas sabía que los niños tenían una idea muy relativa del paso del tiempo, y aunque tres semanas parecían poco tiempo, eran más que suficiente para que las gemelas se olvidaran de cualquier cosa que les hubiera prometido. Aunque sus sobrinos eran un poco más pequeños, sabía que las niñas también olvidarían lo que él había dicho.

Las gemelas abrieron mucho sus ojos azules y se miraron entre sí.

Al tener una hermana gemela, Jonas sabía exactamente lo que aquella mirada significaba.

—¿Tenemos un trato, señoritas?

Bea, la más habladora y que parecía llevar la voz cantante entrecerró los ojos.

—¿Cómo sabremos si nos estamos portando lo suficientemente bien? No podemos ser buenas todo el tiempo.

Él luchó por mantener los labios rectos e inclinó la cabeza como si estuviera meditando la cuestión.

—Muy cierto. Sabréis que estáis portándoos lo suficientemente bien si no os miro con el ceño fruncido.

Ellas se miraron a la cara, comunicándose en silencio. Luego se volvieron hacia él y asintieron con la cabeza.

—Hecho —dijo Gert—. Dentro de tres semanas..., después de la misa.

—Bien. —Jonas echó un vistazo alrededor y vio que Issy se acercaba—. En ese caso os acompañaré de regreso a la posada.

Em, que se reincorporaba al grupo, oyó la proposición y miró a las gemelas con evidente sorpresa.

Antes de que pudiera decir nada, Jonas la tomó del brazo.

—Vamos, posadera... deje que la acompañe a casa.

Issy sólo sonrió y tomó el brazo de Henry. Se pusieron en marcha y siguieron a las gemelas, que se habían adelantado pensando sin duda en el capón.

Con el brazo entrelazado con el de Jonas, a Em no le quedó más opción que dejar que la guiara tras los pasos de su familia. Fueron casi los últimos en abandonar el cementerio; la mayoría de los fieles ya habían bajado el camino de la iglesia.

Desconcertada, Em observó a las gemelas. ¿Qué habría hecho él? Tratándose de las gemelas, no tenía más remedio que tratar de averiguarlo.

—¿Qué les ha dicho?

Él se rio entre dientes, un sonido cálido y seductor.

—Las he sobornado, por supuesto.

—¿Con qué, por el amor de Dios?

—Con un paseo en mi cabriolé.

Ella consideró la cuestión durante un buen rato antes de decir:

—¿Se da cuenta de que querrán llevar las riendas?

—Será sobre mi cadáver.

—Pues le sugiero que no les diga esas palabras.

6

Em había logrado evitar a Jonas Tallent durante tres días seguidos, pero en un solo momento de debilidad, había permitido que hiciera amistad con las gemelas y que ganara méritos con Issy y Henry por ser todo un caballero y ofrecerse a acompañarlos a casa desde la iglesia.

Así que siguió evitándole con más firmeza si cabe durante los cuatro días siguientes, esperando que, de esa manera, dejara de observarla como un halcón. Emily no podía evitar sentirse como una paloma cuando él estaba cerca.

Pero Jonas siguió observándola. Cada vez que ella se daba la vuelta, parecía que él estaba allí. El oscuro peso de su mirada comenzaba a resultarle muy familiar.

Por fortuna, Jonas no podía leerle el pensamiento.

Se pasó los cuatro primeros días de la semana siguiente buscando la manera de colarse en el sótano de Ballyclose Manor. Algo que, como descubrió muy pronto, no era tarea fácil. Durante el día la casa estaba llena de actividad y no tenía ninguna posibilidad de buscar mientras la familia y el personal doméstico estuvieran despiertos. Inventar alguna historia para entrar en la casa podría haber funcionado; si hubiera podido elaborar una excusa creíble que le permitiera buscar en el sótano, la habría empleado, pero no se le había ocurrido ninguna mentira que pudiera resultar convincente. Así que no tenía más remedio que buscar cuando todos los habitantes de la casa estuvieran dormidos, lo que quería decir que tendría que introducirse en el sótano a través de las puertas exteriores que había visto anteriormente, mientras rogaba para sus adentros que no la descubrieran.

Estaría hecha un manojo de nervios.

Y lo peor era que si de verdad quería buscar el tesoro en esas circunstancias, tendría que hacerlo sola. Siempre había pensado que Issy la acompañaría o, para ser más exactos, que le guardaría las espaldas, pero había observado que su hermana pasaba todo su tiempo libre con el señor Filing, y Em no pensaba interferir de ningún modo.

Si Issy tenía alguna posibilidad de alcanzar algún día la felicidad con el párroco —un futuro que la propia Em querría para sí— haría todo lo que estuviera en su mano para alentar aquel romance. No pondría ningún obstáculo en el camino de su hermana.

Mientras todas aquellas dificultades para iniciar la búsqueda en el sótano de Ballyclose se acumulaban, Em decidió que antes de embarcarse en ningún plan peligroso y descabellado, algo que haría feliz a su alma Colyton, tenía que estar total y absolutamente segura de que Ballyclose Manor era realmente «la casa más alta» a la que se refería la rima.

La mañana del viernes, en cuanto vio que todo discurría en la posada según lo previsto, reunió los tres libros que había pedido prestados y se dirigió a Colyton Manor. Había examinado minuciosamente los tres tomos, pero aparte de una breve alusión a Ballyclose, y una leve referencia a Grange, no había nada con respecto a las casas que existían en el pueblo a finales del siglo XVI y principios del XVII, que era la época de la que provenía la rima.

«La casa más alta» sería la casa del miembro más importante del pueblo por aquel entonces, no necesariamente ahora. Por lo tanto Emily tenía que asegurarse de que la rima se refería a Ballyclose Manor y no a otra casa.

Subió por la carretera, dejando atrás las casas del pueblo, y alcanzó el bajo muro de piedra que bordeaba el jardín delantero de la mansión. El jardín era muy exuberante y estaba lleno de flores de todas clases, sobre todo rosales aunque también lavanda, madreselva e infinidad de arbustos en floración y enredaderas que se unían para formar una gloriosa paleta de color y aroma.

La puerta del jardín estaba en el centro, justo delante de la puerta principal de la casa, y tenía un arco enrejado en el que había un rosal trepador con grandes rosas color albaricoque que se balanceaban mecidas por la suave brisa. Abrió el portón y entró. Lo cerró y se detuvo para aspirar el aroma de las flores antes de continuar con aire resuelto hacia la puerta principal.

Fue el mayordomo, Bristleford, quien respondió a su llamada. Em esperó en el vestíbulo mientras él averiguaba si su ama podía recibirla.

Em echó un vistazo a su alrededor, buscando alguna prueba de una visita masculina, pero no encontró nada que indicara que su némesis estuviera allí. Su ropa provenía de Londres, y ella suponía que debía de estar acostumbrado a la moda londinense.

—Señorita Beauregard. —Phyllida Cynster apareció sonriendo en la puerta de la salita al fondo del vestíbulo—. Por favor, venga y únase a nosotros en la salita.

Em respondió con otra sonrisa y la siguió.

—He venido a devolverle los libros. —Le tendió los volúmenes a Phyllida.

—¿Ha encontrado la información que buscaba? —Phyllida cogió los libros y dio un paso atrás, invitándola a entrar en la estancia.

—Pues he aprendido un poco —dijo Em, improvisando sobre la marcha—, pero todavía siento curiosidad por el pasado del pueblo y las casas de los alrededores, así como por las familias más importantes. —Se detuvo en seco al entrar en la salita, sorprendida al ver al marido de Phyllida, Lucifer Cynster, tumbado de manera desgarbada en el sofá con dos niños encima de él.

Al hombre no parecía importarle en lo más mínimo, pero apartó a sus hijos lo suficiente como para sonreír e inclinar la cabeza en un gesto cortés.

—Buenos días, señorita Beauregard. Espero que no le importe que estemos reunidos en familia.

Ella le devolvió la sonrisa.

—No, claro que no. —Uno de los niños se bajó del regazo de su padre, atravesó la alfombra y le cogió la mano.

Parecía tener cinco años. Le sacudió los dedos con fuerza.

—Soy Aidan.

—Y yo soy Evan —dijo el otro niño, que era más pequeño, desde encima de su padre.

La miraba con una amplia sonrisa y unos chispeantes ojos azul oscuro que rezumaban vitalidad y travesura.

—Estoy encantada de conocerte, Aidan. —Miró al otro lado de la estancia—. Y también a ti, Evan.

—Ahora que ya hemos hecho las presentaciones —dijo Phyllida—, quizá podríamos dejar que la señorita Beauregard se sentara. —Con un gesto de la mano, indicó a Em el enorme asiento acolchado que había junto a la ventana.

Em cruzó la estancia y se sentó. Aidan la siguió, esperó con gravedad a que ella se alisara las faldas y luego se subió al asiento para sentarse a su lado. A ella no le sorprendió que el hermano menor abandonara el regazo de su padre para unirse a ellos. Se sentó al otro lado, y luego deslizó una mano regordeta en una de las de ella.

Phyllida lo observó y abrió la boca para decir algo, pero Em adivinó sus intenciones y, capturando su atención, negó con la cabeza sonriendo.

—Está bien. Estoy acostumbrada a los niños.

No pudo ver a las gemelas a esa edad, algo que siempre lamentó.

Lucifer Cynster se incorporó en el sofá, adoptando una postura más convencional. Em calculó que debía de tener treinta y cinco años. Era un hombre alto y vigoroso, con el pelo negro y los ojos azul oscuro, que sus hijos habían heredado. Era, en su opinión, el segundo hombre más atractivo del pueblo y, como Jonas Tallent, un aura palpable de hombre no civilizado por completo envolvía sus hombros engañosamente elegantes.

—Phyllida mencionó —dijo él— que usted estaba interesada en la historia del pueblo.

Em asintió con la cabeza.

—Tengo por norma investigar la historia de las casas y familias de los pueblos en los que trabajo. En particular, me interesa la arquitectura del pasado. Es más que nada un pasatiempo, algo en lo que ocupar mi tiempo libre, pero a menudo descubro cosas útiles.

Phyllida había dejado los libros que Em les había devuelto en una mesita frente al sofá. Lucifer alargó la mano y los puso de lado para poder leer los títulos de los lomos.

—Tenemos libros más ilustrativos que éstos sobre el pueblo de Colyton. Echaré un vistazo antes de que se vaya. —Levantó la vista y le sostuvo la mirada mientras sonreía de una manera encantadora—. Pero antes cuénteme: ¿qué le parece Colyton en la actualidad?

—Muy tranquilo y acogedor. —Em soltó la mano de Evan cuando él se movió para bajarse del asiento—. Todo el mundo se ha portado muy bien con nosotros, por lo que nos hemos adaptado muy pronto al lugar.

—Sí, bueno, después de lidiar con Juggs, sus hermanos y usted son un gran alivio. —Phyllida hizo un gesto que lo abarcó todo—. No puedo describirle lo horrible que se volvió la posada. Después de que se muriera su esposa, hace más de ocho años, Juggs perdió el interés por todo, pero ese lugar era todo lo que conocía y se quedó.

—Y nunca se marchó —dijo Lucifer, retomando la historia—. A pesar de sugerirle nuevas empresas y actividades que podrían despertar su interés, nunca tomó en consideración nuestras ideas por más que intentamos convencerle. Su muerte, aunque prematura, fue una liberación para él y una nueva oportunidad para hacer revivir la posada y el pueblo. —Su encantadora sonrisa enterneció a Em—. Todos estamos muy satisfechos por la manera en que usted está revitalizando el lugar.

—Poder volver a contratar a Hilda y a sus sobrinas ha sido un golpe de suerte —dijo Em—. Gracias a ellas, y a Edgar Hills y John Ostler, ha sido posible poner en marcha la posada. De otro modo, todo habría resultado mucho más difícil.

Phyllida sonrió.

—Pero también ayuda el hecho de que usted proceda del campo y comprenda sus costumbres.

Definitivamente, aquélla era una pregunta capciosa.

Por fortuna para Em, Evan apareció en ese momento ante ella, dándole la excusa perfecta para evitar responder. Le había llevado un juguete de madera, uno con ruedas para tirar de él. Em vio por el rabillo del ojo que Phyllida abría la boca, pero que vacilaba. Ella hizo un gesto con la mano, indicándole que no pasaba nada. Abrió mucho los ojos y cogió el juguete con cuidado.

—¿Es tu juguete favorito?

Cuando Evan asintió enérgicamente con la cabeza, Em se puso a examinarlo.

—Es muy bonito. —Se lo tendió al niño—. ¿Por qué no me enseñas cómo funciona?

Encantado, Evan lo hizo, haciendo rodar el juguete de un lado para otro sobre el suelo de madera.

Entonces, Aidan se bajó también del asiento y fue a buscar su juguete favorito, dos soldaditos de madera, para enseñárselo. Después de que Emily también le dijera lo bonitos que eran, el niño se sentó en la alfombra a sus pies.

Em no pudo evitar sonreír. Al levantar la vista, se encontró con la mirada curiosa de Phyllida.

—Me recuerdan a Henry a esta edad.

Phyllida sonrió al instante con absoluta comprensión.

Los tres adultos permanecieron sentados sonriendo a los dos niños cariñosamente durante un rato más. Luego, Em suspiró.

—Me temo que debo irme —dijo, poniéndose en pie—. Cuando uno dirige una posada, no se sabe qué tipo de eventualidad puede surgir en cualquier momento.

Lucifer y Phyllida se pusieron también en pie.

—Solía haber bastantes viajeros en la posada. —Phyllida la acompañó a la puerta de la salita.

—Eso he oído —respondió Em—. Espero conseguir que regresen ahora que la posada vuelve a disponer de camas limpias y a ofrecer las estupendas comidas de Hilda. Ya he comenzado a elaborar una lista de las cosas que necesito para que las habitaciones reluzcan. Hablaré con su hermano al respecto dentro de poco. —En cuanto tuviera una lista lo suficientemente larga para asegurarse de que la reunión se desarrollaba en un ambiente estrictamente de negocios.

Salieron al vestíbulo con Lucifer detrás de ellas.

—Espere, iré a buscar algunos libros sobre el pueblo para usted. —Al salir al vestíbulo, él señaló hacia la izquierda y la derecha, invitándola a mirar.

Ella lo hizo con curiosidad y, a través de las puertas abiertas, observó que había librerías en todas las estancias, incluido el comedor.

—Como puede ver —continuó él—, poseemos una amplia colección de volúmenes. Están organizados por temas. Hay libros de historia, de arquitectura y de jardinería. Cada tema está en estancias diferentes y algunos de ellos contienen secciones referentes a Colyton. Así que, para recabar toda la información que tenemos, hay que buscar en todas las ubicaciones posibles. Por ejemplo, los libros que ha leído son de la salita, y por lo tanto incluyen aspectos sociales más que de historia.

Em esbozó una pequeña sonrisa.

—Como mi investigación es sólo un pasatiempo, no tengo prisa.

Pero quería encontrar el tesoro cuanto antes mejor.

Lucifer asintió con la cabeza.

—En ese caso, veamos lo que encontramos entre los libros de historia y arquitectura. Están aquí dentro.

Le señaló lo que era, a todas luces, la biblioteca, justo a la izquierda de la puerta principal. Tras esperar un rato, observándole buscar en las abarrotadas estanterías, Phyllida se excusó con Em y regresó con sus hijos.

Cinco minutos después, Lucifer amontonó cuatro libros en los brazos de Em.

—En todos hay referencias sobre Colyton.

—Gracias. —Ordenó los libros y los colocó debajo del brazo.

Con elegancia felina, Lucifer la acompañó a la puerta principal. Em volvió a darle las gracias y luego, feliz pero impaciente, anduvo a paso vivo por el camino de entrada, atravesó el portón hasta la carretera y se encaminó de regreso a la posada.

Lucifer se quedó en la entrada, observándola partir. Cuando las casas le bloquearon la vista, cerró la puerta y regresó a la salita. Sus hijos le gritaron que se uniera a sus juegos. Él asintió con la cabeza.

—Ahora voy.

Phyllida se había sentado en el sofá con una cesta llena de ropa de los niños que había que remendar. Se detuvo al lado de su mujer y le sostuvo la mirada cuando ella levantó la vista y arqueó las cejas.

—¿Qué opina Jonas acerca del interés de su posadera por la historia del pueblo?

A Phyllida no le sorprendió la pregunta.

—Cree que está buscando algo. La última vez que hablé con él sobre el tema, pensaba que está buscando algo..., posiblemente en Ballyclose. —Le estudió la cara—. ¿Qué opinas tú?

Lucifer tenía una expresión seria.

—Creo que tiene razón y que la señorita Beauregard está buscando algo en una de las casas más importantes. Noté que dijo «casas» antes que «familias», cuando lo lógico sería que lo hubiera dicho al revés, y luego mencionó la arquitectura.

Phyllida frunció el ceño sin apartar la mirada de su cara.

—¿Crees que ella es... bueno... una ladrona o algo por el estilo? ¿Deberíamos advertir a Cedric?

La expresión de Lucifer se relajó. Curvó los labios en una sonrisa y meneó la cabeza.

—No es necesario. Estoy absolutamente seguro de que la señorita Emily Beauregard no es una ladrona.

—Jonas piensa igual que tú.

—Qué sagaz —respondió Lucifer secamente—. Un ladrón no realiza su trabajo con una familia tan visible a cuestas. Ni se encarga de que el párroco local dé lecciones a su hermano.

Phyllida lo observó encaminarse a donde jugaban sus hijos antes de sentarse en el suelo y doblar las largas piernas para unirse a ellos.

—Me alegro... —dijo ella después de un momento—. Lo cierto es que me cae bien.

Lucifer asintió con la cabeza, ya distraído por las exigencias de sus hijos.

—Hay algo misterioso en todo esto, y Jonas tiene razón: la señorita Beauregard está buscando algo. Pero no hay duda de que descubriremos la verdad con el tiempo.

Em se apresuró a volver a la posada, entró con rapidez y subió corriendo a sus aposentos. Por suerte, no se encontró en el camino con ningún caballero curioso. Dejó los libros en una mesa y rezó para encontrar en alguno de ellos una referencia concreta que confirmara que Ballyclose era realmente la casa que buscaba.

Mantuvo los dedos sobre la cubierta del primer libro durante un buen rato, tentada a sentarse y ponerse a leerlo, pero ahora era la posadera e, incluso aunque sus deberes fueran casi todos administrativos, todavía consideraba prioritario estar en su despacho, en el salón o en la cocina, por si su presencia fuera necesaria.

Si el personal de la posada tenía alguna pregunta que hacerle, ella debería estar allí para responderla.

Entró en el dormitorio, ahora más alegre con un cubrecama de cretona que había encontrado en uno de los armarios de la ropa blanca, y dejó el bolsito en el tocador. Se sacudió las faldas, las alisó y miró su reflejo en el espejo.

—¡Tonta! —Apartó los rizos que se le habían soltado del peinado con el que se había recogido el pelo. Suaves y ondulados, los mechones le enmarcaban la cara de una manera exquisita, pero ella sólo veía la desafortunada imagen de una mujer suave y delicada, por no decir frágil. Y ella no era así. Desde luego no era ésa la imagen que quería dar.

Le hizo una mueca al espejo.

—No tengo tiempo para esto. —Además, diez minutos después de que volviera a peinarse, los rizos se soltarían de nuevo.

Girando sobre sus talones, salió del dormitorio y bajó las escaleras.

Después de lanzar una mirada aprobatoria a la zona femenina del salón, ahora limpia como los chorros del oro con pañitos de encaje en las mesitas brillantes y cojines en casi todas las sillas, echó un vistazo al mostrador de la taberna, sabiendo que podía contar con que Edgar mantendría perfectamente limpia aquella zona. Después se encaminó al comedor, fijándose en las mesas de caballete y en los bancos.

Pensó que habría que volver a pulirlos y encerarlos. Tendría que convencer a su patrón de que el coste bien merecía la pena, teniendo en cuenta que los clientes necesitarían un lugar agradable y cómodo donde degustar una buena comida.

Entró en la cocina, inspiró por la nariz y suspiró de placer. No hacía falta preguntar si todo iba bien, no con Hilda a cargo. Se detuvo para felicitar a la mujer por su buena labor antes de revisar la lista de suministros. Con dicha lista en la mano, se dirigió hacia su despacho.

—De verdad, señor, no tengo ni idea de dónde ha ido, pero la señorita Beauregard dijo que volvería pronto.

Em se detuvo antes de llegar al vestíbulo que conducía a su despacho. Lo que acababa de oír lo había dicho Edgar desde detrás de la barra de la taberna. Estaba claro que había un hombre preguntando por ella, pero Em no tenía ninguna duda de que se trataba de Jonas Tallent quien, como siempre, andaba pisándole los talones.

Entró en el oscuro vestíbulo y echó una ojeada a la barra, confirmando que era su némesis particular quien se encontraba apoyado contra el mostrador interrogando a Edgar, que estaba colocando sobre la barra los vasos limpios que se utilizarían a la hora del almuerzo.

Tallent tenía el ceño fruncido.

—¿Cuánto tiempo hace que se marchó?

—No sabría decirle con exactitud.

Em debió de moverse... o quizás él percibió su exasperación, porque su mirada se volvió hacia ella. Entonces, se enderezó.

Em entrecerró los ojos con un brillo feroz, luego se dio la vuelta y entró en el despacho.

La joven rodeó el escritorio, considerando prudente poner un mueble entre ellos. Se sentó y fingió estudiar la lista de suministros mientras intentaba contener su temperamento, recordándose que él era su patrón y que ella necesitaba el trabajo. La búsqueda del tesoro sería mucho más complicada si tenía que buscar otro empleo, ¿y dónde alojaría a sus hermanos mientras tanto? Ser la posadera de Red Bells era el trabajo perfecto para ella, y el hecho de que Jonas Tallent fuera un pesado no era razón suficiente para arriesgar su puesto.

Por supuesto, no podía dejar de preguntarse por qué la atención que el hombre mostraba hacia ella, incluso desde la distancia, la irritaba y desconcertaba, pero ésa era otra cuestión totalmente diferente.

Jonas llenó literalmente el umbral. Ella le observó desde debajo de las pestañas, pero fingió no darse cuenta de que estaba allí.

Él se apoyó en el marco de la puerta y la miró.

—He estado buscándola, ¿dónde se había metido?

Em levantó la vista y arqueó las cejas con arrogancia.

—No sabía que teníamos una cita. En lo que se refiere a dónde he estado, como ya le he dicho repetidas veces, mis asuntos no son de su incumbencia.

Él suspiró.

—Debería decírmelo, así me evitaría tener que preguntar en el pueblo.

Las palabras «¡no se atreverá!» murieron en sus labios cuando lo miró fijamente a los ojos. Sabía sin duda alguna que aquel demonio se atrevería a preguntar lo que fuera.

Exasperada, irritada y extrañamente nerviosa, Em se puso en pie.

—Para que lo sepa, he ido a devolverle a su hermana los libros que me prestó.

—Ya veo.

—En efecto, y ahora, si ya está satisfecho... —Em se interrumpió, recordando el debate anterior que había suscitado esa palabra.

Él esbozó una sonrisa lobuna.

—Todavía no.

Ella le fulminó con la mirada antes de rodear el escritorio con resolución.

—Si no le importa, tengo trabajo que hacer. —Blandió la lista ante él.

Aquello divirtió a Jonas, pero sabía que era mejor no demostrarlo. Ella era como un gorrión indignado. Dio un paso atrás para que la joven pudiera salir del despacho y la siguió cuando se dirigió furiosa hacia la cocina.

—¿Ha aprendido algo de los libros?

—No. —Los pasos de Em vacilaron. Se detuvo, luego alzó la cabeza y rectificó mientras seguía su camino—. Quiero decir que los libros eran sobre historia local, y aprendí bastante sobre eso.

—¿Pero no sobre lo que quería aprender?

Ella giró hacia un estrecho corredor de servicio, apenas del tamaño de una alcoba, y se detuvo ante la puerta de madera que había a la derecha. Agarró el picaporte y, girando la cabeza, le lanzó una mirada abrasadora.

—Señor Tallent...

—Jonas.

Em no podía entrecerrar los ojos más de lo que ya lo hacía; sus pechos subieron y bajaron bajo el corpiño del vestido color aceituna cuando respiró profundamente.

—Lo que pueda estar buscando... o no, no es asunto suyo.

Giró el picaporte y, tras abrir la puerta, desapareció en el interior de la habitación.

Alargando el brazo, Jonas sujetó la puerta que ella intentó cerrar de golpe. La rodeó con curiosidad y la abrió del todo, casi bloqueando el corredor, y observó el diminuto almacén que había ante él.

Era la bodega. Su enojado gorrión estaba revisando minuciosamente las botellas y pequeños toneles mientras fingía que él no estaba allí.

¿De verdad creía que adoptando esa actitud él desistiría y se iría de allí?

No obstante, había dejado pasar pacientemente una semana para que ella se acostumbrara a la idea de que no la perdería de vista con la esperanza vana de que la joven aprendería a confiar lo suficiente en él como para decirle lo que quería saber.

Para que le dijera lo que estaba buscando.

Resultaba evidente que había llegado el momento de poner en práctica una estrategia diferente.

Él entró en la bodega, dejando la puerta abierta. Necesitaban luz y era poco probable que apareciera alguien por allí, y más teniendo en cuenta la gente que abarrotaba el salón para comprar los pasteles para el almuerzo.

La estancia apenas tenía tres metros de ancho. Jonas permaneció junto a la puerta y observó cómo ella comparaba la lista con el contenido de los estantes.

En silencio, ella se adentró más en el cuarto. Cuando llegó a los estantes del fondo, él dio un paso adelante.

—Se equivoca.

Ella continuó catalogando las botellas y no respondió de inmediato. Pero luego, le miró de reojo con el ceño fruncido.

—¿En qué me equivoco?

Él se detuvo a su lado, bloqueándole la salida.

—Se equivoca al pensar que me iré de aquí si sigue ignorándome.

Ella emitió un sonido de frustración y se giró para enfrentarse a él.

—El que sea su posadera no quiere decir que usted sea... —Em agitó las manos— responsable de mí.

Jonas frunció el ceño.

—No me siento responsable de usted. —Jonas se sintió algo indignado y lo demostró—. Por si no se ha dado cuenta, me siento atraído por usted... pensaba que eso había quedado claro. Y los caballeros como yo ayudan a las damas por las que se sienten atraídos.

Con los ojos clavados en los de él, Em respiró hondo.

—Pero también es indudable —dijo ella con voz tensa— que sólo porque sea su posadera no quiere decir que tenga que aceptar de buen grado sus atenciones.

Él parpadeó, pero no apartó la mirada de ella.

—¿No acepta de buen grado mis atenciones? —Como la joven no respondió de inmediato, él aclaró—: ¿No recibió de buen grado mis atenciones la última vez que nos besamos?

Em apretó los labios y alzó la barbilla.

—No sabía lo que estaba haciendo.

—Entiendo. —Entrecerrando los ojos, la estudió y añadió con suavidad—: No sabe mentir.

Em se sonrojó.

—¡Yo no miento!

Ahora su posadera estaba apretando los dientes. Jonas no sabía por qué, pero se le había agotado la paciencia. Suspiró, alargó la mano hacia ella y la tomó entre sus brazos y... la besó otra vez.

Los labios de Em respondieron al instante, abriéndose suavemente bajos los suyos. Al darse cuenta de que se estaba rindiendo, ella intentó apartarse, intentó contenerse, pero aquella resistencia duró menos de un segundo, y volvió a entregarse a él, toda ternura y suavidad, dulce miel y tentación pura.

Si eso no era recibirle de buen grado, él no sabía lo que era.

Jonas sabía que estaba hambriento de eso, de ella, que se moría por saborear la dulzura de esa boca y su fresca inocencia.

Y la promesa, más sutil, de sus firmes labios, cuando ella se acercó más y le devolvió el beso sin restricciones.

Supo, mientras la estrechaba entre sus brazos, que ya era adicto a ella.

Em sabía con absoluta certeza, que no debería estar haciendo eso. Que sólo porque los labios masculinos estuvieran hambrientos no quería decir que tuviera que alimentarlos. Devolverle el beso, besándole a su vez aunque sólo fuera con una pizca del ansia que burbujeaba en su interior no sólo era desaconsejable, sino que era totalmente contraproducente.

Sólo serviría para que la persiguiera con más tenacidad. Sabía... sabía que tenía que apartarse, zafarse de los brazos que la rodeaban y poner espacio entre ellos..., pero en lugar de retroceder, de alejarse de él, se apretó contra su cuerpo y continuó besándole.

Un beso al que no podía renunciar.

Un beso que, de algún modo, significaba algo que ella todavía no alcanzaba a comprender.

Con los labios de Jonas sobre los suyos y envuelta entre sus brazos, el mundo se evaporó, y Em se sintió protegida y segura.

Cuando la besaba, Em sabía que él quería protegerla, pues sentía a través del beso que la deseaba de una manera posesiva, tan protector con ella que conseguía que todo aquello pareciera lógico y racional.

No sólo ese beso, sino todo lo demás que le hacía sentir. Los labios de Jonas era firmes y separaron los de ella; sus lenguas se encontraron y acariciaron de una manera lenta y sensual. A Em le dio vueltas la cabeza, con la atención centrada en la sutil comunión de labios y lenguas mientras él la exploraba y reclamaba.

Las sensaciones que él evocaba la envolvían y la atraían. La tentaban a explorar a su vez, a buscar algo más, a saber...

Él inclinó la cabeza a un lado y profundizó el beso. Ella entrelazó los dedos en el oscuro cabello de Jonas y lo agarró con firmeza, dándose cuenta al hacerlo de que en algún momento debía de haber levantado la mano para acariciar aquella masa oscura y sorprendentemente sedosa.

Se percató de que él la estaba impulsando a ir más allá, no sólo en el beso, sino hacia algo más.

Una reacción instintiva se abrió paso en su cabeza. La envolvió y la atravesó como un cuchillo.

Em se demoró sólo un instante más, saboreando la calidez de la boca masculina y el movimiento seductor de aquella lengua contra la suya; luego se apartó. Le soltó el pelo y apoyó la mano sobre el hombro de Jonas.

Una vez tomada la decisión, roto el beso, se apartó de sus brazos.

Jonas se lo permitió, pero la bodega no era demasiado grande y todavía estaban muy cerca el uno del otro cuando Em clavó la mirada en él. Si no lo miraba a los ojos, centraría la atención en su boca, y sabía de sobra a dónde les llevaría eso. Pero aun así, Em no pudo evitar sentirse fascinada por su penetrante y oscura mirada.

—¿Va a decirme la verdad?

El tono ronco y áspero de su voz, irrumpió en su mente haciendo caer sus defensas y tentándola a...

Em parpadeó, luchando mentalmente para liberarse del embeleso que él le provocaba. Apretó los labios y sacudió la cabeza con decisión.

—No voy a decirle lo que estoy buscando, pues... no necesita saberlo. Pero le aseguro que no es nada ilícito.

Sosteniendo todavía con firmeza la lista en una mano, sintió en la otra un suave hormigueo que la impulsaba a acariciarle el pelo. Pero respiró hondo y se obligó a apartarse.

A retroceder y a alejarse de sus brazos en dirección a la puerta.

Entonces recordó algo, pero siguió caminando y le habló por encima del hombro.

—Y tampoco estoy buscando sus atenciones.

—No es necesario —gruñó él, siguiéndola—. Son suyas de todas formas. En cualquier momento, en cualquier lugar.

—No debería besarme cuando ya le he dicho que no deseo que lo haga —murmuró Em por lo bajo mientras abandonaba la bodega—. Ése no es un comportamiento demasiado caballeroso y usted es, por encima de todo, un caballero.

Asió la puerta y esperó a que él se uniera a ella, para poder cerrar la bodega.

Él salió al corredor y se detuvo. La mirada que asomaba a sus ojos, clavados en la cara de Em, era la furia y frustración masculinas personificadas.

—Si lo que quiere es desalentarme, no puede pasarse el tiempo arrojándome guantes a la cara sin esperar que yo los recoja.

—¿Arrojándole guantes a la cara? —Em permitió que una cínica incredulidad inundara su voz—. ¿A qué guantes se refiere?

Con gran atrevimiento, le plantó las manos en el pecho y le empujó a un lado.

Él le respondió al tiempo que se apartaba de la puerta.

—A todos. Eso sin mencionar —señaló con un gesto de la mano la bodega— que me besa como una hurí para luego decirme que no busca y acepta de buen grado mis atenciones. Si eso no es arrojar un guante, lanzarme retos, no sé lo que es.

—¿Retos? —Em cerró la puerta y clavó los ojos en él, luego negó con la cabeza y le miró—. Tonterías. —La joven echó a andar por el corredor, regresando a la seguridad de las zonas más transitadas de la posada. Cuando llegó al vestíbulo, se burló—: Arrojarle guantes, lanzarle retos. De verdad que los hombres tienen unas ideas muy extrañas.

Jonas se detuvo y la observó dirigirse a toda prisa a la puerta de vaivén de la cocina, empujarla y entrar. Cuando la puerta se cerró con un balanceo, ocultándola de la vista, él negó con la cabeza con total incredulidad. Si Emily Beauregard pensaba realmente que él iba a darse por vencido, desistir y desaparecer de su vida, cuando le besaba de esa manera, tenía, desde luego, unas ideas mucho más extrañas que cualquiera de las que había tenido él.

Sin dejar de negar con la cabeza, giró sobre sus talones y se dirigió a la barra. Necesitaba una cerveza y uno de los deliciosos pastelitos de Hilda, y luego pensaría la mejor manera de enseñarle a la posadera cuál era realmente la situación entre ellos.

A la tarde siguiente, Em se encontraba supervisando el menú de la primera cena que se ofrecería en la posada en casi diez años.

Hilda e Issy habían estado trabajando en las recetas durante más de una semana. Em había aprobado la selección de platos el jueves, e Hilda y sus chicas estuvieron de acuerdo con su elección. La noticia se había extendido debidamente. El grato número de clientes que decidió honrar con su presencia la posada Red Bells el sábado por la tarde y probar los primeros platos que ofrecieron era la prueba fehaciente de que los lugareños habían renovado la confianza en la buena calidad del servicio de la posada.

La cena, toda la tarde en realidad, estaba camino de ser un rotundo, total y absoluto éxito. Em debería haber saboreado el triunfo, pero después de sonreír y charlar, recibir cumplidos y transmitirlos encantada a Hilda e Issy, cuando se retiró a las sombras se dejó llevar por el desaliento y su sonrisa se desvaneció.

No estaba de buen humor. Se sentía inusualmente derrotada, algo totalmente ajeno a su naturaleza Colyton.

Se había pasado la mayor parte de la noche anterior, y cada minuto que podía arrebatar a su atareado día, hojeando los libros que le habían prestado en Colyton Manor. Como Lucifer le aseguró, los cuatro libros contenían secciones específicas del pueblo de Colyton, de sus casas y sus estilos arquitectónicos. Por desgracia, ninguno de ellos hacía referencia a fechas concretas, ni siquiera a anécdotas o aconteci mientos acaecidos antaño por los que poder deducir la auténtica edad de Ballyclose Manor.

Sir Cedric Fortemain y su esposa, Jocasta, junto con lady Fortemain, estaban entre los comensales degustando los menús de la posada. Se habían mostrado gentiles y halagadores al llegar. Envuelta entre las sombras al pie de las escaleras, Em se preguntó si podía acercarse a Sir Cedric y preguntarle directamente la antigüedad de su casa.

Se figuraba que de esa manera obtendría la respuesta correcta sin más tardanza. El problema era que su interés suscitaría de inmediato un montón de preguntas. Preguntas que ella no quería responder y que le resultaría muy difícil evitar. Los Fortemain estaban muy bien considerados socialmente y eran un ejemplo a imitar, el tipo de gente que la posadera debería procurar tener a favor de ella y su familia. Lo último que querría sería que la malinterpretaran y la miraran con recelo.

Así que no podía preguntarles directamente y no se le ocurría otra manera de obtener la información que necesitaba.

La pesada carga de la derrota crecía cada vez más y arrastraba su ánimo al fondo del abismo.

Cruzó los brazos y lanzó una mirada malhumorada al otro lado del salón, encontrándose con los ojos oscuros de Jonas Tallent. Estaba sentado en el extremo más alejado de la barra. Había llegado hacía poco y lo más probable era que hubiera cenado en su casa antes de salir.

Desde el encuentro del día anterior en la bodega no habían coincidido, ni mucho menos hablado, pero supuso que él seguiría sin darse por vencido. No era sólo que estuviera vigilándola —algo que, como había descubierto, la mayoría de la gente asumía que era debido a su trabajo en la posada—, sino que Em sospechaba que después del interludio del día anterior, él ya estaba haciendo nuevos planes. La observaba y la estudiaba de una manera algo diferente, como si estuviera evaluándola tanto a ella como a sus posibles reacciones.

Por extraño que pareciera, al ver que la observaba con la misma firmeza de siempre, sintió que la envolvía una oleada de renovado entusiasmo, que se le levantaba el ánimo y se revitalizaba su acostumbrado optimismo.

Tenía que existir algún modo de conocer la antigüedad de Ballyclose Manor sin revelar las razones por las que quería saberlo. Sólo que no lo había descubierto todavía.

Y descubrir cosas era una de las materias en las que los Colyton destacaban.

Con las fuerzas renovadas, miró de nuevo a los clientes, prestando especial atención a los que estaban cenando. Decidiendo que todo estaba bien, se dio la vuelta y empujó la puerta de la cocina.

Hilda estaba sirviendo el último trozo de rosbif. Levantó la mirada hacia Em y sonrió ampliamente.

—No ha quedado ni una miga. Ni una gota en la cazuela de sopa de calabaza.

Em se detuvo a su lado.

—También se ha acabado el cordero, por lo que veo. —Le dio a la mujer una palmadita en el brazo—. A todos les gusta tu manera de cocinar. —Vaciló y luego dijo—: Deberíamos hablar el lunes sobre el sueldo.

Al principio, habían convenido que les pagaría el mismo salario que les pagaba Juggs, antes de que él ofendiera a Hilda exigiéndole que cocinara con productos poco frescos.

—La posada va mejor ahora —continuó Em—, y es gracias a ti y a tus ayudantes. Me parece justo que os suba el sueldo en consecuencia.

Hilda le lanzó una mirada sagaz.

—Creo que antes debería hablarlo con el señor Tallent, puesto que mi sueldo sale del bolsillo de él y no del suyo.

Em asintió con la cabeza.

—Por supuesto que hablaré con él, pero estoy segura de que se mostrará de acuerdo.

Lo que era otro punto a favor de Jonas Tallent, y ella no tenía ningún deseo de que le recordasen sus virtudes. Sería mucho más fácil ignorarle si tuviera pocas cualidades buenas.

Por el momento, sin embargo, la única mala cualidad que había detectado en él era su terquedad en seguir persiguiéndola a pesar de haberle dejado claro su desinterés. Reconocía que todo lo que le había dicho era falso, por mucho que quisiera que fuera cierto, pero lo mínimo que él podía hacer era creerse sus mentiras.

Sólo Dios sabía lo difícil que le había resultado decirlas.

La sobrina de Hilda entró en la cocina para llevar al comedor el último pedido. Hilda comenzó a recoger los platos.

Em la dejó con sus quehaceres y dio una vuelta por la amplia cocina. Lanzó una mirada al fregadero y sonrió al ver a tres jovencitas ocupadas fregando la primera tanda de platos. Parloteaban sin cesar mientras lavaban, secaban y apilaban los platos. Em no dijo nada, no vio ninguna necesidad de interrumpir aquella animada charla.

Había dado ya un paso hacia su despacho, cuando, tras un estallido de risitas tontas, una de las chicas dijo:

—Asegura ser el historiador del pueblo, pero es algo difícil de creer viendo cómo viste.

Em se detuvo y dio un paso atrás.

Las chicas no se dieron cuenta y siguieron charlando ajenas a su presencia

—Sin embargo, tiene todos esos libros. —Hetta frotó un plato con un paño—. Maura, mi prima, conoce a la señora Keighley, que trabaja para él, y dice que tiene montones y montones de libros por todos lados, y que cogen más polvo del que ella puede limpiar.

—Tal vez —dijo Lily, la primera en hablar, con las manos sumergidas en el agua del fregadero—. Pero tener muchos libros no le convierte necesariamente en el historiador del pueblo. He oído decir que ese título correspondía al viejo señor Welham, que vivía en Colyton Manor antes de que muriese y viniera el señor Cynster.

—Bueno, yo he oído lo mismo —intervino Mary, que no había hablado hasta ese momento—. Pero también recuerdo haber oído decir que el señor Coombe era una dura competencia para el señor Welham. Escuché sin querer que alguien se lo decía al señor Filing un domingo después del servicio, así que es posible que sea cierto.

Lily gruñó. Se había salpicado con espuma y se detuvo para secarse la punta de la nariz.

Em aprovechó ese momento para intervenir en la conversación.

—Hola, chicas. Tengo mucha curiosidad por saber más cosas del pueblo, y acabo de oíros mencionar a un tal señor Coombe que podría saber mucho de la historia de Colyton.

Las tres chicas se pusieron coloradas, pero cuando vieron que Em las miraba con más curiosidad que reproche, Mary asintió.

—Es el señor Silas Coombe, señorita. Vive en la casa que hay frente a la entrada del cementerio, justo donde el camino se desvía hacia la herrería.

Em sonrió.

—Gracias, hablaré con él. —Se volvió y, recordando lo que las jovencitas habían dicho, les preguntó—: ¿Cómo viste?

Las tres chicas se miraron entre sí; obviamente buscaban las palabras adecuadas.

—Es difícil de describir, señorita —dijo Mary.

—Brillante —dijo Hetta.

—Creo —dijo Lily frunciendo el ceño— que la palabra correcta es chillón. —Miró a las demás y éstas asintieron con la cabeza.

—Entiendo. —Em sonrió—. Entonces no será difícil dar con él.

—¡Oh, no, señorita! —exclamaron las tres chicas a la vez.

—No tendrá ningún problema en absoluto —le aseguró Lily.

Agradeciendo la información con un gesto de cabeza, Em las dejó. Por primera vez ese día tenía una pista que seguir. Recordó vagamente haber visto a un hombre vestido de manera ostentosa —por no decir chillona— en la iglesia la semana anterior. Y el día siguiente era domingo.

7

A la mañana siguiente, Em fue a la iglesia acompañada de su familia. Se sentaron en el mismo banco que habían ocupado la semana anterior y que los demás miembros de la congregación habían dejado libre. Después de tan sólo dos semanas, sentía como si su familia y ella hubieran encontrado su lugar dentro de la sociedad del pueblo.

Durante todo el servicio, Emily contuvo la impaciencia y ocultó su interés por Silas Coombe, que se hallaba sentado dos filas por delante de ella. A pesar de que el sermón del señor Filing resultó tan conciso como siempre, Em sentía que los minutos pasaban muy lentamente.

Cuando el párroco dio por fin la bendición, su familia y ella se unieron a la multitud de gente que salía de la iglesia. Como siempre, los fieles se reunieron en el espacio libre ante las tumbas para intercambiar noticias y opiniones con sus vecinos, poniéndose al día de todo lo que había ocurrido en el condado. Henry y las gemelas no necesitaron que nadie les animara a marcharse; estuvieron encantados de volver solos a la posada y, desde su ventajosa posición en la colina, Em les observó dirigirse hacia allí.

Issy y ella circularon entre los corrillos frente a la iglesia, deteniéndose para charlar con los clientes. Mientras Issy esperaba a que el señor Filing quedara libre, Em no perdía de vista a Silas Coombe, aguardando el momento oportuno para acercarse a él.

Jonas Tallent estaba entre la multitud y aunque ella no le buscó, pudo sentir su mirada; sabía que la estaba observando. Cuando hablara con Coombe, tendría que hacer que pareciera un encuentro casual, como si se hubiera detenido a charlar educadamente con un conocido.

Como las tres chicas le habían dicho, Coombe no fue difícil de localizar. Iba vestido con una chaqueta de color verde chillón, tan brillante como las alas de una mariposa, un chaleco amarillo narciso con grandes botones plateados y, de acuerdo con la moda actual, una corbata de color marfil, anudada con un nudo suave y mullido. Destacaba entre la multitud como un pavo real en medio de palomas. Era de baja estatura y algo rollizo, y su apariencia era decididamente extravagante.

Al menos era imposible confundirlo.

Por fin, Filing apareció al lado de Issy, por lo que Em se volvió para hablar con la señora Weatherspoon, dándole a la pareja un poco de intimidad. Al dejar a la temible dama, Emily lanzó una mirada a Coombe, y vio que se despedía con una reverencia de lady Fortemain, alejándose de la anciana.

Para Em fue muy sencillo interponerse en su camino y tropezar con él sin querer.

—Señor Coombe —dijo ella, inclinando la cabeza. Se detuvo y sonrió alentadoramente cuando al hombre se le iluminaron los ojos.

Él se quitó el sombrero y le hizo una elegante reverencia.

—¡Señorita Beauregard! Un placer, querida. Debo felicitarla por las numerosas y excelentes mejoras que ha realizado en la posada. Está completamente restaurada, y sin duda, mucho mejor de lo que estaba antes.

—Gracias, señor Coombe. Por lo que he oído, usted debería saberlo mejor que nadie, siendo como es el historiador del pueblo.

—Sí, efectivamente. —Coombe se agarró las solapas y sacó pecho—. La posada ha sido el centro neurálgico del pueblo durante siglos, ¿sabe? ¿Por qué razón? Pues podría decirle que...

—Oh, ¿de veras? —Em le puso una mano en el brazo, interrumpiendo la perorata del hombre. Aquello iba a ser más fácil de lo que había previsto—. Me encantaría escuchar todo lo que pueda contarme, señor, pero dada la hora que es, me temo que debo regresar sin más demora a la posada para supervisar el almuerzo. —Pareció un poco indecisa y, de hecho, lo estaba—. Pero me gustaría hablar con usted sobre el tema. ¿Podría ir a visitarle esta tarde? Realmente me sería de mucha ayuda conocer cómo era Colyton antes.

La sonrisa de Coombe fue absolutamente radiante.

—Nada me gustaría más, señorita Beauregard. —Pareció algo tímido—. He oído por ahí que está muy interesada en la historia del pueblo.

Lo más seguro era que se lo hubiera comentado alguien de Manor, pero le daba igual.

—En efecto, señor. Creo que posee un montón de libros que tratan sobre el pasado del pueblo. —Apoyándose en su brazo, Em se acercó más a él y le habló con voz queda para asegurarse de que la pareja que estaba a su espalda no la escuchaba—. Además de recabar información sobre la posada, me encantaría ver su colección.

La sonrisa de Coombe no podía ser más brillante.

—Nada podría hacerme más feliz, querida. La espero esta tarde. Estaré encantado de ponerme a su servicio.

—Hasta entonces, pues. —Dejó caer la mano y dio un paso atrás. Con una elegante inclinación de cabeza y una sonrisa reservada, se alejó de Coombe. Él parecía considerar la reunión con aire conspirador y, consciente de que Jonas la estaba observando, Em regresó al lado de Issy donde no importaba que la viera. Era muy poco probable que Coombe hablara de su cita, incluso aunque le preguntaran.

Su encuentro había sido muy breve. No había hablado con Coombe más que con los demás. Segura de haber tenido éxito en ocultar la cita ante los ojos siempre atentos de su patrón, tomó a Issy del brazo y regresó a la posada.

Poco antes de las tres, ataviada con un vestido de paseo rojo oscuro que raras veces se ponía, Em salió a paso vivo hacia la carretera que había frente a Red Bells. Su némesis estaba cómodamente instalado en la barra de la taberna con una cerveza en la mano. Ella se había escabullido por la puerta trasera de la posada y luego dio un rodeo para librarse de su mirada vigilante.

Su furiosa mirada vigilante. Por alguna razón, la habitual expresión afable de Jonas había cambiado. Aunque seguía observándola de manera implacable, definitivamente no parecía estar muy contento.

Quizá comenzaba a creer que realmente ella no estaba interesada en él.

Por extraño que pareciera, aquel pensamiento no le había levantado el ánimo, sino que, por el contrario, le hizo fruncir el ceño. Pero antes de que pudiera profundizar en aquellas emociones tan contradictorias, apareció ante su vista el portón de la última casa, frente a la entrada del cementerio.

Se detuvo ante ella y lanzó una rápida ojeada a su alrededor. Al ver que no había nadie, respiró hondo, abrió el portón y recorrió con rapidez el camino que conducía a la puerta principal.

Fue el propio Coombe quien respondió a la llamada; la prontitud con la que abrió la puerta sugería que estaba esperando su llegada, y que probablemente hubiera estado rondando por el vestíbulo. Por un momento un escalofrío de inquietud le recorrió la espalda, pero Em se obligó a sonreír y, tras responder a la reverencia cortés del hombre, entró en la casa.

Coombe cerró la puerta y con un gesto grandilocuente la invitó a pasar a una salita.

—Por favor, señorita Beauregard, póngase cómoda.

Era más fácil decirlo que hacerlo; hasta ese momento no había recordado lo impropio que era que una dama visitara sola la casa de un hombre soltero. Lo cierto es que no había pensado en que Coombe era soltero, ni siquiera había pensado en él como hombre, sino como un medio para conseguir información, pero su instinto le advertía que estuviera en guardia.

Sin más opción que un sillón casi enterrado bajo un montón de cojines y un pequeño sofá, eligió este último, y deseó no haberlo hecho cuando el señor Coombe se unió a ella. Em se mantuvo en una esquina del sofá, rogando para que él se mantuviera en la suya. En el mismo momento en que el hombre se colocó los faldones de la chaqueta, ella le preguntó:

—Señor, ¿tiene algún libro que trate de la posada y su historia?

—En efecto, señorita Beauregard —respondió Coombe adoptando una expresión de superioridad—. Pero creo que puedo ahorrarle mucho tiempo si le digo que ya he realizado una investigación sobre el tema.

—Qué fascinante. —Em se resignó a escuchar todo lo que él sabía sobre el establecimiento—. Le ruego que me informe al respecto, señor.

Coombe aceptó encantado. Em se esforzó por parecer interesada y soltó las exclamaciones de rigor cuando era conveniente. Aunque Coombe la sorprendió con algunos hechos que no conocía ni suponía.

Uno de esos hechos la dejó particularmente perpleja.

—¿La posada siempre ha sido propiedad de los Tallent?

—Sí, en efecto... fue un proyecto suyo desde el principio. Un lugar de esparcimiento para los trabajadores de la hacienda y la gente del pueblo, aunque por supuesto, Colyton era un pueblo mucho más pequeño por aquel entonces.

Em frunció el ceño.

—Así que los Tallent llevan asentados en el pueblo desde... bueno, ¿sabe desde cuándo?

Coombe asintió con la cabeza.

—Lo más probable es que estén aquí desde la Conquista.

—¿Hubo alguna época en que los Tallent fueran los líderes sociales del pueblo?

Coombe arqueó las cejas.

—Me figuro que sí, pero creo que los Fortemain llevan el mismo período de tiempo en la zona, y luego están los Smollet, aunque debo añadir que sus orígenes no son tan relevantes.

Em archivó la información para examinarla más tarde.

—¿Y qué sabe sobre las mansiones más grandes como Ballyclose Manor y Grange? Estoy muy interesada en la arquitectura de épocas antiguas, qué tipo de casas, habitaciones y costumbres tenía la gente. —Clavó la mirada en la cara de Coombe—. En particular me preguntaba por Ballyclose Manor. ¿Tiene algún libro que trate sobre la historia de la propiedad?

Em leyó la expresión de Coombe con facilidad; hubiera querido decirle que sí, hubiera querido impresionarla con sus conocimientos, pero reconoció la verdad con pesar.

—Por desgracia, no. Horatio Welham, el caballero que fue el anterior propietario de Colyton Manor, era un gran coleccionista y adquirió gran parte de la biblioteca de Ballyclose hace años; a su muerte, Cedric Fortemain volvió a comprar los libros. También me convenció para que le cediera algunos de los que yo poseía, así que todos los libros con datos sobre Ballyclose están en la biblioteca de la mansión.

—Entiendo.

Su decepción debió de resultar evidente. Coombe se acercó más a ella y le puso una mano en el brazo.

—Pero no se preocupe por Ballyclose, mi querida señorita Beauregard. Tengo aquí muchos libros sobre el tema que le pueden interesar. —Clavó los ojos en la cara de la joven; parecía como si intentara atraerla hacia él.

—Ah, puede ser. —Retiró el brazo de debajo de la mano de Coombe y se encogió contra la esquina del sofá—. Pero tengo por costumbre estudiar los temas uno por uno, y en este momento estoy interesada en aprender todo lo que pueda sobre Ballyclose Manor.

Coombe entrecerró los ojos y le dirigió una mirada sugerente y lasciva mientras se acercaba más a ella.

—Venga, querida..., no tiene por qué ser tímida. Los dos sabemos que está aquí para estudiar algo muy diferente. Y yo estaré encantado de enseñarle todo lo que sé sobre el arte del coqueteo, algo que sólo puede aprender de un caballero de mi experiencia y mi gran genio artístico.

Anonadada, Emily se lo quedó mirando fijamente, luego agarró el bolso y se levantó de un salto.

—¡Señor Coombe! No estoy aquí para estudiar nada de eso. Si es eso lo que cree, no sólo está muy equivocado sino que además es un obtuso redomado. Y en vista de que no tiene más información que ofrecerme, ¡me voy ahora mismo!

—Oh, yo sólo quería... —A Coombe se le descompuso el rostro. Se puso en pie con dificultad—. Señorita Beauregard... De verdad, querida..., créame, es sólo un malentendido.

Em ignoró sus palabras inconexas. Atravesó la salita hacia la puerta principal y salió de la casa. En el porche, recordó que alguien podría pasar por la calle, que cualquiera podría verla. Respiró hondo y se volvió para mirar al señor Coombe. Estaba parado en el umbral de la puerta retorciéndose las manos, con una cómica mirada de consternación en los ojos. Ella apretó los labios y le lanzó una mirada fulminante, luego se despidió con un brusco gesto de cabeza.

—Buenos días, señor Coombe.

Girando sobre sus talones, Em se dirigió al portón, lo abrió y salió a la calle. Volvió a poner el pasador con tranquilidad y luego, sin volver la vista atrás, echó a andar a paso vivo. Recordó lo sucedido y sintió que le ardían las mejillas. ¿Cómo se atrevía el señor Coombe a pensar que...? Pero claro, ella era la posadera y él debió de asumir que debía de estar desesperada si había aceptado ese trabajo.

Las emociones burbujearon en su interior: agitación, horrorizada certeza, rabia e irritación por que la hubiera interpretado mal. ¡Cómo podía haber pensado eso de ella, Santo Dios! Decir que estaba furiosa era quedarse corta; una definición muy pobre para describir lo que estaba sintiendo. Se le había insinuado como si ella fuera una...

—¿Ha encontrado lo que estaba buscando?

Las palabras hicieron que trastabillara, pero tomó aire, alzó la cabeza y siguió adelante.

—No.

Escuchó un susurro de hojas cuando él abandonó la sombra de un arbusto cercano, y luego el suave sonido de sus pasos cuando la alcanzó con un par de zancadas.

Jonas caminó a su lado.

—Si me dijera lo que anda buscando, podría ayudarla.

Durante esa semana, Em no había avanzado nada en su búsqueda. Issy estaba distraída, y ella estaba buscando sola. No le vendría mal un poco de ayuda inteligente de alguien de la localidad, pero negó tajantemente con la cabeza.

—No estoy buscando nada... sólo quiero saber.

—Bien, dígame lo que quiere saber. Quizá yo conozca la respuesta o al menos sepa cómo obtenerla.

Sonaba tan razonable que ella se detuvo y se giró para mirarle.

Jonas también se detuvo y bajó la vista hacia ella, observándola mientras ella le estudiaba la cara y le miraba directamente a los ojos. Por primera vez, Em consideró realmente confiar en él, dejar que se acercara, aceptar su ayuda... aceptarle. Él pudo ver la vacilación en sus ojos y sospechó que la joven había llegado a una conclusión muy poco halagüeña porque frunció los labios y meneó la cabeza.

Em volvió a mirar al frente y siguió caminando.

Decepcionado, pero no sorprendido, Jonas volvió a ajustar su paso al de ella. Observó el perfil de Em, preguntándose qué hacía falta para atravesar sus defensas, para conseguir que lo aceptara y dejar que la ayudara en lo que fuera que estuviera buscando, y sólo entonces notó el rubor que le cubría las mejillas.

Sintió que se quedaba literalmente frío, pero no por pérdida de calor, sino por una repentina oleada de creciente furia helada. Respiró hondo y mantuvo el tono de voz tranquilo mientras escogía las palabras cuidadosamente.

—Emily, Coombe es de sobra conocido por malinterpretar a las damas, por leer en las palabras de las mujeres lo que él quiere escuchar. Le sucedió a Phyllida en el pasado. —Manteniendo el mismo paso que ella, inclinó la cabeza para mirarla a la cara—. No la habrá interpretado mal a usted también, ¿verdad?

Un nuevo sonrojo fue la respuesta que él necesitaba.

Se detuvo bruscamente.

—¿Qué le ha hecho? —Alargó la mano y la cogió del brazo, obligándola a mirarle.

Em parpadeó, aturdida —o más bien horrorizada— por su tono. Había algo mucho más primitivo que un caballeroso sentido de protección debajo de ese gruñido y del fuego brillante que ardía en sus ojos. Jonas endureció los rasgos. Em se tragó la sorpresa y negó con la cabeza.

—¡Nada!

Fue evidente que él no se relajó; en todo caso, sus rasgos se ensombrecieron aún más.

—No me hizo nada —repitió ella con voz firme.

No podría hacer pedazos a Coombe si la seguía en dirección opuesta, así que Em se dio media vuelta y comenzó a andar de nuevo. Después de una breve vacilación, Jonas la siguió. Ella giró la cabeza hacia él.

—Sí que me malinterpretó, pero si usted cree que no soy capaz de poner a un caballero en su lugar, se equivoca totalmente.

—¿Seguro?

Seguía gruñendo. Emily sintió que le ardían las mejillas al recordar que había sido incapaz de ponerlo a él en su lugar. Así que le respondió indignada.

—Usted simplemente es un estúpido cabezota. La mayoría de los hombres habría aceptado mi rechazo y mi decisión con rapidez.

Él soltó un bufido, pero volvió a ajustar su paso al de ella en dos largas zancadas. Em estaba a punto de felicitarse por haber ganado esa batalla, cuando él le aseguró con rotundidad:

—Aun así, iré a ver a Coombe.

—¡No, no lo hará! —estalló ella con un frustrado siseo, volviéndose hacia él. Cerró los puños y le lanzó una mirada airada—. No soy asunto suyo. No tiene que protegerme de ninguna manera. Lo que ha sucedido entre Coombe y yo no le incumbe. Que usted me haya besado y yo se lo haya permitido, devolviéndole el beso de manera insensata, no quiere decir nada. Y lo sabe de sobra.

Jonas puso una cara inexpresiva. Bajó la mirada hacia ella sólo por un momento.

—¿No quiere decir nada? —dijo.

Exasperada, ella alzó las manos.

—¿Qué quiere que signifique? ¿Algo?

Volviendo a bajar la vista a los brillantes ojos de ella, Jonas descubrió que no conocía la respuesta a esa pregunta. No había pensado en ello, no se había preguntado al respecto.

Emily le sostuvo la mirada. La joven pareció percibir su confusión, luego emitió un bufido.

—Ahí lo tiene. —Se dio la vuelta y comenzó a andar de nuevo. Le habló sin volver la vista atrás—. Ya se lo he dicho antes, Jonas Tallent, en numerosas ocasiones. No soy asunto suyo.

Y él le había dicho que estaba equivocada.

Jonas puso los brazos en jarras y se detuvo, observándola caminar por la carretera, dejando que sus palabras de rechazo retumbaran en su mente una y otra vez.

No se asentaron, no encajaron... porque no eran ciertas.

No se correspondían con lo que él sentía... y, desde luego, tampoco se correspondían con lo que ella sentía.

Em le había hecho una pregunta y él desconocía la respuesta. Así que, ¿qué quería él en realidad? ¿Qué significaba todo aquello?

Bajó las manos y la siguió.

Diez minutos después, Jonas se dejó caer en un banco en el extremo más oscuro del salón y tomó un largo trago de la jarra de cerveza que Edgar le había servido.

Había seguido a Em de regreso a Red Bells. Ella se había apresurado a entrar con la cabeza bien alta y, tras echar un vistazo a su alrededor, había buscado refugio en su despacho.

En vez de seguirla, Jonas buscó refugio en las sombras.

Ya hubiera sido a propósito o no, ella le había arrojado otro guante en el camino. Le había lanzado otro desafío al hacerle una pregunta para la que no tenía respuesta. Y si quería seguir persiguiéndola, tenía que superar aquel escollo.

Emily le había pedido específicamente que definiera dicha persecución, que explicara exactamente qué quería de ella.

Y él tenía que admitir que era una petición justa y razonable.

Lo más probable es que ella creyera que su falta de respuesta inmediata a la pregunta quisiera decir que él no iba en serio, pero iba muy en serio. Completamente en serio. Lo que pasaba es que no había seguido sus intenciones hasta un final lógico ni definido su objetivo final. Pero esa omisión no quería decir que no tuviera intención de conseguir dicho objetivo final, sino que aún no sabía cómo expresarlo con palabras.

Porque no resultaba fácil, y porque en lo que a él y a ella concernía, lo que estaba surgiendo entre ellos no parecía tener nada que ver con la lógica. Ni con la razón. Podría analizar la situación todo lo que quisiera, pero aquella relación, en cada uno de sus niveles, estaba siendo impulsada por sentimientos y emociones, y, aún más, por sus reacciones a ella... y tales inquietantes manifestaciones desafiaban la lógica a cada paso.

Apoyó la espalda contra la pared y estiró las piernas ante sí. Se tomó el resto de la cerveza y mientras transcurría la tarde se pasó el rato observando cómo Emily Beauregard revoloteaba por la posada, haciendo su trabajo eficientemente y lanzándole de vez en cuando miradas con los ojos entornados.

¿Qué quería de ella? ¿De ella o con ella?

Sabía que había varias respuestas. La quería en su cama y también que confiara en él, pues por alguna razón que no lograba comprender, ella se sentía obligada a cargar sobre sus delgados hombros con las penas de todo el mundo. Y lo que eso conllevaba brillaba con claridad en la mente de Jonas: quería protegerla, compartir su vida y que ella compartiera la de él.

Teniendo en cuenta todo eso, ¿qué era lo que quería de ella? ¿Cuál era exactamente la posición que él quería que ella ocupara en su vida?

¿Y podía asegurar, sin duda alguna, que era eso lo que él necesitaba?

Cuando se levantó, dejando la jarra vacía sobre la mesa, y se dirigió a la puerta, tenía la respuesta a todas sus preguntas y también a la de ella.

Había definido su objetivo final.

Ahora lo único que tenía que hacer era conducir a Emily hacia dicho objetivo. Y convencerla de que estuviera de acuerdo con él.

8

A la mañana siguiente, Em estaba sentada en su despacho, tamborileando los dedos sobre el papel secante y con la mirada perdida intentando decidir cuál era la mejor manera de continuar con su búsqueda del tesoro. Averiguar la antigüedad de Ballyclose Manor antes de planear cualquier incursión al sótano de la mansión era el mejor camino a seguir, incluso aunque dicho camino estuviera lleno de obstáculos.

Todavía seguía irritada por lo ocurrido con Silas Coombe, pero por debajo subyacía un sentimiento de inquietud, una sensación de descontento que la acosaba sin cesar.

Ignoró ambos sentimientos y se pasó un buen rato buscando una nueva vía de acción, pero no se le ocurrió nada.

La mañana transcurría rápidamente y había cosas que hacer. Con un suspiro, dejó de pensar en la búsqueda —apartándola de su mente con más vehemencia si cabe que a Jonas Tallent— y volvió a concentrarse en las responsabilidades que acarreaban las expectativas que la reanimación de Red Bells había suscitado entre los ahora leales clientes.

Poco a poco vecinos de todas las edades, géneros y condiciones habían comenzado a reunirse en la posada. Desayuno, té mañanero y aperitivos, almuerzo y merienda contaban con más clientes cada día, y a ese ritmo tendrían que establecer un sistema de reserva para las mesas en las que servían las cenas.

Después de consultar con Hilda el pedido semanal a Finch e Hijos, y comprobar las reservas de cerveza con Edgar, Em volvió a retirarse a su despacho para actualizar los libros de cuentas.

Estaba enfrascada en eso cuando un carraspeo y un ligero golpe en la puerta abierta le hicieron levantar la vista.

Pommeroy Fortemain estaba parado en el umbral y escudriñaba con la mirada la diminuta estancia.

—Diría —dijo él, mirándola a la cara— que este lugar no es más grande que un armario para los útiles de limpieza, ¿me equivoco? Cuando Edgar me dijo que estaba en su despacho me imaginé un lugar como el que tiene Cedric en casa. —Pommeroy volvió a echar otro vistazo alrededor—. Yo que usted, le exigiría a Tallent una habitación más grande que ésta, señorita Beauregard. Apenas cabe nada. —Pommeroy bajó la mirada hacia ella y le brindó una radiante sonrisa—. De ningún modo es el marco apropiado para una florecilla tan preciosa como usted.

A Em le resultó fácil no dejarse halagar por el piropo. Lo aceptó con una pequeña y tensa sonrisa y frunció el ceño. Las dos columnas que estaba sumando no coincidían.

—¿Puedo ayudarle en algo, señor Fortemain?

Pommeroy entró en la estancia mientras hacía un gesto con la mano.

—No hay razón para tantas formalidades, mi querida señorita Beauregard. Me llamo Pommeroy y me gustaría que se dirigiera a mí por mi nombre de pila.

Ella sólo inclinó la cabeza. Después de lo ocurrido con Silas Coombe, no pensaba sonreír a quien no quería sonreír; no pensaba consentir que se produjeran más malentendidos.

—¿Deseaba algo, señor?

—Pues en realidad —dijo Pommeroy— he venido a traerle una invitación de mi madre. —Metió la mano en el bolsillo de la chaqueta y sacó una tarjeta que le tendió con un gesto cortés—. Es la invitación para una fiesta con baile en Ballyclose Manor el próximo sábado por la noche. Esperamos que usted y su hermana puedan asistir.

Em clavó la mirada en la tarjeta de papel color marfil, luego alargó la mano y la cogió. Asistir a fiestas no era, definitivamente, lo que había esperado hacer mientras se dedicaba a la búsqueda del tesoro. Sin embargo, como Issy y ella habían traído consigo todos sus bienes materiales, tenían vestidos de fiesta, aunque un tanto desfasados.

Aunque su tío Harold las había utilizado como criadas sin sueldo, se había asegurado de mantener las apariencias, lo que significaba que primero sola y luego acompañada de Issy, Em había asistido a las actividades ofrecidas por las damas locales. Harold había tenido que acceder a eso o arriesgarse a sufrir todo tipo de preguntas e indagaciones por parte de las damas que querían saber cómo estaban sus sobrinas. Sus vestidos estaban pasados de moda, pero servirían. Sin embargo... era la posadera. Invitaciones como ésa hacían que se sintiera incómoda y que se debatiera entre si debía aceptarla o no, pues parecía que los habitantes de Colyton estaban dispuestos a tratarlas como a las damas que realmente eran.

Pommeroy estudiaba la expresión de su cara, claramente desconcertado por su falta de entusiasmo.

—Toda la clase acomodada estará allí, por supuesto. Todos asisten a las fiestas que organiza mi madre, o a cualquier evento por el estilo, usted ya me entiende.

Em asintió con la cabeza distraídamente, sin apartar la mirada de la tarjeta. No podía enfrentarse a la determinación de los vecinos para otorgar a su familia el estatus social que en realidad poseían. Y en cuanto encontraran el tesoro, volverían a ser los Colyton de Colyton, y recuperarían la posición social que les correspondía.

Llegados a ese punto, le parecía un poco tonto aferrarse a su charada de no ser nada más que «la posadera del pueblo» cuando todos estaban dispuestos a tratarla de otra manera.

Y... aunque intentaba con todas sus fuerzas no dejarse llevar por su amor al peligro, aquel lado temerario de los Colyton, estaba el hecho innegable de que si quería buscar entre los libros de Ballyclose Manor, esos que ahora sabía que estaban en la biblioteca de la mansión, una fiesta —con baile, nada menos— era la oportunidad perfecta.

Una oportunidad demasiado buena como para pasarla por alto.

Levantó la vista y, mirando a Pommeroy a los ojos, sonrió.

—Gracias, señor... Por favor, comuníquele a lady Fortemain que a mi hermana y a mí nos encantará asistir a la fiesta.

—¡Oh, bien! —Pommeroy la miró con ojos brillantes—. El primer vals es mío, ¿de acuerdo?

Em dejó de sonreír.

—Es posible, ya veremos. —Con una expresión tranquila, ladeó la cabeza—. Si me disculpa, debo regresar a mis cuentas.

Todavía sonriente, Pommeroy hizo un gesto con la mano y se fue.

Ella se quedó mirando fijamente el lugar donde él había estado. Suspiró, y luego regresó a sus recalcitrantes columnas de números.

El sábado por la noche, Em estaba impaciente por seguir adelante con la búsqueda del tesoro. Puede que siempre estuviera sermoneando a las gemelas para que no hicieran las cosas de manera precipitada e imprudente, pero proceder ella misma con la misma cautela —sobre todo después de haberse pasado seis días sin avanzar en sus pesquisas— ponía a prueba su autocontrol.

Dejó que John Ostler las llevara en uno de los carruajes que se conservaban en los establos de la posada y después, acompañada de Issy, se puso a la cola de los invitados que subían la escalinata de Ballyclose Manor para dirigirse al salón de baile. Pero en lugar de soñar con bailar el vals, Em apenas podía esperar para ver la biblioteca.

Dado que la fuerza de su impulso crecía por momentos, se esforzó por contener aquella temeraria naturaleza Colyton, aunque escabullirse a la biblioteca durante el baile era mucho menos peligroso que buscar el sótano y colarse en él.

Ataviada con un vestido de muselina azul con ribetes bordados en el escote y en el dobladillo y el cabello rubio enmarcándole la cara, Issy se inclinó hacia ella para susurrarle al oído.

—¿No has encontrado ninguna pista en esos libros?

—No —le respondió con voz queda para que nadie más pudiera oírla—. Había capítulos dedicados a todas las casas importantes, Ballyclose Manor incluida, pero ninguno de ellos menciona que hubiera sucedido nada relevante antes del siglo XVIII. —Miró la fachada por encima de la puerta principal—. Necesito saber cuándo se construyó este lugar.

Issy frunció el ceño.

—Lo has estado haciendo tú todo. No puedo dejar que vuelvas a escabullirte para buscar sola. Iré contigo y haré guardia.

Em cerró los dedos en torno a la muñeca de Issy y se la agitó con suavidad.

—Bobadas. Ya te lo he dicho, esperaré hasta la mitad del baile, cuando todo el mundo esté entretenido. Filing te dijo que vendría, no hay razón para que no pases con él tanto tiempo como sea posible. Ninguna de nosotras es una jovencita que no pueda conversar cortésmente con un caballero sin dama de compañía. Aprovecha la ocasión.

Se interrumpieron para asentir con la cabeza y sonreírle a los Courtney, una familia que habían conocido en la merienda en Ballyclose.

—Y además —continuó ella, bajando la voz—, Filing no te quitará la vista de encima, tanto si estás con él como si no, así que no es prudente que vengas conmigo. Si lo haces, probablemente te seguirá y entonces ¿qué haremos?

Issy respondió con una mueca. Después de un momento, mientras avanzaban por la cola de recepción, preguntó:

—¿Estás segura?

Sonriéndole a otro desconocido, Em asintió con la cabeza.

—Estoy segura. No te preocupes. ¿Qué peligro podría acecharme en la biblioteca de un caballero?

Por fin alcanzaron la cabeza de la cola, hicieron una reverencia a la anfitriona y a Jocasta Fortemain, la esposa de Cedric, y accedieron al enorme salón de baile, que ya estaba muy concurrido.

—¿Ves? —dijo Em, paseándose entre la multitud—. Será fácil desaparecer en medio de tanta gente. Nadie me echará de menos.

Issy murmuró algo con aire distraído. Em siguió la dirección de su mirada y vio la rubia cabeza del señor Filing, que avanzaba resueltamente entre el gentío hacia ellas. Conteniendo una sonrisa encantada, Em se detuvo cortésmente.

—Señorita Beauregard. —Al llegar junto a ellas, Filing le hizo una educada reverencia.

Em le tendió la mano y le brindó una alentadora sonrisa.

—Señor. Es un placer verle aquí.

Filing sonrió.

—El placer es mío. —Al final el párroco permitió que su mirada se desplazara, como atraída por un imán, hacia la otra joven. Su sonrisa se suavizó mientras hacía otra reverencia—. Señorita Isobel.

Issy enrojeció, casi se podría decir que resplandecía de una manera que Em no había visto nunca, y le tendió la mano al hombre.

—Señor.

Em apenas pudo contener una sonrisa. Ni Issy ni Filing sabían ocultar sus sentimientos. Se comían literalmente con los ojos; dudaba mucho que nada, salvo clavarles una aguja afilada, les hiciera darse cuenta del mundo que les rodeaba.

Tocó el brazo de Issy y se despidió de Filing con un gesto de cabeza.

—Les dejaré para que puedan hablar a solas.

Mientras se abría paso entre la gente, Em se preguntó cuánto tiempo pasaría antes de que Filing pidiera la mano de Issy. Aunque la alegría que sentía por su hermana se veía empañada por el pesar —con veinticinco años y las gemelas y Henry a su cargo, se había visto forzada a dejar de lado cualquier pensamiento de casarse ella misma—, su deleite por la inmensa felicidad de Issy era genuino y lo suficientemente profundo como para hacerle sentir deseos de bailar.

Por consiguiente, fue como un regalo caído del cielo el hecho de que los músicos, situados en la galería en el otro extremo del salón, comenzaran a tocar los primeros acordes de un vals en ese momento. Había pasado mucho tiempo desde la última vez que Em bailó un vals.

Jonas observó cómo Em miraba a su alrededor cuando comenzó la música, como si estuviera buscando a su pareja. La había visto llegar unos minutos antes y no había hablado con ningún caballero salvo con Filing, así que no debía de haber comprometido ese baile. Sus pies ya lo llevaban hacia ella antes de concluir siquiera aquel pensamiento.

Em tenía un aspecto... delicioso. Parecía fresca y radiante con aquel vestido de seda verde y el pelo castaño brillando bajo la luz que arrojaban las lámparas de araña. Por una vez, se había recogido el cabello en un moño alto, dejando que los cortos rizos que luchaba por contener le enmarcaran la cara, oscilando de arriba abajo de una manera deliciosa.

El vestido de seda se le ceñía suavemente al cuerpo, revelando las curvas redondeadas de su figura, los hombros delicados y femeninos, los brazos gráciles, los pechos plenos y redondos, la cintura diminuta que un hombre podría abarcar fácilmente con las manos y las voluptuosas caderas que se balanceaban sobre unas piernas sorprendentemente largas a pesar de la relativa corta estatura de la joven. La descripción que le vino a la mente fue que era como «una Venus de bolsillo».

Le llevó sólo un momento alcanzarla, alargar el brazo y capturar su mano.

Con un «¡oh!» en los labios, Em se dio la vuelta bruscamente para mirarle.

Jonas levantó la mano y le rozó el dorso de los dedos con los labios, observando cómo se le encendían las mejillas. Sonrió.

—Me alegro de verla, señorita Beauregard.

Ella contuvo el aliento y asintió con la cabeza mientras intentaba componer una expresión severa.

—Señor Tallent.

—Jonas, ¿recuerda?

Em apartó la mirada y miró hacia la pista de baile. A través de sus dedos, él podía sentir la impaciencia de la joven por unirse a las parejas que se movían sobre la pista, girando sin cesar. Ella parecía una potrilla bien entrenada que se estremecía al intentar contener las ganas de participar.

—¿Me concede este vals, señorita Beauregard?

Ella volvió la mirada a su cara.

Al ver la vacilación que llenaba los brillantes ojos de Em, él sonrió.

—Prometo no morder.

Emily titubeó un instante más, luego asintió con la cabeza.

—Gracias, me encantaría bailar este vals.

Jonas supo que aquélla era una declaración muy comedida. Poniéndose la mano de Em sobre la manga, la guió entre la multitud de invitados, pero Pommeroy Fortemain se interpuso de repente en su camino.

—¡Señorita Beauregard! —Pommeroy parecía algo horrorizado—. Debe de haberse olvidado... Me prometió bailar conmigo el primer vals.

—Buenas noches, señor Fortemain. —Em recordaba muy bien sus palabras—. Con respecto a este baile, recuerdo muy bien que no acepté su proposición de que le reservara el primer vals. No me parecía que fuera una decisión que debiera tomar en ese momento. —Sonrió educadamente—. ¿Nos disculpa?

Em esperaba que Tallent se diera por aludido y la guiara a la pista. Pero en vez de eso, se quedó clavado en el sitio, mirándola con curiosidad, dándole tiempo a Pommeroy para protestar.

—Pero yo esperaba... Pensaba que...

Em miró a Jonas deseando que la rescatara, pero él se limitó a mirarla con aquellos ojos oscuros llenos de diversión mientras arqueaba una ceja de manera inquisitiva.

Dejando que fuera ella la que escogiera qué hacer con Pommeroy.

Em debería cambiar de idea, pero lo cierto es que no quería hacerlo. Elegir a Pommeroy en lugar de a Jonas era como tirar piedras contra su propio tejado. No sabía a ciencia cierta si Jonas bailaba bien el vals, pero había vivido en Londres, así que daba por supuesto que sabría bailarlo. Por otro lado, Pommeroy ...

Volvió a mirar al hijo de la anfitriona.

—Lo siento, Pommeroy, pero no le prometí nada.

Él comenzó a hacer un puchero.

Si Jonas y ella no se largaban pronto de allí, comenzaría a protestar de nuevo. Em respiró hondo.

—Quizás el próximo baile. —Que, casi seguramente, no sería un vals.

Pommeroy parecía apesadumbrado.

—Oh, muy bien entonces. Será el siguiente baile.

Em forzó una sonrisa.

Después de oír la aprobación de Pommeroy, Tallent la escoltó a la pista de baile donde otras parejas giraban sin cesar al ritmo del vals.

Jonas se volvió hacia ella y la cogió entre sus brazos.

Distraída por la interrupción de Pommeroy, ella se dejó llevar hacia él sin pensar, sin prepararse para la repentina olcada de sensaciones que la asaltó. Cayó en los brazos de Jonas y casi se quedó sin aliento, notando que sus ojos se agrandaban cuando comenzaron a girar por la pista. Se puso rígida, como si aquello pudiera contener la marea de sensaciones que la embargaba y detener sus sentidos a pesar de que la cabeza no hacía más que darle vueltas.

Él parecía no darse cuenta mientras la guiaba magistralmente en el vals.

Dando vueltas perezosas.

Em se sintió eufórica. Casi podía flotar. Sus pies apenas tocaban el suelo mientras él, sin esfuerzo alguno, giraba rápidamente con ella entre sus brazos.

—Baila muy bien, señor Tallent. —El cumplido sincero salió de sus labios antes de que pudiera pensárselo mejor.

Él bajó la mirada y sonrió.

—Gracias. Resulta más fácil cuando se tiene una pareja que no trata de dirigirme.

Que era lo que solía hacer Em.

Por lo general, ella bailaba mucho mejor que sus parejas, por lo que rara vez podía evitar guiar el baile. Pero con él... Emily no había pensado conscientemente en eso, pero tampoco había necesidad. Jonas sabía lo que hacía.

Se lo demostró al dar otra vuelta vertiginosa, y luego otra más, en perfecta sintonía con la música, ajustándose en los giros imprecisos mientras se desplazaban por la enorme estancia.

—Sin embargo, tengo una queja. —Jonas atrapó la mirada de Em y arqueó una ceja—. ¿Él es Pommeroy pero yo sigo siendo el señor Tallent?

Había un peso —una intensidad a la que, Dios la ayudara, ella comenzaba a acostumbrarse— detrás de la oscura mirada. Em lo miró fijamente, intentando mantenerse firme en su postura, pero luego cedió con una mueca.

—Oh, de acuerdo, Jonas, entonces.

Él esbozó una brillante sonrisa, y a ella se le cortó la respiración. El primer pensamiento que se coló en su de repente mente en blanco, fue que debía estar agradecida de que no le hubiera sonreído antes.

Con los ojos todavía fijos en los de él, Em notó que la mirada de Jonas era demasiado penetrante y perceptiva para su tranquilidad de espíritu. Apartó la vista y miró por encima del hombro izquierdo de su patrón, intentando pensar en algo, en cualquier cosa, que no fuera él.

Pero eso era imposible cuando estaba confinada entre sus brazos y giraban vertiginosamente por la pista, aunque Em tenía que reconocer que no se sentía constreñida, ni siquiera guiada y empujada, sino receptiva y armoniosa.

Como si los dos formaran un todo, moviéndose al unísono.

Emily había bailado el vals a menudo en el pasado, pero nunca había sentido nada parecido a aquello con ningún otro hombre.

Nada tan placentero.

Todavía notaba los ojos de Jonas clavados en ella, pero no se atrevía a alzar la cabeza y mirarle. Se sentía tan viva, tan consciente de él —del pecho que estaba a sólo unos centímetros de sus senos, de los muslos largos y firmes que se apretaban contra los de ella en cada vuelta, de la fuerza de sus brazos mientras danzaban por la estancia— que estaba segura de que, si le miraba, él podría percibir todo eso en su mirada.

Y Jonas no necesitaba que le animara. Todavía la perseguía. Aunque no hubiera hecho ningún intento de acercarse a ella en los últimos días, Em sabía que no tardaría en volver a presionarla. Lo más probable era que hubiera estado meditando después de la última discusión, en la que ella le había señalado que no perseguía un objetivo honorable, y le estuviera dando tiempo y espacio, pensando que de esa manera estaría más receptiva a su siguiente avance.

Sin duda, tenía que ser eso.

Y si ella hubiera tenido algo de sentido común, jamás habría aceptado bailar el vals con él ni, mucho menos, rechazado la invitación de Pommeroy.

Pero había querido bailar el vals y, a pesar de todo, lo había querido bailar con él, con Jonas.

Em frunció el ceño para sus adentros. Le habría gustado decirse a sí misma que quiso bailar con él sólo porque dio por sentado que sería una pareja excelente, pero no podía engañarse. No lo hizo por eso.

También le hubiera gustado decirse a sí misma que algo, algún impulso idiota que no había logrado dominar, derribó sus defensas impulsándola a aceptar, pero sabía que la culpa de todo la tenía su naturaleza Colyton.

Tenía que ponerse en guardia contra ella, y si Jonas Tallent despertaba su lado aventurero, también tendría que ponerse en guardia contra él.

Con auténtica pena, escuchó los acordes finales del baile. Jonas la hizo girar una última vez y se detuvo. Em dio un paso atrás, alejándose de sus brazos, e hizo una reverencia.

Se incorporó e inclinó la cabeza.

—Gracias. Ha sido... agradable. —Había sido mucho más que eso, y ahora que no estaba cerca de él, dentro del cálido refugio de sus brazos, notaba una sensación de pérdida.

Jonas sonrió como si lo supiera.

Se le ocurrió que, salvo las primeras frases, él no había hablado mucho. Mejor dicho, no había hablado nada. Sólo se había dejado llevar por el baile, permitiendo que los sentidos demasiado conscientes de ella hablaran por él. Em lo miró con los ojos entrecerrados.

—Ah... señorita Beauregard. ¿Preparada para el siguiente baile?

Ella se volvió para encontrarse con Pommeroy —que la observaba con una mirada alegre y esperanzada— y escuchó los primeros acordes de un cotillón.

Aquí estaba su penitencia. Forzando una sonrisa, le tendió la mano.

—Señor Fortemain.

Él le tomó la mano y le dio una palmadita mientras la conducía de vuelta a la pista.

—Pommeroy, querida, Pommeroy.

Resignada a llamar al caballero por su nombre de pila, Em se rindió a su destino y se concentró en el siguiente baile.

Jonas la observó marcharse antes de ponerse a buscar a Phyllida, a la que había visto bailar entre los brazos de Lucifer.

Su gorrión estaba atrapado por el momento, y todo iba bien. No había ningún peligro acechando en el salón de baile de lady Fortemain. Tenía tiempo de sobra para buscar a su gemela y preguntarle cuáles eran los libros que su marido le había prestado a Em, y ver si podía averiguar algo más sobre el objetivo de la joven.

Y después, le reclamaría otro vals.

Ella había sido como diente de león entre sus brazos e increíblemente ligera de pies. Tenía una figura menuda, su cabeza no le sobrepasaba el hombro, pero sus ojos vibrantes brillaban con aquella pura vitalidad que encerraba en su interior. Sabía que Em había disfrutado bailando el vals con él, aunque el baile había sido, definitivamente, un placer compartido. Se sintió muy agradecido de que ella no fuera una de esas mujeres que necesitaban llenar cada silencio con cháchara; así que él pudo disfrutar por completo del vals y del inmenso placer de tenerla entre sus brazos.

No es que estuviera del todo satisfecho, todavía no, pero lo estaría. Ahora conocía su objetivo, finalmente podía expresarlo con palabras y aceptar que la verdad era que la quería como esposa, y que no descansaría hasta hacerla suya. Como ya le había advertido a ella, era un hombre decidido y paciente.

Em jamás habría imaginado que estaría tan solicitada. Después de bailar con Pommeroy, éste dio señales de querer acapararla. Aquella creciente atención por su parte le puso los nervios de punta. Estaba buscando la mejor manera de librarse de él, cuando para su alivio el hermano mayor de Pommeroy, Cedric, se acercó para comunicarle que lady Fortemain quería hablar con él. Claramente disgustado por verse privado de la compañía de la joven, Pommeroy aceptó de mala gana reunirse con su madre y se alejó. Cedric se quedó charlando con ella. Emily barajó la posibilidad de preguntarle abiertamente sobre la antigüedad de la casa, pero decidió investigar primero en la biblioteca. Entonces Cedric la sorprendió pidiéndole el siguiente baile.

Después, bailó con Filing. El párroco, separado de Issy, que bailaba con Basil Smollet, comenzó a preguntarle sobre las cosas que gustaban o no a su hermana. Em se rio y respondió de buena gana. Además de aprobar a Filing como pretendiente de su hermana, éste le caía muy bien.

Y, por lo que podía ver, él también parecía sentir aprecio por ella. Pasaron un buen rato hablando sobre Henry y las gemelas; después, Issy regresó al lado de Filing y Em los dejó solos, para sucumbir a los encantos del segundo hombre más guapo de Colyton. También él le pidió el siguiente baile, que resultó ser una pieza campestre que les permitió conversar.

—¿Por qué le llaman Lucifer? —le preguntó ella—. No pueden haberle bautizado con ese nombre.

Él se rio.

—No, claro que no. Es un apodo de mi juventud.

—¿Por comportarse como un demonio?

La sonrisa de Lucifer se hizo más amplia.

—No. Más bien por ser un oscuro arcángel caído.

A ella le llevó un momento asimilar eso. Luego le dirigió una burlona mirada de reproche.

—Supongo que no fueron los caballeros los que le pusieron ese mote.

—Ya que quiere saberlo, fueron las damas de la sociedad.

Ella alzó la mano.

—Creo que ya sé suficiente. No es necesario que entre en detalles.

—Menos mal... Dudo seriamente que Phyllida aprobara que le revelara más cosas.

—Me figuro que no. Así que... —Em se interrumpió mientras giraban en redondo uno alrededor del otro y se volvían a juntar—. ¿Cómo están sus hijos?

—Tan saludables como siempre. Dígame, ¿ha encontrado algo de interés en los libros que le presté?

Ella lo miró con los ojos muy abiertos.

—Sí. Estoy enfrascada en ellos. —Había observado a Jonas hablar con su hermana y Lucifer. Ahora ya sabía cuál había sido el tema de conversación.

Dado que estaba muy cerca de saber si Ballyclose Manor era realmente la «casa más alta», con suerte no tendría por qué seguir pidiendo prestados los libros de Colyton Manor.

Ella sonrió.

—Quizá podría decirme una cosa.

Lucifer arqueó sus cejas negras y la taladró con su mirada azul oscuro.

—¿Sí?

—La señorita Sweet es un encanto... ¿Hace mucho tiempo que está con Phyllida?

Él apretó los labios. Em no pudo asegurar si él se creyó su expresión inocente, pero un momento después le observó relajar los rasgos.

—No nació en el pueblo. Llegó aquí como institutriz de Phyllida y Jonas cuando éstos tenían tres años, y pasó a ser parte de la familia.

A partir de ahí, a Em le resultó muy fácil indagar sobre las personas de más edad del pueblo. Sus preguntas no tenían nada que ver con la búsqueda, pero tenía curiosidad.

Cuando se separó de Lucifer, se encontró con que Basil Smollet la esperaba para escoltarla junto a su madre.

La anciana señora Smollet había mostrado un agudo interés por Em, su familia y la resurrección de la posada. Era una de las vecinas con más edad de Colyton y, como todos los demás, demostraba un profundo interés por los asuntos del pueblo.

—Continúe así, querida —la mujer le palmeó la mano—, y tendrá nuestra eterna gratitud. Gracias a usted la vida social del pueblo vuelve a ser lo que era.

El cumplido enterneció el corazón de Emily. No era el primero que había recibido esa noche, muchos se habían parado a su lado para agradecerle el trabajo realizado en la posada. El comentario más frecuente era que ahora también podían frecuentar el lugar las mujeres con sus hijas.

Después de darle las gracias como correspondía y separarse de la señora Smollet, Em se reunió con Issy. Filing estaba hablando con uno de los parroquianos en la habitación de al lado y Em aprovechó ese momento de intimidad para repetirle los comentarios que le habían hecho.

—La verdad es que me siento muy satisfecha —confesó—. No tenía ni idea de que causaríamos tal impresión, ni de que lograríamos algo tan importante para los vecinos del pueblo con lo que en un principio no era nada más que un medio para conseguir un fin.

Issy esbozó una sonrisa.

—Quizá, pero dadas las circunstancias no creo que sea tan sorprendente que, de manera intencionada o no, tratemos de mejorar las cosas en el pueblo. A fin de cuentas somos los Colyton de Colyton, aunque el resto del pueblo no lo sepa.

Em arqueó las cejas.

—Muy cierto. Quizás ayudar a levantar el pueblo de Colyton sea algo que llevamos en la sangre.

Filing regresó y, tras intercambiar algunas palabras, Em se alejó.

A pesar de todas esas distracciones, Emily mantuvo un ojo en el reloj y el otro en los invitados. Ahora estaba circulando por el salón, esperando el momento oportuno para escabullirse. Un baile más y por fin podría perderse entre las sombras. De algunos comentarios sin importancia que oyó en la merienda de la parroquia, había deducido en qué ala se encontraba situada la biblioteca. Si no se equivocaba, se encontraba cerca del salón de baile, al otro lado del vestíbulo.

Estaba a punto de comenzar otra ronda de bailes. El primero era un vals. Em se acercó a la pared y fue rodeando la estancia, dirigiéndose a la puerta que daba al vestíbulo. Dado que quería esfumarse, no tenía intención de aceptar más bailes.

—Aquí estás.

Una mano grande se cerró en torno a la suya y la hizo dar un brinco. Aunque no de temor o sorpresa. Una sensación de puro placer le subió por el brazo, indicándole con más claridad que sus ojos o sus oídos quién la había agarrado.

—¡Señor Tallent! —Se volvió para mirarle.

Él estaba sonriendo con aquella sonrisa brillante y un poco canallesca que solía curvarle los labios.

—Jonas, ¿recuerda? —Enlazando su brazo con el de él, se giró hacia la pista de baile—. Ha llegado el momento de bailar otro vals.

Ella respiró hondo.

—Jonas... ya hemos bailado un vals.

—En efecto. Y como resultó ser una experiencia muy grata para los dos, no hay razón para no repetirlo.

—Sí, la hay —masculló ella, intentando contener su genio Colyton—. La gente hablará.

—La gente ya habla de usted. Si no quiere que todos especulen sobre usted, no debería representar un misterio tan contradictorio.

Emily frunció el ceño mientras él se giraba hacia ella y la atraía hacia sus brazos. Instintivamente levantó los suyos, dejando que le cogiera la mano derecha y le pusiera la izquierda en el hombro. Entonces comenzaron a girar mientras ella todavía intentaba asimilar las últimas palabras.

—No soy un misterio y, mucho menos, uno contradictorio.

—Oh, sí, claro que lo es. Es una joven dama que trabaja de posadera, pero se niega a reconocer sus orígenes aristócratas, aunque insiste en que su familia mantenga el estatus social que le corresponde. ¿Por qué? Eso es lo que todo el mundo quiere saber.

—Pero... pensé que todos habían asumido que sólo somos gente de clase acomodada caída en desgracia.

Él le dirigió una mirada burlona.

—Mi querida Em, permítame informarla de que la gente de clase acomodada caída en desgracia no posee elegantes trajes de seda con los que asistir a los bailes, ni lleva perlas en el pelo —miró con mordacidad la peineta de perlas con que ella sujetaba sus rizos rebeldes—, ni contratan tutores para su hermano con el objetivo de que éste sea aceptado en Pembroke College.

Sus ojos oscuros buscaron los de ella y Em volvió a perderse en ellos. Pommeroy Fortemain le crispaba los nervios, poniéndola en guardia. Jonas Tallent, sin embargo, la enervaba todavía más, pero provocándole justo el efecto contrario.

Y, maldito fuera, la atracción que existía entre ellos sólo era algo puramente físico. Por debajo de su innegable atractivo, había algo muy poderoso en Jonas Tallent. Algo que la atraía de una manera que casi la asustaba.

Emily sentía el impulso creciente y casi físico de contarle, de confiarle, su gran plan y pedirle que la ayudara. Si ese impulso hubiera surgido porque necesitara su ayuda, quizá ya se la habría pedido. Pero, a pesar de que probablemente él podría ayudarla, confiaba en tener éxito por sí sola en la búsqueda del tesoro. No necesitaba decirle que estaba buscando un tesoro..., al menos no en ese momento.

La razón por la que quería decírselo, la que alimentaba aquel impulso, tenía más que ver con la necesidad de compartir, de decirle quién era realmente ella para así poder buscar el tesoro juntos. La existencia del tesoro de su familia era, sin lugar a dudas, una de las mejores aventuras de su vida y ésa era la razón, razón que no podía realmente definir, por la que quería revelarle la verdad y compartir aquella aventura con él.

Em se había pasado más de una década cuidando de sus hermanos sola. Completamente sola. Y sentir de repente la compulsión de incluir a alguien más en su vida, la inquietaba y la estremecía.

Y, por encima de todo, la confundía.

No estaba segura de ser capaz de pensar con claridad cuando estaba en los brazos de Jonas Tallent.

Ni tampoco mientras bailaba el vals con él.

Sobre todo cuando su mirada oscura se volvía más ardiente e hipnótica o cuando la estrechaba contra su cuerpo y su mano grande le quemaba a través de la seda del vestido.

Em sentía que flotaba otra vez, que apenas tocaba el suelo y, en aquel estado alterado, podría imaginar, sentir y casi creer.

Al cesar la música, él dio una lenta vuelta antes de detenerse, y ella volvió a la tierra.

A la realidad de que él era su patrón, y ella la posadera que dirigía su posada.

Puede que Jonas se burlara de su charada, pero aun así ella estaba tranquila. Asumía que se había bajado del pedestal de damisela, y eso era algo que ni él podía negar. Ella no era tan estúpida como para creer que Jonas pensaba que aquello que había entre ellos era algo más que un *affaire*.

Em se dio la vuelta y escudriñó la estancia para evitar mirarle a los ojos. Le preocupaba que pudiera ver demasiado en los de ella.

Jonas no le soltó la mano, sino que la cerró con más firmeza en torno a sus dedos.

—Em.

—Aquí está la señora Crockforth con su hija.

Em le sonrió alentadoramente a la matrona que había elegido ese momento para abordarles. El baile siguiente empezaría en pocos minutos, y Jonas y ella ya habían bailado dos veces el vals. Así que esa noche no podía volver a bailar con él.

Fuera posadera o no.

A Jonas no le quedó más remedio que inclinar la cabeza en un gesto cortés y sonreír, estrechando la mano de la señorita Tabitha.

Em tuvo que forcejear disimuladamente para liberar su mano de la de él, y, una vez que logró su objetivo, se unió a la señora Crockforth para asegurarse de que Tabitha compartía el siguiente baile con el patentemente renuente, aunque incapaz de ser descortés, señor Tallent.

Encantada, Em observó cómo la pareja se dirigía a la pista de baile, y después de intercambiar cumplidos mutuos con la señora Crockforth se separó de ella. Emily siguió vigilando la pista hasta que Jonas se dio la vuelta, entonces dio un paso atrás y se mezcló con la gente.

La biblioteca estaba donde pensaba que estaría y, gracias a Dios, se encontraba desierta. Miró consternada la enorme pared con estanterías repletas de libros.

Montones y montones de libros.

No tenía tiempo que perder. Comenzó por la librería más cercana a la puerta. Descubrió con rapidez el sistema de clasificación que seguía; entonces revisó las estanterías, examinando el lomo del primer libro de cada una de ellas.

Fue avanzando por toda la pared hacia el lateral de la estancia y, finalmente, en la esquina detrás del enorme escritorio, encontró los libros que trataban sobre la historia local, y que incluían dos libros que hacían referencia exclusivamente a ¡Ballyclose Manor!

Sintió en los dedos un hormigueo de excitación cuando sacó ambos volúmenes. Puso uno sobre el otro y, tras abrir la cubierta del primer libro, comenzó a leer.

Averiguó mucho sobre la casa, salvo lo que quería saber. Había hojeado la mitad del libro sin encontrar ninguna mención a la fecha en que había sido construida la casa cuando se le pusieron los pelos de punta.

Levantó la mirada.

Con una expresión perpleja en el rostro, Pommeroy rodeaba el escritorio hacia ella; el ruido de sus pasos quedaba amortiguado por la gruesa alfombra.

—¿Qué está haciendo aquí?

—Ah... —Ella pensó a toda velocidad—. Creo... haberle mencionado mi interés por la arquitectura local. En especial por las casas antiguas. Es mi pasatiempo favorito.

La perplejidad de Pommeroy desapareció al oír la palabra «pasatiempo». Respondió con un silencioso «oh» y asintió con la cabeza.

Entonces miró los libros que ella tenía en la mano y al ladear la cabeza para leer el título en el lomo, volvió a fruncir el ceño.

—¿Ballyclose? —La miró sorprendido a los ojos—. No estará pensando en serio que esta casa es antigua, ¿verdad? Bueno, es bonita y todo eso, pero no creo que pueda considerarse antigua.

Em parpadeó.

—¿Antigua? ¿Quiere decir que no es antigua?

Pommeroy negó con la cabeza sonriendo.

—En efecto. La construyó mi abuelo hace aproximadamente unos cincuenta años.

—¿Cincuenta años? —Em cerró el libro. La cabeza comenzaba a darle vueltas. Había estado tan segura de que Ballyclose era la casa que su familia estaba buscando—. Pero... quizá se edificara sobre una estructura más antigua. —Le lanzó a Pommeroy una mirada esperanzada—. Muchas casas antiguas acaban formando parte de edificaciones más modernas, no por completo por supuesto, pero sí parte de los muros, los cimientos o incluso los sótanos.

Sonriendo con suficiencia, Pommeroy negó con la cabeza.

—Es el gran secreto familiar, o al menos es algo que la familia no cuenta nunca. Mi abuelo construyó este lugar sobre una vieja casa de campo, después de que ésta se viniera abajo por completo.

Ahora le tocó el turno a Em de fruncir el ceño.

—Pero, por lo que sé, los Fortemain han vivido en el pueblo desde hace siglos..., muchos siglos. ¿Dónde vivió su familia antes de que se trasladara a Ballyclose?

Pommeroy se balanceó sobre los talones, encantado de ser el centro de atención.

—No es la misma familia, o por lo menos no la misma rama. Mi abuelo era natural de un lugar cerca de Londres. Se mudó aquí cuando uno de sus primos murió y le dejó la granja..., que se convirtió en Ballyclose. Fue entonces cuando construyó la casa.

Em se acercó más a Pommeroy, dispuesta a que le diera toda la información importante.

—¿Dónde vivía ese primo? ¿Lo sabe?

—En una de las casas cercanas a la posada.

Ninguna de las cuales estaba en un lugar lo suficientemente elevado para ser considerada «la casa más alta».

Em suspiró y se echó atrás.

Pommeroy arqueó las cejas.

—Podría enseñarle los alrededores de la casa si usted quiere. Es mejor que regresar al baile, ¿qué me dice?

Ella negó con la cabeza.

—Gracias, pero no. Sólo estoy interesada en las casas antiguas, las que se construyeron hace varios siglos. —Recordando los libros que todavía tenía en las manos, se giró hacia las estanterías y devolvió los volúmenes a su lugar, cerca de la esquina.

Luego se enderezó y se dio la vuelta, cayendo directamente en los brazos de Pommeroy.

—¡Pommeroy! —Intentó apartarle de un empujón, pero él la había rodeado con los brazos. Y, como ella descubrió después de intentar liberarse, era bastante más fuerte de lo que parecía. Comenzó a forcejear en serio contra él—. ¿Qué está haciendo?

El hombre la miró de manera lasciva.

—Dado que la he ayudado con su afición... me parece justo que obtenga mi recompensa. —La estrechó con más fuerza y se inclinó con intención de besarla.

—¡No! —Retorciéndose, Em logró evadir aquellos labios gruesos. Le empujó el pecho con todas sus fuerzas. Mientras forcejeaba se le arrugó el vestido, pero aun así no logró apartarle ni un centímetro para hacer palanca y zafarse de sus brazos. Y cuanto más luchaba ella, más parecía pensar él que se trataba de un juego... Que ella no iba en serio, sino que estaba tomándole el pelo. Los sonidos excitados que él emitía iban en continuo aumento.

Em se sintió presa del pánico. El comentario que había hecho una hora antes cuando dijo a Issy que no habría ningún peligro acechando en la biblioteca de un caballero, regresó a su memoria para burlarse de ella.

Em alzó la cabeza para mirarle y él volvió a abalanzarse sobre ella. La joven gritó y se agachó de nuevo. Los labios de Pommeroy chocaron contra su cabeza, justo por encima de la frente. El pensamiento de esa boca sobre su piel, o en cualquier otra parte de su cuerpo, era demasiado asqueroso para considerarlo siquiera. Em redobló los esfuerzos e intentó darle un puntapié.

—Deténgase —gritó entonces—, o se lo diré a su madre.

—Tonterías, no pasa nada porque me tome unas libertades... ¡Auuuu!

De repente Em era libre. Así de golpe, Pommeroy se apartó de ella y salió disparado contra la esquina. Chocó como un saco de patatas contra las estanterías que se zarandearon con un ruido sordo y, aturdido, se deslizó lentamente hasta quedar sentado en el suelo.

Él parpadeó y la miró perplejo, luego desplazó la mirada al rescatador de Em.

Jonas.

Em sabía que era él aunque no había mirado en su dirección. Como descubrió en ese momento, estaba sin aliento, mareada y aterrorizada. Lo primero que hizo fue respirar hondo para calmar los nervios y tranquilizarse.

Durante un largo momento, nadie dijo nada. Después, con la respiración más sosegada, Em se llevó la mano a la garganta y miró a Jonas.

Su rostro no era nada más que ángulos duros y planos inflexibles. Miraba fijamente a Pommeroy como si debatiera consigo mismo si era ético o no pegarle una paliza al hijo de la anfitriona.

Jonas notó que ella le miraba.

Em lo supo porque en su rostro alargado se apreció otro tipo de tensión.

Él giró la cabeza lentamente y le sostuvo la mirada.

Y ella volvió a quedarse sin respiración.

Estaban lo suficientemente cerca para que Em pudiera verle los ojos, para que observara las violentas y poderosas emociones que vibraban en aquellas oscuras profundidades.

Jonas esperó, pero ella no pudo hablar. Al enfrentarse a la expresión de sus ojos, Em no fue capaz de pensar qué decir, ni mucho menos tomar aire para pronunciar las palabras. El instinto la tenía paralizada. Sabía que lo más prudente era no decir nada.

Jonas se volvió hacia Pommeroy. Un impulso diferente a cualquier otro que hubiera tenido antes le hizo querer abalanzarse sobre él y tuvo que contenerse para no levantar a Pommeroy con sus propias manos y volver a arrojarlo al suelo. En su cerebro no había lugar para pensar racionalmente. En ese momento era sólo impulso e instinto puros; el lado más oscuro de Jonas se había deshecho de cualquier vínculo civilizado y clamaba venganza.

Pommeroy pareció notarlo. Abrió mucho los ojos y se revolvió en el suelo, intentando incorporarse.

Jonas le miró fijamente.

—Tienes un horrible dolor de cabeza, Pommeroy, y vas a retirarte a tu habitación. Ahora mismo.

Pommeroy logró sentarse derecho y le miró con los ojos como platos.

—¿Qu-e-é?

Con gesto sombrío, Jonas inclinó la cabeza.

—Y si tienes algún problema para fingir que te encuentras mal, estaré encantado de ponértelo más fácil —le dijo entre dientes—. ¿Me has comprendido, Pommeroy?

Pommeroy palideció. Lo miró a él y luego a Em, que se alisó el vestido antes de levantar la vista para lanzarle una mirada feroz. Pommeroy agachó la cabeza.

—De acuerdo. No estoy bien. Creo que me iré a mi habitación —masculló.

—Perfecto. —Mirando a Em, Jonas alargó el brazo—. Entretanto, nosotros terminaremos nuestro paseo en la terraza.

Ella permitió que la cogiera del codo y la condujera a la puertaventana. Luego le miró a la cara y frunció el ceño.

—¿Qué paseo?

—El paseo del que nos van a ver regresar todos los invitados que se encuentran en el salón de baile en este momento. —Jonas abrió la puertaventana y le lanzó una mirada de advertencia—. Ese paseo.

—Ah. —Ella vaciló y luego salió a la terraza.

Él la siguió y cerró la puerta sin volver a mirar a Pommeroy, que se esforzaba por ponerse en pie en la esquina.

Em se detuvo y recorrió con la vista la terraza que ocupaba toda la longitud de la casa. En el otro extremo, había entreabierta una puertaventana doble por la que salían luz y sonido, y alegres carcajadas que flotaban en la noche, aunque al ser octubre y hacer frío, ninguna pareja más se había aventurado a salir a dar un paseo.

Él le ofreció el brazo con algo de rigidez.

Ella vaciló un momento, pero colocó la mano sobre su manga.

Jonas reprimió el impulso de poner la otra mano encima de la de ella para no dejarla marchar. Apenas podía contener su temperamento, pero estaba resuelto a no hacer más comentarios. Cualquier tipo de discurso sería demasiado peligroso y arriesgado, en su estado actual. Furia, indignación, un proteccionismo feroz y algo más primitivo, recorría sus venas. Sentía el roce de la mano de Em en la manga, la pequeñez y fragilidad de sus delicados dedos, algo que sólo servía para aumentar y exacerbar esa respuesta primitiva.

No habían dado más de cinco pasos sobre la terraza cuando, a pesar de su buen juicio, se dejó llevar por su impulso.

—No puedo creer —gruñó—, que planearas reunirte a solas con ese bobalicón de Pommeroy.

Por la manera en la que había ayudado a la señora Crockforth a incitar a su hija a bailar con él, había sabido que planeaba algo…, que estaba a punto de hacer algún movimiento.

La había visto salir del salón de baile, pero no tuvo más remedio que esperar a que finalizara el baile para separarse de la señorita Crockforth y poder seguirla. Conociendo el tipo de información que Em buscaba, la biblioteca fue el primer lugar al que se dirigió. No le sorprendió encontrar a la joven allí, pero sí que estuviera en los brazos de Pommeroy.

Entonces la vio forcejear contra él, la escuchó gritar, y su instinto afloró.

Intentó decirse a sí mismo que habría reaccionado de la misma manera si fuera otra señorita la que hubiera estado atrapada contra su voluntad entre los brazos de Pommeroy.

Deseó poder creérselo, pero aunque era cierto que hubiera ayudado a cualquier mujer en tal situación, sabía que no habría reaccionado con la misma cruda y violenta furia que le embargó al rescatar a Em.

Ella no respondió de inmediato a su comentario. Alzó la nariz y dio tres pasos más antes de decir:

—No creo que sea asunto suyo, pero no conspiré, planeé, ni acepté de ningún modo reunirme en privado con Pommeroy Fortemain. Y me resulta incomprensible que usted piense que es así. —Su tono se volvió más airado. Apartó la mano de su manga, se detuvo y se giró para mirarle—. ¿Por qué demonios iba a querer reunirme con él? —Cerró los puños con fuerza y le lanzó una mirada furiosa cuando él también se detuvo—. ¡Lo próximo que hará será acusarme de tener las miras puestas en él!

Él le respondió con otra mirada furiosa.

—Esperaba que tuviera mejor gusto. Pero ¿de qué otra manera podía…? —se interrumpió—. ¿La siguió?

—¡Pues claro que me siguió! Me encontró sola e intentó aprovecharse de mí.

—No la hubiera encontrado sola si usted no se hubiera escabullido en busca de esa condenada cosa que está buscando.

Em entrecerró los ojos.

—Estaba a punto de darle las gracias por su oportuna intervención, pero a pesar de cualquier gratitud que pudiera sentir, ¡nada, repito, nada, le da derecho a decirme dónde puedo ir, cuándo o con quién!

—La furia que sentía la hizo ponerse de puntillas y señalarle la nariz con un dedo—. ¡No es mi guardián! Nadie le ha elegido a usted para ese papel. No puedo entender por qué cree que tiene derecho a interferir en mi vida. ¿Por qué imagina que puede hacerlo?

La expresión de Jonas no se había suavizado, pero parecía extrañamente neutra. Clavó los ojos en ella durante unos segundos.

Ella estaba a punto de gruñir y apoyar los talones, creyendo que su mensaje había dado en el blanco, cuando él alargó las manos hacia ella.

La tomó entre sus brazos, la apretó contra su pecho, inclinó la cabeza y aplastó los labios contra los suyos.

9

Salvaje, apasionado, intenso... Desde el primer roce de sus labios, el beso envolvió a Em, haciéndole olvidar cualquier pensamiento racional.

Sus sentidos se vieron inundados por una vorágine de deleite, de calor y sensaciones; de pura tentación.

Era algo nuevo, maravilloso y fascinante. Un nuevo mundo que investigar, un nuevo y brillante horizonte que atraía a su alma Colyton, a esa parte de ella que se sentía fascinada por lo desconocido y lo novedoso, que deseaba aventuras y emociones que explorar.

Lejos de tambalearse por la impresión, Em aprovechó el momento y se sumergió en él.

En el calor, en el fuego, en las ardientes y maravillosas sensaciones que le provocaba el beso.

Tenía las manos atrapadas contra el pecho de Jonas. Pero en vez de apartarle de un empujón, se aferró a él. Cerró los dedos sobre la tela de la chaqueta y lo atrajo con firmeza hacia ella, apresándolo con la misma eficacia que los brazos de acero de él la apresaban a ella.

Que la aplastaban contra su cuerpo.

Em podía sentir los fuertes músculos de su pecho y el duro y firme abdomen contra ella.

Jonas movía la lengua con audacia, seducción y ardor. Apretó los brazos en torno a ella mientras inclinaba la cabeza a un lado, devorándole los labios y reclamándola con pasión.

Em le devolvió el beso con la misma ansia y avidez, y una parte dormida de su cuerpo revivió por la pasión manifiesta y el deseo recién descubierto.

Puede que ambas cosas fueran nuevas para ella, pero una parte de su ser las reconocía, sabía lo que eran y se regocijaba por ello.

Incitándola codiciosamente. Provocándola y excitándola.

Mientras el beso continuaba y el calor se desbordaba en su interior, Em notó que sus pechos se volvían pesados, se hinchaban dolorosamente, y que los pezones se convertían en brotes apretados.

Quiso acercarse más a él, intensificar y apurar los besos, aliviar aquella dolorosa y extraña inquietud que la envolvía, apretándose más contra la figura masculina. Intentó frotarse contra él, pero al sentir la necesidad de Em, Jonas se movió con ella, haciéndola retroceder paso a paso hasta que la joven sintió la fría fachada contra la espalda; un agudo contraste con el calor que emitía Jonas y del que ella no parecía tener bastante.

Él le sujetó la cintura con firmeza y se acercó todavía más, presionando y amoldando su cuerpo al de ella. Acuñó un muslo, largo y duro, entre los de Em, obligándola a ponerse de puntillas. Un agudo estremecimiento recorrió la espalda de la joven, seguido por una deliciosa oleada de calor y una desenfrenada sensación de deseo, que fluyó, atravesándola con rapidez hasta que se concentró en un punto en concreto de su vientre.

Em se aferró al beso, participando tan activamente como él, abrumada por las sensaciones que la embargaban. Maravillándose pero sin dejar de saborearle y reclamar todavía más.

Con entusiasmo e implorante avidez.

Jonas absorbió su respuesta, la sintió en los huesos, y notó que la sensual tensión de anticipación que lo invadía clavaba sus garras profundamente en él.

Jonas no podía recobrar el aliento. No podía recuperar las riendas. De alguna manera había renunciado al control del beso a cambio no de ella, sino del fuego que los dos habían encendido.

Un fuego que aunque le resultaba familiar, era intenso, demasiado intenso, tanto que el poder que lo alimentaba era casi aterrador.

Inesperadamente, cerró los brazos con fuerza alrededor de ella y la estrechó aún más contra su cuerpo. Había tenido la suficiente sensatez como para refugiarse en las sombras, atrapando el suave cuerpo de Em entre la pared y el suyo, inmovilizándola allí, presionando su larga figura contra las deliciosas curvas y oquedades femeninas.

Sometido a una fuerza más fuerte que su voluntad, Jonas no podía dejar de empaparse en la gloria de su boca, de perderse en la caricia femenina de su cuerpo, no podía dejar de besarla con una pasión tan tosca e incontenible que lo conmocionó incluso a él mismo.

Una pasión tan poderosa e intensa que le despojaba del barniz de civilización y lo estremecía de los pies a la cabeza, haciendo pedazos su, hasta ese momento, absoluta fe en su autocontrol.

Lo que había surgido entre ellos era dulce y ardiente, una combinación que Jonas encontraba imposible de resistir. El beso se había vuelto voraz, una unión carnal de bocas que Em alimentaba de la misma manera que él.

Jonas tuvo que contenerse para no apretar las caderas contra las de ella de manera provocativa. Incluso en su enardecido estado actual, sabía que eso sería ir demasiado lejos, al menos en ese momento.

Pero aunque ella debería haber intentado detenerle, la intensidad del intercambio era tan flagrante que, en vez de eso, forcejeaba para que el beso continuara. Tentándole a pesar de sí mismo.

Y era ahí donde residía el problema.

Jonas sabía que Emily nunca había sido besada así antes. La prueba estaba allí mismo, en su inocente ansia, en su ilimitado y desenfrenado deleite. Dudaba que ella supiera, que tuviera la más mínima idea de lo que estaba haciendo.

De a qué le incitaba. De a qué le invitaba.

De lo peligroso que podía ser avivar ese fuego en particular.

Las manos de Em, que hasta entonces le habían agarrado la chaqueta, se soltaron y se deslizaron hacia arriba. Le acariciaron las clavículas, subiendo por su cuello hasta enmarcarle la mandíbula y —oh, sí— sujetársela con suavidad mientras se alzaba aún más sobre las puntas de los pies y le besaba como un ángel lascivo.

Su caricia le hizo tomar conciencia de un tipo distinto de pensamiento, haciéndole recuperar parte de la cordura que hasta entonces se había visto abrumada por lo que sentía por ella.

Estaban en la terraza, ante la vista de cualquier invitado que quisiera salir a tomar el aire.

La reputación de Em quedaría seriamente dañada si alguien los veía besándose. Y, dado lo querida que su posadera era ahora en el pueblo, también lo sería la de él.

Lo que estaban haciendo era peligroso. Tenían que detenerse.

Pero era más fácil pensarlo que hacerlo.

Dar marcha atrás era algo que requeriría de cada gramo de determinación que él poseyera, pero por fin consiguió obligarse a apartar las manos de ella y plantar las palmas en el muro, estirando los brazos lentamente para separarse.

Al final lo logró. Sus labios se separaron y el beso quedó interrumpido.

A Jonas le costó todavía más esfuerzo levantar la cabeza y no volver a zambullirse en él.

Se dio cuenta de que los dos respiraban entrecortadamente.

La miró a la cara, observando cómo abría los ojos y cómo éstos brillaban de puro deseo.

Aquella imagen le estremeció y se vio tentado a besarla de nuevo.

Se apartó de ella bruscamente, dando un paso atrás.

En medio de la penumbra, siguió mirando los ojos dilatados de Em.

—Esto —la voz de Jonas era ronca y amenazadora— es lo que me convierte en tu guardián. Lo que me da el derecho, no, lo que me confiere el poder de velar por ti y protegerte.

Em parpadeó. Jonas observó en sus ojos que la conciencia regresaba a ella paulatinamente, junto con su testaruda resistencia.

—Puedes negarlo todo lo que quieras, pero te aseguro que yo no lo haré. —Le sostuvo la mirada—. Es real. Todo. Y no tengo intención de ignorarlo ni de volverle la espalda. Esto... —Hizo un gesto señalándolos a ambos— sucede sólo una vez en la vida. Y de ninguna manera pienso dejarlo pasar.

La expresión de Em se volvió tensa y entrecerró un poco los ojos mientras apretaba los labios en una línea firme.

Sin apartar la mirada de ella, Jonas respiró hondo.

—Antes me preguntaste lo que pienso, lo que deseo... Qué significa lo que hay entre nosotros. Para mí sólo significa una cosa. Que eres mía. Mía. Para abrazarte, para defenderte, para protegerte. Y no importa lo que me cueste, tengo la firme intención de hacer que tú también lo veas... y que lo aceptes.

A Em habían comenzado a llamearle los ojos, brillaban llenos de una negación absoluta. Ella negó bruscamente con la cabeza.

—No —dijo con voz baja y ronca. Tragó saliva antes de continuar—: Usted puede pensar, creer o haber decidido que soy suya, pero no lo soy. —Alzó la barbilla—. Y nunca lo seré.

Él asintió con seriedad.

—Sí, lo eres... y lo serás. Es más, acabarás por aceptarlo definitiva-mente.

Ella entrecerró los ojos hasta que se convirtieron en dos rendijas brillantes. Le sostuvo la mirada con aire beligerante, mostrándose tan terca como él. Jonas sabía que la joven deseaba decir la última palabra y esperó a oírla.

Pero en vez de eso, Em se limitó a alzar más la nariz, a girar sobre sus talones y marcharse con paso airado.

Jonas la observó atravesar la terraza. Recordando dónde estaban, se colocó bien la chaqueta y la siguió. La alcanzó cerca de la puerta-ventana del salón de baile y, cogiéndole la mano, se la puso en el bra-zo. Ella le lanzó una mirada aguda, pero permitió que la escoltara al interior.

Em iba a concentrarse por completo en localizar el tesoro Colyton y excluir con firmeza todo lo demás.

A la mañana siguiente, Em estaba sentada en el banco de la iglesia —que se había convertido rápidamente en el banco de su familia— fingiendo escuchar el sermón dominical. Dado que Filing estaba en-tregado por completo a su homilía e Issy le prestaba atención por las dos, Em no sintió la menor sensación de culpa al dejar vagar sus pen-samientos.

Si «la casa más alta» no era Ballyclose Manor, lo más probable es que fuera Grange.

Por desgracia, buscar en Grange resultaría incluso más difícil que en Ballyclose. Era una mansión más pequeña, más cuidada, con me-nos personal aunque más activo, y todos los sirvientes la conocían de sobra. Además, era la casa de Jonas Tallent, su refugio; lo que suponía una complicación todavía mayor.

Sin ser consciente de ello, buscó con la mirada la cabeza oscura de su patrón. Todavía podía oír su «mía» resonando en los oídos. Como siempre, él estaba sentado en el primer banco de la iglesia, por lo que no podía mirarla con aquellos ojos inquietantes e implacables.

Lamentablemente, los de Em parecían irresistiblemente atraídos por él, por la oscura y bien formada cabeza, con aquel pelo negro y se-doso, por sus hombros anchos y elegantemente cubiertos por una cha-queta de fino paño gris.

La declaración de Jonas volvió a resonar en su cabeza. Aún más que las palabras, había sido su tono —diabólico y manifiestamente posesivo— lo que más la había afectado. Lo que todavía la afectaba de una manera completamente inquietante, a pesar de no ser más que un simple recuerdo.

Aun así, no estaba segura de lo que él le hacía sentir. Jamás había experimentado tal reacción, no tenía ningún conocimiento previo en el que basar su juicio. Y, sin embargo, estaba perfectamente segura de que los caballeros no deberían ir por ahí diciendo que las señoritas eran «suyas».

Se siguió diciendo a sí misma que debería apartar la mirada de él, pero por más que lo intentó, no lo consiguió.

El sermón de Filing no lograba atraer su atención.

Em respiró hondo y sintió una opresión en el pecho. No podía negar la atracción que había entre ellos —aunque después de aquel interludio en la terraza, sería malgastar saliva—, pero sí que podía resistirse a él, podía negarse a ceder a su lado más apasionado y no dejar que la condujera por caminos todavía inexplorados. Caminos que ella había pensado que jamás exploraría, que nunca tendría la oportunidad de hacerlo, no con una familia dependiendo de ella.

Caminos que no tenía tiempo de explorar, al menos en ese momento.

El servicio religioso terminó y todos se levantaron. A la salida de la iglesia, Em se detuvo a saludar a otros miembros de la congregación. Luego se alejó con paso seguro de la puerta hacia las primeras tumbas. Se volvió y buscó a sus hermanos con la vista. Las gemelas habían bajado las escaleras antes que ella y jugaban a pillar entre las lápidas sepulcrales. Con sus cabellos dorados brillando bajo los rayos del sol, parecían ángeles revoloteando de un lado a otro. Lejos de censurarlas, el resto de los feligreses sonreían ante sus travesuras.

Issy se había quedado rezagada en la puerta. Ahora estaba hablando con Filing, con las cabezas muy juntas.

En cuanto a Henry, Em no lo localizó al momento... Estaba en el último lugar al que ella habría querido mirar, ante los escalones de la iglesia acompañado de Jonas Tallent.

Hablando con Jonas Tallent.

Em entrecerró los ojos cuando se percató de la expresión ansiosa y animada de su hermano. Quería ir a rescatarle, pero vaciló. Acercarse a Tallent no estaba en su orden del día. Pero se moría por saber lo que le estaba diciendo a Henry para que éste, por lo general muy serio, pareciera tan entusiasmado.

Supo la respuesta unos minutos más tarde. Tras alejarse de Jonas, Henry miró a su alrededor, buscándola entre la multitud. Jonas, que sabía exactamente dónde estaba ella, la miró a los ojos y sonrió de una manera engreída y sagaz, aunque Em también notó cierto desafío en el gesto.

Henry la vio en ese momento y se acercó a ella corriendo. Tenía los ojos encendidos.

—Jonas, el señor Tallent, dice que me llevará a dar una vuelta en su cabriolé esta tarde. Tiene que ir a la costa para hacer unos recados y me ha preguntado si quiero acompañarle. —Los ojos de Henry brillaban con entusiasmo—. Me ha dicho que me enseñará a manejar las riendas. Puedo ir, ¿verdad? Ya le he dicho que sí, que creía que a ti no te importaría.

Conteniendo la tentación de mirar en la dirección de Jonas Tallent con los ojos entrecerrados, Em clavó la vista en la cara de su hermano. Ante el brillo entusiasmado que veía en sus ojos, que iluminaba todo su rostro, no le quedó más remedio que aceptar.

—Sí, está bien. Siempre que regreses a tiempo para la cena.

Henry soltó un grito y le dirigió una sonrisa radiante, luego se dio la vuelta y regresó corriendo junto a Jonas, que inteligentemente se había mantenido a distancia, para confirmar la cita.

—¿Por qué quiere ir con Henry en vez de con nosotras?

Em bajó la mirada a Gert, que se había acercado a tiempo de oír la noticia de Henry. Bea estaba un paso por detrás, con un incipiente mohín en los labios.

—Edad antes que belleza —les informó—. Ahora vamos, tenemos que volver a casa.

Su casa era la posada. Resultaba extraño con qué facilidad aquel lugar se había convertido rápidamente en su hogar. Condujo a las niñas delante de ella y miró a Issy, que habiendo notado las señales de la inminente partida, se despidió del señor Filing y se apresuró a reunirse con ellas.

Luego, Em se volvió para mirar a Henry y le hizo una seña. Él asintió con la cabeza. Mientras se giraba para bajar por la ladera de la colina, Em vio por el rabillo del ojo que Henry se ponía en camino con Jonas Tallent a su lado.

Pero luego Filing llamó a Jonas, y éste se detuvo, indicándole a Henry que siguiera sin él. Cuando Jonas se dio la vuelta para hablar con el párroco, Em respiró hondo. Aún no estaba preparada para hablar con su patrón; no si podía evitarlo.

Acompañada de Issy, que sonreía con satisfacción a su lado, Em siguió a las gemelas camino abajo, rodeando el estanque de los patos. Henry las alcanzó enseguida con sus largas zancadas.

Em sabía que Jonas estaba en alguna parte del camino detrás de ellos. Podía sentir su mirada en la espalda. Se dio media vuelta para estudiar a Henry. Se preguntó si sería demasiado cínico pensar que Jonas había invitado a su hermano a pasear en cabriolé con él tras haber llegado a la conclusión lógica de que sería más fácil congraciarse con ella por medio de sus hermanos. Jonas era lo suficientemente inteligente para saber lo que necesitaba hacer para conseguir sus objetivos.

Pero quizás Em estaba viendo segundas intenciones donde no las había.

Por otro lado, si Jonas Tallent se pasaba la tarde paseando en cabriolé con Henry, no estaría en Grange.

Lo más sensato sería actuar cuando se presentaba la oportunidad.

Unos minutos después de las dos de la tarde, habiendo visto que Jonas se alejaba en el cabriolé con Henry sentado a su lado, Em llamó a la puerta trasera de Grange. Gladys, el ama de llaves, abrió al momento.

—¡Señorita Beauregard! Por el amor de Dios... Debería haber llamado a la puerta principal, señorita. —Miró por encima del hombro—. ¿O es que Mortimer está echando la siesta y no la ha oído?

—No... No, nada de eso. He venido aquí a propósito. Quería... —Em le indicó con la cabeza la acogedora cocina que había un poco más allá— hablar con la cocinera y con usted.

Gladys pareció asombrada, pero la dejó pasar encantada.

—Si es ése el caso, querida, pase, pase y siéntese con nosotras.

Em entró, sonrió y saludó a la cocinera —a la que todos conocían como Cook—, que estaba amasando en la mesa de la cocina.

—Son bollos de naranja —dijo Cook en respuesta a su mirada inquisitiva.

—¡Ah, bien! Justo de eso venía a hablar con usted. Quería pedirle algunas recetas de comidas típicas del pueblo. He pensado en servir

166

platos tradicionales de la zona en el restaurante de la posada. —Era una excusa sincera. De hecho, la idea se le había ocurrido hacía ya unos días—. Le dará a Red Bells un punto de distinción. En cierto modo haremos lo que nadie más ha hecho hasta ahora. Ofrecer platos y menús únicos de Colyton. Pero para ello debo recopilar las recetas especiales del pueblo.

Cook intercambió una mirada con Gladys.

—Bueno, creo que podemos ayudarla con eso.

Gladys asintió con la cabeza.

—Debería hablar también con Cilla en Dottswood, y con la cocinera de Ballyclose. Y también con la señora Hemmings en Colyton Manor.

—Y con la señora Farquarson —dijo Cook—. Posee un viejo libro de recetas de su tía, que vivió en Colyton durante toda su vida. Su tía murió hace ya tiempo, pero ella todavía conserva las recetas.

Em sacó papel y lápiz del bolsito y comenzó a tomar apuntes mientras Gladys preparaba té. Mortimer se unió a ellas. A Em le llevó un rato encontrar el momento oportuno antes de empezar a hacer averiguaciones, pero finalmente logró decir:

—Me ha sorprendido mucho el gran tamaño de los sótanos de la posada. —Lanzó una mirada a la puerta de madera que había al otro lado de la cocina—. ¿Saben si es normal en las casas de la zona? ¿Hay alguna razón en particular para que existan esos sótanos tan grandes?

Mortimer sonrió.

—No sé si hay alguna razón especial, pero los sótanos de esta mansión también son muy grandes. Hay varias estancias en ellos. Quizás, al ser una casa tan antigua donde en tiempos pasados vivía mucha más gente, se necesitase disponer de un lugar grande donde almacenar una gran cantidad de comida y cosas por el estilo. Incluso existen túneles subterráneos que conectan los sótanos de la mansión con los diversos edificios anexos, como los establos y la despensa.

A Em no le costó nada parecer interesada.

—¿Cuántos años tiene esta casa?

—Pues respecto a eso, no sabría decirle, señorita. —Mortimer dejó la taza de té sobre la mesa—. Pero quizá lo sepa el señor Jonas.

Justo la última persona a la que Em quería preguntar. La joven sonrió y dejó pasar el tema, volviendo a retomar la búsqueda de recetas típicas.

Dos minutos después, sonó un ligero golpe en la puerta trasera que anunció la visita de la señorita Sweet y Phyllida Cynster.

—Buenos días, Gladys, querida. —La señorita Sweet entró como Pedro por su casa—. Oh, señorita Beauregard, qué alegría verla aquí... —La expresión de la señorita Sweet mostraba claramente lo confundida que estaba al encontrarse a Em sentada en la cocina.

Emily la saludó con una sonrisa y le explicó la razón que la había llevado allí. La señorita Sweet no tardó en mostrarse entusiasmada con la idea.

También Phyllida se mostró interesada.

—La señora Hemmings tiene un montón de recetas y estoy segura de que estará encantada de participar en la causa.

Al parecer, Phyllida había acompañado a la señorita Sweet a Grange sólo para asegurarse de que a la anciana no le ocurría ningún contratiempo en el camino del bosque.

—Debo regresar a casa, mis duendecillos no tardarán en meterse en algún lío.

—Perdón —dijo Em, recogiendo las notas que había tomado—, si no le importa, me gustaría acompañarla. Ya he terminado y, aunque sé que existe un camino que conduce a la parte trasera de la posada, no estoy segura de no perderme al intentar encontrarlo.

Phyllida sonrió.

—Yo se lo indicaré. De hecho, me encantará acompañarla.

Em les dio las gracias a Gladys, Cook y Mortimer, y a la recién llegada señorita Sweet, y se puso en camino con Phyllida.

Phyllida le señaló un camino estrecho, pero lo suficientemente ancho para que pudieran caminar una junto a la otra.

—Conduce desde la parte trasera de Grange al norte a través del bosque. Más adelante, hay un camino a la izquierda que la llevará directamente a la puerta trasera de la posada. Más allá, el camino rodea la parte de atrás de las casas que hay frente a la carretera, y finaliza justo en los establos de Colyton Manor.

—Es decir, que se trata de un atajo entre Grange, la posada y Colyton Manor.

Phyllida asintió con la cabeza.

—Jonas y yo somos los que más lo usamos desde hace tiempo. En ocasiones, mi hermano envía al jardinero de Grange para que lo despeje de maleza, pero existe desde antes de que yo naciera.

Ambas siguieron avanzando por el sendero en buena armonía.

—Hemos estado hablando de los sótanos de la posada —le dijo Em—. Y me han informado de que quizás usted o su hermano podrían saber algo más sobre su historia.

—Ah, sí. —Phyllida inclinó la cabeza sonriendo—. La razón por la que está comunicada con Grange se debe a que ésta ha sido de siempre la casa del magistrado local, que también es el dueño de la posada y quien, por consiguiente, mandó construir las celdas de la localidad en los sótanos de la posada en vez de en los de la mansión.

—¿Los cuartos del sótano son celdas? La verdad es que me preguntaba qué serían.

—Se han usado muy pocas veces —le aseguró Phyllida—. De hecho, creo que la última persona que estuvo allí presa fue Lucifer. —Se rio al ver la cara de sorpresa que puso Em—. Fue un error, pero estaba inconsciente en ese momento. Tuve que rescatarle. Le cuidamos en Grange hasta que se recuperó.

Em se sintió tentada de preguntar más, pero decidió preguntar sobre lo que más le interesaba.

—Todavía estoy tratando de familiarizarme con la historia del pueblo y el papel que jugaron en ella las mansiones de Colyton. ¿Podría contarme algo sobre Grange? —Lanzó una mirada a Phyllida—. Tengo entendido que pertenece a su familia desde hace generaciones.

—Oh, en efecto... Casi desde la Conquista. Por supuesto, el edificio actual no es tan antiguo, las partes más antiguas datan de principios del siglo XV, aunque han sido ampliadas a lo largo de los años.

—¿Y los magistrados locales han sido miembros de su familia durante todo ese tiempo?

—Más o menos. —Phyllida miró a Em y sonrió—. Hay algo que me gustaría preguntarle. ¿De dónde procede su familia, señorita Beauregard?

Em le sonrió.

—Por favor, llámeme Emily, o Em, como todo el mundo.

—Si vamos a dejar a un lado las formalidades, me gustaría que me llamaras Phyllida.

Em asintió con la cabeza.

—Con respecto a tu pregunta, mi abuelo estuvo trasladándose de un lado a otro del país antes de establecerse en York. Mi padre nació allí, como decía a menudo, bajo el sonido de las campanas de la catedral, y vivió allí toda su vida. Mi madre también procedía de una familia de la localidad, así como mi madrastra, la madre de las gemelas.

—Así que las niñas son tus hermanastras.

—Sí, pero siempre hemos estado muy unidas. Cuando la madre de las gemelas murió, ellas se vinieron a vivir con nosotros.

—¿Ah, sí? ¿Así que vivisteis separados algún tiempo?

Em no había tenido intención de contarle eso.

—Después de la muerte de mi padre, nosotros, Henry, Issy y yo, nos fuimos a vivir con un tío materno durante un tiempo. Pero luego tuvimos que abrirnos camino y fue entonces cuando comencé a regentar posadas. —Em sabía que se estaba moviendo en arenas movedizas y trató de cambiar de tema—. ¿Puedo suponer entonces que Grange es tan antigua como Colyton Manor?

Al mirar hacia delante, Em observó que había un camino lateral a la izquierda.

—Por lo que yo sé, sí. Pero empecé a vivir en Colyton Manor después de casarme, y no conozco su historia tan bien como la de Grange. Debería preguntarle a Lucifer.

Em se felicitó por haber sorteado con éxito el espinoso tema de su pasado reciente.

—Intentaré acordarme la próxima vez que lo vea. —Se detuvo en el cruce de caminos—. Aquí es donde debo desviarme, ¿no?

—En efecto. —Sonriente, Phyllida le tendió la mano—. Sin duda nos veremos en la posada. Su revitalización se está llevando a cabo muy deprisa... Me alegro de que ahora las damas tengamos un lugar agradable donde poder reunirnos.

—La verdad es que se está haciendo muy popular. —Em le estrechó la mano y se giró hacia la posada—. Sólo espero que estemos a la altura de las expectativas.

—Estoy segura de que así será. —Phyllida se despidió de Em con la mano y luego continuó su camino.

Sin dejar de hacerse preguntas.

No le cabía la menor duda de que Emily Beauregard procedía de una buena familia. De la misma esfera social que ella misma. Cuando estaban juntas, existía entre las dos una gran camaradería, a falta de una descripción mejor, que Phyllida reconocía. Era la misma sensación de compartir experiencias y estilos de vida, que tenía cuando estaba con otras mujeres Cynster, las esposas del hermano y los primos de Lucifer.

No eran iguales, por supuesto, pero compartían las mismas metas, los mismos problemas, las mismas ambiciones. Había reconocido todos esos aspectos en Emily Beauregard. La joven era un espíritu afín.

Colyton Manor apareció ante ella. Phyllida atravesó el huerto, tomando nota de las hortalizas que debían ser recolectadas. Entró por la puerta de la cocina, deteniéndose a hablar con la señora Hemmings sobre la cena, luego continuó hacia la salita de atrás, donde había dejado a su bien parecido marido a cargo de los niños.

Tras la puerta cerrada de la salita, reinaba un extraño silencio. La abrió con cuidado. La escena que apareció ante sus ojos hizo que esbozara una tierna sonrisa.

Lucifer estaba tumbado de espaldas en la alfombra delante del sofá y tenía a sus dos hijos dormidos acurrucados a ambos lados de su cuerpo. Lo que fuera que hubieran estado haciendo les había dejado rendidos.

Entró sigilosamente en la estancia, no muy segura de si su marido estaba también dormido. Se sentó en el sofá y miró con cariño las tres caras; las de los menores eran unas versiones más suaves y redondas de la de su padre. Incluso en reposo, él poseía los rasgos duros y angulosos que lo señalaban de modo inequívoco como miembro de la aristocracia.

Él movió sus ridículamente largas pestañas negras y clavó en ella aquellos ojos azul oscuro que siempre parecían llegar al fondo de su alma. Sonrió.

—¿Qué has estado haciendo? —le preguntó Lucifer en voz baja.

—He vuelto caminando con la señorita Beauregard —le respondió en el mismo tono. Hizo una pausa y luego preguntó—: ¿Conocemos a alguien en York?

Le explicó todo lo que había descubierto sobre la posadera.

—No ha mencionado a Ballyclose Manor en ningún momento, pero preguntó por la historia de Grange.

—¿Y sobre Colyton Manor? Son de la misma época.

Phyllida negó con la cabeza.

—Lo mencionó de pasada, pero tengo la impresión de que ahora le interesa Grange.

Lucifer arqueó las cejas.

—Interesante. Sin embargo, no tengo ni idea de lo que significa eso.

Se escucharon pasos en el vestíbulo y Phyllida alzó la mirada hacia la puerta. Se entreabrió y Jonas asomó la cabeza. Al ver la estampa familiar, sonrió ampliamente y, al igual que Phyllida antes, entró sigilosamente en la habitación.

Se acercó al respaldo del sofá, donde Lucifer podía verle, y le saludó con la cabeza; luego miró a Phyllida.

—Acabo de dejar a Henry Beauregard en la posada. Hemos ido a la costa en el cabriolé. Em no estaba allí, ¿la habéis visto?

Phyllida arqueó las cejas.

—Pues de hecho, sí. —Le explicó y relató todo lo que había descubierto.

Ninguno de ellos tenía ningún conocido en York a quien preguntar por los Beauregard.

Phyllida estudió a Jonas.

—¿Has descubierto algo de Henry?

Jonas negó con la cabeza.

—En cuanto hago alguna pregunta sobre el pasado de la familia, se muestra muy cauteloso y circunspecto. Es demasiado inteligente para intentar engañarle de algún modo. Si no quiere hablar de algo, sencillamente no lo hace, así que no he podido averiguar nada. —Jonas vaciló y luego desplazó la mirada de Phyllida a Lucifer—. Pero he llegado a la conclusión de que sea lo que sea que Em esté buscando, y os aseguro que está buscando algo, lo mejor que podemos hacer es ayudarla. Diciéndole todo lo que quiera saber.

Lucifer hizo una mueca.

—Ayudaría mucho que nos lo preguntara directamente o, mejor todavía, que nos explicara lo que busca.

—Lo hará pronto, en cuanto nos conozca —dijo Jonas.

—Su interés parece haber pasado de Ballyclose a Grange —dijo Phyllida arqueando las cejas—. Me pregunto por qué.

Jonas frunció el ceño.

—Si ves a Pommeroy, podrías preguntarle si Em le habló de Ballyclose. Por ahora, a mí me evita. —No estaba dispuesto a explicar por qué, aunque la mirada repentinamente aguda de Lucifer le dijo que se hacía una idea de por dónde iban los tiros.

Phyllida asintió con la cabeza.

—Tengo el presentimiento de que sea lo que sea lo que esté buscando Emily, es algo antiguo. Relacionado de alguna manera con la historia y la época antigua. Y definitivamente es «algo», un objeto real.

Jonas asintió con la cabeza.

—Ojalá supiéramos lo que es.

Si supieran lo que Em estaba buscando, lo más probable es que pudieran ayudarla y entonces...

Y quizás entonces Jonas podría obligarla a que concentrara toda su atención en él y en lo que crecía entre ellos en vez de en la búsqueda que la joven llevaba a cabo.

A la mañana siguiente, Jonas cabalgaba a medio galope por los campos de su padre, siguiendo el curso del río Coly hacia donde éste se unía con el Axc. Acababa de inspeccionar la presa río abajo, comprobando que todo estaba bien. Ahora regresaba a Grange, recorriendo con la vista los dominios de su padre sin dejar de pensar en Emily Beauregard.

Desear que la joven le prestara toda su atención no era la única razón por la que Jonas quería que la búsqueda de Em concluyera de manera rápida y satisfactoria. Por fin sabía por qué el proyecto secreto de su posadera le hacía sentir tan inquieto... y era que tanto secretismo daba a entender que existía un complejo peligro potencial para la joven, un peligro que él no podía identificar dado que no sabía qué era lo que ella buscaba.

Pensar que Emily podía estar en peligro no era algo que él pudiera tomar a la ligera. Y ahora, tras haber aceptado finalmente lo que ella significaba para él, podía comprender por qué.

Frunció el ceño bajo el sol matutino y guió a *Júpiter*, su castrado negro, hacia delante. No habría visto a la pareja errante que se abría paso por el campo de maíz si las niñas no hubieran soltado una risita lo suficientemente fuerte para que *Júpiter* se encabritara, meneara la testuz y aplastara las orejas.

Jonas detuvo al caballo junto a unos árboles y observó las dos cabezas brillantes que atravesaban el sembrado y que se dirigían directamente a la ribera del río.

El Coly era un río pequeño y, dado que era octubre, no bajaba muy crecido, pero bajo la superficie suavemente ondulada había puntos en los que las corrientes eran muy fuertes y existían profundas pozas dispersas en todo su curso.

Era un río demasiado peligroso para que las niñas corrieran el riesgo de caer en él.

Jonas no quería llamar la atención de las gemelas, por lo menos no hasta que se hubieran olvidado de la promesa de llevarlas a dar un paseo en el cabriolé. Además, tal y como Em le había avisado, las dos niñas le ponían, si no nervioso, sí en guardia. Él había crecido con Phyllida, pero tratar con una hermana no era lo mismo que tratar con unas gemelas, a pesar de que éstas podían llegar a convertirse en sus cuñadas.

Sin embargo, las niñas continuaron directas al río, paseando y brincando por el campo de maíz.

Jonas suspiró y puso *Júpiter* al paso en dirección a las dos niñas. Se acercó a ellas manteniendo el mismo ritmo; luego, antes de que pudieran verlo, apretó los talones contra los flancos del caballo y lo puso al trote, siguiendo una línea imaginaria entre las niñas y el río.

Tiró de las riendas justo cuando se interpuso en el camino de las gemelas.

Las niñas se detuvieron, alarmadas. Alzaron la mirada hacia él, le reconocieron y le brindaron unas sonrisas radiantes.

Antes de que el regocijo las inundara por completo, él arqueó una ceja.

—¿Saben vuestras hermanas que estáis aquí?

La pregunta las detuvo en seco, interrumpiendo sus exclamaciones de alegría. Las gemelas intercambiaron una larga mirada, considerando qué decirle; luego volvieron a alzar la vista hacia él.

—No —dijo Gert.

—Se supone que estamos dibujando en nuestra habitación —explicó Bea como si esa actividad fuera la mayor pérdida de tiempo que se hubiera inventado nunca—. Pero es mucho más divertido salir a explorar fuera.

Sus expresiones indicaban claramente que esperaban que él las entendiera y compadeciera. Y lo cierto es que Jonas lo hacía. Hizo una mueca para que ellas la vieran.

—Es comprensible, pero el maizal y el río no son lugares suficientemente seguros; están llenos de peligros. Por ejemplo... —Dio rienda suelta a su imaginación y enumeró una lista de posibles eventualidades. Aunque las niñas no parecían impresionadas en absoluto, cuando les señaló lo preocupadas que estarían sus hermanas si llegaba a pasarles algo, y que nadie podría salvarlas porque se habían escapado sin permiso, sus expresiones se volvieron más serias, lo suficientemente serias para que él concluyera con un—: Así que por el momento, con la posada y la búsqueda, Em tiene preocupaciones de sobra sin necesidad de que vosotras añadáis más, ¿no creéis?

Ante eso las dos intercambiaron otra larga mirada, aunque esta vez parecían realmente contritas.

—Sólo queríamos explorar un poquito —le aseguró Bea con un mohín.

Ahora que ya las había convencido y sabiendo que no escaparían de él, Jonas se bajó de la silla.

—Vamos, os acompañaré a casa.

Le dieron la espalda al río y atajaron por el maizal; luego siguieron la hilera de setos hasta el bosque. Las niñas iban un poco adelantadas mientras él las seguía con las riendas de *Júpiter* en la mano. El enorme castrado bufó, no demasiado contento de tener que ir al paso.

—Queríamos ver qué había por ahí —dijo Gert, deslizando la mirada sobre el terreno que se extendía ante ellos—. Explorar un poco la zona ya que parece que vamos a quedarnos aquí bastante tiempo.

Si él tenía voz y voto en ese asunto, sí, se quedarían allí bastante tiempo.

—Es lo que les gusta a los Colyton —indicó Bea, como si eso lo explicara todo.

Jonas conocía las leyendas de los fundadores del pueblo que, de ser ciertas, aseguraban que éstos habían sido empedernidos aventureros; parecía que las gemelas habían escuchado las historias y decidido que ya que vivían en Colyton deberían emprender tal empresa..., aunque sólo fuera para averiguar qué se extendía más allá del horizonte.

—Sea como sea —dijo él—, dudo que vuestras hermanas lo aprobaran.

Bea hizo una mueca.

—Probablemente no.

—Les gusta que estemos a salvo. —Gert miró a *Júpiter*—. ¿Es un buen caballo?

Jonas miró a su castrado, que parecía haberse resignado a no galopar.

—Sí, es bastante bueno. —Observó a Gert y luego a Bea—. Debéis de estar cansadas... ¿Queréis montar en él el resto del camino?

Por supuesto que querían. Jonas las subió al caballo, pero sin acortar los estribos. El lomo de *Júpiter* era lo suficientemente ancho para que las dos niñas pudieran sentarse en él sin correr peligro de caerse.

—No os riáis —les advirtió Jonas mientras se ponía en marcha, conduciendo al enorme caballo por el camino—. No le gustan las risitas... a ningún caballo le gustan. Podría decidir que no quiere llevaros encima si os oye reír.

Las gemelas guardaron silencio durante los siguientes minutos. Luego comenzaron a hacerle preguntas sobre lo que veían desde su ventajosa posición.

Como Jonas conocía la zona muy bien —y podía verla mentalmente—, no tuvo problemas para responderles. Todavía seguían haciéndole preguntas cuando entraron en el patio de los establos detrás de la posada.

John Ostler asomó la cabeza por la puerta de la cocina y luego se retiró. Un momento después, salió Em. Parecía muy sorprendida de verles cuando se acercó corriendo hacia ellos.

Jonas respondió a la pregunta que veía en sus ojos antes de que ella estuviera lo suficientemente cerca para hacerla.

—Están vivas, ilesas y perfectamente bien.

Em se detuvo, puso los brazos en jarras y alzó la vista hacia sus hermanitas.

—¿Dónde estaban? —preguntó a Jonas mientras las miraba con los ojos entrecerrados; las dos niñas parecían un poco avergonzadas.

—Las encontré en dirección al río. Ya les he explicado por qué ése no es un buen lugar para explorar. Ni siquiera el bosque. —Jonas alargó los brazos, cogió a Gert por la cintura y la bajó al suelo; luego hizo lo mismo con Bea—. Les he sugerido que, por ahora, no pasen del bosque que hay a este lado del camino, y que se aseguren de tener permiso antes de aventurarse a salir.

Jonas dio un paso atrás y miró a las dos niñas. Ellas le devolvieron la mirada y asintieron solemnemente con la cabeza.

Em les dirigió una mirada desconfiada. Guardó un denso silencio durante un momento antes de decir:

—Será mejor que entréis y pidáis disculpas a Issy antes de subir a vuestra habitación y seguir con la lección.

Las dos echaron a correr hacia la posada después de esbozar unas idénticas sonrisas angelicales.

Em las observó marcharse y suspiró.

176

—Tendré que recordarle a Issy que necesitan un respiro. Tendrá que salir con ellas un rato entre clase y clase.

—Me parece una buena idea. —Jonas se quedó a su lado; no parecía tener prisa por marcharse.

Ella lo miró directamente a los ojos.

—¿Qué les ha prometido?

Él le sostuvo la mirada durante un momento, con una expresión insondable en sus ojos, y luego sonrió.

—Les he hablado de los lugares de los alrededores, de lugares muy interesantes y distantes a los que no podrán ir solas. Luego les dije que si se comportaban bien y no vagaban por ahí solas, el mes que viene podría, en condicional por supuesto, encontrar tiempo para llevarlas a explorar un par de sitios.

Es decir, que les había ofrecido un incentivo a las gemelas para mantenerlas a raya.

—Gracias. —Em oyó el alivio en su voz y supo que realmente se sentía aliviada—. Ha sido muy amable por su parte.

El caballo bufó y se movió, interponiéndose entre ellos y la posada. Jonas lanzó una mirada a la enorme bestia negra, que se quedó quieta obedientemente.

Luego la miró a ella.

—Lo cierto es que no lo hice por ellas, sino por usted —le dijo, después de considerarlo un rato.

Em sostuvo la mirada de esos ojos oscuros y supo que él lo decía en serio. Intentó, sin éxito, no ablandarse ante sus palabras. Ladeó la cabeza.

—Gracias de nuevo. Issy y yo nos habríamos puesto frenéticas en cuanto nos hubiéramos dado cuenta de la desaparición de las niñas.

Él asintió con la cabeza, pero no hizo ademán alguno de marcharse. Siguió mirándola a los ojos, con los labios curvados en una sonrisa inquietante, como si supiera algo que ella no sabía.

Em frunció el ceño.

—¿Qué pasa?

—Estoy pensando que me merezco una recompensa.

El instinto de Em saltó en varias direcciones diferentes.

—¿De qué recompensa habla?

—De esta recompensa.

Jonas le deslizó el brazo por la cintura y la apretó contra su cuerpo, haciendo que Em dejara de pensar incluso antes de que él inclinara la cabeza y capturara sus labios con los de él. Primero le pasó la lengua por los labios entreabiertos, luego la introdujo en su boca y la saboreó a placer.

Provocándola y tentándola.

Em le devolvió el beso mientras sus mejores intenciones se esfumaban en el aire, apenas consciente de que el enorme caballo se interponía entre ellos y la posada, ocultándoles de manera eficaz de cualquier mirada indiscreta. Sólo se les veían las piernas, en una sugerente cercanía, pero nadie podía ver cómo él le inclinaba la cabeza a un lado para profundizar el beso, ni cómo ella alzaba los brazos para rodearle el cuello y apretarse contra él.

Para besarle mejor. Para gozar mejor del dulce intercambio. Para dar y recibir, para compartir el momento en todo su simple pero excitante, ilícito y emocionante placer.

Se dijo a sí misma que sólo era un beso. Un simple beso y nada más. Pero en tan sólo unos segundos se convirtió en un juego provocativo, en una batalla de voluntades, aunque quién tomaba y quién daba era algo cambiante y confuso. ¿Cómo era mejor? ¿Qué prefería cada uno? ¿Cuál era el camino a seguir para obtener el máximo placer? Ésas eran las consideraciones que se agolpaban en la mente de Em cuando, para su decepción, él finalizó el beso.

Jonas levantó la cabeza y la miró a la cara. La observó parpadear, y leyó en sus ojos su absoluto y completo embeleso.

Apenas pudo contener una sonrisa triunfal.

Ignorando el impulso de sus más bajos instintos, se obligó a separarse de ella. Cuando estuvo seguro de que Em mantendría el equilibrio, la soltó y dio un paso atrás.

Se despidió de ella. No pudo evitar una sonrisa cuando murmuró:

—Hasta la próxima vez.

La próxima vez que hiciera una buena obra por ella, o la próxima vez que ella le recompensara..., o, lo más probable aún, la próxima vez que se encontraran a solas.

Por la mirada en sus ojos, Em no pudo decidir qué había querido decir él.

Como si no lo supiera tampoco, Jonas tiró de las riendas de *Júpiter*, guió al castrado hasta la salida, se subió a la silla de montar y cabalgó rumbo a su casa.

Dejándola allí, observando con aire perplejo cómo él se alejaba.

10

Esa misma tarde, Jonas llevó a Henry de vuelta a la posada después de dar otro paseo en cabriolé por los caminos colindantes. Con las riendas en las manos, Henry condujo el vehículo al patio de los establos de la posada, sorprendiendo a Em, que cruzaba el patio hacia el huerto.

Ella se detuvo alarmada en medio del suelo de grava.

—Rodéala —le sugirió Jonas.

Henry guió con cuidado a los caballos grises alrededor de su hermana, que al principio pareció asombrada y que luego, girando sobre sí misma para no perderles de vista, se rio y aplaudió.

Henry se detuvo delante del establo y miró a Jonas con la cara radiante.

—¡Gracias! Jamás podré agradecérselo lo bastante.

—Tonterías —dijo Jonas, sonriendo—. Ya se me ocurrirá algo.

Henry se rio y, con la cara todavía radiante de alegría, le entregó las riendas y saltó del cabriolé frente a su hermana.

—¡Ha sido maravilloso! He conducido el vehículo casi todo el rato. Jonas dice que tengo buenas manos.

—En efecto. —Jonas ató las riendas y bajó del pescante. John Ostler asomó la cabeza por la puerta de la cocina para ver si hacía falta su ayuda, pero Jonas le indicó con un gesto que se fuera y rodeó el cabriolé sonriendo a Em—. Aprenderá a ser un buen conductor sin tener que esforzarse demasiado. Es fácil enseñar a alguien que comprende la diferencia entre guiar y tirar.

Henry enrojeció de placer.

Jonas le miró con una expresión tranquila.

—Volveré dentro de unos días para ver qué tal llevas las clases. Supongo que podremos dar otro paseo en cabriolé.

—¡Gracias de nuevo! —Henry se despidió con una alegre inclinación de cabeza, se dio la vuelta y corrió hacia la posada.

Jonas y Em le observaron alejarse.

La joven frunció el ceño.

—Supongo que tiene hambre. —Su tono sugería que eso explicaba aquel extraño comportamiento, usual en jóvenes de la edad de Henry.

Jonas sospechaba que la brusca partida del muchacho se debía más a la conversación que había mantenido con él en el campo. Una charla que inició Henry y que versaba sobre las intenciones de Jonas hacia Em. En cuanto le aseguró que éstas eran honorables, que sólo deseaba casarse con su hermana y que el único obstáculo era encontrar la mejor manera de conseguir que ella aceptara, el humor de Henry había mejorado de manera considerable. Su rápida marcha era una prueba palpable.

—Éstos no son sus caballos.

Él la miró y la descubrió observando a los grises con el ceño fruncido.

—No... Son de mi padre. Necesitaban desfogarse, aunque son mucho más tranquilos que mis bayos. Por muy buenas que considere las manos de su hermano, no le confiaría los míos todavía.

Em le lanzó una mirada perspicaz.

—¿Por él o por ellos?

Jonas sonrió.

—Por ambos. Los caballos percibirían su inexperiencia y le pondrían las cosas difíciles. Lo más probable es que Henry no intentara conducir otra vez.

Em le estudió durante un momento, luego negó con la cabeza.

—Así que vuelvo a estar en deuda con usted. —Un destello de sospecha iluminó los ojos de la joven—. Por casualidad no estará siendo amable con mis hermanos para obtener mi favor, ¿verdad?

Jonas apoyó el hombro contra el lateral del cabriolé y bajó la mirada sonriente hacia ella.

—Admito que ese pensamiento se me pasó por la cabeza, pero en contra de mis expectativas me lo paso bien con sus hermanos. Son mucho más divertidos que los niños de su edad. —Le sostuvo la mirada un momento y luego añadió—: Los está educando muy bien.

Un leve sonrojo cubrió las mejillas de Em.

—Son bastante buenos, aunque a veces resultan un poco inquietos.

Él asintió con la cabeza.

—Por desgracia no todos perciben la diferencia. Es verdaderamente encomiable que no haya reprimido el entusiasmo de los chicos. No debe de ser fácil educarlos, sobre todo sin contar con la presencia de sus padres.

Em no supo qué responder a eso. Escrutó la expresión de su patrón durante un momento, confirmando que había sido sincero. Antes de que pudiera darle las gracias de nuevo y entrar en la posada, Jonas alargó los brazos y la atrajo hacia sí.

—¿Qué...? —Ella le asió los antebrazos con firmeza, pero no intentó zafarse de él. Dirigió una mirada furtiva hacia la posada.

—Nadie puede vernos —susurró él antes de cubrirle los labios con los suyos.

La besó, empapándose de su dulzura por segunda vez en el día. Deseando poder saborearla más a menudo. Protegidos por la sombra del carruaje, él se enderezó y la estrechó firmemente contra su cuerpo, resuelto a disfrutar también de eso..., de la inexplicable y excitante sensación de sentir el delgado y menudo cuerpo de Em presionado contra el suyo.

Ella intentó mantenerse firme, puede que con la intención de resistirse; se estremeció y luego se relajó entre sus brazos, disfrutando del beso. Em era todo suavidad y curvas, todo misterio y encanto femenino. Su cuerpo reclamaba el de Jonas a un nivel primitivo. La joven no era lo que él había considerado su mujer ideal..., era más, muchísimo más atractiva.

Le hormiguearon las manos por el deseo de esculpir sus curvas. Deseó alzarla en brazos, levantarla del suelo y llevarla donde pudiera acariciarla a placer. Sólo la instintiva certeza de que ella se lo permitiría, de que no se alarmaría y retrocedería, impidió que hiciera justo eso. Que la cogiera en brazos y la llevara al establo vacío que tenían a sus espaldas.

Tenía que cortejarla paso a paso, beso a beso. Tenía que excitarla poco a poco, avivar su deseo, hasta que ella le deseara. Hasta que Em le necesitara tanto como él la necesitaba a ella.

Y cuánto la necesitaba... No había manera de calmar su lado más primitivo.

Apartó a un lado la burlona e impetuosa verdad y se concentró en mantener las manos quietas mientras saboreaba los deliciosos labios de Em, la dulce miel de su boca que le empapaba los sentidos. Jonas bebió y paladeó hasta no poder más..., al menos por ahora.

Tenía que poner fin al beso, tenía que levantar la cabeza, tenía que soltar a Em y dejarla marchar. Se obligó a hacerlo, luego clavó la mirada en los aturdidos ojos de la joven y sonrió... con la adecuada pizca de picardía. No podía dejar de mirarla, de ver cuánto la quería, cuánto la deseaba... Pero todavía no. Más tarde, sí, pero no ahora.

Ahora no quería que ella se asustara, que se retirara.

Por el momento quería despertar su curiosidad.

Tentarla, atraerla, seducirla.

Hacer que deseara más.

Volviendo a enfocar su brillante mirada, Em lo miró a los ojos y comenzó a fruncir el ceño.

Abrió la boca.

Antes de que ella pudiera decir una sola palabra, él le dio un golpecito en la punta de la nariz.

—Buenas tardes, gorrión. Nos vemos luego.

Con una inclinación de cabeza, tan garbosa como la que había hecho antes Henry, él rodeó el cabriolé, subió al pescante, desató las riendas y, con un último saludo, azuzó a los grises y salió del patio.

De nuevo la dejó viéndolo partir, con los labios latiendo y los sentidos enardecidos. Em entrecerró los ojos sobre la figura que se alejaba.

«¿Gorrión?»

De acuerdo, iba vestida de marrón.

Em entrecerró aún más los ojos, recriminando para sus adentros a su temeraria alma Colyton por haberse hecho adicta a los besos de Jonas. Debería resistirse, debería negarse, pero no hacerlo era mucho más interesante. Mucho más fascinante. Mucho más emocionante y excitante. Y a pesar de todo, incluso estando atrapada entre sus brazos, se sentía a salvo con él.

Todo un misterio.

No sabía cómo manejar aquella atracción mutua. Con otros hombres, su instinto la habría impulsado a tomar cartas en el asunto para mantenerlos alejados de ella. Con él, sencillamente no hacía nada.

Permanecía inactivo, dormido. Lo aceptaba sin rechistar. Otro misterio más.

Em siguió con la mirada el cabriolé hasta que tomó la carretera y lo perdió de vista. Entonces, con una sacudida de cabeza, regresó al interior de la posada.

Nunca debería haberles hablado a las gemelas sobre los lugares más interesantes de la localidad. Jonas se dio cuenta demasiado tarde de su error.

Se percató demasiado tarde de que las niñas eran unas expertas en el arte de acosar a la gente hasta conseguir sus propósitos.

Esa misma tarde le acorralaron en el salón de la posada. En cuanto Jonas tomó asiento y colocó su habitual jarra de cerveza en la mesa ante él, aparecieron de improviso a su lado e intentaron engatusarle de inmediato para que las llevara a ver uno de esos singulares lugares al día siguiente.

Él sonrió e intentó distraerlas..., confundirlas, abrumarlas, derrotarlas y convencerlas de lo contrario. Pero nada de eso funcionó.

Al final, aceptó llevarlas a dar un paseo a un mirador cercano la tarde siguiente sólo para que le dejaran en paz.

Sólo para poder relajarse y tomarse su cerveza mientras observaba cómo la hermana mayor de las niñas se movía por la posada como hacía cada tarde, sonriendo y saludando con la cabeza a los clientes y parándose a charlar con la mayoría de las mujeres. Había muchas que la buscaban, incluso hombres, aunque éstos solían saludarla con la cabeza y concentrarse en su bebida.

Igual que él, que estaba envuelto en una sensación de paz que no había sentido antes, pero a la que se acostumbraba con rapidez.

A la tarde siguiente, Jonas se presentó sin mucho entusiasmo en la puerta trasera de la posada. Sin duda, sus sobrinos, dada su corta edad, se habrían olvidado de una excursión como ésa ante el continuo ajetreo de sus vidas infantiles, pero sabía que las gemelas, a diferencia de ellos, le estarían esperando.

Y no se equivocaba. Em estaba en el corredor, detrás de ellas. Por su expresión no se sabía si tenía intención de convencer a sus hermanas de sus pretensiones y rescatarle del inminente y tortuoso paseo, o esbozar una sonrisa al verle esclavo de aquellas dos terroríficas niñas.

Al final, ella se quedó en la puerta y les despidió con la mano. Con una especie de estremecimiento horrorizado, Jonas se encaminó al mirador de Seaton flanqueado por aquellos dos demoníacos angelitos que charlaban como cotorras.

Regresaron un poco antes del crepúsculo y encontraron a Em esperándolos en la puerta.

—¿Qué tal ha ido todo? —preguntó.

—Encantador —afirmó Gert—. Hemos visto montones de paisajes.

—Incluso hemos visto el mar. —Bea bostezó—. Quizá mañana dibujemos un poco.

Em arqueó las cejas y lanzó a Jonas una mirada inquisitiva mientras las gemelas se dirigían a la cocina.

—Ha sido... —Jonas se lo pensó antes de admitir—: Mejor de lo que esperaba. Se han portado bastante bien, pero estarán cansadas.

—Pase y tome un té. Hilda está probando algunas recetas con panecillos... venga y denos su opinión.

Jonas no necesitó que se lo repitiera dos veces, pues hasta él llegaban los deliciosos olores procedentes de la cocina. Al seguir a la joven hasta el cálido y alegre ajetreo del interior, no pudo evitar recordar lo fría y solitaria que solía ser la cocina de la posada antes de la llegada de Em.

Ahora era, literalmente, un hervidero de actividad. Además de Hilda y sus dos ayudantes, estaban allí Issy y John Ostler. Las gemelas cogieron unos panecillos y luego subieron corriendo a su habitación.

Los grandes hornos emitían un montón de calor y aromas deliciosos. Ante un gesto de Em, Jonas retiró una de las sillas de la enorme mesa y se sentó, más por no molestar que por cualquier otra cosa.

Henry también estaba sentado, con un bollito a medio comer en una mano y un lápiz en la otra. Tenía un libro abierto en la mesa ante él y el ceño fruncido.

Ante Jonas apareció un plato y una taza grande de té. Levantó la mirada y le brindó a Em una sonrisa de agradecimiento, luego cogió el bollito y le dio un mordisco.

El dulce sabor a almíbar y canela irrumpió en su lengua, tentando sus papilas gustativas. Era tan delicioso que hubiera gemido de gusto.

Em le lanzó una mirada inquisitiva.

—¿Le gusta?

Él se limitó a asentir con la cabeza y a dar otro mordisco.

En contraste, Henry se comía el bollito distraídamente, sin mostrar reacción alguna. Sintiendo curiosidad por la razón que embotaba los sentidos del joven hasta tal punto, Jonas miró el libro.

—¿Qué haces?

—Son ejercicios de latín. —Henry levantó la vista—. Estoy un poco retrasado en esa materia y tengo que ponerme al día.

Jonas dio otro mordisco al bollito y señaló el libro con la cabeza.

—¿Tienes dificultad con las declinaciones?

—Entre otras cosas.

Jonas se encogió de hombros para sus adentros y se ofreció a ayudarle.

—A veces leo libros en latín, podría echarte una mano con las declinaciones. ¿De qué verbo se trata?

Em escuchó que Henry nombraba un verbo cuando pasó por detrás de ellos. Jonas le respondió. Mientras ella trajinaba por la cocina, comprobando que todo estuviera en orden, saliendo al salón y volviendo a entrar, observó a los dos hombres en la mesa. Se habían olvidado con rapidez de todo lo que les rodeaba, enzarzándose en un profundo debate sobre verbos y el texto filosófico que Henry trataba de traducir.

Su hermano no aceptaba ayuda con facilidad. De todos ellos, era el más reservado, el más tranquilo y celoso de su privacidad. A Em le preocupaba a menudo que no le contara sus problemas por no querer añadir más carga sobre sus hombros.

Al ser el único varón de la familia, se sentía responsable y vulnerable a la vez. Em lo conocía lo suficientemente bien como para compadecerse de él. Henry sentía la necesidad de encargarse de todos, pero dada su edad e inexperiencia habían sido Issy y Em quienes siempre habían cuidado de él.

Aunque jamás le había hablado del trato que Issy y ella hicieron con su tío —trabajo sin remunerar a cambio de la educación de Henry—, Em sospechaba que su hermano lo había adivinado hacía ya mucho tiempo, si no todo, sí lo suficiente como para sentirse obligado hacia ellas eternamente.

Ni Issy ni ella esperaban y querían su agradecimiento; no era por eso por lo que hicieron aquel trato con su tío. Pero podía comprender por qué Henry se sentía así —ella misma habría sentido lo mismo en similares circunstancias—, como si tuviera una enorme deuda con ellas que no podía pagar de ningún modo.

Em quería encontrar el tesoro Colyton por todos, pero sobre todo por Henry. No sólo para que su hermano obtuviera su parte de él, sino para que supiera que sus hermanas siempre estarían bien cubiertas.

El tesoro y su búsqueda surgían de una manera amenazadora y abrumadora en su mente cada hora del día, todos los días. Ahora que había centrado su atención en Grange, Em comprobaba todas las fuentes disponibles como había hecho antes con Ballyclose, esperando poder confirmar que se trataba realmente de «la casa más alta» de finales del siglo XVI antes de emprender la ardua tarea de buscar el tesoro en sus sótanos.

A diferencia de Ballyclose, Em había encontrado multitud de menciones que confirmaban que Grange era conocida como una de las casas más importantes del pueblo en esa época.

Pero aún no había llegado al punto de organizar una incursión a Grange, y esa semana tenía mucho que hacer en la posada, pero pronto, muy pronto podría...

Un movimiento en la mesa captó su atención. Jonas —¿cuándo había comenzado a pensar en él por su nombre de pila?— echó la silla hacia atrás y se levantó.

Henry levantó la mirada hacia él y sonrió.

—Gracias. Pensé que no terminaría con esto esta noche, pero ahora seguro que me dará tiempo.

Jonas sonrió ampliamente.

—Pregúntale a Filing sobre Virgilio... Es mucho más interesante —repuso.

Luego recorrió la estancia con la mirada y localizó a Em. La joven esperó en la puerta trasera mientras él rodeaba la mesa y los bancos y se dirigía hacia ella.

En cuanto la hubo localizado, sus ojos no se apartaron de ella. Para cuando la alcanzó y la tomó del brazo, Em había dejado, para su profunda irritación, de respirar.

Se obligó a coger aire mientras él la giraba hacia la puerta.

—Una vez más estoy en deuda con usted.

Él miró hacia delante cuando abrió la puerta; luego volvió la vista atrás mientras ella traspasaba el umbral y bajaba el primer escalón, antes de cerrarla.

—No quiero que me lo agradezca.

Ya estaba anocheciendo; el patio trasero estaba lleno de sombras. Em estaba a punto de arquear las cejas con arrogancia cuando Jonas le asió la mano con suavidad y la hizo girar hacia él.

Y de repente, la joven se encontró con la espalda contra la pared y Jonas delante de ella. Él se acercó un poco más mientras inclinaba la cabeza.

—Lo que quiero —la voz de Jonas era un ronco ronroneo— es mi recompensa.

Em notó que le latían los labios, que se ablandaban, que se suavizaban antes de que él los cubriera con los suyos. Esta vez, la joven no esperó, no intentó luchar contra lo inevitable, llevó un brazo al hombro de Jonas y le tomó de la nuca para devolverle el beso.

Con ansia. Con fervor.

Jonas se acercó aún más, apretando el cuerpo de Em contra el suyo, largo y duro, aplastando los pechos femeninos con su poderoso torso. Inclinó la cabeza y profundizó el beso, y ella le abrazó con fuerza mientras se lo devolvía.

El patio estaba envuelto en densas sombras y no había nadie que pudiera ver cómo ellos se hundían más profundamente en el abrazo, cómo ella se rendía al beso, a las sensaciones, a las emociones y la excitación de la nueva experiencia. Cómo disfrutaba al descubrir más.

Em sabía que él la estaba provocando, tentando, seduciendo, pero no podía contenerse, no podía luchar contra él. Al menos, mientras no descubriera que ella era una Colyton, Jonas no podía saber por qué tenía éxito, no podía saber hasta qué punto la seducía, pues no tenía ni idea de que, como todos los Colyton, ella poseía el alma de un explorador.

Le acarició la lengua con la de él y Em se estremeció por dentro, notando que una cálida oleada de deseo le recorría la espalda, sintiendo que un calor cada vez más intenso, apremiante y ardiente crecía en su interior.

Jonas era todo fuerza y poder latentes, todo músculos duros y huesos fuertes, rodeándola. La pared que tenía a su espalda sólo era un mero apoyo, pues eran las manos de Jonas, una en la cintura y otra ahuecándole la cabeza, las que en realidad la sostenían. Las que la sujetaban y la anclaban, mientras él llenaba su boca, alimentándose de ella.

Em percibía el hambre de Jonas, la sentía, la saboreba al tiempo que se esforzaba por saciarla, aunque sabía que él quería más. El beso se transformó. Jonas ya no contenía su deseo, ya no lo disimulaba ni ocultaba, aunque aún lo controlaba, y ella pudo verlo, sentirlo y admirarse de ello, sin pizca de temor.

Si era eso lo que él había pretendido o no, ella no lo sabía, era demasiado inexperta en el arte de la seducción para adivinarlo. Pero al margen de eso, la sensación de poder seguir adelante sin riesgo era tentadora.

Y, para su alma Colyton, no había nada más atractivo.

«¿Por qué no?» Si no encontraba una buena respuesta a esa pregunta en unos segundos, entonces se dejaría llevar. Ése había sido el principio que había guiado su vida, la piedra angular de su existencia. Así que cedió a la tentación sin discutir y apretó la otra mano, que había quedado atrapada entre sus cuerpos, contra los duros músculos del tórax de Jonas, sintiendo el calor y la fuerza masculinos en la palma.

Jonas sintió aquella caricia deliberada en sus entrañas. Inspiró profundamente para volver a besarla, ahora más intensamente, para contener y dominar su respuesta instintiva. Aquella caricia exploratoria era un mensaje, una señal; lo sabía, pero también sabía que tenía que darle tiempo a Em para que le explorara a su propio ritmo. No podía apresurarla. No podía obligarla a desearle. Ella era una curiosa combinación de inocencia y abandono, de determinación y cautela. Antes de dar un paso adelante, ella pensaba, consideraba, sopesaba, pero una vez que había tomado una decisión, no había ninguna vacilación en sus acciones..., igual que no había habido ninguna vacilación en su caricia.

Em poseía intrepidez e ingenuidad..., lo que resultaba una mezcla explosiva. Algo que podría llegar a hacer añicos su control. Jonas luchó por aferrarse a él mientras esa pequeña mano tanteaba, exploraba, aprendía.

Luchó por no ceder a los impulsos que ella evocaba, luchó por no permitir que ella se adueñara de su voluntad. La parte más primitiva de Jonas estaba completamente excitada y dispuesta a asumir el mando, a hacer realidad las imágenes que le pasaban por la cabeza. Su lado más primitivo le susurraba que sería muy fácil deslizar la mano entre ellos y tocarla a su vez, acariciar la suave carne entre los muslos femeninos, incluso sobre el algodón del vestido.

Y una vez que lo hiciera, Em se derretiría y él podría alzarle las faldas, alzarla contra su cuerpo, y...

La besó todavía con más ferocidad, con más voracidad que antes, luchando por expulsar esas imágenes de su mente.

Pero la manera en la que ella le devolvió el beso, con cálida dulzura y ansiedad, le derrotó. Sin ser plenamente consciente de ello, subió la mano por el costado de Em y la colocó sobre su seno.

Ella contuvo el aliento y se contoneó sin dejar de besarle. Pero entonces, él la besó con más pasión y las llamas que surgieron entre ellos se hicieron más intensas y ardientes.

Jonas se sumergió en esas llamas, en su boca, con ávida desesperación. Ella respondió y lo siguió con igual avidez, aferrándose a él mientras sus dedos la acariciaban y la instruían, esculpiendo la firme carne de su pecho hasta encontrar el tenso brote, que rodeó lentamente. Entonces ella cambió de posición y se acercó más a él antes de que Jonas le apretara el pezón suavemente.

La respuesta de Em, desinhibida, incontenible y absolutamente invitadora, le dejó mareado.

Le hizo sentir un vértigo que ninguna brusca inspiración, mientras continuaba besándola, podía curar. Un vértigo que debilitó el control con que atenazaba sus impulsos más bajos.

Y ella siguió adelante. Besándole todavía con avidez.

Tenían que detenerse ya. Antes de que sus impulsos vencieran y la presionara todavía más... y ella accediera.

Tomarla contra la pared de la posada no formaba, definitivamente, parte de su plan.

Se dijo a sí mismo que tenía que contenerse, detenerse y retirarse.

Intentó tensar los músculos y obligarlos a funcionar, pero la cercanía de Em le dejaba sin fuerzas. Luchaba una batalla que no quería ganar, y su parte más primitiva lo sabía.

El abrazo de Em no era lo suficientemente fuerte como para retenerle, pero no podía liberarse. Desesperado, bajó las dos manos a la cintura de la joven, la agarró y se giró con ella entre sus brazos hasta que fue él quien quedó de espaldas a la pared, y ella delante de él.

Jonas alzó la cabeza y respiró hondo. Apoyó la cabeza contra la dura pared, y miró a los ojos de Em, oscuros e ilegibles, al tiempo que, con un gran esfuerzo, enderezaba los brazos y la apartaba de él.

Ella respiraba rápida y entrecortadamente. Durante un largo momento se dirigieron una firme mirada.

Jonas tragó saliva.

—Entra. —Las palabras sonaron oscuras y profundas—. Ahora.

Pero en lugar de darse la vuelta y escapar de la amenaza que cualquier persona con dos dedos de frente sabría que él suponía, ella se quedó allí estudiándole mientras pasaban los segundos.

Por fin, Em inclinó la cabeza.

—De acuerdo.

La joven se dio la vuelta, pero cuando tenía la mano en la puerta, se giró para mirarle. Jonas no podía asegurarlo, pero creyó ver que sus labios se habían curvado en una sonrisa.

—Buenas noches. Y... gracias.

Con los ojos clavados en los de él, ella sonrió —definitivamente había sonreído—, entonces se dio la vuelta de nuevo y entró.

Él volvió a reclinar la cabeza contra la pared, y permaneció allí apoyado mientras pasaban los minutos, mirando sin ver la oscuridad, esperando a recobrar el aliento, dejando que el frío de la noche apagara su ardor, mientras se hacía preguntas. Reflexionando.

No estaba del todo seguro de si le gustaba aquella sonrisa.

—Más a la izquierda. —Em estaba en medio del patio trasero de la posada y dirigía a su pequeño ejército de ayudantes. Ahora que habían comenzado a preparar las habitaciones de los huéspedes, había sido necesario reacondicionar el lavadero, por lo cual también necesitaban un tendedero.

Y nadie recordaba si había habido uno antes.

Em mencionó su proyecto en el salón la noche anterior; tanto Jonas como Filing se habían ofrecido voluntarios para ayudar. Thompson, el herrero, dijo que sabía dónde encontrar los postes adecuados. Phyllida les donó unas cuerdas de repuesto que no había usado nunca. Antes de darse cuenta, Em tenía todo lo necesario para construir el tendedero de la posada, y mucha gente dispuesta a ayudar.

Todos se habían reunido esa tarde. Sólo Edgar, que atendía la taberna, no estaba presente. El personal de cocina y John Ostler tenían la tarde libre, pero las tres chicas de las granjas vecinas que Em había contratado como lavanderas esperaban a la sombra junto a la puerta del lavadero, con los ojos muy abiertos y sus primeros cestos de ropa para tender.

Issy se había apartado a un lado después de transportar un cesto con diversas herramientas. Las gemelas se movían con inquietud e impaciencia ante la puerta de la cocina, con los brazos llenos de cuerdas, poleas y apoyos que serían colocados en las vigas transversales.

—Sólo un poco más. —Em les hizo gestos con las manos a Jonas y a Filing. Los dos hombres se habían quitado las chaquetas y bebido las cervezas que les había traído. Previamente habían ensamblado los montantes a ambos extremos de los postes, que habían clavado al suelo, equilibrándolos con unas piedras. Ya habían colocado una de las vigas transversales a su entera satisfacción, y ahora iban a poner la otra.

Henry andaba por allí cerca, sujetando la viga transversal que tenían que alzar para encajarla en la muesca de la parte superior del poste.

—¿Y ahora? —Jonas se enderezó para mirar al otro poste.

—Está muy cerca. —Em se colocó en medio de los dos postes para examinar la línea entre ellos, midiendo mentalmente la distancia según el ancho de las sábanas. Asintió con la cabeza—. Sí, ahora sí.

Filing, que había estado casi en cuclillas, se incorporó con un audible gemido. Issy se acercó a él. El párroco la miró a los ojos y sonrió, negando con la cabeza para disipar la preocupación de la joven.

Jonas hizo señas a Henry para que se acercara. Cada uno de ellos cogió un extremo de la viga transversal y la levantaron hasta la muesca del poste derecho, deslizándola en el hueco. Filing cogió la pesada llave inglesa que le tendió Issy. Jonas metió la mano en el bolsillo y sacó dos tuercas que le dio a Filing. Éste aseguró un perno con rapidez y luego el otro.

Todos dieron un paso atrás para examinar el resultado. Luego Jonas se dio la vuelta y le hizo señas a las gemelas.

—Las cuerdas.

Las niñas se acercaron corriendo con las cuerdas, las poleas y los anclajes oscilando de arriba abajo.

Jonas y Filing clasificaron las cuerdas. Luego, Henry agarró un extremo y las cuatro hermanas extendieron las cuerdas, sosteniéndolas en alto. Trabajaron juntos para colocar los anclajes en los lugares correctos, primero en una de las vigas transversales y luego en la otra.

Entonces, tensaron las cuerdas con las poleas y concluyeron el trabajo.

Todos dieron un paso atrás hasta la sombra de la posada para ver su creación.

Em asintió con la cabeza.

—Excelente.

Les hizo señas a las lavanderas para que se acercaran.

—Podéis colgar las sábanas. Sé que es tarde... —Lanzó una mirada al cielo al sudoeste—, pero dudo que llueva esta noche. Las recogeréis por la mañana.

Las chicas cogieron sus cestas y corrieron hacia el tendal, ansiosas por probarlo. Jonas les enseñó cómo subir y bajar las cuerdas. Las gemelas también se acercaron a mirar. Em las observó especulativamente, preguntándose qué nueva diablura estarían ideando sus cabecitas. Estaba a punto de acercarse y advertirles cuando Jonas se apartó de las lavanderas y se dio la vuelta, dirigiendo una mirada y unas palabras a las gemelas.

Las niñas le observaron con los ojos abiertos de par en par. Cuando él terminó de hablar, sonrieron y asintieron con la cabeza con sus habituales expresiones angelicales.

Em bufó para sus adentros con cínica incredulidad, pero entonces las gemelas intercambiaron una mirada, sopesando claramente sus opciones, y después, de mutuo acuerdo, regresaron a la posada.

Todavía con la mosca detrás de la oreja, Em las observó marcharse.

La grava del terreno crujió bajo los pies de Jonas cuando se unió a ella, poniéndose la chaqueta.

Em seguía mirando a sus hermanas.

—¿Qué les ha dicho?

—Les he recordado un trato que hicimos hace unas semanas: si eran buenas, lo suficientemente buenas para que no tuviera que mirarlas con el ceño fruncido, las llevaría a dar un paseo en mi cabriolé.

Ella giró la cabeza y le miró.

—Es usted muy valiente.

Él le sostuvo la mirada y se encogió de hombros.

Él se volvió y se unió a ella para echar un último vistazo a su reciente trabajo. Las lavanderas estaban riéndose entre sí mientras tendían rápidamente las sábanas blancas. El pálido algodón comenzó a ondear bajo la brisa ligera.

Em era —para su congoja— muy consciente de la cercanía de Jonas, del calor que emanaba su cuerpo. De la tentación que suponía para sus caprichosos sentidos, del efecto debilitador que tenía sobre su voluntad, sobre su decisión. Se aclaró la garganta.

—Ha sido usted tan servicial, que no puedo más que darle las gracias. —Aunque, definitivamente, no podía recompensarle allí mismo. Jonas la recorrió con la mirada, pero antes de que él pudiera hacer ninguna sugerencia, Em se apresuró a añadir—: Issy y yo nos preguntábamos si el señor Filing y usted querrían almorzar con nuestra familia el domingo, después del servicio religioso. —Le miró a la cara, buscando su mirada—. Si está libre, claro.

La miró directamente a los ojos; los de él eran tan oscuros que ella no podía leerle el pensamiento mientras Jonas le estudiaba la cara. Entonces, él sonrió.

—Gracias. —Le cogió una mano, se la llevó a los labios y le besó el dorso de los dedos.

Ella notó que se estremecía de los pies a la cabeza.

—Me encantaría almorzar con su familia. —Sus palabras fueron las roncas palabras de un hombre que sabía demasiado.

Ignorando el impulso de apartar la vista de él, Em continuó mirándole a los ojos. No podía besarle, pero se conocía a sí misma lo suficientemente bien como para saber que le devolvería el beso si él la besaba. Así que tenía que impedir que lo hiciera, tenía que evitar darle una oportunidad y una razón para hacerlo. Se obligó a asentir enérgicamente con la cabeza.

—Muy bien. Entonces, le veremos después de la misa.

Em se habría dado la vuelta y escapado en ese momento, pero la mirada de Jonas la retenía. Y además, todavía le sostenía la mano.

Él movió el pulgar, acariciándole leve, suave y lentamente la piel de la palma.

Em estaba perdida en sus ojos, sintiendo que su mundo, sus sentidos, ardían y se estremecían.

Con una sonrisa de satisfacción, él le soltó la mano. Asintió con la cabeza y dio un paso atrás.

—Lo esperaré con ansiedad.

Ella se quedó inmóvil, viendo cómo él se alejaba a grandes zancadas hacia el bosque hasta que desapareció por el camino que le llevaría de vuelta a Grange.

Issy se acercó y enlazó el brazo con el de ella.

—Joshua ha aceptado.

193

—Jonas también.

—¡Muy bien, entonces! —Issy se volvió hacia la posada y Em se volvió con ella sin ofrecer resistencia—. Será mejor que pensemos qué vamos a preparar para el almuerzo.

No encontraba a las gemelas.

A la tarde siguiente, sabiendo que Issy había ido a ayudar a la señorita Sweet con las flores de la iglesia y que Henry estaría con Filing en la rectoría, Em había dejado aparcadas las cuentas de la posada a media tarde para ir a echar un vistazo a sus hermanas menores, que se suponía que debían de estar leyendo en la sala de arriba. Pero la estancia estaba vacía y las gemelas habían desaparecido.

No se preocupó. Supuso que habían bajado en busca de unos panecillos ya que el fragante aroma de los dulces de Hilda inundaba la posada, así que siguió el tentador olor hasta la cocina, pero las gemelas tampoco estaban allí. Y ni Hilda ni sus ayudantes las habían visto desde la hora del almuerzo.

Entonces sí había comenzado a inquietarse. Si el aroma de los panecillos de grosella no había atraído a las gemelas a la cocina, es que no estaban lo suficientemente cerca para olerlo.

Por lo tanto no estaban en la posada.

Cogió el chal del despacho y se dirigió a los establos. John Ostler tampoco las había visto, pero eso no significaba nada. Buscó en los cuartos de los arreos, miró debajo de los bancos y en cada una de las cuadras, luego subió al altillo y se abrió paso entre las balas de heno, pero las niñas no estaban escondidas en ningún lado.

Bajó al suelo y se sacudió la paja del chal y las faldas antes de abandonar los establos. No había nadie en el patio. Las sábanas habían sido recogidas y dobladas, y las lavanderas ya se habían marchado a sus casas. Se detuvo al llegar al cruce del camino que conducía al bosque. Cruzó los brazos y escrutó las profundas sombras.

¿Se habrían internado las gemelas en el bosque? Por lo general, la respuesta habría sido afirmativa, pero Jonas les había advertido del peligro que suponía ir allí solas y además les había prometido llevarlas a dar un paseo en su cabriolé si se portaban bien. Dado el incentivo, Em no creía que las niñas hubieran hecho algo que hiciera peligrar el trato.

Frunciendo el ceño, se dio la vuelta y clavó los ojos en la posada y en sus alrededores. ¿Dónde se habrían metido sus diabólicos angelitos? Desde donde estaba, sólo podía ver el tejado y el campanario de la iglesia en lo alto de la loma. Estaba preguntándose si subir hasta allí y pedirle ayuda a Issy cuando la suave brisa llevó un agudo chillido hasta sus oídos.

Se sintió aliviada. Supo al instante que el grito procedía de Bea y, dondequiera que estuviera su hermana, se lo estaba pasando muy bien.

Con un bufido, se ajustó el chal sobre los hombros y rodeó la posada. En cuanto dejó atrás el edificio, oyó con más claridad los sonidos de las niñas jugando —risas, chillidos, gritos— procedentes del campo.

Cruzó el camino y atravesó un extenso prado, subiendo la ladera que bordeaba el estanque de los patos. Al llegar a la cima, sobre el estanque, se detuvo y miró la bucólica escena que se desarrollaba ante ella.

Al otro lado del estanque, donde se extendía un campo verde entre el camino y la ladera de la colina, doce niños, incluidas las gemelas, jugaban un animado partido de bate y pelota.

No había adultos a la vista, salvo uno.

Jonas estaba sentado en un banco cercano, sobre un terreno más elevado, vigilando a los jugadores.

Em le observó durante varios minutos, preguntándose si el bate y la pelota serían de él. Decidió que no le sorprendería mucho saber que era así.

Volvió a mirar a los niños que jugaban sobre la hierba. Estudió a sus hermanas, que tenían una expresión risueña en sus caras mientras interactuaban con los demás niños abiertamente, sin reservas.

Sus hermanas no hacían amistades con facilidad. Siendo gemelas, siempre se tenían la una a la otra y tendían a encerrarse en ellas mismas. Con una unión tan fuerte entre ellas, los demás niños no solían inmiscuirse. Aunque las niñas sólo vivían con ella desde hacía un año, Em ya se había dado cuenta de su falta de habilidad social con los desconocidos. Pero era difícil conseguir que las gemelas ampliaran sus horizontes, pues todo lo que necesitaban lo encontraban la una en la otra y en Henry, Issy y ella misma. Por lo tanto, no veían ninguna necesidad de hacer amistades.

Pero allí estaban, relacionándose con otros niños y, por lo que ella podía ver desde la distancia, jugando, disfrutando, haciendo esfuerzos para integrarse en el grupo.

Después de observarlas un rato más, Em siguió andando. Se detuvo al lado del banco donde estaba sentado Jonas, sin apartar la mirada del juego que se desarrollaba un poco más abajo.

Él se giró hacia ella y Em sintió que clavaba los ojos en su cara. Ella no le miró, pero notó que la recorría con la mirada de la cabeza a los pies, pero aun así, se negó a mirarle y siguió prestando atención a sus hermanas.

No sabía si él había provocado esa situación por casualidad o si, a sabiendas, había preparado el terreno para las gemelas..., a abrirles una puerta para que comenzaran a jugar con otros niños. Entonces recordó que él también tenía una gemela.

—Gracias. —Em bajó la mirada a sus ojos—. Siempre ha sido difícil conseguir que se relacionen con otros... —Hizo un gesto señalando a los jugadores— niños.

Él sonrió y también observó a los críos.

—Sé que es así. Pero hay muy pocos juegos infantiles que no se jueguen en grupo. —Después de un momento, volvió a mirarla a ella—. Las vi mirando por la ventana de la sala de arriba. Me dijeron que no estaban haciendo nada y que tenían permiso para salir si querían.

Em se encogió de hombros.

—Es cierto. No tienen que decirme dónde van si no se alejan demasiado.

Jonas asintió con la cabeza.

—Tienen que aprender a ser responsables. —Volvió a mirar a los niños.

Dando libertad a Em para que le estudiara. Se preguntara. Por fin, ella murmuró:

—No necesita hacerlo. Lo sabe, ¿verdad? Ya me ha impresionado.

Él se rio entre dientes y levantó brevemente la mirada hacia ella con una pizca de diversión en sus ojos oscuros.

—Lo sé. —Volvió a mirar al prado, hizo una pausa y respiró hondo—. Pero...

Transcurrió un largo momento. Ella pensó que él no terminaría la frase, pero continuó:

—Es posible que sea yo quien deba agradecérselo a usted, y a su familia, en especial a sus diabólicos angelitos. —Volvió a hacer una pausa. Cuando retomó la conversación un momento después, su tono era más suave e íntimo—. Comienzo a pensar que esto es lo que echaba de menos. Que esto, velar por el pueblo, en especial por la siguiente generación, es una gran parte de mi verdadera vocación. Una gran parte de lo que se supone que tengo que hacer. —Su voz apenas era un susurro—. Lo que tengo que hacer en el mundo.

Em observó su cara y supo que él estaba hablando en serio, que aquellas palabras eran introspectivas, más dirigidas a él mismo que a ella. La joven no hizo ningún comentario, pero guardó aquella revelación para reflexionar sobre ella más tarde, cuando estuviera tumbada en la cama por la noche, pensando en él.

La mirada de Jonas permaneció clavada en el juego. Sin levantar la vista, alargó el brazo y cogió la mano de Em. Con suavidad y firmeza, la atrajo hacia él, hasta que ella se rindió, rodeó el extremo del banco y se sentó a su lado.

Ninguno de los dos dijo nada, simplemente permanecieron allí sentados observando el juego. Sonriendo ante las travesuras, el entusiasmo y la vitalidad de los niños.

Y, durante todo el rato, él le sostuvo la mano, aprisionada y engullida por la suya, acariciándole lenta y suavemente los dedos con el pulgar.

El almuerzo del domingo fue la comida más entretenida a la que Jonas hubiera asistido nunca, y sospechó que Joshua Filing compartía su opinión. Los Beauregard, en familia, eran muy bulliciosos. Habían servido la comida en la sala del primer piso de la posada, una especie de salita para todo.

Joshua era hijo único y aunque Jonas tenía a su hermana gemela, Phyllida, no había tenido más hermanos ni niños con los que jugar durante la infancia. Tanto Filing como él se quedaron sorprendidos al principio ante tal algarabía; no tanto por el volumen como por el sonido persistente de las voces. Parecía que siempre había alguien hablando y, dado que Henry estaba casi todo el rato callado, ese alguien solía ser una fémina.

Por fortuna todas las chicas de la familia Beauregard poseían unas voces agradables y musicales.

Tanto Jonas como Joshua aprendieron poco a poco a afinar los oídos en medio de aquella torre de Babel.

Había un montaplatos al final del pasillo, sobre la cocina, diseñado para transportar los platos arriba y abajo. Al principio de la comida, Joshua y Jonas tuvieron que sacar a Bea de allí. Una vez que estuvo a salvo, Em la regañó, aunque no puso el corazón en ello, pues parecía tener problemas para no sonreír. Issy, entretanto, bajó a la cocina para explicar lo ocurrido y tranquilizar al personal, parte del cual pensaba que había fantasmas en la posada, como había sido intención de la niña al subir al montaplatos.

Joshua y Jonas, como invitados de la familia que eran, fueron enviados rápidamente de vuelta a sus sillas. Henry, Gert y Bea los entretuvieron mientras las dos hermanas mayores servían la comida.

El primer plato consistió en sopa de apio con trozos de pan crujiente seguidos de trucha con almendras. Luego sirvieron ganso asado y pato al horno, acompañados por guarnición de verduras. El último plato consistió en pudín de pan con pasas, frutas y queso.

Edgar se acercó tímidamente con una botella de vino y les rogó que lo probaran, confiándoles que había escondido unas cuantas botellas de las mejores cosechas en tiempos del no llorado Juggs. El vino, contenido dentro de una polvorienta botella, resultó ser, en efecto, muy bueno, lo que contribuyó de forma significativa a animar la mesa.

Alargaron el almuerzo todo lo que pudieron pues se encontraban cómodos y alegres. Por su parte, Jonas no podía recordar la última vez que se había sentado a la mesa en tan agradable compañía. Pero al final, muy a pesar suyo, Joshua se levantó para marcharse.

—Debo prepararme para el servicio de la tarde.

Su tono dejaba claro que hubiera preferido quedarse más tiempo. Estrechó la mano de Em, agradeciéndole la invitación, y luego se volvió hacia Issy.

Ella le brindó una cálida sonrisa y le tomó del brazo.

—Vamos, le acompañaré hasta la puerta.

Jonas observó cómo la pareja caminaba hasta la puerta mientras Issy acercaba la cabeza al hombro de Joshua para oír mejor las suaves palabras del párroco. Parecían un matrimonio, dos personas que se pertenecían la una a la otra.

Lanzó una mirada a Em, que también miraba a la pareja con una sonrisa tierna y esperanzada en los labios.

Alargó la mano y le tocó la punta de la nariz.

—Vamos, gorrión, usted también puede acompañarme hasta la puerta, aunque voy en dirección opuesta.

Ella se puso a su lado y caminaron hacia la puerta. Frunció el ceño.

—¿Desde cuándo me he convertido en un gorrión? —Em bajó la mirada al vestido verde y luego le miró a él con las cejas arqueadas.

Jonas sonrió y dio un paso atrás para dejarla pasar por la puerta a ella primero, y la siguió por el estrecho corredor.

—En realidad, ese apelativo se me ocurrió la primera vez que la vi.

Ella hizo una mueca.

—Debía de ir vestida de color marrón.

Jonas se rio entre dientes.

—No fue por el color de su ropa por lo que escogí ese apodo.

Ella le miró con los ojos entrecerrados antes de empezar a bajar las escaleras.

—No estoy segura de querer conocer la respuesta, pero entonces ¿por qué lo escogió?

La sonrisa de Jonas se hizo más profunda.

—Sus ojos. —Los observó cuando ella volvió a mirarlo, sorprendida—. Son brillantes y... curiosos. Igual que los de un gorrión.

—Hmm. —Ella continuó bajando la escalera sin comentar nada más.

Se detuvieron en la cocina para charlar con Hilda, luego salieron por la puerta trasera.

Las sobrinas de Hilda estaban en el huerto, desenterrando zanahorias. Una de las lavanderas estaba trabajando, entrando y saliendo del lavadero. Em se dijo a sí misma que se alegraba de que hubiera gente a la vista, así Jonas no podría besarla.

Se detuvo en medio del patio y le tendió la mano.

—Espero que haya disfrutado de la comida.

Él le tomó la mano. Ella no podía entender cómo se las arreglaba Jonas para convertir un simple contacto amigable en una caricia íntima. La miró directamente a los ojos, moviendo el pulgar sobre el dorso de sus dedos; una caricia que hizo que la atravesara una punzada de doloroso anhelo.

«Nada de besos», se dijo a sí misma con severidad.

Él sonrió como si la hubiera oído.

—Esta vez, soy yo quien debo darle las gracias. La comida y la compañía han sido —la sonrisa se desvaneció— más que perfecto.

Vaciló, como si quisiera añadir algo más, pero se limitó a brindarle otra suave e íntima sonrisa. Luego le alzó la mano y le rozó la sensible piel de los dedos con los labios.

Si bien Em se había preparado para las sensaciones que aquella caricia le provocaría, un escalofrío le recorrió la espalda. Él lo percibió también, pues su mirada se volvió más penetrante.

Bajó la vista a los labios de Em. Sin poder controlarse, ella también le miró los labios.

Alrededor de ellos, el mundo desapareció. Alguna fuerza intangible les hizo acercarse más, como si ambos fueran atraídos por un imán. La resistencia de Em se tambaleó, se debilitó, se desvaneció...

Entonces, él respiró hondo y se apartó.

Ella le estudió, sintiendo que le latían los labios.

Jonas le sostuvo la mirada, vacilando de nuevo, pero luego ladeó la cabeza con rigidez. Le soltó la mano y dio un paso atrás.

—Hasta luego.

Las palabras sonaron roncas y renuentes, pero con un último gesto de despedida, Jonas se dio la vuelta y se marchó.

Em le observó dirigirse a paso vivo al camino y siguió haciéndolo hasta que las sombras del bosque se tragaron su fornida figura.

Esperó allí un momento a que sus sentidos y sus nervios se aplacaran y tranquilizaran.

No era sensato enamorarse de un caballero que había dejado claro que la quería hacer suya. «Suya» como si fuera su amante.

Sabía muy bien que esa posición no era para ella, y que nunca lo sería, pero...

Por experiencia, sabía que en la vida siempre existía un «pero», la otra cara de la moneda, por así decirlo. En este caso, el «pero» era más que evidente; era la razón por la que una parte de ella, su temerario lado Colyton, sus auténticos alma y corazón, luchaba contra su yo más prosaico, más sabio y sensato.

Sabía que Jonas Tallent era una tentación para ella, sabía que él estaba seduciéndola, pero aun así, ¿dejaría pasar una oportunidad como aquélla —probablemente la única que tendría en su vida— para explorar las maravillas de hacer el amor, para descubrir esa parte de la vida en la que no se había aventurado nunca? Antes de conocer a Jonas, Em no había sentido un verdadero interés en el amor, salvo por un deseo intelectual de saber. Ahora... su necesidad de saber era cualquier cosa menos intelectual. Estaba alimentada por un poder que no alcanzaba a comprender, un poder que la impulsaba a querer besar a Jonas Tallent, y a desear que él la besara a su vez y le mostrara mucho más.

Mientras su yo más prosaico, sabio y sensato no fuera lo suficiente fuerte para no dejarse vencer por la tentación, Em no estaría a salvo de su temerario lado Colyton.

—¿Señorita? —Em se volvió y vio a Hilda en la puerta—. ¿Podría venir a probar una torta de crema? —le pidió Hilda—. Creo que me ha salido demasiado dulce.

Em asintió con la cabeza y regresó a la posada.

11

La mañana del lunes amaneció radiante y majestuosa. Em se levantó temprano para atender sus quehaceres de posadera. Jonas llegaría a media mañana para echar un vistazo a los libros de cuentas. Todo estaba listo, así que en realidad no necesitaba preparar nada de antemano.

Los clientes llegaron pronto para tomar un té matutino y degustar uno de los bollos de Hilda. Todo iba sobre ruedas. El salón público estaba casi abarrotado por los clientes de la mañana, lo que era una prueba fehaciente del éxito de la posada. En una de las idas y venidas a su despacho, Em escuchó crujir la grava del patio bajo el peso de las ruedas de un carruaje.

Dando por hecho que Jonas había llegado en el cabriolé, abandonó su santuario y se dirigió a la puerta abierta de la posada. Antes de que su parte más sabia le preguntara qué diablos estaba haciendo, asomó la cabeza por la puerta y...

Retrocedió de inmediato.

El caballero que bajaba del vehículo no era Jonas.

Y la había visto.

A pesar de todo, ella giró en redondo y se apresuró, casi corrió, de vuelta a su despacho, pero no llegó a tiempo. Acababa de alcanzar el mostrador del bar, cuando una voz resonante bramó:

—¡Detente, Em! ¿Dónde demonios crees que vas, chica?

Todos y cada uno de los clientes que había en el salón dejaron de hablar y volvieron la cabeza hacia él. Los deliciosos bollos quedaron olvidados mientras los presentes contemplaban al alto y regordete caballero que se había detenido en la puerta con una expresión de profundo resentimiento en la cara.

Em se quedó paralizada y se quedó mirando —como todo el mundo— a su tío, Harold Potheridge, el que tenía una residencia en Leicestershire con sirvientes a los que no les pagaba un sueldo.

El hombre frunció el ceño y levantó el bastón hacia ella.

—Te he buscado por todas partes. —Avanzó pesadamente por el salón. Iba elegante, a pesar de que su atuendo era un poco llamativo. Llevaba bastón, aunque no lo necesitaba, pues todavía se movía de manera vigorosa y con la cabeza bien erguida.

Por el rabillo del ojo, Em vio que Edgar salía desde detrás del mostrador del bar. Ella medio esperaba que él apareciera a su lado, pero no lo hizo. Harold siguió avanzando con aire beligerante hasta el centro de la estancia, sin prestar atención a los clientes que le rodeaban.

—No tienes nada que decir, ¿eh? —El hombre se detuvo en el espacio libre entre la barra del bar y los sillones, claramente satisfecho de tener público, y se apoyó en el bastón, lanzando una mirada furiosa a su sobrina—. ¿Cómo pudiste escaparte de mi casa después de que me hiciera cargo de tus hermanos y de ti, de que incluso acogiera a esas diabólicas hermanastras tuyas cuando debería haberlas puesto de patitas en la calle, como era mi derecho?

Se escuchó un murmullo ahogado en la parte femenina de la estancia, a espaldas de Harold. Al no ver las expresiones de creciente indignación de las mujeres, el hombre esbozó una astuta sonrisa, imaginando que era la actitud desconsiderada de su sobrina al abandonar la casa lo que había provocado tal reacción.

Em se obligó a quedarse quieta y a enfrentarse a él. Era demasiado tarde para reparar el daño que su tío ya había hecho. Issy estaba arriba con las gemelas, por lo que no oirían la conmoción, y Henry estaba a salvo en la rectoría con Joshua. Podía encargarse ella misma de Harold.

Inclinó la cabeza con frialdad.

—Buenos días, tío Harold. Te dejé una nota... habías ido a cazar, por si no lo recuerdas.

—¡Lo recuerdo muy bien, chica! —respondió Harold con voz furiosa—. ¡Lo que no logro comprender es por qué te has escapado de casa! ¿Cómo te atreviste a marcharte? —Golpeó el suelo con el bastón para dar más énfasis a sus palabras—. Me hice cargo de ti. Y te recuerdo que tu lugar y el de tus hermanos está conmigo. —Agitó el bastón ante ella y luego señaló la puerta con él—. Ve a recoger tus cosas... Regresáis conmigo a Runcorn inmediatamente.

Em alzó la barbilla.

—Creo que no, tío. —La cara de Harold comenzó a ponerse roja. Ella se apresuró a continuar—: Si consultas con el señor Cunningham, nuestro abogado, ¿recuerdas?, te confirmará que a partir de la fecha de mi vigésimo quinto cumpleaños, hace justo un mes, me convertí en una persona independiente y asumí la tutela de mis hermanos, sustituyéndote a ti como tutor. En consecuencia, donde decidamos vivir ya no es asunto tuyo.

Em sintió una presencia familiar a su espalda. Jonas había llegado. Estaba muy cerca, pero no tanto como para empeorar las cosas.

—Así que... —Ella centró la atención en la verdadera amenaza de la estancia—, lo que hagamos o no con nuestras vidas no te incumbe en absoluto.

Los pequeños y brillantes ojos azules de Harold parecieron salirse de sus órbitas sin apartarse en ningún momento de la cara de Em.

—Me importa un bledo lo que diga ese abogado de pacotilla. Soy tu tío, carne de tu carne, y sé lo que es más conveniente para vosotros. —Volvió a golpear el suelo con el bastón.

Em sintió que Jonas se removía inquieto.

—Me temo, tío, que no. —Alzó la barbilla—. Nos encontramos muy bien aquí.

La expresión de Harold se volvió furiosa.

—¡Maldición! ¡Haréis lo que yo diga! Recoge tus cosas ahora y vete a buscar a esas condenadas hermanas tuyas y al inútil de tu hermano.

—No. —Em se mantuvo firme. Lo mejor que podía hacer era decir la verdad, era la única defensa sólida—. No volveremos a Runcorn, no pensamos continuar trabajando para ti como criados sin remuneración. Nos has utilizado durante ocho años. A nosotros, carne de tu carne, pero eso se ha acabado. Te sugiero que regreses a Runcorn y contrates personal, ya que imagino que debe de ser muy incómodo para ti ocuparte de una casa tan grande, sobre todo estando el invierno tan cerca.

Por la expresión que puso su tío, parecía que no daba crédito a sus oídos.

—Esto —dijo a voz en grito— no es correcto... No me importa lo que diga ese abogaducho tuyo.

Por primera vez miró al público en busca de apoyo. Paseó la mirada con rapidez por las expresiones fascinadas e indignadas de las mujeres, y luego más lentamente por los hombres que se encontraban en la barra, hasta detenerla en el hombre que había detrás de Em. Jonas.

—¿Quién es el magistrado de este lugar?

El tono que empleó para «este lugar» encerraba una advertencia, pero Jonas sonrió. Em lo vio por el rabillo del ojo, y pensó que si esa sonrisa hubiera estado dirigida a ella, no dudaría en echar a correr.

—Pues da la casualidad de que el magistrado es mi padre —respondió Jonas—. Pero no se encuentra aquí en este momento y no esperamos que vuelva pronto. —Omitió añadir que durante la larga ausencia de su padre, él se encargaba de sustituirle.

Harold lanzó una mirada airada en dirección a Em, que no se inmutó en lo más mínimo.

—Esperaré —gruñó su tío.

Entonces clavó sus pequeños ojos azules en Em, golpeó el suelo con el bastón una última vez y se giró hacia la puerta gritando:

—La ley está de mi parte. El magistrado me dará la razón y, entonces, señorita, tus hermanastras se irán a la calle, y tu hermana y tú volveréis a fregar los suelos de Runcorn... ¡Acuérdate bien de lo que te digo!

Jonas se acercó a Em, pero el viejo fanfarrón había terminado. Giró sobre sus talones y salió a grandes zancadas de la posada, antes de que Jonas o Joshua, que había entrado sigilosamente en la posada unos minutos antes, o el resto de los hombres que se habían levantado de sus asientos, le mostraran la salida.

Conociendo la inclinación de Em por decir la última palabra, a Jonas le sorprendió que guardara silencio mientras su tío —¿sería realmente su tío?— salía de la posada.

La miró. Con la cabeza erguida y la espalda rígida, ella permanecía quieta, observando salir al hombre. En cuanto lo vio cruzar la puerta, la joven comenzó a temblar.

De repente, Em se encontró sentada en uno de los sillones de orejas. Jonas daba órdenes y Joshua se encargaba de que se cumplieran. Lady Fortemain y la anciana señora Smollet estaban sentadas a cada lado de Em, dándole palmaditas en las manos y asegurándole de diversas maneras que todo iría bien.

Entonces llegó Hilda, abriéndose paso a codazos para poner una taza grande de té, hecha justo como a Em le gustaba, en sus manos.

—Tómeselo ya. En cuanto lo haga, se sentirá mucho mejor. —Hilda lanzó una mirada a Jonas, que estaba de pie con los brazos en jarras, observando a su posadera con expresión seria—. Y luego decidiremos qué hacer.

Hilda se volvió y le clavó a Jonas un dedo en el pecho, aunque él no se interponía en su camino.

—Déjela respirar. Necesita recobrar el aliento, ¿de acuerdo? —Dicho eso, regresó a la cocina.

Em tomó un sorbo de té mientras intentaba calmar los nervios, concentrarse en sus pensamientos y decidir qué hacer. Se había librado de Harold por el momento, pero sabía que su tío volvería. Estaba segura de ello.

Un pequeño alboroto anunció la llegada de Phyllida con Lucifer a la zaga. Phyllida observó a su gemelo; Jonas ni siquiera la miró, pero ella pareció leer todo lo que necesitaba saber en la expresión de su cara. Inclinándose, puso la mano sobre el brazo de Em y le dio un suave apretón.

—La señorita Sweet nos ha contado lo sucedido. Estamos aquí para cualquier cosa que necesites.

Em la miró directamente a los ojos oscuros y parpadeó. Un rápido vistazo a su alrededor le indicó que todos los presentes asentían con la cabeza de común acuerdo, incluido Jonas.

Lady Fortemain se acercó más a ella.

—¿Es verdad lo que ha contado? ¿Que ese hombre, su tío, les hizo trabajar en su casa como sirvientes sin remuneración?

—Sí. —Em hizo una pausa, tomó aire y dejó que la verdad saliera de sus labios—. Vivíamos en York. Nuestra madre murió cuando éramos pequeños y luego, más tarde, nuestro padre también falleció y entonces...

Em les relató la historia completa, aunque se reservó dos cosas. No les reveló su auténtico apellido, pues eso, después de todo, no cambiaba nada, y omitió mencionar aquello que realmente les había llevado a Colyton y no a otro lugar: encontrar el misterioso tesoro de su familia.

Mientras hablaba, echó un vistazo a su alrededor y pensó que el pueblo debía de estar vacío, pues todos estaban dentro de la posada. Todo el mundo se agolpaba en el salón para escuchar lo que había ocurrido y no se perdían detalle de la explicación. Sólo sus hermanos seguían ajenos a lo sucedido, pero estaban a salvo y fuera del alcance de Harold. Joshua le había comentado antes que Henry todavía estaba en la rectoría, enfrascado en un libro, e Issy y las gemelas aún permanecían arriba.

Cuando Em concluyó su historia, la señorita Hellebore, que se había acomodado en uno de los sillones acolchados, se apoyó en su bastón y la miró con una expresión de absoluto pesar.

—Querida, cuánto lo siento. Me temo que le he alquilado una habitación a ese tunante... No tenía ni idea de que estaba aquí para causarle tantos problemas —dijo, y le tembló la papada. La señorita Hellebore pagaba sus gastos con el dinero que ganaba alquilando algunas de las habitaciones de su casa.

Em se incorporó y se inclinó para apretar la mano de la anciana.

—No es culpa suya. De ninguna manera debe culparse.

La señorita Hellebore inspiró por la nariz.

—Bueno, es muy amable de su parte decir eso, querida, pero no puedo permitir que ese hombre se aloje bajo mi techo cuando ha venido a causarle tantos problemas. —Levantó la cabeza y miró a Lucifer y a Joshua—. Si alguien se ofrece a ayudarme, iré a casa ahora mismo y lo pondré de patitas en la calle.

Resultó evidente que los dos hombres estaban dispuestos a ayudarla, pero Em levantó la mano para detenerles.

—No, por favor. Aparte del hecho de que me encanta la idea de que Harold le está pagando un alquiler, pues como podrá imaginar es un auténtico avaro, si no se queda con usted, intentará alojarse aquí... —Se escuchó un sombrío murmullo que certificaba que nadie permitiría que sucediera eso—. Pero —continuó Em— es terco y tenaz, así que encontrará otro lugar donde quedarse, y lo cierto es que prefiero saber dónde se aloja mientras esté aquí. —Miró a su alrededor, clavando los ojos finalmente en Jonas—. Al final se dará cuenta de que no nos iremos con él y se marchará.

Hubo más murmullos. La mayoría de los hombres estaban a favor de echar a Harold del pueblo. Em sólo esperaba que la razón prevaleciera; conocía a Harold, sabía que era un hombre muy terco, pero sus hermanos y ella podían serlo todavía más. Habían escapado de sus garras y, definitivamente, no pensaban regresar con él.

Lady Fortemain le agarró la muñeca con un brillo feroz en los ojos.

—No se preocupe, querida. No permitiremos que ese hombre horrible se los lleve consigo. No podrá conseguirlo. —Hizo un gesto con la mano, dejando claro lo que pensaba de las exigencias de Harold—. Usted ha elegido quedarse en el pueblo y ahora es uno de nosotros. Su sitio está aquí. —Señaló a su alrededor—. Ha hecho que la posada vuelva a ser un lugar precioso y no vamos a consentir que ese hombre la obligue a dejarnos.

Todos asintieron con la cabeza, algunos con beligerancia, otros con fervor, pero todos de manera inflexible.

Em se quedó asombrada ante los fuertes sentimientos que mostraban los presentes. Jamás había formado parte de nada. Ninguna comunidad había salido antes en su defensa.

—Gracias —les dijo con voz ronca, paseando la mirada a su alrededor—. A todos. Y ahora... —Se levantó lentamente del sillón—. Debo regresar a mis quehaceres. —Se volvió hacia los presentes y sonrió—. Espero que se queden a disfrutar de los bollos de Hilda.

Sin dejar de sonreír, Em se abrió paso entre la multitud en dirección a su despacho. Todo el mundo tenía una palabra amable para ella o le daba una palmadita en el hombro. La joven mantuvo la compostura a duras penas mientras se escabullía por el vestíbulo y entraba en su despacho. A su vacío despacho.

Aunque no estaría sola durante mucho tiempo.

No obstante, Jonas le dio tiempo a que se sentara en la silla detrás del escritorio e intentara ver a Harold y a sus amenazas en perspectiva. Mientras esperaba a su patrón, colocó los libros de contabilidad delante de ella y cogió un lápiz.

Cuando levantó la mirada, Jonas ya estaba en la puerta, observándola con una expresión firme. Él le sostuvo la mirada; sus ojos eran tan insondables como su gesto.

Tras un breve momento, Jonas entró en la estancia y, por primera vez desde que Em usaba el despacho, él alargó la mano y cerró la puerta. El murmullo de voces se apagó y Jonas se apoyó contra la puerta que acababa de cerrar sin dejar de mirarla.

Ella le devolvió la mirada.

—Lamento haberle mentido.

Jonas apoyó la cabeza en la puerta mientras consideraba las palabras de Em.

—Entiendo que lo hiciera. Comprendo por qué nos contó, a mí y a todos los demás, esa historia. No me importa. Escapar de las garras de su tío Harold no ha debido de ser fácil. Pero...

Como siempre, había un «pero»; Em esperó a oír el de él.

Jonas hizo una mueca.

—¿Tiene más secretos de familia? ¿O ya no queda ninguno?

Contra todas las probabilidades, la pregunta hizo sonreír a Em y eliminó de manera eficaz la tensión que había entre ellos. Em negó con la cabeza.

—No. Sólo Harold. Pero créame, es más que suficiente.

Él se apartó de la puerta. Se acercó y se sentó en la silla que había frente al escritorio.

—Es fácil de creer.

Em vaciló un momento antes de preguntarle:

—¿Cuándo espera que vuelva su padre?

Jonas esbozó una amplia y astuta sonrisa.

—Aún tardará algún tiempo en volver. De todas formas, yo soy el magistrado en su ausencia.

—¿De veras?

Él asintió con la cabeza.

—Y como representante de la ley en el pueblo, le aseguro que no permitiré que Harold se salga con la suya de ningún modo. Por cierto, ¿cuál es su nombre completo por si necesito saberlo?

—Potheridge. Harold Gordon Potheridge.

Jonas asintió con la cabeza.

—De acuerdo. —Bajó la mirada a los libros de contabilidad encima del escritorio—. Y ahora, dígame, ¿cuál es el estado actual de mis cuentas?

Em parpadeó, pero abrió un libro con rapidez y procedió a demostrarle con hechos lo buena posadera que era.

Jonas la escuchó con atención. Luego le hizo las preguntas pertinentes mientras, con expresión seria, la observaba como un halcón. Centrar la conversación en la posada, en todas las maravillas que ella había conseguido con el lugar, la ayudó a mantener a su molesto tío alejado de sus pensamientos, haciendo que se concentrara en algo que realmente le gustaba.

Pues estaba fuera de toda duda que a Em le gustaba su trabajo en la posada.

Jonas se reclinó en la silla mientras ella le contaba sus futuros planes y él se mostraba conforme.

—Me gustaría hablar con mi sobrina, señor. Por favor, avísela de inmediato.

Sentada detrás del escritorio del despacho, Em oyó la arrogante exigencia de Harold. No le sorprendió oírla. Su tío había dejado pasar veinticuatro horas y había regresado dispuesto a intimidarla de nuevo, sólo porque ella le había cedido el control durante años. Mientras había sido su tutor legal, Em no tuvo más remedio que obedecer, pero ahora que era independiente, no pensaba consentir que su tío la controlara otra vez.

Edgar, con una rigidez impropia en él, le dijo que preguntaría. Em oyó sus pasos acercándose lentamente al despacho.

La joven debatió consigo misma si debía recibir a Harold allí, pero observó que la estancia era demasiado pequeña.

Suspirando para sus adentros, se levantó. Hizo un gesto con la mano a Edgar cuando apareció en la puerta.

—Sí, ya lo he oído. Hablaré con él fuera.

En el salón de la posada, donde todos podían defenderla.

Harold la observó rodear el mostrador y acercarse a él. Se puso rígido antes de recordar a duras penas sus modales y quitarse el sombrero.

Ella se detuvo a dos metros de él e inclinó la cabeza cortésmente.

—Buenos días, tío Harold. ¿Qué puedo hacer por ti?

Una mala elección de palabras, ya que Harold decidió tomarlas literalmente.

—Quiero que olvides todo este disparate y que regreses conmigo a Runcorn. —Su tono sonó irritado y ofendido, pero pareció darse cuenta al instante y procuró hablar con más moderación mientras esbozaba una sonrisa paternal—. De verdad, Emily, deberías saber lo inapropiado que es que dirijas un lugar como éste. Si tu querida madre pudiera verte aquí, sirviendo a la plebe, no hay duda de que se retorcería en su tumba. Si quieres hacer lo correcto para tu familia, debes regresar conmigo a Runcorn.

—¿Y dedicarme a servirte a ti durante el resto de mi vida? —Em frunció el ceño y se cruzó de brazos—. Me temo que no. Por si no te has dado cuenta, me encuentro muy a gusto aquí, y también los demás. El pueblo nos ha dado una calurosa bienvenida y aquí, al menos, agradecen nuestro trabajo.

Harold soltó un bufido.

—¡Tonterías! Como si Runcorn fuera una caverna. Y en cuanto al trabajo...

—Tío Harold. —Em levantó una mano para cortarle de raíz—. La cosa es simple. No quiero volver a Runcorn. Y mis hermanos tampoco quieren volver contigo.

—¿Se lo has preguntado? ¿Les has dicho que estoy aquí?

Ella asintió con la cabeza.

—Lo he hecho. No quieren verte, no quieren hablar contigo, y... legalmente, no tienes derecho a exigir verlos.

Issy y Henry habían sido muy claros al decirle que no querían verlo, que no tenían nada bueno que decir de él, por lo que sólo empeoraría las cosas si se enfrentaban a su tío. Los dos se habían mostrado conformes en dejar que fuera Em quien se encargara de Harold cuando éste volviera al ataque.

Volviendo a cruzar los brazos, Em continuó:

—Así es como están las cosas... y así es como seguirán estándolo.

La cara de Harold se puso roja. Torció el gesto y agitó un dedo ante la cara de su sobrina.

—Escúchame bien, señorita...

—Me parece —le interrumpió una voz arrastrada y sombría— que es hora de que se marche, señor. Le ruego que me disculpe, pero creo que ya ha abusado bastante de nuestra confianza.

Oscar, el hermano menor de Thompson, el herrero, había aparecido amenazadoramente al lado de Harold. Era el capataz de la Compañía Importadora de Colyton y, aunque no era tan grande como su hermano mayor, era un hombre corpulento que no tenía que esforzarse demasiado en parecer intimidante.

Harold enrojeció todavía más.

—Mire, buen hombre...

Oscar ignoró su bravata y miró a Em.

—¿Ha terminado de hablar con él, señorita?

Em apretó los labios y asintió con la cabeza. Oscar estaba ofrecién-

211

dole una salida y ella estaba dispuesta a aceptarla. Cualquier cosa con tal de que su tío se marchara.

—Gracias, Oscar —lanzó a Harold una mirada afilada—, pero creo que mi tío ya se iba.

Furioso, Harold lanzó un resoplido, pero como nadie parecía claudicar ante él, se encasquetó el sombrero, giró sobre sus talones y se alejó con paso airado.

Em le observó marcharse, pero dudaba mucho que ésa fuera la última vez que viera a su tío. En cuanto desapareció le brindó una sonrisa a Oscar.

—Gracias.

—De nada, señorita.

—Dile a Edgar que te sirva otra jarra de cerveza, invita la casa.

Una vez que vio que Oscar se sentaba ante una gran y espumosa jarra de cerveza, se dirigió lentamente a su despacho.

Que Harold los hubiera encontrado no cambiaba mucho la situación. Sin embargo, les hacía sentir a ella y a su familia más vulnerables, más indefensos. Más inseguros de sí mismos.

Más inseguros económicamente.

Tanto Issy como Henry habían comenzado a preocuparse, aunque ninguno de ellos le había dicho nada que pudiera aumentar la carga que ya llevaba sobre sus hombros.

Era una carga que ella había aceptado llevar voluntariamente, y lo haría gustosa de nuevo si volviera a encontrarse en las mismas circunstancias.

—Tenemos que encontrar el tesoro pronto —murmuró, recostándose en la silla. En cuanto lo hubieran localizado, Harold y, lo que era más importante aún, la inseguridad que su llegada había provocado, se desvanecerían.

En cuanto hubieran encontrado el tesoro, todos podrían seguir adelante con sus vidas.

El pensamiento de vivir libremente su vida, de la manera que ella quisiera, era más que tentador. Pero qué clase de vida escogería, los detalles de la misma, permanecían confusos y borrosos en su mente. Entonces pensó en la manera en que todo el pueblo les había defendido a ella y a su familia. Allí, en Colyton, donde habían vivido sus antepasados, había encontrado su lugar, gente que le gustaba y a la que ella gustaba. Una buena manera de comenzar a cambiar su vida.

No había pensado mucho en lo que ella y sus hermanos harían, adónde irían, una vez que encontraran el tesoro.

—Lo primero es encontrarlo.

Resuelta, alargó la mano y abrió el cajón inferior del escritorio, sacó un pesado tomo y lo puso encima.

Abrió el libro por la página marcada y comenzó a leer sobre Grange.

Jonas estaba sentado ante el escritorio en la biblioteca de Grange, intentando concentrar su atención en las cuentas de cultivos que estaba revisando. A pesar del tiempo que pasaba allí últimamente, la posada Red Bells no era más que una ínfima parte de las propiedades de su padre, cuyo control pasaba actualmente por sus manos.

Necesitaba estar disponible para ayudar a Em siempre y cuando ella le necesitara, y para hacerlo con la conciencia tranquila, tenía que poner sus otras responsabilidades al día.

Una vez que lo hiciera... su próximo objetivo sería encontrar la manera de conseguir que su relación con Em avanzara más rápido. Sentía una creciente opresión en su interior, algo que no había sentido antes; una necesidad, un impulso que le obligaba a hacerla suya, una atracción y compulsión que jamás había experimentado con otra mujer. Nadie había despertado tales sentimientos en él.

Y si no la hacía suya pronto...

Se recostó en la silla, clavó los ojos en los números que había revisado hacía unos minutos, y suspiró.

Un suave golpe en la puerta le hizo levantar la mirada casi con ansiedad.

Mortimer asomó la cabeza.

—El señor Filing ha venido a verle, señor. ¿Le hago pasar?

—Si, por favor, —Jonas apartó a un lado el libro de cuentas y se puso en pie cuando Filing entró. Le tendió la mano—. Joshua.

—Jonas. —Filing le estrechó la mano. Su expresión era indudablemente sombría—. Me preguntaba si habías oído las últimas noticias sobre el tío de Em.

Jonas notó que se le tensaban todos los músculos.

—No. ¿Qué ha sucedido?

—Nada demasiado preocupante, pero...

Jonas se sintió aliviado y se relajó lo suficiente como para indicar a su amigo que se sentara.

—Cuéntame. —Volvió a tomar asiento cuando Joshua se sentó.

—El tío, Potheridge, regresó a la posada esta mañana, intentando intimidar de nuevo a Em para que abandonara la posada y regresara a casa con él. —La expresión de Joshua era la más grave que Jonas le hubiera visto nunca—. Em se negó, por supuesto. Le echó de allí, con un poco de ayuda de Oscar.

Jonas volvió a tensar los músculos.

—¿Necesitó ayuda?

Joshua asintió con la cabeza.

—Hablé con Issy ayer por la tarde. Me contó más cosas sobre la vida de su familia en casa de Potheridge. Aunque parezca mentira, es verdad que su tío quería echar a las gemelas, esas niñas inocentes, a la calle. Y que la única razón por la que quiere que Em, Issy y Henry regresen con él es para que vuelvan a trabajar gratuitamente en su casa, como estuvieron haciendo hasta hace un mes. Por lo que pude averiguar, la historia que Em contó fue muy escueta; se dejó muchas cosas en el tintero. Potheridge debería ser aho... Bueno, quizás ahorcarle sea ir demasiado lejos, pero sí que deberíamos echarle a patadas del pueblo.

Jonas habría sonreído ante la imagen de su amigo, normalmente pacífico, tan enfadado si él mismo no estuviera sintiendo las mismas emociones.

Antes de que pudiera añadir nada, Joshua levantó la vista.

—Voy a casarme con Issy. Ya lo había decidido antes de que apareciera Potheridge. Y ahora estoy más que dispuesto a hacerlo y alejarla por completo de él. Como su esposo, podré asegurarme de que su tío no ejerza ninguna presión sobre Henry o Em. Al parecer las gemelas no le interesan en absoluto, probablemente porque son demasiado jóvenes para ponerlas a trabajar, además de que, por supuesto, no son familia directa suya.

Joshua clavó los ojos en Jonas.

—Me casaría mañana mismo con Issy si pudiera, pero no querrá ni oír hablar del tema, al menos por el momento, pues no quiere dejar que Em se encargue sola de los demás.

Jonas frunció el ceño.

—Pero estarías aquí, igual que Issy, no tienes previsto llevártela a ningún lado.

—¡Precisamente! Pero a pesar de su aspecto dulce y tierno, Issy es tan inflexible como una barra de acero. Es tan terca como... bueno, demonios, simplemente no puedo convencerla. —Joshua miró a Jonas.

Y esperó.

Jonas hizo una mueca.

—Sí, de acuerdo... Has supuesto bien. Tengo intención de casarme con Em, pero... —frunció el ceño— ¿por qué hay tantos «peros» en la vida?

—Una pregunta filosófica para la que nadie ha encontrado todavía una respuesta adecuada. —Joshua hizo un gesto con la mano para quitarle importancia—. ¿Qué estabas diciendo?

Jonas metió las manos en los bolsillos y se recostó en la silla.

—Estaba a punto de decir que me casaría con Em mañana mismo, incluso podríamos hacer una boda conjunta, pero no me resulta nada fácil conseguir que ella me preste atención. Siempre está distraída..., siempre está atareada con algo. Ya sea con la posada, las gemelas, o Henry, siempre hay algo que exige toda su atención.

Jonas se interrumpió y miró a Joshua.

—Dado que tienes intención de casarte con Issy, debería decirte que... creemos que Issy y su familia están aquí, en Colyton, porque andan buscando algo.

Le contó sucintamente a Joshua lo que sabía y lo que había deducido.

Filing frunció el ceño.

—Henry no ha demostrado ningún interés por las casas de la localidad.

—Ni las gemelas tampoco, pero sospecho, llámalo intuición si quieres, que todos están al tanto de la búsqueda. Todos saben qué es lo que persigue Em, aunque ella es la única que realiza una búsqueda activa.

Joshua frunció el ceño, meditando sobre lo que le acababa de contar.

Jonas suspiró.

—Así que, como puedes ver, hay mucho más misterio sobre los Beauregard que ese tío fanfarrón.

Joshua se encogió de hombros.

—Me da igual el misterio, o lo que anden buscando. —Apretó los dientes y repitió—: Pienso casarme con Isobel Beauregard cueste lo que cueste.

Jonas se rio.

—Naturalmente. No te lo he dicho para que cambies de idea, sólo pensé que debías saberlo.

Joshua asintió con la cabeza.

—Veo que dicha información tampoco te ha hecho cambiar de idea sobre Em.

Jonas hizo una mueca.

—No..., pero desde luego incrementa la presión. Si Em mantiene lo que sea que esté buscando en secreto, es porque debe de entrañar algún riesgo.

—Sí, es lo que sugiere tanto secretismo.

—En efecto. —Jonas tamborileó los dedos sobre el escritorio—. Pero el principal problema para mí es que esta búsqueda es muy importante para Em y sus hermanos, así que ella tiene la clara intención de resolver todo este asunto antes de pensar en otras cosas. Como por ejemplo en mí y en el resto de su vida.

Joshua meneó la cabeza. Era evidente que se esforzaba por mantener la expresión seria.

—Sí, ya veo la dificultad.

Jonas esbozó una tensa sonrisa.

—Es igual de difícil para mí que para ti.

Joshua tardó un momento en entender lo que quería decir.

—¡Demonios! Issy no se casará conmigo a menos que Em acepte casarse contigo.

—Exacto. Así que aquí estamos, atados de pies y manos hasta que Em encuentre lo que sea que esté buscando.

Joshua arqueó las cejas.

—Podríamos ayudarla.

—Claro que podríamos, y lo haríamos si esa terca mujer nos dijera qué es. Pero, por si no te acuerdas, es un gran secreto.

Joshua frunció el ceño.

—Tienes razón —dijo al cabo de un momento—, hay demasiados «peros» en este mundo.

Volvieron a guardar silencio.

—No sé tú —expuso Jonas, rompiendo finalmente el silencio—, pero yo no estoy dispuesto a quedarme de brazos cruzados. Lo que significa que es necesario que averigüemos qué es lo que está buscando Em.

Joshua asintió seriamente con la cabeza.

—Así podríamos ayudarla y nos quedaríamos más tranquilos.

—Precisamente. Es eso o ir a ciegas.

12

Jonas le dio vueltas al asunto durante el resto de la mañana y de la tarde.

Si Joshua no le hubiera hablado de la segunda visita de Potheridge a Red Bells, no se habría enterado de nada, no sabría que Em había tenido que soportar la prepotencia de su tío una vez más, y eso le irritaba.

Conocía el origen de esa irritación, pero eso no la aliviaba en absoluto. Cuando el reloj de la biblioteca dio las diez y no pudo recordar qué había hecho durante las dos últimas horas, se rindió y se dirigió hacia la posada.

Como había esperado, Em y Edgar estaban cerrando. Esa noche, ella estaba colocando los manteles y las servilletas en las mesas del salón mientras los últimos clientes apuraban sus cervezas antes de volver a casa.

Se cruzó con Thompson y Oscar en la puerta principal y éstos le saludaron mientras salían arrastrando los pies.

Él les devolvió el saludo sin apartar la vista de Em. Después de sostenerle la mirada un momento, la joven continuó con su tarea.

Él apoyó el hombro en la pared y la observó.

Em no estaba segura de por qué Jonas estaba allí. No pensaba que quedara ningún asunto pendiente entre ellos, pero había tenido un día duro y estaba muy cansada. Tenía la mente entumecida y los pensamientos divididos... Puede que se hubiera olvidado de algo importante.

A pesar de todo el apoyo recibido, a pesar de saber que Harold no comportaba ninguna amenaza seria, no podía dejar de pensar en él.

Hasta que su tío abandonara el pueblo, ella estaría tensa y en guardia. Hacía mucho tiempo que Em había aprendido a desconfiar de él. Incluso cuando aceptara que no regresarían a su casa, que no volverían a trabajar para él —y aún faltaba mucho tiempo para que eso sucediera—, era el tipo de persona que causaría problemas por puro despecho.

Su presencia ya había afectado a las gemelas. Sabían que no le caían bien, así que no se fiaban de él, pero teniendo en cuenta que era pariente de Issy, Henry y Em, siempre trataban de complacerle. Sin importar que Em les hubiera dicho repetidas veces lo contrario, pensaban que era culpa suya que él no quisiera saber nada de ellas. La joven había tenido que convencerlas de que no serviría de nada que le llevaran un plato con bollitos de Hilda como oferta de paz.

Se sentía acosada y profundamente preocupada por no haber tenido tiempo de buscar el tesoro. Sabía que Jonas la estaba esperando, pero la tarea mecánica de ordenar las mesas la tranquilizaba y le ayudaba a pensar.

Edgar salió de detrás del mostrador y se detuvo en medio del salón.

—Ya he acabado, señorita. —Levantó las llaves—. Cerraré al salir.

Ella le dirigió una sonrisa.

—Gracias, Edgar. Buenas noches.

—Buenas noches, señorita. —Tras inclinar la cabeza de manera respetuosa, Edgar se fue.

Dejándola a solas con el dueño de la posada.

La puerta principal se cerró y se escuchó el clic del cerrojo. En cuanto acabó de ordenar las mesas, Em se dio la vuelta para comprobar que las contraventanas estuvieran bien cerradas y, sin más excusas para su indecisión, se acercó a su némesis.

Se detuvo delante de él y arqueó una ceja.

Jonas se apartó de la pared.

—He oído que has tenido otra visita de tu tío.

Ella asintió con la cabeza y se alejó de él en dirección a su despacho.

—Estoy segura de que no será la última. No se rinde fácilmente.

—Hablaré con él.

—¡No! —Em se giró en redondo, frunciendo el ceño—. Al final nos dejará en paz, pero aun así, ya le he dicho miles de veces que no soy asunto suyo. No es responsable de mí. No tiene que luchar ninguna batalla por mí.

Jonas parecía furioso, realmente estaba furioso con ella. Pero al mismo tiempo Em percibió su vacilación. En un intento por evitar su proteccionismo exacerbado —¿o quizá se sentía posesivo?— Em se giró de nuevo, apagó la última lámpara que estaba encendida sobre el mostrador y, guiándose por el débil resplandor del rescoldo de las brasas de las chimeneas, atravesó el salón en dirección a las escaleras, ansiando alcanzar la seguridad de sus aposentos.

En lugar de dejarla marchar, Jonas la siguió de cerca e, inclinando la cabeza, le gruñó al oído:

—Quiero ser responsable de ti. Quiero luchar tus batallas y matar a los dragones que te amenazan.

Las palabras susurradas sonaron ásperas, como si hubieran sido arrancadas del interior de Jonas. Ella apretó el paso, pero él la siguió.

—Maldita sea, quiero tener derecho a defenderte, a protegerte a ti y a los tuyos de elementos como tu tío Harold. —La cogió del brazo y la hizo darse la vuelta—. Y, evidentemente, pienso reclamar ese derecho.

—¿Evidentemente? —Ella se liberó de su brazo y lo miró directamente a los ojos—. No me importa qué bicho le ha picado, pero le aseguro que eso no es evidente para mí.

Él frunció el ceño ominosamente.

—Maldición. Mis sentimientos no pueden tomarte por sorpresa. He hecho de todo menos deletreártelo. ¿Qué demonios piensas que hay entre nosotros? —preguntó abriendo los brazos y señalándolos a los dos con las manos.

Ella alzó la barbilla.

—Sólo soy su empleada —dijo categóricamente.

Se dio la vuelta y empezó a subir las escaleras. Él parecía, sencillamente, incapaz de entrar en razón, no parecía dispuesto a dejarla en paz y a marcharse. Y ella estaba demasiado cansada, demasiado confusa para discutir. Lo único de lo que estaba segura era de que él estaba empeñado en protegerla quisiera ella o no.

Quería convertirse en su protector.

Y Em sabía que lo más prudente para ambos era retirarse.

Continuó subiendo las escaleras.

—Buenas noches, señor Tallent. Pensará con más claridad mañana, entonces podrá agradecérmelo.

—Jonas. Y eres la posadera más terca que he conocido en mi vida. —Jonas la siguió arriba, considerando las palabras de Em, dispuesto a seguir discutiendo—. ¿Qué demonios quieres decir con que pensaré con más claridad mañana? Llevo semanas haciéndote la corte. No te atrevas a decirme que no te has dado cuenta.

Al llegar al piso superior, Em se giró para enfrentarse a él, haciendo que se detuviera, obligándole a quedarse dos escalones por debajo de ella y haciendo que sus rostros quedaran al mismo nivel.

Entonces ella pudo lanzarle una mirada encolerizada directamente a los ojos.

—No me ha estado haciendo la corte, me ha estado seduciendo. O intentando seducirme. La cruda realidad es que los caballeros como usted no se casan con posaderas.

Él notó que su temperamento se inflamaba y la miró con los ojos entrecerrados.

—Otra realidad que deberías considerar con mucho cuidado, una igual de cruda, es que los caballeros como yo no seducen a las posaderas. Está mal visto.

Em entrecerró también los ojos, que brillaron como cristales rotos entre las sombras. Apretó los labios en una línea terca y luego asintió bruscamente con la cabeza.

—Como ya he dicho, buenas noches, señor Tallent.

Se giró sobre los talones, se dirigió a la puerta de sus aposentos, la abrió y entró en la salita.

Se detuvo para cerrar la puerta, pero él soltó un gruñido —literalmente un gruñido ronco— y la siguió.

—¡Esto es ridículo!

—Estoy totalmente de acuerdo.

Se giró para enfrentarse a él con intención de echarle fuera, pero descubrió que estaba mucho más cerca de lo que había pensado. Jonas tenía los brazos en jarras y la cabeza inclinada. La miraba airadamente con cierta luz en los ojos, cierta expresión en la cara, que provocó que el corazón de Em se acelerara. Le había caído un mechón de pelo sobre la frente y parecía realmente peligroso. La joven dio un paso atrás.

Y luego otro más cuando él la siguió, cerniéndose sobre ella.

Em señaló la puerta sin dejar de retroceder.

—Debería volver ya a casa.

—No. —Sin apartar los ojos de ella, alargó el brazo, agarró el borde de la puerta y la cerró de un empujón—. No pienso marcharme y no voy a dejar que te escabullas otra vez. Nadie va a distraernos ahora. Vamos a llegar al fondo del asunto, vamos a aclarar las cosas ahora para que las entiendas de una vez por todas.

—¡Lo entiendo perfectamente! Está loco. Ha perdido la cabeza, y no sabe lo que dice. —Y, además, ella tampoco podía pensar con claridad. Estaba demasiado cansada. La cabeza le daba vueltas—. Veremos las cosas con más claridad después de dormir bien.

Se dio la vuelta y entró precipitadamente en su dormitorio, segura de que un caballero como él no la seguiría hasta allí.

Se equivocó.

Cuando empezó a cerrar la puerta, se lo encontró justo detrás de ella.

Em chilló. Dio un paso atrás, pero se pisó el dobladillo de la falda y perdió el equilibrio. Él la agarró por la parte superior de los brazos, la sostuvo para que no se cayera y...

No la soltó.

—Deja de fingir que no hay nada entre nosotros. —Los ojos oscuros de Jonas estaban clavados en los suyos, con unas profundas emociones ardiendo en ellos.

Ella contuvo el aliento.

—¿El q-qué?

Jonas le lanzó una mirada dura.

—Esto.

Él inclinó la cabeza y la besó. No a la fuerza, ella podría haber resistido, sino de una manera tierna y tentadora, casi suplicante.

Como si quisiera que ella lo viera como él, que comprendiera que eso, lo que fluía y ardía inexorablemente entre ellos, existía de verdad. Como si quisiera que ella sintiera lo que era, que supiera qué significaba y que admitiera lo que quería decir.

Los labios de Jonas decían todo eso, lo expresaban con la brusca caricia de su lengua contra la de ella. Cuando la rodeó con los brazos, a Em le dio un vuelco el corazón y sus sentidos brincaron. Pudo percibir mucho más por la manera cálida, tierna y posesiva en que la abrazaba con fuerza. Pudo apreciar y conocer mucho más porque él le dejaba, porque ahora exponía ante ella todas las emociones que realmente sentía.

Por voluntad propia, Em alzó una de sus manos para acariciar la delgada mejilla de Jonas con tierna suavidad. Él la deseaba, la quería. Quizás incluso la necesitaba.

Y lo que ella sentía en respuesta, lo que le hacía hervir la sangre en las venas, lo que se extendía por cada terminación nerviosa, era mucho menos contenido, más desinhibido. Era un hambre poderosa y voraz, un deseo desenfrenado.

Y esta vez, Em estaba preparada para dejarse llevar, para dejarse arrastrar por él. No es que careciera de distracciones —ni siquiera había tenido un minuto para pensar en todo el día—, pero debido a la aparición de Harold y la consiguiente preocupación por las gemelas y, en menor medida, por Henry y por Issy, Em necesitaba casi con desesperación, una distracción diferente.

Necesitaba algo que la absorbiera, que la hiciera olvidarse del mundo durante un buen rato..., y él estaba allí, ofreciéndole y mostrándole algo que Em jamás había conocido.

Jonas la deseaba.

Em le deslizó los brazos por el cuello y le devolvió el beso, con descaro y sin reserva alguna.

Notó la repentina vacilación y la sorpresa de Jonas.

Lo ignoró y se movió descaradamente contra su cuerpo. Sintió que sus nervios se fundían al notar la respuesta inmediata de Jonas, la dureza que atravesó esos músculos y la tensión de los brazos de acero que le rodeaban la espalda. Animada y excitada, siguió incitándole, luego se enzarzó en un duelo de lenguas, un acalorado intercambio, uno que Em supo que él no podía negar ni contener.

La parte Colyton de la joven, apasionada y audaz, olfateó aquella oportunidad. Vio ante sí un amplio y nuevo horizonte y se desperezó. Aferró la iniciativa con ambas manos y se lanzó a ella de lleno.

Dejando perplejo a Jonas, que se encontró trastabillando mentalmente en su prisa por alcanzarla. Tendría que refrenarla, no sólo a ella, sino a su lado más primitivo, pero era como intentar manejar dos corceles fugitivos con un juego de riendas en cada mano; juntos, Em y ese varón elemental que ella despertaba en él, eran demasiado fuertes como para poder controlarlos.

Ése era el origen de la conmoción... y de la admiración de Jonas. Algo que Em alimentaba de manera descarada con ese beso cada vez más apasionado y apremiante. Los labios de la joven, suaves y flexibles, pero también voraces bajo los de él, incitaban y buscaban una respuesta similar. Ella pareció alegrarse cuando finalmente Jonas perdió cualquier tipo de control, le encerró la cara entre las manos y la devoró con pasión.

Sin pensar, él la hizo retroceder hasta que las caderas de Em chocaron contra el alto colchón de la cama. El leve tropiezo la hizo inclinarse hacia atrás y acunar la erección contra su cuerpo, estremeciendo la conciencia sexual del hombre.

Lo que fue más que suficiente para que Jonas se diera cuenta de que se habían saltado varios pasos de los que acostumbraban seguir. Lo suficiente para hacerle recapacitar y pensar que quizá debería refrenarse o, al menos, intentar tomarse las cosas con más calma, aunque ella parecía tener muy claro adónde quería llegar.

La pequeña parte del cerebro de Jonas que todavía funcionaba no podía creer lo que Em pretendía obtener de aquel interludio, cuáles eran sus verdaderas intenciones.

Haciendo acopio de toda su fuerza de voluntad, intentó contenerse un poco, intentó transformar aquel beso voraz en otro menos hambriento. Pero ella no estaba dispuesta a consentirlo. En el mismo momento en que él alivió la presión de sus labios, Em lo compensó con una fogosa y apasionada exigencia que hizo polvo sus intenciones, dejándolo al instante sin control ni capacidad de razonamiento.

Em no iba a dejarle retroceder, no iba a dejar que él pensara o razonara. Y eso no era nada prudente, dado el poderoso e intenso deseo que sentía por ella, la desbocada y ávida pasión que ella despertaba en él.

Respirando hondo tanto mental como físicamente, Jonas cubrió los labios de Em con los suyos y le invadió la boca, dándole exactamente lo que ella deseaba con tanta desesperación, lo que exigía con tanta urgencia. Luego le soltó la cara y le deslizó las palmas de las manos por los hombros para acariciarle lentamente la espalda, saboreando las gráciles, flexibles y exuberantes curvas femeninas. Saboreándola profundamente, bebiendo sin contención de la dulce boca de Em, le puso las manos en la cintura, curvando ligeramente los dedos para sostenerla ante él, atrapándola eficazmente entre su cuerpo y la cama, dejando que el conocimiento de que ella estaba allí, dispuesta a satisfacerle por completo, le inundara y apaciguara sus clamorosas necesidades.

Em era toda promesas y generosidad, calor y exquisito tesoro, puro placer en un cuerpo menudo. Y era suya. Sin importar la intimidad que compartieran esa noche o más adelante, no tenía ninguna duda de que ella era suya, y que lo sería siempre.

Eso parecía inundar los pensamientos de Em al igual que los suyos. La joven se movió con él, contoneándose en flagrante invitación.

Él aceptó lo que ella le ofrecía sin palabras. Le soltó la cintura y le deslizó las manos sobre las caderas, empujándola contra el colchón mientras le amasaba las deliciosas curvas del trasero.

Em se estremeció, pero se apretó más contra él. Jonas le ahuecó los redondos globos gemelos y la atrajo hacia su cuerpo, donde la retuvo mientras se contoneaba provocativamente contra ella sin ningún tipo de control.

Era una demostración de todo lo que podía venir y que ella sólo hacía más apasionado, más apremiante y exigente. Él nunca había dudado de que ella le desearía cuando llegara el momento, pero ese hecho, tan evidente ahora, le excitaba más de lo que nunca había imaginado.

Em le asió el pelo y se aferró al beso, a él, mientras la cabeza le daba vueltas, sus sentidos se desbocaban y el mundo que ella conocía daba paso a otro mucho más rico y excitante, más tentador y cautivador. Un mundo que ella quería explorar y conocer porque estaba repleto de aquellas nuevas sensaciones que su alma Colyton quería saborear con fruición.

Ella había perdido cualquier esperanza de contención, había liberado su alma aventurera. No creía que pudiera refrenarla de ninguna manera..., ni tenía intención de hacerlo.

Momentos como ése eran demasiado trascendentales, demasiado preciosos para ella, pues podían alimentar a su yo interior y seguir entera, ser todo lo que quería ser. Sin tener que preocuparse, sin tener que andarse con cuidado, sin tener que reparar en las consecuencias aunque sólo fuera durante unos breves y temerarios minutos.

Tras un primer momento de alarmante vulnerabilidad, sentir el cuerpo de Jonas, lleno de músculos duros y fuertes huesos contra ella, percibir su poder masculino atrapándola contra la cama, era como un néctar para su alma ardiente.

Jonas había flexionado los dedos, agarrándola con firmeza. Las palmas sobre sus nalgas la marcaban como hierros candentes a través de la falda de su vestido, pero Em necesitaba más. Deseaba más.

Mucho más.

Em buscó la lengua de Jonas con la suya, la acarició y sintió su reticencia. Usó entonces todo su cuerpo, apoyándose en él, para aliviar el dolor que sentía en los pechos, tirantes, hinchados y pesados, con los pezones tensos y sensibles.

Gracias a Dios, Jonas entendió lo que necesitaba. Le soltó las nalgas y movió las caderas y las piernas para inmovilizarla contra la cama. Entonces subió las manos por los costados de la joven hasta cerrar los dedos, flagrantemente posesivos, sobre los doloridos pechos.

El alivio fue tan intenso que Em emitió un gemido ahogado y sintió la aprobación de Jonas cuando él aspiró el aliento de sus labios. Su boca le pertenecía, se había rendido a él desde el principio; la lánguida pero posesiva manera en que Jonas saboreaba cada suave centímetro de ella, hizo que unos sensuales estremecimientos recorrieran la espalda de Em.

Las manos firmes de Jonas se recrearon en sus pechos, reconociendo y valorando sus reacciones. Le ahuecó los firmes y tensos montículos, estrujándolos suavemente antes de amasarlos. Sus dedos indagadores encontraron los pezones, haciéndolos rodar tentadoramente, provocándolos con sus caricias hasta que Em le hundió los dedos en el pelo, agarrándolo con firmeza y moviéndose de forma atrevida y sugerente contra él.

Mientras los dedos de Jonas jugueteaban con sus pezones, Em arqueó la espalda y escuchó un gemido distante. Se dio cuenta de que provenía de ella. Jonas hizo rodar los pezones hasta que la joven creyó que gritaría; entonces volvió a ahuecarle los pechos, pero no fue suficiente. Em necesitaba más, mucho más y sabía cómo hacerle conocer sus deseos.

Se movió y retorció un poco las caderas, apretándose contra la erección de Jonas. Puede que Em fuera inocente todavía, pero distaba mucho de ser ignorante; sabía lo que era la dura protuberancia que se apretaba contra su estómago, sabía lo que significaba, sabía lo que él podía hacer si ella le tentaba demasiado.

Y su alma Colyton se estremecía de ansiedad ante la perspectiva.

La brusca inspiración de Jonas fue su primera recompensa. La segunda fue incluso más satisfactoria. Él la besó, se apoderó de su boca mientras le soltaba los pechos, la agarraba por la cintura y la alzaba.

Jonas la hizo sentarse en el borde de la cama. Con una mano, le levantó las faldas lo suficiente para separarle las rodillas y colocarse entre ellas. Relajó el beso, dejándola llevar las riendas y responder como deseaba, mientras alargaba los brazos para atraparle las muñecas, haciendo que Em le soltara el pelo y apoyara las manos sobre el cubrecama, a su espalda.

Entonces Jonas intentó retomar el control del beso, encontrándose con que la joven no estaba dispuesta a cederle las riendas, por lo que tuvo que forcejear sensualmente contra ella para conseguirlo. Para volver a tener la supremacía, algo que, por regla general, siempre tenía.

En ese momento, Jonas oyó una alarma de advertencia, un sonido distante que ignoró por completo.

No era el momento de prestar atención a cualquier llamada de advertencia, no cuando a través de aquel alocado y apasionado intercambio de bocas él podía detectar la necesidad de Em, podía saborear su deseo. Jonas se inclinó sobre ella, obligándola a acostarse sobre la espalda y apoyarse en los codos mientras él le soltaba las manos para poder abrirle los botones que le cerraban el corpiño.

Le llevó sólo un minuto desabrochar los diminutos botones, soltar los lazos de un tirón y deslizar las manos por la garganta de Em, besándola larga y profundamente mientras le recorría los hombros y las clavículas con las anchas palmas. Luego empujó el escote y las mangas del vestido, deslizándolos por los hombros y los brazos de la joven para aprisionarla de una manera eficaz y tenerla justo en la posición que quería.

Sólo entonces él interrumpió el beso, aunque no se enderezó. No dio ni un solo paso atrás.

En vez de eso, apartó los labios de la boca todavía hambrienta de Em y los deslizó por su mandíbula, lamiéndole durante un buen rato el hueco debajo de la oreja antes de trazarle un sendero de besos por la tensa línea de la garganta. Em dejó caer la cabeza hacia atrás con un suspiro tembloroso.

Jonas se detuvo en la base de la garganta para saborear el resonante latido del pulso mientras sus dedos buscaban y encontraban el lazo que cerraba la fina camisola.

Era de algodón, no de seda, pero aun así el tejido era casi transparente. Jonas se tomó un momento para contemplar los arrugados pezones y los hinchados y excitados montículos de los pechos casi totalmente visibles a través de la delicada tela.

Em se movió inquieta y Jonas notó que lo miraba a la cara.

Lentamente, él alzó la cabeza para mirarla. Los ojos de Em brillaban llenos de deseo y desenfrenada curiosidad. Dejó que sus labios esbozaran una sonrisa y bajó la mirada, atraído de nuevo por su pecho. Jonas lo ahuecó con la mano y volvió a juguetear con el pezón a través de la fina tela hasta que éste se tensó y Em se arqueó y jadeó en respuesta.

Entonces Jonas metió un dedo por el borde fruncido de la camisola y la bajó, exponiendo un seno por completo antes de inclinar la cabeza y posar los labios sobre la delicada piel. Tan tierna como una manzana, ésta se calentó bajo la caricia masculina. Él saboreó las curvas antes de dejar al descubierto el otro pecho y probarlo también, ignorando los brotes rojos como fresas que suplicaban su atención y concentrándose en escuchar la irregular respiración de la joven cada vez más jadeante y suplicante.

Más apremiante.

Hasta que, inquieta y llena de deseo, Em gimió y se removió sobre la cama. Jonas le puso una mano en la cintura para inmovilizarla, y cedió a aquella incoherente exigencia, cerrando los labios sobre el pezón que besó, lamió, chupó y, finalmente, tomó con la boca, succionándolo con suavidad.

Em volvió a quedarse sin aliento y se arqueó conmocionada e impotente ante tan agudo deleite. La joven echó la cabeza hacia atrás y cerró los ojos, abandonándose a las deliciosas sensaciones, permitiendo que éstas fluyeran y cayeran en cascada sobre ella, como afiladas lanzas candentes que se derretían sobre su cuerpo, inundándola y abrazándola mientras ella absorbía todo lo que Jonas le provocaba y le suplicaba mucho más sin palabras, de una manera descarada y apasionada.

Ella debería estar escandalizada y, si pudiera hilvanar un solo pensamiento coherente, lo estaría sin ninguna duda, pero aquellos sentimientos y emociones no dejaban espacio para ningún pensamiento en su abrumada mente. Sentía un pecaminoso y delicioso abandono mientras él la desnudaba como si estuviera desenvolviendo un regalo, mientras lo alentaba a seguir. El momento contenía una emoción tan ilícita que Em no podía resistirse a ella. Ni tampoco quería hacerlo, pues la atraía la tórrida promesa que brillaba en los ojos de Jonas, la certeza del deleite que veía en ellos y el impulso —o quizá la compulsión— de sentir sus manos sobre la piel.

Los labios de Jonas sobre ella, la ardiente y húmeda caricia de su boca en los pechos y el sutil tirón en los pezones que pareció propagarse hasta alcanzar un lugar en su vientre, le provocaron unas nuevas sensaciones: deliciosas, inimaginables, ilícitas, adictivas...

Crecientes.

El calor de las manos de Jonas, de sus labios, le enviaba unos hormigueos imparables por todo el cuerpo, que crecieron cada vez más hasta que pareció como si un río, una corriente de deseo caliente la inundara por completo, haciendo que consintiera, que se centrara en sus sentidos y se deleitara en las llamas sensuales que la consumían.

Que la abrumaban sensualmente. Como un nuevo, atractivo y excitante señuelo, un cebo para su alma temeraria. Pero aunque se había permitido a sí misma dejarse arrastrar por la marea de placer que él evocaba en ella, no podía dejar de preguntarse por la facilidad con que se había entregado a él por completo.

No podía evitar preguntarse de una manera lánguida y perezosa por qué lo hacía.

Sólo sabía que cuando estaba con Jonas, envuelta entre sus brazos, se sentía confiada, segura y a salvo.

Protegida incluso de él. En completa libertad para explorar... eso.

Eso que había crecido y florecía entre ellos.

Era algo más que él, que ella, era algo que los cautivaba y los dirigía. Que exigía y ella tenía que dar. Que le llegaba a través de él y que Em aceptaba; eso era lo que parecía.

Y, en ese momento, ella sólo podía seguir adelante, aceptarlo y dejar que la controlara y guiara. Em conocía lo básico, la teoría, pero no conocía lo suficiente de la realidad física para tomar las riendas.

Así que esperó..., y cuando él se detuvo para observarla en medio de sus jadeos entrecortados, buscando su mirada, ella lo alentó a seguir. Había algo infinitamente precioso, atrayente y encantador en la manera en que él le preguntaba sin palabras, mientras esperaba a que ella le hiciera saber lo que deseaba.

Así que Em se lo hizo saber. Con los pechos ruborizados y húmedos, calientes, hinchados, tensos y puntiagudos, ardiendo hasta límites insospechados por sus expertas atenciones, ella respiró hondo y emitió un «por favor» con un doloroso jadeo. Luego aguardó a ver qué sucedía a continuación.

Esperó, conteniendo el aliento, a ver lo que él iba a hacer. Para descubrir en qué nuevo placer la iniciaría.

Los labios de Jonas regresaron a los suyos, capturándolos en un beso profundo, sumergiendo su mente en un torbellino de sensaciones.

Cuando sintió que él aminoraba la intensidad del beso y notó su mano en la rodilla desnuda, se dio cuenta de que Jonas había estado distrayéndola. Sintió que la palma subía lentamente por la sensible piel del interior del muslo, acariciándola manifiesta e implacablemente hasta más arriba, donde se unían el muslo y la cadera. Con la punta del dedo, Jonas siguió el pliegue de piel hacia donde los suaves rizos le cubrían el sexo. Luego subió la mano y le alzó las faldas todavía más para poder seguir el pliegue del otro lado hasta el interior, donde le acarició los rizos con el dedo.

Jonas rompió el beso. Ella abrió los ojos y, entre las pestañas, lo vio bajar la mirada para observar cómo le acariciaba ligeramente los rizos.

Em cerró los ojos y oyó sus jadeos entrecortados mientras se balanceaba al borde de algo desconocido, aguardando. Estaba sentada sobre la cama, apoyada en los brazos, con las rodillas abiertas, las faldas recogidas sobre las caderas y los pechos al descubierto, y en todo lo que podía pensar era en el ardiente latido de la suave carne entre sus muslos.

Y en qué podría aliviarlo.

Cuando Jonas deslizó los dedos más abajo y la tocó allí, Em sintió que el mundo se estremecía a su alrededor. Él la acarició, tanteando, explorando una y otra vez los pliegues resbaladizos e hinchados. Tocándola con dedos hábiles y expertos, hasta que ella se mordió el labio inferior para contener un gemido, hasta que, impotente, movió las caderas desasosegadamente, separando todavía más los muslos, suplicando que continuara acariciándola, que continuara excitándola.

Jonas volvió a cubrirle los labios con los suyos y le dio lo que pedía. Capturando sus labios hambrientos, él jugó y se burló de ella antes de volver a conquistar su boca mientras, entre sus muslos, dibujaba círculos en su entrada con uno de sus largos dedos antes de introducirlo dentro. Ella se tensó ante esa nueva intrusión, pero Jonas continuó penetrándola lenta e implacablemente con el dedo, hasta que éste quedó profundamente enterrado en su interior.

Mareada, ella interrumpió el beso, respiró hondo y contuvo el aire al notar que él movía la mano, buscando y acariciando con el pulgar el brote sensible que se escondía bajo los rizos.

Em jadeó y se tensó, pero él continuó moviendo la mano en aquella íntima caricia, sin dejar de acariciarle el tenso brote con el pulgar. Entonces, Jonas retiró el dedo con el que la llenaba, sólo para volver a sumergirlo en el interior de su resbaladiza funda. Levantó la cabeza y volvió a besarla, imitando con la lengua el movimiento de su dedo, llenándole la boca con ella una y otra vez.

Conduciéndola a lo alto de un pico de creciente tensión, de creciente calor.

Cada empuje del dedo en su funda, cada apremiante caricia de su pulgar, alimentaba ese fuego y la palpitante excitación que corría por sus venas, envolviéndola en unas intensas sensaciones que la hicieron arder, quemarse, alimentando el vacío horno que había surgido en su interior, hasta que las llamas fueron ensordecedoras y fundentes.

Hasta que el calor blanco e intenso que emitían se hizo insoportable.

—Deja que suceda —murmuró él contra sus labios, interrumpiendo el beso—. Déjate llevar.

Con los ojos entrecerrados, Jonas observó cómo ella se balanceaba en la cima, al borde del orgasmo. Em tenía la piel húmeda, los labios hinchados y separados y la respiración jadeante. La joven luchaba contra los estremecimientos sensuales, intentando contener las oleadas de placer que él provocaba en ella, el éxtasis que amenazaba con arrebatarle el sentido.

Jonas imaginó que la primera vez sería sorprendente para ella. Asombroso, maravilloso, algo nuevo e incomprensible. Se concentró en asegurarse de que Em alcanzaba el éxtasis, en que deseara volver a sentir aquel intenso placer. Movió la mano y presionó más profundamente en su apretada funda; acariciándola con firmeza, entonces, la rozó con el pulgar y la llevó al borde del...

Ella cayó con un grito suave.

Jonas observó el goce que atravesó los rasgos de Em mientras sus músculos internos ceñían el dedo invasor, mientras su vientre se tensaba y palpitaba. Las oleadas de la liberación de la joven retrocedieron lentamente, la tensión se desvaneció poco a poco y ella se relajó con un suspiro de placer.

Él esperó, saboreando el momento, y luego retiró la mano de entre sus muslos. Tuvo que hacer acopio de toda su fuerza de voluntad para apartarse del borde de la cama y bajarle las faldas. Le colocó las manos.en la cintura, se inclinó sobre ella y le dio un largo y profundo beso, luchando por ocultar su ansia, la necesidad que le corroía, el deseo no saciado que pugnaba por alcanzar la liberación.

Jonas sabía lo que quería, lo que su dolorido cuerpo ansiaba, pero dado que ése había sido el primer contacto de Em con el paraíso, no podía seguir sin llevar las cosas demasiado rápido y demasiado lejos. No, él no podía apresurarla; quería que Em le deseara también con la misma certeza incondicional, con la misma innegable necesidad y, sobre todo, por la misma razón que él la deseaba.

Se prometió a sí mismo que daría el siguiente paso cuando llegara el momento adecuado y, con una renuencia imposible de ocultar, apartó los labios de los de ella.

Antes de que pudiera incorporarse, ella se movió, levantó una mano y le agarró por la solapa de la chaqueta, reteniéndolo con los labios a un aliento de los de él. Luego abrió los ojos y, con la mirada todavía obnubilada por el placentero rito de iniciación, le estudió la cara.

Entrecerró los ojos un poco al percibir la intención de Jonas, algo con lo que no estaba de acuerdo. En ese momento, la joven inclinó la cabeza y lo miró fijamente a los ojos.

—Quiero que me enseñes más. Todo. Ahora.

Su voz era como un seductor canto de sirena, pero por debajo del sugerente tono se percibía claramente su determinación y su decisión.

Muy claras para él. Tras indagar durante un breve instante en los ojos de Em para confirmar que no estaba soñando, Jonas tensó la mano con que le sujetaba la cintura y se inclinó hacia delante.

Pero...

Con los labios casi pegados a los de ella, vaciló.

—¿Estás segura? ¿Absolutamente segura? —se vio obligado a preguntarle con voz ronca y áspera que resultó casi un incomprensible gruñido.

A escasos centímetros, sus ojos se encontraron y se sostuvieron la mirada. Con tan poco espacio entre ellos, no podían ocultarse nada en absoluto. Se escrutaron las miradas mutuamente. Él sintió más que vio la sonrisa de Em, y detectó una emoción que hizo que le diera vueltas la cabeza.

—Sí —susurró ella—. Estoy segura. —Fue Em quien borró la distancia entre ellos. Tenía los labios curvados cuando rozó los de él, y Jonas sintió su aliento en los suyos cuando por fin susurró—: Estoy absolutamente segura.

Se besaron sin que uno dominara al otro durante un buen rato, compartiéndolo todo.

Entonces, Em alargó la mano libre para cogerle la otra solapa y, sin soltarle, se dejó caer en la cama, obligándole a tumbarse encima de ella.

Con un enorme esfuerzo, él logró inclinarse y aterrizar al lado de Em.

Ella se giró sobre la cama para mirarle. Volvió a capturarle los labios con los suyos y le besó con tal ferocidad que en un minuto lo convirtió en su esclavo, haciendo que se abandonara completa y absolutamente a ella.

Pero entonces Em se retorció un poco más, intentando acercarse más. Se levantó las faldas y deslizó los muslos sobre los de él logrando despertar los demonios de Jonas y urgirlo a subir a las alturas.

Luego le rozó la ingle con un suave contoneo de cadera.

Él aspiró bruscamente y dejó de concentrarse en sus labios y su boca, mientras sus manos reclamaban por voluntad propia los pechos desnudos de Em. A pesar de la niebla de deseo que le embotaba el cerebro, él se dio cuenta con aturdimiento de que ella tenía algunas nociones básicas del acto físico, aunque esos principios básicos no iban a llevarlos a donde él quería.

Ésa era la primera vez de Em, y las primeras veces tenían que ser absolutamente perfectas. En especial la de ella con él, ya que tenía intención de que se convirtiera en un ejercicio habitual. Así que asumió el mando.

Sin embargo, le sorprendió descubrir que tenía que hacer un gran esfuerzo para lograrlo.

De nuevo tuvo que inclinarse sobre ella y tumbarla en la cama, usando su peso para doblegarla. Aun así, cuando Em yació inmóvil bajo él, continuó tirando de él y forcejeando con su chaqueta, tratando de deslizársela por los hombros, aunque en la posición en la que se encontraba era algo que, simplemente, no podía hacer.

Él se sumergió en el beso, dejando que aflorara su hambre y su ardor. Aunque ella se lo permitió y le correspondió, invitándole a seguir, no dejó de tirar de la prenda.

Mascullando una maldición, Jonas se retiró bruscamente, interrumpiendo el beso para incorporarse. Comenzó a quitarse la chaqueta, deslizándola por los hombros mientras inmovilizaba a Em con una mirada dominante.

—Estate quieta. No te muevas.

Jonas se puso en pie y rápidamente se quitó la chaqueta, el chaleco, la corbata hasta que finalmente comenzó a desabrocharse los botones de la camisa.

Em le observó, cerrando los dedos instintivamente mientras aguardaba con suma impaciencia por tocarle la piel desnuda. Las manos de Jonas la habían hecho vibrar y ella quería devolverle el favor y ver hasta dónde le conducía aquello. Ver si sus caricias le hacían sentirse tan impotente, tan lascivo y lleno de deseo, como cuando él la acariciaba a ella. Quería aprender más... Quería aprenderlo todo ya.

Cuando un momento antes Jonas la inundó de placer, haciéndola florecer y estallar en un éxtasis arrebatador, Em experimentó un instante de cegadora y sorprendente claridad.

Él era apropiado para ella. Y Em necesitaba saber, entender por qué.

Necesitaba saber todo sobre eso.

¿De qué otro modo podía estar segura? ¿De qué otro modo podía saber? ¿Con quién más podía aprender?

Era Jonas, ahí y ahora, o nunca. O eso era lo que creía su alma Colyton.

«¿Estás segura?», le había preguntado él. Sí, había respondido ella, que nunca se había sentido más segura de algo en toda su vida.

Así que Em esperó, con la respiración entrecortada y ahogada, examinando con ojos ávidos y codiciosos la piel bronceada que quedaba a la vista, los músculos esculpidos de su pecho, las cordilleras de su abdomen, observando y empapándose de cada detalle de ese cuerpo recio. La anchura de sus hombros hizo que le hormiguearan las palmas de las manos por el deseo de tocarle. Quería recorrer con sus dedos cada centímetro de su piel, explorar la textura áspera del vello que le salpicaba el pecho, que descendía por su estómago para finalmente perderse bajo la cinturilla del pantalón.

Em levantó la vista y lo miró a los ojos, observando que él se había dado cuenta de que seguía el tentador rastro descendente. Los ojos de Jonas eran dos lagunas oscuras en las que ella podía perderse con facilidad, que contenían tanto ardor como para fundir el acero.

Él soltó la camisa y, sin ni siquiera mirar dónde caía, regresó al lado de Em. Se inclinó sobre ella, con los muslos a ambos lados de las caderas femeninas, y se apoyó en los codos y antebrazos, aprisionándola con su cuerpo.

Con las manos, grandes y firmes pero infinitamente suaves, le encerró la cara. La miró directamente a los ojos e inclinó la cabeza.

Antes de que él pudiera besarla, de que le robara la capacidad de pensar y le nublara la mente, ella respiró hondo y le puso las palmas de las manos en el pecho para detenerle.

Él podría haber ignorado el gesto, pero no lo hizo. Se detuvo y bajó la mirada hacia ella. Em observó la curiosidad en la cara de Jonas, quería saber qué era lo que ella deseaba, lo que pretendía.

Em curvó los labios en una sonrisa y se lo demostró. Permitió que sus manos se deslizaran de una manera tentadora por el pecho de Jonas, y fue recompensada con un suave siseo de aprecio. Al alcanzar los hombros, ella apretó las palmas con más fuerza contra su piel, maravillándose de la elasticidad de ésta, del contraste de la piel cálida y suave con respecto a los tensos, duros, fuertes e inflexibles músculos.

El pecho de Jonas era un festín para sus manos. Em dejó que sus dedos vagaran y exploraran, absorbiendo todo con los sentidos. Entonces, llevó las manos más abajo, trazando con los dedos las fascinantes cordilleras de su abdomen, las tensas bandas de músculo que casi se estremecían bajo su contacto.

Em siguió explorando más abajo, pero él la detuvo, atrapándole primero una mano y luego la otra, alzándolas hasta los hombros, donde las retuvo cuando se inclinó y la besó, haciéndola separar los labios para llenar su boca mientras le aplastaba los pechos con el torso.

Los sentidos de Em brincaron, se regocijaron, se estremecieron; sus terminaciones nerviosas se calentaron hasta quemarse.

Toda ella ardió. No sólo sus nervios, sino también la piel donde él la tocaba, no sólo sus pechos, sino todo el cuerpo.

Y esta vez la llama fue más ardiente, más profunda, más grande e intensa. Más exigente... porque él era más exigente, más dominante mientras le llenaba la boca, devastándole los sentidos, y estableciendo las reglas de aquel excitante juego.

Para controlarla, cierto, pero Em sabía que en este caso necesitaba que la guiara. Necesitaba que él le indicara el camino a seguir.

Necesitaba que le quitara suavemente el vestido, la camisola, que le acariciara la piel con las manos, con los dedos.

Y que le hiciera arder todavía más.

Quería quemarse, brillar con más fuerza, con más deseo, calmar ese vacío en su interior que suplicaba ser llenado.

Que suplicaba por que él lo llenara. Em necesitaba que la llenara, que la reclamara, que la tomara..., que le enseñara todo.

Jonas actuaba sin prisa pero sin pausa. Ella intentó apresurarle sin palabras, pero él se mantuvo firme negándose, de una manera implacable y decidida, a incrementar el ritmo.

Em no podía quejarse. Él le había dado todo lo que ella le había pedido, y mucho más de lo que había exigido. Pero la joven no estaba dispuesta a renunciar al desconocido placer que él iba a ofrecerle... Porque todo era placer, sensaciones puras y brillantes, mientras descubría la pasión y el deseo entre los brazos de Jonas.

Él se obligó a no apresurarse, a no permitir que su yo más carnal se dejara llevar por la lujuria, no quiso aceptar las invitaciones que ella le ofrecía; sin duda habría sido el camino más fácil, pero habría tenido que sacrificar parte de la satisfacción de Em y, por último, la de ambos. Y Jonas no estaba dispuesto a cometer tal error. Él creía que su meta, su objetivo, estaba delante de él y se aferró a esa idea enfrentándose a la patente aceptación de Em hacia cualquier cosa que él quisiera hacer. La joven aceptaba cada caricia, cada beso, cada evocativa presión como una hurí, y buscaba, casi luchaba, responder de la misma manera. Pero él sabía muy bien que ella no tenía ni idea de lo que estaba haciendo al invitarle de esa manera tan flagrante, pues sin importar su seguridad en sí misma, su voluntad y su determinación, era la primera vez que Em yacía entre los brazos de un hombre.

Así que Jonas la exploró lentamente, y la parte más sabia, más madura y más sofisticada de él se recreó en el acto. Lenta y certeramente disfrutó del tiempo que se tomó para examinarla y saborearla, para tentarla antes de entregarse al lujo cada vez más evocador de las caricias.

Les contuvo a ambos, sujetando con mano cruel las riendas de los dos, para conducirles a través de un tortuoso camino. Con un paso lento, pero constante, donde cada toque, cada firme caricia, eran correspondidos, donde cada jadeo, cada gemido que arrancaba de ella, eran apreciados por completo, tanto por él como por ella.

Deseaba a Em más que a ninguna mujer que hubiera conocido... La deseaba completa y absolutamente, más allá de toda lógica. Y parte de ese deseo, de ese anhelo devorador, era que ella lo deseara de la misma manera.

Así que los largos momentos que pasaron sumergidos en esa previa estimulación sexual fueron para él no sólo una sabia decisión, sino una necesaria inversión. El esfuerzo que hizo Jonas por mantener sus demonios bajo control, para no rendirse y tomarla en ese mismo instante, fue el precio que tuvo que pagar por la perfección.

Para lograr una perfecta introducción en la intimidad.

Para ella. Con ella.

Para todo lo que él quería que ese momento significara.

Cuando finalmente Jonas se retiró para quitarse los zapatos y los pantalones, Em estaba ardiendo, caliente, inquieta casi hasta la desesperación, con su cuerpo y las largas extremidades desnudos, ruborizados y húmedos de deseo. Luego él la alzó sobre la cama y la colocó sobre el cubrecama para unirse a ella.

Con los ojos color avellana, brillando y ardiendo de pura pasión, destellando entrecerrados; con los labios, hinchados y húmedos por los besos, con la piel sonrojada y caliente, con los pechos tensos e hinchados y los duros brotes erguidos, Em alargó los brazos hacia él. Jonas permitió que lo abrazara, que lo estrechara contra su cuerpo mientras descendía sobre ella.

Jonas le separó los muslos con los suyos, colocándose entre ellos. Em se contoneó para alojarle. La erección era una barra pesada y rígida cuando buscó la entrada en el cuerpo femenino con la bulbosa cabeza.

Cuando sintió ese contacto, ella se tensó, cerró los ojos y contuvo el aliento, estremeciéndose. Luego, soltó el aire lentamente y se relajó poco a poco.

Dejó que el calor, la necesidad y la pasión tomaran el control y, sabiendo lo que vendría a continuación, se hundió en ese mar caliente.

«¿Estás segura?» Las palabras ardieron en la lengua de Jonas, pero al observar la cara de Em vio, leyó y percibió, debajo del rubor provocado por la pasión, su determinación, su valor y su deseo inquebrantable, tan lejos de la reticencia y las dudas, que la muda pregunta le pareció redundante.

Incluso insultante.

Ella había tomado una decisión y estaba allí, desnuda bajo su cuerpo, preparada y dispuesta a acogerlo en su interior.

Así que Jonas inclinó la cabeza y le cubrió los labios con los suyos para llenar su boca, envolviéndola en una oleada de calor llena de pasión compartida. Luego, flexionó la columna y entró lentamente en ella.

Em respiró hondo y contuvo el aliento mientras Jonas la penetraba, luchando por no tensarse cuando él se hundió profundamente en su cuerpo, cuando la presión creció y Jonas la invadió, tomándola poco a poco, poseyéndola centímetro a centímetro, reclamándola por completo.

Y es que sólo esas palabras —poseer, tomar, reclamar— que ahora llenaban su mente podían definir las excitantes y novedosas sensaciones que la envolvían. Em le agarró por la parte superior de los brazos, clavándole las uñas en la piel, aferrándose a él mientras esperaba y arqueaba instintivamente la espalda. La sensación de la erección empujando dentro de su cuerpo no era como la anterior intrusión de su dedo. Esto era más..., mucho más cautivador.

En ese momento, Em sintió una leve resistencia en su interior. Jonas vaciló, pero comenzó a besarla de una manera tan voraz e insaciable que ella dejó de pensar y se centró en la unión de sus bocas, en responder a su beso y en apaciguar la fogosa exigencia de sus labios.

Jonas se retiró sólo un poco antes de volver a hundirse en ella con un poderoso e implacable envite. Pendiente del beso, Em no se dio cuenta hasta que notó un dolor abrasador, lo suficientemente doloroso para hacerla estremecer y tensarse, pero la sensación se convirtió con rapidez en una mera incomodidad y Em se relajó casi al instante. Luego, una oleada de pura conciencia sexual la alcanzó y la inundó hasta consumirla, haciendo desaparecer todo lo demás. Comenzó a hormiguearle la piel, sintiendo cómo cobraba vida cada poro, cada nervio tenso, cuando finalmente se percató, cuando finalmente experimentó la realidad de tenerle enterrado profundamente en su interior.

De tener el cuerpo de Jonas tan íntima y completamente unido al de ella.

Jonas se quedó quieto, aunque Em no supo si por el impacto del acto o para saborear aquel momento, pero aquel instante de silencio le pareció demasiado precioso, como una perfecta gota de rocío colgando un momento antes de caer. Algo precioso que sólo duró un instante suspendido en el tiempo.

El momento pasó. Jonas murmuró su nombre contra sus labios con un tono inquisitivo y gutural. Ella le besó en respuesta. Entonces, de manera inconsciente, se movió alentadoramente debajo de él, esperando que le enseñara más.

Él contuvo el aliento, se retiró y, con un movimiento lento y cuidadoso, volvió a empujar en su interior. Esa vez no hubo dolor; Em arqueó las caderas debajo de él y trató de tranquilizarle con un beso.

Adaptándose a ella en cada movimiento, en cada aliento, en cada latido, Jonas recibió el mensaje de Em con inmenso alivio. Aflojó aquel desesperado control que imponía a su cuerpo y soltó, metafóricamente hablando, las riendas, dejándose llevar por el familiar y primitivo baile.

Ella respondió de inmediato, aprendiendo con rapidez el ritmo de cada empuje y cada retirada. Y pronto, demasiado pronto quizá, comenzó a experimentar por su cuenta, moviendo las caderas para tomarle más profundamente en su interior, tensando los músculos internos de su ardiente funda para ceñirle con más fuerza.

Esto último hizo que Jonas se quedara sin aliento y que le diera vueltas la cabeza. Hizo que le fuera más difícil mantener el control de su coito, en especial cuando ella parecía querer arrebatárselo. Habiéndose comprometido en el interludio, resultaba evidente que Em no veía ninguna razón para andarse con inhibiciones. A Jonas no le sorprendía ni le escandalizaba que la joven se lanzara de cabeza en aquella intimidad, en el ansioso y entusiasta deseo, incluso más ávida de experimentar, de aprender, de saber más.

En especial sobre él. Las manos de Em parecían tener vida propia, deslizándose sobre el pecho de Jonas, sobre sus hombros y más abajo aún para acariciarle las nalgas y los muslos. La joven extendió los dedos y pareció imprimirlos sobre sus sentidos. Jonas no podía ni quería desalentarla, más bien al contrario, pero el efecto de aquella caricia exploradora le hacía tambalearse.

Le hacía rendirse y hacer cualquier cosa que ella quisiera, como deseara, sin tener en cuenta su propio deseo.

Sin tener en cuenta ninguna experiencia anterior.

Que Em pudiera reducirle a tal estado con la deliciosa presión de su cuerpo, con la sensual percepción de sus curvas, de sus flexibles extremidades, de su suave piel femenina ondulando debajo de él mientras sus tersas manos extendían un fuego ardiente sobre su piel, le hizo recuperar un poco la cordura, lo suficiente como para volver a centrarse en la realidad de que un largo compromiso no era la mejor opción para Em, ni para él, no después de esa primera vez.

La besó con más firmeza, deslizando la lengua en su boca y reclamando su ternura y su atención. Usó la momentánea distracción para bajar su cuerpo hacia el de ella mientras resistía el sutil atractivo de los pechos femeninos contra su torso, que servían de almohada a su pecho. Luego se hundió por completo en ella y atrapó sus manos indagadoras, engulléndolas con una de las suyas, para sujetarla y guiarla.

Para conducirla a un ritmo constante por el camino de la liberación.

El ritmo de ese primitivo baile iba *in crescendo*, hasta que ella se contorsionó debajo de él, implorándole provocativamente con su cuerpo, incitándole de una manera elocuente. Em llevó la mano libre a la mejilla de Jonas y le acarició la mandíbula. Luego le besó, utilizando labios y lengua para transmitirle una feroz y patente exigencia, una tan poderosa y explícita que tenía todas las probabilidades de hacerle perder el control.

Y de repente, se vieron envueltos en calor y llamas, se contorsionaron juntos, forcejeando con sensual abandono, esforzándose, presionando, deseando, aferrándose, hasta que finalmente se quedaron sin aliento y juntos subieron hasta la cima.

Para caer por el precipicio. Él la hizo volar con un último envite. Ella se agarró a él y le arrastró en su clímax.

En ese momento un placer indescriptible, una sensación explosiva, un sentimiento blanco y puro que les dejó ciegos.

Una emoción que, sin precedentes para él, le hizo sentir un cálido torbellino en el corazón.

Por un instante definido estuvieron atrapados, abrazados, suspendidos en ese momento de cristalina claridad.

Entonces cayeron. Desaparecieron las brillantes sensaciones mientras descendían vertiginosamente de vuelta a la tierra, seguros en los brazos del otro, unidos mientras se mantenían a flote entre las oleadas doradas que les envolvían y arrastraban.

13

Em se movió y se preguntó por qué las sábanas eran tan ásperas.

Con los ojos todavía cerrados, frunció el ceño, incapaz de recordar por qué se había acostado desnuda sin ponerse el camisón. ¿Cómo era posible que estuviera desnuda?

Entonces percibió el calor —y el cuerpo del que éste emanaba—, y la sensación la envolvió por completo.

No eran las sábanas de su cama lo que le rozaba ásperamente la sensible piel.

La conciencia, y luego los recuerdos, asaltaron su mente. Con un grito ahogado abrió los ojos, confirmando la conclusión de sus sentidos.

Aquellos recuerdos no eran sólo un sueño.

Estaba tumbada boca arriba en la cama con Jonas tendido boca abajo a su lado. Clavó los ojos en el brazo musculoso y velludo que le cubría los pechos; luego desvió la mirada hacia la larga y enorme figura —decentemente oculta bajo la sábana— que estaba tumbada a su lado, con un pesado muslo desnudo cubriendo el de ella.

¿Realmente...?

Sí, lo había hecho. Había invitado a Jonas Tallent a meterse en su cama, en su cuerpo. Si no recordaba mal, él la había seguido hasta su habitación en medio de una fuerte discusión. Aunque ahora no podía acordarse de por qué habían discutido. No podía recordar qué era lo que había provocado que ella se lanzara directamente al vacío. Sólo recordaba con sorprendente nitidez todo lo que había sucedido a continuación, todas las exploraciones posteriores, todo lo que él le había enseñado, todas las increíbles sensaciones que había experimentado.

Recordaba todas esas cosas hasta el último detalle.

Parpadeó y se dio cuenta de que habían pasado muchos minutos mientras se recreaba en aquello que ellos habían hecho.

Lo que era comprensible. Pero ¿y ahora qué?

Después de haberle invitado a meterse en su cama, ¿cómo obligarle a salir?

No conocía la etiqueta a seguir, pero asumía que debería acompañarle hasta la puerta de alguna manera. Lo que estaba claro era que él no podía quedarse en su habitación hasta la mañana siguiente.

¿Qué hora era? Había un pequeño reloj sobre una cómoda que estaba contra la pared al lado de la cama. Em entrecerró los ojos para poder ver la hora, pues obviamente no podía alargar las manos y...

—Es algo más de medianoche.

Las roncas palabras le retumbaron en el oído, sobresaltándola. Haciendo que sus nervios, que su piel, crepitaran de excitación. Haciendo que volviera la cabeza hacia él.

Jonas había girado la cabeza sobre la almohada para observarla. Seguía tumbado a su lado. La luz de la luna que caía sobre la cama era suficiente para que Em le viera los rasgos, pero los ojos masculinos seguían siendo dos lagos oscuros y ella no podía leer su expresión.

Podía verle los labios, curvados en algo que parecía una sonrisa de profunda satisfacción. Una que rayaba en la arrogancia.

Em habría fruncido el ceño, o por lo menos lo habría intentado, pero él movió el brazo y le rozó con el dorso de los dedos el lateral de un pecho. Un sobresalto diferente la atravesó, un recuerdo traidor que la hizo estremecer de ansiedad. Aunque siguió con la mirada clavada en la cara de Jonas, toda su atención se centró en la mano masculina, en los dedos indagadores que buscaban y acariciaban, lentos y cuidadosos, hasta que ella casi se retorció con renovado placer, con creciente expectación.

Em se humedeció los labios y observó que él se los miraba fijamente.

—¿No deberías marcharte ya? —se obligó a preguntar.

Él levantó la vista a sus ojos, sosteniéndole la mirada durante un instante antes de curvar definitivamente los labios en una sonrisa. Negó con la cabeza y desplazó la mirada adonde, por debajo de las mantas, seguía acariciándole el pecho con la mano.

—Estoy justo donde quiero estar.

Y no tenía intención de marcharse, no hasta que la consideración por la reputación de Em le obligara a hacerlo al amanecer. Jonas no recordaba ningún momento en el que se hubiera sentido tan satisfecho y feliz.

Emily Beauregard era suya. Sin discusión, fuera de toda duda o consideración.

Estaba desnudo en su cama y ella estaba acostada a su lado también desnuda. Y a pesar de su confusión, de su débil insinuación de que debería irse, el cuerpo de la joven respondía de una manera alentadora a sus caricias, incluso con más fervor que antes.

Que Dios le ayudara. El fervor y el ansia de Em parecían muy arraigados. Sabía que una vez que ella había tomado una decisión, que había optado por un camino, se comprometía incondicionalmente a no abandonarlo.

Lo que era una buena señal para prever lo que ocurriría una vez que ella tomara la decisión de ser su esposa. Los acontecimientos de esa noche eran claramente un primer paso hacia ello. Con la certeza animándole, Jonas estaba dispuesto a darle el tiempo que necesitara, sin importar lo que le costara, para que tomara esa decisión.

—Pero ¿no deberías... —Em hizo un gesto vago con la mano— irte? Ahora estamos... ¡Oh!

Esa exclamación fue provocada por la mano de Jonas que se deslizaba, de manera muy posesiva, por el cuerpo de la joven. Em abrió mucho los ojos cuando le acarició la carne resbaladiza entre los muslos con un dedo.

Sonriendo, él se inclinó sobre ella para bajar la sábana y acariciarle con la nariz un pecho insolente.

—Más tarde.

Ella vaciló, luego él notó que asentía con la cabeza.

—De acuerdo —susurró Em—, más tarde.

Jonas levantó la vista y miró atentamente los ojos de Em, que arqueó la espalda cuando él deslizó el dedo profundamente en su cálido interior. La exploró con él y ella se movió desasosegadamente, conteniendo el aliento, tanteando con las manos hasta que logró aferrarse a la parte superior de los brazos de Jonas.

Él no necesitó más invitación. Retiró la mano y se alzó sobre ella. Le hizo separar los muslos y se colocó entre ellos. La miró a la cara y observó cómo se mordía el labio inferior para contener un gemido. Jonas la penetró con un largo y poderoso envite, y Em perdió la batalla.

El sonido de la jadeante respiración de la joven, su profundo gemido, lo impulsó hacia adelante.

Esta vez el acto fue mucho más descarado y provocador. Em respondió con ansiosa lujuria a cada movimiento de Jonas, y pareció encantada no sólo de dejar que él tomara la iniciativa, sino de seguirle, observando, evaluando, aprendiendo...

Jonas no hizo el amor sin más, le hizo el amor a ella.

Si él se hubiera hallado en un estado en el que pudiera disfrazar los hechos, habría cubierto con un velo las emociones que le atenazaban y que brillaban en todo su sombrío esplendor bajo la luz de la luna mientras Em le daba la bienvenida dentro de su cuerpo y él la montaba con un salvaje abandono que les sumergía en un placer mutuo. Pero en ese momento, Jonas carecía de cualquier habilidad para ocultar, ya no de ella sino de sí mismo, los sentimientos que le embargaban.

Jamás había sentido con otra mujer lo que sentía con ella. Nunca se había acostado con una mujer que significara tanto para él como significaba Em. Era como si por fin se hubiera enfrentado a su destino.

La llevó más allá, sumergiéndose más profunda y poderosamente en su interior, y ella respondió sin condiciones, abrazándole, reteniéndole, aferrándose a él cuando explotó, acunándole cuando la siguió en el dichoso olvido del placer.

Em se despertó a la mañana siguiente sola. Levantó la cabeza y miró a su alrededor, pero no había señales de Jonas.

Entonces, su mirada cayó sobre la cama, sobre las sábanas arrugadas y torcidas y el cubrecama enredado, y sonrió.

Con un suspiro, se dejó caer sobre las almohadas y clavó los ojos en el techo. Qué noche tan excitante, tan cautivadora, tan absolutamente fascinante había pasado entre los brazos de Jonas. Él había respondido a todas las preguntas que Em se había hecho sobre las relaciones sexuales, le había demostrado lo excitante que era la atracción que había crecido entre ellos, lo que significaba y a dónde conducía...

Frunció el ceño. Ahora era una mujer disoluta. ¿No debería sentirse más... deprimida? ¿Pasmada? ¿Culpable? ¿Arrepentida?

Rebuscó en su interior y no pudo encontrar ningún rastro de esos sentimientos. Lo cierto era que se sentía en el séptimo cielo, como cuando uno se despierta en un día soleado sin una sola nube en el horizonte.

Y cuanto más lo pensaba, cuantas más vueltas le daba en la cabeza a las posibles ramificaciones de sus actividades nocturnas, más comprendía cuánto se estaba alejando de la verdad, cuánto se distanciaba de la realidad, arrebatada por aquellos engañosos sentimientos.

Estaba en Colyton para encontrar el tesoro de su familia. Intentaba hacerse pasar —sin demasiado éxito— por una posadera para que le resultara más fácil buscar dicho tesoro. No formaba parte de sus planes convertirse en la amante de su patrón ni de ningún otro hombre.

Y lo que era peor aún, entre las numerosas vivencias de la noche anterior estaba el borroso recuerdo de que, después de que se hubieran unido por segunda vez, cuando ella yacía en la cama, maravillosa y felizmente indefensa, había escuchado o creído escuchar que Jonas susurraba unas palabras que sonaban muy parecidas a «Eres mía. Mía por completo».

El problema era que...

Hizo una mueca, apartó la ropa de cama y, haciendo caso omiso de su estado de desnudez, se levantó. Buscó la bata y se la puso, se anudó el cinturón y se preparó para enfrentarse a un nuevo día. En esos momentos podía escuchar a Hilda y a sus chicas trajinando en la cocina, en el piso inferior.

Mientras se lavaba y se vestía, rebuscó en su memoria, intentando recordar ese momento revelador que le aclarara las ideas, pero no tuvo éxito.

Tras darle los últimos toques a su peinado, Em le hizo una mueca a su reflejo en el espejo, se levantó y se dirigió a la puerta.

Su problema era que no podía recordar si realmente había oído a Jonas gruñir esas palabras o si había sido ella quien las pensó con tanta intensidad que las había escuchado resonar en su cabeza.

En el mismo momento en que salió de sus aposentos, la posada y su familia la reclamaron y no tuvo tiempo de considerar el cómo y el porqué, ni mucho menos reflexionar sobre las posibles consecuencias de su noche de pecado. En vez de eso, se dejó envolver por un auténtico torbellino de actividades, de dar órdenes, de organizar, de tomar decisiones y —maravilla de maravillas— de dar la bienvenida a los primeros huéspedes de la posada en más de cinco años.

—Escuché en Exeter que Red Bells volvía a estar en pleno funcionamiento —dijo el señor Dobson, uno de los clientes—. Hace años, solía detenerme muy a menudo en esta posada. Viajo por la zona cada pocos meses. He pensado que valía la pena pasarme por aquí, en especial cuando oí que hay buena comida.

Em le brindó una sonrisa de bienvenida.

—Nos alegramos mucho de que lo haya hecho. Mary le acompañará a su habitación. Le subirán el equipaje en un momento. Pídale a Edgar cualquier cosa que necesite.

El hombre inclinó el sombrero y siguió a Mary, una de las dos chicas de las granjas cercanas que Em había contratado para que ayudara a limpiar las habitaciones y se encargara de las tareas de doncella, escaleras arriba. Bajo la guía de Em, las dos chicas y las tres lavanderas habían trabajado como esclavas para que las habitaciones volvieran a ser confortables. Em se había quedado bastante sorprendida y complacida con el resultado. Ahora sólo faltaba saber cómo reaccionarían los nuevos huéspedes ante las paredes recién encaladas, las sábanas limpias y las almohadas y colchones recién rellenados. Las cortinas y la tapicería también estaban limpias; había hecho falta una semana de trabajo para que Em quedara satisfecha con el aspecto de las cuatro habitaciones de la parte delantera y diera el visto bueno para que volvieran a abrirse a los huéspedes.

Em se pasó la mañana charlando con los vecinos, supervisando órdenes y dándoles la bienvenida a los huéspedes. A las once, después de que Mary hubiera instalado en sus habitaciones a un matrimonio que recorría el país contemplando las vistas, le sugirió a la chica que llevara a su hermana con ella al día siguiente, para que pudieran compartir el trabajo y conseguir que el resto de las habitaciones estuvieran preparadas para su uso. Ojalá no tuviera que rechazar a un cliente por eso. Dado que cualquiera que pasara la noche en la posada tenía que comer y beber allí necesariamente, las ganancias que obtendrían serían mayores y por lo tanto la contratación de personal extra quedaría compensada más que de sobra.

La joven tomó nota mental de mencionarle el incremento de personal a Jonas; no, a Jonas no, a su patrón. Estaba resuelta a no permitir que los recuerdos de la noche anterior se inmiscuyeran en el trabajo, así que los desterró de sus pensamientos con resolución. Deteniéndose un momento en el pequeño vestíbulo ante el despacho, se volvió para mirar el salón de la posada. Estaba totalmente lleno, pues la gente había acudido a la posada atraída por el olor a canela de los panecillos de Hilda.

Estaba a punto de entrar en el despacho cuando un recién llegado entró en la posada. Llevaba una bolsa de viaje y un paquete, y se detuvo justo en el umbral antes de mirar lentamente a su alrededor. Pareció observarlo todo con aire casual.

Em también tomó nota de él. Era un hombre atractivo, mucho más atractivo que el resto de los clientes de la posada, que estaban sentados a un lado del salón.

Dado el escrutinio al que le sometían los vecinos de Colyton, Em estaba segura de que era un extraño. Era un hombre alto y fornido. Tenía el pelo negro, lo suficientemente largo como para que pudiera ser despeinado por el viento, y un rostro apuesto, aunque anguloso y moreno. Em miró la mano con la que sostenía la bolsa de viaje; también estaba bronceada. Supuso que podía ser marino.

No era demasiado viejo, debía de rondar los cuarenta años. La ropa que vestía indicaba que no era un sirviente. Llevaba una chaqueta azul oscuro con un buen corte, un chaleco sencillo y una corbata poco llamativa. Los pantalones eran del mismo color azul oscuro que la chaqueta, pero de un tejido más grueso. Em intuyó que aquellas prendas habían sido confeccionadas por un sastre rural. El hombre —había algo en él que hacía que no le considerara un caballero— provenía sin duda de algún condado cercano.

Tras completar su inspección visual, el extraño se inclinó y cogió el paquete, cuadrado y plano, que había dejado junto al marco de la puerta. Con él bajo el brazo y la bolsa de viaje en la otra mano, se dirigió hacia el mostrador. Saludó a Edgar con la cabeza.

—Buenos días. He oído que hay habitaciones. Si es posible me gustaría alquilar una.

Ocupado en servir una pinta de cerveza, Edgar asintió con la cabeza.

—Sí, creo que aún tenemos una habitación libre. —Miró a Em, arqueando las cejas de manera inquisitiva.

La joven alzó la cabeza, salió de las sombras y se acercó a la barra del bar. Al verla, el desconocido se enderezó. Ella sonrió mientras pasaba junto a Edgar y sacaba el libro de registro que había debajo del mostrador para colocarlo ante el desconocido.

—Buenos días, señor. Está usted de suerte, pues nos queda una habitación libre.

La joven levantó la vista y descubrió que el desconocido tenía los ojos grises. Le devolvió la sonrisa con la mirada clavada en ella.

Era un hombre muy guapo y Em no pudo evitar preguntarse por qué sus sentidos sólo bostezaban. Lo más probable es que Jonas los hubiera dejado agotados.

Sin dejar de sonreír cordialmente al hombre, la joven abrió el libro de registro y lo giró hacia el recién llegado.

—¿Podría decirme su nombre, señor? —Indicó la columna en la que debería escribir tal información.

—Hadley. William Hadley. —El hombre cogió el lápiz que estaba atado al libro de registro y escribió su nombre antes de firmar a un lado.

Em volvió a girar el libro hacia ella y apuntó la fecha.

—¿Cuántos días piensa quedarse, señor Hadley?

Le miró, esperando que le dijera que se quedaría un par de días.

—En principio, pensaba quedarme una semana. —La miró a los ojos cuando ella parpadeó—. ¿Hay algún problema?

—No, por supuesto que no —se apresuró a asegurar ella—. Nos encanta que nuestros huéspedes se queden varios días. —Y que los pagaran, claro está. Em hizo cálculos con rapidez—. Pero en ese caso, necesitamos que nos pague cuatro días por adelantado —añadió, y le mencionó la cifra.

Sin titubear, Hadley sacó una bolsita de cuero y extrajo dicha cantidad.

Em aceptó el dinero con una sonrisa, segura ya de que Hadley no era un estafador.

—¿Tiene negocios en la zona? —le preguntó con naturalidad.

Hadley también pareció más relajado.

—Podría decirse que sí. —Señaló el extraño paquete que llevaba con él—. Soy artista. Viajo por todo el país dibujando antiguos monumentos. He oído decir que la iglesia de Colyton es digna de ser visitada y que en ella puedo encontrar algunas de las mejores piezas de arte sacro del país.

—¿De veras? —Em recordó que las estatuas del interior de la iglesia estaban muy bien trabajadas y que tenía muchísimos detalles intrincados. Esbozó una radiante sonrisa—. En ese caso, espero que su estancia le resulte muy productiva y placentera. Mary, por favor... —llamó a la doncella, que se apresuró a acercarse y hacer una reverencia—, muéstrale la habitación a nuestro huésped. Si necesita algo más, señor Hadley, por favor, no dude en avisar a cualquier miembro del personal.

—Gracias, así lo haré.

Hadley la saludó cortésmente con la cabeza, cogió su bolsa de viaje y el paquete. Em reconoció el contorno de un caballete portátil cuando el hombre se giró para seguir a Mary, que le indicó las escaleras con las mejillas sonrojadas.

Hadley atravesó a paso vivo el salón, fijándose en las diversas mujeres reunidas a un lado de la estancia, las cuales le observaban con abierto interés. Curvando los labios en una sonrisa, él las saludó cortésmente con la cabeza.

—Señoras...

En respuesta a esas palabras, se produjo un profundo revuelo. Algunas de las mujeres asintieron con cautela, otras agacharon la cabeza y el resto, simplemente, se le quedó mirando.

Hadley se dio la vuelta y subió las escaleras detrás de Mary. Su público continuó observándole en silencio. Y no fue hasta que él desapareció de la vista en el pasillo de la planta superior, que se escuchó alguna que otra risita tonta.

Em apenas lo notó, pues tenía puesta la atención en otra cosa. No podía dejar de pensar en el exquisito manjar que Hadley le había puesto en bandeja. Si la iglesia era realmente un lugar que atraía a artistas —en especial para pintarla, un pasatiempo que se permitían muchas damas—, quizá su patrón y ella deberían considerar diversas maneras de atraer la atención de las sociedades artísticas. Actividades como pintar estatuas podían realizarse en cualquier época del año. Considerando los beneficios que obtendrían al contar con un flujo constante de huéspedes cuya atracción por la vecindad no dependiera del clima, Em se dirigió a su despacho.

El resto del día transcurrió de manera menos agradable.

Harold llegó poco después de que terminaran de servir el almuerzo. Pidió una jarra de cerveza y se sentó a una mesa, dedicándose a lanzar miradas furiosas y amenazadoras a su sobrina cada vez que ésta aparecía.

Oscar se ofreció amablemente a ponerle de patitas en la calle. Em sopesó el ofrecimiento pero al final declinó. Prefería que Harold estuviera donde ella podía vigilarle y no que anduviera por ahí, tramando algo a sus espaldas.

Su tío seguía allí cuando las gemelas bajaron al salón, después de la lección de la tarde, acompañadas de Issy. Mientras bajaba las escaleras delante de sus hermanas, Issy se percató de la presencia de Harold y condujo con rapidez a las gemelas a la cocina, poniendo como excusa los deliciosos bollitos de Hilda. Tras dejarlas bajo la mirada maternal de la cocinera, Issy fue a buscar a Em a su despacho.

Em levantó la cabeza del libro de cuentas y asintió con la cabeza.

—Sí, ya sé que está ahí.

Issy parecía preocupada y un tanto alterada.

—¿Estás segura de que no te importa que vaya a reunirme con Joshua? No es necesario que vaya si me necesitas aquí.

Em cerró el libro y negó con la cabeza.

—No, puedes irte si quieres. Yo me quedaré aquí con nuestros angelitos y me aseguraré de que no hacen nada inapropiado.

Issy solía dirigirse a la rectoría en cuanto acababa con las lecciones de las gemelas. Se reunía allí con Henry y con Joshua, pero por lo general acababa sentada con Joshua en el porche delantero mientras Henry terminaba de hacer los deberes en el interior, luego, su hermano y ella volvían juntos a la posada.

Era todo muy inocente y sincero, e Issy merecía disfrutar de un momento de dicha y paz después de ocuparse de las gemelas durante todo el día.

Em se levantó de la silla y le señaló la puerta.

—Vete, nos las arreglaremos perfectamente sin ti.

Issy hizo una mueca.

—¿Estás segura?

—Estoy segura. ¡Vete! —le indicó Em con su gesto más severo. Issy se rio y se fue.

Sonriendo, Em la siguió hasta la puerta. Se quedó allí observando a su hermana, que ignoró a Harold por completo —de hecho, sonreía como si nada le preocupara y no hubiera visto allí a su tío— mientras atravesaba el salón y salía por la puerta principal de la posada.

Oculta entre las sombras del pequeño vestíbulo —lugar que había resultado ser muy útil para observar sin ser vista—, Em continuó mirando a su tío hasta que estuvo segura de que éste no iba a seguir a su hermana.

Aliviada ante ese hecho, se encaminó directamente hacia su siguiente responsabilidad..., mantener ocupadas a las gemelas.

En contra de la creencia de Issy, las niñas sí habían visto a Harold, así que Em se pasó las horas siguientes inventando tareas que mantuvieran a sus hermanitas alejadas del salón, donde normalmente solían quedarse al caer la tarde, sentadas ante el fuego de la chimenea mientras escuchaban los chismes de las ancianas y mostraban aquella atractiva apariencia de niñitas angelicales.

Casi consiguieron volver loca a Em, pero al final la joven salió victoriosa. Sin embargo, le habría venido bien no tener algunos ácidos pensamientos sobre cierto propietario de posada que podría haberle echado una mano.

Para sorpresa de la posadera, dicho dueño tampoco hizo acto de presencia por la noche. Em se había acostumbrado a verle en una esquina de la barra del bar con una jarra de cerveza, que solía durarle toda la velada, charlando con los vecinos y clavando su mirada oscura en ella cada vez que pasaba delante de él. Em echaba de menos verle a esas horas, eso era todo. Se dijo a sí misma que ésa era la causa de la molesta inquietud que la embargaba —la sensación de que aquello no era correcto— y que se fue incrementando a lo largo de la noche.

Finalmente, Harold se fue después de agasajarse con una copiosa cena y una botella de vino tinto. Cada vez que ella le miraba, él la estaba observando con el ceño fruncido. No le agradó ver que regresaba más tarde, cuando había mucha menos gente en el salón. Su tío se acercó al mostrador y pidió un whisky. Edgar la miró y, cuando ella asintió con la cabeza, se lo sirvió. Em sabía que Harold no era dado a la bebida, así que tomar una copa no le afectaría en absoluto.

No lo hizo, pero... La sensación de ansiedad que embargaba a Em creció al notar que él no sólo dirigía su malévola mirada hacia ella, sino también al resto de los clientes.

Estaba esperando a que se marcharan todos para poder acercarse a ella. Y, por una vez, su caballero de brillante armadura no estaba presente.

Según se acercaba la hora de cerrar, Em cambió de opinión sobre los caballeros de brillante armadura. Se fue sintiendo cada vez más tensa mientras esperaba que llegara el momento en que se fuera el último cliente y Harold hiciera su movimiento. ¿De qué se trataría esta vez? Sin embargo, al final, la estratagema de Harold fue derrotada por la alianza de los vecinos del pueblo, quienes, sospechando que el tío de Em tenía intención de quedarse allí hasta la hora de cerrar, se acercaron a él para hacerle cambiar de opinión. Conducidos por Oscar, que algunas veces era locuaz y otras beligerante, rodearon a Harold y se ofrecieron a invitarle a una pinta de cerveza mientras departían afablemente con él, luego, cuando Harold declinó la invitación, procedieron a regalarle los oídos con los hechos más interesantes de sus vidas.

Cuando se hizo evidente que iban a continuar así un buen rato, toda la vida si fuera necesario, Harold se rindió y, tras lanzarle una mirada furiosa a su sobrina, se marchó.

Todos lanzaron un suspiro de alivio. Em les dio las gracias a sus inesperados salvadores y les prometió invitarles a una jarra de cerveza al día siguiente. En cuanto los últimos clientes salieron de la posada, Edgar echó la llave a la puerta y también se marchó a su casa.

Cuando al fin se quedó sola, Em lanzó un profundo suspiro, cogió una lámpara y se dirigió hacia las escaleras.

A su habitación vacía, con una cama igual de vacía.

Mientras subía las escaleras, intentó convencerse a sí misma de que así era como debía ser. Como sería siempre.

Alguna parte de su ser —la parte Colyton— soltó un gruñido, enfurruñada y contrariada ante tal pensamiento. Entró en sus aposentos, cerró la puerta y, tras subir la intensidad de la luz de la lámpara que Issy había dejado encendida en el tocador para ella, cruzó la salita en dirección al dormitorio. No quería tener que pensar en nada, pero no podía evitar considerar que aquella tensa tarde habría sido mucho menos sombría, mucho menos fatigosa y desapacible, si Jonas hubiera estado allí con ella.

Se habría sentido mucho más segura, más confiada, y no tan vigilante y recelosa.

—¡Tonterías!

Haciendo una mueca, se sentó delante del tocador, encendió las dos lámparas que flanqueaban el espejo y comenzó a quitarse las horquillas del pelo. Por la mañana había tenido que buscarlas por todas partes; la mayoría estaban desperdigadas por el suelo y la cama.

Acababa de soltarse el pelo y empezaba a deshacerse las trenzas, cuando oyó que chirriaba un escalón de las escaleras.

El corazón le dio un vuelco, pero entonces escuchó unos pasos firmes y recordó que ahora tenían huéspedes en la posada. Uno de ellos debía de haber bajado las escaleras, pero ¿por qué?

Antes de que pudiera comenzar a imaginarse historias truculentas, escuchó un leve golpe en la puerta de la salita.

Frunciendo el ceño, se levantó y se acercó a la puerta que comunicaba el dormitorio con la salita, y se quedó paralizada en el umbral cuando vio que la puerta se abría lentamente.

Entró Jonas.

Él la vio, sonrió y cerró la puerta... con llave. Luego se acercó a ella.

Em parpadeó y se estremeció ante la agitación de sus sentidos. Frunció el ceño cuando él se acercó.

—¿Qué estás haciendo aquí?

Jonas arqueó las cejas. Se detuvo ante ella y, poniéndole las manos en la cintura, la llevó de vuelta al dormitorio. Em se dio cuenta de sus intenciones e intentó clavar los talones en el suelo, pero para entonces ya había entrado en la habitación, y él con ella.

Jonas cerró la puerta de un puntapié. Con una tierna expresión en la cara, le sostuvo la mirada.

—¿Dónde iba a estar si no?

Ella lanzó una mirada mordaz al reloj.

—¿En tu habitación en Grange?

Jonas negó con la cabeza. Curvó los labios y se dio la vuelta mientras se quitaba la chaqueta para depositarla cuidadosamente en el respaldo de una silla.

—Es hora de acostarse.

—¡Precisamente por eso! —Em se acercó a la silla, recogió la chaqueta y se la tendió para que volviera a ponérsela—. Deberías irte a tu casa, a tu habitación y a tu cama.

Jonas miró la chaqueta, luego levantó la vista a la cara de Em sin dejar de desabrocharse los puños de la camisa.

—Prefiero esta habitación... y tu cama. Tiene una gran ventaja sobre la mía. —Tras soltarse los puños, comenzó a desabrocharse los demás botones de la camisa.

Em frunció el ceño, observando cómo aquellos largos dedos descendían por la larga hilera de botones. Entonces, se reprendió a sí misma y se obligó a pensar.

—¿Qué ventaja? —se sintió impulsada a preguntar.

Él esbozó una amplia y pícara sonrisa.

—Que no estaré solo en la cama. Tú estarás conmigo.

La joven entrecerró los ojos y volvió a dejar la chaqueta en el respaldo de la silla. Justo en ese momento, Jonas terminó de desabrocharse los botones y se quitó el pañuelo y la camisa. Ella abrió mucho los ojos.

—¡Jonas!

Dejando caer las dos prendas en la silla, él arqueó las cejas.

—¿Qué?

Jonas seguía teniendo una expresión tierna, pero sus ojos oscuros brillaban con picardía.

Inspirando profundamente, algo que resultaba difícil dada su reacción ante el patente y fascinante despliegue de masculinidad que se mostraba ante ella, señaló el pecho de Jonas y luego el espacio que les rodeaba.

—No puedes... No podemos. No deberías estar aquí.

—¿Por qué no?

—Porque, a pesar de lo que ocurrió anoche, esto no puede ser. No voy a ser tu amante. —Em no había tenido tiempo de pensar en la situación, pero eso era algo de lo que estaba segura.

—Por supuesto que no. —Jonas se sentó en la silla y procedió a quitarse las botas y los calcetines—. Estoy totalmente de acuerdo contigo.

Ella clavó los ojos en él.

—Pero... si no quieres que sea tu amante, ¿qué haces aquí?

Él arqueó una ceja.

—Después de lo ocurrido anoche, pensaba que ya sabrías la respuesta a esa pregunta.

Em se sintió completamente perdida, pero no pensaba rendirse sin más a él o a su acuciante yo interior. Cruzó los brazos y le dirigió su mirada más severa.

—Aunque entiendo que anoche pude haberte dado una impresión equivocada, no consentiré en convertirme en tu amante ocasional.

Jonas frunció el ceño y abrió la boca para responder, pero ella le silenció con un gesto de su mano.

—No, quiero que me escuches. Al margen de nuestros deseos, esto, tú y yo..., sencillamente, no puede ser. No podemos ceder a nuestras pasiones así porque sí.

Él arqueó las cejas lenta e inquisitivamente.

Ella frunció el ceño y apretó los brazos bajo sus pechos.

—Sabes de sobra por qué. Mi reputación quedaría arruinada y, dado que éste es un pueblo pequeño, tú tampoco escaparías de rositas. Y además, los dos estamos intentando que la posada vuelva a recuperar toda su gloria anterior, y cualquier escándalo relacionado con nosotros ahuyentaría de inmediato a todas las mujeres que hemos conseguido atraer aquí. Así que, a pesar de nuestros sentimientos, nuestra reputación y la posada son demasiado importantes, no sólo para nosotros, sino para los demás, para que lo arriesguemos todo sin pensar.

Jonas había entrecerrado los ojos mientras la miraba fijamente.

—Todo eso es cierto —dijo, asintiendo bruscamente con la cabeza.

Ella le miró frunciendo el ceño para sus adentros.

—¿Así que estás de acuerdo conmigo? —le preguntó con voz tensa.

—No has dicho nada que no haya pensado yo antes.

Desconcertada, Em frunció el ceño.

—Entonces ¿qué haces aquí?

Jonas apretó los labios. Bajó la mirada al suelo y se levantó de la silla.

—Jamás he pensado en convertirte en mi amante, ni mucho menos en mi amante ocasional. Y, aunque todo lo que has dicho es indiscutiblemente cierto, existe una solución muy sencilla para todo esto, una que nos permitirá disfrutar de nuestra relación y también tener todo lo demás.

Ella intentó pensar en algo, pero no se le ocurrió nada.

—¿Qué solución?

Él la miró directamente a los ojos. Los de él estaban muy oscuros.

—Lo único que tienes que hacer es casarte conmigo y todo estará bien.

El tono con que lo dijo parecía sensato, pero por debajo se percibían fuertes emociones.

—Casarme contigo. —Antes lo había estado mirando con los ojos muy abiertos, pero ahora se le pusieron como platos—. ¿Casarme contigo? Pero... pero... —Jonas le sostuvo la mirada. Ella vio en sus ojos una fuerza y una determinación poderosas que ya había sentido antes. La cabeza comenzó a darle vueltas, y sus pensamientos se sumieron en un absoluto caos. Dijo las primeras palabras que le vinieron a la mente—: ¿Lo dices en serio?

Jonas entrecerró los ojos y éstos parecieron destellar como fragmentos de cristal.

—Siempre lo hago. —Él le examinó la cara y observó la expresión de profundo asombro de Em. Sabía que era sincera y sintió que su temperamento se inflamaba—. Hablo muy en serio. ¿Qué demonios imaginabas que buscaba en ti?

Em parpadeó sin apartar la vista de él.

—Pasión. Deseo. Necesidades incontrolables. ¿Cómo diablos iba a saber que querías casarte conmigo? —La joven abrió los brazos—. ¡Por el amor de Dios, soy tu empleada!

—Se supone que lo sabías porque te dije que te estaba haciendo la corte. —Tensó la mandíbula—. También te señalé que los caballeros como yo no seducen a sus empleadas. —Le tocó la punta de la nariz con un dedo, haciendo que retrocediera un paso—. ¡Y no te molestes en decirme que eres mi posadera! Todos en el pueblo saben muy bien que eres una dama y que lo más probable es que para librarte de tu tío Harold, algo totalmente comprensible, te hayas visto obligada a aceptar el puesto de posadera. Pero nadie cree que seas posadera de verdad, porque no lo eres.

Él clavó la mirada en ella. Em se la sostuvo con los ojos brillantes y llenos de incertidumbre. El ceño fruncido recalcaba su confusión. Resultaba evidente que ella no se había dado cuenta de que todos conocían su verdadero origen y no sabía cómo reaccionar ante eso.

Eso último lo hizo vacilar. No entraba en sus planes que ella se negara a ser su esposa.

Aquella mera idea aplacó su temperamento y permitió que la sabiduría de que sería mejor no asustarla ni presionarla de ninguna manera no fuera a ser que la terquedad o la incertidumbre la hicieran pronunciar la palabra «no», inundara su mente. Una vez que Em se negara a casarse, se sentiría obligada a mantenerse firme en su postura y todo resultaría mucho más difícil. Conseguir que se decidiera a su favor era una cosa, conseguir que cambiara de idea era una tarea a la que él no deseaba tener que enfrentarse.

Jonas se enderezó y bajó la mano, lanzando un profundo y sufrido suspiro.

—Em... —se interrumpió, luego arqueó una ceja—, ¿es tu nombre de verdad?

Ella consideró la pregunta y asintió con la cabeza.

—¿Beauregard?

Em alzó la barbilla.

—También es mi nombre real.

Pero no era su apellido. Em sintió como si hubiera entrado en una realidad completamente diferente. ¿Matrimonio? Revivió mentalmente sus anteriores encuentros, todo lo que Jonas le había dicho, porque a pesar de lo que Em había pensado tenía que reconocer que sí, que él podía haber tenido el matrimonio en mente durante todo el tiempo, pero...

Más segura de sí misma, Em cruzó los brazos, una postura que le hacía sentirse más segura todavía, y frunció profundamente el ceño.

—Nunca me has hablado de eso. Si hubieras pronunciado esas palabras, o algo parecido, me acordaría.

Jonas pareció un poco resentido ante su tono.

—Sí, bueno... —Le sostuvo la mirada, luego hizo una mueca—. Desde el principio supe que quería casarme contigo, pero no acepté esa conclusión de inmediato. Aunque el matrimonio era lo que tenía en mente desde el primer momento, no quise admitirlo, no con palabras, ni ante ti ni ante mí mismo. Hasta que hace una semana me di cuenta de que no podía seguir luchando contra ello ni fingir que tenía otras intenciones contigo.

Él dio un paso adelante, clavando sus ojos oscuros en la cara de Em.

—Pero quiero casarme contigo y ése ha sido siempre mi objetivo. —Volvió a tensar la mandíbula—. Y...

—Y ha sido un error por mi parte, sabiendo como sé que eres un caballero honorable, imaginar que pretendías otra cosa. —Em asintió con la cabeza, aceptando la reprimenda y la más que justificable cólera de Jonas—. Pero... —La joven volvió a examinar los recuerdos de sus anteriores encuentros, antes de centrar la atención en él—. Aunque admito que te alenté, fuiste tú quien me sedujo.

—Sólo porque quiero casarme contigo. —Jonas alargó el brazo, le cogió una muñeca y luego la otra y le hizo descruzar los brazos—.

Pensé que quizá necesitabas un poco de ayuda para tomar la decisión y, como de todas formas vamos a casarnos, no pasa nada porque hayamos hecho el amor antes de pronunciar los votos matrimoniales.

Em entrecerró los ojos cuando él le soltó las muñecas y la cogió por la cintura para acercarla a su cuerpo.

—Pero esto... esto... —Em notó que se le disparaba el pulso ante la cercanía de Jonas y la promesa que leía en sus ojos. ¿Sería posible que estuviera sintiendo su deseo a través del roce de sus manos?—. ¿Es ésta tu manera de persuadirme?

Él bajó los labios hacia los suyos.

—Entre otras cosas.

Ella no estaba segura de nada —no con respecto a él, ni mucho menos con respecto a ellos—, salvo del beso que la envolvió. Jonas le separó los labios y su lengua buscó la de ella, tentándola, y Em le buscó a su vez, ansiosa por volver a recorrer el camino del placer de la mano de él.

En ese momento, todo parecía muy sencillo. Allí estaba él y allí estaba ella, y entre ellos ardía una llama que nunca parecía apagarse por completo. Ardía con un simple toque, con una larga y evocadora caricia, con el roce de la mano de Jonas que se deslizaba desde el hueco de su garganta hacia uno de sus pechos, deteniéndose allí para capturarlo, para sopesarlo, para reclamarlo antes de continuar bajando hacia su vientre, apretándoselo suavemente para luego presionar más abajo, en la unión de los muslos, y posar su mano allí de una manera manifiestamente posesiva.

Y Em se perdió, se dejó llevar hacia aquel revuelto y ardiente mar de deseo que creaban los dos. La pasión creció y la envolvió. La joven respiró hondo y el anhelo y la necesidad tomaron posesión de ella, impulsándola a seguir.

Una tras otra las prendas que les cubrían cayeron al suelo, las de ella y las de él; no importó quién desabrochó qué ni quién tiró de qué. Lo único que importaba era desnudarse y sentir la piel del otro con una urgencia que pareció alcanzar tanto a uno como a otro. De repente estaban desnudos con las manos asidas y los dedos entrelazados con fuerza. Em se apretó todavía más contra él, como si haciendo eso pudiera fundir sus cuerpos y conseguir que la pasión alcanzara nuevas cotas.

Estaban de pie desnudos en medio de la habitación, con la luz de la luna entrando a raudales por la ventana y derramando su fría luz plateada sobre sus cuerpos calientes. Jonas rompió el beso y dio un paso atrás maldiciendo entre dientes; entonces la cogió por las caderas y la alzó.

—Rodéame la cintura con las piernas.

Las palabras no fueron más que un ronco gruñido. Ella apenas entendió lo que decía, pero le obedeció sin vacilar ni un instante.

Entonces, él la colocó sobre su gruesa erección y la bajó hasta empalarla por completo.

Iluminada por la luz plateada, Em cerró los ojos y dejó caer la cabeza hacia atrás con un gemido. Él sintió la presión con la que le ceñía, con que le acogía cada vez más profundamente en su interior, y también percibió la satisfacción de la joven cuando se hundió todavía con más avidez, aprisionándolo en su cuerpo, tomándole completamente para sentir la dichosa plenitud, para sentirse completa por un momento.

Deseándole. Necesitándole.

Encantada de sentirle en lo más profundo de su ser.

Em le estrechó con fuerza y un segundo después escuchó «mía, toda mía» resonando en su cabeza, pero esta vez supo que aquel ronroneo era aceptado sin ninguna reserva por su intrépida alma Colyton que también ronroneaba satisfecha.

Pero entonces el fuego irrumpió entre ellos. Ardió con enormes llamas y les envolvió en un rugido atronador. Los atravesó, surcando sus venas, tensándoles todas las terminaciones nerviosas, extendiéndose bajo su piel, y Em ya no tuvo tiempo de preguntarse ni pensar en nada más.

Sólo pudo besarle, envolver los brazos en torno a sus hombros, y aferrarse a él mientras le daba la bienvenida al evocativo y constante saqueo de su lengua, que imitaba y enfatizaba la repetitiva posesión de su cuerpo, el empuje y la retirada indescriptiblemente eróticos de la erección en su resbaladiza funda.

Él la llenó de una manera constante e implacable y lo único que ella pudo hacer fue disfrutar. Jonas le sujetaba las caderas con firmeza y ella no podía moverse más que en su dirección. Sólo podía contener el aliento, aferrarse a él y gemir mientras Jonas la movía sobre él para poder penetrar más profundamente, y luego retirarse, provocando un flujo constante en la marea de sus pasiones, ralentizando el inevitable viaje hacia la cumbre hasta el momento en el que sus terminaciones nerviosas y sus sentidos no pudieran soportarlo más.

Jonas se esforzó, batalló, luchó por contenerse, por controlar la bestia de su interior que sólo quería devorarla. Ya le había tomado la medida sensual y, por lo tanto, la había tomado de esa otra manera, sin llevarla a la cama.

A Em le gustaba... la aventura. Las innovaciones, las nuevas posiciones, los estímulos intensos y eróticos, explorar nuevos horizontes, y él estaba perfectamente preparado para darle el gusto. Desde el primer beso, Jonas había sospechado —reconocido de alguna manera— su carácter apasionado, su temeraria intrepidez, su valor incuestionable, la habilidad —incluso la tendencia— de abandonarse sin condiciones, sin reservas, a cada nueva experiencia.

En ese caso, la persuasión más efectiva resultaba ser la más innovadora, tener algo nuevo con lo que seducirla. Mostrarle un nuevo paisaje que Em pudiera explorar con él y sólo con él, y conducirla hasta el final sin que ella se diera cuenta de cuál era la meta.

Jonas no tuvo que pensar para comprender todo eso, lo sabía de manera razonable e instintiva.

Igual que sabía, cuando finalmente permitió que recorrieran los últimos e inevitables pasos hacia la cima, que el camino que había elegido era el correcto. Poseerla física, total y absolutamente era la única forma de hacerla suya.

Su esposa, su amante..., a la que abrazar, poseer, proteger.

Cuando Em alcanzó el clímax en sus brazos, él emitió un rugido ahogado contra la curva de su garganta y se permitió perderse, empujar profundamente en el cálido interior y llenarla con su semilla. Tener a una mujer, poseerla, nunca le había hecho sentir tan bien.

Tan profunda y completamente satisfecho.

Tan profunda y absolutamente completo.

14

Em se dio cuenta de que la persuasión podía adoptar muchas formas. Y al parecer Jonas consideraba que el éxtasis era un potente persuasor; Em no estaba segura de si podía o quería disentir con él.

De hecho, las tres veces que la había hecho alcanzar el éxtasis la había dejado lánguida y jadeante; las deliciosas sensaciones que le había provocado la noche anterior sugerían que Jonas estaba dispuesto a invertir una considerable cantidad de tiempo y energía en convencerla de que aceptara casarse con él.

De que aceptara convertirse en su esposa.

Mientras cumplía con lo que ahora era su rutina matutina, desayunando con Issy, las gemelas y Henry, dando una vuelta por la posada y charlando con todos los empleados antes de meterse en su despacho para revisar la lista de pedidos y ajustar cuentas, trataba de asimilar la declaración de Jonas. En cuanto la aceptara, podía decidir cómo se sentía.

Cuando finalmente se encontró sentada en la silla del despacho, con el libro de contabilidad abierto sobre el escritorio ante ella —sin haber hecho ninguna anotación— masculló por lo bajo y dejó de intentar fingir que podría concentrarse en el trabajo. Cerró el libro y se dedicó a considerar el tema que ocupaba su mente en ese momento.

La perspectiva de casarse con Jonas Tallent.

Sospechaba que la mayoría de las mujeres en su posición aceptarían casarse con él sin pensárselo dos veces. Que bailarían de alegría, de dicha e incluso de gratitud ante una oportunidad como ésa. Sin embargo, ella estaba... insegura.

Insegura sobre sus sentimientos. Insegura incluso de cómo debería sentirse.

No es que dudara de Jonas, ni de sus intenciones ni de su determinación. La noche anterior le había demostrado con creces ambas cosas... tres veces. Definitivamente, estaba resuelto a casarse con ella.

Pero Em no sabía si quería —o debería— casarse con él.

Su problema, aquella incertidumbre nada propia de ella, era el resultado de un hecho muy simple: Em jamás había esperado casarse.

Nunca había pensado en el matrimonio, salvo para encogerse de hombros ante algo que consideraba muy poco práctico. No había soñado ni imaginado que ella, algún día, caminaría hacia el altar, no después de que su padre hubiera muerto, dejándola a cargo de sus hermanos.

No había habido ni un solo momento en el que Em hubiera tenido que renunciar conscientemente al matrimonio; no era algo que hubiera deseado ni por lo que había hecho un sacrificio deliberado. El matrimonio nunca le había parecido una opción viable, así que no había formado parte de los planes que había hecho durante los años que había ejercido de ama de llaves de su tío y, para cuando había logrado escapar de él, ya había asumido que el matrimonio no era para ella. Después de todo, ¿qué caballero se casaría con una posadera?

Además, tenía veinticinco años. Definitivamente, se había quedado para vestir santos, aunque por lo visto parecía que no iba a ser así.

Ahora, contra todas las probabilidades y expectativas, Jonas quería casarse con ella.

Miró con el ceño fruncido el libro de contabilidad que había cerrado.

—¿Qué es lo que hace que una mujer en su sano juicio piense en el matrimonio? ¿Qué busca en un marido?

Las preguntas que masculló para sí misma ilustraban su absoluta falta de conocimiento sobre el tema. Y a pesar de lograr formularlas, las respuestas no surgieron espontáneamente en su mente.

—¿Señorita?

Em levantó la mirada y vio a Hilda en la puerta, secándose las manos en el delantal.

—¿Sí?

—Si tiene un momento, señorita, ¿podría venir a la cocina y probar unas empanadas? Creo que están tiernas y crujientes, pero me gustaría mucho conocer su opinión.

—Por supuesto —repuso Em. Empujó la silla hacia atrás y se levantó. Estaba segura de que las empanadas de Hilda estarían deliciosas, pero sabía que la mujer no se quedaría tranquila hasta que las probara.

Y tenía razón. Las empanadas no sólo tenían un aspecto apetitoso, sino que estaban deliciosas. Em hizo un gesto de puro placer.

—Hilda, están estupendas. Será otra excelente adición a nuestro menú.

—Son casi tan buenas como sus pasteles —afirmó Issy. Las gemelas y ella habían hecho un descanso durante las clases y habían aparecido en la cocina, atraídas irremediablemente por los olores del horno. Habían dividido una de las empanadas en cuatro trozos, uno para cada una de las hermanas. Em vio que Issy se chupaba los dedos con delicadeza. Las gemelas miraban a su alrededor buscando más.

Em miró a Hilda.

—¿Cuántas podría tener preparadas para la hora del almuerzo?

—Tengo veinte listas para hornear. Y podría arreglármelas para preparar otras veinte antes de que lleguen los clientes habituales.

Clientes habituales. Esas palabras eran música para los oídos de cualquier posadero. Con el sabor de la empanada todavía en la boca, Em asintió con la cabeza.

—Sí... Deberíamos ofrecerlas con el menú principal para el almuerzo de hoy. Quien no llegue a tiempo para probarlas, se asegurará de hacerlo la próxima vez que las sirvamos.

—¿Señorita? —Edgar asomó la cabeza por la puerta de la cocina—. Los señores Martin, la pareja que se hospedó aquí, quieren hablar un momento con usted.

—Sí, por supuesto. —Em se dio la vuelta y se dirigió con paso decidido al comedor, preguntándose si los Martin se habrían molestado por algo. Al verlos al otro extremo del mostrador del bar, compuso su mejor sonrisa y se acercó a ellos—. Señor y señora Martin, espero que hayan disfrutado de su estancia con nosotros.

—¡Oh, sí, querida! —repuso la señora Martin con vivo entusiasmo—. Todo ha sido maravilloso. Las habitaciones son muy cómodas y ¡qué decir de la comida! —Intercambió una rápida mirada con su marido y luego le confió—: Nos preguntábamos si podríamos quedarnos algunos días más. ¿Sería posible?

Encantada, Em se puso detrás del mostrador y sacó el libro de registro.

—Creo que podemos arreglarlo.

Mientras inscribía a los Martin para dos días más, el señor Martin le confesó que Red Bells era la primera posada de pueblo en la que habían pasado más de una noche.

—Por lo general, sólo nos quedamos varias noches en las ciudades, pero este pueblo tiene algo especial. Hemos pensado pasar un día en Seaton. Nos han dicho que podríamos alquilar una calesa en los establos de la posada.

Em les aseguró que allí encontrarían todo lo que necesitaran. Agradeció que John Ostler hubiera mantenido los carruajes de Red Bells en buen estado y supiera dónde alquilar un caballo.

—Hablaré inmediatamente con el encargado de los establos —les dijo a los Martin—. ¿Cuándo quieren disponer de la calesa?

Después de pedir a John Ostler que preparara el carruaje, Em regresó al interior de la posada, debatiendo sobre las opciones de alquilar un caballo para los carruajes o comprar unos animales a los que tendrían que alimentar y cuidar sin importar que la gente los alquilara o no.

Al mirar hacia la barra del bar más por costumbre que otra cosa mientras se dirigía hacia el despacho, vio a Lucifer charlando con Thompson, que además de ser el herrero local, se encargaba de transportar a la gente en su barca de una orilla a la otra del río. Se detuvo, vacilando, luego se acercó a ellos para preguntarles si considerarían rentable o no que comprara caballos para la posada.

Después de eso, la mañana transcurrió en un torbellino de comprobaciones, acuerdos, consultas y pedidos; Em tuvo que supervisar la limpieza de las habitaciones, el señor Dobson se había marchado, pero esa noche volverían a ocupar su habitación, y tenían dos más alquiladas. Con suerte, el señor Dobson hablaría bien de ellos, pues Edgar había mencionado que se había deshecho en cumplidos antes de partir.

El señor Hadley parecía haberse integrado perfectamente. Le observó apoyado en el mostrador, hablando con Edgar de una manera natural y tranquila. Más tarde, cuando comenzaron a llegar los clientes habituales para el tentempié de media mañana, lo vio charlando con Oscar, sin duda intercambiando vivencias personales.

A pesar de todas aquellas distracciones, la idea del matrimonio como institución no abandonaba sus pensamientos. Se detuvo en la cocina y encontró a Hilda tomándose un bien merecido descanso ahora que las empanadas estaban en el horno. Em se sirvió una taza de té y se sentó junto a la mujer en la mesa de trabajo.

Tras tomar un sorbo de té en amigable silencio, Em se decidió a preguntarle.

—Lleva mucho tiempo casada, ¿verdad, Hilda? —susurró.

Hilda soltó un bufido, pero esbozó una media sonrisa.

—Sí, décadas. Déjeme decirle que hay mañanas en las que soy muy consciente de cada año de nuestra vida en común. Sin embargo —se encogió de hombros con filosofía—, hay otros días en los que me siento como si me hubiera casado ayer mismo.

—Si tuviera que decir qué es lo que considera más importante del matrimonio, no de su marido, sino de la propia institución, ¿qué sería?

Hilda le lanzó una mirada llena de curiosidad, pero como Em no dijo nada más, reflexionó sobre la pregunta mientras tomaba un sorbo de su propio té.

—Estar asentada —dijo después de un momento—. Tener una casa, saber dónde encaja cada uno. —Bajó la taza e hizo una pausa, luego apretó los labios y asintió con la cabeza—. Sí..., eso es. Cuando estás casada sabes perfectamente quién eres.

Em arqueó las cejas.

—Nunca lo había visto de esa manera. —Mientras tomaba otro sorbo de té, Em consideró la cuestión, luego terminó de beberse el té—. Gracias.   Se despidió de Hilda, se levantó, dejó la taza en el fregadero y se dirigió a su despacho.

«Saber quién eres», había dicho Hilda. Pero mientras se arrellanaba en su silla dispuesta a concentrarse en los pedidos del día, Em sospechó que la cocinera había querido decir «qué eres». El matrimonio, ya fuera entre miembros de la clase acomodada o entre campesinos, le daba a una mujer un cierto estatus, una posición que era reconocida por la sociedad.

¿Pero era eso —lograr eso— suficiente razón para casarse? ¿En especial para que Em aceptara casarse? Como posadera —si bien no conocía a ninguna otra posadera con la que hacer comparaciones— estaba satisfecha con su papel y con su posición en el pueblo, pues desde que había llegado allí había contado con el aprecio, el respeto y el apoyo de los vecinos.

No creía que tuviera que casarse para saber quién o qué era.

Aunque eso no aclaraba sus dudas. Jonas tampoco había sugerido que ella tuviera que casarse con él por ninguna razón. Lo cierto es que no había dicho nada del matrimonio en sí, sólo que tenía intención de casarse con ella; la declaración no había sido una propuesta. No había preguntado, solicitado ni pedido su mano. Había expuesto sus intenciones, como si la aceptación de Em estuviera fuera de toda duda, como si eso fuera algo que sucedería antes o después.

Con el libro de contabilidad todavía cerrado delante de ella, Em entrecerró los ojos y miró sin ver el otro lado de la estancia, preguntándose si no debería dejar de pensar en el tema hasta que él volviera a sacarlo a colación. Entonces podría obligarle a que se declarara correctamente y a que, por consiguiente, le explicara por qué razón quería casarse con ella.

Em tendría que presionarlo hasta conseguir una respuesta, pues conocía muy bien su reticencia sobre el tema. Después de todo, ¿cuánto tiempo había tardado Jonas en pronunciar la palabra «matrimonio»? De hecho, le había dicho que, al principio, no había tenido ningún deseo de admitir la idea.

Además, puede que quisiera casarse con ella, pero ¿sabría decirle por qué? ¿Por qué se sentía así? ¿Por qué pensaba que casarse con ella era una buena idea?

¿O es que simplemente se había acostumbrado a la idea?

Em sospechaba que se trataba de esto último. De todas formas, no podía dejarse guiar por la idea que Jonas tuviera del matrimonio. Después de todo, él era su adversario en ese campo.

Hasta que le hiciera la proposición correcta, ella no le daría una respuesta. Que no se hubiera declarado aún, daba tiempo a Em para definir su posición. Sospechaba que ése sería el mejor modo de proceder para saber qué era lo que realmente quería antes de que él le hiciera una propuesta formal a la que tener que responder.

Clavó la mirada en el libro de contabilidad. Frunció el ceño, negó con la cabeza y abrió el libro. Definir su posición ante un hipotético matrimonio no era una tarea que pudiera realizar adecuadamente mientras tenía pendiente un montón de tareas. Tendría que encontrar un momento mejor para pensar en ello.

—Entretanto —masculló para sí misma—, tengo que dirigir una posada.

Se puso a trabajar en serio, dedicándose a las tareas de muchas y variadas maneras. Parte de sus obligaciones, o al menos de las que había asumido, consistía en recorrer el salón de la posada con frecuencia a lo largo del día, especialmente a la hora de las comidas. Todo el mundo había empezado a hablar de las empanadas de Hilda incluso antes de que se sirviera el almuerzo. Phyllida y la señorita Sweet llegaron temprano y se detuvieron para felicitarla al salir.

—Has hecho maravillas en este lugar —le aseguró Phyllida con una sonrisa de oreja a oreja—. Juggs estará retorciéndose en su tumba.

Em le devolvió la sonrisa. Si Phyllida no fuera la gemela de Jonas, se habría sentido tentada de pedirle su opinión sobre el matrimonio, sobre las cuestiones más importantes de la vida matrimonial. Pero se limitó a quedarse en la puerta de la posada, observando cómo Phyllida y la señorita Sweet se alejaban por el camino. Desde su posición vio que Lucifer salía de la herrería y se dirigía hacia ellas. La emoción que suavizó los rudos rasgos de Lucifer cuando se acercó a su esposa y la sonrisa radiante que iluminó la cara de Phyllida al ver a su esposo, le sugirieron que ambos eran fehacientes defensores del matrimonio.

Em sabía sin lugar a dudas cuál sería la respuesta de Phyllida si le preguntaba al respecto: Amor. El tipo de amor que existía entre un hombre y una mujer, algo que según la opinión popular era la mejor base para el matrimonio.

Al mirar alejarse a la pareja, cogidos del brazo y con las oscuras cabezas inclinadas mientras se dirigían a su casa con la señorita Sweet revoloteando junto a ellos, se hizo muchas preguntas.

¿Estaba enamorada de Jonas? ¿La amaba él?

¿O es que aquella indefinible e indescriptible amalgama de emociones que surgía entre ellos era sólo lujuria?

Lujuria, deseo y pasión.

Aunque su experiencia era limitada, Em pensaba que esas tres cosas habían estado presentes y todavía lo estaban, entre Jonas y ella. Pero ¿existía también amor?

Em sabía que ésa era la pregunta más importante, la pregunta de todas las preguntas cuando se trataba de matrimonio.

¿Era amor lo que había entre ellos, lo que estaba creciendo entre ellos? ¿Sería una semilla recién plantada que aún tardaría en germinar o ya habría florecido?

¿Existirían grados o clasificaciones de amor?

La joven alzó una mano y se frotó el entrecejo, intentando borrar en vano el frunce de su ceño. Ojalá pudiera borrar de la misma manera su ignorancia. Pero como no podía, tendría que informarse y aprender sobre el amor y el matrimonio de aquellos que sí sabían.

—¿Me permite, señorita?

Em dio un brinco, percatándose de que todavía seguía bloqueando la puerta de la posada.

—Sí, por supuesto.

Se apartó a un lado y vio que era el señor Scroggs quien esperaba para salir.

—¿Le ha gustado la empanada?

—Estaba deliciosa. —Con el sombrero en las manos, Scroggs ladeó la cabeza—. Felicite a Hilda de mi parte. Mi mujer y yo regresaremos esta tarde. Mi esposa dice que prefiere la comida de Hilda que lo que cocina ella.

Em se rio.

—Les reservaremos una mesa. Estaremos encantados de servirles.

Scroggs volvió a inclinar la cabeza y salió, cruzó el estrecho patio delantero de la posada y tomó el camino que conducía a su casa.

Cuando se giró para entrar, Em observó una espalda familiar, unos hombros encorvados, en una de las mesas que estaba situada en la parte delantera de la posada.

Harold todavía seguía acechando. Estaba enfrascado en un debate con alguien. Em se movió para averiguar de quién se trataba y vio a Hadley sentado frente a su tío. El artista estaba escuchándole con atención y asentía con la cabeza de vez en cuando, aunque el peso de la conversación recaía en Harold.

La joven se retiró al interior de la posada antes de que Hadley la viera y alertara a Harold. Edgar le había mencionado que Hadley había salido esa mañana para explorar el terreno y buscar mejores perspectivas de la iglesia. Debía de haber regresado para almorzar con Harold, quien, tenía que admitir, podía ser muy agradable cuando así lo quería.

Em atravesó con rapidez lo que empezaba a ser conocido por todos como el «rincón de las damas», en la parte delantera del salón, frente a la barra del bar. La demanda del almuerzo, que había comenzado temprano por culpa de las empanadas de Hilda, se reducía de manera progresiva. Observó que lady Fortemain estaba sentada en la mesa que había junto a la ventana y que ya se denominaba como el «rincón de milady». Acababa de comerse delicadamente el último bocado de empanada cuando dejó el tenedor en el plato y lo empujó a un lado antes de coger la taza de té para tomar un sorbo.

Em sonrió y se acercó a la mesa. No había nadie lo suficientemente cerca como para oír sin querer la conversación.

Lady Fortemain la vio y sonrió.

—Emily, querida, ¿dispone de unos minutos para conversar con una anciana?

—Usted no es una anciana —respondió Em halagando a la mujer mientras se sentaba enfrente de la dama.

Durante unos momentos estuvieron hablando de las empanadas y de las diversas mejoras en la posada, hasta que Em finalmente se armó de valor y, respirando hondo, dijo:

—Issy y yo hemos estado hablando sobre nuestro futuro. Como ya sabe, nuestra madre murió hace mucho tiempo. Me preguntaba si usted podría darnos algún consejo sobre lo que una mujer debería esperar del matrimonio.

Lady Fortemain pareció resplandecer. Puso una mano sobre la muñeca de Em.

—Querida, me honra con esa pregunta. De hecho... —La dama adoptó una expresión más seria—. Éste es un tema que todas las señoritas harían bien en plantearse antes de hacer una elección.

Se recostó en la silla como si estuviera considerando qué consejo darle. Em esperó pacientemente.

—Si tuviera que definir qué es lo más importante en un matrimonio, diría que es la combinación de dos elementos que de alguna manera se acoplan a la perfección. —Lady Fortemain miró directamente a los ojos de Em y le habló en voz baja—. Y es el hombre, querida. Lo más importante del matrimonio es el hombre. Necesita un esposo que se dedique a usted, exclusivamente a usted, sin ningún tipo de reserva, y que posea la posición adecuada, pues nadie respeta a una mujer que se casa por debajo de sus posibilidades, y la riqueza adecuada, aunque la riqueza sea relativa, por supuesto.

Em asintió con la cabeza.

La dama levantó un dedo para dar más énfasis a sus palabras.

—Y usted necesita a un caballero con una buena posición, uno que preste atención a las pequeñas cosas que respaldan dicha posición y, por consiguiente, a su esposa. Por ejemplo, aunque me apene decirlo, reconozco que Cedric ha sido un tanto descuidado y laxo en cuanto a las formas, ha establecido un contacto demasiado estrecho con sus trabajadores, algo que, desde mi punto de vista, no beneficia a su posición. Pommeroy, por otro lado... —Lady Fortemain esbozó una amplia sonrisa—. Basta con decir, querida, que Pommeroy será un excelente marido para cualquier señorita.

Em registró una repentina e intensa resolución en los ojos de lady Fortemain e hizo un esfuerzo para que los suyos no revelaran su inquietud.

—Sí —asintió con la cabeza con firmeza—. Pienso lo mismo que usted. Es una lástima que haya tan pocas damas por aquí. Pero creo haberle oído decir que tiene intención de buscar una esposa en Londres, una con el refinamiento y el linaje que él se merece.

Ese último comentario hizo que la dama guardara silencio y frunciera los labios.

—No había pensado en eso —dijo después de un momento—, pero... —Negó con la cabeza bruscamente, levantó la mirada y volvió a sonreír afectuosamente a Em—. Usted podría ser la mujer perfecta para él, querida, si...

—Le ruego me perdone, milady, pero es posible que alguien necesite mi ayuda. —Con suavidad liberó la muñeca de la mano de lady Fortemain y, esbozando una sonrisa encantadora, se levantó, hizo una reverencia y se marchó sin que la dama dejara de sonreír en ningún momento.

Había tenido razón al pensar que alguien necesitaría su ayuda. Dulcie, una de las lavanderas, la estaba esperando en el vestíbulo delante del despacho, paseándose de un lado para otro entre las sombras. En cuanto vio a Em se acercó a ella corriendo.

—¡Señorita, venga rápido por favor! Una de las gemelas, creo que es Bea, se ha enredado el pelo en el escurridor. Nos dimos la vuelta sólo un momento y lo siguiente que supimos fue que...

—Estaba tratando de alisarse el pelo. —Em sacudió la cabeza enérgicamente, más aliviada que preocupada; Bea ya había intentado ese mismo truco antes—. Bien, vamos a liberarla.

El siguiente momento tranquilo que Em tuvo para seguir reflexionando sobre el matrimonio y lo poco que había conseguido averiguar sobre el tema, fue cuando se sentó para almorzar a solas. Issy y las gemelas —Bea ahora liberada, y con el pelo tan suave como la seda— se habían retirado al piso superior para continuar con las clases. Aunque se quejaron como siempre, Issy le aseguró que habían progresado mucho en aritmética, lectura y escritura. Las habilidades femeninas como dibujar o tocar el pianoforte les resultaban más difíciles; las gemelas estaban en su etapa más rebelde y tales ocupaciones no les interesaban.

Tanto Em como Issy las comprendían a la perfección, así que no les reprendían ni intentaban forzarlas con esas materias. Los Colyton eran una familia de aventureros, así que no sentían ninguna inclinación por quedarse en casa bordando.

Henry estaba con Filing en la rectoría; Hilda y sus chicas habían terminado de recoger la cocina y se habían retirado para disfrutar de un descanso bien merecido hasta que llegara la hora de preparar la cena. Edgar estaba limpiando la taberna y charlando con algunos clientes que estaban tomando unas cervezas en la barra. Por primera vez en el día, Em tenía tiempo y espacio libre para sí misma.

Comió en silencio una empanada que Hilda le había guardado mientras sopesaba las opiniones de Hilda y lady Fortemain, contrastándolas con la que imaginaba que sería la respuesta de Phyllida, intentando ver cómo encajaban las distintas opciones.

Aunque podía comprender el punto de vista de Hilda y admitía que la posición de lady Fortemain era inteligente, era la actitud que atribuía a Phyllida, que el amor era lo más importante, la que más resonaba en el alma Colyton de Em.

La joven no dudaba que cualquiera de sus antepasados sería el primero en izar la bandera del amor. Y Em se conocía demasiado bien para imaginar que podía ir contra sus genes. Aunque sólo podría fingir que era de otra manera durante un tiempo. Sabía que sus tendencias innatas acabarían finalmente por tomar las riendas. Como todos los Colyton —y Em era una Colyton de pura cepa—, y si el amor era la bandera que su familia enarbolaba habitualmente, entonces ella también tendría que aceptar aquella confusa pero poderosa emoción.

Tendría que aprender a reconocerla, a comprenderla, a nutrirla, a protegerla y todo lo demás, como hacía con todo lo que le importaba.

Siendo una Colyton, la respuesta correcta a las intenciones de Jonas sería aquella que estuviera regida por el amor, por lo que tendría que considerar si amaba a Jonas y si él la amaba a ella.

Pero —siempre había un «pero»— él no sabía todavía quién era ella realmente. Sinceramente, Em no podía esperar que Jonas confesara su amor a una señorita cuyo apellido todavía desconocía.

Es más, ni siquiera ella misma sabía, llegados a ese punto, cuál era su verdadero estatus, pues apenas le quedaba dinero, ya que la pequeña herencia recibida de su padre la había malgastado en la búsqueda del tesoro Colyton.

Una vez que encontraran el tesoro, Em sabría qué posición ocupaba...

Ese pensamiento, que comenzaba a darle vueltas en la cabeza —junto con el hecho de que en parte estaba tratando con Jonas bajo falsas pretensiones—, hizo que quisiera esforzarse todavía más en localizar el tesoro.

Una vez que hubiera resuelto eso —cuando hubiera encontrado el tesoro y ella y sus hermanos tuvieran solvencia económica y pudieran reclamar su verdadero nombre y posición—, todo lo demás, todo lo que había entre Jonas y ella, y también lo que existía entre Filing e Issy, quedaría resuelto.

Pero hasta entonces no podría evaluar correctamente si Jonas la amaba y si ella le amaba a él, y si debería aceptar su propuesta de matrimonio y casarse con él.

—Tengo que encontrar ese condenado tesoro. —No había nadie alrededor que pudiera oírla mascullar aquellas palabras mientras se ponía en pie y recogía su plato.

Se detuvo ante el fregadero y miró por la ventana el cálido atardecer. Era un día inusualmente caluroso, una soporífera tarde de verano de finales de octubre.

Grange era el lugar donde había más posibilidades de encontrar el tesoro de su familia. Em se había preguntado a menudo si no estaría enterrado en algún lugar apartado en Colyton Manor, pero la rima parecía bastante clara al respecto. De las casas de la zona, Grange era la que mejor encajaba con el verso de «la casa más alta», y no parecía que hubiera otra mansión que se ajustara a tal descripción.

Vislumbró en su mente una imagen de Grange. Caminó mentalmente a su alrededor, pensando en cómo se las arreglaría, en qué excusas inventaría, para lograr entrar en el sótano con la suficiente privacidad y con tiempo de sobra para llevar a cabo una búsqueda exhaustiva.

«Escondido en una caja que sólo un Colyton abriría.»

Ése era el último verso de la rima. Así que lo más probable era que cuando ella viera cualquier recipiente donde pudiera haber escondido un tesoro, lo reconocería de inmediato. Nunca había podido imaginar qué tipo de caja contendría dicho tesoro y hacía mucho tiempo que había dejado de intentarlo. Sólo sabía que la reconocería en cuanto la viera. No podía esperar otra cosa.

Pero antes tenía que colarse en el sótano de Grange. La puerta que conducía a él estaba en la cocina, así que tenía que idear una excusa convincente con la que persuadir a Mortimer para que la dejara estar allí abajo sola durante una hora más o menos.

No se le ocurría nada, pero pensar en el mayordomo trajo algo a su memoria, algo que él había mencionado.

La joven centró la atención en el patio al otro lado de la ventana, y en el trozo de bosque que podía verse más allá. Con el calor que hacía ese día, el personal de Grange intentaría permanecer todo el tiempo posible dentro de la casa, por lo que no era probable que la vieran buscando en los edificios anexos, como por ejemplo la despensa, que según Mortimer estaba conectada al sótano mediante un túnel subterráneo.

En la posada todo estaba tranquilo.

Em se escabulló tras decirle a Edgar que se iba a dar un paseo y que regresaría al cabo de unas horas. Caminó a paso vivo por el sendero que atravesaba el bosque y que conducía a la parte trasera de Grange.

El bosque terminaba justo en el claro donde estaban situados Grange y sus edificios anexos. La joven se detuvo en el límite forestal. Escudriñó el patio trasero desde las sombras de los árboles. Todo estaba como había previsto; fuera de la casa reinaba el silencio, y el calor opresivo hacía que todo el mundo permaneciera dentro.

El camino conducía, a través del huerto, hasta la puerta trasera. Y más allá del huerto, estaban los establos. Em observó y escuchó atentamente, pero por más que aguzó el oído no pudo distinguir si había mozos de cuadra o no en alguna parte de la enorme estructura.

A la izquierda, colindando con la casa, había un pequeño edificio que parecía el lavadero. Algo más alejado de la casa, pero más cerca de donde Em estaba, había otro pequeño edificio cuadrado que compartía un muro de piedra con el lavadero, pero que tenía su propia puerta de madera y dos ventanas con contraventanas, una de ellas situada en el muro de piedra al lado de la puerta.

Ese pequeño edificio cuadrado tenía que ser la despensa.

Para llegar hasta la puerta, podría seguir la línea de los árboles durante un rato, pero en el último tramo tendría que atravesar un espacio abierto, por lo que sería claramente visible desde la casa.

Sopesó el riesgo durante un segundo antes de que su parte Colyton lo descartara como si tal cosa. Estaba preparada para correr cualquier riesgo en su búsqueda del tesoro.

Al menos debía agradecer que, por pura casualidad, esa mañana se hubiera puesto un vestido verde oscuro. Respiró hondo, y luego echó a andar con paso seguro, como si supiera con exactitud a dónde se dirigía y tuviera todo el derecho del mundo a estar allí. Caminó a paso vivo, rodeando el borde del bosque, luego atajó por el último tramo abierto. Al llegar a la puerta de la despensa, asió el picaporte, lo accionó, y literalmente le dio las gracias a Dios cuando se abrió con suavidad. Abrió la puerta de un empujón y se coló dentro con rapidez. Un vistazo a su alrededor bastó para comprobar que no había ninguna criada o lacayo allí dentro; se volvió con rapidez y cerró la puerta en silencio, luego esperó a que los ojos se le acostumbraran a la penumbra.

Por las contraventanas se filtraba un poco de luz, la suficiente como para poder ver lo que había a su alrededor. Debido a los gruesos muros de piedra hacía fresco dentro de la despensa. Después del calor que hacía fuera, Em se estremeció y se frotó los brazos.

Poco a poco sus sentidos se acostumbraron a la oscuridad. La joven examinó la estancia. Había barriles de cerveza y diversos productos alimenticios que al parecer habían preferido almacenar allí dentro que en la profunda, húmeda y fría oscuridad del sótano. El cuarto estaba bien organizado, con ordenadas hileras de sacos con diversos alimentos, situadas perpendicularmente a la puerta. Había estantes en todas las paredes y más sacos de suministros amontonados en el suelo de piedra.

Por lo que podía ver, en las paredes no había ninguna entrada a un túnel que condujera a la casa, y no había otra puerta salvo aquella por la que había entrado. Dado que el suelo de la despensa estaba a un nivel más alto que el sótano, entonces la entrada del túnel tendría que estar en el suelo, lo que sugería la existencia de una trampilla.

Se detuvo un momento para planificar la búsqueda, luego se movió, avanzando lentamente por los pasillos que había entre las hileras de sacos apilados, escrutando las viejas losas y prestando especial atención al mortero que había entre ellas. Mortimer no había sugerido que en la actualidad se estuvieran utilizando los túneles que conducían al sótano; Em incluso dudaba de que estuvieran en uso, pero si era así, lo más probable era que fueran usados en invierno, cuando las pesadas nevadas harían más difícil el acceso a la despensa desde la cocina.

Dado que estaban en otoño, lo más probable es que nadie hubiera abierto la trampilla en nueve meses o más. Sin embargo, debería de haber alguna señal de desgaste alrededor de las losas, alguna irregularidad o marca provocada por el uso prolongado.

Pero de ser así, ella no lo veía. Llegó de nuevo hasta la puerta y respiró hondo. Entonces, negándose a sentirse desanimada sólo porque no había resultado fácil, se dirigió a la primera hilera de sacos y comenzó a apartarlos a un lado para examinar el suelo debajo de ellos.

Estaba inclinada sobre uno de los sacos de comida, rastreando con un dedo la juntura de una losa, cuando se abrió la puerta.

Alarmada, se enderezó y se dio la vuelta con tanta rapidez que trastabilló y tuvo que agitar los brazos para no caer sobre los sacos.

Cuando recuperó el equilibrio, con el corazón acelerado, se encontró mirando directamente a los ojos oscuros de Jonas. Observó que la diversión brillaba en aquellas oscuras profundidades y que sus labios se curvaban en una sonrisa mientras atravesaba el umbral y cerraba la puerta.

Sin dejar de mirarla, a no más de un metro de distancia en aquel pequeño y estrecho espacio, Jonas se apoyó contra la puerta y arqueó una ceja.

—¿Qué estás buscando?

—Er... —Em parpadeó, intentando pensar en alguna excusa que él pudiera creer con facilidad—. Er... Ah... —Respiró hondo y alzó la barbilla—. Como ya sabes, estoy interesada en las casas antiguas, y Mortimer me dijo que existían túneles que conectaban los establos y la despensa con el sótano. Pasaba por aquí... —echó un vistazo a los sacos que había apartado a un lado— y no pude evitar echar una ojeada para ver qué tipo de túneles eran o qué clase de puertas tenían. —Se encogió de hombros y le sostuvo la mirada—. Ya sabes, ese tipo de cosas.

Em siempre había oído decir que cuando uno contaba una mentira, lo mejor era ceñirse tanto como fuera posible a la verdad. Lanzando a Jonas una mirada inocente pero llena de curiosidad, le preguntó:

—¿Podrías enseñarme el túnel? —No necesitaba fingir impaciencia. Si se lo enseñaba, podría regresar por la noche para investigarlo por su cuenta.

Él le sostuvo la mirada durante un buen rato antes de apartarse de la puerta.

—Los túneles se derrumbaron hace mucho tiempo. Fueron rellenados con piedras antes de que yo naciera, ni siquiera mi padre los recuerda. —Se detuvo ante ella y bajó la mirada a sus ojos—. ¿Por qué quieres encontrar los túneles?

—Para distraerme un rato. —Y distraerle era lo que ella necesitaba hacer ahora. Alzó una mano para acariciar la delgada mejilla de Jonas y sonrió—. No había nada que hacer en la posada, casi todo el mundo está durmiendo. —Le miró la boca, se puso de puntillas y le rozó los labios con los suyos—. Estaba aburrida, así que se me ocurrió venir aquí en busca de un poco de excitación.

Todo eso era cierto.

Los sentidos de Em se agitaron y estremecieron cuando sintió que Jonas le ponía las manos en la cintura, agarrándola con firmeza para acercarla a él. Ella alzó los ojos hacia los suyos. Tenía una mirada oscura e indagadora; entonces, lentamente, inclinó la cabeza.

Em se estiró un poco más y le besó, ofreciéndole su boca mientras él profundizaba el beso.

El resultado, la explosión, fue instantáneo, como si los dos hubieran caído de lleno dentro de un horno, envolviéndolos en un calor creciente y voraz. Un calor chispeante y candente que provocó que les hirviera la sangre en las venas y que les ardiera la piel, haciéndoles sentir hambrientos y llenos de deseo.

Reduciéndolos a un estado primitivo donde, de repente, sólo importaba unirse, fundirse, y sofocar aquel intenso calor, sumergirse rápidamente en las llamas y dejarse consumir por ellas.

Las manos de Jonas tomaron posesión de sus pechos doloridos, sopesándolos y amasándolos. A través del fino algodón de su vestido, los dedos encontraron los pezones y se los pellizcaron cruelmente. Em se quedó sin aliento, la cabeza le dio vueltas, y comenzó a forcejear con los botones de la chaqueta de Jonas.

Él interrumpió el beso, se deshizo de la chaqueta con rapidez y luego tomó a Em entre sus brazos, estrechándola contra su cuerpo. Volvió a capturar los labios de la joven en un beso ardiente hasta que las llamas se extendieron entre ellos con gran voracidad y avidez.

Surcando cada vena, abrasando cada nervio.

Reduciendo las inhibiciones a cenizas.

Jonas alzó la cabeza con la respiración tan jadeante como la de ella, y lanzó una oscura, salvaje y ardiente mirada a su alrededor. Luego la levantó en brazos, se dio la vuelta y la depositó sobre una de las hileras de sacos apilados, donde ella quedó tumbada desgarbadamente sobre la espalda, con las faldas arrugadas por encima de las rodillas.

Antes de que Em pudiera reaccionar, bajarse las faldas y cerrar instintivamente las piernas, él se colocó entre sus muslos y le levantó las faldas hasta la cintura, poniéndole las manos en las rodillas para separárselas todavía más.

Con la mirada clavada en la de ella, con los ojos llenos de un fuego oscuro y unas poderosas e intensas emociones, él se detuvo... Un simple instante que pareció extenderse hasta la eternidad y Em supo que estaba esperando, si no exactamente su permiso, sí algún indicio de que aquello era lo que ella quería, a él... y todo lo que podía darle.

Sin apartar los ojos de los de Jonas, Em se humedeció los labios y se contoneó desasosegadamente, provocándole e incitándole con el movimiento de sus caderas.

La interrupción se hizo pedazos y cualquier control desapareció.

Los rasgos de Jonas se convirtieron en granito, más afilados y cortantes que nunca, cuando bajó la vista hacia los delicados pliegues entre los muslos de Em, completamente expuestos ante él por la desgarbada postura de la joven. Entonces, se inclinó y posó los labios sobre la tersa carne.

Ella gritó ante el primer contacto, igual que había hecho la noche anterior. Se apretó los labios con los nudillos, luchando valientemente por conseguir lo imposible, reprimir aquellos sonidos que él la hacía emitir. Pero entonces, Jonas la tomó entre los labios y empujó la lengua en su interior, y Em ya no pudo contener ningún gemido.

La lamió, sorbió, succionó y saboreó. Incluso con más vehemencia que la noche anterior, conduciéndola hasta la cumbre donde finalmente explotó en un clímax arrebatador que la dejó sin aliento y con los sentidos obnubilados. Em tuvo que llevarse el puño a la boca para ahogar un grito de placer.

Mientras luchaba por recuperar el aliento, con el corazón latiendo a toda velocidad, Em percibió que el calor seguía inundando su interior, que todavía seguía sintiéndose vacía y anhelante. Él se enderezó, bajó la mirada hacia ella y sonrió.

De una manera pícara y peligrosa.

Para sorpresa de la joven, Jonas le bajó las faldas de un tirón, la agarró por las caderas y, alzándola, la hizo girar sobre el estómago. Luego acercó las caderas hacia él, dejándola con las piernas colgando sobre los sacos. El montón era tan alto que Em no podía tocar el suelo ni siquiera con la punta de los pies.

Llena de curiosidad, ella se apoyó en los codos.

Al mismo tiempo, él le levantó la parte trasera de las faldas por encima de la cintura.

Dejándole el trasero expuesto.

El aire fresco de la despensa le enfrió la piel caliente.

La joven contuvo el aliento y giró la cabeza hacia él.

Entonces, Jonas le acarició los glúteos desnudos con la palma de la mano.

Em se quedó paralizada y soltó poco a poco el aliento que había estado conteniendo. Se mordió el labio para reprimir un gemido cuando Jonas le deslizó la mano descaradamente por los glúteos, rastreando con las puntas de los dedos cada línea, poseyendo cada centímetro de piel, haciendo que un calor húmedo creciera más abajo. Entonces bajó la mano, ahuecando la curva de sus nalgas entre los muslos, y presionó los dedos contra la resbaladiza y cálida superficie para explorarla a placer.

La joven no pudo contener un trémulo gemido. Se apretó contra la mano, queriendo más, exigiendo mucho más. Suplicando por una profunda y satisfactoria penetración.

Ella estaba muy caliente, tan anhelante y dispuesta que Jonas apenas podía pensar en nada coherente mientras con la otra mano se desabrochaba los botones de la bragueta. La erección surgió libre y completamente engrosada. Él no perdió el tiempo y situó la punta púrpura en la entrada de Em; entonces, con un firme envite, la llenó.

Sintió que Em le ceñía con su funda, que las paredes se cerraban en torno a su miembro en una ansiosa bienvenida, en un cálido abrazo.

Sintió más que oyó el grito ahogado de la joven, percibiendo en el sonido el asombro femenino.

No la había penetrado antes desde atrás, nunca la había tomado así, con los deliciosos, excitantes y maduros globos de su trasero desnudos ante él.

Em movió las caderas de manera tentativa, en un movimiento lento y envolvente con el que le acarició la longitud del rígido miembro, haciendo que los ojos de Jonas brillaran de pura lujuria. Él los cerró, se retiró y volvió a empujar dentro, más profundamente esa vez, haciéndole sentir su fuerza para que fuera consciente de su propia vulnerabilidad y desamparo.

No es que a Em le molestara en absoluto; el pequeño jadeo que emitió era producto de la excitación, de la fascinación y el embeleso. Una vez más, ella movió las caderas, provocándole con más descaro. Jonas aceptó su invitación, se retiró y empujó todavía con más fuerza en el hirviente refugio de su funda, luego comenzó a impulsar sus caderas con un ritmo implacable y medido; uno que rápidamente escapó de su control.

Apoyándose en los codos y antebrazos, Em empujó hacia atrás, obligándole a que la penetrara más profundamente, contoneando las caderas con cada largo envite, meciéndose cuando él la llenaba, ciñéndole con su funda hasta que Jonas sintió que la tensión crecía y le apretaba. Entonces, levantó la cabeza, embistió con más fuerza en su interior y ella explotó.

Las contracciones de los músculos interiores de Em le apretaron, le ordeñaron con codicia hasta que él no pudo contenerse más. Con un rugido ahogado, Jonas bombeó su semilla profundamente en su interior. Luego se desplomó sobre ella, apoyándose en los brazos para no aplastarla.

Levantó la cabeza y, con los pulmones ardiendo, Jonas intentó absorber todas las sensaciones, recreándose en la maravillosa visión del cuerpo que tenía debajo y que le había dado un placer tan ilícito. Absorbió la sensación del trasero desnudo de Em, que se apretaba contra su ingle, mientras seguía enterrado profundamente en su interior; una sensación que quedaría grabada para siempre en su mente y que tenía intención de volver a experimentar con frecuencia.

Cuando sus brazos no pudieron sostenerlo más, él se apoyó en los codos. La joven protestó y se volvió hacia él. Jonas salió del interior de su cuerpo. El movimiento le hizo perder el equilibrio; al intentar enderezarse, Jonas se apoyó demasiado en los sacos y éstos comenzaron a deslizarse al suelo.

Em soltó una risita. Continuó riéndose disimuladamente y luego se rio abiertamente cuando, con una maldición, él se cayó con los sacos al suelo.

Jonas la hizo caer también. Em aterrizó encima de él, ahora riéndose sin parar. Jonas no pudo evitar sonreír hasta que finalmente estalló en carcajadas.

Recostándose en los sacos, la abrazó y la apretó contra su pecho.

Permanecieron abrazados, saboreando el momento, envueltos en la oscura calidez de la despensa; el perfume almizclado de su unión se combinaba con muchos otros olores, aunque ninguno era tan dulce como el de Em, que olía a lavanda, a rosas y a alguna otra fragancia que no podía definir.

La joven yació en sus brazos, quieta y saciada. Sin realizar ningún esfuerzo.

Aceptándole.

Después de un momento mirando fijamente el techo, él le preguntó:

—¿Qué estás buscando? ¿Está en el sótano?

Ella siguió inmóvil, pero para sorpresa de Jonas, no se tensó.

Así que esperó su respuesta.

Em sabía por qué ella y su familia habían decidido mantener en secreto la búsqueda del tesoro. Habían dado por hecho que el pueblo estaría lleno de desconocidos, gente extraña que podría plantear amenazas potenciales, y que querrían encontrar el tesoro para sí mismos.

Eso era lo que habían pensado antes de llegar a Colyton. Ahora... ahora conocían a esa gente y eran aceptados por ellos. Los vecinos de Colyton, todos sin excepción, formaban un grupo muy unido, tan unido como una gran familia. Una que había dado la bienvenida a la familia de Em, acogiéndola en su seno y ofreciéndole un lugar entre ellos. ¿Realmente había necesidad de guardar el secreto durante más tiempo?

Era una cuestión de confianza, y Em había llegado a confiar en los buenos vecinos de Colyton. En lo que concernía a Jonas... Allí estaba ella, tendida entre sus brazos, después de haberle entregado su cuerpo, después de haberse entregado tanto física como emocionalmente a él.

Em confiaba en él. Ya sabía que era un hombre honrado.

Tanto si aceptaba casarse o no con él, sabía que Jonas la ayudaría, y que no plantearía ninguna amenaza para ella ni para su familia... De eso estaba completamente segura.

Em inspiró profundamente. ¿Por dónde empezar?

—Te he dicho que mi nombre es Emily Beauregard. Mi nombre completo es Emily Ann Beauregard Colyton. —Jonas comenzó a moverse debajo de ella, pero antes de que pudiera interrumpirla, Em continuó—: Mi bisabuelo fue el último Colyton que vivió en el pueblo. Mi abuelo y mi padre...

Breve y concisamente, esbozó la historia de su familia. La historia del tesoro mantuvo a Jonas en el mismo fascinado silencio que mantenía habitualmente a las gemelas. Em no se reservó nada; no tenía mucho sentido llegados a ese punto. A pesar de su innata cautela, estaba perfectamente segura de que no tenía nada que temer de él.

—Así que he estado intentando localizar la caja del tesoro que sólo puede abrir un Colyton y que estará oculta en el sótano de la casa más alta —concluyó finalmente.

Él negó con la cabeza, lleno de asombro. Em se había girado en sus brazos para poder mirarle a la cara mientras hacía sus revelaciones. Lo único que la joven vio en sus ojos y en la expresión de su rostro fue un sincero, intrigado y fascinado asombro.

Jonas la miró a los ojos y sonrió de oreja a oreja.

—Así que realmente eres una Colyton..., una Colyton de Colyton.

—Sí. —Em no entendía por qué eso parecía divertirle tanto. Para ella, aquel era un detalle pertinente aunque poco relevante—. ¿Podrías...? ¿Puedes ayudarme a encontrar el tesoro?

Jonas parpadeó.

—Por supuesto. —Apartó los ojos de ella y miró al otro lado de la despensa en dirección a la casa. Entonces la apremió para que se levantase—. No dejes para mañana lo que puedas hacer hoy. Estoy de acuerdo en que Grange es probablemente «la casa más alta» que menciona tu rima. Los miembros de mi familia han sido los magistrados de la zona desde hace siglos, así que eso también encaja. Venga, vamos a buscar el tesoro en el sótano.

Se pusieron en pie y se alisaron la ropa. Luego Jonas abrió la puerta de la despensa y se encaminaron a la casa.

Se encontraron con Mortimer en el vestíbulo que había junto a la cocina.

—Justo la persona que andábamos buscando —dijo Jonas—. La señorita Beauregard está buscando una caja perdida hace mucho tiempo. Cree que su familia podría haberla guardado aquí hace siglos. Según tiene entendido, si es verdad que está aquí, la caja estaría escondida en el sótano. ¿Sabes algo de una caja misteriosa?

Mortimer negó con la cabeza.

—No, señor. Pero puedo buscarla.

Em pasó junto a Jonas.

—Le ayudaré a buscarla.

—Los dos te ayudaremos. —Jonas cogió la mano de Em y la puso a su lado mientras le indicaba a Mortimer que avanzara delante de ellos—. Te seguimos.

El mayordomo los condujo a la cocina. Em saludó a Gladys y a Cook, luego se volvió hacia la pesada puerta que Mortimer acababa de abrir.

Mortimer encendió una lámpara y, alzándola, comenzó a bajar las escaleras. Jonas le indicó a Em que fuera delante de él, y luego la siguió.

El sótano de Grange se usaba a diario; Jonas no entendía cómo una caja misteriosa como la que había descrito Em podría haber pasado desapercibida a Mortimer, Cook o Gladys, o a sus numerosos predecesores. Pero no obstante, tenían que echar un vistazo al lugar y asegurarse de que realmente no estaba allí.

Mortimer y Em siguieron avanzando; el mayordomo alzaba la linterna mientras pasaban por cada pequeña habitación, por cada una de las cavernas que estaba separada de las demás por un arco de piedra, y les explicaba qué había en su interior. Llegaron al fondo del sótano, que se extendía por debajo de casi toda la casa.

—Bien, pues. —Em miró a su alrededor, con los ojos brillantes bajo la luz de la linterna—. Comenzaremos a buscar aquí y nos desplazaremos en dirección a las escaleras.

Lo hicieron. No resultó difícil, pues como les mencionó Mortimer, el personal de la casa se encargaba de ordenar y clasificar todo lo que había en el sótano, por lo menos dos veces al año.

Al final, el mayordomo miró a Em con una expresión perpleja.

—¿Está usted segura de que la caja está aquí, señorita? Si el propósito era ocultarla bien, entonces este sótano no es un buen escondite. Lleva siglos usándose ininterrumpidamente, ya que en la cocina no hay espacio suficiente, y el personal siempre ha utilizado este lugar como almacén.

Por la evidente expresión de desencanto de Em, ella había llegado a la misma conclusión.

—No, no estoy segura. —Emitió un suspiro de frustración—. Lo único que sé es que la caja fue escondida en un sótano alrededor de 1600, quizás un poco antes. Y que, desde entonces, nadie la ha movido de su sitio, al menos nadie de mi familia.

—¿1600? Hmm. —Mortimer frunció los labios y sugirió—: El lugar más probable para ocultar algo tan antiguo, si es que está aquí, sería uno de los pequeños cuartos de la bodega.

Decidieron ser minuciosos y terminar la búsqueda que habían iniciado y se detuvieron al llegar a las escaleras que conducían a la cocina sin que sus esfuerzos hubieran dado algún resultado. Entonces, Mortimer abrió otra pesada puerta y entraron en la bodega. Continuaron la búsqueda allí, examinando cada uno de los pequeños cuartos, pero todo fue en vano.

—No está aquí. —Em sabía que era verdad. Los sótanos de Grange estaban, sencillamente, demasiado ordenados para que alguien hubiera podido pasar algo por alto. La única posibilidad era que... Miró a Jonas—. ¿Existe algún otro lugar anexo? ¿Una carbonera o algo similar? ¿O quizás una cámara secreta para sacerdotes católicos* debajo de alguna estancia?

Él negó con la cabeza.

—Existe una cámara de ésas, pero está en el segundo piso y conduce —o conducía— a uno de los túneles por medio de una escalera secreta.

—¿Dónde está la entrada a los túneles? —Em miró a su alrededor—. ¿Quizás en el sótano?

—No. Al parecer cuando los túneles comenzaron a desmoronarse, se rescató lo que se pudo y luego fueron rellenados de piedras. —Se acercó a una pared y golpeó una piedra con el puño—. El túnel del establo conducía hasta aquí. —Señaló el borde de la piedra y dibujó el contorno—. Si lo observa de cerca, podrá ver el contorno del pasaje abovedado que fue rellenado con piedras más tarde.

Ella lanzó una mirada y suspiró.

—Parece que ésta no es la casa correcta, después de todo.

Jonas le estudió la cara, entonces alargó el brazo y le cogió la mano.

* En inglés, Priest Hole, son cámaras donde se ocultaban los sacerdotes católicos durante el reinado de Enrique VIII e Isabel I, en el que fueron perseguidos. *(N. de las T.)*

283

—Anímate. Hay otras casas que podrían encajar con tu descripción. ¿Podría sugerirte que...?

Ella le sostuvo la mirada y arqueó las cejas.

—Creo que deberíamos contarle todo lo que sabemos a Phyllida y a Lucifer. Nos echarán una mano, y la biblioteca de Colyton Manor es el lugar perfecto para buscar pistas.

Em vaciló, considerando la propuesta, luego asintió con la cabeza.

—Sí... Bien. Vamos a la mansión.

—Simplemente, no me lo puedo creer... —Phyllida se interrumpió, luego, con los ojos brillantes, continuó—: Bueno, por supuesto que te creo, pero me ha sorprendido muchísimo saber que eres una Colyton. Una Colyton de Colyton. Es maravilloso que los miembros de la familia original hayan regresado al pueblo.

Em negó mentalmente con la cabeza. Al igual que Jonas, Phyllida había centrado la atención en la familia, no en el tesoro.

Después de que Jonas y ella hubieran salido de los sótanos de Grange y se hubieran detenido brevemente para hablar con Gladys y Cook, quienes les aseguraron que no habían visto ninguna caja misteriosa en ninguna parte de sus dominios, se habían dirigido hacia Colyton Manor por el sendero que atravesaba el bosque. Lucifer y Phyllida se encontraban en casa. Dejaron a Aidan y Evan con la señorita Sweet y, ante la sugerencia de Jonas, se dirigieron a la salita. En cuanto cerraron la puerta, Em había vuelto a contar su historia.

Por suerte, Lucifer parecía más inclinado que los hermanos Tallent a concentrarse en el quid de la cuestión.

—Así que el tesoro no está en Grange. Tengo que admitir que jamás había oído la frase «la casa más alta» haciendo referencia a Grange o a Colyton Manor. ¿Estás segura de que el tesoro no se encuentra aquí? Que yo sepa, esta casa no tiene ni ha tenido nunca sótanos, pero sí posee un montón de edificaciones anexas.

Em hizo una mueca.

—Ésta era la casa de la familia... La rima parece haber sido especialmente concebida para indicar algún otro lugar.

Jonas asintió con la cabeza.

—Si el tesoro estuviera aquí, no existiría la rima. No haría falta, pues no habría necesidad de hacer ninguna referencia a otra casa.

Lucifer asintió con la cabeza.

—Es evidente. Así que no es Grange, no es Colyton Manor, y ya has descartado Ballyclose por su falta de antigüedad. Así que, ¿dónde nos deja eso?

Una pregunta que nadie podía contestar.

Lucifer se inclinó hacia delante, con una grave y concentrada expresión en su bien parecido rostro.

—Corrígeme si me equivoco, pero estamos buscando una casa que ya existía en el siglo XVI, aunque no sepamos exactamente en qué año se construyó, una casa que era conocida en el siglo XVII como «la casa más alta», lo que probablemente quiere decir que se trataba de la casa de una persona que ostentara el mayor rango en la zona en esa época.

—Nunca ha habido refugios principescos ni residencias reales de ningún tipo en la zona. —Phyllida miró a Lucifer—. Recuerdo que lo investigué hace mucho tiempo, cuando era jovencita.

—Todas las chicas sueñan con reyes o príncipes. —Jonas hizo una mueca a su hermana, que le respondió con una mirada de superioridad.

Lucifer negó con la cabeza.

—Sigo pensando en el verso de esa rima «la casa más alta». En el siglo XVII ésta habría sido una comunidad muy pequeña y relativamente aislada. La rima utiliza la expresión «la casa más alta» como si debiera ser muy evidente a qué casa se estaban refiriendo. Como si fuera muy evidente para los vecinos de Colyton en el siglo XVII.

Guardaron silencio mientras reflexionaban sobre ese punto, luego Phyllida miró a Em.

—Ya has estudiado algunos de nuestros libros sin encontrar ninguna referencia a esa casa misteriosa. Será mejor que miremos en los demás. —Lanzó una mirada a Lucifer y a Jonas—. Ganaremos tiempo si buscamos los cuatro, sobre todo si nos concentramos en aquellos libros que hagan referencia al siglo XVII.

Los tres intercambiaron unas miradas antes de asentir con la cabeza. Luego Lucifer se levantó y les condujo a la biblioteca.

Durante la hora siguiente, examinaron la colección de libros de los Cynster. Encontraron un diario de viaje que describía cómo era Colyton en aquella época, y otras dos descripciones de la villa a principios del siglo XVII, pero no había ninguna mención a otra casa aparte de Grange y de Colyton Manor, ni tampoco encontraron ninguna referencia a «la casa más alta».

—Nada. —Em suspiró. Lo había esperado. Así que se tragó la decepción y miró a Jonas—. ¿Y ahora qué? —Miró también a Phyllida y a Lucifer—. ¿Alguna sugerencia?

Lucifer parecía tan perplejo como Jonas y ella, pero después de un rato, Phyllida, que tenía la cabeza inclinada en actitud pensativa, arqueó las cejas y alzó la mirada hacia Em.

—Yo en tu lugar divulgaría mi auténtico apellido. De esa manera conseguiría más apoyo de los vecinos y, además, preguntaría por todo el pueblo, en especial a los ancianos, para ver si alguno de ellos ha oído mencionar en alguna ocasión la expresión «la casa más alta». Es probable que signifique algo para alguien. Habrá muchos que tengan historias familiares. Quizás encontremos a alguien que conozca la misma frase, pero en otro contexto.

Jonas asintió con la cabeza y miró a Em.

—Me parece una idea estupenda. Deberías decirle a la gente quién eres en realidad.

La joven frunció el ceño.

—¿Y qué excusa daría por haber ocultado inicialmente nuestra identidad?

—Eso es fácil —dijo Phyllida—. Puedes decir que querías conseguir el puesto de posadera y que los vecinos del pueblo te aceptaran por ti misma, no que te acogieran y te pusieran en un pedestal sólo por tu apellido.

Em arqueó las cejas, considerando la sugerencia.

Lucifer asintió con la cabeza.

—Quizá parezca un tanto excéntrico, pero no inconcebible.

La joven miró a Jonas, quien también asintió con la cabeza. Entonces respiró hondo.

—Está bien. Le diremos a todo el mundo que nuestro apellido es Colyton. —Volvió a fruncir el ceño—. ¿Cuánto tiempo creéis que tardará en extenderse el rumor?

Phyllida sonrió.

—No te preocupes. Te ayudaremos con eso. —Se acercó a Em, hizo que se pusiera en pie, enlazó su brazo con el de ella, y se giraron hacia la puerta—. Dejemos que estos caballeros sigan exprimiéndose el cerebro mientras nosotras vamos a charlar un rato con la señorita Sweet.

15

—¡Querida, estoy realmente encantada! —Lady Fortemain se recostó con los ojos abiertos de par en par—. Pensar que usted, y sus queridas hermanas, así como su querido hermano, son Colyton. ¡Es maravilloso!

—Sí, bueno.

Em miró de reojo a Jonas, que sonreía de oreja a oreja y la miraba como diciendo «ya te lo dije». La tarde anterior se lo habían contado a la señorita Sweet y luego habían dejado que extendiera la noticia en el salón de la posada. Jonas había llegado esa mañana con su cabriolé y se había ofrecido para llevar a Em a hablar con los ancianos de la localidad. Lady Fortemain, en Ballyclose Manor, había sido la primera de la lista de Em y, por supuesto, ya se había enterado de las noticias.

—Como ya he mencionado —insistió Em, esperando evitar de esa manera que la anciana se enfrascara en un largo relato sobre la historia reciente de la familia—, estamos tratando de identificar cuál es la casa de los alrededores que se conocía antaño como «la casa más alta». De hecho, sabemos que no es Ballyclose Manor porque, a diferencia de ella, la casa en cuestión se construyó hace siglos. ¿Ha oído la frase alguna vez?

—¿«La casa más alta»? —Tamborileando un dedo sobre los labios, lady Fortemain frunció el ceño mientras se concentraba. Pero un movimiento en el vestíbulo, captó su atención—. ¡Oh, Jocasta! ¡Ven y escucha estas maravillosas noticias!

Jocasta, también conocida como lady Fortemain pues era la esposa del hijo mayor de la dama, Cedric, apareció en la puerta. Era una mujer de cabello y ojos oscuros que poseía un carácter amable y tranquilo. Brindó una sonrisa a Em y a Jonas cuando entró en la estancia.

—Buenos días. Me enteré de las buenas noticias ayer por la noche. Parece muy apropiado que su familia y usted hayan regresado al pueblo, en especial, cuando han resucitado la posada Red Bells.

—Gracias. —Em le devolvió la sonrisa.

Jonas captó la atención de Jocasta.

—Jocasta, como miembro de una familia que vive en este pueblo desde hace mucho tiempo, ¿has oído alguna vez la frase «la casa más alta»?

Jocasta frunció los labios, pero tras un momento de reflexión, negó con la cabeza.

—No lo recuerdo, aunque suena como el tipo de frase que cualquier miembro de los Fortemain utilizaría para referirse a Ballyclose. ¿Por qué queréis saberlo?

Fue Jonas quien le respondió con suavidad.

—Estamos tratando de localizar una casa que había en el pueblo de Colyton hace mucho tiempo, mucho antes de que se edificara Ballyclose. Al parecer la frase pertenece a una enigmática rima familiar que los antepasados de la señorita Colyton se transmitieron de generación en generación, y que hace referencia a ese lugar.

Jocasta pronunció un silencioso «oh» antes de añadir:

—Estoy segura de que nunca he oído tal frase, pero deberíais ir a hablar con mi madre. Ella guarda en su memoria todo tipo de extrañas y variopintas historias sobre el pueblo.

Em se levantó.

—La señora Smollet es la siguiente persona en nuestra lista.

Jonas abandonó su posición ante la chimenea de la salita y se acercó a ella.

—También habíamos pensado en hablar con Muriel Grisby y la vieja señora Thompson.

Jocasta asintió con la cabeza.

—Sí, yo también hablaría con ellas. Creo que la señorita Hellebore es la persona de más edad del pueblo, aunque se vino a vivir aquí sólo unos años antes que Horatio Welham. —Jocasta le dirigió una sonrisa a Em—. Lo que la convierte prácticamente en una recién llegada y, por lo que sé, su familia no es de la zona.

—Gracias —dijo Em—. La señorita Sweet pensaba que ése era el caso, pero no estábamos seguros. —Se volvió hacia lady Fortemain—. Gracias por recibirnos, milady.

La dama hizo un gesto con las manos.

—Oh, pero se quedarán para tomar el té matutino, ¿verdad?

—Gracias, pero no me gusta dejar la posada, y a las gemelas, sin supervisión durante demasiado tiempo. —Em hizo una reverencia.

Lady Fortemain hizo una mueca.

—Admiro su dedicación, querida. ¿Quizás en otra ocasión?

Em y Jonas se despidieron de ambas damas.

Jocasta los acompañó a la puerta.

—Le preguntaré a Cedric si por casualidad ha oído alguna vez esa frase. Ya hablaremos esta noche en la posada.

—Gracias. —Em permitió que Jonas la ayudara a subir al cabriolé, luego se despidió de la dama con la mano mientras él ponía el vehículo en marcha.

Em había dicho la verdad. No le gustaba tener que dejar al personal de la posada sin ninguna supervisión.

—No es que espere que pase algo —le dijo a Jonas un poco más tarde, cuando aprovecharon un momento entre el almuerzo y la merienda para acercarse a Highgate, la casa de Basil Smollet, el hermano de Jocasta—. Pero en el caso de que ocurra algún contratiempo, el personal tendría que hacerse cargo y tomar una decisión al respecto. Y ése es mi trabajo. No me parece justo que tengan que hacerlo ellos. Una cosa es que yo me equivoque, pero sería peor que lo hicieran ellos, pues se sentirían responsables si algo saliera mal.

Jonas la miró y curvó los labios con admiración cuando observó el gesto resuelto de sus rasgos; entonces, sonrió ampliamente y volvió a prestar atención a los caballos. Condujo a los castaños hacia la cima de la colina que había más allá de la rectoría con un trote tranquilo, luego redujo la marcha del vehículo cuando Highgate surgió a la vista.

La señora Smollet se encontraba en la casa y los recibió, al menos en el sentido físico. Por desgracia, no tardaron en descubrir que su mente apenas estaba con ellos.

—Un Colyton. Más de uno en realidad, y de vuelta en el pueblo. ¡Es maravilloso! No conocí a nadie de su familia, aunque bueno, por aquel entonces era demasiado joven. —La señora Smollet inclinó su cabeza gris—. Qué años aquéllos. Recuerdo...

La anciana se interrumpió, totalmente perdida en sus recuerdos.

Basil, su hijo, que se había reunido con ellos en la salita para escuchar la historia de Em de primera mano, se inclinó hacia su madre y le cogió una mano del regazo.

—¿Mamá? ¿Recuerdas si alguna casa de los alrededores era conocida como «la casa más alta»?

De repente la señora Smollet enfocó una mirada sorprendentemente lúcida en la cara de su hijo.

—¿«La casa más alta»? —Frunció el ceño y apartó la mirada—. Me suena.

Em contuvo el aliento, y Jonas hizo lo mismo.

Esperaron. Basil guardó silencio para no presionarla.

La señora Smollet negó con la cabeza después de un momento.

—No. No puedo recordarlo. Pero no era este lugar, ni tampoco Ballyclose, no importa lo que diga esa fantasiosa mujer.

Era evidente que no existía una gran amistad entre lady Fortemain y la señora Smollet.

La expresión de la anciana se relajó.

—Pero recuerdo a los niños de los Mitchell. Vivían en esa vieja casa en los acantilados. Hace mucho tiempo que murieron, pero eran unos bribones. Recuerdo que...

Su voz iba y venía, suave como una brisa de verano.

Basil suspiró y se reclinó en su asiento. Lanzó una mirada de disculpa a Em y Jonas y se levantó.

Ellos también lo hicieron.

La señora Smollet, con la mirada todavía perdida en un pasado remoto, no se dio cuenta. Basil les hizo señas y se dirigió a la puerta.

Ellos le siguieron.

Cuando llegaron al vestíbulo principal, Basil se volvió hacia ellos.

—Está muy sana físicamente, pero su mente ya no es lo que era. Algunos días posee una gran lucidez, pero otros... —Hizo un encogimiento de hombros—. Les pediré a las doncellas que la atienden que me avisen si alguna vez dice algo relacionado con «la casa más alta». Les avisaré si lo hacen.

—Gracias. —Em le brindó una sonrisa de agradecimiento.

Jonas asintió con la cabeza.

—Hemos hablado con lady Fortemain, y hemos pensado visitar a Muriel Grisby y a la vieja señora Thompson. ¿Se te ocurre alguien más que pueda saber algo?

Basil consideró la pregunta, luego negó con la cabeza.

—No creo que haya nadie más de la misma edad de ellas cuatro. No en el pueblo. Ni siquiera en las afueras.

—A Phyllida y a mí tampoco se nos ocurrió nadie más. —Jonas le tendió la mano, Basil se la estrechó.

—Gracias por dedicarnos su tiempo, señor Smollet. —Em le tendió la mano—. Y por ayudarnos con su madre.

Basil sonrió, parecía gratamente sorprendido.

—Cualquier cosa por un recobrado Colyton…, especialmente por uno que ha recuperado y revitalizado la posada.

Em se rio cuando él se inclinó cortésmente sobre su mano.

Tuvieron que esperar hasta la mañana siguiente para visitar a Muriel Grisby en Dottswood Farm. Muriel, que ya había oído las últimas noticias del pueblo, estuvo encantada de conceder una entrevista a Em y a Jonas.

—¡Qué maravilloso es volver a tener a miembros de la familia Colyton en el pueblo! Es una bendición lo que usted ha hecho al volver a poner en marcha la posada. —Muriel, sorprendentemente ágil y activa, les indicó con una mano que tomaran asiento—. Recuerdo a su bisabuelo… Se veía muy guapo y elegante con todo ese pelo blanco. Yo sólo era una niña por aquel entonces, pero lo recuerdo como si fuera ayer.

Em no se permitió abrigar esperanzas. Usando la versión de Jonas sobre los acontecimientos —que trataban de resolver una enigmática rima familiar, lo que no dejaba de ser cierto—, preguntó a Muriel si podía arrojar alguna luz sobre aquella frase misteriosa.

—No. —Muriel negó enérgicamente con la cabeza—. No recuerdo haber oído nada parecido.

Y eso fue todo.

Después de tres decepciones, Em no abrigaba ninguna esperanza de que la vieja señora Thompson, la madre de Thompson y Oscar, supiera algo relevante, pero Jonas fue a recogerla esa tarde y la convenció de que no podía darse por vencida sin al menos hablar con ella.

En un momento entre el almuerzo y la merienda, emprendieron el camino hacia la forja.

La herrería estaba frente a la carretera; la casa de los Thompson estaba situada justo detrás de ella. Thompson, que llevaba puesto un delantal de cuero, estaba trabajando delante del horno, dando martillazos a una herradura para darle forma. Les hizo gestos para que pasaran.

—Anoche le mencioné que vendríamos a ver a su madre. —Sosteniendo la puerta que conducía al estrecho patio de la casa, Jonas estudió la cara de Em, y notó lo desanimada que estaba—. Nunca se sabe. La señora Thompson proviene de un estrato social diferente al de las otras tres mujeres. Puede que haya oído algo, o que sepa algo que las demás desconozcan.

La sonrisa con que Em respondió fue vaga, pero cuando la señora Thompson abrió la puerta de la casa, sonrió ampliamente.

—Buenas tardes, señora Thompson. ¿Le importa si hablamos un momento con usted?

—No, no, querida, pasen, pasen. —La señora Thompson les invitó a entrar en la pequeña salita—. Es maravilloso volver a tener a miembros de la familia Colyton entre nosotros. Es como debe ser, y ha logrado convertir la posada en un lugar encantador..., algo que nadie hubiera creído posible después de cómo Juggs dejó el lugar.

Jonas se quedó en la puerta, dejando que las dos mujeres tomaran asiento en los pequeños sillones de la estancia. Siempre le había parecido un misterio cómo una mujer tan menuda como la señora Thompson, había tenido dos hijos tan robustos como Thompson y Oscar. Aunque tenía tres hijos más, un chico y dos chicas, la anciana poseía un aspecto tan frágil y delicado que parecía que hasta el viento podría arrastrarla con facilidad.

Su mente, sin embargo, era como una trampa de acero.

—Recuerdo a su bisabuelo muy bien... Era un caballero imponente, aunque su rostro siempre lucía una alegre sonrisa. Había sido marino, el capitán de su barco, si la memoria no me falla, pero le conocí mucho después de eso. Vivía en una mansión... Colyton Manor, eso es, hasta que murió. Su hijo, que sospecho fue su abuelo, querida, se trasladó a vivir a otro lugar con el resto de la familia cuando vendió la casa.

—En efecto. —Em asintió con la cabeza—. Mi bisabuelo fue el último Colyton que vivió y murió aquí. Nosotros, mis hermanos y yo, hemos regresado, entre otras cosas, para averiguar el significado de una vieja y enigmática rima familiar. La rima describe una casa como «la casa más alta». ¿Conoce alguna casa que encaje con esa descripción?

La señora Thompson torció la cara mientras se concentraba. Después de un rato, negó con la cabeza.

—No. No que yo recuerde..., pero debo decir que esas palabras me suenan.

Centró la atención en Em y le dio una palmadita en la mano.

—Deje que piense en ello, querida. Si hay una casa relacionada con esa rima, tarde o temprano lo recordaré.

Jonas casi pudo oír el suspiro de abatimiento de Em cuando ella se levantó y, con una sonrisa forzada, se despidió de la señora Thompson.

Jonas hizo lo mismo y acompañó a Em fuera de la pequeña casa de campo. Pasaron junto a la herrería y emprendieron el camino de vuelta a la posada.

Jonas se ajustó al paso de Em y la miró a la cara. Tuvo que agachar la cabeza para poder mirarla a los ojos. La joven andaba con paso arrastrado y miraba al suelo con aire sombrío.

—No te desanimes. Sólo hemos empezado a preguntar. Esas mujeres pensarán en esa frase y se la mencionarán a sus amigas. Y, tal y como ha dicho la señora Thompson, la respuesta aparecerá tarde o temprano. —Cuando Em no respondió, Jonas le dio un codazo—. Dale tiempo al tiempo.

Ella asintió con la cabeza, luego respiró hondo y levantó la cabeza. Observó que ya casi habían llegado a la posada. Jonas casi pudo ver funcionar los engranajes de su cerebro cuando ella cambió el foco de su atención.

Jonas se adelantó a cualquier comentario.

—La posada va bien. —Era una declaración de lo más comedida. La revitalizada posada Red Bells era un buen negocio, más de lo que cualquier ingenuo optimista hubiera soñado jamás.

—Hmm, sólo espero que todo esté a punto para la cena de esta noche. Es la primera vez que estamos al completo, ¿lo he mencionado?

—No, pero no me sorprende. —Era sábado, y no sólo los vecinos de Colyton, sino los que vivían en las granjas y haciendas circundantes, parecían volver a tener a Red Bells en sus corazones. La posada estaba más concurrida que nunca.

Jonas se metió las manos en los bolsillos y continuó caminando al lado de Em, sin prisas y en silencio, sabiendo por la expresión de la joven, que estaba pensando en cosas de la posada, algo mucho más satisfactorio que la búsqueda del tesoro familiar.

No sentía un auténtico interés en el tesoro, salvo una simple y distante curiosidad; había decidido ayudar a Em a buscarlo sólo porque eso era importante para ella. Además, aunque la joven no lo había dicho expresamente, tenía la impresión de que quería encontrar el tesoro antes de tener que tomar la decisión de casarse con él. Por lo tanto, lo que más le convenía a Jonas en ese momento era ayudarla a recuperar ese tesoro lo antes posible.

Pero por encima de todo, quería que ella fuera dichosa y feliz. Sabía que para Em era fundamental encontrar el tesoro.

Jonas había pasado las últimas dos noches en la cama de la joven y no tenía ninguna intención de renunciar a una posición que ya había ganado. En los momentos más tranquilos en los que había yacido entre sus brazos, Em le había contado, le había explicado, más cosas sobre el tesoro, revelándole cómo lo veía, por qué había llegado a ser tan importante para ella.

No buscaba el tesoro por la riqueza, sino por lo que representaba, y lo consideraba incluso más importante para sus hermanos que para ella misma.

El tesoro aseguraría el futuro de Henry y devolvería a la familia la posición social para la que habían nacido. Proporcionaría dotes para las chicas y repondría la de Em, que si había entendido bien, se había reducido bastante al utilizar los fondos para escapar de Harold.

Todo aquello estaba muy bien, pero para Jonas no tenía ninguna importancia. Si Em se casaba con él, sus hermanos quedarían bajo su protección y Jonas se encargaría de que nunca les faltara de nada.

En lo que concernía a la dote de Em, a él no le importaba que la joven no poseyera ni un penique. Gracias a su relación con los Cynster y al fascinante mundo de las inversiones, Jonas se encontraba en una posición mucho más que desahogada.

Por supuesto, Em no lo sabía, y Jonas tenía que admitir que era muy alentador que las cuestiones monetarias no influyeran de ningún modo en su decisión de casarse o no con él. Sin embargo, a pesar de su riqueza y del hecho consiguiente de que ni ella ni sus hermanos se encontraran a punto de verse en la indigencia —o incluso condenados a ser posaderos el resto de su vida—, él comprendía, valoraba y, definitivamente, aprobaba las emociones que la guiaban.

El sustento y el orgullo familiar. No era un orgullo prepotente, sino uno respetuoso, un sentido del honor que la instaba a proteger el nombre de la familia, a no verlo desprestigiado, a que los demás lo respetaran como debían.

Y ésa no era una emoción sencilla, ni mucho menos algo que todo el mundo sintiera. Era un sentimiento que estaba profundamente arraigado en ella, y con el que él también se sentía identificado, incluso más después de haber regresado de Londres y sentir un nuevo aprecio por sus raíces.

Creer en la familia, en los orígenes y en la tradición era algo que los dos compartían.

Por eso la ayudaría a encontrar el tesoro, fuera como fuese, sin escatimar esfuerzos. Porque por esos principios, merecía la pena cualquier esfuerzo.

Sus pies hicieron crujir la grava del estrecho antepatio de la posada. La puerta principal estaba abierta ante ellos, y fueron recibidos por el agradable murmullo de las conversaciones.

Jonas siguió a Em al interior del salón.

Ella se detuvo justo al entrar para escudriñar la estancia, observando que había pocos clientes a esa hora de la tarde, y luego se dirigió a su despacho.

—Debo comprobar si Hilda necesita ayuda para esta noche.

Jonas la siguió sin prisa, saludando con una inclinación de cabeza al viejo señor Wright y los Weatherspoon. Observó que el artista, Hadley, estaba sentado en un rincón oscuro, con un bloc de dibujo abierto ante él sobre la mesa.

Se volvió de nuevo hacia Em.

—Me pasaré por casa de Lucifer —dijo, detrás de ella—. Comprobaré si ha conseguido averiguar algo al volver a examinar los libros, y luego creo que iré a ver a Silas Coombe.

Al llegar al mostrador de la taberna, Em se detuvo y lo miró arqueando las cejas.

Jonas sonrió de oreja a oreja.

—Su biblioteca no es tan amplia como la de Colyton Manor, pero los gustos de Silas son más eclécticos. ¿Quién sabe? Podría encontrar alguna referencia a la descripción que buscamos, y sé que, si se lo pido, hará todo lo posible por complacerme.

Em le miró con los ojos entrecerrados; luego asintió con la cabeza y se dirigió al despacho.

—De acuerdo. Pero recuerda que siempre se ha comportado con suma corrección desde nuestro malentendido.

Jonas emitió un bufido y la siguió al despacho.

La joven emitió un pequeño suspiro y dejó el bolsito sobre el escritorio.

Él acortó la distancia entre ellos y la rodeó con los brazos, estrechándola contra su cuerpo. Ella apoyó la espalda en su pecho, dejándose envolver en aquel abrazo protector. Jonas apoyó la barbilla en su lustroso pelo y, simplemente, la abrazó.

—No vamos a darnos por vencidos —murmuró él, meciéndola suavemente—. Puede que no hayamos encontrado nada, pero apenas hemos empezado a buscar. Y no sólo nosotros, también Lucifer, Phyllida, Filing, la señorita Sweet, y todos los demás a los que hemos preguntado. Alguien descubrirá algo, daremos con la respuesta y encontraremos el tesoro. —Levantó la cabeza y le dio un beso en la sien—. Confía en mí... Ya verás como es así.

Em cerró los ojos y se relajó contra él. Por un breve instante, absorbió algo que no recordaba que nadie le hubiera ofrecido en ningún momento de su vida. Consuelo y constante apoyo incondicional. Algo muy simple pero conmovedoramente útil.

Todo estaba bien.

Escucharon unos pasos apresurados en el vestíbulo. Jonas la soltó a regañadientes. Con la misma renuencia, ella se apartó de la calidez que le ofrecían sus brazos antes de volverse para afrontar la crisis que se avecinaba.

Porque, por experiencia, sabía que aquella clase de pasos apresurados presagiaba una crisis.

Issy apareció en el umbral con un leve ceño en el rostro. Aparte de eso, no mostraba señales de pánico o desasosiego.

Em comenzaba a preguntarse si su instinto le había fallado y no había ninguna crisis, sólo una mala jugada de su mente abatida, cuando Issy preguntó:

—¿Habéis visto a las gemelas?

Tras un momento de silencio fue Em quien respondió.

—No. —Mantuvo el tono de voz tranquilo—. ¿Dónde están? O mejor dicho, ¿dónde estaban?

Issy entró en el despacho.

—Les dije que podían salir a jugar media hora después del almuerzo, pero que luego tenían que reunirse conmigo en la salita del primer piso para ayudarme a zurcir. Estoy intentando enseñarles lo básico. —Lanzó una mirada a Jonas y luego volvió a mirar a Em—. No me sorprendió demasiado que no aparecieran. Seguí zurciendo mientras esperaba verlas aparecer en cualquier momento con algún tipo de excusa, pero no lo han hecho.

Em lanzó una mirada al reloj que había encima de un gabinete.

—Ya son más de las tres.

Issy asintió con la cabeza.

—Me di cuenta y comencé a buscarlas hace unos minutos. Las he buscado en el piso de arriba, pero no están, luego le he preguntado a Hilda y a las chicas, pero nadie las ha visto desde que salieron al patio después del almuerzo.

De eso hacía más de dos horas.

—No pueden haber ido muy lejos. —Em se dijo para sí misma que sus hermanas habrían ido a buscar moras y que se habrían distraído con cualquier cosa... Que aparecerían en cualquier momento con un montón de disculpas y excusas. Le indicó a Issy con un gesto de la mano que volviera a la cocina—. Venga, te ayudaré a buscar.

—Te ayudaremos a buscar —dijo Jonas, siguiéndolas fuera del despacho—. Veré si están en alguna parte del campo. Si no las encuentro, me acercaré a la rectoría.

Em asintió con la cabeza y corrió tras Issy.

Jonas se dio la vuelta hacia el salón y se encaminó con paso decidido hacia la puerta.

Em le estaba esperando en el salón cuando regresó media hora más tarde, con Joshua y Henry pisándole los talones.

Jonas no tuvo que preguntarle si había localizado a las gemelas, la expresión de ansiedad de su rostro lo decía todo.

Y una mirada a las caras de Jonas, Joshua y Henry le dijo a la joven que ellos tampoco habían encontrado a las niñas. Retorciéndose las manos con preocupación, Em miró directamente a Jonas.

—¿Dónde pueden haberse metido?

Él vaciló un momento, luego respondió:

—Hemos buscado en... —A continuación le mencionó todos los lugares posibles, todas las potenciales atracciones para un par de niñas tan aventureras como las gemelas. Él sabía por experiencia que al estar juntas, al contar con un apoyo mutuo, las dos se atreverían a ir más allá que cualquier otro niño.

John Ostler entró en la posada e informó que no había encontrado ninguna pista de la pareja en los lugares en los que había estado buscando.

Entre todos, buscaron en la posada y en los alrededores.

Al final Jonas miró a Em y preguntó lo que debía ser preguntado.

—Esto no es propio de ellas, ¿verdad? ¿Desaparecer de esta manera?

Con una expresión muy preocupada, la joven negó con la cabeza.

—Por lo general, van a su aire cuando les damos permiso para salir. Si saben que tienen algo que hacer o que alguien les está esperando, siempre vuelven aunque sea con retraso. Pero esto no es un simple retraso.

—No. No lo es. —Aquello era más serio.

Issy, con la cara muy pálida, se acercó al lado de Em.

—Han sido muy buenas últimamente, como si por fin hubieran aceptado que necesitan aprender todo lo que les he estado enseñando. Ni siquiera han intentado evitar las lecciones desde hace semanas.

Joshua dio un paso hacia delante y cogió la mano de Issy, haciendo un gesto con la cabeza en dirección a Em.

—No os preocupéis. Las encontraremos.

Jonas miró a Em a los ojos sin molestarse en indicar lo evidente.

—Dondequiera que estén, no pueden haber ido muy lejos... Hace menos de tres horas que salieron de aquí.

Levantó la cabeza y observó a los clientes del salón. Todos se habían levantado, incluso las mujeres en la zona femenina de la estancia. Se habían reunido un buen número de vecinos para tomar la merienda en la posada. Como era natural, todos escuchaban con atención el drama que se desarrollaba ante ellos. Alzando la voz para que todos pudieran escucharlo, Jonas anunció:

—Tenemos que organizar una búsqueda.

Todo el mundo se ofreció voluntario para buscar a las niñas, incluso las señoritas Sweet y Hellebore, que habían ido a la posada para probar los bollos de grosella de Hilda.

Em no podía quedarse quieta. Mientras Jonas organizaba a los hombres y a las mujeres más jóvenes para buscar en los campos cercanos, asignándoles zonas diferentes a cada uno de ellos, ella envió a Issy a por papel y lápiz, y les pidió a las señoritas Sweet y Hellebore que anotaran el nombre de cada buscador y de la zona donde emprendería la búsqueda antes de que abandonara la posada.

—Si la gente vuelve sin haberlas encontrado, por lo menos sabremos qué lugares debemos descartar.

Jonas salió con John Ostler y Dodswell, el mozo de Lucifer, para hacer una batida en el bosque detrás de la posada.

—Iremos hasta el río. Si encontramos algún rastro de las niñas que conduzca allí o incluso a la otra orilla, enviaremos de vuelta a Dodswell para avisaros mientras John y yo seguimos la pista.

Em asintió con la cabeza, le apretó la mano y luego la soltó. Ella esperaba, rogaba, que encontrar a las gemelas sólo dependiera de buscar en el lugar adecuado.

Joshua y Hadley buscarían en la iglesia, así como en la cripta y en el campanario.

—La cripta y la torre están cerradas, pero la llave está en la sacristía, colgando en un gancho a la vista de todo el mundo, y las niñas pueden haberla cogido. —Hizo una mueca—. Tanto la cripta como la torre tienen unas escaleras muy empinadas. Es posible que se hayan asustado y quedado atascadas en medio.

Em estaba a punto de asegurarle de que eso era muy poco probable, que a las gemelas les encantaba trepar a los árboles y colarse en lugares estrechos, pero antes de que esas palabras salieran de sus labios, se le ocurrió otro pensamiento. Miró a su hermana y vio que Issy tenía la misma expresión de aprensión en los ojos.

Si una de las gemelas hubiera tenido un accidente —por ejemplo, que se hubiera caído y roto una pierna—, la otra no la dejaría sola para ir en busca de ayuda. Se quedarían juntas y esperarían a que alguien fuera a rescatarlas.

—Estén donde estén, no pueden andar muy lejos. —Em repitió las palabras de Jonas no sólo para tranquilizar a su hermana, sino también a sí misma.

Issy tomó aire y asintió con la cabeza.

—Henry y yo visitaremos las casas que hay junto a la carretera. Incluso aunque no estén allí, alguien puede haberlas visto.

Em les indicó que se acercaran a las señoritas Sweet y Hellebore para que anotaran sus nombres en la lista; luego miró a su alrededor. Además de las dos ancianas, sólo ella y Edgar, que estaba detrás de la barra, e Hilda y sus chicas, que hacían la cena en la cocina, permanecían en la posada. Todos los demás habían salido a buscar a las niñas.

Respirando hondo para tranquilizarse, se acercó a la barra de la taberna.

—Por favor, carga a mi cuenta todas las bebidas que sirvas a los que participan en la búsqueda.

Edgar estiró el brazo y le dio una palmadita en la mano.

—No se preocupe, señorita. Encontrarán a esos dos angelitos sanos y salvos muy pronto.

La joven intentó esbozar una sonrisa.

Luego esperó, pero aunque todos los buscadores regresaron, ninguno de ellos llevaba consigo a sus «angelitos». Siguiendo sus órdenes, Edgar abrió un barril de cerveza y les sirvió una pinta a todos los que estaban sedientos.

Poco a poco fueron llegando el resto de los buscadores. Las señoritas Hellebore y Sweet parecían cada vez más preocupadas al tener que tachar en la lista las zonas en las que no se había hallado rastro alguno de las gemelas. Cuando Jonas, John Ostler y Dodswell, los únicos que faltaban por volver, regresaron a la posada y Jonas miró a Em y negó con la cabeza, un murmullo de preocupación se extendió entre los allí reunidos.

Em sintió que le daba vueltas la cabeza y se acercó al mostrador para apoyarse en él.

Jonas se acercó a ella en dos zancadas y la cogió del brazo. La miró a los ojos y la hizo recuperar el equilibrio, tranquilizándola con su contacto, su atención, su mera presencia.

—Mandaré a alguien a Axminster para que avise a la policía.

Em intentó digerirlo y asintió con la cabeza. Si él pensaba que era necesario avisar a...

Una gran agitación alrededor de la puerta atrajo la atención de Em. La multitud se dividió y Harold se abrió paso entre la gente con aire fanfarrón.

El hombre estaba sonriendo y saludaba con una educada inclinación de cabeza a aquellos que conocía según atravesaba la estancia. Desconcertados por la actitud jovial del tío de Em, todos guardaron silencio, observando y aguzando los oídos.

La joven estaba igual de estupefacta. ¿Acaso Harold no había escuchado las últimas noticias cuando incluso la gente de las granjas más distantes se había enterado y se había acercado a la posada para echar una mano?

Harold no iba a echarles una mano, eso seguro, pero ¿a qué venía esa sonrisa?

Luchando por no fruncir el ceño, Em esperó a que él se acercara al centro del salón. Jonas se apartó de los hombres con los que había estado hablando para que alguien avisara a la policía de Axminster y se colocó a su lado, frente a Harold.

Por el rabillo del ojo, Em vio a Issy, con Joshua a su lado, al frente del gentío que ahora les rodeaba sutilmente.

Harold se detuvo ante ella con una sonrisa radiante que no disimulaba la satisfacción que sentía por sí mismo; un placer que no parecía querer ocultar.

—Y bien, señorita, ¿estás dispuesta a entrar en razón y recoger tus cosas?

Em sintió que la sangre se le helaba en las venas. Le bajó un escalofrío por la espalda y clavó los ojos entornados en su tío.

—Tío Harold... —Su propia voz, un tono gélido y contenido, la hizo parpadear. Respiró hondo antes de preguntar con voz tensa—: ¿Has visto a las gemelas?

Él abrió los ojos como platos.

—Bueno, pues claro que las he visto. Es por eso por lo que estoy aquí.

Un gran alivio la inundó.

—Oh, gracias a Dios.

—Sí..., yo también doy gracias. —Le lanzó una mirada severa—.

Las he metido en un carruaje y las he enviado a Runcorn, donde deberían estar, igual que tú y tus hermanos. Así que vosotros tres —desplazó la mirada por Issy y por Henry— ya podéis hacer las maletas y veniros conmigo.

A continuación hubo un aturdido silencio. Todos los reunidos en el salón se quedaron mirándolo fijamente, asimilando sus palabras.

Em sintió que la atravesaba una creciente oleada de cólera incontrolable. Respiró hondo y contuvo la respiración, esperando. No podía permitirse el lujo de perder el control, de desatar su furia, no hasta que las gemelas volvieran con ella.

—Vamos a aclarar las cosas, tío Harold.

Él había notado el silencio y miraba a su alrededor con más curiosidad que alarma, tan insensible a los sentimientos de los demás que no detectó el creciente mar de animosidad dirigido contra él. Volvió a clavar los ojos en Em.

Ella le sostuvo la mirada.

—¿Has buscado a las gemelas, las has engañado y las has llevado... dónde?

Él soltó un bufido.

—A Musbury. Las muy tontas querían aprender a conducir un cabriolé, así que les ofrecí enseñarles a conducir el mío. Las llevé a Musbury, donde me esperaba un carruaje de alquiler, las metí en él en compañía de una mujer que contraté y las envié a Runcorn con un cochero y un mozo.

—¿Y se fueron voluntariamente? —Em no se lo podía creer.

—Oh, por supuesto que no. Se pusieron a gemir y a lloriquear, ya sabes cómo son las niñas. —Harold hizo un gesto despectivo con las manos—. Las amordacé con unas bufandas, las metí en el vehículo y le dije al cochero que condujera lo más rápido posible. —Dio un par de palmadas con sus manos gordezuelas, luego se las frotó como si sintiera una gran satisfacción—. Bien, pues. ¿Estáis dispuestos a seguirme?

Jonas se volvió hacia Em.

—No han podido llegar muy lejos. Los seguiré en mi carruaje y las traeré de vuelta.

Tenía que hacer algo, algo que lo sacara del salón antes de que diera rienda suelta a su rugiente temperamento y tratara al tío de Em como se merecía.

Apretó el brazo de Em en un gesto de apoyo y consuelo. La soltó y miró a Potheridge con manifiesto desprecio antes de pasar junto a él y dirigirse a grandes zancadas a la puerta.

—Te acompañaré.

Era Filing quien había hablado. Jonas escuchó la misma rabia contenida que él sentía en la voz de su amigo. Se giró y vio cómo Joshua le lanzaba una mirada condenatoria a Potheridge antes de seguirle.

Harold se dio la vuelta con una expresión indignada y enfurecida.

—¡Vengan aquí inmediatamente! No es asunto suyo lo que yo haga con mis sobrinas.

Joshua se detuvo al lado de Jonas y, apretando los puños con fuerza, se giró para mirar a Potheridge mientras Jonas le lanzaba una mirada de asco al tío de Em.

—Al contrario. Por lo que tengo entendido, las gemelas no son sus sobrinas. No es usted su tutor... y no tiene ningún derecho a decidir lo que es mejor para ellas. Creo que muy pronto descubrirá que el secuestro sigue siendo un delito.

—¡Secuestro! —Potheridge les miró con los ojos desorbitados—. ¡Eso no son más que tonterías! —Finalmente echó un vistazo alrededor y pareció darse cuenta de que ninguno de los presentes estaba de su parte. Sacó pecho—. ¡Caramba! ¡Esto es lo último que faltaba! Lo único que quiero es...

—Lo que usted quiera —le interrumpió Jonas— no viene al caso. Lo único que importa es lo que quieran esas niñas, y lo que Em, como tutora legal, quiera para ellas. Eso es lo que importa. —Miró a Em y le hizo un gesto de cabeza—. Nos vamos. No te preocupes... las encontraremos y las traeremos de vuelta.

Volvió a mirar al tío de Em, aunque esta vez curvó los labios en una sonrisa ominosa.

—Si no tuviese edad para ser mi padre, le daría una lección que jamás olvidaría.

—Y si yo no fuera un hombre de Dios —dijo Joshua entre dientes—, le ayudaría.

Con los ojos muy abiertos, Potheridge dio un paso atrás.

Jonas se dio la vuelta y salió de la posada con Joshua pisándole los talones.

Em les observó partir, deseando poder ir con ellos, pero sabía que tenía que quedarse en la posada y... enfrentarse a Harold.

Se obligó a mirar a su tío, cuyas mejillas comenzaban a adquirir un intenso color púrpura, y que, farfullando como un pavo, se giró para enfrentarse a ella.

El gentío que les rodeaba se movió para hacer sitio mientras Thompson se abría paso entre ellos. El herrero se interpuso entre Harold y ella y se encaró a su tío, lanzándole una mirada desafiante.

—Por lo que veo —dijo Thompson, con el acento suave y arrastrado de la zona—, usted y yo somos más o menos de la misma edad. Y el cielo sabe que no soy un hombre de Dios, así que...

Con un movimiento preciso y medido, Thompson estampó su enorme puño en la mandíbula de Harold.

Agachándose para ver por debajo del brazo del herrero, Em se quedó sin aliento cuando observó cómo Harold ponía los ojos en blanco y caía muy lentamente de espaldas al suelo.

Por un instante, ella se quedó mirando la figura inmóvil de su tío —como todos los demás—, luego levantó la vista y, a través de la puerta abierta, vio que Jonas y Joshua se habían detenido en el patio para mirar lo que ocurría.

Jonas con una mirada de profunda satisfacción, saludó a Thompson con la cabeza.

Thompson le hizo un gesto con la mano para que se marcharan.

—Ya nos encargaremos de las cosas aquí... Id y traed de vuelta a esos angelitos.

Con un gesto de aceptación, Jonas se giró sobre los talones y se fue.

16

Em no tuvo que hacer nada. Todo el pueblo se congregó a su alrededor y ni siquiera consintieron que moviera un dedo.

Estuvo arropada por la señorita Sweet, Lucifer y Phyllida, quien había estado antes en la posada, aunque había tenido que marcharse a su casa para atender a sus hijos. Había regresado justo después del enfrentamiento, a tiempo de ver cómo Thompson y Oscar cargaban al inconsciente tío Harold, uno por los pies y otro por los brazos, y lo sacaban fuera de la posada. Lucifer lanzó una mirada a Harold y, apretando los dientes, indicó a los Thompson que lo dejaran sobre uno de los bancos que había junto a la fachada principal de la posada.

—Quiero que se vaya de mi casa —dijo la señorita Hellebore, que parecía inusualmente beligerante, golpeando el suelo con el bastón.

Em se puso rígida; ni siquiera ahora estaba segura de que su tío quisiera marcharse. Y si exigía que lo hospedara en la posada... Levantó la mirada y se encontró con los ojos oscuros de Phyllida clavados en ella.

Con una imperceptible inclinación de cabeza, Phyllida se agachó al lado de la silla de la señorita Hellebore.

—La verdad —le dijo— es que si puede arreglárselas para no estrangularlo, le agradeceríamos que siguiera alojándolo en su casa. Si usted lo echa, es probable que atosigue a la señorita Colyton para que le dé alojamiento en la posada. —Un murmullo de desaprobación retumbó en la estancia. Phyllida asintió con la cabeza—. Y eso, sencillamente, no podemos consentirlo.

Visto de ese modo, la señorita Hellebore no tuvo más remedio que permitir que el señor Potheridge continuara viviendo bajo su techo. Aunque, por supuesto, había quedado sobrentendido que no era bien recibido ni allí ni en ninguna otra parte del pueblo.

Esperar, pacientemente o de otra manera, jamás había sido una virtud de Em. Su naturaleza Colyton no toleraba la falta de actividad. Y mientras pasaban las horas, con todos los vecinos del pueblo apretujados en el salón de la posada insistiendo en hacer lo que fuera necesario por ella, ofertas que Em no pudo rechazar de ningún modo y que le negaban la distracción que suponían sus deberes, se fue poniendo cada vez más tensa.

Cada vez más nerviosa y ansiosa.

Confiaba en que Jonas y Filing rescatarían a las gemelas —no tenía ninguna duda al respecto—, pero hasta que viera a sus hermanas sanas y salvas, hasta que volviera a estrecharlas entre sus brazos y sintiera sus bracitos devolviéndole el abrazo, no tendría paz, no podría relajarse.

Y mientras pensaba todo eso, con todo el ruido del salón de fondo, nadie oyó el crujido de las ruedas en la grava del patio.

Se enteró del regreso de las gemelas al escuchar sus pasos apresurados y sus agudas voces llamándola:

—¿Em? ¿Em?

La gente se apartó y las niñas la vieron delante de la barra. Se alzaron las faldas y, corriendo hacia ella, se arrojaron a sus brazos abiertos.

Em las atrapó y las abrazó con fuerza mientras parpadeaba con furia para borrar las lágrimas que le inundaron los ojos y que le impedían ver con claridad a sus hermanas. En cuanto comprobó que estaban bien, no pudo evitar darles palmaditas y acariciar sus brillantes cabezas. Esbozó una sonrisa llorosa cuando Issy se unió a ella.

Precedidos por los hermanos Thompson, todos los presentes en la posada se acercaron a las gemelas con exclamaciones de alegría, haciendo que Gert y Bea, a las que no les gustaba ser el centro de atención, les miraran con curiosidad.

Las niñas se cansaron con rapidez de que todos les dieran palmaditas, y se apartaron de la multitud.

—¡Qué hombre más horrible! —exclamó Gert.

Bea clavó sus enormes ojos azules en Em; le temblaba el labio inferior.

—¡Nos mintió!

Las gemelas sabían muy bien que nunca debían mentir, así que la idea de que un adulto les mintiera les resultaba incomprensible.

—Sabemos que es vuestro tío. —Gert paseó la mirada por Em, Issy y Harry, que se había acercado.

—Pero no es un buen hombre —declaró Bea—. Creemos que no deberíamos marcharnos con él.

Em asintió con la cabeza.

—No lo haremos. Ni ahora, ni nunca.

Bea deslizó su mano en la de Em.

—Bien. —Se volvió hacia la multitud—. ¿Hay una fiesta?

Muchos se rieron. Lady Fortemain sonrió y les hizo señas para que se acercaran. Las niñas dejaron a sus hermanas mayores y se acercaron a la anciana para contarle su historia, sin duda con floridas exageraciones.

Issy negó con la cabeza sin dejar de sonreír.

—Las van a volver locas. Mañana no serán capaces de hacer nada.

—Pero mañana será otro día —dijo Em—, y estoy tan agradecida de tenerlas de vuelta que no pienso reprocharles nada. Por un día podemos ser indulgentes.

Nuevas exclamaciones de alegría hicieron que todos miraran hacia la puerta, a los héroes del día, Jonas y Joshua. Los dos hombres sonrieron ante los vítores y cumplidos de la gente mientras trataban de llegar al lado de Em e Issy.

Em observó las dificultades de ambos y se volvió hacia Edgar.

—Sirve bebidas a todo el mundo por cuenta de la casa.

Con una amplia sonrisa, Edgar hizo lo que le pedía, desviando la atención de la gente hacia él; Jonas y Filing aprovecharon la oportunidad para abrirse paso hasta ellas.

Em les tendió las manos.

—Gracias.

Filing sonrió y le apretó los dedos, luego la soltó y se volvió hacia Issy, que también le dio las gracias.

Cuando la pareja se apartó de ellos, Jonas captó la atención de Em y lentamente llevó la mano de la joven a sus labios.

Ella lo miró a los ojos.

—No sé cómo agradecértelo.

Él curvó las comisuras de los labios.

—Puedes intentarlo... más tarde.

Em se rio.

Jonas le puso la mano en el brazo y se volvió para observar a la multitud.

—De todos modos, como ya te he dicho en varias ocasiones, tú y tu familia sois asunto mío.

La joven levantó la vista a su cara.

—¿Es esto a lo que te referías?

Él asintió con la cabeza.

—Yo protejo lo que es mío. Entre otras cosas.

—¿Incluso a dos diablillos como las gemelas?

—Incluso a dos diablillos como ellas. Bufaban como gatitas cuando las encontramos. De hecho, si Harold hubiera aparecido en ese momento, se habrían arrojado sobre él para hacerle pedazos. Por fortuna para tu tío, Filing y yo dimos con ellas. Las personas que Harold contrató no pusieron ningún reparo en entregárnoslas. Todos eran de Musbury y no tenían ni idea de en qué lío se estaban metiendo, de que en realidad estaban participando en un secuestro... Harold les dijo que era el tutor de las gemelas.

—Sabe que no lo es..., aunque presuma de ello.

—Y hablando de él, ¿dónde está?

—Thompson y Oscar lo dejaron en uno de los bancos de ahí fuera. Debió de marcharse en cuanto recuperó el sentido. La señorita Sweet acompañó a la señorita Hellebore a su casa para ver si había regresado a su habitación, pero tampoco estaba allí.

—Es probable que esté vagando por las calles, arrepintiéndose de sus pecados.

Em no pudo reprimir un bufido.

—Una fantasía preciosa, pero irreal.

Con un gesto sombrío, Jonas bajó la mirada hacia ella.

—Si regresa...

—Oh, lo hará, pero no volverá a intentar nada parecido. Puede que regrese fingiendo estar arrepentido para intentar convencerme de nuevo, pero eso será todo. —Lo miró directamente a los ojos—. Nada de lo que no pueda encargarme.

Jonas apretó los labios.

—Si te causa más problemas —le dijo después de un rato—, prométeme que me lo dirás.

Em vaciló; por alguna extraña razón no quería hacerle esa promesa.

Jonas le sostuvo la mirada.

—Considéralo como mi recompensa por haber recuperado a tus angelitos.

Em buscó su mirada. En aquellos ojos oscuros vio su determinación de arrancarle esa promesa como mínimo. Desde que conoció a Jonas, habían sido evidentes sus tendencias protectoras. Parecían algo intrínseco a él, algo que llevaba en la sangre. Realmente, ella no lo imaginaba sin ellas.

Aunque aún sentía cierta renuencia a aceptar la proposición de Jonas, asintió con la cabeza.

—De acuerdo. Si surgen más problemas, te lo diré.

La respuesta pareció satisfacer a Jonas, que asintió con la cabeza y se relajó. Entonces Phyllida hizo señas a su hermano para que se acercara a ella. Em se volvió para dirigirse a otro lado, pero Jonas la cogió de la mano para que lo acompañara a hablar con su hermana.

Mucho más tarde, cuando todos dieron por concluida la celebración y se habían ido ya a sus casas, Em, seguida de Jonas, subió las escaleras de servicio hasta las habitaciones que se encontraban situadas sobre las de los huéspedes; sus hermanos se habían retirado un poco antes.

Las gemelas, cansadas por la terrible experiencia, habían subido a su habitación a las nueve. Asimismo, Issy y Henry, agotados por los acontecimientos, se habían retirado hacía una hora. Em pasó por delante de las dos habitaciones con las puertas cerradas y se dirigió a la última habitación, la que se encontraba al fondo del estrecho pasillo.

Aquélla tenía la puerta entreabierta. Dentro, la llama de una vela parpadeó cuando la joven abrió aún más la puerta y asomó la cabeza.

Al otro lado de la estancia había dos camas individuales con los cabeceros contra la pared. En cada una dormía un angelito. Las trenzas doradas de las niñas se extendían sobre las almohadas, enmarcando delicadamente las pequeñas mejillas ruborizadas.

Jonas observó la escena por encima de la cabeza de Em y escuchó el suave suspiro de la joven. El tierno sonido contenía alivio, amor y satisfacción.

Las gemelas se habían removido con inquietud en sueños y habían desordenado las mantas, por lo que sus brazos y piernas estaban expuestos al aire fresco de la noche. Em se acercó de puntillas a las camas y arropó a las niñas con las mantas, dándoles un beso en la frente.

Jonas la observó con el hombro apoyado en el marco de la puerta y las manos en los bolsillos. Vio el amor sincero que iluminaba el rostro de Em y el cariño que se traslucía en cada caricia, en cada mirada silenciosa.

Le invadió el anhelo, la necesidad de ver a Em ofreciendo ese mismo amor incondicional a un hijo o hija de ambos. De una manera profunda, pura y punzante, aquel nuevo deseo se abrió paso con facilidad en su interior.

Satisfecha, Em se apartó de sus hermanas y volvió al lado de Jonas. Se llevó un dedo a los labios para indicarle que guardara silencio y saliera al pasillo; luego volvió a entornar la puerta.

Em levantó la mirada y sonrió al pasar junto a él. En silencio, volvieron sobre sus pasos, recorriendo el pasillo y bajando por la escalera de servicio. Al llegar al piso inferior, la joven abrió una puerta oscura. Jonas la siguió a la pequeña cámara que había detrás de su dormitorio.

Le condujo hasta allí.

Creyendo que ella tenía intención de llevarlo hasta la salita, cuando cruzaron el dormitorio Jonas la cogió de la mano y la hizo girar hacia él. Em alzó la vista a su cara y lo miró a los ojos, sonriendo. Se metió entre sus brazos y se apretó contra él, deslizándole los brazos alrededor del cuello. Entonces se puso de puntillas y le besó.

Profundamente. Libremente. Entregándose por completo.

Jonas la sujetó por la cintura sin pensar. Tardó un momento en saborear el regalo de Em. Cuando estaba a punto de asumir el control, ella se echó hacia atrás.

Em bajó los talones y sonrió con los ojos brillantes.

—Gracias.

Él la miró a la cara, estudió la expresión de sus ojos y arqueó una ceja.

—No quiero que me des las gracias. —Se acercó a ella, estrechándola contra su cuerpo—. Ni siquiera quiero tu gratitud.

Em se quedó inmóvil entre sus brazos, con las manos en sus hombros, y le lanzó una mirada inquisitiva.

—Sólo te quiero a ti.

Aquellas simples palabras estaban cargadas de absoluta convicción.

Em ladeó la cabeza y le estudió el rostro iluminado por la suave luz de la luna que entraba por la ventana.

—¿Por qué?

Ésa era la pregunta más importante que ella quería —necesitaba— que él respondiera. Y que lo hiciera con sinceridad y franqueza, sin andarse con rodeos.

Él pareció entender aquella necesidad. No intentó soslayar la pregunta con una respuesta elaborada. Se lo pensó durante un momento y luego, suavemente, sin más vacilaciones, le dijo:

—Porque... —Se interrumpió, respiró hondo y continuó—. Porque sin ti mi vida no estaría completa.

—Oh... —Em le habría pedido una aclaración, pero él ya había dicho todo lo que tenía que decir. La atrajo hacia su cuerpo, inclinó la cabeza y la besó.

En cuanto los labios de Jonas rozaron los suyos, Em sospechó y se preguntó si aquel beso era parte de su respuesta, si él le estaría demostrando con las caricias de sus labios lo que no podía, o no quería, decir con palabras.

Jonas siempre se había echado hacia atrás en esos momentos para valorar la respuesta de Em al beso antes de continuar con la siguiente etapa sensual, con el siguiente placer visceral. Esa vez, sin embargo, parecía algo más que eso, más que un estudio posterior al beso, cuando, bajo la luz de la luna, tras el roce de sus labios, le perfiló las líneas de la cara con las puntas de los dedos.

Fue una caricia lenta, casi respetuosa. Luego, Jonas inclinó la cabeza y volvió a sellar los labios de Em con los suyos, conduciéndola hacia el fuego.

A la familiar y creciente sensación de calor, a las llamas ardientes de la pasión. De sus pasiones unidas, compartidas, mutuas, inflamadas por un deseo que sólo se había vuelto más fuerte, más confiado, más exigente.

Quizá fuera la experiencia o el hecho de que se había acostumbrado a la manera en que crecía aquel placer abrasador en su interior lo que permitió a Em estudiar a Jonas con atención. Observar la intensa concentración con la que él la desvestía lentamente y dejaba caer con descuido la ropa al suelo mientras con sus ojos y sus sentidos se deleitaba en el siguiente tesoro revelado, en la siguiente parte de su cuerpo que quedaba al descubierto, que se rendía a él por completo.

Y que Jonas saboreaba. Reclamaba, apreciaba y poseía.

Pero no fue una simple y ávida posesión. Si bien le daba vueltas la cabeza y sus sentidos se recreaban en el deleite, Em pudo ver esta vez —quizá porque era eso lo que buscaba— la devoción de Jonas. La reverencia nacida de sentimientos más profundos; las emociones que procedían del corazón y que estaban envueltas en pasión y deseo, lo que las hacía infinitamente más poderosas.

Lo suficientemente poderosas para hacer que se detuviera cuando, desnudo, la tumbó sobre la cama y retrocedió, interrumpiendo el beso, para con sus ojos, sus manos y sus dedos, tocarla, acariciarla, esculpir su cuerpo, trazando cada línea, cada curva, extendiendo una red de posesión ardiente sobre su piel desnuda, antes de volver a repetir el proceso, desde la cabeza a los dedos de los pies, con sus labios, su boca y su cálida y áspera lengua.

Arrodillándose a los pies de la cama, Jonas le separó las piernas y le acarició el interior de los muslos. Em contuvo el aliento y se arqueó. Hundió las manos en el sedoso pelo de él, apremiándole manifiestamente antes de que Jonas enterrara la cara entre sus piernas y la condujera al paraíso.

Jonas la lamió y la saboreó, luego se levantó y se colocó entre sus muslos, cubriendo el cuerpo de la joven con el suyo para penetrarla con un brusco envite.

Em se quedó sin aliento y se arqueó bajo él, dispuesta a la invasión definitiva, ansiosa por recibirlo y albergarlo por completo en su interior.

Lo acogió profundamente en su cuerpo y sintió que la atravesaba una cálida emoción. Sintió que la hirviente marea la conducía a un mar todavía más profundo, más extenso y poderoso.

Más adictivo, más cautivador.

Más envolvente.

Atrapada en aquellas cálidas oleadas de placer, Em alzó un brazo y le tomó la mejilla. Le condujo los labios a los de ella y le dio un beso con el que le ofrecía y le entregaba todo.

Apoyándose en los codos, Jonas gimió, arqueando la espalda con fuerza mientras se hundía implacablemente en ella. Toda Em era flexibles curvas femeninas bajo él, una funda hirviente, resbaladiza y tensa que conducía a su cuerpo al máximo placer.

Jonas le cogió una rodilla y la subió hasta su cadera, luego hizo lo mismo con la otra, abriéndola completamente para él. La embistió con más fuerza, sumergiéndose en aquel delicioso calor para llenarla, poseerla y marcarla como suya.

Para hacerla completamente suya.

Y Em pareció entenderle, comprender aquella desesperada necesidad; le rodeó las caderas con las piernas, se arqueó hacia él, y dejó que se hundiera un poco más en su interior con ávida codicia.

Pero seguía sin ser suficiente, no bastaba para la fuerza que ahora impulsaba a Jonas. Se dejó caer sobre un codo, inclinando su peso hacia ese lado y bajó la otra mano, deslizándola por la cadera y las nalgas de Em, que amasó y agarró con firmeza para atraerla hacia él, atrapándola y llenándola con los intensos empujes de su cuerpo; reclamándola una y otra vez.

Ella se dejó llevar y, con un grito ahogado, alcanzó el éxtasis entre sus brazos.

Las intensas contracciones de los músculos internos de la joven atraparon a Jonas, le impulsaron y le arrastraron hasta el borde del punzante placer.

Y Jonas cayó en picado con ella, estremeciéndose una y otra vez cuando Em le reclamó, le abrazó y le ancló al mundo.

Se desplomó sobre ella, envuelto en las sensaciones, lleno de una indescriptible dicha de saciedad satisfecha. Como si una mano fría le refrescara la frente febril, le hiciera sentirse a salvo, seguro, y le proporcionara una serenidad que nunca antes había sabido que necesitaba.

Debajo de él, Em yacía agotada, cálida e inmóvil, con una expresión satisfecha en su rostro. Tenía los ojos cerrados y los labios curvados en una tierna sonrisa.

Tras unos momentos infinitos, él consiguió reunir la suficiente fuerza de voluntad para moverse. Se incorporó y rodó a un lado para no aplastar a Em con su peso. Cayó de espaldas, llevándola consigo. Ella no se resistió, apoyó la frente en su hombro y emitió un suave suspiro de profunda satisfacción.

La joven le puso la palma sobre el pecho, encima del corazón.

Jonas la miró durante un momento, luego levantó la mano y cubrió la de ella con la suya, inmovilizándola sobre su corazón.

Cuando habló, la voz de Jonas era oscura y resonante en la noche.

—Has venido aquí, a Colyton, y has hecho que el pueblo vuelva a estar completo —hizo una pausa—. Lo mismo que has hecho conmigo.

Em escuchó las palabras, comprendiendo lo que querían decir —la admisión elemental que contenían—, y que eran la respuesta a su pregunta.

Cuando se trataba de las preguntas de Em, Jonas tenía las respuestas. Respuestas correctas que le llegaban al alma.

La joven permaneció allí tendida, absorbiendo esa verdad, dejando que su corazón y su mente se reconciliaran con ella. Luego, movió la mano que Jonas sostenía contra su pecho y entrelazó el pulgar con el suyo, mucho más grande.

Cerró los ojos y se dejó llevar por el sueño mientras yacía entre los brazos de Jonas, con su mano unida a la de él.

Al día siguiente era domingo. Em acudió al servicio dominical con Issy, Henry y las gemelas. Jonas no asistió. La joven sospechaba que podría tener algo que ver con la hora tardía, un poco después del amanecer, en la que, finalmente, había abandonado su cama. De todos modos, él le había dicho que la vería más tarde, por lo que Em estaba contenta.

En efecto, estaba contenta, un estado que no era habitual en ella, al menos no desde que podía recordar. Jonas quería casarse con ella, y Em estaba cada vez más segura de que también quería casarse con él, sobre todo cuando cada día que pasaba tenía más claro que las razones de su propuesta de matrimonio eran las correctas, el tipo de razones inquebrantables que le daban la confianza necesaria para construir un futuro con Jonas.

Aún tenía que encontrar el tesoro, pero era domingo y, después de la terrible experiencia del día anterior, la joven estaba dispuesta a dejar la búsqueda a un lado y disfrutar de las maravillas del día, de la delicia indescriptible de poder seguir a las gemelas, que retozaban, corrían y se reían, de vuelta a la posada. También la acompañaba Issy, que tenía los labios curvados en una tierna sonrisa de felicidad, y Henry que, con las manos en los bolsillos, caminaba a grandes zancadas junto a ellas mientras practicaba en voz baja las declinaciones.

Em alzó la cabeza, y sintió la ligera y agradable brisa jugueteando con las cintas de su sombrerito y la suave calidez del sol en las mejillas. Sonrió.

Hoy hacía un buen día.

Estaba deseando tener muchos días así, pero todavía tenía una posada que dirigir.

Habían llegado más huéspedes. Edgar, que no asistía a la iglesia, se había encargado de alojarlos. Em aprobó los preparativos y luego fue a reunirse con Hilda y sus chicas. Todo estaba casi listo para servir el almuerzo y Hilda la echó de la cocina con una sonrisa.

Issy se encargaría de supervisar la preparación del almuerzo familiar —habían invitado a Jonas y a Joshua a almorzar como muestra de agradecimiento por su inestimable ayuda el día anterior—, pero todavía quedaba media hora para subir a comer. Observó el salón de la posada y vio la habitual multitud de caras familiares. Con una sonrisa, se acercó a hablar con ellos.

Se movió entre los hombres que se encontraban en la barra del bar y las mujeres que ocupaban las mesas al otro lado del salón. El señor Hadley estaba sentado en el que se había convertido su lugar favorito, un rincón oscuro, cerca de una ventana por la que se podía ver el patio delantero de la posada, el camino y la iglesia.

—¿Qué tal van sus dibujos? —le preguntó Em, deteniéndose al lado de su mesa con una sonrisa.

Hadley la miró a los ojos mientras le devolvía la sonrisa.

—Muy bien, gracias. —Hizo girar el gran bloc de dibujo sobre la mano libre y le señaló el boceto—. Mírelo usted misma.

Em bajó la mirada y observó el bosquejo, que guardaba un gran parecido con una de las estatuas que flanqueaban el altar de la iglesia. Era un boceto extraordinariamente detallado. La joven levantó la mirada a la cara del artista.

—Tiene usted mucho talento.

Él le agradeció las palabras con un gesto de cabeza, obviamente complacido por el cumplido.

—Gracias. —Hadley le indicó con un gesto de la mano que se sentara a su lado—. Por favor, mire el resto. Me gustaría mucho conocer su opinión.

La joven se sentó en un banco frente a él y pasó la página. El siguiente boceto era una versión exacta de otra de las figuras que había en la iglesia. Página a página, Em ojeó incontables bocetos y dibujos completos. La precisión con la que Hadley había captado los detalles de los monumentos era espectacular, tanta que ella casi podía ver la imagen real, salvo por la iluminación. La mayoría de los dibujos carecían de luces y sombras e incluso de textura; Hadley sólo había plasmado una cierta atmósfera en aquellas estatuas que estaban situadas en zonas sombrías, y algunas resultaban un tanto extrañas.

La joven sonrió y le dijo que los dibujos le gustaban mucho, cerrando el bloc.

Él se encogió de hombros.

—Sólo dibujo lo que veo.

—Entonces tiene muy buen ojo. Usted fue marino, ¿verdad? He oído que los marinos tienen una vista de lince.

Hadley se rio.

—Sí, muchos dirían eso. También se dice que los marinos tienen ojos errantes, pero en mi caso diría que, aunque deambulo por el mundo, siempre me detengo a mirar las cosas.

Em apoyó el codo en la mesa y la barbilla en la palma de la mano.

—Hábleme de los lugares que ha visto.

Él la complació.

A la joven no le resultó difícil mostrarse fascinada cuando él le relató algunos de sus viajes, y se le ocurrió que Hadley se estaba esforzando por embelesarla. La idea no le molestó; muchos hombres ejercían un gran encanto simplemente porque podían hacerlo.

Mientras le escuchaba, Em sonrió y asintió con la cabeza; Hadley parecía como un libro abierto —una criatura que vivía por completo para la luz—, con una afinidad inversamente proporcional a la oscuridad que rezumaban sus dibujos. Aquello hizo que sintiera curiosidad por él, que quisiera saber más de él.

En ese momento se escucharon unas voces agudas que atrajeron la mirada de Em y Hadley hacia la ventana, a la escena que se desarrollaba en el patio. Filing, que se estaba acercando a la posada, fue abordado por las gemelas. Cotorreando sin cesar, cada una de las niñas agarró al párroco de una mano y lo condujeron al interior de la posada.

Con una carcajada, Filing se lo permitió, dejando que le hicieran desfilar por el salón como un héroe vencedor. Todos sonrieron. Demasiado absortas en el desfile del pastor, las gemelas no vieron a Em sentada en la esquina. Filing sí lo hizo. Le sonrió y la saludó con la cabeza antes de que las gemelas volvieran a reclamar su atención y lo condujeran entre las mesas del comedor en dirección a la cocina.

Con una risita ahogada, Em se volvió hacia Hadley. Éste se había recostado contra la pared de la esquina. Volvió a sentirse impresionada ante la afinidad del hombre con las sombras.

Hadley esbozó una sonrisa fácil.

—Sus hermanas parecen haberse encariñado con el párroco.

—En efecto. Es un hombre muy agradable.

—Ha debido de ser un enorme alivio tenerlas de vuelta.

—Lo fue. —Em sintió el peso de una mirada familiar y miró a su alrededor. Vio a Jonas salir del vestíbulo que había ante su despacho—. Les estoy muy agradecida a todos los que participaron en la búsqueda. —Jonas la esperaba. Se volvió hacia Hadley con una educada sonrisa—. ¿Me disculpa?

Él curvó los labios de manera automática mientras cogía el bloc de dibujos. Ella se despidió con una inclinación de cabeza, con los pensamientos y los sentidos centrados por completo en Jonas.

Se reunió con él con una sonrisa, una que contenía una calidez que procedía de lo más profundo de su ser. Le puso una mano en el brazo y él la cubrió con la suya.

—Nos estarán esperando para comer. Deberíamos subir.

Él deslizó sus ojos oscuros por la cara de Em, con una suave expresión en su rostro.

—Sí... Vamos.

Él dio un paso atrás en el vestíbulo, llevándola consigo. Mientras las sombras los tragaban, la joven dirigió una última mirada a los clientes, y observó que Hadley tenía los ojos clavados en Jonas y ella.

A pesar de la distancia, vio que había adoptado una expresión seria.

¿Estaría celoso el artista?

La joven sonrió, descartando aquella idea descabellada; resultaba evidente que Hadley estaba simplemente melancólico como solían estar todos los artistas. Se volvió para seguir a Jonas. Pero él se detuvo, la abrazó y la besó. A conciencia.

¿Cómo podía resultar tan devorador un beso normal?

Aquél era un beso entre amantes que no se olvidaban del lugar donde estaban. Y aun así Em sintió que le daba vueltas la cabeza, que se le obnubilaban los sentidos y la mente.

Él terminó de besarla y alzó la cabeza. Ella abrió los ojos y lo miró a la cara, observando la expresión engreída y satisfecha de Jonas. Se aclaró la garganta.

—El almuerzo —declaró.

Él se rio entre dientes y la cogió de la mano.

—Vamos a almorzar, pues. Si eso es lo que quieres, claro.

Em se dijo a sí misma que era eso lo que quería. Por supuesto que sí.

Un poco aturdida, lo condujo por la cocina hasta las escaleras de servicio.

A la mañana siguiente, como todos los lunes anteriores, Jonas y Em se reunieron como dueño de la posada y posadera en el despacho de Em y se concentraron en ponerse al día con las cuentas del negocio.

—Tienes razón —dijo Jonas, pasando las páginas del libro de cuentas y comparando las últimas anotaciones con las de las semanas anteriores—. Las ganancias que ya habían mejorado considerablemente gracias a los clientes habituales, aumentan todavía más con el dinero que dejan los huéspedes.

—Así que no te importará que contrate a Riggs para pintar las contraventanas delanteras y a más chicas como doncellas cuando tengamos más huéspedes, ¿verdad? —Em arqueó una ceja, mirándole por encima del escritorio.

Jonas se recostó en la silla.

—Pensaba que ya habías contratado a todas las jóvenes disponibles.

—Casi. Pero la señora Hillard, que vive en la granja del cruce, tiene dos hijas que quiere mandar a servir, y me comentó que preferiría que trabajaran aquí, al menos hasta que sean mayores. Ella o su marido podrían acompañarlas a casa todas las noches y todos tan contentos.

Él consideró la cuestión durante un buen rato antes de hablar.

—Me parece bien que contrates a las chicas Hillard, pero no podemos permitirnos el lujo de contratar más gente de la necesaria.

Em sabía de sobra lo que quería decir. Sonrió y bajó la mirada a la mesa para escribir una nota.

—Tienes razón, por supuesto. Sólo podemos contratar a la gente que realmente necesitemos. Hablé con Phyllida sobre la Compañía Importadora de Colyton y sus orígenes. Comparto su filosofía sobre lo importante que es para la autoestima de las personas saber que se les contrata porque se las necesita, y no por razones caritativas. —Terminó de escribir la nota con un floreo—. Dirigimos un negocio, no una organización benéfica.

Em levantó la mirada al escuchar un ruido de pasos apresurados en el salón.

—¡Señorita Colyton! Oh, ¡señorita Colyton!

—Es la señorita Sweet. —Jonas echó la silla hacia atrás y se levantó. Em le imitó y rodeó el escritorio. Él la siguió por el vestíbulo hasta el salón, donde Sweet estaba dando saltitos y revoloteando con impaciencia.

En cuanto vio a Em, se abalanzó sobre ella con los ojos brillantes como los de un pájaro y la agarró de la muñeca.

—Aquí está, querida. —Le brindó una sonrisa radiante a Jonas—. Qué suerte que usted también esté aquí, querido. —Con aire conspirador, la señorita Sweet echó un vistazo a su alrededor y, acercándose más, les habló en voz baja—. La cosa es que Harriet, la señorita Hellebore, cree haber resuelto su acertijo. El de «la casa más alta». Bueno, lo cierto es que no está del todo segura. —La excitación contenida hacía estremecer a la señorita Sweet de los pies a la cabeza, pero logró calmarse y adoptar una expresión seria—. Por eso me pidió que viniera y la llevara junto a ella para que usted decidiera si lo que ella piensa tiene algún sentido.

Em miró a Jonas con los ojos llenos de esperanza.

Él asintió con la cabeza, echó un vistazo a su alrededor y le puso la mano en la espalda.

—Vayamos ahora. Los libros de cuentas pueden esperar.

Jonas condujo a Em y a la señorita Sweet por el salón hasta la puerta abierta de la posada. Sólo cuatro nuevos visitantes, dos viejos campesinos y un puñado de clientes habituales y Hadley, que permanecía entre las sombras de la mesa del rincón, con la cabeza inclinada sobre su bloc de dibujos, fueron los únicos que presenciaron el excitado revoloteo de la señorita Sweet y la mirada esperanzada que iluminaba el rostro de Em.

Pero a Jonas no le hacía gracia que hubiera testigos. Aunque no tenía ni idea de si el tesoro de Colyton existía en realidad, ni si tendría un valor significativo, creía que lo más prudente sería no correr riesgos innecesarios ni difundir de manera fortuita la posible existencia de un tesoro oculto a todo el mundo.

Pensaba que lo más sensato sería mostrarse cautelosos sobre el objeto de su búsqueda, pues aunque la excitación de la señorita Sweet sólo conseguiría que la gente esbozara una sonrisa, la mirada emocionada de Em que, por lo general, era mucho más prosaica, haría alzar las cejas y despertaría la curiosidad de todos.

La casa de la señorita Hellebore estaba al lado de la carretera, y poseía un exuberante jardín en la parte delantera.

Jonas abrió el pequeño portón en el muro bajo de piedra para que Em y la señorita Sweet pasaran, luego las siguió por el camino de entrada hasta la puerta principal.

Ésta se abrió antes de que llegaran, y Harold Potheridge salió al porche. Pareció tan sorprendido de verles como ellos de verle a él.

Em, con el rostro inexpresivo, se apartó a un lado. La señorita Sweet la imitó.

Potheridge vaciló, luego pasó junto a ellos y les saludó con una inclinación de cabeza.

Después de dejarle pasar, Jonas se quedó mirando al hombre hasta que éste cerró el portón y se alejó por el camino.

La señorita Sweet se estremeció de manera histriónica.

—Qué hombre tan soso.

Jonas miró a Em y vio que apretaba los labios con nerviosismo.

—Es mejor que haya salido —dijo—. No queremos que escuche nada que no debe.

—No, en efecto. —Sweet les guió al interior de la casa, esperando que se reunieran con ella en el vestíbulo. Luego cerró la puerta con llave—. Ahora nadie nos interrumpirá ni escuchará a escondidas. —Con un gesto de la mano les indicó la habitación del frente—. Harriet nos está esperando en la salita.

Encontraron a la señorita Hellebore sentada en su sillón favorito entre la chimenea y la ventana. Estaba muy excitada y con los ojos tan brillantes como los de la señorita Sweet.

—Ya sé cuál es el lugar que han estado buscando. Se me ha ocurrido de repente. —La señorita Hellebore aguardó a que Em y Jonas se sentaran en el sofá y que Sweet tomara asiento en el otro sillón antes de continuar—. Estaba aquí sentada, mirando por la ventana el campo, como suelo hacer habitualmente, cuando me di cuenta.

Con un gesto de la mano, indicó el paisaje que había al otro lado de la ventana. Observaron el fondo de la carretera, el estanque de los patos y, más allá, el camino que conducía a la iglesia que estaba asentada en la cima de la colina.

La anciana aguardó mientras todos miraban por la ventana y contemplaban el paisaje, antes de entonar con voz queda.

—La casa más alta, la casa en lo más alto. Creo que hay que considerar ambas frases como dos partes separadas de una descripción. Como dos pistas, no la repetición de una. Por otro lado, tenéis que saber que este pueblo siempre ha estado muy vinculado a su iglesia... Por eso las estatuas que hay en su interior son tan antiguas y majestuosas. Y por último, debemos recordar que, en otros tiempos, la casa del Señor era descrita a menudo como...

—La casa más alta. —Em respiró hondo. Tenía los ojos clavados en la iglesia, recortada contra el cielo azul de la mañana, mientras negaba lentamente con la cabeza—. Y ha estado ahí todo el tiempo, justo delante de nuestras narices.

—Si tenemos en cuenta eso, que la casa del Señor es la casa más alta y que además, físicamente, la iglesia es la casa que está en la parte más alta del pueblo. Y el nivel más bajo... —Jonas dejó de mirar la iglesia y clavó los ojos en Em—. Debe de referirse a la cripta.

Ella le sostuvo la mirada.

—En una caja que sólo un Colyton abriría. ¿Se referirá a la tumba de un Colyton?

—Es muy probable. Tendremos que ir a comprobarlo.

Ella se puso en pie de un salto. Con una expresión de entusiasmo, se volvió hacia la señorita Hellebore.

—Muchas gracias, señora.

—No es necesario que me lo agradezca, querida. —La señorita Hellebore les indicó la puerta con un gesto de la mano—. Busquen en la cripta y luego vuelvan a decirnos qué es lo que han encontrado.

Em sonrió de oreja a oreja.

—Eso haremos. —Se reunió con Jonas en la puerta.

Después de salir de la casa, cruzaron la carretera y comenzaron a subir el camino que conducía a la iglesia. Alzándose las faldas, Em se apresuró tanto como pudo y Jonas le siguió el paso.

—Apenas puedo creérmelo —jadeó ella—. Pero estoy segura de que tiene razón. Ha estado aquí todo el tiempo, sólo que no la veíamos.

—La rima está muy bien escrita. Habría sido evidente para cualquiera que viviera en el pueblo antaño, pero oscura y ambigua para alguien que no conozca bien el lugar. —Jonas observó la iglesia—. O, como ha sido el caso, para alguien como nosotros que no nos referimos a la iglesia como «la casa más alta».

Al llegar a la cima, atravesaron el cementerio y se dirigieron a la puerta lateral de la iglesia, que siempre estaba abierta.

Jonas empujó la puerta.

Em entró y él la siguió.

—Necesitaremos la llave de la cripta. —Él abrió la puerta de la sacristía y descolgó la llave, tan grande como la palma de un hombre y con un aro de la anchura de una muñeca, de un gancho en la pared. Luego le indicó a Em las escaleras que había a un lado del pasillo y que conducían a la cripta.

—Desde que llegamos, tenía planeado bajar aquí y buscar las tumbas de mis antepasados. —La joven dio un paso atrás y permitió que Jonas bajara delante de ella los escalones de piedra; luego se sujetó las faldas con cuidado y lo siguió—. Pero siempre ocurría algo que me lo impedía.

—No importa. —Se detuvo ante la puerta al pie de las escaleras, metió la llave en la cerradura y la hizo girar—. Ahora estamos aquí, cerca de nuestro objetivo. —Él abrió la puerta. Estaba bien engrasada y se abrió silenciosa y fácilmente—. La cripta se utiliza muchas veces como almacén de la Compañía Importadora de Colyton, así que se encuentra en un estado razonablemente bueno y no tiene demasiado polvo.

A Em le alegró saberlo y notó, mientras esperaba en el umbral a que él iluminara la estancia con una linterna dispuesta para tal fin sobre una tumba cercana, que no había ninguna evidencia de pegajosas telarañas adornando los arcos de la cripta.

Jonas frotó la yesca y encendió la mecha, luego ajustó la luz para que emitiera un suave resplandor. Cerró la linterna y la levantó. Em entró en la cripta sin apenas poder contener la burbujeante excitación que fluía en su interior.

—No esperaba encontrar el tesoro hoy.

Jonas volvió la mirada hacia ella y dio un par de pasos para colgar la linterna en un gancho clavado en el techo, desde donde emitió un tenue brillo que iluminó toda la cripta.

Em dio una vuelta a su alrededor, observando con atención las suaves sombras.

—Y aquí estamos —le brindó una sonrisa a Jonas—, a sólo un paso de descubrirlo. De verlo, de tocarlo. Algo que me dejaron mis antepasados hace tantos siglos. —La joven casi se estremecía de ansiedad.

Sonriendo, él también miró a su alrededor.

—Primero tenemos que encontrar las tumbas de los Colyton. No recuerdo haberlas visto nunca, pero jamás he prestado demasiada atención a los nombres que hay aquí abajo.

—Quizá sería mejor que nos organizáramos. —Em observó la larga estancia de forma rectangular: además de las tumbas y las placas conmemorativas que había en las paredes, había enormes sepulcros que ocupaban la mayor parte del espacio disponible, aunque dejaban algunos pasillos lo suficientemente anchos para que ella pudiera pasar entre ellos. Algunas de las tumbas del suelo eran dobles, y otras tenían doseles que llegaban hasta el techo de la cripta. Si no estuviera tan excitada y esperanzada, Em podría haberse mostrado reacia a buscar en ese lugar—. ¿Por dónde empezamos?

Dividieron la cripta en cuatro partes y emprendieron una búsqueda metódica. Se subieron sobre las tumbas, se arrodillaron junto a los nichos de la pared y limpiaron el polvo de inscripciones olvidadas hacía mucho tiempo.

Em perdió la cuenta de las tumbas que examinó. La excitación que sentía fue reemplazada paulatinamente por una sensación de inquietud. Había algo que no encajaba, algo que no cuadraba con sus deducciones. Aun así, siguió buscando, examinando las inscripciones de las lápidas

Realizaron una búsqueda a fondo que al final resultó ser infructuosa.

Al volver al centro de la estancia, Em frunció el ceño.

—Esto es absurdo. Las tumbas de los Colyton tienen que estar aquí. —Miró a su alrededor antes de volverse hacia Jonas—. ¿Dónde si no podrían estar?

Jonas tenía una expresión tan desconcertada como la de ella.

—Vamos a hablar con Joshua. Él debe de saberlo, o al menos tendrá un registro de dónde se encuentran enterrados los Colyton de Colyton.

Volvió a poner la linterna en el lugar de donde la había cogido, la apagó y se dirigió con Em a la puerta.

Em se levantó las faldas y subió lentamente los escalones de piedra.

—La familia más importante del pueblo, la familia fundadora. Sus tumbas deberían estar en algún sitio. —Su voz estaba teñida de frustración.

Jonas cerró la puerta de la cripta y la siguió escaleras arriba.

—No están sepultados en el cementerio, ¿verdad?

—No. —Al llegar al escalón superior, Em se soltó las faldas, las sacudió y alisó—. Las revisé. No hay ningún Colyton enterrado fuera. Supuse que estarían en la cripta al no ver ninguna tumba de mis antepasados en el cementerio, pero no están.

La joven esperó mientras él volvía a colgar la llave de la cripta en el gancho de la sacristía, y volvió a negar con la cabeza, totalmente desconcertada.

—Tienen que estar enterrados en algún sitio.

—Filing debe de saberlo —repuso. Se acercó a ella y la tomó de la mano. Miró por encima de su hombro y se detuvo.

Em giró la cabeza y siguió la dirección de su mirada hasta un rincón de la iglesia. En medio de una trama de luces y sombras, Hadley estaba esbozando la estatua de un ángel dispuesto sobre un pedestal. Estaba de espaldas a ellos, y parecía tan concentrado en lo que hacía que no se había dado cuenta de la presencia de la pareja.

Em había estado tan obsesionada con buscar en el interior de la cripta que no se había fijado si había alguien allí cuando llegaron.

Aunque en el interior de la iglesia, Jonas y ella habían hablado en voz baja, Hadley debía de haber escuchado sus voces perfectamente, aunque resultaba evidente que eso no le había hecho perder la concentración.

Jonas tiró de su mano. Cuando Em levantó la mirada, él señaló la puerta con un gesto de cabeza. Ella asintió y salieron en silencio para dirigirse a la rectoría.

17

—Ése es un misterio que todavía no he resuelto. —Filing meneó la cabeza—. Hace tiempo escuché que había habido una familia con ese nombre y que, de hecho, fueron los fundadores del pueblo, pero nunca entendí por qué no había ningún Colyton enterrado en la cripta.

Em se hundió en el sofá, con una expresión de decepción en la cara, pero entonces alzó la barbilla con firmeza.

—Tienen que estar en algún sitio.

Henry, que había estado estudiando en la mesa cuando ellos llegaron, abandonó los libros para sentarse al lado de Em en el sofá cuando ésta y Jonas comenzaron a relatar las deducciones de la señorita Hellebore y la subsiguiente búsqueda en la cripta. Entonces miró a su hermana.

—Pero los Colyton vivieron en el pueblo durante siglos, ¿no es así?

La joven asintió con la cabeza.

—Generaciones y generaciones de ellos.

Jonas, que estaba de pie al lado de Filing, tomó la palabra.

—Lo que sólo confirma lo evidente. Está claro que los restos de los Colyton tienen que estar en algún sitio. En alguna parte del pueblo, y más concretamente en alguna parte de la iglesia. Y el hecho de que no hayamos encontrado la tumba de ningún Colyton sin importar edad o género sugiere que, donde quiera que estén enterrados, están todos juntos.

Filing asintió con la cabeza.

—En efecto. Por desgracia yo llegué a esta diócesis después de la muerte de mi predecesor, así que no tuve oportunidad de hacerle preguntas con respecto a esta iglesia. —Se volvió hacia la habitación que usaba como estudio—. Os enseñaré lo único que he encontrado. Veamos si podéis sacar algo en claro de eso.

Acercándose a una librería, ojeó el lomo de los libros y extrajo un tomo muy viejo, con las cubiertas de cuero. Apartando a un lado las notas de Henry, Filing colocó el libro cuidadosamente sobre la mesa. Em, Jonas y Henry se agruparon en torno a ésta cuando él abrió el volumen, revelando unas gruesas páginas que se habían puesto amarillas con el paso del tiempo.

—Éste es el libro en el que se anotan las defunciones del pueblo. La primera entrada corresponde al año 1453, y por lo que he observado, el registro ha sido llevado al día diligentemente a lo largo de los años..., tal como se supone que se debe hacer. —Pasó las páginas escritas a mano, algunas de su propio puño y letra y otras con una caligrafía más picuda—. Según vas retrocediendo en el tiempo... —Se detuvo y señaló una entrada.

Los demás se apiñaron a su alrededor.

—Colyton, James —leyó Em—. 1724. Causa de la muerte: tisis. Edad del deceso: 54 años. Sepultado en la cripta Colyton.

—Como es de suponer, hay más, muchísimos más Colyton registrados en el libro. —Filing pasó rápidamente las páginas—. Y eso es lo que dicen todas las entradas: «Sepultado en la cripta Colyton.» Pero allí no están.

Em miró a Jonas. Éste negó con la cabeza e intercambió una mirada con Filing. A ninguno de ellos se les ocurría ninguna explicación.

Henry volvió a sentarse en su silla ante la mesa y, haciendo girar el viejo tomo hacia él, se puso a hojearlo. Em observó cómo su hermano pasaba cuidadosamente las páginas hasta llegar a la primera entrada. Pasó la hoja y se detuvo.

—Esta entrada —dijo, frunciendo el ceño—, dice cámara Colyton.

—Las criptas recibían a menudo el nombre de cámaras —dijo Filing encogiéndose de hombros—. Son sinónimos.

Henry levantó la mirada hacia él. Luego miró a Em.

—Pero ¿y si en realidad no fuera así?

Cuando Em frunció el ceño, Henry continuó apresuradamente, con la voz llena de entusiasmo.

—¿Y si nos estamos haciendo un lío sólo porque el apellido de la familia es igual al nombre del pueblo? ¿Y si la cripta Colyton, en este caso cámara Colyton, no se refiere en realidad a la cripta de la iglesia de Colyton, sino a...?

—Un lugar diferente. —Jonas asintió con la cabeza, mirándolo con los ojos oscuros y brillantes—. Es muy posible que tengas razón. Tenemos más tumbas de las que podemos contar y los Colyton tienen que encontrarse en alguna parte, por consiguiente tienen que estar en alguna otra cripta.

—Déjame verlo. —Filing le quitó el libro a Henry y pasó más páginas con rapidez—. Aquí hay otra anotación con «cámara Colyton». Y otra. —Hojeó rápidamente las páginas—. ¿Dónde está el punto en el que cambia el nombre y el tipo de escritura? —Continuó hojeando las entradas escritas con diferentes tipos de letras, y luego se detuvo—. Sí, aquí está, aquí es donde en vez de «cámara Colyton» ponen «cripta Colyton». —Filing se enderezó—. Que ambas entradas estén escritas en el mismo libro sugiere que se trata del mismo lugar y que, esté donde esté, se encuentra en alguna parte de la iglesia.

—Y sea cámara o cripta, tiene que estar bajo tierra. —Jonas miró a Filing e hizo una mueca—. El acceso podría estar en la cripta de la iglesia, en una puerta que ahora esté oculta o una puerta que se encuentre en alguna otra parte de la iglesia.

—Lo que nos deja innumerables lugares donde buscar —respondió Filing haciendo otra mueca—. Podría estar en la rectoría, o incluso en la torre.

—Una puerta podría estar oculta tanto en la pared como en el suelo. Podría ser de madera o de piedra. —Jonas miró a Em—. Tendríamos que hacer una búsqueda exhaustiva en todos aquellos lugares donde podría haber una puerta oculta, pero sería mucho más fácil si pudiéramos encontrar la manera de limitar la búsqueda.

Em clavó los ojos en él durante un momento, como si estuviera asimilando todo lo que habían descubierto, y luego miró el libro de defunciones, todavía abierto ante Filing.

—Mi bisabuelo fue el último Colyton que vivió aquí, estoy segura de que está enterrado en el pueblo.

Filing asintió con la cabeza.

—Lo he revisado. Su entrada dice «cripta Colyton».

—Pero ¿en qué año murió?

Filing la miró fijamente, luego bajó la mirada al libro y pasó las páginas con rapidez.

—Aquí está.

Henry miró con atención por encima del hombro de Filing.

—1759.

Em pasó la mirada de Filing a Jonas.

—Su entierro, ya que era el último Colyton de Colyton, debió de ser todo un acontecimiento en el pueblo. ¿Es posible que alguna de las ancianas con las que hablamos tenga la edad suficiente para recordarlo?

Jonas intercambió una mirada con Filing.

—La señora Smollet tiene años más que de sobra, pero no sé si recordará...

Filing negó con la cabeza.

—La otra anciana que podría saber algo es la señora Thompson. Son las dos personas más viejas del pueblo con diferencia. Y no hay nadie en los alrededores de la misma edad de ellas.

—Y sospecho —dijo Jonas— que apenas tienen la edad adecuada para nuestros propósitos.

Em asintió con determinación y se volvió hacia la puerta.

—Probaremos primero con la señora Thompson.

Jonas se puso tras ella.

Filing y Henry intercambiaron una mirada. Resultaba evidente que no les gustaba quedarse atrás. Fue Filing quien les llamó.

—No os olvidéis de volver luego y contarnos lo que hayáis averiguado.

Em le miró por encima del hombro.

—Por supuesto. Pero quizá tardemos un rato.

Em rezaba para que no fuera así, para que la señora Thompson, ágil y lista como una ardilla, recordara a la perfección el funeral de su bisabuelo y pudiera decirle dónde había sido enterrado, pero...

Como había esperado, no resultó tan fácil.

Encontraron a la señora Thompson en la casa detrás de la herrería, esperando a que llegara Oscar con una de las empanadas de Hilda para el almuerzo. Encantada con la visita, la anciana se sentó a la mesa para charlar con ellos del acontecimiento.

—Oh, recuerdo muy bien el día en que se celebró aquel entierro. —Con la mirada brillante y perdida en el pasado, la señora Thompson inclinó su cabeza gris—. Todo el mundo se puso su mejor ropa de luto para asistir al funeral... Todo el pueblo, por supuesto, pero también había gente de los alrededores. Yo tenía unos siete años, más o menos, pero lo recuerdo como si hubiera sido ayer.

Em se inclinó hacia delante, con las manos entrelazadas.

—¿Recuerda dónde enterraron el ataúd?

La señora Thompson la miró y luego negó con la cabeza.

—No, querida. Yo era demasiado joven para ir al funeral, y de todos modos la iglesia estaba abarrotada de gente. Pero... —Frunció el ceño, con la mirada distante otra vez mientras volvía la vista atrás en el tiempo—. Estaba fuera, jugando en el cementerio, así que sé que nunca sacaron el ataúd de la iglesia. —Centró la atención en Em—. Pensé que lo habían enterrado en la cripta, ¿no fue así?

Em esbozó una débil sonrisa.

—Eso creemos, pero estamos tratando de averiguar dónde exactamente. Podría estar en un lugar diferente de la cripta que se usa ahora.

—Ah. —La señora Thompson asintió con la cabeza como si entendiera a la perfección lo que Em quería decir—. Hace ya mucho tiempo de eso.

Jonas se levantó.

—Gracias por su tiempo, señora.

—Y por sus recuerdos —agregó Em, poniéndose en pie también.

La señora Thompson se levantó para acompañarlos hasta la puerta.

—Bueno, no creo que les haya servido de mucha ayuda, pero si realmente quieren saber dónde está enterrado su bisabuelo, le preguntaría a la vieja señora Smollet. Ella debía de tener diez años o más por aquel entonces. Era una niña muy precoz, Eloisa Smollet. Siempre quería saber todo lo que ocurría a su alrededor.

La señora Thompson se detuvo en la puerta, miró a Em a los ojos y asintió con la cabeza.

—Vaya y pregúntele. Puede que ella no asistiera al entierro, pero es muy posible que sus hermanos mayores sí lo hicieran... Ellos habrían estado entre los vecinos del pueblo que presenciaron el acontecimiento. Y me apuesto mi sombrerito de los domingos a que Eloisa les sonsacó hasta el más mínimo detalle.

La señora Thompson volvió sus ojos brillantes hacia Jonas.

—Acuérdese bien de lo que le digo, si queda alguna persona viva que sepa dónde está enterrado el último Colyton de Colyton, ésa es Eloisa Smollet.

Se detuvieron a comer algo rápido en la posada. De mutuo acuerdo evitaron hablar de los últimos acontecimientos con nadie, en especial con las gemelas. Tampoco le dijeron nada a Issy, pero Em le susurró a Jonas al oído que era mejor de ese modo.

—Issy no sabe disimular, y las gemelas son, sencillamente, demasiado perspicaces. En cuanto perciban que Issy les oculta algo, intentarán sonsacárselo, y entonces vendrán corriendo detrás de nosotros.

La actitud protectora que acechaba tras la tranquila fachada de Jonas —que confiaba en poder encargarse de la seguridad de Em durante la búsqueda siempre y cuando no añadiera a las gemelas a la ecuación, pues conllevaría vigilar en tres direcciones a la vez— hizo que estuviera totalmente dispuesto a guardar el secreto por su propio interés.

En cuanto pudieron desaparecer de la vista sin despertar una indebida curiosidad, Jonas, acompañado de Em, condujo el cabriolé, tirado por los castaños, por el sendero del bosque hasta Highgate.

Basil había salido, pero la vieja señora Smollet aceptó recibirlos. La encontraron en la salita, con una labor medio olvidada en su regazo.

La mujer esbozó una sonrisa al ver a Em.

—No me he encontrado demasiado bien durante los últimos días, así que no he podido bajar al pueblo. ¡Venga! —Le lanzó a Em una mirada expectante—. ¿Puede contarme los últimos cotilleos?

Em sonrió y la complació. Jonas se enteró de que una de las sobrinas de Hilda salía con el hijo de Thompson, y que la esposa de uno de los campesinos de Dottswood esperaba otro hijo.

No era el tipo de cosas que Jonas quisiera saber, pero por las alegres inclinaciones de cabeza de la señora Smollet, ese tipo de delicados cotilleos era exactamente lo que la anciana quería oír.

Finalmente, Em dirigió la conversación hacia su búsqueda.

—Estamos intentando localizar la tumba de mi bisabuelo. Sabemos que usted no era más que una niña cuando lo enterraron, pero pensamos que quizá podría recordar algo y...

Fue justo la manera correcta de expresar la petición. La vieja seño-ra Smollet pareció resplandecer.

—Oh, sí... lo recuerdo muy bien. Fue uno de los entierros más multitudinarios que he visto nunca. Incluso recuerdo a su bisabuelo... era un anciano muy distinguido. Todo el mundo lo conocía y él cono-cía a todos. Acudió todo el condado a presentar sus respetos.

Em se inclinó hacia delante.

—¿Sabe algo más sobre el entierro? Comprendo que usted no pu-diera acudir, pero...

La señora Smollet no necesitaba más incentivo.

—Acudí a la iglesia, pero en esa época las mujeres no podían pre-senciar los entierros. —Inspiró por la nariz con un gesto despectivo—. Mis dos hermanos, que eran mayores que yo, estaban entre los porta-dores del féretro. Eran más de los usuales por la cantidad de escalones que había que bajar.

—¿Los escalones hasta la cripta? —preguntó Jonas.

La señora Smollet asintió con la cabeza.

—Suponía un gran esfuerzo tener que cargar el ataúd de una per-sona tan corpulenta por unos escalones tan estrechos y empinados. To-dos esperamos en la iglesia mientras lo bajaban. Mis hermanos me con-taron más tarde que resultó muy duro. El viejo señor Colyton fue enterrado en el mausoleo familiar, o eso me dijeron. —Frunció el ceño. Em la imitó, pero antes de que pudiera preguntarle a la anciana, la se-ñora Smollet continuó—: Es algo que siempre me ha intrigado. Mi in-tención era obligar a mis hermanos a que me enseñaran dónde estaba ese mausoleo, porque a la semana siguiente bajé con Mitzy Walls a bus-carlo y no pudimos encontrarlo. —Miró a Jonas—. Y jamás compren-dí lo que mis hermanos habían querido decir con eso de que les resul-tó muy duro bajar el ataúd por el segundo tramo de escaleras.

A Jonas se le detuvo el corazón. Por la expresión perpleja de Em cuando le miró, supo que ella no había comprendido las palabras de la anciana. Él buscó su mirada y le recordó:

—Sólo hay un tramo de escaleras para bajar a la cripta.

Se despidieron de la señora Smollet tras agradecerle efusivamente que hubiera compartido sus recuerdos con ellos, y volvieron deprisa a la rectoría.

Filing y Henry soltaron los libros de inmediato y, junto con Em y Jonas, se dirigieron corriendo a la iglesia. Joshua cogió la llave de la cripta y bajó los escalones con Henry pisándole los talones. Jonas se quedó atrás y le indicó a Em que bajara primero. Luego recorrió la iglesia con la mirada, escrutando las sombras antes de seguirla.

Hadley debía de haber vuelto a la posada para almorzar. Había dejado el caballete apoyado en una esquina; no parecía que fuera a volver pronto. A Jonas le pareció que era mejor así. Cuanta menos gente supiera que la iglesia podía albergar un tesoro, que incluso podía estar en el mausoleo de los Colyton, mejor.

Filing encendió la linterna y la colocó en el gancho del techo.

—Un mausoleo, cámara o cripta que parta desde aquí y que para acceder haya que bajar otro tramo de escaleras.

—La iglesia está sobre la cima de una colina de piedra caliza —indicó Jonas—. Así que la cámara podría estar bajo ella en cualquier dirección.

Sin dejar de escudriñar las paredes, se reunieron en el centro de la estancia. La cripta estaba excavada en la montaña. El techo estaba sin labrar y tenía impresas las marcas de las palas y los azadones, pero las paredes habían sido cubiertas por muros de piedras y ladrillos para formar nichos, cámaras y panteones para las tumbas. La mayor parte de la roca original había desaparecido tras aquellos muros, muchos de los cuales estaban ricamente decorados.

Localizar una puerta oculta entre aquellas innumerables estructuras no iba a resultar fácil, ni mucho menos una tarea rápida.

Pero Jonas sabía sin ninguna duda que aquello no les desanimaría; al contrario, ese último obstáculo sólo suponía un desafío mayor. La cripta tenía forma rectangular.

—Será mejor que cada uno busquemos en una pared.

Los demás asintieron con la cabeza. Em se acercó a la pared norte, Jonas se giró y reclamó la que daba al sur. Filing fue al oeste, y Henry al este.

El silencio cayó sobre la cripta mientras buscaban.

Al principio, Em se dedicó a dar golpecitos en la pared, esperando oír alguna diferencia de sonido, pero pronto se dio cuenta de que los diferentes tipos de piedra que golpeaba emitían sonidos distintos, por lo que no podía saber si había un pasaje secreto tras esa pared. Después, recurrió a tirar y empujar cada ladrillo, cada roseta, cada ménsu-

la profusamente adornada, y luego a golpear el mortero con un pedazo de vidrio roto que había encontrado en el suelo.

Había empezado por la esquina noroeste. Después de lo que le pareció una eternidad sin que apenas hubiera avanzado tres metros, echó
un vistazo a su alrededor y se sintió aliviada al ver que los demás no
habían avanzado mucho más que ella.

Volvió a prestar atención al siguiente nicho que debía investigar,
continuando con su riguroso examen. Para su sorpresa, no le resultó
demasiado difícil concentrarse en la tarea y contener la impaciencia.
Además de la naturaleza intrépida, su parte Colyton poseía una cierta
tenacidad, una determinación que no consentía que se desanimara ni
se rindiera ante las circunstancias adversas.

Cuando se enderezó y se estiró para aliviar la espalda, miró a los
demás. No le sorprendió ver a Henry tan absorto en la tarea como
ella, pero Jonas y Filing estaban igual de concentrados, tan ciegos y
sordos a todo lo demás, mientras examinaban con atención las secciones que les habían tocado.

No obstante, tal devoción no debería sorprenderla. Jonas quería
casarse con ella, y había hecho suyos sus problemas. Y supuso que Filing la ayudaba por los mismos motivos. Una vez que hubieran encontrado el tesoro, Issy tendría libertad para casarse con él.

Se volvió hacia la pared norte y dio un paso hacia la derecha, hacia
la siguiente construcción de piedra que tenía que examinar, un nicho
con un arco que enmarcaba una estatua de un ángel encima de una
tumba. La observó durante un momento. Luego retrocedió tanto
como pudo y, con la cabeza inclinada, estudió el nicho y el ángel. Había algo que no cuadraba.

Em frunció el ceño.

El nicho era mucho más grande que los demás. Echó un vistazo a
su alrededor, confirmando que era verdad. La parte superior del arco
estaba a más de dos metros del suelo. Sin embargo, la parte más alta
del ángel —la parte superior de las alas— no alcanzaba dicha altura,
sino que quedaba algo más abajo, como a un metro sesenta. El nicho
era también más profundo que los otros —casi un metro—, tanto que
las sombras ocultaban la pared detrás del ángel. La composición del
conjunto parecía incorrecta, como si el nicho fuera demasiado grande
para la figura que contenía.

La joven miró al ángel y se inclinó para leer la inscripción de la tumba —que por el tamaño era de un niño— que formaba la base de la estatua. «Fortemain.»

Se volvió y miró al otro lado de un estrecho pasillo la enorme e imponente tumba contra la que había chocado antes, justo enfrente del nicho. La inscripción todavía era clara y pulcra: sir Cedric Fortemain.

Revisó las fechas, confirmando que lo más probable era que se tratara del abuelo de sir Cedric. Observó las tumbas circundantes que se extendían por el suelo de la cripta. Todas pertenecían a los miembros de la familia Fortemain. En contraste, en la pared del nicho, había Bingham a un lado y Edgar al otro. Volvió a mirar al ángel y murmuró:

—¿Qué estás haciendo aquí?

Siguiendo un impulso, Em se dio la vuelta y, de espaldas al ángel, estudió las tumbas de los Fortemain. Observó que había un lugar donde debería haber estado aquel ángel, un espacio vacío entre el pie de la tumba de sir Cedric Fortemain y la siguiente. Comprobó con rapidez la inscripción de esa última tumba que indicaba que pertenecía a su esposa, y que, según las fechas, el niño que había sido enterrado en la tumba del ángel debía de ser uno de sus descendientes.

Em se volvió hacia el ángel.

—Deberías estar con ellos.

Filing la oyó. Em le vio alzar la cabeza por el rabillo del ojo, pero como ella no dijo nada, él continuó con su búsqueda.

La joven se acercó al ángel y lo estudió con el ceño fruncido. Tenía que averiguar qué había detrás de la figura, pero aunque ésta no era muy alta, pasar junto a una de las alas sería una tarea un tanto difícil, pues había muy poco espacio.

Pero ella era una Colyton. Contuvo el aliento, agarró con fuerza el pedazo de vidrio roto y, tras soltar el aire, se metió debajo del ala, se retorció y apretó y, finalmente, consiguió pasar al otro lado. Respiró hondo, rogando por que el pelo no se le hubiera llenado de telarañas tras haber pasado por debajo del ala, y le dio la espalda al ángel.

Estaba ante la pared trasera del nicho.

Y tenía una placa de piedra llena de polvo a la altura de los ojos, justo delante de la cara.

COLYTON

334

Em no podía respirar, no podía moverse, sólo se quedó mirando fijamente aquella placa.

Entonces, cogió aire lentamente para gritar, y descubrió que se le habían quedado paralizadas las cuerdas vocales.

Recordó que llevaba un pedazo de vidrio roto en la mano. Miró a la izquierda y a la derecha, y vio una línea de piedras que bordeaban la cara posterior del arco. El resto de la pared también era de piedra pero seguía un patrón diferente, en horizontal, y tenía una placa en el centro de lo que parecía ser una puerta. Contuvo el aliento y, con el trozo de vidrio afilado, rastreó una línea de algo que parecía mortero entre el borde de las piedras del arco y lo que ella pensaba que era la puerta... El filo cortante se deslizó con facilidad. Hasta el final. Cuando lo sacó, estaba lleno de polvo y había dejado una línea hueca entre ambas superficies.

—Lo he encontrado —murmuró. Entonces vio una enorme telaraña a un lado. Apretó los dientes y alzó un pliegue de la falda para apartarla rápidamente. Detrás apareció el ojo de una cerradura.

Em se aclaró la garganta y alzó la voz casi con desesperación.

—¡Lo he encontrado!

Hubo un segundo de silencio.

—¿Dónde estás? —gritó Henry.

—Detrás del ángel. —Em volvió a retorcerse hasta que logró ponerse de cara al ángel. Metió la mano debajo del ala y la agitó—. ¡Aquí!

—Santo Dios —dijo Jonas mirando por encima de las alas.

Filing apareció detrás de él y también echó un vistazo.

Em señaló detrás de ella.

—La pared de este nicho es en realidad una puerta y hay una placa donde está grabado el apellido Colyton.

—Pensé que era el nicho del ángel. —Filing parecía perplejo.

Jonas se agachó al pie de la estatua.

—Esta figura se puede mover. De hecho, ha sido desplazada, aunque no recientemente.

Em se removió con inquietud y les aclaró:

—Es un Fortemain. Debería estar allí, entre sir Cedric y su esposa, puesto que era su hijo. Este sir Cedric murió dos años después de mi bisabuelo. Debieron de mover la estatua para meter el ataúd en la tumba y...

—Y luego se olvidaron de volver a poner el ángel en su lugar. —Filing se había acercado a comprobar las fechas en las tumbas de los Fortemain—. Tienes razón.

Em no tenía ninguna duda al respecto.

—Y como no se volvió a enterrar a ningún Colyton aquí, pues mi bisabuela ya había fallecido y todos sus hijos murieron lejos del pueblo, nadie pudo darse cuenta de que el ángel estaba colocado fuera de su lugar.

—Bloqueando la entrada de la cámara Colyton. —Jonas puso las manos en la base de la estatua—. Llevemos el ángel al lugar correcto. Em, quédate donde estás.

Em hizo lo que Jonas le ordenaba y les ayudó empujando la pesada estatua hasta que sobresalió un poco del pedestal. Luego la trasladaron de vuelta a su lugar correspondiente.

Después se volvieron hacia la puerta ahora visible. Henry se acercó a ella y leyó la inscripción de la placa, luego miró la puerta y empujó.

—Está cerrada con llave. —Lanzó una mirada a Filing—. ¿Tienes la llave?

—La única llave que tengo es ésta —dijo Filing sacando la llave de la cripta del cinturón, donde la había enganchado, para entregársela a Henry—. Pruébala.

Em, que estaba al lado de Jonas, observó con una mezcla de emociones, cómo el último varón Colyton deslizaba la llave en la cerradura.

Henry intentó girarla y frunció el ceño.

—Encaja en la cerradura, pero está atascada.

Jonas comenzó a moverse pero luego se quedó quieto. Esperando.

Henry hizo girar la llave con un sonido chirriante y con un gran esfuerzo consiguió que diera la vuelta.

—¡Ya está! —Alzó la mirada a la puerta y la empujó, primero con la mano y luego con el hombro. La hoja cedió unos centímetros hasta que se detuvo.

Jonas dio un paso adelante y apoyó ambas manos por encima del cerrojo.

—A la de tres —le dijo a Henry—. ¡Una, dos y... tres!

Jonas y Henry empujaron la puerta a la vez y ésta rechinó, chirrió y se abrió. Jonas dio un paso atrás mientras Henry seguía empujando.

Em esperaba percibir un olor rancio, pues la cámara llevaba décadas sellada, pero sólo salió un chorro de aire frío del interior.

Jonas intercambió una mirada con Filing.

—La cámara debe de estar conectada con uno de los pasadizos subterráneos.

Filing asintió con la cabeza.

—De hecho, me sorprende que la propia cripta no esté conectada. Quizá lo estuviera en algún momento, antes de que el pasadizo de conexión se transformara en la cámara Colyton y fuera sellado.

Henry había abierto la puerta del todo, y se detuvo en el umbral. Em se unió a él mientras Jonas iba a coger la linterna del gancho; luego se acercó a ellos sosteniéndola por encima de sus cabezas para iluminar la cámara al otro lado de la puerta.

Al instante comprendieron por qué los hermanos de la señora Smollet se habían quejado tanto; los escalones de piedra que conducían abajo estaban tallados en la roca, y las paredes y el techo de la cámara estaban tan cerca que apenas quedaba espacio suficiente para que dos hombres adultos pudieran trasladar un ataúd de gran tamaño por aquellos escalones empinados.

La caverna que había más abajo se tragaba la luz de la linterna, que apenas lograba iluminar las fantasmales formas de las tumbas más cercanas a los escalones, e insinuar la existencia de otras más al fondo.

Filing miró a Henry.

—Tú eres el más rápido. Hay otra linterna en la sacristía.

Henry asintió con la cabeza, se giró y, con la cara encendida, salió corriendo por la cripta y subió estrepitosamente las escaleras.

No tardó más de un minuto en regresar con otra linterna en la mano.

Filing la cogió.

—Esto explicaría ese último verso de la rima —comentó mientras la encendía—. «Una caja que sólo un Colyton abriría.» —Señaló la puerta de piedra con la cabeza—. Por tradición, la puerta de esta cámara sólo se abriría por un Colyton, o más bien para un Colyton. Ya fuera para enterrar a uno o para los miembros de la familia que quisieran visitar a sus muertos.

—No es un mal lugar para esconder un tesoro familiar —dijo Jonas.

Em asintió con la cabeza. El nudo que se le había formado en el estómago contenía una mezcla de temor y excitación. Había soñado durante tanto tiempo que encontraría el tesoro, que lo tendría en sus manos..., que se había embarcado en aquella búsqueda para dar con él... y allí estaba, en el umbral de la cámara Colyton, a punto de resolver la última parte del acertijo. Apenas podía respirar por la sensación de ansiedad que fluía en su interior.

Filing le devolvió la primera linterna a Jonas.

—Será mejor que nos llevemos las dos, no es necesario que dejemos una aquí.

Jonas asintió con la cabeza.

—Por el tamaño que parece tener la cámara Colyton, necesitaremos las dos.

Filing y Jonas miraron a Em y aguardaron. La joven deslizó la mirada por la cripta de sus antepasados; no importaba lo mucho que deseara entrar allí, la cámara seguía estando muy oscura. Le indicó a Jonas que fuera delante de ella.

—Ilumina el camino.

Él pasó junto a ella y empezó a bajar las escaleras. Em se alzó las faldas y le siguió.

La cripta Colyton, cámara o mausoleo, como quiera que se llamase, era enorme, de hecho era más grande y, desde luego, más espaciosa que la cripta de la iglesia donde las tumbas eran más recientes y estaban apretujadas, pero aquí estaban bastante espaciadas y bien proporcionadas. Muchas tenían doseles ornamentados. Eran tumbas grandes, de tamaño normal, incluso para los niños.

Henry y Filing habían bajado la escalera tras Em. Los cuatro avanzaron silenciosamente por los estrechos pasillos que había entre las tumbas.

—¿Qué es lo que buscamos? —susurró Henry.

—Una caja —respondió Em en el mismo tono bajo; parecía lo más apropiado—. Un recipiente que pueda albergar un tesoro.

Jonas la miró.

—¿Sabes qué tamaño puede tener la caja en cuestión?

La joven negó con la cabeza. Se detuvo y examinó la estancia, contando mentalmente; debía de haber más de cien tumbas en ese espacio.

Jonas expresó en voz alta lo que ella estaba pensando.

—Llevaría semanas abrir y buscar en todas las tumbas. ¿Tienes alguna idea de en cuál podría estar el tesoro?

Apoyando la mano en la tumba de uno de sus antepasados, Em recordó todo lo que sabía y había escuchado sobre el tesoro y la rima.

—Se supone que crearon la rima a principios del siglo XVI, así que el Colyton que guardó el tesoro tiene que ser de esa época o antes. Pero... —Hizo una mueca, como siempre había un «pero»— no hay nada que sugiera que el tesoro, probablemente guardado en algún tipo de caja, esté relacionado con alguna tumba en particular.

Filing estaba examinando la cripta.

—Sugiero que primero busquemos una estructura semejante a una caja, ya forme parte de una tumba o no. Si esa búsqueda resulta infructuosa, entonces nos plantearemos cuáles abrimos primero.

Em, Jonas y Henry se mostraron conformes. Se dividieron en dos parejas, cada una con una linterna, e iniciaron la búsqueda desde el centro de la cámara. Jonas y Em se encaminaron a un extremo de la cripta, mientras que Filing y Henry se dirigían al otro.

Al llegar a la última tumba, Em y Jonas observaron que la cripta se extendía un poco más allá. Jonas levantó la linterna y miró con atención.

—Hay otro túnel en este lado... Es probable que conduzca a otra caverna. —Lanzó una mirada a Em—. Eso explica que el aire sea relativamente fresco. Esta zona tiene una red de túneles.

—Hay otro túnel por allí. —La voz de Henry les llegó desde el otro lado.

El joven señalaba una zona más oscura en la pared, frente a las escaleras.

—Según mis cálculos —les dijo Filing suavemente—, todos los Colyton registrados en el libro de defunciones están aquí dentro. Hay muchas zonas que aún no hemos visto, así que dudo que tengamos que buscar en otro lugar.

Jonas le indicó por señas que le habían escuchado. Em y él concentraron su atención en las tumbas que tenían alrededor. Buscar posibles cajas no era una tarea fácil. Todas las tumbas tenían grandes proporciones y montones de piezas incorporadas en su construcción. En esencia, cada tumba era un conglomerado de formas rectangulares enterradas bajo una efigie de piedra ricamente decorada. Tenían que examinarlas minuciosamente para comprobar si cada sección semejante a una caja era una parte fundamental de la tumba o un cofre que pudiera albergar el tesoro.

Era un trabajo lento, y más teniendo en cuenta que sólo contaban con la luz de dos linternas. Sólo podían explorar de una manera eficaz dentro del círculo de luz. Más allá, las sombras arrojadas por las enormes y antiguas tumbas cubiertas con doseles o por los panteones ricamente ornamentados, se tragaban la luz.

Finalmente, Em se detuvo. Aunque no había nada en las leyendas de la familia que sugiriera que el tesoro estuviera relacionado con la tumba de un Colyton, tampoco había nada que dijera lo contrario. Miró a su alrededor.

—Voy a ver si encuentro algo en las tumbas más antiguas.

Absorto con una de las estructuras más grande, Jonas asintió con la cabeza.

Él había colocado la linterna en la parte superior de una tumba. Em echó un vistazo a su alrededor, comprobando hasta dónde se extendía el círculo de luz. Se alejó todo lo que pudo para revisar las fechas de las quince tumbas circundantes. Eligió una con la figura de un ángel y la estudió con detenimiento.

Cuando hubo examinado todas las tumbas que la rodeaban y regresó junto al ángel, sus ojos ya se habían acostumbrado a las sombras. Aunque todas las tumbas que había comprobado databan de los siglos XVI y XVII, la siguiente sección un poco más allá del ángel parecía diferente. En primer lugar, la mayoría de las efigies eran más sencillas, más estilizadas; poseían un estilo totalmente diferente a las que ya había examinado.

Se acercó allí en silencio, buscando las fechas. Algunas estaban grabadas en placas de piedra, pero otras permanecían ocultas bajo la escultura, por lo que era más difícil verlas. Tenía que limpiar el polvo que las cubría para poder distinguir lo que había escrito.

Ahora que estaba más lejos de la linterna, Em utilizó las yemas de los dedos para interpretar las letras y números; cuando se dio cuenta de qué tumba estaba examinando, sintió que un estremecimiento de excitación la atravesaba. Era la de Henry William Colyton, que había sido capitán de barco y había muerto en 1595.

—Jonas —dijo con voz temblorosa; luego alzó la voz—. Trae la linterna, creo que ésta es la tumba del Colyton que guardó el tesoro.

Aunque había elevado el tono de voz, ésta apenas había sido un susurro. Jonas la oyó, pero Henry y Filing, en el otro extremo de la cámara, no la habían escuchado.

Jonas se enderezó y cogió la linterna, luego se abrió paso entre las tumbas hasta donde estaba ella.

Em dio una palmada a la figura de la efigie que había en la parte superior de la tumba.

—Es él, estoy segura. —La excitación burbujeaba en su interior, la sangre corría rápida en sus venas.

Bajo la luz de la linterna, Jonas leyó la inscripción que Em había limpiado. Puso la linterna en el suelo y la miró.

—Esta tumba es más sencilla que las otras. No tiene tantas secciones que comprobar. —Pero se inclinó y comenzó a examinar la figura yacente y el resto de la tumba, que tenía una tapa rectangular sin resquicios ni partes desmontables.

Em comprobó la efigie, intentando mover la Biblia de piedra que reposaba sobre el pecho del hombre, luego empujó el bloque de piedra que había debajo de la cabeza, sin resultados.

Jonas se incorporó y miró la parte superior de la tumba. Se acercó a los pies de la misma y puso las manos en una esquina. Se inclinó y empujó con fuerza, pero la pesada piedra no se movió. Se enderezó.

—Tenemos que avisar a los demás y buscar una palanca.

Em frunció la boca. Repitió la rima mentalmente, preguntándose si el tesoro podía estar realmente dentro de una tumba. No le parecía bien abrir una tumba, en especial de uno de sus antepasados; seguramente la esposa Colyton que había escondido el tesoro habría pensado lo mismo.

Em frunció el ceño y levantó la mirada, observando la tumba siguiente. La efigie era de una mujer.

—Espera. —Em se acercó a la tumba de la mujer. Limpió el polvo y leyó la inscripción, con más facilidad ahora que tenía la luz cerca—. Sí —susurró, inspirando profundamente—. Ésta es la de su esposa, la mujer del capitán. —Miró a Jonas—. Fue a ella a quien se le ocurrió la idea de guardar el tesoro en vez de gastar el dinero en más barcos y aventuras.

Jonas se acercó a su lado.

—En ese caso... —Jonas se agachó y comenzó a examinar la base de la tumba.

Em miró la efigie, preguntándose si guardaba algún parecido con aquella antepasada tan lejana. Se acercó a la cabeza de la figura, presionó y empujó los laterales del reposacabezas en forma de caja, pero no se movió.

La mujer era más baja que su marido. Em bufó interiormente, pues la corta estatura era uno de los rasgos Colyton que ella había heredado. Los pies de la mujer descansaban sobre otra caja de piedra, necesaria para equilibrar la posición de la efigie en la parte superior de la tumba. Acercándose hasta allí, Em colocó las manos en las esquinas de la caja y, como las veces anteriores, presionó y empujó.

La caja se movió. No mucho, sólo unos milímetros. Conteniendo la respiración, casi sin poder creérselo, dio un paso atrás y examinó con atención la caja. Observó que había aparecido una rendija entre los pies de la efigie y un lateral de la caja.

Era una caja de verdad, una que se podía sacar de allí.

—Creo que es esto. —Le temblaba la voz. Se sentía mareada, aturdida y tan excitada que apenas podía mantenerse en pie.

Jonas se acercó a ella. La joven le señaló la caja, tocándola con la punta de un dedo.

—Creo que puede extraerse —susurró con un hilo de voz que él logró oír.

Jonas miró la caja con el ceño fruncido.

—Tiene unas palabras grabadas.

Se acercaron un poco más y se detuvieron uno al lado del otro a los pies de la tumba. Em observó cómo Jonas limpiaba con el puño de la camisa —ahora prácticamente inservible— el polvo de la superficie.

Leyeron las palabras. Em las resiguió con el dedo, sólo para asegurarse.

—«Aquí yace el futuro de los Colyton.»

—Muy apropiado —murmuró Jonas—. Cualquiera que desconociera la existencia de la rima y el tesoro, supondría que se trata de la tumba de un bebé que tal vez había nacido muerto, dado que no hay fechas y ésta es una cripta privada.

—O puede que se refiriera a ella. —Em señaló con la cabeza a su antepasada—. Tal vez quiera decir que ella era el futuro de los Colyton y que murió antes de tiempo.

—Cierto. —Jonas le dio un leve codazo—. Pero nosotros... sabemos la verdad. Vamos a comprobarlo.

Agarrando la caja por los lados, tiró de ella con fuerza y consiguió moverla un poco más.

Em miró con atención el hueco que quedó entre los pies de la efigie y la caja.

—Tiene hendiduras esculpidas.

Jonas gruñó. Giró la caja de lado para cogerla mejor y tiró de nuevo, haciendo que se deslizara lentamente hacia delante para que fuera más fácil cogerla. Se detuvo antes de hacerlo y miró a su alrededor. Dio un paso atrás. Se inclinó y, sacando la caja de la tumba, la cogió con esfuerzo, pero logró dar media vuelta y dejarla sobre la parte superior plana de la tumba que tenía detrás.

—¡Demonios! ¡Cómo pesa!

Filing y Henry oyeron el golpe y levantaron la mirada.

Em les hizo señas con las manos.

—Creemos que la hemos encontrado.

La excitación contenida hizo que su voz sonara más aguda. Apenas podía estarse quieta y tenía el estómago revuelto. ¿Y si en la caja no había más que piedras? ¿O peor aún, huesos?

Em apartó aquel perturbador pensamiento de la cabeza y respiró hondo cuando Henry y Filing se acercaron a ellos con rapidez.

Mientras su hermano y el párroco proferían exclamaciones sobre la caja, preguntando dónde estaba, Em sintió la mirada de Jonas clavada en ella. La joven lo miró sin decir nada. Cuando él arqueó una ceja de manera inquisitiva, se las arregló para esbozar una débil sonrisa y murmurar:

—Estoy bien.

Cruzó los brazos y se los frotó. No tenía frío, pero... Se volvió para mirar la caja.

—¿Creéis que podremos abrirla?

Tras acercar una linterna, los tres hombres pasaron los dedos por la caja y apretaron distintos puntos, una cara después de otra.

—Aquí hay una especie de cerradura. —Henry señaló uno de los laterales—. Es de piedra... de hecho está incrustada en la caja. Como si fuera uno de esos rompecabezas chinos.

Ninguno de los demás podía verlo, pero al poco rato sonó un clic, y Henry se enderezó.

—Ya está. —Miró a Em.

Ella asintió con la cabeza.

—Venga..., ábrela.

Era más fácil decirlo que hacerlo. Aunque debería poder abrirse con facilidad, los goznes de la pesada tapa parecían estar pegados. Jonas y Filing intentaron ayudarle, pero fueron incapaces de levantarla.

Filing dio un paso atrás.

—La tapa está adherida a la caja por el tiempo transcurrido.

—Conseguiremos abrirla —dijo Jonas—. Aunque no sin la ayuda de una palanca.

Miró a Em, y vio que ella observaba la ranura de la tapa con el ceño fruncido.

—Es muy estrecha. —Levantó la mirada hacia su cara, la de ella estaba pálida—. ¿Tenéis algo que podamos introducir en la ranura?

Henry, Filing y Jonas rebuscaron en los bolsillos. Lo único que podría servir era el aro del que colgaba la llave de la cripta. Tenía un borde muy fino.

Filing se la tendió a Em.

—Levantaremos la tapa, mientras tú introduces el aro.

Tanto Jonas, como Filing y Henry agarraron la tapa. En cuanto Jonas asintió con la cabeza, tiraron de ella al unísono. Con los ojos clavados en el borde, Em introdujo el delgado hierro en la ranura y lo movió.

—Ya está.

Em se volvió para coger la linterna. Tras soltar la tapa, los hombres se acercaron para mirar.

Henry estaba al lado de su hermana cuando ella se inclinó sobre la caja. Con los ojos a la misma altura de la estrecha rendija que habían logrado abrir, acercó la luz de la linterna.

—¡Oro! —exclamó Henry.

—Oh, Dios mío —fue lo único que pudo murmurar Em, después de estar un rato moviendo la luz de un lado para otro. Levantó la vista y se encontró con la mirada de Jonas—. Joyas. —Em tuvo que aclararse la garganta—. Tienen que ser joyas, veo destellos azules, rojos y verdes. Y perlas. Y también monedas y más objetos de oro.

La joven estaba cada vez más excitada, su voz sonaba más aguda por la euforia que la inundaba.

Jonas sonrió de oreja a oreja.

—Parece que los Colyton han encontrado el tesoro de la familia.

Lo habían hecho. De verdad lo habían hecho..., y había un tesoro real. Un auténtico tesoro. Em apenas podía creerlo.

Ahora tenían que conseguir llevar la caja arriba. Pero era muy pesada y les costaba mucho trabajo sostenerla. Jonas y Filing sólo podían cargarla un par de metros cada vez.

Subirla por las escaleras hasta la cripta fue una tarea ardua incluso colaborando los cuatro. Y subirla hasta la iglesia resultó igual de difícil.

Finalmente soltaron la caja y se sentaron en un banco para recuperar el aliento.

En la parte delantera de la iglesia, Hadley levantó la mirada de su boceto. Filing le vio y le llamó.

—Venga, ayúdenos... Necesitamos que nos eche una mano.

Dejando los lápices a un lado, Hadley se levantó y se acercó a ellos.

—¿Qué es eso? —preguntó, mirando la caja.

—¡El tesoro de nuestra familia! —Henry apenas podía estarse quieto—. Siempre supimos que estaba por aquí cerca y, por fin, lo hemos encontrado. Estaba en la cripta de los Colyton.

—¿De veras? —Con una sonrisa fácil, Hadley miró a Em y luego a Jonas y a Filing—. ¿Y qué planean hacer ahora con la caja?

—Tenemos que llevarla a la posada. Necesitaremos herramientas para abrirla, la tapa está atascada. —Jonas miró a Henry—. Thompson está trabajando hoy en Grange, pero Oscar debería estar en la herrería. ¿Por qué no vas hasta allí y ves si consigues arrastrarlo hasta aquí?

Henry asintió con la cabeza y salió a toda velocidad por la puerta, echando a correr por el camino que atravesaba el cementerio. Sus manos habían resultado muy pequeñas y sus brazos demasiado débiles para ayudar a Jonas y a Filing a cargar la caja.

—¿Y qué hay dentro? —preguntó Hadley señalando la caja con la cabeza.

—Aún no estamos seguros —respondió Em—. Lo más probable es que haya oro y joyas, pero tenemos que abrirla para comprobarlo.

—¿Cómo llegó hasta aquí? —inquirió el artista.

Mientras esperaban a que Henry regresara, Em le relató brevemente la historia del tesoro y la rima.

Hadley sonrió ampliamente.

—Por lo que veo ha sido toda una aventura. Abandonar la casa de su tío, llegar hasta aquí para buscar el tesoro y encontrarlo al fin.

—En efecto.

Em sonrió cuando Henry apareció en la puerta de la iglesia con Oscar pisándole los talones. Oscar también quiso conocer toda la historia, y estuvo dispuesto a escucharla mientras Hadley, Jonas, Joshua y él trasladaban la caja, cada uno por una esquina, hasta la entrada del cementerio y luego por el sendero que conducía a la carretera y a Red Bells.

Para cuando llegaron al patio delantero de la posada, se había reunido allí una multitud de gente, cada vez más excitada según se extendía la historia del tesoro de los Colyton.

Hadley se detuvo entonces.

—Tengo que regresar a la iglesia para recoger los lápices y los bosquejos.

John Ostler ocupó su lugar con rapidez.

—Gracias —le gritó Em.

Hadley hizo un gesto con la mano antes de girarse y echar a andar hacia la carretera.

Transportaron la caja —que cada vez parecía más pesada— hasta la posada y la dejaron encima de una de las mesas cerca de la barra.

Edgar sirvió una cerveza a Jonas y a Filing mientras John Ostler se acercaba a las cuadras a buscar una palanca.

Henry fue a avisar a Issy y a las gemelas. Al igual que Em, a Issy le costó creer que por fin hubiera concluido la búsqueda. Que el tesoro se encontraba en el interior de la caja de piedra que había ante ellos.

Las gemelas, por el contrario, no tuvieron problemas en aceptar la verdad. Bailaron y brincaron sin dejar de soltar exclamaciones.

Thompson llegó con John Ostler, que ya llevaba la palanca en la mano. Miró a Em como pidiéndole permiso.

—Por favor —dijo ella, señalando la caja.

Henry volvió a presionar el cerrojo de piedra, abriendo la tapa un poco mientras Jonas le dirigía y Thompson insertaba cuidadosamente la palanca en la ranura, luego cargó su peso sobre ella y con un largo y áspero chirrido, la tapa se movió lentamente hasta abrirse por completo.

En el interior de la caja había monedas de oro, joyas de zafiros, rubíes y diamantes brillantes que destellaban en medio de collares de perlas y copas de oro con incrustaciones de piedras preciosas; la clase de tesoro que debía de tener un bucanero.

—Oh. Dios. Mío —exclamó Em llevándose las manos a la cara y mirando fijamente el contenido de la caja.

A su lado, Issy se había quedado muda.

Incluso las gemelas sólo podían decir «oooh» con los ojos desorbitados mientras miraban fijamente el tesoro.

El silencio cayó sobre la posada durante un instante eterno, luego alguien comenzó a vitorear y todo el mundo le secundó. El nombre de los Colyton retumbó en la estancia.

De repente, Em sintió que se mareaba.

—Ven, siéntate —dijo Jonas, poniéndole la mano en el hombro. La joven sintió el borde de una silla detrás de las rodillas y se dejó caer en el asiento.

Filing cogió la mano de Issy y la obligó a sentarse al lado de Em en la mesa donde estaba el fabuloso tesoro.

Em levantó la mirada y alzó la mano para cubrir la que Jonas había colocado en su hombro.

—Gracias —le dijo sin dejar de mirarle la cara.

Él tenía una sonrisa confiada y orgullosa. Le apretó la mano y levantó la vista, mirando por encima de la mesa.

—Ah... Justo el hombre que necesitamos.

Lucifer se había detenido ante la mesa y observaba el tesoro. Luego miró a Em y sonrió.

—Enhorabuena.

—Gracias. —Em señaló con la mano el tesoro—. Ahora que lo hemos encontrado, confieso que me siento abrumada. No sé qué hacer con él. —Se le ocurrió una idea horrible. Se incorporó y clavó los ojos en el montón de joyas y monedas brillantes—. ¿Será auténtico?

—Oh, creo que sí. —Lucifer sonrió y arqueó una ceja—. ¿Puedo?

Em asintió con la cabeza. En medio de continuas exclamaciones y conversaciones especulativas sobre el tesoro recién encontrado, Lucifer metió las manos en la caja y cogió algunas monedas y joyas que sostuvo en alto bajo la luz. Tras devolverlas a la caja, soltó un gruñido y cogió un largo collar de perlas que deslizó entre los dedos.

Phyllida se acercó a él.

—Deja de actuar. Son auténticas, ¿verdad?

Lucifer miró a Em y curvó los labios. Con una brillante mirada azul oscuro, asintió con la cabeza.

347

—Muy auténticas. Éstos son los mejores rubíes que he visto en mucho tiempo, y los zafiros son perfectos. Las esmeraldas poseen un color excelente y no puedo recordar haber visto nunca unos collares de perlas con tal perfecta simetría. Deben de ser muy antiguas.

—Mi abuela me dijo que fueron tomados de un galeón español a finales del siglo XV —dijo Em.

Lucifer asintió con la cabeza.

—Eso explica la presencia de doblones de oro, los cuales, debo añadir, se encuentran en un estado excelente como todo lo demás —bajó la voz—. Por sí solos valen una fortuna bastante considerable. Y si añadimos todo lo demás... —Señaló el tesoro—. El tesoro de tu familia vale, literalmente, el rescate de un rey. —Captó la mirada de Em—. Es una suerte que lo hayas buscado y encontrado. O lo habría hecho otra persona con el paso del tiempo.

—¡Santo Dios!

La exclamación provenía de detrás de Em. La joven se giró en la silla y vio a Harold a unos metros de ella, mirando el tesoro con los ojos desorbitados y la mandíbula desencajada.

Abrió y cerró la boca varias veces antes de conseguir articular palabra.

—¿Es el tesoro de los Colyton? Bueno, debo decir que siempre pensé que era una historia absurda..., un cuento de hadas con el que entretener a los niños.

—Está claro que no lo era. —El tono brusco de Jonas contenía una advertencia; una que Harold no pareció advertir.

—No, en efecto. —Sus ojos brillaban con avaricia. Se humedeció los labios y sin dejar de mirar el tesoro, se frotó las manos.

Resultó evidente para todos los que le observaban que estaba considerando la manera de hacerse con aquella fortuna. Poco a poco, las excitadas conversaciones se desvanecieron y murieron. Se hizo un opresivo silencio.

Harold no pareció advertirlo.

Jonas emitió un suspiro.

—Potheridge..., creo que debería marcharse.

—¿Qué? —Harold salió del ensimismamiento con el que observaba el tesoro aunque tardó un momento en alzar la aturdida mirada a la cara de Jonas.

Lo que vio en ella le hizo recuperar la compostura. Notó el silencio y echó un rápido vistazo a su alrededor..., hasta que por fin se percató de la contenida animosidad dirigida hacia su persona.

Carraspeó. Miró a Em, abrió la boca y la cerró bruscamente, luego giró sobre sus talones y se marchó con paso airado.

—Menos mal —dijo Thompson dejando la palanca sobre la barra del bar—. Cuanto menos lo veamos por aquí, mejor.

Un ominoso murmullo recorrió la estancia.

Jonas intercambió una mirada con Lucifer, luego miró a Edgar.

—Una ronda por cuenta de la casa. —Mientras Edgar servía las cervezas, Jonas bajó la mirada hacia Emily y sonrió—. Invito yo mientras decidimos qué hacer con esto.

Ella asintió con la cabeza y miró el tesoro, mucho más tranquila después de lo que Lucifer había dicho.

Jonas acercó una silla y se sentó a su lado; Phyllida y Lucifer colocaron un banco en el otro lado de la mesa y se unieron a ellos.

Em pasó la mirada de Jonas a Lucifer.

—Jamás he tenido que enfrentarme antes a nada parecido. ¿Podrías aconsejarme?

Lucifer asintió con la cabeza.

—Primero habría que tasarlo, así tendrías una idea más aproximada de su valor. Después de eso... Te aconsejaría que lo vendieras, por lo menos una parte.

Em arrugó la nariz.

—Pero la inscripción dice que es «el futuro de los Colyton». Lo guardaron allí para que recurriéramos a él en caso de necesidad. Si es tan valioso como dices, entonces deberíamos coger sólo lo que necesitemos, lo suficiente para que Henry se establezca como corresponde al nombre de Colyton y para que mis hermanas y yo tengamos una dote. Luego deberíamos devolver el resto del tesoro a donde estaba para que pueda recurrir a él la siguiente generación de Colyton que lo necesite.

Lucifer asintió con la cabeza.

—Un objetivo loable, pero sabes de sobra que no puedes volver a poner el tesoro donde estaba. Y, en cualquier caso, te aconsejaría que lo vendieras todo y que invirtieras la parte que deseas dejar a las futuras generaciones. Jonas y yo podríamos ayudarte con eso. Así, la próxima generación de Colyton que lo necesite no tendrá que embarcarse en una absurda búsqueda del tesoro, alentada sólo por la creencia en una leyenda familiar.

Em sonrió.

—Gracias... aunque tengo que señalar que los Colyton disfrutan realmente de las búsquedas del tesoro.

—Quizá —dijo Filing—. Pero con todo este revuelo, ya no sería seguro.

—No, por supuesto que no. —Em clavó los ojos en el tesoro que lanzaba destellos ante ella; superaba con creces sus sueños más descabellados. Todavía le costaba creer y asimilar la realidad. Aceptar que su búsqueda había dado sus frutos, y que todas sus oraciones habían sido escuchadas... absolutamente.

Miró a Issy, que todavía estaba aturdida, que todavía miraba la caja con estupor, y luego a Henry. Su hermano sonreía, pero negaba con la cabeza de vez en cuando, como si también él tuviera problemas para creer lo que veía.

Sólo las gemelas, con los ojos brillantes y enfocados en el tesoro, parecían haber aceptado la realidad de lo sucedido sin la más mínima objeción. Sospechaba que ellas habían sido las únicas que habían creído sin ningún tipo de duda en la leyenda familiar, y que su fácil aceptación se debía a que siempre habían imaginado que el tesoro sería tan magnífico como era.

—Ahora... —Miró a Jonas y luego a Lucifer—. Ahora que lo hemos encontrado, ¿dónde podemos guardarlo para que esté seguro?

—Conozco el lugar perfecto. —Jonas la miró a los ojos cuando ella se volvió hacia él. Para sorpresa de la joven, Jonas levantó la voz para que todos le oyeran —. Guardaremos el tesoro en las celdas que hay en los sótanos de la posada. Ningún preso ha logrado escapar de ellas..., ni tampoco nadie lo ha intentado nunca.

18

—Ha sido una buena idea —dijo Lucifer a Jonas mientras asentía con la cabeza. Estaban parados ante una de las celdas del sótano de la posada, mirando por la puerta abierta la caja de piedra que habían depositado sobre un banco en el interior.

Cerrada de nuevo y con su brillante contenido oculto, la caja parecía desentonar con el entorno, como un extraño e inanimado prisionero.

Jonas cerró la pesada puerta enrejada y giró la enorme llave en la cerradura.

—Quería asegurarme de que a nadie se le ocurriera intentar robar el recién descubierto tesoro Colyton. —Aunque Jonas había respondido al comentario de Lucifer, tenía la mirada clavada en Em.

Ella asintió con la cabeza, entendiéndolo perfectamente. No era sólo que el tesoro estaba ahora a buen recaudo, sino también las razones por las que hacía aquella declaración. Em estaba aprendiendo a reconocer la vena protectora de Jonas.

—Ten —dijo él ofreciéndole la llave—. Deberás guardarla bien.

Em cogió la pesada llave y se la metió en el bolsillo, notando el peso del metal.

—Buscaré un lugar seguro donde guardarla.

Todo aquello comenzaba a parecerle un sueño; Em estaba medio convencida de que se despertaría en cualquier momento para descubrir que nada de lo que había ocurrido ese día era real.

Subieron las escaleras del sótano y regresaron al salón, que aún seguía abarrotado de gente. Algunos de los que habían ido a la posada para averiguar qué estaba pasando, se habían quedado a cenar. Cuando Em entró en la cocina, se encontró a Hilda dando órdenes como un general en medio de un caos organizado.

—Les están esperando en el comedor del primer piso para cenar —informó a Em—. A usted, al señor Tallent y al señor Cynster. La señora Cynster ya está allí con el señor Filing, Henry y sus hermanas.

Sin más dilación, Em subió las escaleras junto con Jonas y Lucifer. Los demás ya estaban sentados a la mesa, esperándoles. Tan pronto como tomaron asiento, Joshua bendijo la mesa. Em nunca antes había estado tan agradecida por la generosidad de Dios. En cuanto las dos doncellas terminaron de servir la mesa, la joven les dio permiso para que fueran a cenar a la cocina, dejando que la familia, así como Jonas, Filing y los Cynster, hablaran con total libertad.

Aunque Issy, Henry y ella misma aún trataban de asimilar su golpe de suerte, las gemelas estaban mucho menos impresionadas. Las niñas siempre habían imaginado que el tesoro Colyton sería algo maravilloso. La realidad sólo había demostrado estar a la altura de sus expectativas. Por consiguiente, ya habían tramado algunos sorprendentes planes para gastarlo.

La alegría y el entusiasmo de las chicas eran contagiosos. Las dos horas siguientes transcurrieron velozmente; Em apenas tuvo tiempo para pensar mientras era bombardeada con sugerencias como «deberíamos comprar una casa en Londres» y «tenemos que comprar un barco para navegar a las Indias», y prácticamente le fue imposible mantener una conversación educada.

Phyllida lo entendió. Captó la mirada de Lucifer y le señaló la puerta. Luego se volvió hacia Em y le dio una palmadita en la mano.

—Debes de estar aturdida y confusa. Mi consejo, y estoy segura de que Lucifer estará de acuerdo conmigo, es que no te precipites. Date el tiempo que necesites para asimilar las cosas..., para reflexionar y considerar todas las opciones antes de tomar cualquier decisión. —Phyllida sonrió y Em vio entonces lo mucho que se parecía a Jonas—. Has encontrado el tesoro y está a salvo, y tanto tú como tu familia estáis aquí, en Colyton. —Phyllida miró a Jonas y a Filing, que discutían algún asunto con Lucifer y, poniéndose lentamente en pie, añadió—: estoy segura de que a estas alturas ya te habrás dado cuenta de que tanto tú como Issy, Henry y las gemelas sois bien recibidos aquí.

Em sostuvo su mirada oscura e inclinó la cabeza.

—Gracias, es un buen consejo.

Phyllida se acercó a su marido, y se fueron. Dejando a Issy y Joshua a cargo de las gemelas, Em insistió en bajar y dejarse ver —como era su deber de posadera— en el salón de la posada.

Jonas suspiró, pero no intentó disuadirla. La acompañó escaleras abajo, y se sentó en la barra del bar con los demás hombres para charlar y beber una cerveza, mientras observaba a Em moviéndose de un lado para otro, comprobando que todo estuviera en orden, charlando con algunas damas y regresando a la cocina para comunicarle algo a Hilda antes de volver a aparecer detrás de Edgar en la barra.

Sospechó que era la manera que tenía Em de obligarse a salir de su aturdimiento. Buscar y encontrar el tesoro había sido muy excitante, pero descubrir la extensión del legado de sus antepasados había sido toda una sorpresa. Una sorpresa muy comprensible, que dejaría estupefacta a cualquier dama pero más especialmente a una que se había pasado los últimos meses al borde de una incipiente miseria y que lo había arriesgado todo en pos de un sueño.

Un sueño que se había convertido en una maravillosa realidad.

Por supuesto, él estaba muy tranquilo y bastante orgulloso. Ahora que ella había encontrado el tesoro, aquella riqueza recién descubierta serviría para soslayar el buen número de dificultades que ella había encontrado para aceptar su proposición de matrimonio. A Jonas nunca le había importado que Em no tuviera dinero, pero sabía que a ella sí le importaba. Ahora tendría una dote decente, suficiente para aceptar su proposición sin la menor objeción.

El futuro de Henry y sus hermanas estaba asegurado, y Em pronto se dedicaría a pensar en él y en su propuesta matrimonial.

Pronto le dedicaría más tiempo a él y al lugar que él deseaba que ocupara en su vida.

Jonas se sentía claramente en paz con el mundo cuando, después de que los últimos clientes se marcharan y echaran el cerrojo a la puerta de la posada, siguió a Em escaleras arriba hasta sus aposentos.

Ignorando la vela que estaba encendida en el tocador del recibidor, Em le condujo por la salita hasta el dormitorio. Él la siguió, observando con cierto júbilo la determinación de la joven, que no vacilaba en llevarle allí.

Em aminoró el paso, luego se detuvo en medio del dormitorio y se volvió hacia él. La luz de la luna entraba por las ventanas sin cortinas, arrojando un brillo plateado y nacarado sobre la estancia. Lo miró a la cara y luego bajó la vista.

—Si no te importa, creo que es mejor que seas tú quien guarde esto.

Siguiendo la dirección de su mirada, él vio la pesada llave de la celda sobre la palma de su mano.

Algo se paralizó en su interior.

Transcurrió un instante antes de que él se obligara a preguntar.

—¿Estás segura? —Segura de confiar el futuro de su familia en sus manos.

La joven curvó los labios, plateados bajo la luz de la luna.

—Sí, estoy segura. Cógela, por favor. Puedes esconderla en Grange. Hay demasiada gente entrando y saliendo de la posada estos días, en especial ahora que tenemos inquilinos. —Ella respiró hondo, alzó la cabeza y lo miró a los ojos—. Me sentiré mucho más tranquila sabiendo que la tienes tú.

Jonas alargó la mano hacia la de ella y cogió la llave. Al clavar los ojos en los de Em, vio la absoluta confianza de la joven en él. Se metió la llave en el bolsillo de la chaqueta y alargó los brazos hacia ella.

Em dejó que la atrajera hacia su cuerpo, se puso de puntillas y le enmarcó la cara con sus pequeñas manos, mirándole directamente a los ojos. Luego le besó llena de anhelo, tentándole lentamente; no había dudas de que aquello era una invitación.

Los dos tenían mucho que celebrar.

Él la abrazó, estrechándola contra su cuerpo, donde estaba su lugar. Le devolvió el beso con un hambre feroz, tan alborozado y extasiado como ella.

Mientras intentaban saborear el momento, compartir el triunfo y, sobre todo, celebrar el éxito y todo lo que conllevaba.

Em lo siguió en cada paso del camino mientras él los conducía inexorablemente hacia las llamas de la pasión. Ése era, claramente, un momento que saborear, una noche en la que reconocer, aceptar, abrazar y dar gracias por los dones recibidos.

Sí, el tesoro Colyton era uno de ellos, pero durante su búsqueda habían descubierto algo más importante, más imperecedero que el oro y las joyas e infinitamente más precioso.

Em le ofreció su boca y él la tomó, reclamándola con firmeza, apoderándose apasionadamente de ella. Entonces, Jonas le entregó las riendas y dejó que fuera ella quien tomara la iniciativa mientras él le desataba las cintas y le desabrochaba los botones del vestido.

La ropa cayó al suelo.

La de ella, la de él, hasta que sólo hubo un charco de tela a sus pies iluminado por la luz de la luna.

Hasta que Em quedó desnuda, ansiosa y llena de deseo ante él.

Jonas dejó que la joven le descalzara, luego se rindió a las apremiantes exigencias femeninas y permitió que se arrodillara ante él para bajarle los pantalones.

Con rapidez, Jonas se deshizo de la camisa que Em había desabrochado, y la miró a los ojos, observando las desenfrenadas pasiones, las consideraciones y especulaciones que brillaban en ellos. Antes de que la joven pudiera obrar de acuerdo a ellas, Jonas se quitó los pantalones, la agarró por los hombros y la hizo ponerse en pie, envolviéndola entre sus brazos.

Rozando piel contra piel.

Em contuvo el aliento, con los sentidos estremeciéndose de placer ante el contacto. Con acalorada deliberación, ella le rodeó el cuello con los brazos y se apretó sinuosamente contra él, recreándose durante un momento en el tacto áspero de su piel y en la dureza de los músculos contra sus suaves curvas, después, con un apasionado abandono, le cubrió los labios con los suyos.

Ofreciéndole su boca y poseyendo la de él.

Luego se movió seductoramente contra su cuerpo, presionando sus pechos, doloridos e hinchados, contra la sólida musculatura de su torso, contoneando y apretando las caderas contra sus muslos para acariciar la rígida vara de su erección con su tenso, terso y anhelante vientre.

Jonas le curvó las manos sobre el trasero.

Acariciándolo, amasándolo provocativamente, haciendo que un ardiente deseo atravesara a Em hasta lo más profundo de su ser.

Luego deslizó los dedos, palpando y acariciando, mientras la piel de la joven se humedecía y calentaba, hasta que finalmente la agarró con fuerza y la alzó.

Ella separó las piernas instintivamente para rodearle las caderas con ellas, y cerró los ojos conteniendo el aliento en un trémulo jadeo cuando él la inmovilizó para introducirse en su interior. Un tembloroso gemido escapó de los labios de Em cuando la sensación, primitiva e innegable, la atravesó.

Se aferró firmemente a Jonas, clavándole los dedos en los hombros. Él la agarró por las caderas para inmovilizarla mientras la reclamaba con implacable firmeza, colmándola por completo. Em se quedó sin aliento, se arqueó y le reclamó, dándole la bienvenida con su cuerpo, abrazándole y reteniéndole, rindiéndose y entregándose a él.

En cuanto estuvo enterrado profundamente en su interior, Jonas la sujetó con firmeza y recorrió la escasa distancia que los separaba de la cama. La tumbó de espaldas sobre la colcha, aunque manteniéndole las caderas en alto. Siguió curvando posesivamente las manos sobre las cálidas curvas de su trasero, sosteniéndola, encendiendo sus sentidos mientras él se enderezaba. Entonces, con los ojos clavados en los de Em, se retiró casi por completo para volver a hundirse en su interior con un fuerte envite, colmándola con firmeza.

Se sentían diferentes; la sensación de aquella posesión era más intensa y profunda que nunca. Ahora no había nada que distrajera a Em; su mente, todos sus sentidos, estaban concentrados, ávida y codiciosamente, en el lugar donde estaban unidos.

La resbaladiza fricción del constante ritmo que él establecía, cada largo envite que la llenaba por completo, se fue intensificando cada vez más hasta que cada firme penetración envió oleadas de placer a las venas de la joven, tensando todas sus terminaciones nerviosas.

Obnubilándole los sentidos.

Em cerró los dedos, aferrándose a la colcha, y movió la cabeza de un lado para otro mientras el brillante fuego crecía en su interior, escuchando su propio gemido cuando sintió que las llamas la alcanzaban, fundiéndola con ellas e impulsándola hacia el éxtasis.

Pero Em quería a Jonas con ella. Le apretó las piernas alrededor de las caderas para enterrarlo más profundamente en su interior, arqueando la espalda tanto como podía hasta que él también alcanzó la cúspide.

Jonas se quedó sin aliento al sentir que perdía el control, al notar que su cuerpo respondía a la llamada apasionada de Em. Con un jadeo, le soltó las caderas, se inclinó sobre ella y se apoyó en ambos codos para no aplastarla con su peso. Luego inclinó la cabeza y clavando la mirada en la cara de Em, mientras ella se contorsionaba debajo de él, empujó una y otra vez, con más fuerza, con más dureza, haciendo que se rindiera a él.

Como él mismo se rendía a ella.

En respuesta, Em le exigió todavía más, deseando fervientemente que continuara con aquella danza primitiva, con el cuerpo delicioso y ardiente, abierto y entregado a él. Sin que pudiera controlarlo, el cuerpo de Jonas respondió, empujando todavía más enérgicamente.

Una verdadera celebración, sólo que más primitiva, más básica y elemental, creció entre ellos, fluyendo sin cesar hasta donde tan desinhibidamente se unían.

Era una tormenta de pasión, de deseo y necesidad, y de algo todavía más intenso y ardiente.

Las llamas los atravesaron y los envolvieron. Durante un instante cegador, la explosión de los sentidos los impulsó al cielo.

Transportándolos hasta un lugar donde el éxtasis era tan vital como el aire que respiraban; lo inspiraron, inundándose y llenándose de él.

El tumulto se fue desvaneciendo, dejándolos sin aliento mientras flotaban en un mar dorado.

Con los párpados entrecerrados, sus miradas se encontraron y se sostuvieron.

Con los corazones acelerados, palpitando al mismo ritmo como si fueran uno solo, supieron lo que sentía el otro en lo más profundo de sus almas.

Em sonrió. Muy lentamente, el gesto se extendió por su dulce cara, iluminando sus ojos dorados con un matiz verde.

Él curvó los labios en respuesta, sintiendo que una risita ahogada retumbaba en su pecho.

Finalmente, se apartó y la alzó, tendiéndola sobre las almohadas; luego se unió a ella.

Se sintió reivindicado, honrado y bendecido..., y estaba seguro de que ella sentía lo mismo cuando se acurrucó contra él, apoyando la frente en su hombro.

La satisfacción le envolvía, una satisfacción que nacía de la certeza de que Em tenía que saber, igual que sabía él, que aquello era real, que lo que había florecido y crecido entre ellos y que ahora fluía como un exquisito elixir a través de sus venas, que el poder que les atrapaba y retenía, indefensos y rendidos, que aquello que les inundaba de dicha, aquel poderoso anhelo, era el verdadero paraíso en la tierra.

Cuando se hundió en la cama, estrechándola entre sus brazos, y subió las mantas para cubrir las piernas de los dos, Jonas no podía estar más seguro de que aquello, y ella, era su verdadero destino.

—¡Ejem!

Em levantó la mirada del libro de cuentas abierto sobre su escritorio y vio a Silas Coombe en la puerta del despacho.

—Señor Coombe. —Em echó la silla hacia atrás y comenzó a levantarse—. ¿En qué puedo ayudarle?

—¡No, no, no se levante, querida! —Sonriendo con afectación, Coombe entró en la estancia, haciendo un gesto con la mano para que volviera a sentarse—. Soy yo quien ha venido a ofrecerle mis más humildes servicios.

Más que dispuesta a mantener el escritorio entre ellos, Em volvió a hundirse en la silla y arqueó las cejas.

—¿A qué se refiere, señor?

—¿Me permite? —Coombe señaló la silla ante el escritorio. Cuando ella asintió con la cabeza, él se sentó y se inclinó hacia delante para hablar en tono confidencial—. Es sobre... er... el tesoro Colyton, querida. No estoy seguro de si usted está al tanto, pero soy todo un experto, una autoridad en antigüedades de todo tipo. —Adoptando una expresión de serio erudito, Coombe continuó—: Cynster es un experto en joyas y piedras preciosas... así que debería buscar su consejo en lo referente a esos artículos. Pero una de mis especialidades son las monedas, las monedas antiguas. Estaría encantado de ayudarla a evaluar y a vender los doblones y cualquier otro artículo de esa índole.

A Em no le cupo ninguna duda de que Coombe estaría encantado —muy encantado— de que ella le ofreciera las monedas para valorarlas y venderlas. Sonrió, pero el gesto no se reflejó en sus ojos.

—Gracias por su ofrecimiento, señor Coombe. Le aseguro que lo tendré en cuenta, pero mis hermanos y yo todavía no hemos decidido qué haremos con el tesoro, si lo venderemos o lo conservaremos, o si sólo nos desharemos de una parte... —Em se levantó de la silla con una sonrisa educada en su rostro, pero claramente dispuesta a poner fin a la conversación—. Por supuesto, le informaré si al final decidimos aceptar su amable oferta. Gracias por venir.

Los buenos modales de Coombe le hicieron ponerse de pie. Se la quedó mirando fijamente, abriendo y cerrando la boca varias veces antes de darse cuenta de que ella no le había dejado más elección que aceptar su negativa de buena gana.

Recompuso la expresión.

—No lo olvide. No dude en avisarme si necesita mi ayuda. Como ya le he dicho, soy su más humilde servidor, señorita Colyton.

Se inclinó en una rígida reverencia y salió.

Em le observó marcharse, luego volvió a hundirse en la silla.

Había sido sincera al decirle que sus hermanos y ella todavía no habían tomado ninguna decisión sobre el tesoro. De hecho, Em seguía intentando asimilar su magnitud. Había esperado una bolsita llena de monedas de oro, quizás un puñado de piedras preciosas, pero la cantidad y calidad de lo que habían encontrado hacía que viera el tesoro familiar bajo una luz muy diferente. Ahora tenía la gran responsabilidad de obrar de manera adecuada, tanto por sus hermanos como por las generaciones futuras. Decidir qué hacer con aquella riqueza ya no resultaba tan fácil como antes.

La veta de prudencia que acompañaba a su impulsividad Colyton la instaba a seguir al pie de la letra el excelente consejo de Phyllida. Debía tomarse tiempo para reflexionar y tomar las decisiones correctas.

En cualquier caso, Em no iba a confiar en Coombe, eso seguro. Ni siquiera le confiaría un puñado de monedas. Sin embargo, Lucifer era otra cuestión. Em jamás había confiado en nadie —la vida le había enseñado a ser precavida desde muy joven—, pero sí lo hacía en su instinto, que no había tardado demasiado en aceptar a Lucifer con la misma naturalidad que había aceptado a Jonas. Ambos eran hombres honrados.

De hecho, al igual que Phyllida, Lucifer tenía algo —algo inexplicable— que había hecho que ella y sus hermanos comenzaran a considerarle como parte de la familia. Em había decidido aceptar su oferta de valorar el tesoro, y luego hablaría con sus hermanos y también con Jonas, Joshua, Phyllida y Lucifer, para decidir qué hacer con él.

Resultaba extraño poder compartir con otros adultos, además de Issy y Henry, sus dudas y deliberaciones. Resultaba extraño poder contar con las opiniones y consejos de otras personas.

Curvó los labios en una sonrisa espontánea. Mientras cogía un lápiz y volvía a centrarse en las cuentas, reconoció para sí misma que poder contar con gente así a su alrededor hacía que se sintiera bien.

El día siguiente, Em estuvo muy ocupada, más ocupada que nunca. Los vecinos que vivían en las granjas más alejadas del pueblo se acercaron a la posada para oír de primera mano la historia del tesoro. Si bien éste estaba guardado bajo llave y nadie podía verlo, había mucha gente en el salón, tanto hombres como mujeres, que lo habían visto el día anterior y que estaban encantados de describir tan magnífica riqueza a los vecinos menos afortunados.

—Es inevitable —dijo Jonas cuando mucho más tarde esa noche, con la posada vacía y en silencio, la siguió escaleras arriba—. Estamos en el campo, las noticias se extienden como la pólvora. Sin embargo, es necesario que tales noticias incluyan también la ubicación actual del tesoro y el hecho de que las celdas de la posada son inexpugnables.

—Supongo que así será. —Al llegar al último escalón, Em se giró hacia la puerta de sus aposentos, la abrió y se echó hacia atrás al tiempo que soltaba un jadeo.

—¿Qué ocurre? —Jonas se acercó a ella inmediatamente y le puso las manos protectoramente sobre los hombros mientras miraba por encima de su cabeza.

A la devastación que había en el interior.

La sorpresa los dejó paralizados durante un minuto mientras recorrían con la mirada los muebles volcados, los cojines arrojados por todas partes, los cajones abiertos del tocador con su contenido desparramado en el suelo, del que habían arrancado las alfombras.

—¿Qué demonios...? —Con la cara muy seria, Jonas apartó a Em suavemente a un lado y entró en la sala. No parecía haber nada roto, no era una destrucción fortuita.

Miró alrededor de la estancia y luego se acercó a la puerta del dormitorio. La abrió con un leve empujón; dentro, se repetía la misma escena de la sala; habían arrancado las mantas de la cama, le habían dado la vuelta al colchón, habían abierto las puertas del armario y sacado todos los cajones, que habían vaciado en el suelo. Incluso las cortinas habían sido descorridas.

—Están buscando la llave —dijo Em detrás de él.

Él bajó la mirada a su pálida cara y asintió con la cabeza.

—Eso parece.

Alejándose de la puerta, Jonas atravesó con cuidado la habitación. En el cuarto de baño había menos lugares donde buscar una llave, pero también había sido registrado de arriba abajo.

La puerta del fondo, la que conducía a las escaleras de servicio, estaba entreabierta.

Jonas apretó los dientes y se dirigió hacia allí para examinar el pasador.

—No está echado. —Ni siquiera había un cerrojo con el que poder asegurar la puerta. Él se giró y encontró a Em examinando las toallas desordenadas—. Si no te importa, mañana le diré a Thompson que le ponga un cerrojo a esta puerta.

Su voz pareció sacar a Em de su aturdimiento, haciendo que se estremeciera. Ella le miró; le llevó un momento asimilar las palabras de Jonas, pero al cabo de un rato asintió con la cabeza. Rodeándose con los brazos, Em volvió a estremecerse.

—Sí, por supuesto. De lo contrario, nunca me atreveré a volver a dormir aquí sola.

Ella no volvería a dormir sola, ni allí ni en ninguna otra parte, pero Jonas contuvo las palabras. No era el momento de presionarla.

De repente, Em levantó la cabeza con los ojos llenos de horror.

—Las gemelas. Issy...

Se acercó deprisa a él. Jonas abrió la puerta y se apartó a un lado para dejarla pasar; luego la siguió por las escaleras de servicio hacia el piso de arriba.

Em se dirigió directamente a la habitación de las gemelas, pero las niñas dormían plácidamente bajo la luz de la luna. Aliviada, Em le indicó a Jonas que retrocediera. Asomó la cabeza por las puertas de Issy y Henry, pero sus hermanos estaban durmiendo a salvo en sus dormitorios, que no mostraban señales de saqueo.

La joven lanzó un gran suspiro y buscó la mirada de Jonas con una sonrisa de alivio. En silencio, regresaron a los aposentos de Em.

Se detuvo al llegar al cuarto de baño, recogió una toalla del suelo y comenzó a doblarla.

—Menos mal que al intruso no se le ocurrió buscar en el piso de arriba.

O puede que supiera que no debía molestarse. Jonas no expresó sus sospechas en voz alta, pero se las guardó para examinarlas más tarde. Señaló la puerta abierta que conducía a la salita.

—Comenzaré por ahí.

Em asintió con la cabeza.

—Recogeré aquí y luego iré a ayudarte.

Jonas la dejó ordenando sus efectos más personales. Regresó a la sala y volvió a colocar los muebles en su lugar. Cuando ella se reunió con él, la dejó colocando los artículos más pequeños que el intruso había sacado de los cajones y entró en el dormitorio. Después de colocar el colchón, Jonas puso los cajones y los demás muebles en su sitio, antes de empezar a hacer la cama.

Cuando Em entró y le vio, sonrió.

—Puedo arreglármelas aquí. Ocúpate del resto —gruñó Jonas, estirando la sábana como había visto hacer a Gladys infinidad de veces.

Con una amplia sonrisa —no creía que a Jonas le gustara que se riera de él, aunque apenas podía evitar sonreír—, Em se volvió para recoger la ropa del suelo y colocarla en los cajones.

Al terminar de ordenar el cuarto y cerrar el último cajón con un suspiro, vio que Jonas se las había arreglado relativamente bien con la cama. No es que importara demasiado, la desharían casi de inmediato.

Em se acercó a Jonas y le rodeó con los brazos, apoyando la frente en su pecho.

—Alguien quiere robar el tesoro.

Aunque no mencionó ningún nombre, los dos sabían quién era el principal sospechoso. Jonas le dio un beso en la frente.

—Ya pensaremos en ello mañana. —Le levantó la barbilla con una mano y la miró a los ojos—. Esta noche... —Le sostuvo la mirada, después inclinó la cabeza y la besó.

En cuanto le cubrió los labios con los suyos, Jonas sintió, a pesar de que Em estaba más que dispuesta a responder al beso, que estaba distraída. Que seguía pensando y preocupándose por el extraño que había registrado sus habitaciones.

—No está aquí —murmuró Jonas contra su boca—. No regresará. —Le lamió y sorbió los labios tentadoramente—. No esta noche. Ni mañana. Ni nunca.

Jonas le mordisqueó el labio inferior, capturando su atención. Con implacable devoción asaltó los sentidos de Em para transportarla, no sin cierta resistencia por su parte, a un mundo de poderosas sensaciones, lo suficientemente intensas para que pudieran atrapar y borrar cualquier pensamiento de la joven, para hacer que se olvidara del perturbador presente, y que durmiera tranquila esa noche.

Ése era su objetivo mientras la besaba con apetito voraz y una inquebrantable determinación, dejándose llevar por la agradable calidez de aquella pasión mutua que les consumía a los dos.

Una mirada a los ojos de Em había sido suficiente para confirmar que ella estaba distraída, inquieta y angustiada; invadida por todas aquellas preocupaciones que se habían convertido en una pesada carga sobre sus hombros. Una carga que siempre había llevado sola. Hasta ahora.

Ahora él estaba allí, para quitarle ese peso de encima; Jonas había reclamado ese papel metafórica y prácticamente. Pero no había nada que pudieran hacer hasta el día siguiente.

Hasta entonces, ella tenía que dejar de pensar, de preocuparse.

Pero una parte de Em seguía estando ausente. A pesar de que había abierto los labios para que él se apoderara de su boca, seguía sin tener la mente en ello.

Sólo había una cosa que él consideraba capaz de arrancarla de sus preocupaciones.

Así que se la dio.

Generosamente.

Desató todo lo que sentía por ella y, a través del beso, le transmitió su deseo, su pasión y su necesidad por ella..., hasta que Em no pudo resistirlo más, hasta que sólo pudo corresponderle; la mujer aventurera que regía su corazón y su alma, se entregó por completo y se dejó llevar por el torbellino de pasiones.

Alzando las manos para enmarcarle la cara, Em se hundió jadeante en la fogosa marea que él había desatado tan temerariamente, intentando mantenerse a flote mentalmente a pesar de que ya se había perdido en el tumulto que ahora crecía entre ellos.

Eso era algo más. Más fuerte y poderoso que lo que había experimentado hasta ese momento. Aquello era un sentimiento puro e intenso, una implacable necesidad que la estremecía, que la habría dejado conmocionada si no poseyese un alma Colyton que la impulsara y que, con ojos metafóricamente centelleantes, gritara «sí».

Jonas la tomó entre sus brazos y le recorrió todo el cuerpo con las manos, no con tierna persuasión sino con descarada exigencia. Sus labios, sus besos, apresaron los pensamientos de Em, liberándola y haciéndola volar, cautivando sus sentidos, que él seducía sin cesar. Entonces la rodeó con sus brazos, con roces ásperos, y con caricias casi bruscas cerró las manos sobre sus pechos.

Sopesó y presionó sus senos a través de la delgada tela del vestido, luego le capturó los pezones y los hizo rodar entre los dedos, pellizcando finalmente los brotes duros y tensos. Sus dedos juguetearon con ellos, provocando ardientes sensaciones que la atravesaron como una lanza, que le hicieron hervir la sangre en las venas hasta que se fundieron en un charco entre sus muslos.

Jonas no le dio tiempo para pensar, no le dio oportunidad de que se le despejara la cabeza y que se liberaran sus pensamientos. Le soltó los pechos y deslizó las manos posesivamente por su cuerpo, por la cintura, por las caderas, hasta capturarle las nalgas con las que se llenó las manos cuando las acarició y amasó de una manera flagrante y provocativa.

Apretando sus caderas contra las de ella, sosteniéndola contra su rígida erección, la arrastró con él hasta que las piernas de Em chocaron contra un lado de la cama.

Durante un buen rato la sostuvo allí, atrapándola entre él y la cama, haciéndola sentir lo que provocaba en él, hasta la última pizca del deseo que rugía en su interior. Y durante todo ese tiempo la besó vorazmente, deleitándose en su boca hasta que ella se sintió mareada y débil.

Luego, Jonas levantó la cabeza y dio un paso atrás, haciéndola girar sobre sí misma, hasta que estuvo de cara a la cama con él a su espalda.

La joven sintió los dedos masculinos en los lazos del vestido. Sintió la mirada de Jonas clavada en sus pechos.

—Mira al espejo —le ordenó Jonas con voz ronca.

Aquella orden —porque fue una orden y no una petición— la hizo alzar la mirada por encima de la cama hacia la pared de enfrente, donde había un tocador con un amplio espejo. Junto a él se encontraba la ventana por la que se filtraban los rayos de la luna; era una noche clara y fresca, y había luz de sobra, por lo que Em podía ver su propio reflejo y el de él, una sombra grande y oscura que se cernía detrás de ella.

Em no podía verle los ojos ni la expresión, pero su rostro parecía transfigurado por la dura pasión que se reflejaba en sus rasgos.

Aquella imagen hizo que le bajara un lujurioso escalofrío de expectación por la espalda.

Una expectación más temeraria que cualquiera que ella hubiera tenido antes.

Una expectación que se incrementó aún más cuando, con una implacable eficacia, Jonas la despojó del vestido, de las enaguas y de la camisola.

Tras dejar caer la ropa al suelo, él volvió a poner las manos sobre el cuerpo de Em, cerrándolas de nuevo sobre sus pechos, haciendo que se quedara sin aliento al ver cómo aquellas manos morenas poseían nuevamente la pálida y sensible piel.

Soltándole un pecho, Jonas le deslizó lentamente la mano por el torso, deteniéndose para extender los dedos sobre el tenso vientre y estrecharla contra sí; la joven sintió la textura de los pantalones de Jonas rozándole la parte posterior de los muslos desnudos y las curvas húmedas de sus nalgas.

Sintió la erección, dura y rígida, contra el hueco de la espalda.

La errante mano de Jonas continuó bajando sin piedad hasta rozar los rizos de su sexo, que en el espejo eran un oscuro triángulo entre sus muslos, antes de acariciarle las caderas y las nalgas.

Entonces, desde atrás, él presionó dos dedos entre sus muslos, acariciándole con pericia los pliegues ya hinchados, antes de separárselos y penetrar lentamente en su interior.

Hasta el fondo.

Em soltó un jadeo y se puso de puntillas. Con los ojos muy abiertos, sintió la mano flexionada de Jonas; él retiró los dedos, para regresar un instante después con más fuerza y firmeza.

Con los sentidos agitados, la joven se tambaleó. Su piel cobró vida mientras él la acariciaba una y otra vez, excitándola sin cesar; pero antes de que alcanzara el éxtasis, Jonas retiró la mano y le soltó el pecho.

—No te muevas.

Su voz era tan áspera y ronca que ella apenas entendió las palabras, pero, con la piel hormigueando bajo la fría luz de la luna, excitada y anhelante, ella esperó, pensando que él se iba a deshacer de su propia ropa. En lugar de desnudarse, Jonas se arrodilló detrás de ella y le quitó las medias y los zapatos.

Em levantó los pies para salirse del charco de ropa e intentó dar media vuelta; ahora estaba completamente desnuda, pero él seguía vestido. Sin embargo, antes de que pudiera girarse y cogerle la chaqueta, él le asió las caderas y la inmovilizó, dejándola todavía de cara al espejo, mientras él se levantaba a su espalda.

Ella miró el reflejo de Jonas. Ése no era el amante tierno y persuasivo que conocía, sino otro hombre. Uno que la deseaba sin piedad, y le mostraba su necesidad desnuda. Un hombre que ahora revelaba la realidad detrás de su fachada.

Jonas miró por encima de los hombros de Em la belleza que había revelado —que era suya por completo— y apenas se reconoció a sí mismo. No había pretendido eso, ni mucho menos lo que una parte de él deseaba con tanto anhelo hacer a continuación. Pero ya estaba escrito y había dado el primer paso. No había tenido intención de dejar caer sus barreras emocionales, liberando de esa manera lo que sentía por ella —lo que siendo sincero consigo mismo, sabía que era amor— con ese resultado, con esa inquebrantable e implacable necesidad de poseerla.

De poseerla mucho más profundamente de lo que ya lo hacía.

De hacerla total y absolutamente suya, más allá de toda duda, pensamiento y razón. De mostrarle a Em la realidad, no sólo de su necesidad por ella, sino de lo correcto y lo inevitable que era aquello. De demostrarle que su lugar estaba con él.

Debajo de él.

La parte más primitiva de Jonas había tomado el control sin reservas y ahora iba a hacerlo efectivo.

Jonas se dejó llevar y mientras clavaba la mirada en ella a través del espejo, le rodeó la cintura y la alzó. La colocó de rodillas sobre el borde de la cama y se situó entre sus pantorrillas.

Luego, alargó una mano para reclamar su pecho de nuevo, acariciándoselo de una manera tan posesiva que hizo que la joven contuviera el aliento. La otra mano la deslizó sobre las nalgas respingonas, amasándolas una y otra vez antes de introducir los dedos en la hirviente y resbaladiza hendidura entre ellas. Después, metió un dedo en la cálida funda femenina mientras acariciaba con otro el tenso e hinchado brote que daba fe de la excitación de Em. La acarició allí repetidas veces, sin dejar de penetrarla con el dedo.

La escuchó contener la respiración. La vio cerrar los ojos mientras intentaba tomar aliento con desesperación. Con los labios separados, las mejillas ruborizadas, Em se quedó totalmente inmóvil, dejando que hiciera lo que deseara, cautiva de la sensual sensación que provocaba Jonas mientras preparaba su cuerpo y sus sentidos para la inminente posesión.

En el espejo, la mirada de Jonas recorrió el cuerpo de la joven antes de clavarla en sus ojos.

—Abre los ojos. Quiero que veas lo que te hago.

Em escuchó la orden gutural —la patente orden— y, aunque le costó trabajo alzar los párpados, le obedeció sin titubear. La joven vio su reflejo desnudo bajo la pálida luz de la luna y se dio cuenta de que sus caderas se movían por voluntad propia, contoneándose y meciéndose sobre sus dedos en busca de alivio.

Em se sentía tensa, viva y ardiente; la pasión ardía debajo de su piel. Jamás se había sentido así, tan excitada, con los sentidos tan arrebatados, tan expectantes. Tan en la cúspide de una estimulación mucho mayor.

Una explosión sensorial que la sobrecogería, que la envolvería y la arrancaría de este mundo.

Una sensación que estaba impaciente por experimentar, pero sabía que tenía que esperar a que él eligiera el momento oportuno para darle todo aquello que ella quería realmente.

Él. Todo él. No sólo el amante tierno que ella ya conocía, sino también ese lado más oscuro. Ese hombre más fuerte, más primitivo que la deseaba por completo.

Que la necesitaba.

Todo eso estaba grabado en la cara de Jonas, en las rudas líneas de sus rasgos, en el gesto tenso de la mandíbula.

Ella poseía algo por lo que él lo daría todo.

Em estaba bajo su poder, y él bajo el de ella.

Jonas era a la vez el conquistador y el conquistado.

La expectación, cada vez más voraz, cada vez más brillante y afilada, hacía crepitar los nervios de Em, deslizándose por sus venas mientras aguardaba a que Jonas la tomara.

La mirada de Jonas cayó de nuevo sobre su cuerpo y Em sintió el ardor de aquellos ojos oscuros. Entonces, él alzó la cabeza y la vio mirándole.

Le soltó el pecho y le cogió una de sus manos, que hasta entonces yacía olvidada, perdida sobre el muslo de Em, y la llevó a la unión de sus piernas abiertas. Con la mano sobre la de ella, deslizó los dedos de Em sobre la humedad que él había provocado.

—Siente lo mojada que te has puesto para mí —le dijo al oído con un oscuro gruñido.

Ella se estremeció cuando, bajo la mano de Jonas, deslizó las yemas de los dedos entre sus pliegues hinchados, acariciándose a sí misma.

Sintió una imposible opresión en los pulmones y, con los sentidos totalmente centrados en la unión entre sus muslos, Em dejó caer los párpados.

Jonas apretó su mano sobre la de ella, inmovilizándola.

—Abre los ojos.

Em obedeció mientras aspiraba aire desesperadamente, y clavó su mirada en su reflejo, en las curvas, a ratos doradas y a ratos marfileñas, de su cuerpo iluminadas por la luz de la luna.

En la manga oscura que la rodeaba, en los dedos unidos que se perdían entre sus muslos, en la mano que acunaba la de ella.

Satisfecho, él continuó, murmurándole al oído mientras apretaba los dedos más profundamente entre sus pliegues.

—Quiero que te observes mientras te preparo.

A Em no le quedó más remedio que hacerlo; la imagen le cortó el aliento, le obnubiló el sentido. Las sensaciones combinadas de la firme mano que sujetaba sus dedos, enterrándolos en la cálida humedad de sus pliegues, cerrándolos sobre los dos dedos de la otra mano de Jonas que empujaban lenta y repetidamente en su cuerpo, sobre el puño que él curvaba debajo de sus nalgas y sobre la funda que se dilataba ante la invasión, sumergiéndola por completo en las sensaciones que le arrancaron hasta el último pensamiento coherente.

Entonces, la mano que rodeaba la de ella cambió de posición. Él curvó el pulgar sobre la palma de Em, haciendo presión sobre el nudo de placer justo debajo de los rizos, aunando las sensaciones que sus caricias provocaban con la del dedo que le acariciaba la palma.

Aquello fue demasiado. La explosión que Em había esperado irrumpió en su interior con una brillante y ardiente llamarada, incendiando sus sentidos, dejándola física y mentalmente jadeante y tambaleante... y aun así no era suficiente.

Sin poder controlarse, se le cerraron los ojos. Y antes de que pudiera reunir la fuerza necesaria para volver a abrirlos, Jonas apartó las manos por completo, dejándola vacía y anhelante. Em notó que se movía detrás de ella y luego sintió que él guiaba la gruesa vara de su erección entre sus muslos, acomodando el glande en la entrada de su cuerpo.

Em abrió los ojos cuando él le rodeó las caderas con un brazo para sujetarla e inmovilizarla antes de empujar dura y profundamente en su interior, en su cuerpo, que se había rendido por completo a él.

Levantando la cabeza, Em emitió un grito jadeante, no de dolor sino de placer. De un placer tan intenso que la arrancó de este mundo y la envió a un mar de puras sensaciones.

Jonas sintió las oleadas de su clímax acariciándole la verga, pero quería y estaba resuelto a conseguir más de ella, mucho más.

Ahora era la parte más primitiva de Jonas la que le guiaba, la que dominaba por completo a su yo civilizado, y ésta no veía razón para no hacerla gritar de nuevo y todavía con más fuerza.

Se dispuso, todavía totalmente vestido, a la tarea. Sólo se había abierto la bragueta para tomarla, sabiendo que ella notaría, sentiría, la abrasión de la tela de sus pantalones contra las nalgas y la parte de atrás de los muslos, que vería y sentiría la manga de su camisa sobre su terso vientre mientras la sostenía para poder poseerla sin restricciones.

Para poder empujar con tanta fuerza como deseaba, tan profundamente como ella quería.

Y que Em lo quería, estaba fuera de toda duda; el suave jadeo ronco que escapaba de sus labios era música celestial para los oídos de ese hombre primitivo. Em le agarró el brazo con las manos, inclinándose hacia delante con cada empuje. Apartando la otra mano de la cadera de la joven, Jonas la llevó a su pecho y oyó el agudo grito que ella soltó cuando comenzó a juguetear con el pezón sin dejar de poseerla con fuerza.

Ella volvió a gritar, más fuerte esta vez, un grito jadeante que fue una primitiva y sensual bendición.

Pero él aún quería más.

Entonces, ella cayó hacia delante, apoyándose en un brazo.

Él se retiró, la alzó y, poniendo una rodilla sobre la cama, la hizo tenderse bocabajo en la colcha.

Sólo tardó un largo minuto en quitarse la ropa. Se sentía demasiado acalorado, demasiado grande y comprimido; tenía la piel recalentada y los músculos tensos y tirantes. Em seguía con los ojos cerrados y la mejilla apoyada sobre la blanda cama. No se movió cuando, desnudo, Jonas se acostó junto a ella.

Ignorando la palpitante urgencia de su erección, él le puso una mano en el hombro, deslizándole la palma por la espalda hasta la cintura, rastreando suavemente las exuberantes curvas de la cadera y las nalgas, acariciando la piel desnuda y todavía ruborizada que estaba descaradamente expuesta a su mirada.

Él se tomó su tiempo para recrearse con la visión de ese cuerpo dispuesto para la pasión, para que lo tomara y llenara con el aguijón de su deseo, con aquella rabiosa necesidad que crecía por momentos. Jonas asió las caderas de Em y la hizo arrodillarse sobre la cama, abierta para él. Se alzó sobre ella, y medio apoyado en un brazo, se colocó entre sus muslos y reacomodó las caderas contra sus nalgas.

Em estaba más que preparada.

Jonas se introdujo lenta y profundamente en ella y cerró los ojos cuando las sensaciones le abrumaron, cuando la apretada funda femenina volvió a ceñirle, bañándole con su pasión.

La sensación de la piel desnuda contra su ingle le había excitado antes, mientras estaba vestido. Al montarla ahora, piel desnuda contra piel desnuda, la sensación resurgió más provocativa aún, más intensamente primitiva.

Más profundamente excitante cuando ella se movió para unirse a él en aquella danza primitiva. Cuando Em movió las caderas contra él, debajo de él, Jonas deslizó toda la longitud de su miembro en su funda hasta que pensó que se mareaba, hasta que crepitaron las llamas y un fuego devorador le asaltó, haciéndole consumirse en la pasión.

Y en ella.

Al estremecerse sobre Em, inclinó la cabeza dejando que le reclamara la liberación. La sensación de la funda femenina en torno a él, ordeñando cada gota de su simiente, hizo que lo atravesara un fuego ardiente que le inundó la mente hasta casi hacerle desvanecer.

Exhausto, más saciado que nunca, Jonas cayó sobre ella. Y sintió que su parte primitiva, satisfecha por fin, se retiraba y le liberaba.

Sintió cómo la espalda de Em subía bajo su pecho cuando ella respiró hondo. Con el corazón todavía palpitando, con los músculos estremeciéndose bajo su piel, Jonas le besó suavemente el hombro y se dejó caer sobre el colchón a su lado, totalmente rendido.

Rendido a ella, y al sueño.

Medio cubierta por el cuerpo de Jonas que como una enorme y cálida manta de músculos la aprisionaba contra el colchón, con aquel peso reconfortante y tranquilizador sobre ella, Em suspiró mentalmente y se dejó llevar por un mar dorado. Nunca antes había sido así, tan flagrantemente posesivo. Nunca había sentido nada comparado con aquella dicha saciada que le recorría las venas, deslizándose a través de su cuerpo, llenando y reconfortando su corazón y su alma.

Se sentía completamente deseada, completamente necesitada, como si fuera una parte fundamental en la vida de ese hombre.

Relajada y reconfortada en un mundo nebuloso entre el paraíso y la tierra, Em pudo por fin pensar... y ver claramente. La claridad y la subsiguiente certeza la invadieron. Ella había estado haciendo preguntas para saber qué era el amor, pero ahora sabía que era a la vez igual y diferente para todo el mundo, para cada pareja.

Para ella y para Jonas, el amor —ahora lo sabía con certeza— siempre había estado allí. Era la desinteresada devoción que había hecho bajar las defensas de Jonas, dejándola ver lo mucho que ella significaba para él. No dudaba que Jonas había tenido la intención de reconfortarla y distraerla, pero cuando se enfrentó a la fuerza de su deseo, él no se había contenido y había hecho lo necesario para captar su atención por completo.

Aquel interludio había significado muchas cosas: posesión, compasión, excitación y amor.

Algo que seguía sintiendo en el tierno beso que él le dio en el hombro.

Y en la forma en que la abrazaba mientras dormía.

El mensaje que él le había revelado en esos acalorados momentos había sido más claro que el agua. La quería, la necesitaba, y daría cualquier cosa que ella o el destino le exigiera para tenerla, abrazarla, protegerla y cuidarla.

Desde el momento en que le conoció, su dedicación a esos dos últimos aspectos había sido inquebrantable. Pero sólo esa noche Jonas le había permitido ver cuánto significaba ella para él. Y Em sabía que aquella revelación no era algo que pudiera tomarse a la ligera; era algo a lo que aferrarse, a lo que anclarse, en lo que sostenerse; un mástil de certeza que le hacía verlos a los dos atravesando todas las tormentas de la vida.

Mientras la luz de la luna derramaba su tierna bendición sobre ellos, ella se dio cuenta de algo que le hizo esbozar una sonrisa.

Una creencia que era inquebrantable e incuestionablemente clara.

No había que tomar ninguna decisión.

El amor, para ellos, era algo seguro, algo que compartirían y protegerían.

Su corazón y su alma sabían que aquello era verdad y, como era una Colyton, también lo sabía su mente.

19

Todos estuvieron de acuerdo en que el tesoro se encontraba en el lugar más seguro.

A la mañana siguiente, tras reunirse con Lucifer y Phyllida en Colyton Manor, Jonas se dirigió a Grange por el sendero del bosque.

Tras dejar a Em al amanecer, se había dirigido a casa para cambiarse de ropa y pensar. La noche anterior se había desarrollado de una manera totalmente distinta a la prevista; al proponerse distraer a Em del intento de robo, Jonas se había olvidado de que él mismo tendría una reacción a lo ocurrido al pensar que ella habría corrido peligro si se hubiera tropezado con el ladrón en plena acción. Su respuesta a ese pensamiento había hecho que su parte más primitiva tomara el control de inmediato. Más tarde se había sentido un tanto preocupado por la reacción de Em, pero por la sonrisa satisfecha que curvaba los labios de la joven cuando él abandonó su cama esa mañana, sabía que no le había hecho daño.

Y estaba agradecido por eso. Dado su estado actual, Jonas sabía que no sería capaz de aceptar ningún intento de distanciamiento por parte de ella con cierto grado de ecuanimidad.

Después de considerar la situación, había ido a Colyton Manor para desayunar y poner al corriente a Lucifer, Phyllida y el resto de la familia de los últimos acontecimientos.

El aspecto más preocupante del asunto era que el intruso había elegido el momento oportuno para llevar a cabo el robo. Quienquiera que hubiera registrado las habitaciones de Em conocía no sólo la existencia del tesoro, sino también su escondite. En concreto sabía que la única manera de entrar en la celda de la posada era con la llave. Jonas había examinado la cerradura de la celda antes de abandonar la posada esa mañana y no había encontrado marcas en el cerrojo ni la más mínima señal de allanamiento.

Todos los habitantes del pueblo sabían que la celda era inexpugnable. Todos los que habían estado en la posada cuando llevaron el tesoro habían podido verlo y sabían dónde estaba guardado.

Sabía que el día anterior, la historia comenzó a extenderse más allá de los límites del pueblo, pero cuando la habitación de Em fue registrada, sólo la conocían los que vivían en la localidad, aquellos que se enteraron de la existencia del tesoro la primera noche, por lo que debía de ser uno de ellos quien había intentado robar la llave.

Aunque las habitaciones de Em estaban vacías la mayor parte del día, no ocurría lo mismo con la escalera de servicio y las zonas adyacentes. Alguien que no perteneciera al personal de la posada sólo podría colarse allí en un determinado momento sin ser descubierto.

La otra manera de llegar a las habitaciones de Em era por las escaleras principales, pero Edgar siempre estaba detrás de la barra del bar y, además, mucha gente entraba y salía del salón a todas horas; sencillamente era imposible imaginar que alguien que no tuviera derecho a estar en el piso de huéspedes de la posada hubiera logrado subir y bajar más tarde sin que nadie lo hubiera visto y mencionado el asunto.

En resumen, no podía tratarse de un forastero que hubiera oído las noticias y que de algún modo supiera cómo acceder a las habitaciones de Em y cuándo sería seguro hacerlo; así pues, quienquiera que buscara la llave era un conocido, alguien que estuvo allí la primera noche, alguien que ovacionó y brindó a la salud de los Colyton.

El sospechoso principal era claramente Harold Potheridge. El hombre había rondado por el pueblo, en especial por la posada, lo suficiente para saber dónde, cómo y cuándo debía buscar.

Con las manos en los bolsillos y la mirada clavada en el suelo, Jonas caminaba pensativamente por el sendero del bosque.

Lucifer se había mostrado de acuerdo con su valoración de la situación y le había ofrecido a su mozo, Dodswell, para vigilar a Potheridge. Al escuchar las noticias, Dodswell había estado encantado de encargarse de la tarea, pues era una de esas personas que poseía la extraña habilidad de pasar desapercibida.

Entretanto, Jonas tenía intención de pasar un par de horas resolviendo sus asuntos y, después de almorzar, regresaría a la posada y aprovecharía el momento de la sobremesa para interrogar a Hilda y a sus chicas, en especial a las doncellas y las lavanderas, y averiguar si alguna de ellas había visto a algún intruso en las escaleras de servicio.

El tesoro estaba seguro mientras la llave estuviera a buen recaudo. La había dejado en su habitación en Grange. A nadie se le ocurriría buscarla allí, y Grange, que contaba con bastante personal, y donde no había gente extraña que complicara el asunto, sería un lugar mucho más difícil de registrar que la posada.

Una rama crujió a sus espaldas.

Comenzó a girarse y...

El dolor estalló en su cabeza.

No vio nada, no oyó nada. Lo último que supo fue que el suelo se acercaba rápidamente a él.

Con una lista de tareas en la mano, Em se dirigía a la cocina de la posada en busca de Hilda para hablar del menú de la semana siguiente, cuando percibió un movimiento más allá de la ventana.

Miró con atención y vio a Jonas tambaleándose y zigzagueando con una mano en la cabeza mientras intentaba cruzar el patio trasero. La joven ya había salido por la puerta y echado a correr hacia él antes de pensarlo siquiera. Hilda, sus chicas y John Ostler le pisaban los talones.

—¡Jonas!

Em le cogió por la chaqueta y le sujetó con firmeza cuando él se detuvo, tambaleándose, mientras cerraba los ojos presa de un evidente dolor.

—Alguien me golpeó en la cabeza. En el sendero del bosque.

—Apóyese en mí. —John se pasó el brazo de Jonas por los hombros para sostenerle.

Em se apresuró a cogerle el otro brazo y se lo puso sobre los hombros.

—Llevémosle dentro.

Hilda ordenó que prepararan una palangana con agua y algunos paños y corrió delante de Em, Jonas y John, instando a sus chicas a que se apresuraran.

Para cuando Em y John hicieron sentar a Jonas en una silla ante la mesa de la cocina, Hilda ya lo tenía todo dispuesto. Escurrió un paño en la palangana y lo aplicó con suavidad en la cabeza de Jonas. Le separó el espeso pelo y miró con atención; luego volvió a aplicar el paño en la hinchazón.

—Tiene un buen chichón.

Em estaba deseosa de encargarse ella misma de Jonas, pero Hilda era toda una experta.

Jonas hizo una mueca mientras la cocinera le curaba, y luego entrecerró los ojos y miró a Em.

—Envía a John a buscar a Lucifer y a Filing.

Ella asintió con la cabeza. Alzó la mirada y vio que John, que estaba parado en la puerta, había escuchado las palabras de Jonas. El hombre se despidió con un gesto y se marchó.

Cuando Em se volvió hacia Jonas, él buscó su mirada de nuevo.

—Pregúntale a Edgar quién ha estado en la barra entre las... —Se interrumpió—. ¡Maldita sea! No sé cuánto tiempo he estado inconsciente. —Frunció el ceño con gesto sombrío: luego suavizó la expresión—. Pregúntale a Edgar qué hombres han estado en el salón y no se han marchado antes de las diez.

Em asintió con la cabeza y se fue.

Regresó mientras Hilda envolvía la cabeza de Jonas con un ancho vendaje y ataba los extremos.

—Esto servirá por ahora. Sin duda, Gladys le aplicará algún bálsamo cuando le eche un vistazo a la herida en Grange.

Jonas hizo una mueca.

—Sin duda.

Se escucharon unos pasos apresurados fuera de la cocina antes de que Phyllida, con Lucifer pisándole los talones, apareciera en el umbral. La joven clavó los ojos inmediatamente en Jonas y luego miró a Em.

—No te preocupes, tiene la cabeza muy dura.

Jonas le lanzó una mirada a su hermana y soltó un gruñido.

—Hemos venido por el sendero del bosque —dijo Lucifer—. El asaltante te estuvo esperando. Encontré el lugar donde se escondió, justo al lado del camino. La tierra es lo suficientemente blanda para que las huellas quedaran impresas en ella. En cuanto pasaste junto a él, saltó sobre ti.

—Eso pensaba. —Jonas apoyó la cabeza en las manos—. Estaba absorto en mis pensamientos y no presté atención a nada de lo que me rodeaba. Me registró los bolsillos. Estaban del revés cuando recobré el conocimiento.

—Lo importante —dijo Lucifer— es que quienquiera que te golpeara sabía que estabas en Manor y que tomarías el sendero del bosque cuando salieras de casa.

Phyllida frunció el ceño y se dejó caer en una silla.

—¿Un vecino?

Lucifer hizo una mueca.

—Al menos debe ser alguien que conoce las costumbres de Jonas lo suficiente para saber que, por lo general, toma ese camino.

Em se hundió lentamente en una silla al lado de Jonas. ¿Se convertiría el tesoro Colyton en una maldición?

En ese momento, entró Filing en la estancia y saludó a todos con un gesto de cabeza.

—Acabo de enterarme. —Lanzando una mirada a Em, añadió—: John me ha avisado. No le he dicho nada a Henry, le he dejado estudiando en la rectoría. He pensado que no querrías que supiera nada por el momento.

—No... Sólo serviría para que se preocupara. —Esbozó una débil sonrisa—. Gracias.

Jonas alargó el brazo por encima de la mesa y le cogió la mano.

—Tú tampoco tienes por qué preocuparte. Tarde o temprano descubriremos a quienquiera que haya hecho esto, a quienquiera que esté buscando la llave para llegar al tesoro. Este pueblo es demasiado pequeño para que alguien pueda ocultarse demasiado tiempo. —Le sostuvo la mirada—. ¿Qué te ha dicho Edgar?

Em hizo una mueca.

—A las diez sólo quedaban el viejo señor Weatherspoon y sus colegas sentados a una de las mesas del salón. No había nadie más, aunque desde entonces ha entrado más gente a tomar algo, pero la mayoría no se queda mucho tiempo a esas horas.

Jonas lanzó un gruñido.

—Eso no ayuda mucho. Y no creo que fuera el señor Weatherspoon quien me golpeó la cabeza.

Lucifer se apoyó en la mesa.

—Yo tampoco. En teoría, tiene que haber sido un hombre robusto, alguien que además supiera dónde debía esperarte. Pero ¿se trata realmente de un vecino?

—Incluso aunque robara el tesoro —dijo Phyllida—, ¿qué haría con él? Tendrían que encontrar la manera de venderlo y, aunque supiera cómo hacerlo, es probable que acabáramos atrapándolo. —Negó con la cabeza y miró a Em—. Y además, debo añadir que me resulta muy difícil imaginar a cualquiera de los vecinos robando a uno de los nuestros, y mucho menos a los Colyton. Para el pueblo, para todo el pueblo, tu familia es especial, Em. Todo lo que he oído decir desde que revelaste tu identidad sugiere que todos están encantados, incluso emocionados, de tenerte a ti y a tu familia en Colyton. Y consideran la historia del tesoro como un cuento maravilloso. Cualquier vecino que intentara robarlo se arriesgaría a convertirse en un proscrito en el pueblo, a sufrir el desahucio social, por así decirlo. Así que no creo que sea alguien de aquí.

Filing asintió solemnemente con la cabeza.

—Estoy de acuerdo.

Em también asintió con la cabeza, pero con más lentitud.

—En general, estoy de acuerdo, pero... —Buscó la mirada de Jonas—. El señor Coombe vino a visitarme ayer. Quería que le confiara las monedas del tesoro para evaluarlas y venderlas. Creo que hubiera insistido mucho en ello de no haberle parado los pies.

Jonas soltó un bufido. Miró con el ceño fruncido sus manos entrelazadas.

—Sea como fuere —dijo—, a menos que esté más desesperado de lo que creemos, es poco probable que Silas haya recurrido a la fuerza física, no es su estilo. Y creo que quienquiera que me haya golpeado es un poco más alto que él. Más robusto.

—La verdad es que —dijo Lucifer— es muy poco probable que sea un vecino. Hay muchas posibilidades de que se trate de Harold Potheridge.

Em hizo una mueca.

—No ha estado en la posada esta mañana... Le pregunté a Edgar.

—Aparte de Potheridge —dijo Jonas—, el único forastero en el pueblo es Hadley. —Miró a Em—. ¿Hay más huéspedes en la posada?

Ella negó con la cabeza.

—Los que se hospedaron anoche, se fueron por la mañana temprano, salvo Hadley, pero él tenía intención de quedarse desde el principio, mucho antes de que encontráramos el tesoro.

—Creo —dijo Lucifer, apartándose de la mesa— que podría ser alguien que esté de paso por el pueblo. Veré qué puedo descubrir.

—Te acompañaré —dijo Filing.

Jonas asintió con la cabeza e hizo una mueca.

Em intercambió una mirada con Phyllida y luego se levantó.

—Y tú —dijo ella, dirigiéndose a Jonas— deberías subir a mi salita y descansar un poco.

Jonas trató de decirle que estaba bien donde estaba, pero Hilda intervino y le dijo que comenzaba a estorbar allí y que ella debía seguir trabajando. Expulsado de la cocina, Jonas intentó negar que necesitara descansar un rato, pero entre Phyllida y Em lo condujeron por las escaleras de servicio hasta los aposentos de Em.

La joven lo guio con determinación hasta la salita; había cogido una almohada de la cama al pasar por su dormitorio, y la colocó en el sofá.

—Tiéndete aquí. Podrás descansar un rato sin que nadie te moleste.

Con la cara más pálida que antes y los labios apretados, Jonas se dejó caer lentamente en el sofá. Luego, sin más protestas, se tendió y apoyó la cabeza en la almohada.

Em intercambió otra mirada, esta vez más preocupada, con Phyllida.

Envolviéndose en el chal, Phyllida se sentó en uno de los sillones.

—Me quedaré un rato con él.

Em asintió con la cabeza.

—Iré a buscar una jarra de agua y un vaso y traeré mis libros de cuentas. Puedo encargarme de la contabilidad tan bien aquí como en mi despacho.

—No hay prisa —dijo Phyllida—. Me quedaré hasta que regreses.

Las dos miraron a Jonas. Había levantado un brazo para proteger los ojos de la luz, y no respondió. No les dijo que se estaban preocupando sin necesidad.

Em se dio la vuelta y salió de la estancia. Cerró la puerta suavemente a su espalda y bajó de manera apresurada las escaleras principales.

Lucifer regresó una hora más tarde. Jonas estaba descansando, pero no dormido. Apartó el brazo de la cara, pero no movió la cabeza cuando su cuñado entró en la salita y cerró suavemente la puerta.

Al ver que Jonas tenía los ojos abiertos, Lucifer miró a Em, sentada en un sillón con los libros de cuentas abiertos en el regazo.

—Phyllida ha vuelto a casa para ocuparse de los niños —dijo Em.

Asintiendo con la cabeza, Lucifer se dejó caer en otro sillón para que Jonas pudiera mirarle a la cara con más facilidad.

—Encontré a Hadley dibujando en la iglesia. Filing me dijo que ya estaba allí cuando él fue a atender el altar a las nueve y que no se había movido del sitio. Me acerqué y le pregunté si podía ver su trabajo. Me lo permitió sin la menor objeción. Estaba usando carboncillo y los trazos parecían recientes. Había dibujado mucho y aunque no sé con qué rapidez trabaja, había hecho los suficientes trazos como para haber estado dedicándose a ello durante toda la mañana. En resumen, cuando le pregunté y me dijo que llevaba allí desde las nueve, no vi ninguna razón para dudar de él. Así que podemos descartar a Hadley como sospechoso.

—¿Y qué has averiguado sobre Potheridge? —preguntó Jonas.

—Potheridge es harina de otro costal. —Lucifer adoptó una expresión sombría—. Abandonó la casa de la señorita Hellebore en torno a las nueve, tomó el camino y nadie lo ha visto desde entonces. Podría estar dando un largo paseo, por supuesto, pero...

Em soltó un bufido.

—No es de los que dan largos paseos por el campo, le gusta más montar a caballo.

Lucifer negó con la cabeza.

—Le pregunté a John Ostler. Potheridge no ha alquilado un caballo.

—Así que, como todos pensamos —dijo Jonas, dejando caer la cabeza en la almohada—, el principal sospechoso es Harold Potheridge.

—Sí, es lo más probable —coincidió Lucifer—. Sin embargo, tampoco he podido localizar a Silas. Por lo que he averiguado, nadie lo ha visto desde esta mañana después de las nueve... Así que también deberíamos incluirlo en la lista de sospechosos. Al menos por ahora.

A Em le resultó difícil, si no imposible, concentrarse en nada más mientras Jonas permanecía postrado en el sofá.

Él la distraía mucho más de lo normal. Todos sus sentidos, todo su ser, estaban concentrados en él.

Nunca se había considerado una persona que se preocupara obsesivamente, pero aunque sabía —y él le había asegurado— que su estado no revestía gravedad, hasta que Jonas no se hubiera recuperado por completo, parecía que no sería capaz de contener ni amortiguar aquella instintiva preocupación.

Por consenso general, Jonas permaneció en el sofá de Em hasta que se le aclararon los sentidos y el martilleo que sentía en la cabeza se convirtió en un dolor sordo. Aunque estaría mucho más cómodo en la cama, o por lo menos en algún sitio amplio donde poder acomodar mejor su enorme cuerpo, incluso incapacitado, quería mantenerse cerca de Em; necesitaba saber que ella estaba a salvo. Y la manera más fácil de conseguirlo, dado su débil estado, era haciendo lo que ella deseaba.

Durante el resto de la mañana y el almuerzo y la tarde, Em entró y salió de la salita varias veces para ver cómo estaba. Le hizo tomar un poco de caldo y, cuando él se lo pidió, le llevó un sándwich que Hilda preparó especialmente para él.

A las tres de la tarde, Jonas se sentía mucho mejor, aunque todavía le resultaba difícil concentrarse lo suficiente para pensar.

Cuando Em volvió a asomar la cabeza por la puerta, él estaba sentado en un sillón, y al verla le brindó una sonrisa reconfortante.

La joven frunció el ceño y entró.

—¿Por qué no estás descansando?

Él sonrió de oreja a oreja.

—Me encuentro mucho mejor y me voy a casa. —Apoyándose en los brazos del sillón se puso lentamente en pie, y se sintió satisfecho al ver que mantenía el equilibrio y que no le daba vueltas la cabeza.

Ella frunció el ceño más profundamente y apretó los labios.

Antes de que pudiera protestar, Jonas le dio un toquecito en la punta de la nariz.

—No discutas. No puedo quedarme aquí, en tus habitaciones, más tiempo. No en las circunstancias actuales.

Ella consideró sus palabras y luego soltó un bufido.

—Al menos, deja que coja el chal y te acompañe. —Se dirigió al dormitorio.

No es que Jonas no quisiera disfrutar de la compañía de Em a solas, pero cuando ella regresó, ajustándose un chal sobre los hombros, le dijo:

—Creo que John Ostler debería acompañarnos, por si acaso me tropiezo en el camino.

El brusco asentimiento de Em sugería que ella había pensado lo mismo.

—Podemos recogerlo de paso. Creo que está en la cocina.

Jonas permitió que Em lo condujera por las escaleras de servicio. Insistir en que John les acompañara era más por el beneficio de la joven que por el suyo propio. No quería que ella regresara sola a la posada, no mientras su asaltante siguiera acechando por allí.

John permanecía en la cocina. Dodswell acababa de llegar y se ofreció a vigilar los establos de la posada mientras éste les acompañaba a Grange.

—Todavía no he visto a Potheridge —dijo Dodswell. Pronunció el nombre del tío de Em como si éste fuera un criminal convicto—. La señorita Sweet dice que no ha regresado tampoco a casa de la señorita Hellebore. Thompson comentó que lo había visto tomar la carretera en dirección a Ballyclose a eso de las once, pero sir Cedric estaba en casa y no le ha visto.

Jonas iba a asentir con la cabeza, pero recordó justo a tiempo lo doloroso que le resultaba tal gesto.

—Avísame cuando regrese Potheridge. Estaré en Grange.

—Muy bien. —Dodswell inclinó la cabeza y los siguió fuera. Luego se dirigió a los establos mientras ellos tres, Em, Jonas y John, tomaban la carretera que conducía al sendero del bosque.

Cuando llegaron a Grange, Jonas apretaba la mandíbula para contener el dolor. Em observó la reveladora tensión, pero se mordió la lengua y contuvo la reprimenda. ¿Acaso serviría de algo? Si la hubieran golpeado a ella, también querría acostarse en su propia cama.

Pero antes de poder tumbarse en la cama, Jonas tuvo que someterse primero a los tiernos cuidados de Gladys, con Cook ayudándole en la tarea.

Em observó con alivio la insistencia de las mujeres y la renuente rendición de Jonas. Ya que tenía que perderle de vista, se quedaría mucho más tranquila si lo dejaba bajo la atenta mirada de Gladys.

De pie junto a la cama, observó cómo Gladys le quitaba con cuidado el vendaje que Hilda había puesto sobre la herida, y le aplicaba un bálsamo.

Em se aferró las manos con fuerza para no agarrar y apretar una de las de Jonas y se obligó a permanecer quieta mientras percibía cada estremecimiento, cada mueca de dolor y la línea fruncida que parecía estar grabada entre las cejas masculinas.

Em todavía se sentía... tensa. Alerta, lista para reaccionar, con los sentidos todavía centrados en él. Si algo había aprendido aquel día era cuánto significaba Jonas para ella, lo increíblemente precioso que era ahora para ella.

Lo que le producía una gran conmoción. Era una experiencia nueva, un tumulto emocional que jamás había padecido antes. Nunca se había sentido tan encariñada por otro adulto que no estuviera emparentado con ella por lazos sanguíneos.

Aunque tal preocupación no le resultaba sorprendente, una parte de ella estaba conmocionada por la profundidad de sus sentimientos, la intensidad de su respuesta. Incluso con su relativa inexperiencia, sabía demasiado bien que esa intensidad era directamente proporcional a su vínculo, a lo mucho que ahora le importaba Jonas.

A lo mucho que le amaba.

Aunque su alma Colyton siempre daba la bienvenida a nuevas experiencias, ésa era una de las que hubiera querido prescindir. Ver sufrir a Jonas de esa manera, saber que ella no podía hacer nada para aliviar su dolor, le encogía el corazón.

Finalmente, Gladys quedó satisfecha. Dio un paso atrás y miró a su paciente.

—Descanse un poco y, si tiene sed, tómese la limonada y el agua de cebada que le he traído. Subiré a ver cómo está antes de que preparen la cena.

Tendiéndose en la cama, Jonas esbozó una débil sonrisa.

—Gracias, querida Gladys. Prometo cumplir al pie de la letra todas tus órdenes.

Con un escéptico bufido, Gladys inclinó la cabeza cortésmente hacia Em y se fue, cerrando la puerta silenciosamente tras ella.

Jonas miró la puerta con el ceño fruncido. Gracias a Dios, resultaba evidente que Gladys sabía más de lo que parecía.

Desplazando la mirada a la cara más bien pálida de Em, curvó la boca en una sonrisa. Le tendió la mano, haciéndole señas con los dedos para que se acercara.

—Ven, siéntate a mi lado.

Ella se acercó y, deslizando los dedos en su mano, se sentó en el borde de la cama. Jonas alzó la mirada hacia ella, sonrió y de una manera lenta y deliberada tiró de ella hasta que sus labios se encontraron en un tierno, cálido y conmovedor beso.

Finalizó con un suspiro, uno que Em emitió y que él sintió.

En vez de dejar que ella volviera a incorporarse, Jonas la rodeó con los brazos y la atrajo hacia su cuerpo. Esperó a que ella dejara de retorcerse y luego la hizo apoyar la frente en su pecho.

La abrazó con firmeza.

Para extraer consuelo y calor de su cercanía, de una cercanía que era más que física. Una que hacía que una bendita calma penetrara en sus extremidades, atravesando inexorablemente su cuerpo. Le encantaba sentirla cálida y viva entre sus brazos, sentir su suave forma femenina contra él.

Abrazándole, deseándole de una manera que no tenía nada de físico, necesitándole, aceptándole como era.

En aquel largo y silencioso momento de paz, él sintió y aprendió más del poder del amor, de las fuerzas vinculadas a las debilidades. Del consuelo y el apoyo que eran la otra cara de la moneda del amor, de la vulnerabilidad que conllevaba aquel sentimiento.

Y se sintió bendecido.

Em permaneció en sus brazos, escuchando el firme palpitar de su corazón debajo del oído. Un sordo latido que era infinitamente tranquilizador, que la anclaba, haciéndola sentir a salvo y que borraba la tensión de las últimas horas de aquel angustioso día.

La joven no cerró los ojos mientras su mente vagaba por aquellos intrincados caminos que no había pisado antes. Viendo, sospechando, sabiendo, alcanzando a través de la tranquila intimidad que los acunaba, que los unía, un lugar, un estado donde el mundo parecía dorado.

Donde sólo existía aquella bendita calma; el latido de un corazón que no era el suyo, pero con el que sus sentidos estaban compenetrados; una presencia física y mucho más, una penetrante sensación de fuerza compartida, de paz mutua y compartida.

Em no supo cuánto tiempo permaneció entre los brazos de Jonas, aislada del mundo, cuánto tiempo permaneció envuelta en aquella aura de paz, pero finalmente se movió. Levantó la cabeza y estudió la cara de Jonas, sintiéndose renovada y revitalizada.

Él tenía los rasgos tan relajados, tan libres de dolor, que Em pensó que se había quedado dormido. Le estudió el rostro, luego se inclinó y le dio un tierno beso en la barbilla; vaciló un instante y luego repitió la caricia en sus labios.

Que se curvaron suavemente.

Jonas entreabrió los ojos lo suficiente para que ella pudiera ver el destello oscuro de sus ojos.

—¿Te vas? —La voz de Jonas era profunda y somnolienta.

Ella sonrió.

—Debería. —Deslizó la mirada por el vendaje que le cubría la cabeza—. Tienes que descansar para ponerte mejor.

—Lo haré, pero más tarde. —Levantando una mano, le colocó un rizo suelto detrás de la oreja—. Como siempre, iré a verte esta noche aunque quizá me retrase un poco.

Ella frunció el ceño, abrió la boca para protestar, pero él la silenció poniéndole un dedo en los labios.

—No... No discutas. Ahora estás aquí conmigo. Por la misma razón, yo estaré contigo esta noche.

Ella lo miró a los ojos y comprendió lo que le estaba diciendo. Jonas sabía cómo se sentía ella y sentía lo mismo. Jonas tenía razón; no podía discutir con él, no si quería reclamar los mismos derechos para cuidarle y protegerle que él insistía en reclamar sobre ella.

—Muy bien... Pero tienes que prometerme que tendrás cuidado. En especial si esta noche vienes por el sendero del bosque.

Jonas sonrió.

—No volverá a atraparme. La última vez iba distraído y, de todas formas, ahora ya sabe que no llevo la llave conmigo, no tiene razones para volver a registrarme.

Em hizo una mueca.

—Supongo que no.

—Seguro que no. Por cierto... —Abrió los brazos, liberándola, y giró la cabeza hacia la mesilla de noche. Em se levantó de la cama arqueando las cejas—. Abre el cajón —le dijo—. La llave está ahí.

La joven abrió el cajón y vio la llave a la derecha.

Jonas se hundió de nuevo sobre las almohadas.

—Si alguna vez la necesitas, y yo no estoy aquí, es ahí donde la encontrarás.

Em le miró y luego cerró el cajón.

—Está segura donde está.

Jonas volvió a cerrar los ojos. Ella se inclinó y le besó una última vez.

—Te veré esta noche.

—Hmm —repuso él, curvando suavemente los labios.

Mucho más tranquila que cuando había llegado, Em salió de la habitación y cerró la puerta sin hacer ruido.

Eran casi las nueve de la noche cuando Dodswell se encontró con ella en el salón de la posada y le tendió una nota.

—De su alteza —dijo él con una sonrisa de oreja a oreja—. Me dijo que tenía que entregársela personalmente a usted y a nadie más, y que no se me ocurriera irme a la cama sin habérsela dado antes.

Em sonrió.

—Gracias. —Se mordió los labios y no le preguntó sobre la salud de su «alteza». Sin duda, encontraría dicha información en la nota.

Se la metió en el bolsillo, donde le pareció que ardía, y se obligó a charlar un rato más con los últimos huéspedes que habían decidido convertir Red Bells en su residencia temporal.

Las noticias sobre la reapertura de la posada y las buenas comidas que se servían allí se extendían más rápido de lo que ella se había atrevido a esperar. Ahora alquilaban dos habitaciones más, y todas las noches estaban al completo. Las chicas que habían contratado como doncellas estaban saturadas de trabajo, y Em iba a tener que contratar a dos más en los próximos días.

Observó cómo los huéspedes subían las escaleras, luego se metió con rapidez en su despacho y sacó la nota de Jonas del bolsillo. La desdobló y alisó la hoja antes de inclinarla hacia la luz que emitía la lámpara.

Querida Em,

Con gran pesar mío, tengo que informarte de que la cabeza todavía sigue dándome vueltas cada vez que intento incorporarme y que, dada mi situación actual, no puedo arriesgarme a ir a la posada esta noche.

Le he pedido a Lucifer que se pase más tarde y se asegure de que todo va bien.

Te veré mañana... Hasta entonces, toma todas las precauciones posibles.

Siempre tuyo, etc, etc.

JONAS

Em leyó la nota dos veces y luego soltó un bufido.

—Tiene gracia que me diga que tome todas las precauciones posibles cuando es él quien tiene un chichón del tamaño de un huevo en la cabeza.

Se quedó mirando la nota durante un minuto —pensando y debatiendo consigo misma—, y luego se dio la vuelta y se sentó en la silla detrás del escritorio. Cogió un papel en blanco y abrió el tintero, mojó la punta de la pluma y escribió unas líneas con rapidez.

Después de secar la tinta, dobló la hoja y anotó el nombre del destinatario. Salió del despacho y buscó a John Ostler para que llevara la misiva a Grange.

—No espero respuesta —le dijo.

Él se despidió con la mano y se dirigió con grandes zancadas al bosque.

Em miró a los oscuros y densos árboles, y se estremeció interiormente. Se giró en redondo y se apresuró a volver al cálido interior de la posada.

Poco después de las diez, que era la hora habitual de cierre, Lucifer entró en la posada y se acercó a la barra para invitar a los acostumbrados rezagados a abandonar el establecimiento, una tarea que Jonas había realizado durante las últimas semanas. En cuanto salió el último cliente, Lucifer se despidió de Em y se marchó a su casa.

Eran casi las once cuando Em se despidió de Edgar y cogió la única lámpara encendida antes de retirarse. Mientras subía las escaleras, la joven se negó a replantearse sus planes, los que estaba a punto de llevar a cabo. No era que se cuestionara si debía o no ponerlos en práctica, sino si tendría el valor suficiente para hacerlo.

Atravesó sus aposentos en dirección a las escaleras de servicio y subió al ático para comprobar que las gemelas, Issy y Henry, estaban profundamente dormidos. Sanos y salvos.

Al regresar a sus habitaciones, recogió algunos artículos de primera necesidad y los envolvió en una vieja bufanda. Luego se colocó su chal más grueso sobre los hombros para protegerse del frío y recogió la lámpara, comprobando el nivel de aceite. Al ver que era suficiente, ajustó la mecha para que la lámpara emitiera un suave resplandor, suficiente para que iluminara el camino. Después, sin nada más que revisar o hacer, bajó las escaleras, pasó ante el despacho y salió por la puerta trasera de la posada.

La cerró con cuidado tras ella. Entonces, sin pensárselo dos veces, atravesó el patio a paso vivo y se encaminó hacia el sendero del bosque.

Se obligó a pensar en otras cosas: en la iglesia bajo la luz del sol, en la calidez de la cocina de Hilda, en el febril ajetreo habitual del lavadero, en el murmullo de voces en el salón... En cualquier cosa que la distrajera de las negras sombras bajo los árboles que abrumaban sus sentidos.

No quería pensar en la oscuridad. No es que le diera miedo exactamente; era sólo que tendía a quedarse paralizada cuando se dejaba envolver por las sombras oscuras. Mantuvo los ojos clavados en el pálido resplandor que la lámpara arrojaba sobre el camino, concentrándose en caminar, en poner un pie delante del otro, hasta que llegó a la intersección con el camino principal y giró hacia el sur, hacia Grange.

La enorme mansión apareció ante ella, más allá del límite del bosque. Respiró hondo, sintiéndose más tensa de lo que le gustaría, luchando para no dejar que las sombras la distrajeran, evitando mirar de soslayo a las espectrales formas bajo las ramas de los árboles.

Em sintió que se le aceleraba el corazón y se le subía a la garganta. Se sintió impulsada a levantarse las faldas y correr, escapar del camino, pero estaba resuelta a no irrumpir como una histérica en la habitación de Jonas.

Jonas.

Conjuró en su mente una imagen de él. Se concentró en ella para no permitir que su alma se hundiera, se aferró con fuerza a aquella visión, dejando que le inundara los sentidos, y no pensó en nada más mientras apretaba el paso y luchaba contra el insidioso tirón de la oscuridad.

Siguió andando bajo las ramas de los árboles, con la respiración todavía jadeante, pero más tranquila. Siguió mirando fijamente el resplandor de la lámpara, moviendo los pies con más seguridad, con más firmeza, con los sentidos enfocados en la imagen de Jonas que resplandecía en su mente.

Entonces llegó al claro, iluminado por la débil luz de la luna, lejos de los árboles. De la oscuridad. Casi pudo sentir cómo desaparecían las punzadas de miedo que la atenazaban, evaporándose mientras atravesaba los senderos del huerto de Grange.

Se dirigió directamente a la entrada trasera. Giró el picaporte, abrió la puerta y entró. Había una vela encendida a la izquierda, en el tocador, como si estuviera esperándola. Sonrió para sí misma y bendijo a Mortimer para sus adentros. Apagó la vela, pues prefería llevar su propia lámpara arriba.

Contraviniendo descaradamente todas las normas del decoro, Em le había escrito directamente a Mortimer y le había pedido sin rodeos que dejara abierta la puerta trasera, diciéndole que quería ir a ver cómo estaba Jonas antes de retirarse a dormir.

Lo que era totalmente cierto.

Cerró la puerta y volvió a colocarse el chal, recogió la lámpara y, silenciosa como un ratón, cruzó la casa hasta las escaleras principales y las subió.

La puerta de Jonas estaba cerrada. Cubrió la lámpara con la mano y la abrió. Lanzó una mirada al interior y lo vio tumbado bajo las sábanas. La luz de la luna entraba a raudales por la ventana, iluminando la estancia. Em apagó la lámpara, entró en el dormitorio y cerró la puerta sin hacer ruido.

Puso la lámpara en el suelo, junto a la pared, y se acercó a la cama. Jonas estaba dormido, pero inquieto. Observó que se removía, girando la cabeza sobre la almohada. No dejaba de agitar los brazos y las piernas. Estaba desnudo bajo las sábanas y no llevaba ya el vendaje alrededor de la cabeza, por lo que ahora no parecía herido, aunque sí intranquilo.

Aquella somera observación confirmó las suposiciones de la joven, reafirmándola en su determinación. Puso el pequeño fardo —que contenía un cepillo y una muda— sobre el tocador y comenzó a desatarse las cintas del vestido.

Le llevó unos minutos quitarse la prenda y deshacerse de las enaguas. Luego se quitó las medias y las ligas. Al sentir el aire fresco de la noche, vaciló, pero entonces se apresuró a sacarse la camisola por la cabeza.

Desnuda, levantó las sábanas por un lado de la cama —el lado en el que solía dormir— y se deslizó debajo.

El calor la envolvió. Jonas no tenía fiebre, pero su enorme cuerpo irradiaba una familiar y acogedora calidez. Instintivamente, se acurrucó contra él, intentando no molestarle, intentando reconfortarle simplemente con su presencia.

Él la sintió enseguida. Se dio la vuelta y la rodeó con los brazos, estrechándola contra su cuerpo, envolviéndola en el cálido círculo. Ella apoyó la cabeza en su hombro, como hacía siempre.

Al principio, Em pensó que Jonas se había despertado, pero la suavidad de su caricia y el ritmo lento y constante de su respiración le dijeron que no era así. Curvando los labios, Em colocó la mano sobre su corazón, relajándose entre sus brazos, y cerró los ojos.

Puede que Jonas estuviera dormido, pero estaba intranquilo y se removía sin cesar. Al principio, Em pensó que eran los sueños los que perturbaban su descanso pero, al observar su rostro, se dio cuenta de que todavía sufría algunas punzadas de dolor lo suficientemente fuertes para molestarle, pero no para despertarle.

Em observó, esperando, pero Jonas no encontraba sosiego, ni descanso. Su sueño seguía siendo ligero e inquieto.

La necesidad de hacer algo que le aliviara el dolor, que le diera paz, fue creciendo en el interior de Em hasta inundarla. No podía ignorarla. La compulsión era demasiado fuerte, estaba demasiado arraigada en ella.

Pero ¿qué podía hacer?

Consideró y descartó un montón de opciones. Le dio muchas vueltas al asunto, sólo para llegar a la misma conclusión. Había oído que el placer físico, especialmente el placer sensual, conseguía mitigar el dolor si éste no era muy profundo. Al menos durante un rato.

El tiempo suficiente para que él cayera en un sueño profundo.

El placer, después de todo, la había distraído por completo la noche anterior; y estaba bastante segura de que también le distraería a él.

Era un pensamiento tentador, pero aun así vaciló. Entonces, él volvió a removerse, con más inquietud esta vez, y ella dejó a un lado sus reservas. Extendió las manos sobre el pecho de Jonas, estirándose sobre él, y le besó.

Suave y lentamente, saboreándolo y tentándolo, sorbiéndole los labios sin ninguna prisa.

Él respondió, y aun así... ella pensó que todavía no estaba despierto. Jonas deslizó las manos sobre su piel, tocándola y acariciándola posesivamente, antes de agarrarla e inclinarla sobre su cuerpo.

Así, ella podía besarle con más profundidad, podía aprovecharse de sus labios entreabiertos y reclamar su boca con la lengua como él había hecho tantas veces con ella. Jonas la dejó hacer, aceptando cada caricia como si fuera algo que mereciera, como si él fuera un pachá y ella su concubina.

La idea penetró en la mente de Em y su alma Colyton brincó con temeraria expectación. Aquel descarado abandono la urgió e impulsó a aprovechar el momento.

Em deslizó lentamente su cuerpo hasta que estuvo totalmente encima de él, entonces separó las piernas y apoyó las rodillas en la cama, a ambos lados de la cintura de Jonas. Poco a poco, demorándose de una manera flagrante, interrumpió el beso, pero sólo para deslizarse más abajo y apretar los labios contra el pecho masculino.

Recorrió el ancho y musculoso torso con los labios, pellizcándolo con los dientes y jugueteando con las planas tetillas que se escondían bajo el vello oscuro.

Jonas levantó una de sus enormes manos para tomarla de la nuca cuando ella se deslizó más abajo, sintiendo la rígida y sólida erección contra el estómago. Con descarada lascivia, Em usó su cuerpo, su piel suave para acariciar el turgente miembro y el sensible glande.

La presión en la nuca de Em se intensificó. El pecho de Jonas se hinchó cuando inspiró profundamente y contuvo el aliento.

Ella sonrió para sus adentros, segura ahora de que iba por buen camino, de que el dolor que hasta ese momento había acompañado a Jonas había quedado olvidado. Recorrió con los labios la flecha de vello que le bajaba por el vientre. Él tensó los músculos cuando ella se deslizó más abajo todavía y, levantando la cabeza, colocó las caderas entre sus muslos abiertos y le acunó la erección con una mano.

Lo acarició una y otra vez, rastreando su miembro con la yema de los dedos, luego inclinó la cabeza y siguió el mismo camino con la punta de la lengua.

Él dejó de respirar. La excitación hizo que Em se estremeciera de los pies a la cabeza. La joven se quedó maravillada al darse cuenta de que podía complacer a Jonas por completo, de que podía darle tanto placer que él incluso se olvidaba de respirar.

Envalentonada, le lamió el miembro, y él se removió y tensó aún más los músculos. Em comenzó a succionarle y sintió cómo Jonas se ponía rígido debajo de ella. Sintió cómo los músculos de los muslos que le envolvían las caderas se volvían de acero.

Separó los labios y lo introdujo en la boca, curvó la lengua y lo saboreó. Una y otra vez, degustó el fuerte sabor picante de su virilidad.

Deleitarle, darle placer, era un placer en sí mismo.

Em se abandonó a las sensaciones, tomando tanto como ofrecía, excitada y embelesada de poder darle eso, de poder ofrecerse a sí misma de esa manera.

Se le había soltado el pelo; le caía en cascada sobre los hombros hasta rozar la piel desnuda de Jonas. Él sintió la caricia sedosa, ligera, elusiva; un sensual contraste con la cálida y húmeda succión de la boca de Em. El roce áspero de la lengua le despojaba de cualquier pensamiento que pudiera haber tenido, haciendo que sólo quisiera, deseara... más.

Más de ese sueño.

Más de ella.

Jonas se dejó llevar por el momento, por aquel placer adictivo, dejando que las sensaciones le inundaran, le capturaran, le apresaran.

Dejándolas que penetraran en su alma y lo aprisionaran.

Atrapándole y reteniéndole en aquel placer sensual.

El latido que le martillaba la cabeza se había aplacado en contraposición al latido de su erección. Ella le lamió la carne húmeda y luego la succionó hasta que él se quedó sin aliento y, arqueando la espalda impotente, le cogió la cabeza entre las manos y hundió los dedos en sus suaves rizos para mantenerla allí.

Mientras ella le tomaba profundamente y con pasión, pasándole provocativamente la lengua por el miembro, mostrándole su total devoción.

Jonas sabía que ella era real, que eso no era un sueño, que Em estaba allí, entrelazada con él en su cama, pero eso sólo alimentaba su fantasía y aumentaba su deleite.

Sabía que ella había ido a él por voluntad propia, que trataba de complacerle, de aliviarle, que provocaba voluntariamente la parte más primitiva de su alma de una forma manifiestamente erótica, y aquello era como el elixir del paraíso para él.

Para esa parte de Jonas que la quería, que la necesitaba, que la codiciaba..., que deseaba que ella le ansiara con el mismo fervor, con la misma inequívoca devoción. Con la misma absoluta rendición.

Ella era una experta inocente cuando se trataba de complacerle. Jugaba con sus manos, apretaba suavemente y, aunque él valoraba sus acciones, atesoraba sus atenciones, no podía soportar más dones, no de esa manera.

La quería, quería más de ella. Ya se había rendido de todas las maneras posibles, pero quería darle a Em todavía más, quería ofrecerse, rendirse a ella como correspondía. Entregarse por completo se había convertido en una parte fundamental de su razón de ser.

Apretando la cabeza de Em entre sus dedos, la urgió a levantarse. Ella le soltó a regañadientes, cediendo a su orden implícita, y se alzó sobre él para poder llenarse la boca con la lengua masculina, para que él pudiera robarle el sentido mientras le colocaba las rodillas a ambos lados de su cintura. La soltó y le puso las manos en los hombros, deslizándolas por su espalda en una larga caricia, palpando los flexibles músculos de la joven antes de agarrarle las caderas e inmovilizarla. Entonces apretó la pesada punta de su erección en el hirviente calor entre los muslos femeninos.

Em contuvo el aliento sin dejar de besarle, y él respondió al beso, poseyendo la boca de la joven con la lengua mientras empujaba poco a poco en su entrada, haciéndola bajar y llenándola lentamente.

Con un breve y poderoso envite de sus caderas se introdujo por completo, empalándola con toda su longitud, dejándola sin respiración y haciendo que interrumpiera el beso. Em aspiró bruscamente mientras se incorporaba para sentirle todavía más enterrado en su interior.

La cara de la joven reflejaba una sorpresa sensual. Lo recorrió con la mirada, con los ojos brillando bajo las pestañas.

—Santo Dios —jadeó ella.

El rostro de Jonas parecía grabado en piedra, grabado por la pasión. Sus ojos se cruzaron con los de ella cuando la agarró por las caderas y la alzó antes de bajarla lentamente de nuevo.

—Oh... —Em soltó un largo y lento gemido, cerrando los ojos mientras se hundía más profundamente, mientras él volvía a llenarla por completo.

Él repitió el movimiento una vez más, pero entonces ella tomó el control, ansiosa y alegremente, sonriendo de placer mientras aprendía con rapidez, experimentando, probando, antes de comenzar a montarle con su acostumbrado abandono.

Jonas alzó las manos y las cerró sobre sus pechos, amasándolos provocativamente; luego la hizo inclinarse sobre él para capturarle un pezón insolente con la boca y alimentarse de él.

Alimentando a la vez el fuego que había estallado entre ellos, que había crecido y les había atravesado a toda velocidad, que ardía con tanta intensidad que la piel de los dos estaba ruborizada, húmeda, febril. Un fuego que nutrió la pasión, consumiéndolos, hasta que ambos se quedaron sin respiración y Em alcanzó el éxtasis.

Estallando en mil pedazos.

Em gritó y se aferró al pecho de Jonas, dejando caer la cabeza hacia atrás. Intentó respirar, intentó luchar contra la marea de sensaciones que la atravesaba y la arrastraba.

Soltándole los pechos, Jonas la agarró por las caderas y la ancló a él, observándola y recreándose en lo que veía, empapándose de su abandono, disfrutando de su pasión antes de hacerla rodar a un lado y colocarla bajo su cuerpo, dejándola tumbada allí, en su cama, gloriosamente desnuda, con la piel tan caliente que le quemaba, con las piernas muy separadas y sus caderas entre ellas.

Con la erección hundida en su cuerpo.

Se retiró y se introdujo otra vez, empujando profunda y lentamente para llenar su funda, penetrándola hasta el fondo sólo para volver a echarse hacia atrás y repetir todo el proceso.

Lenta y profundamente.

Ahora fue él quien se quedó sin aliento, quien, entrecerrando los ojos, inclinó la cabeza, quien cubrió los labios de la joven con los suyos. Se apoderó de su boca, obligándola a tomar la de él, para anclarla a la cama mientras se movía lentamente en su interior.

Em le ofreció su boca, su lengua, su cuerpo, respondiendo a aquella llamada primitiva que volvía a conducirla a las alturas.

Sus labios se unieron a los de él, sus lenguas se entrelazaron y se batieron en duelo. Sus bocas se fundieron tan ávidas como sus cuerpos, abandonándose y sumergiéndose en los sentidos. Dejándose llevar por aquella danza primitiva de retirada y penetración. Em lo envolvió entre sus brazos para atraerlo hacia sí. Jonas se rindió y se dejó caer sobre ella, permitiendo que se aferrara a él. Em apartó las sábanas de un puntapié y le rodeó las caderas con las piernas, implorándole de una manera eróticamente flagrante que le diera más.

Más de él. Mucho más.

Jonas le dio lo que quería y tomó lo que él necesitaba mientras se perdía en su cuerpo acogedor. Le ofreció su corazón y su alma, y reclamó los de ella, al tiempo que alcanzaban la cúspide del placer y, sin esfuerzo alguno, se dejó arrastrar con ella a un profundo mar de dicha.

Em apenas podía respirar y mucho menos pensar, pero cuando él se desplomó sobre ella, curvó los labios sin poder contenerse. El peso muerto de Jonas la aplastaba contra la cama y sintió que la inundaba un sensual orgullo que fue eclipsado por la incontenible alegría que le recorrió las venas cuando la áspera respiración de Jonas se ralentizó y, mientras le acariciaba suavemente la espalda, se quedó dormido.

20

Jonas se despertó a la mañana siguiente lleno de energía, pero solo. No obstante, no podía dejar de sonreír. Cruzó los brazos debajo de la cabeza —que ya no le dolía— y clavó la mirada en el techo.

Casi había merecido la pena que alguien le golpeara la cabeza.

Ya no le cabía la más mínima duda de que Em se casaría con él. Nada de lo ocurrido la noche anterior habría sido posible si ella no hubiera tomado ya una decisión.

Era una certeza excitante. Se quedó inmóvil y la saboreó durante un buen rato antes de que la impaciencia por saber qué le depararía ese día le incitara a levantarse.

Esperó para comprobar si los vértigos que le habían asaltado el día anterior regresaban, pero no sintió ningún tipo de mareo. Sacó las piernas de la cama, se levantó, esperó y entonces sonrió.

Alzó la mano y palpó el chichón que tenía en la parte posterior de la cabeza. Hizo una mueca al tocarse, pero al menos ya había disminuido la hinchazón.

Mejor. Tenía planes para ese día y no incluían ser consentido ni quedarse en la cama.

Lucifer y él tendrían que revisar el tesoro Colyton esa mañana, y hacer una valoración oficial. Lo habrían hecho el día anterior si no le hubieran atacado.

Luego, tras almorzar en la posada y pasar un par de horas con Em, pensaba dar una vuelta por el pueblo. Quería hacerle algunas preguntas a Coombe y a Potheridge. Intentaría ser persuasivo, pero de una manera u otra conseguiría las respuestas que buscaba.

Tiró de la campanilla para que le llevaran agua para asearse; después cogió la ropa. El día era espléndido y él tenía cosas que hacer.

Em se sentía extrañamente nerviosa mientras se paseaba ante la puerta de la celda en los sótanos de la posada, observando cómo Lucifer, con la ayuda de Jonas, hacía un inventario del tesoro de su familia. Lucifer examinaba cada artículo, luego lo describía y fijaba un precio, algo que Jonas anotaba cuidadosamente en un papel.

Había invertido tanto en encontrar el tesoro, no sólo económicamente sino también emotivamente, que ahora que lo había encontrado sentía un alivio difícil de asimilar. Aún seguía sin poder creerse que aquello fuera real. Todavía le costaba creer que ya no tendría que volver a preocuparse por nada.

Sólo con escuchar las cantidades que Lucifer iba dictando a Jonas, resultaba evidente que su familia no tendría que volver a preocuparse por el dinero. Con que sólo vendieran una mínima parte del tesoro tendrían suficiente para mantenerse durante el resto de su vida.

Em había estado observando a los dos hombres de vez en cuando durante las dos últimas horas. Casi habían terminado; sólo les quedaba algunas monedas que examinar, así que ella seguía esperando el veredicto para discutir con ellos qué debería hacer con el tesoro.

Lucifer examinó las últimas monedas, dio su opinión y las juntó con las demás. Levantó la mirada y sonrió a Em. Luego cogió las hojas que Jonas le tendía, las estudió atentamente y asintió con la cabeza, aprobando el trabajo de su cuñado. La suma final le hizo arquear las cejas.

—Bueno, querida. —Alzó la mirada hacia Em—. Como ya había supuesto, aquí hay una enorme fortuna. —Mencionó una cifra que superaba las expectativas más descabelladas de la joven—. Y éste es sólo un cálculo prudente. Estoy casi seguro de que la cifra final será mucho más elevada. ¿Has decidido ya qué quieres hacer?

Em buscó los ojos oscuros de Jonas y, alzando la barbilla con firmeza, asintió con la cabeza.

—Teniendo en cuenta que el tesoro consta de monedas y joyas, algo que cualquier malhechor podría robar con suma facilidad y que, además, es imposible de rastrear una vez que ha desaparecido, he pensado que debería venderlo todo y convertirlo en fondos e inversiones para evitar que lo roben.

Y también para evitar poner en peligro la vida de Jonas y su familia. Miró a Lucifer.

—Hay que reservar parte del dinero para las gemelas e Issy. Para que puedan disponer de una dote, y...

—Y tú también —dijo Issy, apareciendo por detrás de Em—. Henry y yo hemos hablado de esto y, aunque estamos de acuerdo con todo lo que has dispuesto, queremos que tengas los mismos derechos que yo o las gemelas. Y además tienen que serte reembolsados los fondos que gastaste para traernos aquí y encontrar el tesoro. Es lo más justo. Has usado casi todo el dinero que te dejó papá, y tenemos que devolvértelo. —En los suaves rasgos de Issy apareció una terca expresión que Em reconocía muy bien, una que no admitía réplica—. No pienses que nos conformaremos con menos.

—Tiene razón —dijo Lucifer, asintiendo con la cabeza—. Ese argumento es muy válido.

Em miró a Jonas. También él asintió con la cabeza. La joven hizo una mueca.

—De acuerdo, pero...

—Nada de peros. —Issy miró a Lucifer—. Mi padre le dejó a Em quinientas libras, así que deberán añadir esa cantidad a su dote.

—Cuatrocientas ochenta —le corrigió Em—. Todavía me quedan veinte libras, pero...

—Nada de peros —repusieron los otros tres al unísono.

Em cerró la boca.

Lucifer tomaba notas.

—Así que tenemos que apartar dinero para la dote de las cuatro chicas, más cuatrocientas ochenta libras que hay que reembolsarle a Em. Además están los fondos para Henry.

—Queremos que vaya a Pembroke —indicó Em— y que, después de completar sus estudios, le quede suficiente dinero para vivir holgadamente. Tendrá que comprar una casa adecuada, y ser lo suficientemente solvente para que pueda mantener decentemente a su esposa y a su familia.

Em observó cómo Lucifer tomaba notas en otra hoja de papel, sumando y calculando velozmente. Jonas se inclinó y señaló una cifra, murmurando algo sobre los intereses de las inversiones.

Lucifer asintió con la cabeza y le respondió con otro murmullo. Tras anotar unas cuantas cosas más, examinó lo que había escrito y luego miró a Em y a Issy.

—La manera más efectiva de usar los fondos para lograr lo que deseas es ésta.

Les sugirió establecer una serie de cuentas, una para cada hermana y otra mayor para Henry. Luego les explicó cómo, si invertía el dinero, podrían vivir cómodamente de los intereses. Em sabía lo suficiente del tema para valorar esa propuesta.

—Y el resto, los demás fondos restantes tras la venta del tesoro, podría ser destinado a una sociedad de inversiones para que puedan disponer de él las «generaciones futuras». —Lucifer miró a Em y arqueó las cejas—. ¿Te parece bien este arreglo?

—Sí. —Ella asintió firmemente con la cabeza—. Eso es justo lo que queremos. ¿Podrías ayudarnos con ello?

—Será un placer. —Lucifer recogió las notas—. Lo copiaré para que puedas quedarte con el original. Esta tarde enviaré varias cartas a algunos de los distribuidores de Londres a los que podéis confiarle el tesoro. Una vez que lo vendan podremos proceder con lo planeado. Entretanto, también me pondré en contacto con Montague. —Miró a Jonas, que asintió con la cabeza.

—Montague —explicó Jonas a Em— es un hombre de negocios. Necesitas a alguien como él, alguien en quien puedas confiar y que sepas que siempre hará lo mejor para tu familia, que se encargará y manejará todas las cuentas.

—¿Y este Montague es de fiar? —preguntó Em.

—Sin ninguna duda. —Jonas sonrió—. Lucifer, todos los Cynster en realidad, yo mismo y otros miembros de la familia hemos confiado todas nuestras inversiones a él y a su firma. Es el mejor.

—En ese caso. —Em miró a Lucifer—. Por favor, ponte en contacto con él y háblale de nosotros.

Lucifer asintió con la cabeza y se levantó.

—Le escribiré esta tarde. ¿Quién sabe? Quizá logremos tentarle para que visite Colyton.

Después de almorzar con Em y su pequeña tribu, Jonas tomó el camino de regreso a Grange, con los sentidos muy alerta mientras caminaba con paso decidido por el sendero del bosque. Filing había bajado de la rectoría con Henry para saber cómo iban las cosas y también se había quedado a comer, sentándose con el resto de la familia en la larga mesa de la salita del ático que las gemelas ya consideraban suya.

Había sido una agradable comida familiar. Al pensar en lo hogareño que había resultado todo, Jonas no podía imaginar cómo él y también Filing habían podido vivir sin eso antes de que los Colyton hubieran regresado a Colyton.

Respecto a eso, había oído cómo Filing le decía a Em que llevaría a Issy en carruaje hasta Seaton esa tarde. No le sorprendería nada que regresaran con la noticia de su próxima boda. Ahora que habían encontrado el tesoro, y que éste había resultado ser muy valioso, y dado que Filing e Issy, y todos los demás, sabían de sobra que Jonas tenía intención de casarse con Em, no había duda de que el buen párroco había planeado persuadir a Issy para que le diera el sí y fijar una fecha para la boda.

Lo cual, Jonas esperaba, haría que también Em se decidiera a fijar una fecha para su propia boda. Estaba bastante seguro de que Issy insistiría en que, dadas las circunstancias, Em y él se casaran primero, algo en lo que Jonas estaba completamente de acuerdo. Era difícil que Em pusiera más objeciones si era persuadida tanto por su familia como por él.

La joven ya no podía alegar que la posada y el pueblo necesitaban de sus atenciones diarias. Había organizado todas las tareas tan bien, que el personal de la posada ya no necesitaba su continua supervisión. Cuando Jonas llegó esa mañana, se había dado cuenta de cuánto había mejorado la posada bajo la dirección de Em. Cuando Juggs era el posadero, a las diez de la mañana el salón estaba desierto. Pero ahora estaba casi lleno de vecinos que se reunían para tomar un desayuno tardío o un té matutino, y de huéspedes que terminaban de desayunar antes de irse.

No podía recordar cuánto tiempo había pasado desde que había visto un huésped en la posada, cuando ésta estaba bajo la administración de Juggs, y mucho menos los cinco que se habían alojado allí el día anterior.

Era el momento ideal para que Em fijara una fecha para la boda. Y él, tenía que reconocerlo, estaba impaciente, ansioso por dar el siguiente paso. Por declarar ante todo el mundo lo que ella significaba para él, por demostrar ese hecho sin que cupiera la más mínima duda.

Y por formar una familia. Em y él tomarían a las gemelas y a Henry bajo su protección, pero le sorprendía cuántas veces en los últimos tiempos se había imaginado a Em con un hijo suyo en los brazos. La imagen se había quedado grabada en su cerebro, y regresaba una y otra vez para tentarle. Para aguijonearle.

Y no era que él necesitara que lo aguijonearan mucho en ese aspecto.

Sí, realmente era el momento perfecto. Sólo había un obstáculo en su camino, y tenía intención de eliminarlo en el acto.

Al llegar a la parte posterior de Grange, atravesó el huerto a paso vivo y entró por la puerta trasera. Devolvería la llave de la celda a su escondite y luego saldría a cumplir sus objetivos.

Le había dicho a Em que estaría en Grange toda la tarde; no había querido que la joven se preocupara por lo que podía ocurrirle cuando interrogara a los dos principales sospechosos del ataque.

Harold Potheridge era quien encabezaba la lista; según Dodswell, Potheridge no había regresado a casa de la señorita Hellebore hasta bien entrada la noche. Sin embargo, creía que lo más conveniente era empezar por Silas Coombe.

Tras dejar la llave a buen recaudo, salió de su habitación, bajó las escaleras y se puso en camino hacia la casa de Silas.

A las tres, Em subió a la salita del ático en busca de las gemelas. En ausencia de Issy, les había dicho que podrían jugar media hora después del almuerzo antes de que se presentaran en su despacho para estudiar aritmética bajo su atenta mirada.

Cuando las niñas no habían aparecido a las dos y media, no se había sorprendido ni preocupado, pero cuando a las tres menos cuarto seguían sin aparecer, había cerrado el libro de cuentas y se había puesto a buscarlas.

Tras la terrible experiencia con Harold, estaba segura de que no andarían muy lejos. Había esperado encontrarlas con las lavanderas o acosando a John Ostler, pero no había ni rastro de ellas ni en la lavandería ni en los establos. Nadie las había visto desde el almuerzo.

Desconcertada se dirigió a la habitación de las gemelas. Dado que hacía buen tiempo, era extraño que las niñas se quedaran dentro, pero quizás una de ellas no se encontrara bien.

Al llegar a la habitación al final del pasillo, abrió la puerta y vio las dos camas vacías, y una nota muy visible en la mesilla de noche que había entre ellas. Frunció el ceño, preguntándose qué sería aquello, y cruzó la estancia para cogerla. Sintió un estremecimiento de aprensión cuando vio que estaba dirigida a ella con letras mayúsculas y no con la caligrafía infantil de las niñas.

Un escalofrío le bajó por la espalda. Por un instante, miró fijamente la nota, luego la desdobló y comenzó a leerla.

SI DESEA VOLVER A VER A SUS HERMANAS, COJA EL TESORO, MÉTALO EN LA BOLSA DE LONA QUE HAY DEBAJO DE LA MESILLA Y DEVUÉLVALO AL MISMO LUGAR DONDE LO ENCONTRÓ. ALLÍ ENCONTRARÁ MÁS INSTRUCCIONES. DESE PRISA, SÓLO TIENE UNA HORA DESDE EL MOMENTO EN QUE LEA ESTA NOTA PARA VOLVER A LA TUMBA. NO SE LO DIGA A NADIE. LA ESTARÉ VIGILANDO. SI LA VEO LLEGAR CON OTRA PERSONA, NUNCA MÁS VOLVERÁ A VER A SUS HERMANAS CON VIDA.

Tras llegar al final de la nota, Em bajó la mirada y vio una bolsa de lona debajo de la mesilla de noche, justo a sus pies.

Para cuando la cabeza se le despejó lo suficiente para pensar, Em ya estaba en el sendero del bosque, corriendo hacia Grange.

Harold. Tenía que ser él, ¿verdad?

Se detuvo un instante, sacó la nota del bolsillo y volvió a mirar la caligrafía, pero las letras mayúsculas la confundían. No podía distinguir si esa letra pertenecía o no a su tío. Volvió a meter la nota en el bolsillo, se alzó las faldas y siguió corriendo.

La parte posterior de Grange surgió ante su vista. Se detuvo entre los árboles, oteó el huerto y dio gracias a Dios de que no hubiera nadie allí. Miró al lavadero que había al lado y aguzó el oído. Al escuchar el susurro del agua supuso que las criadas estaban haciendo la colada. De ser así, nadie la vería llegar. Conteniendo el aliento, avanzó sigilosamente hasta la puerta.

Afortunadamente, nadie la vio. Exhalando un suspiro, abrió la puerta; Gladys le había mencionado que siempre estaba abierta durante el día. Entró sigilosamente en el pequeño vestíbulo y cerró la puerta en silencio. Aguzó el oído, pero todo parecía tranquilo en la cocina. Con suerte, dada la hora que era, Gladys y Cook estarían echando la siesta en sus habitaciones. Ninguna de las dos era joven y estaban en pie desde el amanecer.

Respiró hondo, cerró los ojos y rezó para sí misma, luego atravesó sigilosamente la puerta de la cocina y se dirigió a las escaleras principales. Tras lanzar un vistazo a la puerta de la biblioteca, subió en silencio los escalones y se encaminó a la habitación de Jonas, rezando para que él no estuviera allí, sino en la biblioteca.

Em abrió la puerta, escudriñó la estancia y exhaló un suspiro de alivio al ver que estaba vacía. Entró con rapidez y cerró la puerta; luego se dirigió a la mesilla de noche.

La llave estaba allí. La cogió y se la metió en el bolsillo, después cerró el cajón.

Contarle a Jonas lo que estaba ocurriendo quedaba descartado. Las instrucciones eran específicas: tenía que actuar y tenía que hacerlo sola. Si el maleante la veía con cualquier otra persona, mataría a las gemelas.

Y ella no podía correr ese riesgo —ni contándoselo ni de ninguna otra manera—, pues conocía a Jonas lo suficientemente bien como para estar absolutamente segura de que él nunca la dejaría ir a la cripta para enfrentarse al maleante sola.

Pero tenía que hacerlo.

Y no tenía tiempo para discutir. Se había preguntado cómo el malhechor sabría a qué hora exacta había leído la nota, pero luego se dio cuenta de que la mesilla de noche de las gemelas estaba frente a una de las ventanas de la buhardilla. Cualquiera que se encontrara delante de la posada la habría visto.

Fuera quien fuese el maleante, lo había planeado todo muy bien.

Así que tenía el tiempo justo. Disponía de una hora para coger el tesoro y llevarlo a la cámara Colyton.

Se apartó de la mesilla de noche y clavó la mirada en la cama. La intimidad, la preciosa noche que había pasado entre los brazos de Jonas hacía sólo unas horas, surgió como una llamarada en su mente.

Eso era lo que estaba arriesgando al ir sola a rescatar a sus hermanas. No era tan tonta como para pensar que el secuestrador las soltaría tan fácilmente. Las gemelas podían identificarle y, probablemente, ella también lo haría en cuanto lo viera. Todo lo que esperaba era poder intercambiar el tesoro por sus hermanas y tener al menos la oportunidad de rescatarlas, a ellas y a sí misma, si podía.

Tenía esa posibilidad, y la aprovecharía. Ya vería lo que podía hacer con ella. Así pues, recibió por una vez a su temeraria y valiente alma Colyton con los brazos abiertos. De algún modo, vencería o moriría en el intento.

Pensó en cómo se sentiría Jonas si ocurría eso último, y luego lanzó una mirada al reloj del tocador. Calculó que le sobraban diez minutos, así que cruzó la estancia con rapidez, no hacia la puerta, sino hacia el escritorio.

Se sentó en la silla, puso una hoja en blanco encima del papel secante, cogió la pluma y escribió una nota con rapidez.

Lo escribió todo —lo que había sucedido, lo que estaba haciendo, a dónde iba— en tan sólo unas líneas, y luego comenzó a escribir atropelladamente lo que sentía.

No tenía tiempo de medir las palabras ni de comprobar que fueran coherentes. Simplemente dejó que surgieran de su corazón, vertiéndolas sobre el papel a través de la pluma.

Por desgracia, escribir las palabras, resumir todos sus sueños, sólo le hizo ser más consciente de lo que realmente estaba arriesgando y sintió que una gélida frialdad le envolvía el corazón.

Lo que más quería era aferrarse a la promesa de la vida, del futuro y la familia que Jonas representaba. No quería correr riesgos, no quería arriesgar lo que tenía, todo lo que sabía y creía con toda su alma que tendría con él, como esposa y como madre de sus hijos.

Pero no tenía otra alternativa. Sus hermanas sólo podían contar con ella, no podía fallarles ahora.

Terminó la nota con una sencilla declaración: «Te amo, siempre lo haré.»

Casi sin poder respirar por culpa del nudo que tenía en la garganta, firmó la misiva, dejó la pluma sobre la mesa y, sin tocar la nota, se levantó y corrió hacia la puerta.

No respiró tranquila hasta que llegó al bosque y volvió corriendo a la posada.

«Fuera quien fuese el villano, lo había planeado todo muy bien.»

Ese pensamiento resonó en la mente de Em mientras metía la pesada llave en el cerrojo de la puerta de la celda, la giraba y abría la puerta.

La sincronización del villano era poco menos que asombrosa. A esa hora del día, entre la hora del almuerzo y la merienda, todo el personal de la posada acostumbraba tomarse un descanso. Aparte de Edgar, detrás de la barra, Em no se había encontrado con nadie más en el trayecto.

Fuera quien fuese el villano, conocía muy bien el horario de la posada.

Con la bolsa de lona en la mano, la joven estudió la caja de piedra que sus antepasados les habían legado y dio gracias al santo que veló por ella: la pesada tapa de piedra estaba de nuevo sobre la caja, pero no encajada. Había una pequeña ranura por la que Em podía introducir la pequeña palanca que habían dejado al lado del banco y levantar la tapa lo suficiente para meter la mano en la caja. Una vez que lo hizo, dejó la palanca a un lado y fue sacando con rapidez un puñado tras otro de monedas y joyas.

Entonces se detuvo. ¿Cómo podía saber el maleante todo lo que había en la caja?

Miró a su alrededor. No había ventana en la celda, y si dejaba la tapa como estaba antes, desde el exterior de la celda nadie podría ver si dejaba una buena cantidad del tesoro en la caja.

Miró la bolsa con atención y luego el tesoro, y decidió coger una cuarta parte del total. Tomaría lo que más o menos le correspondería a ella y a las gemelas, y dejaría el resto para Henry, Issy y las próximas generaciones de Colyton. Lo que se llevaría sería suficiente para convencer a cualquiera que no hubiera visto el tesoro fuera de la caja. Las únicas personas que sí lo habían hecho eran Lucifer, Jonas, Issy y ella.

—Quienquiera que sea, sólo debió de ver una parte del tesoro cuando abrimos la caja en el salón —masculló ella.

De todas formas, se dio cuenta al levantar la bolsa de lona de que ella jamás habría podido llevarse todo el tesoro.

Lo que sólo confirmaba la decisión que había tomado.

Con la bolsa de lona llena, ató los cordones para cerrarla y se puso en pie. Atravesó la puerta de la celda y, tras cruzar el umbral, la cerró.

¿Qué podía hacer con la llave?

Se quedó mirándola durante un momento, luego se apresuró a subir las escaleras del sótano y se dirigió al despacho. Tardó menos de un minuto en dejar la llave en la caja fuerte de la posada, donde Jonas la encontraría tarde o temprano.

Lanzó una mirada al reloj y observó que sólo tenía siete minutos para llegar a la cripta. Cogiendo el chal del perchero que había junto a la puerta, envolvió con él la bolsa de lona y luego salió con rapidez.

—Edgar... Voy a dar un paseo.

Desde su habitual posición detrás de la barra, Edgar asintió con la cabeza.

—Sí, señorita. Le diré a cualquiera que pregunte por usted que volverá dentro de un rato.

—Gracias —respondió, saliendo a toda prisa por la puerta principal.

Llegó a la iglesia y se dirigió a las escaleras de la cripta sin ver a nadie, por lo que no tuvo que inventarse ninguna excusa para explicar adónde se dirigía tan deprisa a esa hora. Había preparado una excusa por si coincidía con Joshua en la iglesia, pero luego se acordó de que había ido con Issy a Seaton.

Se preguntó si le habría pedido matrimonio a Issy. Esperaba que lo hubiera hecho y que su dulce hermana hubiera aceptado. Issy la había ayudado durante años; no había nadie que mereciera más que ella ser feliz.

Se detuvo junto a la sacristía para encender, con manos temblorosas, una de las linternas que se guardaban allí. Observó que la llave de la cripta no estaba en el gancho. Lo más probable es que la puerta de la cripta estuviera abierta y que el villano la estuviera esperando allí abajo. Recogió la linterna y, con la bolsa de lona en la otra mano, corrió hacia las escaleras y comenzó a bajarlas.

Hizo suficiente ruido para que el malhechor, quienquiera que fuese, supiera que se acercaba. Con un poco de suerte, las gemelas también la escucharían y sabrían que se reuniría muy pronto con ellas.

Ése era otro punto que sugería que el villano no era alguien tan amenazador como su tío; Em no creía que las gemelas hubieran vuelto a marcharse con él. Aunque eran jóvenes, no eran tontas, ni mucho menos. No importaba lo que Harold hubiera dicho o prometido, dudaba que creyeran nada de lo que dijera.

Y con respecto a Silas Coombe, las gemelas, con su inocente franqueza, pensaban que era sumamente tonto. Él no habría sido capaz de camelarlas.

Lo que quería decir que el malhechor era alguien que Em no conocía bien. Alguien impredecible, alguien con quien no sabía cómo negociar.

Cuando bajó a la oscura cripta con la linterna iluminando el camino ante ella, lo único de lo que estaba segura era de que fuera lo que fuese lo que estaba por venir, tenía que mantener la cabeza fría para que sus hermanas y ella pudieran salir de allí sanas y salvas.

Se detuvo al llegar al último escalón y echó un vistazo rápido a su alrededor. Las tumbas y los mausoleos le bloqueaban la vista en varias direcciones, pero no oyó nada, ninguna respiración, ni pasos..., nada.

Levantó la linterna y miró hacia la entrada de la cámara Colyton. La puerta estaba abierta.

Bajó el último escalón y se dirigió hacia las fauces de la tumba de su familia.

«¿Tesoro o maldición?»

Qué ironía. Después de todo lo que habían buscado, había encontrado el tesoro de su familia sólo para morir prematuramente por culpa de él en la cripta familiar.

Em se estremeció ante aquel morboso pensamiento. No iba a morir, no si podía evitarlo.

Clavó la mirada en la puerta del mausoleo. La llave, la llave de la cripta, tampoco estaba en el cerrojo. Lo que probablemente querría decir que la tenía el villano y, por consiguiente, podría encerrarlas a ella y a sus hermanas en la bóveda.

Si eso ocurría, si por fortuna sobrevivían al encuentro con el único resultado de quedar encerradas en la bóveda, en cuanto por la noche Jonas encontrara la nota, sabría dónde estaban. Al menos en ese aspecto, estaban protegidas.

No podía hacer nada más. Tenía que bajar los escalones y enfrentarse al villano.

Em respiró hondo, alzó la barbilla y levantó la linterna. Dio un paso hacia los estrechos escalones que conducían a las tumbas de su familia con la bolsa de lona en la mano.

No se dio prisa, descendió cada peldaño con deliberada lentitud.

Él tenía que saber que ella se acercaba, no había razón para lanzarse ciegamente a sus brazos.

La luz de la linterna iluminó las efigies y los demás monumentos, arrojando enormes sombras en las paredes. No había ninguna otra luz en la bóveda, ninguna señal de que hubiera otra linterna en la cripta. El malhechor tenía que tener una si había bajado allí. La cripta, y más aún el mausoleo, estaban tan oscuros como una tumba sin la luz de una linterna.

¿Estaría quizá detrás de ella?

Aquel pensamiento hizo que se girara sobre el último escalón y mirara hacia atrás. El corazón le latía a toda velocidad, pero incluso con sus sentidos alerta, Em no pudo detectar ningún indicio de movimiento, ningún sonido que sugiriera que había alguien dentro de la cripta ni siquiera en las escaleras que conducían a ella.

Se volvió de nuevo hacia la cámara, tragándose el creciente pánico —provocado en parte por lo que podía ocurrir cuando encontrara al malhechor y en parte por un miedo irracional—, y bajó tenazmente los escalones hasta el suelo apenas excavado en la roca.

Cuando estuvo allí antes, lo hizo acompañada de otras personas, gente en la que confiaba. Entonces no fue del todo consciente de lo sobrecogedor que era aquel lugar, de la opresiva oscuridad que lo envolvía. Ahora tenía los nervios de punta, su instinto estaba totalmente alerta y una primitiva sensación de estar enfrentándose a un peligro inminente la instaba a huir..., a regresar a la luz y salir de la oscuridad.

Volvió a tragar saliva, se obligó a levantar la linterna y mirar a su alrededor. Estaba segura de que se toparía con alguien —un ser maligno—, pero poco a poco la sensación de estar sola se fue intensificando. Estaba sola con los muertos.

Se recordó a sí misma que todos eran Colyton, sus antepasados. Si alguien tenía algo que temer allí era aquel que quería robar el legado familiar.

Recordando las instrucciones del malhechor, se acercó lentamente a la tumba de su antepasada, de aquella mujer que había tenido la suficiente visión de futuro para guardar el tesoro y esconderlo tan ingeniosamente.

Al llegar a la tumba, levantó la pesada bolsa de lona y la puso donde antes había estado la caja del tesoro. Al soltar la bolsa, las monedas y las joyas tintinearon en el interior.

El ruido resonó en la oscuridad. Em esperó, preguntándose, con los sentidos cada vez más agudizados, desde qué dirección llegaría el peligro. Se giró lentamente y no vio a nadie.

—Emily.

El nombre llegó a ella como un susurro fantasmal. Al principio pensó que se trataba de un producto de su imaginación.

Pero luego volvió a escucharlo, más insistente y ligeramente burlón.

—Emi... ly.

La voz provenía de unos huecos oscuros en la pared, de los túneles que conducían al corazón de la cordillera de piedra caliza.

—Emi... ly.

Más insistente todavía. Definitivamente, era la voz de un hombre, no las de sus hermanas. Pero era una voz que ella no reconoció.

La joven vaciló un momento, luego recogió la bolsa de lona y se dirigió a la abertura. Levantó la linterna mientras rogaba por ver a las gemelas, pero lo único que sus ojos percibieron fue las paredes de un estrecho pasaje que no sabía a dónde conducía.

Que se adentraba en una oscuridad total.

—Emily.

Ahora había una nota de reprimenda, casi de desaprobación, en la voz. Era evidente que se suponía que tenía que seguir adelante y adentrarse en el túnel.

El pánico hacía que el corazón se le agitara como un pájaro en el pecho. Sólo de pensar en lo que estaba a punto de hacer hacía que la sangre huyera de su rostro.

Pero no podía desmayarse, no podía hacerlo ni tampoco podía retroceder. Las gemelas confiaban en ella, era su única esperanza.

Se obligó a respirar hondo, a calmar su galopante corazón. Agarró con fuerza la bolsa de lona, cerró firmemente los dedos en torno al asa de la linterna y levantándola, se internó en aquella opresiva oscuridad.

21

Era ya media tarde cuando Jonas regresó a Grange. Había buscado a Silas y a Potheridge por todas partes sin encontrar a ninguno de ellos. Sin embargo, según le había dicho la señorita Hellebore y la señora Keighley —esta última refiriéndose a Silas—, los dos hombres estaban en el pueblo o, al menos, regresaban a sus camas todas las noches.

Pero parecía como si ambos estuvieran jugando al escondite.

Por lo que era muy posible que uno de los dos, incluso ambos, supieran algo de su ataque.

Estaba bastante seguro de que el hombre que le había golpeado no era Silas, y el sigilo del ataque le hacía dudar que hubiera sido Potheridge; el tío de Em era corpulento y caminaba arrastrando los pies. Jonas dudaba que pudiera moverse silenciosamente en un suelo de baldosas, así que mucho menos en el sendero del bosque.

Pero Potheridge era un matón, y Em había desbaratado sus planes. Por el modo en que le había puesto en evidencia, Harold tenía suficientes razones para actuar con violencia. Y Silas podía estar suficientemente desesperado para considerar que el tesoro era una oportunidad demasiado buena para dejarla pasar. Puede que no le hubieran golpeado personalmente, pero no le sorprendería que uno de ellos hubiera contratado a un matón y le hubiera dicho dónde debía esperarle para atizarle.

Lamentablemente, que Silas o Potheridge contrataran a alguien para que hiciera el trabajo sucio era algo que no le costaba mucho creer.

Regresó a su casa por el camino que conducía a la puerta principal. En vez de molestar a Mortimer, rodeó el porche delantero y entró por una puerta lateral. Una vez en el vestíbulo se dirigió a la biblioteca, justo cuando Gladys irrumpía por la puerta de servicio.

—¡Oh, menos mal que le encuentro! —Se acercó a él a toda prisa, agitando una nota doblada—. Jenny, la doncella del piso superior, encontró esto en el escritorio de su dormitorio. Entonces no estaba doblada, pero la chica no sabe leer y como no estaba segura de si debía tirarla o no, me la entregó a mí. Yo tampoco la he leído, no es de mi incumbencia, pero como observé que es de la señorita Emily, pensé que usted querría leerla en cuanto llegara.

Jonas cogió la nota, la desdobló y comenzó a leerla.

Gladys se dirigió de vuelta a la cocina.

—No es que importe, pero no tengo ni idea de cómo llegó a su escritorio. Por lo que sé, no ha venido nadie esta mañana.

Su voz se desvaneció cuando atravesó la puerta de servicio y la cerró a sus espaldas.

Pero Jonas ya no escuchaba. Tenía los ojos clavados en las palabras llenas de pánico de Em. Sus pensamientos habían sido capturados, captados por lo que ella había escrito y, aunque la última parte de la carta, donde la joven le declaraba su amor, le había llenado de alegría, sus ojos no hacían más que releer las primeras líneas de la misiva.

Apenas podía creer lo que decía.

¿Se había marchado sola a enfrentarse al peligro, a un secuestrador —quizá Potheridge— para rescatar a las gemelas? ¿Iba a entregar el tesoro, el futuro de su familia que tanto le había costado obtener, casi sin esperanzas de sobrevivir? Porque por el tono de las últimas líneas no parecía que tuviera muchas esperanzas de hacerlo.

—¡Maldita sea! —Apretó los dientes y metió la nota en el bolsillo. Em le había prometido —pro-me-ti-do— que le contaría todos los problemas que tuviera, que los compartiría con él y que le dejaría ayudarla. Cierto, le había escrito esa nota, pero resultaba evidente que ella no había esperado que la encontrara hasta mucho más tarde.

Lanzó una mirada al reloj. Jonas la había dejado a las dos. Acababan de dar las cuatro. Considerando el tiempo que había invertido en buscar a las gemelas, encontrar la nota del secuestrador, llegar hasta Grange para coger la llave, recoger el tesoro y llevarlo a la iglesia, la joven no le llevaba mucha ventaja.

No había terminado de concluir ese pensamiento, cuando ya se dirigía a grandes zancadas a la puerta trasera. Salió al camino y echó a correr. Cuando atravesó el límite de los árboles y alcanzó el sendero del bosque, alargó sus zancadas y corrió más deprisa.

El modo más rápido de llegar a la iglesia era por el camino de la posada.

Sintió un sudor frío en la nuca. Un temor helado floreció y le envolvió el corazón. Sabía que ella pagaría el rescate, que entregaría el tesoro para salvar a sus hermanas... Lo mismo que habría hecho él. Pero los secuestradores eran personas desesperadas, y se mostraban especialmente desesperados por ocultar su identidad. ¿Qué haría el villano una vez que las gemelas y ella le hubieran visto la cara?

La respuesta era demasiado evidente. Corrió todavía más rápido; sus botas resonaban en el camino al compás del latido de su corazón.

¿Había conseguido por fin el amor de Em para que le fuera arrebatado? No. Eso no podía ocurrir. Daría cualquier cosa, incluida su vida, para mantenerla a salvo.

Em se sentía como si la montaña se la estuviera tragando. El estrecho pasaje se extendía sin fin. Apenas era lo suficientemente ancho para que lo atravesara un hombre y se inclinaba suavemente hacia abajo. La oscuridad más allá del círculo de luz de la linterna era tan intensa que parecía tragarse la realidad; el único trozo de mundo que existía estaba contenido dentro de la brillante esfera de luz.

Bruscamente, el resplandor de la linterna se difuminó y suavizó. La joven redujo el paso, dándose cuenta de que había alcanzado el final del pasaje. Se detuvo en el umbral de una... ¿caverna? Alzando la linterna, miró con atención a su alrededor, pero la luz no alcanzaba a iluminar ni las paredes ni el techo. No mostraba nada salvo el suelo que tenía delante.

El suelo era desigual, con hoyos y fisuras. Aguzando la vista, alcanzó a vislumbrar unas estalactitas blancas, rugosas e irregulares, formadas por las gotas que caían de un techo que ella no podía ver.

—Emily.

Em comenzaba a odiar esa voz. Definitivamente contenía un tono engreído y burlón. Asumiendo que la llamada mordaz indicaba que el propietario quería que siguiera adelante, Emily lo hizo. Avanzó lentamente a través de la caverna, sorteando con mucho cuidado los trozos de roca fragmentada y atravesando pequeñas hondonadas y pendientes, resbalando al pasar junto a las viscosas estalactitas blanquecinas. Caminó con seguridad y prudencia, alzando la linterna frente a ella y siguiendo su haz de luz.

La caverna, si es que era una caverna, parecía enorme. Estaba a punto de detenerse para obligar a aquella voz incorpórea a que la llamara otra vez, cuando oyó algo.

Dirigió el haz de luz en todas las direcciones antes de detenerse, contuvo el aliento y aguzó el oído. Y entonces oyó unos suaves golpes amortiguados y pesados, y algo que parecían gritos.

Mirando en la dirección de donde provenían los sonidos, se levantó las faldas, alzó la linterna y se dirigió hacia allí.

—¿Gert? ¿Bea? ¿Estáis ahí?

Los sonidos amortiguados se incrementaron y fueron seguidos de una especie de tamborileo. Las niñas estaban golpeando los pies contra el suelo de roca.

Em apretó el paso. Una hilera —más bien un bosquecillo— de estalactitas blancas se elevaba ante ella. La sorteó y vio una pared más baja, un lugar donde la roca de la caverna no se había desgastado tanto. El sonido de las patadas provenía de un poco más allá. Rodeó la pared e iluminó lo que había detrás... Entonces vio a sus aterrorizadas hermanas, amordazadas y jadeantes, y con las manos atadas a la espalda.

—¡Gracias a Dios! —Se abalanzó hacia ellas. Dejó la linterna en el suelo y, tras dejarse caer de rodillas, abrazó a las dos niñas, estrechándolas contra sí—. Ya estoy aquí. Ya estáis a salvo.

Las soltó, bajó la bufanda que amordazaba a Gert y luego se volvió para hacer lo mismo con Bea.

—Pero no estamos a salvo —susurró Gert aterrorizada—. Él está aquí, él fue quien te atrajo hasta aquí.

Bea asintió vigorosamente con la cabeza, con los ojos abiertos como platos.

—Todavía sigue aquí —dijo la niña cuando ella le quitó la mordaza.

El terror puro que se reflejaba en la voz de Bea hizo que Em volviera a mirar a su alrededor. Las niñas tenían razón. Pero...

—¿Quién es? —Ya había desatado la cuerda que las mantenía atadas espalda contra espalda. Urgió a Bea a girarse y comenzó a desatarle las cuerdas que le ataban las muñecas.

—¡El señor Jervis! —susurró Gert.

—El señor Jerry Jervis, el caballero de York que era amigo de mamá —le espetó Bea al ver la confusión de Em.

—¿El caballero de York? —Em no conocía a tal caballero—. Pero...

—Era un amigo especial de mamá, pero era marino y un día se marchó en un barco... Hacía mucho tiempo que no lo veíamos—. Gert se dio la vuelta para que Em le quitara las cuerdas de las muñecas.

—Nos dijo que mamá le había pedido que nos vigilara y que por fin nos había encontrado en Red Bells. —Bea se acercó más a ella y siguió susurrando—: Nos pidió que diéramos un paseo con él en el salón...

—Le hablamos del tesoro. —Gert se frotó las muñecas—. Nos pidió que le enseñáramos dónde había estado oculto... —Buscó los ojos de Em en la penumbra—. No pensamos que fuera capaz de hacernos daño, pero...

—Nos capturó —dijo Bea, agarrándose del brazo de Em—, nos ató y nos dejó aquí.

—¿Por qué? —Gert tenía una expresión perpleja y dolida—. ¿Por qué ha hecho tal cosa?

Em recordó el tesoro, y bajó la mirada a la bolsa de lona que yacía a su lado. Había encontrado a las chicas, pero todavía tenía el tesoro.

La luz de la linterna comenzó a titilar y a desvanecerse.

El temor a la oscuridad, que hasta entonces había mantenido a raya, irrumpió en el interior de Em, inundándola como una gigantesca ola, y amenazando con arrastrarla, hundirla y ahogarla.

Contuvo el aliento y centró la atención en las niñas, y vio que sus ojos estaban llenos de pánico.

Entonces gritaron y señalaron detrás de ella.

—Hola, Emily.

La joven se dio la vuelta justo cuando la luz de la linterna se apagó del todo, sumiéndoles en la oscuridad.

Por un instante, Em no pudo respirar. Sintió que se sofocaba, que se asfixiaba... luego recordó el tesoro y trató de coger la bolsa.

En cuanto la agarró, notó que se le escurría de entre las puntas de los dedos.

El aire se arremolinó en torno a Em cuando algo grande y cercano a ella se movió. Él no intentó disimular el ruido de sus pasos cuando se dio la vuelta y se alejó rápidamente en la oscuridad.

Por un momento, el pánico y la sorpresa atenazaron a Em. Se puso en pie con inseguridad; las gemelas la imitaron y se agarraron a sus faldas a cada lado de ella. Em no podía comprender cómo ese hombre podía caminar con esa facilidad a través de la oscuridad y entrecerró los ojos. Divisó un estrecho y tenue haz de luz de una linterna que recortaba la borrosa silueta de un hombre bastante grande.

Una fría desesperación la inundó.

—¡Espere! ¡No nos puede dejar aquí! —Rodeando a las niñas con los brazos, se alejó un paso de la pared de piedra.

Él se detuvo y giró la cabeza.

—Sí que puedo. —Pasó un momento—. No me importa si encuentran el camino para salir o si mueren aquí. Para entonces ya me habré ido y seré más rico de lo que jamás había soñado.

Había algo vagamente familiar en aquella voz... Em frunció el ceño.

—¿Hadley?

El hombre se rio.

—Adiós, Emily Colyton. Ha sido un placer haberla conocido. —Él se rio entre dientes y estaba a punto de marcharse cuando se detuvo una vez más—. Realmente es una lástima que quiera a Tallent. Si me hubiera elegido a mí, podría haberla llevado conmigo, pero también sé que, al igual que Susan, usted jamás habría abandonado a esos pequeños diablillos.

Em sólo pudo distinguir la burlona reverencia que le hizo.

—Así que adiós, querida... dudo mucho que volvamos a vernos. —Reanudó su salida de la caverna.

Dejando atrás una oscuridad total.

—¡Hadley! —Incluso ella escuchó la aterrada desesperación en su voz, pero el resto de la súplica murió en sus labios cuando, bajo la débil luz de la linterna, vio que Hadley se introducía en el distante pasaje.

La luz se desvaneció. Él se había ido.

La oscuridad se volvió más densa.

Em rodeó a cada niña con un brazo, estrechándolas contra sí mientras luchaba por tranquilizar el acelerado ritmo de su corazón. Tragó saliva. Respiró hondo y se obligó a exhalar el aire.

—Tenemos que salir de aquí.

—Pero no vemos nada —susurró Bea.

—No. —Em habló en tono firme y tranquilo—. Pero sé en qué dirección está el pasaje. —Y tanto que lo sabía, pues estaba justo a unos metros delante de ella—. Vamos. Sólo tenemos que poner un pie delante del otro y llegaremos a él.

Dio un paso adelante y rozó con el zapato la linterna apagada.

—Esperad. —Se agachó y cogió la linterna; era una grande con una sólida base de hierro. Ya no podía encenderla, pero llevarla en la mano hacía que se sintiera mejor—. Hay que ir todo recto. A ver, Gert, colócate a este lado y tú, Bea, en el otro. Agarraos a mis faldas y no os soltéis de mí. Yo os guiaré... pensad que es una especie de juego.

—Está bien —dijo Bea—, pero no me gusta la oscuridad.

Em odiaba la oscuridad, la aborrecía, únicamente sentía terror cuando se veía rodeada por ella..., pero no tenía tiempo de dejarse llevar por ese viejo temor. La vida de ella y de sus hermanas dependía de que mantuviera la calma. Y eso haría.

Tenían una vida que vivir con plenitud, y gente a la que amar y que las amaba; lo único que le importaba a Em era asegurarse de que eso fuera posible, y para ello tenían que encontrar la salida de la caverna y regresar a la luz del día.

—Venga, vamos. —Ni siquiera su viejo temor impediría que volviera a ver a Jonas otra vez, a yacer en sus brazos, a besarle, a abrazarle..., a ser protegida y querida por él. Puso un pie directamente delante del otro y siguió haciéndolo una y otra vez. Tenía la mano extendida delante de ella para no tropezar con las estalactitas que se interponían entre ellas y el pasaje —cómo las rodearía y encontraría de nuevo el camino correcto era algo que aún no había pensado— y siguió resueltamente hacia delante.

Un pie tras otro.

Llegaron al bosquecillo de estalactitas y contó veinte pasos. Estaba tratando de recordar cuántos pasos había dado al internarse en la caverna para buscar a las niñas, y la distancia a la que estaban de la entrada del pasaje, cuando una corriente de aire fresco le rozó la cara.

Era un suave soplo de viento, una mera caricia, pero ahora el aire era diferente, e incluso la temperatura era distinta, más fría.

Ella se detuvo, preguntándose si sería un producto de su imaginación, que se inventaba respuestas a sus oraciones, pero volvió a notar la fría brisa y, poco a poco, sus sentidos se aguzaron en la oscuridad. A pesar de todo, sonrió.

—Niñas, ¿sentís la brisa?

Pasó un instante, luego notó que las dos asentían con la cabeza.

—Viene del pasadizo. —O al menos eso creía Em. Había más posibilidades, pero no veía en qué podía beneficiarles hacer hincapié en ellas. Por lo que ella creía, la suave corriente de aire bajaba por el pasaje desde la cámara Colyton. La fría, húmeda y pegajosa presión del miedo se aligeró un poco.

—Lo único que tenemos que hacer para encontrar el pasaje es seguir la dirección de la brisa. Vamos.

Con más confianza de la que sentía y la mano extendida hacia delante, guio a sus hermanas por el bosquecillo de viscosas estalactitas; luego las dejaron a su espalda y siguieron la débil brisa.

Sus progresos eran todavía muy lentos. Aunque la corriente de aire les mostraba la dirección a seguir, todavía tenían que caminar con cuidado, tanto las niñas como ella. El suelo de la caverna era de piedra dura y afilada, las pequeñas hondonadas y pendientes eran muy pronunciadas en la absoluta oscuridad.

A pesar de su férrea determinación, la oscuridad todavía oprimía a Em como un manto sofocante que amenazara con robarle hasta el último aliento. Todavía tenía que luchar por respirar, por vencer el miedo que le comprimía los pulmones.

La esperanza la impulsaba a seguir adelante —la esperanza, y Jonas—. La inmutable convicción de que tenía que estar, necesitaba estar y estaría con él otra vez. Que su destino, su futuro estaba junto a Jonas bajo la luz del día, no allí en aquella sofocante oscuridad.

Así que Em siguió adelante, un paso detrás de otro, moviéndose lenta y cautelosamente, mientras sentía la débil brisa en las mejillas.

Jonas entró corriendo en la iglesia y bajó las escaleras de la cripta.

Se había pasado por la posada para preguntarle a Edgar si Em estaba allí, con la débil esperanza de que fuera así, pero Edgar le había confirmado que la joven había salido a dar un paseo.

Soltó una maldición y envió a Edgar a la herrería para que les dijera a Thompson y Oscar que se reunieran con él en la iglesia. No había tenido tiempo de dar explicaciones. Dejó a Edgar atrás y salió como un rayo hacia la cuesta de la iglesia. Filing e Issy estaban pasando el día fuera y Henry había ido a dar una vuelta, por lo que no había nadie en la rectoría a quien pedir ayuda, y no tenía tiempo de avisar a Lucifer y a sus hombres.

Aunque por suerte, uno de los vecinos, que estaba en la posada cuando él llegó, pudo llevar el aviso a Colyton Manor.

Se detuvo en medio de los escalones. La puerta de la cripta estaba abierta, pero el interior estaba a oscuras. Bajó los últimos peldaños en silencio; al llegar al pie de las escaleras pudo confirmar que la puerta de la cámara Colyton estaba abierta. Vio un débil resplandor procedente del interior. Recordó que Em tenía que devolver el tesoro adonde lo había encontrado y redujo el paso, acercándose cautelosa y silenciosamente al mausoleo.

Deteniéndose en el umbral, en lo alto de las escaleras, escuchó con atención. Al principio sus oídos no captaron más que un doloroso silencio; luego pudo oír el sonido distante, pero bien definido, de unos pasos amortiguados.

Pero no eran los pasos de Em, sino los de un hombre.

Jonas bajó sin hacer ruido las escaleras de la cámara Colyton, deteniéndose en el último escalón para escudriñar la oscuridad. Al instante se dio cuenta de por qué el resplandor de luz que veía era tan tenue; al parecer provenía de uno de los túneles subterráneos que partían del mausoleo, los que conducían al interior de la cordillera de piedra caliza.

Sólo Dios —y el villano— sabían adónde llevaría ese túnel.

El portador de la linterna se acercaba al mausoleo por el túnel de la derecha. Jonas bajó el último escalón y corrió por el suelo desigual, ocultándose en las densas sombras. Se dirigió a una de las tumbas más grandes y se agachó detrás, mirando por encima de una esquina la entrada del túnel.

Un hombre salió a paso vivo de él. Se detuvo en la entrada y levantó la mirada. ¡Hadley! Jonas frunció el ceño. ¿Sería él el villano o sólo habría bajado a curiosear?

En ese momento, Hadley alzó la mano con la que no sostenía la linterna y Jonas vio que sujetaba una bolsa de lona, y escuchó el tintineo de monedas.

Tenía ante él al villano que había estado persiguiendo el tesoro, la persona que le había atacado, y que había raptado a las gemelas... para conseguir que Em le entregara el tesoro Colyton.

417

¿Dónde estaba Em? ¿Y las gemelas?

Hadley se acercó a una de las grandes tumbas cercanas y depositó la bolsa sobre la tapa plana. Dejó la linterna a un lado y desató el cordón que cerraba la bolsa. Entonces la inclinó para dejar caer parte del contenido sobre la tapa de la tumba.

Las monedas de oro y las joyas centellearon bajo la luz de la linterna.

La sonrisa de Hadley era de pura avaricia. Jonas permaneció en su escondite mientras el artista devolvía los artículos —el tesoro Colyton— a la bolsa y volvía a atar el cordón. Luego, vio que Hadley recogía la linterna y, todavía sonriendo, se encaminaba a las escaleras de la cripta.

Jonas rodeó la tumba que le ocultaba y se agachó detrás de otra más cercana a las escaleras. Esperó, escuchando el sonido de los pasos de Hadley cada vez más cerca, mirando la luz de la linterna cada vez más brillante.

Justo en el momento oportuno se puso en pie y se plantó en el estrecho pasillo entre las tumbas, delante de Hadley, bloqueándole el camino hacia las escaleras.

Hadley, alarmado, se detuvo.

Jonas asió la bolsa y la arrebató de la mano del artista.

—Esto no es suyo.

Hadley reaccionó de repente y se abalanzó sobre él.

Jonas le esquivó y arrojó la bolsa a su espalda, donde chocó contra la pared del fondo.

Entonces levantó el brazo para incrustar el puño en el vientre de Hadley, pero el artista dio un paso atrás y usó la linterna para esquivar el golpe.

Pero entonces perdió la linterna, que cayó y rodó por el suelo, mientras la luz parpadeaba alocadamente. Al recobrar el equilibrio, Jonas vio que Hadley metía la mano en el bolsillo. ¿Sería para sacar una pistola?

No esperó a averiguarlo y se lanzó directamente sobre Hadley.

El artista sacó la mano del bolsillo al instante para luchar cuerpo a cuerpo contra él. Se arrojaron uno en los brazos del otro, forcejeando y trastabillando en los estrechos pasillos entre las tumbas.

Aunque Jonas era unos centímetros más alto, Hadley era más corpulento. Ninguno de los dos poseía una auténtica ventaja sobre el otro mientras daban bandazos de un lado a otro en aquel angosto espacio.

Ambos chocaron contra las tumbas de los Colyton y rebotaron entre las piedras inclementes, sin que ninguno de ellos lograra dominar al otro.

Entonces, Jonas logró conectar un derechazo. Clavó el puño en la mandíbula de Hadley, un golpe impulsado por la furia y la creciente incertidumbre por la seguridad y bienestar de Em y las gemelas.

Hadley se tambaleó hacia atrás, liberándose de su agarre. Con un jadeo ahogado el artista sopesó sus posibilidades, se apartó de Jonas y rodó sobre el suelo y por encima de una tumba. Antes de que Jonas pudiera moverse, Hadley apareció por el otro lado con una pistola en la mano.

Jonas se agachó, pero sintió una dolorosa punzada en el hombro izquierdo.

Hadley no esperó a comprobar el daño infligido; arrojó la pistola, ahora inservible, detrás de Jonas, volvió a agacharse y rodeó la tumba a toda velocidad, dirigiéndose hacia el lugar donde Tallent había arrojado la bolsa del tesoro.

Se escucharon unas voces en la cripta. Hadley se detuvo en seco.

—Deben de estar ahí abajo —resonó la retumbante voz de Thompson en las escaleras que conducían a la cámara Colyton.

—Entonces será mejor que bajemos y echemos un vistazo. —La respuesta de Oscar fue seguida por unos pesados pasos en los escalones de piedra.

Jonas se apoyó en una de las tumbas.

—¡Daos prisa! ¡Estoy aquí abajo! —dijo, moviéndose e interponiéndose entre Hadley y el túnel por el que había aparecido.

Con los ojos muy abiertos, Hadley miró los escalones de piedra... La única salida hacia la cripta estaba bloqueada ahora por los corpachones de Oscar y Thompson.

Hadley lanzó una mirada al tesoro, que había caído en el otro extremo de la cámara, luego miró por encima del hombro a la entrada del segundo túnel en el lado contrario.

Si se lanzaba a por el tesoro, quedaría atrapado entre ese lado de la cripta Colyton y Jonas, Oscar y Thompson que le bloquearían todas las salidas.

Con una furiosa maldición de frustración, Hadley cogió la linterna que había dejado caer, todavía encendida, y, dándose la vuelta, huyó atravesando la cámara, hacia el segundo túnel.

Jonas observó con el ceño fruncido cómo la luz se desvanecía.

Oscar, que bajaba las escaleras con otra linterna, también vio que Hadley escapaba. Levantó el haz de luz para mirar alrededor de la cámara y localizó a Jonas en las sombras.

—¿Estás bien?

Jonas no estaba seguro, pero encontrar a Em y a las gemelas era su máxima prioridad. Le hizo un gesto con las manos.

—Dame esa linterna. ¿Tenéis otra?

—Sí. —Fue Thompson, que bajaba las escaleras detrás de su hermano con otra linterna, quien respondió—. Sólo había estas dos. Debería haber cuatro, no sé dónde están las demás.

—Hadley, que es el responsable de todos los incidentes, acaba de escaparse con una por ese túnel. —Jonas señaló el pasadizo en el otro extremo de la cámara con un gesto de cabeza—. Creo que Em debe de tener la otra. —Eso esperaba por lo menos. Tenía la sospecha, más bien la impresión, de que a ella no le gustaba estar sumida en la oscuridad.

Se volvió hacia el túnel que tenía detrás, enfocando la entrada con la luz de la linterna.

—Hadley salió por este túnel con la bolsa de lona donde Em debió de meter el tesoro, o al menos parte de él. —En pocas palabras, explicó el plan de Hadley y lo que creía que había hecho Em en respuesta—. He arrojado la bolsa contra esa pared. ¿Podríais cogerla y ponerla a buen recaudo?

—Sí. —Thompson asintió con la cabeza—. Pero estás sangrando mucho. ¿Ha sido un disparo lo que hemos oído?

Jonas movió el hombro y reprimió una mueca.

—Es sólo una herida superficial. Hadley tiró la pistola entre las tumbas y dudo mucho que tenga otra.

—¿Dónde crees que están la señorita Emily y las niñas? —preguntó Oscar.

Jonas se dirigió hacia el túnel que había estado estudiando.

—Creo que Hadley las abandonó en alguna parte de este túnel.

—¡Dios mío! Espero que no se hayan perdido —dijo Oscar con un estremecimiento.

Jonas también lo esperaba y rezaba para que fuera así. La gente siempre se perdía en las cavernas.

—Voy a bajar a buscarlas, pero vosotros no debéis moveros de aquí.

—Lanzó un vistazo al otro túnel, por el que había huido Hadley—. No sé adónde conduce ese pasadizo, pero sospecho que Hadley está esperando a que todos vayamos en busca de Em y de las niñas para salir por donde ha entrado.

—Bueno, pues no se lo vamos a consentir —dijo Thompson con voz y expresión beligerante, dejando la linterna sobre una tumba—. Pero ten cuidado ahí abajo, y avísanos si necesitas ayuda para rescatar a las damas.

—Lo haré. —Jonas se detuvo en la entrada del primer túnel—. Si tengo que ir muy lejos, si no encuentro a Em y a las niñas y tengo que internarme aún más en la caverna, volveré para avisaros.

Los hermanos se mostraron de acuerdo. Jonas levantó la linterna y se introdujo en el túnel.

Estuvo caminando más tiempo del que había esperado. Se apresuró tanto como pudo, como el suelo desigual le permitía. El dolor del hombro no le permitía correr y a Em y a las gemelas no les serviría de ayuda si se desmayaba.

Las voces de Oscar y Thompson se desvanecieron cuando se internó más profundamente en la caverna. La mente de Jonas no dejaba de dar vueltas, evaluando todas las probabilidades de lo que podía encontrarse. Hacía años, décadas incluso, que no realizaba una expedición de ese tipo, y como la cámara Colyton había estado cerrada durante todo ese tiempo, Jonas nunca había explorado esos túneles, ni las cavernas a las que conducían y que, seguramente, estarían conectadas.

Le animó descubrir que no había más pasajes que desembocaran en ése, así que no tuvo que decidir por dónde ir, sólo continuar hacia delante.

Apresurándose todo lo que podía, rezó para no llegar demasiado tarde.

Habían oído un ruido amortiguado a lo lejos, suave pero definido. Em no quiso pensar qué lo había producido. ¿Podría ser que Hadley hubiera cerrado de golpe la puerta de la cámara Colyton, dejándolas encerradas allí?

Se dijo que no debía pensar en ese tipo de cosas, sino que debía concentrarse en conseguir que las tres llegaran sanas y salvas al pasadizo, y luego regresar a la cripta. Jonas encontraría la nota como muy tarde esa noche, entonces iría a rescatarlas.

Lo único que tenían que hacer era llegar a la cámara y esperar allí. En la más profunda, absoluta y completa oscuridad.

«No pienses en eso.»

Así que centró su atención en la caricia constante, y a ratos reconfortante, del aire fresco que le daba en la cara. La corriente de aire era más fuerte ahora y no tenía ningún problema para guiarse por ella, pero seguían avanzando muy lentamente. El suelo rocoso y desigual les impedía ir más rápido, y las viscosas estalactitas que tocaban eran todavía peor. A menudo tenían que desviarse un buen trecho del camino para encontrar un espacio lo suficientemente amplio para que pudieran pasar las tres. Las gemelas, como era comprensible, no se soltaban de sus faldas ni se apartaban de su lado.

Con los brazos extendidos y la linterna meciéndose en una de sus manos, Em avanzó a ciegas arrastrando los pies, con una niña a cada lado. Aunque se obligara a no pensar en ella, la oscuridad era tan densa que parecía como si un peso físico estuviera apretándole los párpados. Había cerrado los ojos hacía mucho rato, pues tenía la impresión de estar ciega mientras intentaba escrutar la densa oscuridad.

A pesar de decirse que la débil brisa significaba que no estaban realmente encerradas allí, que no importaba aquella oscuridad, que no había ningún otro ser vivo en aquella caverna, el miedo comenzaba a dominar a Em. Era como un enorme globo en su pecho que le oprimía los pulmones y le impedía respirar.

Pero las gemelas confiaban en que ella las sacaría de allí. No tenía tiempo para desmayarse.

—¿Aquí abajo hay ratones? —susurró Bea.

—Lo dudo mucho —respondió Em tan despreocupadamente como pudo—. Aquí no hay comida para los ratones.

—Ah. —Bea se quedó callada.

Entonces intervino Gert.

—¿Y tampoco hay arañas?

—Hay demasiada humedad. —O al menos eso esperaba Em. Aquellas espeluznantes criaturas le daban bastante miedo.

De repente la corriente de aire se incrementó. Em frunció el ceño; eso quería decir que se acercaban a la entrada del pasadizo, pero, según sus cálculos, ésta todavía se encontraba a bastante distancia.

¿Podría haber dos pasadizos?

No había visto el otro, pero la corriente de aire que llegaba hasta ella parecía más fuerte.

Se detuvo para evaluar la situación. Cerró los ojos, concentrándose en la corriente de aire que le daba en las mejillas, y movió lentamente la cabeza de derecha a izquierda.

No... Sus sentidos no la engañaban. El aire fluía ahora desde dos ángulos diferentes.

Había dos pasadizos.

¿Cuál era el que las conduciría a la seguridad de la cámara Colyton?

Recordó que tanto Jonas, como más tarde Henry, habían dejado caer algún comentario sobre los intrincados pasadizos que se interconectaban en el interior de la cordillera y cómo la gente se perdía en su interior y jamás se volvía a saber de ella.

Manteniendo un tono de voz tan despreocupado como pudo, les preguntó:

—¿Visteis algún otro pasadizo o túnel cerca del que parte del mausoleo?

—Hay otro —dijo Gert—. Otro pasaje como el que el señor Jervis nos hizo tomar. Estaba a nuestra izquierda cuando llegamos a esta caverna.

Dándole gracias a Dios por lo observadoras que eran las niñas, Em asintió con la cabeza.

—Muy bien, así que el pasadizo que conduce al mausoleo es el que está ahora a nuestra izquierda.

Decidir qué dirección tomar con los ojos cerrados era muy desorientador. Los abrió y giró la cabeza para que la brisa que llegaba del túnel que no debían tomar le soplara directamente en la cara. Ésa, se dijo a sí misma, es la dirección incorrecta.

Frunció el ceño y aguzó la vista. ¿La estaban engañando sus ojos, su imaginación, o las paredes en el interior del pasaje erróneo comenzaban a iluminarse haciéndose cada vez más visibles?

En medio del silencio, les llegó el resonante sonido de unos pasos.

Un hombre con botas. ¿Hadley o sus rescatadores?

¿O quizás ambos?

Sus agudizados sentidos detectaron dos tipos de pasos diferentes acercándose a ellas. Por un lado se oían las zancadas de alguien que corría, por otro, aunque algo más distante, se oían unos pasos rápidos, apresurados, pero más lentos que los primeros.

El hombre que se encontraba más cerca llegaría por el túnel de la derecha, mientras que el otro, más lento, provenía del mausoleo.

El único hecho que Em podía discernir por el sonido de los pasos era que los dos hombres llevaban botas de caballero, no las que utilizaban los campesinos para trabajar en el campo.

Hadley, Jervis o como se llamara, llevaba botas esa tarde. Y Jonas siempre las usaba.

Delante de ellas, todavía a unos metros pero no tan lejos como ella había pensado, la pared de la caverna tenía una abertura más discreta, que se definía cada vez más ante sus ojos por el creciente resplandor que iluminaba el túnel.

Los dos hombres portaban linternas.

Uno venía a rescatarlas, el otro era el peligro.

¿Quién era quién?

Gracias a Dios, las gemelas permanecieron en silencio. Em notó que se aferraban con más fuerza a sus faldas.

Con pasmosa claridad se dio cuenta de que aunque ella y las gemelas podían ver perfectamente bien a los hombres, éstos no podían verlas a ellas. Las tres estaban todavía lo suficientemente lejos de las bocas de los túneles como para que no las delatara la luz de las linternas. La caverna parecía un espacio infinito que se tragaba cualquier luz, pero ellas, con los ojos acostumbrados a la oscuridad, les veían claramente.

Em escudriñó a su alrededor. Unos metros atrás, a la derecha, había una hilera de estalactitas. Eran las que les habían bloqueado el paso de la corriente de aire del pasaje de la derecha hasta que las rodearon.

Bajó la mirada a las gemelas, luego las rodeó a cada una con un brazo y se inclinó.

—No hagáis ningún ruido —les pidió en un bajo susurro.

Las hizo retroceder unos pasos hasta que se refugiaron detrás de las estalactitas de caliza.

—Agachaos —murmuró. Em se agachó, y las niñas también lo hicieron obedientemente a cada lado, acurrucándose contra ella. Em dejó la linterna delante, sobre el suelo de roca. Luego puso los brazos protectoramente sobre los hombros de las niñas, inclinó la cabeza y murmuró—: Quiero que me soltéis por si acaso tengo que moverme. —Sintió que las niñas aflojaban los dedos lentamente, casi a regañadientes, soltando las faldas—. Es necesario que mantengáis las cabezas bajas para que no os vean. Y que os quedéis aquí, escondidas, hasta que yo o Jonas os gritemos que salgáis.

El hombre del pasaje de la derecha corría con gran estrépito hacia ellas.

—Ya sabéis, no hagáis ningún ruido —fue lo último que se atrevió a decir.

Hadley irrumpió en la caverna con la respiración jadeante. Se detuvo unos pasos delante del umbral. Entonces levantó la linterna, describiendo un círculo de luz para mirar con atención el fondo de la caverna.

La luz pasó por encima de sus cabezas, pero Hadley escudriñaba mucho más allá de ellas.

El artista masculló una maldición, luego levantó la voz.

—¡Emily! —la llamó con un susurro enérgico muy diferente al anterior deje burlón. Cuando sólo le respondió el silencio, continuó—: He cambiado de idea. Salga y la llevaré afuera.

Em contuvo un bufido sarcástico.

El segundo hombre se acercaba por fin a la caverna. Cuanto más cerca estaba, cuanto más claros eran sus pasos, más segura estaba Em de que se trataba de Jonas.

Seguridad. Protección. Salvación.

Em no entendía cómo era posible que él hubiera aparecido con tanta rapidez, pero no podía estar más agradecida.

Aprovechando el eco resonante de sus pasos, la joven se inclinó sobre sus hermanas y murmuró:

—No os levantéis. No os mováis.

Hadley podía oír a Jonas cada vez más cerca; todavía jadeaba y miraba a su alrededor de manera frenética. Después de una última ojeada a la caverna, se volvió para mirar al otro pasadizo.

Pasó un segundo y entonces él bajó la mirada a la linterna. Se movió hacia la entrada del pasaje del mausoleo, luego dejó con cuidado la linterna en el suelo, dejando que iluminara la entrada del otro pasadizo.

Para que iluminara a Jonas cuando entrara en la caverna.

Cuando Hadley se irguió, Em observó que deslizaba la mano derecha en el bolsillo y un segundo después percibió el destello brillante de una hoja afilada. Con paso sigiloso, el hombre se alejó de la linterna y rodeó el círculo de luz.

Acercándose a donde estaban ellas.

Em contuvo el aliento, pero ahora que sólo prestaba atención al pasadizo por el que aparecería Jonas, Hadley ya no las buscaba. Ni siquiera lanzó una mirada a las estalactitas que las ocultaban.

Cuando se deslizó entre ellas y la luz que emitía la linterna, Em pudo observar con más claridad el cuchillo que llevaba en la mano.

El eco de los pasos de Jonas era cada vez más fuerte.

Hadley continuó moviéndose hasta que se detuvo a la izquierda del pasaje que provenía de la cámara Colyton, para estar al otro lado de la luz de la linterna cuando Jonas entrara en la caverna.

Su plan era sencillo, Jonas miraría hacia la linterna y entonces...

Em se levantó en silencio; cogió su linterna apagada y se puso en movimiento, deslizándose también hacia la izquierda, rodeando las estalactitas sin emitir ningún sonido hasta que se situó a dos metros de la espalda de Hadley.

La luz de la linterna de Jonas inundó la boca del túnel. Se detuvo en el umbral y alzó la luz, dirigiendo el haz alrededor de la caverna, entrecerrando los ojos al percibir el resplandor del otro farol.

Se había detenido justo en el umbral del pasadizo, por lo que Hadley, listo para atacarle, no podía saltar todavía sobre él.

Entonces Jonas entró en la caverna.

—¿Em?

Hadley se movió.

—¡Hadley tiene un puñal, Jonas! Va a atacarte.

Hadley se giró en redondo, parpadeando furiosamente mientras intentaba verla, pero había estado mirando la luz y ella estaba lo suficientemente lejos del haz de la linterna como para confundirse con las sombras.

Em se mantuvo firme a pesar de que tenía los músculos tensos. Mientras no se moviera, Hadley no la vería.

Jonas se había girado hacia donde estaba ella. Entonces Hadley se movió a un lado, y Em escuchó la maldición de Jonas cuando la luz de la linterna la iluminó.

Hadley clavó los ojos en ella. Con un gruñido, se abalanzó sobre Em con la mano abierta y los dedos extendidos para agarrarla.

Jonas le arrojó la linterna a Hadley. Le golpeó en la nuca; el golpe fue lo suficientemente fuerte como para hacer que se tambalease y se girase en redondo hacia Jonas, dándole la espalda a Em.

Jonas se abalanzó hacia la linterna. Aquel tunante quería utilizar a Em como rehén, por eso había regresado a la caverna.

Chocó contra Hadley y ambos cayeron al suelo; en el calor del momento, se había olvidado de la herida del hombro, pero la abrasadora punzada de dolor que sintió al caer, se la recordó.

Hadley, sin embargo, no había olvidado la herida de Jonas, ni tampoco el chichón que tenía en la cabeza. Torció los rasgos en un gesto cruel, luchando por presionar en el hombro herido, cargando todo su peso sobre él.

Jonas apretó los dientes y luchó por no perder el conocimiento. La única manera de aliviar aquella dolorosa presión era rodar sobre la espalda, apoyando su sensible cabeza sobre el suelo de roca, lo que daría a su contrincante la oportunidad de ponerse encima de él.

Una oportunidad que Hadley aprovechó de inmediato, al mismo tiempo que bajaba la mano para clavarle el cuchillo.

Jonas atrapó el brazo del artista con las dos manos y empujó con todas sus fuerzas.

Comenzaron a temblarle los brazos.

Em rodeó a los dos luchadores y observó que a Jonas se le aflojaban los brazos. Vio que tenía sangre en el hombro y que ésta parecía una enorme lágrima oscura en la chaqueta clara.

Una intensa furia candente la atravesó. Apretando los labios, levantó su linterna hasta entonces inservible, le dio la vuelta y se abalanzó sobre Hadley.

Dándole un golpe fuerte y seco en la cabeza.

Él se quedó paralizado y miró por encima del hombro, sacudiendo la cabeza aturdido.

Jonas lanzó un puñetazo a la mandíbula de Hadley.

Un enorme crujido resonó en la caverna. La cabeza del artista cayó hacia atrás y luego hacia delante muy lentamente mientras se le cerraban los ojos y se deslizaba al suelo de roca.

Encima de Jonas.

Em bajó la mirada para observar el resultado de sus esfuerzos —Hadley estaba inconsciente por completo—, luego soltó la linterna y se dejó caer de rodillas al lado de Jonas.

—¡Estás sangrando! —Le tocó suavemente el hombro y palideció—. Santo Dios, ¿ha sido él quien te ha disparado? —Em giró la cabeza y le lanzó una mirada asesina a la figura de Hadley—. Hadley, Jervis o cualquiera que sea su nombre.

—Es sólo una herida superficial. —Jonas se incorporó con los labios apretados, se apoyó en ella y logró ponerse en pie, no sin antes recoger el puñal que había caído de la mano de Hadley. Se lo metió en el bolsillo y se giró hacia Em mientras ella se levantaba también.

Muy enfadado, sobre todo si pensaba en lo ocurrido en los últimos minutos, y más en el momento en que Hadley se había lanzado sobre Em, Jonas buscó la brillante mirada de la joven y sintió que una ardiente furia le invadía.

—¿Qué demonios pretendías viniendo aquí sola?

Em parpadeó, totalmente sorprendida.

—Tienes que haber leído mi nota... tenía que pagar el rescate y liberar a las gemelas.

Él asintió con la cabeza.

—Eso puedo entenderlo. Lo que no puedo entender es por qué no creíste oportuno decírmelo cuando me habías prometido que lo harías, cuando me prometiste que compartirías tus problemas conmigo. ¿Lo recuerdas? —Poniendo los brazos en jarras, inclinó la cara sobre la de ella, ignorando el palpitante dolor en su hombro—. ¿Y qué me dices de hace apenas unos minutos, cuando deliberadamente has atraído su atención sobre ti? —Le clavó un dedo en la punta de la nariz—. ¡Y ni se te ocurra decirme que no sabías que tenía un puñal!

La joven había retrocedido un paso, pero aquel último y sorprendente comentario hizo que entrecerrara los ojos, enderezara la espalda y se mantuviera firme.

—No seas tonto. ¡Ese hombre tenía intención de clavarte el cuchillo! ¿Qué esperabas que hiciera? ¿Que me quedara quieta para ver cómo te acuchillaba?

Jonas no pensaba permitir que usara esa excusa.

—Lo que esperaba era...

—¿Podemos salir de aquí? —resonó una voz plañidera en la oscuridad, arrancándoles eficazmente de la pelea. Los dos dieron un paso atrás y luego intercambiaron una mirada tensa.

—Más tarde —dijo Em en voz baja, con los ojos todavía entrecerrados y los labios apretados.

Él asintió con la cabeza.

—Más tarde. —Aquella discusión todavía no había acabado, de ningún modo.

Em se volvió hacia donde había dejado a las gemelas.

—Sí, podemos salir de aquí. Estáis a salvo.

De lo que Em no estaba tan segura era de que ella lo estuviera, pero con Hadley inconsciente en el suelo, sus hermanas estaban indudablemente a salvo.

22

Dejando a Hadley en la oscuridad, condujeron a las gemelas por el pasaje por el que habían bajado antes.

—El otro pasaje también conduce al mausoleo. —Jonas seguía a Em por el túnel. Habían vuelto a encender la linterna de Hadley y cada adulto portaba una, manteniendo la oscuridad a raya. Habían dejado en la caverna la que Em había usado para golpear al artista en la cabeza, pues se le había acabado el aceite—. Hadley se largó corriendo por el otro pasadizo de la cámara Colyton para escapar de Thompson, de Oscar y de mí... Creíamos que se adentraba a ciegas en las cuevas.

—Pero en lugar de eso, regresó para buscarme a mí —dijo Em.

Jonas apretó los labios mientras asentía con la cabeza; la cabeza no le dolía, pero seguía palpitándole el hombro.

—Quería tomarte a ti o a alguna de las gemelas como rehén, para exigir que le devolviéramos el tesoro y le dejáramos escapar. —Miró las brillantes cabezas de las gemelas con el ceño fruncido—. Gert, Bea, ¿cómo os convenció para que os marcharais con él? Pensaba que habíais aprendido la lección después de lo ocurrido con Harold.

Con gran dignidad, las gemelas se lo explicaron todo, informándole que Hadley era un caballero de York que había sido un amigo especial de su madre.

—Pero entonces se llamaba señor Jervis.

—Y tenía barba.

Con la cabeza bien alta, las niñas continuaron avanzando por el túnel; no parecían estar muy afectadas por la aventura. De hecho, por los susurros que intercambiaban, parecían estar perfilando la historia que iban a contarles a los vecinos del pueblo.

Jonas intercambió una mirada con Em.

—Sospecho que sigue siendo el señor Jervis.

Ella asintió con la cabeza.

—Susan, la madre de las gemelas, conocía la existencia del tesoro. No estoy segura de si tenía constancia de la rima, pero las gemelas la conocen desde su más tierna infancia, igual que Issy, Henry y yo.

Brincando delante de ellos, Bea se dio media vuelta para añadir:

—Fue el señor Jervis quien le dijo al oficial de policía, después de que mamá se fuera al Cielo, que deberían enviarnos a vivir con Em en casa de tío Harold.

—¿De veras? —Por la expresión que puso, aquélla era una información que Em desconocía—. Bueno, eso fue muy amable de su parte.

Gert soltó un bufido.

—No lo hizo porque fuera amable. Le oí decir que esperaba que eso supusiera más carga para ti. —Se volvió a mirar a Em—. Pero nosotras no somos una carga para ti, ¿verdad?

—El señor Jervis no es bueno —dijo Em—. Y no deberíais creer nada de lo que dicen los hombres malos.

Cuando, más reconfortadas, Gert y Bea volvieron a mirar hacia delante, la joven intercambió una mirada aún más significativa con Jonas.

Él aminoró el paso, igual que ella.

—Parece como si Hadley, o Jervis, si es ése su nombre de verdad —susurró Jonas mientras las gemelas continuaban avanzando a paso vivo—, quisiera el tesoro, pero no hubiera tenido intención de buscarlo. Apareció unas semanas después que tú; no le habría sido difícil contratar a alguien para que le avisara cuando dejaras la casa de tu tío. ¿Conocía Susan tu plan para marcharte de allí en cuanto cumplieras veinticinco años?

Em asintió con la cabeza.

—Issy y yo le escribíamos con frecuencia... era un secreto a voces entre Susan y nosotras.

—Así que Jervis también lo sabía, e imaginaría que, con las gemelas a tu cargo, te sentirías cada vez más presionada y que te largarías de allí en cuanto pudieras.

—Y tenía razón —admitió Em—. La actitud de Harold hacia las niñas fue la gota que colmó el vaso.

Cuando llegaron a la cámara Colyton, encontraron a Thompson y a Oscar sentados sobre las tumbas, balanceando las piernas mientras esperaban. Se pusieron en pie cuando las niñas se acercaron corriendo a ellos, hablando de hombres malos, linternas y puñales.

Thompson miró a Jonas arqueando una ceja.

Él señaló el túnel con un gesto de cabeza.

—Hadley está inconsciente en la caverna en la que desembocan los dos túneles.

—Ahora mismo vamos Oscar y yo a buscarle. —Thompson cogió la linterna que había dejado sobre una tumba cercana.

—Ten —dijo Jonas tendiéndole la suya a Oscar—. Tendréis que bajar uno por cada túnel, pues Hadley podría subir por uno mientras bajáis por el otro.

Thompson asintió con la cabeza, sonriendo ampliamente sin disimular su regocijo ante la expectativa.

—No podrá eludirnos. —Volviéndose hacia Em, Thompson le tendió la bolsa de lona—. Creo que esto es suyo, señorita.

—Gracias. —Em cogió la bolsa, suavizando con una sonrisa lo que hasta entonces había sido una expresión seria.

—Nos vamos a buscar al villano. —Con una inclinación de cabeza y un saludo, Oscar se dirigió al túnel más alejado, dejando el otro para su hermano.

Cuando la luz de sus linternas se desvaneció, Jonas cogió la que sostenía Em. Ignorando el dolor que irradiaba desde su hombro, la alzó y condujo a las tres hermanas por los sinuosos escalones hasta la cripta, y de allí a la iglesia.

Allí encontraron a un buen grupo de rescatadores preocupados por ellos y a punto de bajar a la cripta para ayudarlos; con Filing, Issy y Henry a la cabeza. Cuando oyeron los pasos apresurados de las gemelas en los escalones, todos se quedaron callados y aguardaron. Cuando irrumpieron en aquel escenario de expectante quietud, las gemelas se convirtieron con rapidez en el centro de la atención. Contaron su historia, así como la de Em y Jonas. Tras intercambiar una mirada irónica con Jonas, Em dejó que las niñas distrajeran a todo el mundo.

También se mantuvieron en silencio cuando, dejando allí a

Thompson y a Oscar, todos se dirigieron a la posada. Allí había todavía más vecinos que esperaban impacientes escuchar el resultado del secuestro y la petición de rescate. Después de que Edgar hubiera ido a buscar a Thompson a la herrería, había regresado para atender la taberna. Em observó que había demasiada gente en la posada para lo que debería haber sido una tranquila tarde de jueves.

Todos esperaban ver a Jervis —alias Hadley— cuando Thompson y Oscar le llevaran allí, pero se quedaron con las ganas.

—No lo hemos encontrado —les informó Thompson cuando llegó—. Llegué un poco antes que Oscar a la caverna, pero ya no estaba allí. No pasó por nuestro lado o al menos no pudimos verlo. No nos adentramos demasiado ya que nos imaginábamos que él no podría ir muy lejos sin una linterna que le iluminara el camino. Así que regresamos y cerramos tanto la puerta de la cámara Colyton como la de la cripta. —Thompson le dio la llave a Filing—. Creo que es mejor que la tenga usted, señor Filing. Por si acaso alguien quiere bajar más tarde para comprobar si está esperando para salir.

—Creo que será mejor bajar mañana —intervino Oscar—. Después de una noche en la cámara Colyton, se mostrará mucho más pacífico.

Em observó que todos asentían conformes, aunque unos eran más renuentes que otros a dejar a Jervis abandonado allí hasta la mañana siguiente. Sus intentos para hacerse con el tesoro —atacar a Jonas, secuestrar a las gemelas y finalmente a ella, y volver a herir a Jonas— habían enfurecido a todos los vecinos como si hubiera atacado directamente al pueblo.

Em se sintió a la vez reconfortada e inspirada al saber que su familia y ella eran consideradas ahora parte de la vida del pueblo.

Una de las primeras personas que surgió de la multitud fue Gladys. Una vez que le señalaron la herida de Jonas, el ama de llaves apretó los labios y se marchó. Poco después se desvaneció el bullicio inicial e, ignorando la opresión que le producía la discusión pendiente y la tensión que había entre ellos, Em agarró a Jonas del brazo.

—Ven a la cocina para que pueda curarte el brazo.

Él soltó un bufido, pero permitió que le condujera a la cocina. Ella le indicó que se sentara en una silla ante el fuego, donde se cocinaba la cena de esa noche. Hilda colocó unos paños y una palangana de agua caliente sobre la mesa; Em escurrió uno de los paños y, tras torcerlo, se puso a humedecer la chaqueta y la camisa en la zona de la herida para poder quitárselas.

Cuando finalmente estuvo sin camisa, Jonas volvió a sentarse en la silla, mirando con los ojos entrecerrados la herida que tenía en el hombro. Em la estudiaba con atención, mascullando para sus adentros; luego comenzó a limpiarla con cuidado. A pesar de todo, él no podía evitar sentirse orgulloso de sus cuidados, de aquella sencilla prueba de afecto.

Sintió cada suave roce, cada apretón tranquilizador de los dedos de la joven contra su piel herida, disfrutando del momento, de todo lo que significaban aquellas atenciones, todas sus connotaciones, debilitando su determinación de sacar a colación la pospuesta discusión.

Sabía que Em le amaba. Lo sabía porque podía sentirlo en el roce de su mano cuando le secaba el hombro con tiernos toquecitos.

—Esto —dijo Hilda, acercándose con un tarro de bálsamo— le ayudará a curarse.

Em cogió un poco con los dedos y extendió el bálsamo de hierbas sobre la piel lacerada. Finalmente, puso una gasa sobre la herida y la sujetó con unas vendas.

Justo cuando Jonas se dio cuenta de que ya no tenía ropa que ponerse, Gladys apareció por la puerta trasera con una camisa y una chaqueta que reemplazaban las que habían quedado inservibles. Em ni siquiera había pensado en eso.

Él agradeció la ropa limpia, se puso en pie y se vistió con rapidez. Hilda y Gladys regresaron al salón de la posada. Jonas se volvió hacia Em y la miró directamente a los ojos.

—Gracias.

Apartando a un lado los paños y la palangana, la joven se encogió de hombros.

—Es lo menos que puedo hacer después de que te hayan herido por defenderme. —Le lanzó una mirada al hombro—. ¿Estás mejor?

Él movió el hombro con cuidado.

—Sí. Ya no me duele tanto.

La tensión producida por la discusión pendiente era como una cuerda que se tensara entre ellos. Pero no era el momento ni el lugar apropiado para continuar con ella. Él esperó a que Em regresara del fregadero y la siguió de vuelta al salón.

Ella fue muy consciente de él durante todo el rato. Lo sentía de la misma manera que se presiente una tormenta inminente, como una oscura y poderosa energía en el aire que esperaba descargar sobre ella. Jonas nunca se alejó demasiado mientras Em ejercía su papel de posadera y circulaba entre la gente allí reunida.

El resto de la tarde pasó con rapidez. Aunque muchos le preguntaron sobre la terrible experiencia que había sufrido, ella eludió todas las preguntas con una sonrisa y una respuesta alegre; en lo único que podía pensar era en la discusión que tenía pendiente con Jonas.

Todos sus instintos le decían que esa discusión sería, no sólo importante, sino fundamental para su decisión de casarse con él. No sabía exactamente de qué modo afectaría eso a su relación, pero cuando por fin cerraron la posada por la noche y oyeron el sonido de los pasos de Edgar que se alejaba por el patio, ella estaba más que dispuesta a subir las escaleras hacia sus aposentos y aclarar las cosas con el caballero que le pisaba los talones.

Em abrió la puerta de su salita y le precedió al interior. Se detuvo en medio de la estancia y, estaba a punto de girarse para enfrentarse a él, cuando notó la firme mano de Jonas en la parte baja de la espalda, empujándola hacia delante, hacia la puerta abierta del dormitorio.

Ella se puso rígida, pero no opuso resistencia. No importaba el lugar que eligieran para hablar, y Em no deseaba distraerse por tonterías cuando debía mantener la calma y centrarse en la discusión que se avecinaba.

Los dos se detuvieron en medio del dormitorio. Em agradeció para sus adentros que él hubiera traído la vela de la salita. Esperó mientras la colocaba en el tocador, desde donde emitió una luz lo suficientemente brillante como para poder verse las expresiones de las caras.

Jonas se irguió y la miró.

—Antes de que digas nada, quiero dejar claro que no cuestiono que quisieras pagar el rescate... Comprendo perfectamente tus razones para hacer lo que fuera necesario para salvar a las gemelas. Por supuesto que lo hago. —Metió las manos en los bolsillos y clavó sus ojos oscuros en la cara de Em—. En lo único que no estoy de acuerdo es en por qué no me dijiste nada sobre la desaparición de las niñas, de la petición del rescate y lo que pensabas hacer al respecto.

Los ojos de Jonas parecieron arder mientras le sostenía la mirada. Em estaba segura de que no era producto de su imaginación que su cara pareciera más dura, que los ángulos fueran más afilados y sombríos.

—Me lo prometiste. Me prometiste que compartirías todos tus problemas conmigo, y que yo te ayudaría a cargar con ellos. La razón por la que te pedí que me hicieras esa promesa es muy sencilla: tú eres importante para mí. —Sacó las manos de los bolsillos y respiró hondo, exhalando lentamente el aire antes de continuar—: No sólo eres importante, eres vital, crucial, fundamental para el resto de mi vida. Te necesito, y si no paso el resto de mi vida contigo, ésta dejará de tener sentido para mí.

Él no parecía saber qué hacer con las manos y no hacía más que cerrar los puños a los lados.

—Te amo, Em. Por eso te pedí que me prometieras eso, por eso necesitaba que cumplieras esa promesa. Pero a las primeras de cambio, la rompiste. —La expresión de Jonas no podía ser más desoladora—. No confiaste en mí.

—¡Espera! —Ella alzó una mano—. Detente ahora mismo. —Em le miró con los ojos entrecerrados—. ¿Realmente piensas que no te lo conté, que acudí sola a enfrentarme a Hadley porque no confío en ti y no tengo fe en tu amor?

La expresión de Jonas era ilegible, pero después de que ella esperara un buen rato, él acabó asintiendo de mala gana con la cabeza.

Em bajó la mano y aspiró aire, que soltó con un sonido ahogado.

—¡Pues te equivocas! La única razón por la que no te hablé de la desaparición de las gemelas y de la petición de rescate, aunque te dejé una nota que debías descubrir más tarde, es porque confío en ti. —Le lanzó una mirada airada—. Porque confío en tu amor, y porque sé cómo reaccionas a cualquier situación que pueda suponer un peligro potencial para mí. —Se señaló el pecho con un dedo, observando con satisfacción la cautelosa y confusa expresión que inundaba los ojos oscuros de Jonas—. ¡Yo! —Se señaló otra vez—. Tengo completa fe en ti y confiaba total y ciegamente en el hecho de que harías cualquier cosa, incluso luchar, para proteger mi vida. Pero esta vez no podía permitirlo. Esta vez tenía que arriesgar mi vida para salvar a mis hermanas, a las que quiero y protejo, porque siento por ellas lo mismo que tú sientes con respecto a mí.

»Así que, ya ves, los dos queremos proteger a los que amamos. —Em volvió a respirar hondo, resuelta a llegar hasta el fondo de aquel espinoso asunto ahora que ya habían empezado—. Si yo puedo aceptar, reconocer y comprender el hecho de que tú me amas y que por tanto quieres protegerme, tú tienes que aceptar, reconocer y comprender lo mismo por mi parte.

Los ojos de Jonas eran dos lagos oscuros e insondables y su expresión no decía nada.

—¿Qué?

Em alzó las manos en el aire.

—¡Te amo, Jonas! Y eso quiere decir que siento lo mismo que tú sientes por mí. Quiere decir que no seré alguien que se someta de buena gana a tus órdenes, que se esconda en un rincón como una cobarde mientras alguien intente hacerte daño... Que te protegeré de la misma manera en que tú me proteges a mí.

Todas las emociones de Em parecían escapar por cada poro de su piel. Dio un paso adelante y meneó el dedo bajo la nariz de Jonas.

—Si nos casamos, no voy a hacer todo lo que tú me digas.

A Jonas se le curvaron los labios en una sonrisa. Intentó contenerla, intentó sostenerle la mirada, pero fracasó.

Em entrecerró los ojos hasta que no fueron más que un par de rendijas.

—No te atrevas a reírte. Esto no es una broma.

Jonas no pudo reprimir una sonrisa de oreja a oreja. Trató de abrazarla mientras soltaba una carcajada.

—Lo siento. —La cogió entre sus brazos. Ella se lo permitió, aunque seguía estando rígida. Jonas la rodeó con los brazos y la estrechó contra sí—. Yo... —Respiró hondo, conteniendo el aliento, luchando por reprimir sus inoportunas risas. No había manera de medir el alivio que se mezclaba con ellas.

«Si nos casamos...» Em le amaba, confiaba en él. A pesar de todo, la había conquistado.

—Lo entiendo. —Lo hacía—. Pero... —Bajó la vista hacia ella, esperando que Em le mirara directamente a los ojos—. Tienes razón. —Jonas hizo una mueca—. No habría dejado que entraras en el mausoleo para que le entregaras el tesoro a Hadley... Es muy posible que te lo hubiera impedido a toda costa.

Él notó que se le endurecían los rasgos de la cara al pensar en lo que ella había tenido que enfrentarse —el peligro con el que había coqueteado a sabiendas—, pero se obligó a admitir:

—No me gusta tener que reconocerlo, pero tenías razón, al menos en ir a rescatar a tus hermanas. Sin embargo, no quiero, jamás aceptaré, que arriesgues tu vida por rescatarme.

Ella entrecerró los ojos hasta que parecieron fragmentos de cristal de color dorado.

—En ese caso... siempre discreparemos en ese punto.

Jonas vaciló; le costó, pero al final se obligó a asentir con la cabeza.

—De acuerdo.

Em le lanzó una mirada suspicaz.

—¿De acuerdo? —Hizo un gesto con una mano—. ¿No te importa que actúe como mejor me parezca si sé que corres peligro?

Él apretó los labios.

—No. Claro que me importará. Todo el rato, cada minuto del día. Pero si es ése el precio que tengo que pagar para que te cases conmigo, pues lo pagaré con gusto. Ya me las arreglaré.

Lo que quería decir que él haría todo lo que estuviera en su mano para asegurarse de que ella jamás se vería en la tesitura de tener que protegerle, ni siquiera de ayudarle, en cualquier situación peligrosa.

Por la mirada que observó en sus ojos, Em lo entendió a la perfección, pero tras un momento, asintió con la cabeza.

—De acuerdo. —La tensión que la atenazaba se desvaneció. Le estudió la cara, luego ladeó la cabeza y abrió mucho los ojos—. Así que... ¿no crees que ha llegado el momento de que hagas esa pregunta que estabas esperando hacer?

La voz de Em era suave y cautivadora.

El universo pareció detenerse. Jonas fue repentinamente consciente de la tierna suavidad de Em, de su forma flexible y delgada entre sus brazos; fue plenamente consciente de que la vida, y todo su mundo, dependía y giraba en torno a ella. Qué preciosa era para él, qué vital, qué fundamental para su futuro y... ahora era verdaderamente suya.

Las palabras salieron con facilidad.

—Emily Colyton, ¿me concedes el honor de ser mi esposa?

Durante un instante, ella se limitó a sostenerle la mirada, como si todos sus sentidos estuvieran centrados en las palabras de Jonas, en saborearlas por completo... Luego una suave sonrisa se extendió por sus rasgos y brilló en sus ojos.

—Sí.

Em levantó los brazos, le rodeó el cuello con ellos, se puso de puntillas y le rozó los labios con los suyos.

—Me casaré contigo, Jonas Tallent, y te amaré durante el resto de mis días.

Jonas la estrechó contra su cuerpo y respondió a las caricias de sus labios, besándola con el mismo fervor apasionado que ella.

La noche los envolvió mientras se despojaban de la ropa, se dejaban caer sobre la cama, deshaciéndose de todas las barreras para unir sus cuerpos desnudos, jadeantes, piel con piel, boca con boca, y entrelazaban las manos al tiempo que se unían, moviéndose con un ritmo tan antiguo como el tiempo.

Mientras sus almas se tocaban, se fundían, separadas pero aún entrelazadas. Mientras sus corazones latían al unísono, el éxtasis los capturó, los catapultó y los rompió en mil pedazos, haciéndoles alcanzar la gloria.

Luego se abrazaron, perdidos uno en los brazos del otro, y regresaron lentamente a la tierra.

Había una promesa en aquella pasión desbordante. Cuando Em apoyó la cabeza en el hombro sano de Jonas y sintió sus brazos rodeándola, pensó que la promesa nunca había sido tan evidente como ahora.

Ambos se daban la mano en el umbral del futuro. El amor les había unido, los había fundido. El amor era ahora la piedra angular de su presente, y la garantía del futuro.

El amor gobernaba su mundo, les hacía vivir la vida con total plenitud.

Eso era mucho más de lo que Em había esperado cuando decidió dirigirse a Colyton.

Había ido allí para buscar un tesoro y había encontrado mucho más de lo que había soñado. El tesoro que había hallado era mucho más valioso que las joyas y el oro.

El amor la había cautivado. El amor la había vencido, y ahora estaba justo donde tenía que estar.

Jonas alzó la cabeza y le dio un beso en la frente.

Em sonrió, se acurrucó contra él, cerró los ojos y se durmió.

Epílogo

La Grange, Colyton
Cuatro meses después

Em se alisó las faldas intentando asentar la seda color melocotón. No podía recordar lo que había hecho el día de su boda. No obstante, sabía que aquel día, hacía ya más de tres meses, la había ayudado tanta gente, que no tuvo que mover un dedo.

Pero hoy era el día de la boda de Issy, y Em estaba decidida a que todo, incluido el vestido de la dama de honor, fuera absolutamente perfecto.

Durante los cuatro últimos meses, desde que había encontrado el tesoro Colyton, su vida había sufrido muchos cambios, aunque todos esos cambios habían sido para mejor y todos estaban relacionados con su nueva posición como esposa de Jonas Tallent en Grange.

Junto con Phyllida en Colyton Manor y Jocasta en Ballyclose, se había convertido en la sucesora de la anciana lady Fortemain. Phyllida, Jocasta y ella eran ahora amigas íntimas. Tener amigas de la misma posición social con las que compartir sus secretos era algo que nunca hubiera creído posible y que agradecía profundamente. Era una parte más de su recién descubierta riqueza.

La posición que había ocupado antes por necesidad en Red Bells también había cambiado, pero todavía era quien llevaba las riendas de la posada, todavía supervisaba el funcionamiento de la misma, pero desde lejos. Edgar, Hilda, John Ostler y Mary Miggins, a quien había contratado como ama de llaves, eran quienes se ocupaban del día a día del negocio y de que todo marchara bien.

El pueblo había acogido a Em y a su familia, incorporando a los Colyton en la vida del pueblo como si jamás se hubieran ido. Todos parecían pensar que era correcto que volviera a haber Colyton en Colyton.

Los estudios de Henry progresaban adecuadamente; todos se habían mostrado conformes en que su hermano debía buscar una casa en cuanto acabara la universidad, pero ya les había dicho que quería regresar a Colyton, que también él consideraba el pueblo como su hogar.

Las gemelas no tardaron en acostumbrarse a vivir en Grange. La casa era grande y podía acomodar con facilidad a muchos niños. Issy también se había mudado allí, pero a partir de ese día su hogar estaría en la rectoría. Su matrimonio con Joshua Filing había sido otra bendición completamente imprevista.

El tesoro, todas las monedas de oro y las joyas, había sido convertido en dinero en efectivo bajo la cuidadosa supervisión de Lucifer. Desde entonces, la propia Em tuvo que aprender los pormenores y fundamentos básicos de las inversiones, algo para lo que el resto de la familia de Lucifer, los Cynster, resultó de mucha ayuda.

Había momentos en los que, como ahora que estaba mirándose en el espejo de cuerpo entero en la enorme habitación que compartía con Jonas en Grange —y que no era la habitación que él ocupaba anteriormente, sino otra más grande, luminosa y diseñada para un matrimonio—, que no podía evitar sorprenderse ante los cambios acaecidos en su vida.

Mirando el reflejo de sus ojos en el espejo, Em apenas podía recordar cómo había sido su vida antes de llegar a Colyton, llena de pruebas y tribulaciones, problemas y preocupaciones. Aún seguía teniendo problemas y preocupaciones de vez en cuando, pero ahora siempre los compartía y estaban equilibrados con cosas buenas, excitantes y edificantes. Su vida ahora era muy diferente a la de entonces.

El único cabo suelto de su anterior aventura era Jervis, o Hadley, como se había hecho llamar cuando estaba en el pueblo. Aunque lo habían buscado, comprobando la cámara Colyton todas las mañanas durante semanas, jamás lo habían encontrado ni lo habían vuelto a ver. Al final, decidieron que o había perecido o había encontrado otra manera de salir de la caverna y desaparecido sin dejar rastro.

Una vez que la excitación por el tesoro Colyton se desvaneció, Harold volvió a Leicestershire, probablemente para contratar al nuevo personal de su casa. Em no le invitó a su boda, e Issy tampoco lo había hecho. Fue Henry quien condujo a Em al altar, y hoy iba a hacer lo mismo con Issy, para gran satisfacción de sus dos hermanas.

Y además estaba Jonas. Jonas, que había estado siempre a su lado, quien ahora era su marido no sólo de nombre, sino en cuerpo, mente y espíritu. Lo que ella sentía cuando pensaba en él no era fácil de explicar con palabras. Era suyo, lo significaba todo para ella.

Su verdadero tesoro.

Y además esperaba...

Se volvió de lado hacia el espejo y alisó la seda color melocotón sobre la suave protuberancia bajo su cintura; sobre la siguiente generación, no de Colyton sino de Tallent, la unión de las dos familias más antiguas del pueblo.

Otra cosa más que parecía ser exactamente como debía.

Un ligero golpe en la puerta anunció la llegada de Jonas. Entró y de inmediato centró la atención en ella, recorriéndola con una mirada claramente posesiva, desde los rizos a las puntas de sus escarpines de raso color melocotón.

La lenta sonrisa de Jonas la enterneció. Cuando los ojos oscuros de su marido se encontraron con los de ella, el amor ardía en sus profundidades. Él arqueó una ceja.

—¿Estás lista?

Ella le devolvió la mirada en el espejo.

—Sí. —Se volvió hacia él—. ¿E Issy?

—Es la viva imagen de la paciencia impaciente. Está sentada en la salita con su ramo de novia y Henry como única compañía. Todavía es muy temprano para ir a la iglesia y los invitados rezagados jamás le perdonarían que llegara a su hora.

—En efecto. Algunos vienen desde muy lejos. —Aquel punto tenía mucha importancia tanto para Issy como para ella. Las dos habían aprendido a apreciar, ya que no siempre lo tuvieron, el valor de lo que ahora poseían. Eso era lo que necesitaban para el futuro, que su familia volviera a echar raíces en aquel pueblo que ahora consideraban suyo, añadiendo nuevas ramas a su viejo árbol genealógico.

Cogiendo su ramo del tocador, Em le alisó las largas cintas, luego se dio la vuelta y se tomó un momento para mirar a Jonas, para recorrerle con la mirada... su marido, su compañero... entonces sonrió y se acercó a él.

Jonas curvó los labios suavemente y arqueó las cejas.

—¿Qué?

Em le devolvió la sonrisa, transmitiéndole el amor que sentía por él.

—Acabo de recordar algo en lo que suelo pensar muy a menudo últimamente.

Él arqueó más las cejas.

—¿Es algo que quiera saber?

Ella se rio entre dientes.

—Creo que sí. Hace algún tiempo que me di cuenta de que el auténtico tesoro que me esperaba en Colyton no tenía nada que ver con oro y joyas.

La sonrisa de Jonas fue triunfante.

—Estaba aquí... esperando a que vinieras y me encontraras.

Ella se rio y se dirigió hacia la puerta.

—En efecto. Te encontré y encontré el amor. Descubrí que tenía a un Tallent a quien amar.

Él se rio entre dientes y la siguió.

—Un Tallent y un talento... y si tengo algo que decir al respecto, tendrás oportunidades de sobra para demostrarlo durante el resto de tu vida.

—Te lo recordaré —le prometió ella—. No creas que lo olvidaré.

Jonas sonrió y, como estaba de acuerdo con lo que ella sentía, dejó que Em dijera la última palabra.